Über dieses Buch

Australien um die Jahrhundertwende, der Zeit des großen Goldrauschs, ist Schauplatz dieses spannenden Unterhaltungsromans der beliebten Erfolgsautorin Victoria Holt.

Nora Tamasin, eine energische und mutige junge Engländerin, hat schon früh harte Schicksalsschläge einstecken müssen. Als Kind verlor sie ihre Mutter, und ihr Vater ging nach Australien, um dort sein Glück zu machen. Die monatlichen Briefe und Geldsendungen für das Internat bleiben die einzige Verbindung zu seiner Tochter. Da tritt eine entscheidende Wende ein. Nora muß nach Australien reisen, damals noch ein Kontinent begrenzter Möglichkeiten und grenzenloser Mühen. Der beinahe exotische Zauber des Landes und die durch den plötzlichen Goldrausch gefährdete und veränderte gesellschaftliche Ordnung bilden den Hintergrund für das Geschehen, das ihr Leben verändern sollte. Mehr noch als das wilde und weite Land schlägt ein Mann sie in seinen Bann – *der Luchs*, ein besessener Freibeuter, der auf einer rücksichtslosen Jagd nach Reichtum Nora an seine Seite zwingt. Ein verhängnisvoller, lebensgefährlicher Strudel tut sich auf. Als Nora schließlich nach England heimkehrt, muß sie erkennen, daß sie sich nie mehr wird lösen können aus dem *Schatten des Luchses* ...

Die Autorin

Victoria Holt, Autorin zahlreicher Bestseller, wurde in London als Tochter eines literaturbegeisterten Kaufmanns geboren. Da mehr Bücher als Geld im Hause waren, begann sie früh zu lesen und bald auch selbst zu schreiben. Vorbilder waren die großen englischen Autoren des 19. Jahrhunderts. Ihre ersten Erfolge erzielte Victoria Holt mit ihren Kurzgeschichten, bevor sie mit ihrem ersten Roman ein breites Publikum erreichte.

Im Fischer Taschenbuch Verlag sind außerdem die Romane ›Treibsand‹ (Bd. 1671), ›Harriet sanfte Siegerin‹ (Bd. 2403), ›Herrin auf Mellyn‹ (Bd. 2469) erschienen.

Victoria Holt

Im Schatten des Luchses

Roman

Fischer Taschenbuch Verlag

71.–75. Tausend: Mai 1987

Ungekürzte Ausgabe
Veröffentlicht im Fischer Taschenbuch Verlag GmbH,
Frankfurt am Main, Februar 1979

Lizenzausgabe mit freundlicher Genehmigung des
S. Fischer Verlages GmbH, Frankfurt am Main
Die Originalausgabe erschien 1971 unter dem Titel
»The Shadow of the Lynx« bei Doubleday & Co., New York

Aus dem Amerikanischen übersetzt von Karin S. Krauskopf
Deutsche Ausgabe:

Umschlaggestaltung: Rambow, Lienemeyer, van de Sand
Foto: G + J Fotoservice
Druck und Bindung: Clausen & Bosse, Leck
Printed in Germany
980-ISBN-3-596-22423-3

Nora

1

Sogar als ich dann an Deck der *Carron Star* stand und wir langsam vom Quai zurückglitten, konnte ich es immer noch nicht glauben, daß ich wirklich England und mit ihm mein gesamtes bisheriges Leben verließ und die Reise zu einem unbekannten fernen Erdteil antrat. Dort lehnte ich nun an der Reling in meinem Schottenumhang, der sich im Wind blähte und meinen Rock aus dem gleichen, soliden Wollstoff sichtbar werden ließ. (Meinen Hut hatte ich vorsorglich mit einem langen grauen Chiffonschal festgebunden.) Ich war siebzehn Jahre alt und zur anderen Seite der Erdkugel mit einem Mann unterwegs, den ich erst seit drei Tagen kannte und von dessen Existenz ich vorher nichts geahnt hatte.

Am Quai standen einige Menschen, die eifrig ihre Taschentücher schwenkten und diese Tätigkeit nur unterbrachen, um sich verstohlen die Augen zu wischen, während sie tapfer, wenn auch etwas krampfhaft, weiterlächelten. Mir winkte niemand zum Abschied.

Ein Mann mittleren Alters mit Bartkoteletten und unverschämt dreistem Blick hatte sich, von mir unbemerkt, dicht neben mich geschoben – zu dicht!

»Na, irgendwelche Bekannten drüben?« erkundigte er sich und musterte mich abschätzend.

»Nein«, erwiderte ich abweisend.

»Und ganz allein unterwegs?« forschte er weiter und betrachtete mich mit jenem gewissen, unangenehmen Lächeln.

»Mein Mündel reist unter meiner Obhut!« ertönte da Stirlings Stimme hinter mir. Seine grünlichen Augen glitzerten verächtlich, und seine Stimme mit dem leichten australischen Tonfall ließ deutlich sein Mißfallen darüber erkennen, daß ein Unbekannter es gewagt hatte *sein* Mündel anzusprechen.

Der Mann zog sich hastig zurück, während Stirling schweigend bei mir blieb. Er stand einfach neben mir, auf die Reling gestützt, und ich empfand ein warmes, glückliches Gefühl der Geborgenheit. In jenem Augenblick wußte ich, daß ich den ersten Schritt aus dem ganzen Herzeleid der hinter mir liegenden Monate heraus getan hatte. Ich hatte den einen Menschen verloren, den ich über alles geliebt hatte ... doch hier war nun Stirling ... mir zur Seite – mein »Vormund«, wie er sich selbst betitelte. Genau genommen stimmte das nicht, doch es gefiel mir, wenn er sich als diesen bezeichnete. In jenem Augenblick hatte ich, glaube ich, zum ersten Mal das Gefühl, daß Stirling und ich füreinander bestimmt waren.

Aber es fing alles ganz anders an. Vielleicht sollte ich bei meiner Geburt beginnen, weil jede Geschichte eines Lebens mit ihr beginnt, obwohl ihr Anfang in Wirklichkeit viel weiter zurückliegt. Ich habe mir oft Gedanken über das Vorspiel gemacht, das zu meiner Geburt führte, habe versucht, mir meine Eltern zusammen vorzustellen. Das war jedoch schwierig für mich, weil ich meine Mutter nie gesehen hatte. Diese Tatsache bekümmerte mich aber nicht sonderlich, denn ich hatte ja meinen Vater, Thomas Tamasin – und wie konnte ich bei einem solchen Vater traurig darüber sein, keine Mutter zu haben!

Sie war »fortgegangen«, wie er sich ausdrückte, als ich ein Jahr alt war; doch erst mit sechs Jahren verstand ich, was das bedeutete.

Das Leben mit Thomas Tamasin war einfach schön. Ich war überzeugt, daß wir zwei für unsere kleine Familie völlig ausreichten. Weshalb hätten wir uns ein drittes Mitglied wünschen sollen? Sogar eine Mutter wäre nur störend gewesen.

Wir hatten im Laufe der Jahre eine Reihe von Haushälterinnen, deren Aufgabe es war, mich zu betreuen, und erst mit sechs Jahren hörte ich das Wort »verlassen«. Die damalige Haushälterin sagte es zu einer Freundin, die sie bei uns besuchte. Wir wohnten damals in einem Haus im nördlichen Stadtteil von London. (Wir zogen dauernd um, entsprechend den jeweiligen Plänen und Projekten meines Vaters.) Ich hockte draußen auf dem Bürgersteig unter dem offenen Küchenfenster und verfolgte, wie eine Ameisenarmee zielbewußt auf dem rissigen Pflaster in schmaler Marschkolonne hin und her eilte.

»Das arme Wurm!« sagte die Haushälterin. »Was ihr fehlt, das ist eine Mutter!«

»Und ihm?«

»Ach ... ihm!« Sie lachte laut auf.

»Sie verließ ihn, nich'?«

»Ja, soviel ich weiß. Sie muß ein ziemliches Flittchen gewesen sein. Schauspielerin oder so was Ähnliches.«
»So? ... Eine Schauspielerin!«
»Taugte eh nichts! Die kleine Nora war kaum älter als ein Jahr, als die abhaute. Mit einer Frau, die ihr kleines Kind – und noch dazu ihr eigenes! – als Baby verläßt, stimmt was nicht. Er hätte wieder heiraten sollen.«
»Hast du ihm das gesagt?«
»Aber geh!«
Verlassen! Sie hatte mich und meinen Vater verlassen! Ich war das Kind, das von seiner Mutter verlassen worden war!
»Was bedeutet ›jemanden verlassen‹?« fragte ich abends meinen Vater, als er nach Hause kam.
»Jemanden allein lassen, ihn im Stich lassen ... von ihm fortgehen.«
»Es ist also nicht schön, verlassen zu werden?«
Nein, das sei es nicht, bestätigte er.
»Menschen verlassen nur jemanden, den sie nicht mögen«, überlegte ich laut.
Das sei wohl im allgemeinen so, meinte er, und ich sagte ihm nicht, daß ich nun wußte, daß meine Mutter mich verlassen hatte, denn ich wollte ihm nicht wehtun. Ich gab mir immer Mühe, ihn nicht traurig zu machen, genauso, wie er es vermied, mich zu verletzen. Was machte es übrigens schon aus, daß meine Mutter mich damals verließ, wo ich doch *ihn* hatte!
Wir sprachen nie von meiner Mutter. Wir hatten so viele andere Themen. Da waren zuerst einmal seine Pläne, durch die er ein Vermögen schaffen wollte – wenn seine Schilderungen sich auch weniger mit der Schaffung dieses Vermögens befaßten als mit der Art und Weise, wie wir es ausgeben wollten. Er hatte stets ein neues Projekt am Wickel. So arbeitete er einmal an einer Erfindung, durch die er das tägliche Leben von Millionen Menschen von Grund auf ändern, das heißt verbessern wollte. Ich liebte diese Perioden der Erfindungen, weil er dann zu Hause blieb und in dem Dachzimmer arbeitete. Es war so schön, ihn ganz in der Nähe zu haben! Ich kauerte dann neben seiner Arbeitsbank, und wir malten uns stundenlang in den leuchtendsten Farben aus, was wir tun würden, wenn seine geniale Erfindergabe von der Menschheit anerkannt und dadurch die ganze Welt davon profitieren würde. »Und wir auch!« pflegte er mit jenem für ihn so typischen fröhlichen Lachen zu sagen, das

so ansteckend war und klang, als sprudele Wasser durch eine Regenrinne hinunter. Er bastelte ein Schnappschloß mit einer Feder, das aber nicht so funktionierte, wie er es sich vorgestellt hatte, und konstruierte Spielsachen mit einem Aufziehmechanismus, die sich aber nie so bewegten, wie sie sollten – bis auf den Jungen auf der Schaukel, die sich in der Luft überschlug. Doch sogar die blieb manchmal oben stecken. Mein Vater verkaufte immerhin einige Ausfertigungen dieses Modells, und so wurde »Denk an den Jungen auf der Schaukel!« eine unserer stehenden Redensarten. Der Junge auf der Schaukel war sein großer Erfolg, aber er bescherte ihm nicht das erträumte Vermögen. Als nächstes versuchte er es mit einer Gärtnerei, und wir lebten zur Abwechslung eine Zeitlang auf dem Land. Aber er hielt es nie lange bei einer Sache aus und mußte dauernd etwas Neues ausprobieren. Ein normales Leben in ruhigen, geordneten Bahnen befriedigte ihn einfach nicht.

»Wenn mein Schiff seinen Hafen findet ...«, pflegte er verheißungsvoll zu sagen, und das war dann immer der Auftakt zu unserem Lieblingsspiel. Wir segelten, beflügelt von unserer Phantasie, um die ganze Welt. Auf dem Globus suchten wir uns ferne Länder aus und beschlossen, dort hinzufahren. Wir machten diese imaginären Reisen immer gemeinsam und hatten auf ihnen alle möglichen Abenteuer zu bestehen, wie zum Beispiel den Überfall wilder Piraten oder den Kampf mit gräßlichen Meeresungeheuern, die furchterregender waren als alles, was Sindbad je begegnete. Manchmal schrieb er diese unsere Reisen und Abenteuer auf und verkaufte auch einige dieser Geschichten an eine Zeitschrift. Jetzt hätten wir es geschafft, erklärte er. Weshalb hätte er bloß nicht schon eher erkannt, daß er Schriftsteller sei! Doch auch damit klappte es nicht so recht. Er wollte nun einmal *schnell* reich werden.

Er hatte etwas Geld geerbt und legte diesen Betrag für meine Erziehung und Ausbildung zurück, was seine liebevolle Fürsorge für mich erneut bewies. Wie sprunghaft und leichtsinnig er auch sonst sein mochte, so wollte er doch auf keinen Fall, daß es meine Geborgenheit berührte. Er wollte mich auf die besten Schulen schicken, sagte er. Aber ich wolle nur bei ihm bleiben, erklärte ich. Das würde ich auch, versicherte er mir, doch während er unser Vermögen aufbaute, müsse ich etwas lernen. So schickte er mich auf verschiedene Schulen, und ich lernte alles

so schnell ich konnte – um es möglichst schnell hinter mich zu bringen.
Kurz nach meinem fünfzehnten Geburtstag beschloß er, auf Goldsuche zu gehen. Dies sei *die* Gelegenheit schlechthin, das faszinierendste Abenteuer! Sein bisheriges Leben sei reich an verheißungsvollen Chancen gewesen, doch hätten sich diese alle als Reinfälle entpuppt. Dies sei nun etwas anderes ... seine wirklich große Chance! Sie würde uns reich machen.
»Gold!« sagte er mit leuchtenden Augen. »Wir werden Millionäre, Nora! Wie fändest du es, eine Millionärin zu sein?«
Natürlich herrlich, antwortete ich, aber *wo* würden wir das Gold finden?
»Es ist einfach da ... in der Erde ... und wartet nur darauf, aufgesammelt zu werden. Man braucht sich nur zu bücken und es aufzuheben!«
»Aber warum sind dann nicht alle Menschen Millionäre?«
»Meine kleine kluge Tochter! Was für eine logische Frage! Aber es gibt darauf eine ganz einfache Antwort: Weil die anderen Menschen nicht so klug sind wie wir! Wir werden nämlich dorthin gehen, wo das Gold ist, und es uns holen!«
»Und wo ist das?«
»In Australien! Man findet es dort überall.«
»Wann fahren wir los?«
»Tja ... Nora ... das ist nun so, daß ich zuerst einmal allein dort hin muß, denn es ist kein Land für ein junges Mädchen, das eine gute Erziehung und Schulbildung bekommen soll.«
Ein gähnender schwarzer Abgrund tat sich vor mir auf, und die nackte Verzweiflung in meinem Gesicht muß ihn erschreckt haben.
»Du sollst doch erst eine gebildete junge Dame werden und lernen, dich als angehende Millionärin wie eine Lady zu benehmen!«
Ich hätte doch schon sehr viel in den verschiedenen Schulen gelernt, erinnerte ich ihn, und könne mich durchaus wie eine Lady benehmen und täte das auch mit Ausnahme jener Momente, in denen mich die Wut packe.
»Ja, schon, Nora, aber du bist einfach noch zu jung. Du bleibst eben noch ein Weilchen hier. Ich habe ein sehr gutes Internat ausfindig gemacht, wo du in fester Obhut sein wirst, und im Handumdrehen bin ich wieder zurück. Wir sind dann Millionäre und werden uns ein herrliches Leben machen! Wozu hättest du

am meisten Lust? Wohin möchtest du gern reisen? Alles ist dann möglich. Wir können schon jetzt anfangen, Pläne zu machen, denn unser Vermögen haben wir schon so gut wie in der Tasche.«
Und es gelang ihm, mich zu überzeugen und zu überreden, in das Internat *Danesworth House* zu gehen. »Nur für ein paar Monate, Nora. Und dann ... dann haben wir so viel Geld, wie wir wollen! Und alles, was du dir nur wünschen kannst! Was möchtest du als erstes haben?«
»Aber es suchen doch auch viele andere Menschen nach diesem Gold! Wenn es nun Jahre dauert, bis du welches findest?«
»Aber ich versichere dir, Nora, ich habe König Midas' Goldfinger!«
»Ich könnte dort den Haushalt für dich führen ... für dich kochen und alles andere machen ...«
»Aber, aber! Meine Millionärstochter und kochen! Wir werden ein tüchtiges Faktotum einstellen, das das alles für uns macht, wenn es soweit ist, und uns nie mehr trennen. Und keine Störenfriede dulden! Was wird das für ein wundervolles Leben! Und du brauchst nur ein Weilchen in *Danesworth House* zu warten, während ich losfahre und das Gold hole.«
So schilderte er mir unsere Zukunft ... voller Enthusiasmus und mit derartiger Überzeugungskraft in so leuchtenden Farben, daß wir im Geiste all die herrlich extravaganten Unternehmungen bereits gemeinsam erlebten und genossen, die er sich für uns ausdachte.
Ich ging also in das Internat, und er fuhr zur anderen Seite der Erdkugel, und jeden Tag wartete ich auf den Brief mit der Freudenbotschaft, daß er sein Gold und Glück gefunden hatte und wir Millionäre waren.
Das Leben im Internat war schrecklich öde und langweilig! Miss Emily und Miss Grainger flößten mir weniger furchtsamen Respekt ein als die meisten meiner Mitschülerinnen. Das Lernen fiel mir leicht, und ich vermied allen Ärger, denn die üblichen Schulmädchenstreiche interessierten mich nicht. Ich lebte nur für die Augenblicke, in denen mir einer der Briefe ausgehändigt wurde, und pflegte mir auszumalen, *wie* ich die großartige Nachricht erfahren würde. Vielleicht durch einen Brief, mit dem lapidaren Inhalt: »Komm sofort nach Australien!«? Oder würde er, da er Überraschungen liebte, eines Tages völlig unverhofft vor mir stehen und mich sofort mitnehmen? Vielleicht würde

man mich aber auch ins Besuchszimmer rufen, und dort würde er dann in jenem kalten, unpersönlichen Raum stehen und mich zum mißbilligenden Erstaunen von Miss Emily und Miss Grainger – das ihm natürlich schnuppeegal sein würde! – stürmisch in die Arme schließen und triumphierend verkünden: »Pack deine Sachen, Nora! Du kommst jetzt gleich mit. Wir sind Millionäre!«

Die Briefe trafen in regelmäßigen Abständen ein. Ich wußte, daß, wie müde er auch nach des Tages Arbeit sein mochte, er doch nie vergaß, wie sehnlich ich auf Post von ihm wartete.

Anfangs kamen die Briefe aus verschiedenen Hafenstädten, die sein Schiff auf der Fahrt nach Australien anlief. Er beschrieb in ihnen sehr amüsant seine Mitpassagiere, um mich aufzuheitern. Ich hatte entsetzliche Angst, sein Schiff könnte in einen Sturm und dadurch in Gefahr geraten, und stand wahre Qualen aus, bis ich die Nachricht von seiner glücklichen Ankunft erhielt.

Er schrieb sehr anschauliche Briefe, und ich konnte mir daher ein klares Bild von jener Anfangszeit machen. Obgleich er immer mit dem größten Optimismus schrieb, begriff ich, welche Mühsalen er zu ertragen hatte. Ich stellte mir vor, wie er mit der Ausrüstung der Goldgräber loszog: mit den Spitzhacken, dem Schwingtrog zum Goldwaschen, dem Blechkoffer, dem Kochgeschirr und den Eßvorräten. Ich stellte mir auch das Feld vor, auf dem er arbeitete – es mußte ein trostloser Ort sein mit den abgehackten Bäumen und den armseligen Zeltbehausungen. Und ich stellte mir vor, wie die Männer abends um das Lagerfeuer saßen und sich von ihren Funden erzählten, vor allem jedoch von ihren Hoffnungen und Erwartungen. Er würde der Mittelpunkt sein. Seine Geschichten würden die spannendsten sein – und seinen Charme und die Art, *wie* er erzählte, nicht zu vergessen! Irgendwie gelang es ihm, mir das Bild jener Männer zu vermitteln, wie sie sich mit zerzaustem Haarschopf und schmerzendem Rücken über ihre Schwingtröge beugten und in das Wasser starrten, das durch den Sand, die Erde und die Steine rann und die so ersehnten goldenen Streifen sichtbar machen konnte. Ich sah ihre finsteren Gesichter im Geiste vor mir, aus denen allein, ohne Ausnahme, die Gier nach Gold schrie – diese fieberhafte Hoffnung und Erwartung, denn sie alle setzten den gelben Staub mit der Fahrkarte ins Glück gleich.

Ich fühlte, er liebte dieses neue Leben, wenn ich bei ihm hätte sein können, wäre er rundherum glücklich gewesen. Wie ich jetzt überzeugt bin, hätte er das Leben, falls ihm das erträumte Vermögen zuteil geworden wäre, nicht halb so genossen wie alle jene Jahre, in denen er sich mit so viel gläubiger Hoffnung und von seiner nimmermüden Phantasie beflügelt bemühte, dieses Vermögen zu schaffen, beziehungsweise es zu finden. Hätte ich nur damals bei ihm sein können! Ich hätte für ihn kochen können, während er mit den anderen Männern an den Schürfstellen arbeitete. Ich sah mich in meiner Vorstellung schon als die kleine Mutter des Goldgräberlagers. Sicherlich hätte ich mir gar nicht gewünscht, daß sie nennenswerte Mengen Gold fanden, weil dieses Leben von mir aus unbegrenzt hätte so weitergehen können.

Und so verstrichen die Monate. Er sei an eine neue Schürfstelle gezogen. Bisher hätte er zwar nur etwas Goldstaub gefunden, aber das mache nichts. Die neue Stelle stecke voller Gold, wie er fest überzeugt sei. Man müsse schließlich erstmal etwas Erfahrung sammeln!

Seine Zuversicht ließ ihn niemals im Stich; stets glaubte er, im nächsten Moment auf den großen Goldklumpen zu stoßen. Was mich betraf, so müssen meine Schulkameradinnen mich recht seltsam gefunden haben, lebte ich doch im Geiste jenes andere Leben auf den australischen Goldfeldern. Die Vorgänge im Internat interessierten mich nicht, doch vermochte ich meine Lehrer zufriedenzustellen, und es blieb mir daher verhältnismäßig viel freie Zeit. Ich war »die etwas überspannte Nora Tamasin, deren Vater als Goldgräber nach Australien ging«. Soviel hatten sie immerhin aus mir herausgequetscht.

Und dann änderte sich der Ton der Briefe auf einmal. Er hatte Lynx – den Luchs – kennengelernt.

»Lynx ist der ungewöhnlichste und faszinierendste Mensch, dem ich jemals begegnet bin! Wir mochten uns gleich vom ersten Augenblick an. Ich habe beschlossen, in sein Geschäft einzusteigen. Er kennt dieses Land wie seine Westentasche, denn er ist schon vierunddreißig Jahre hier. Wenn Du ihn sehen könntest, wüßtest Du, weshalb sie ihn Lynx, den Luchs, nennen. Er hat ein Paar Augen, die einfach *alles* sehen! Sie sind blau – aber nicht das übliche Hellblau, so wie das tropische Meer. O nein! Seine sind so blau wie Stahl oder gekörntes Eis. Ich habe noch nie einen Menschen mit einem derartig durchdringenden, zwingenden Blick gesehen. Er ist hier der große Mann und heißt Charles Herrick. Er kam als Sträfling her, und jetzt gehört ihm hier fast die ganze Gegend. Einen Mann wie ihn gibt es nur einmal in einer Million. Jetzt wird hier alles anders für mich! Ich steige auf große Art ins Geschäft ein und beteilige mich an seiner Goldmine. Schluß mit der Goldsuche auf den überlaufenen Feldern! Alles ist jetzt anders, und das nur, weil ich Lynx begegnet bin.«

Ich dachte oft und lange über diesen Lynx nach, und ich war etwas eifersüchtig auf ihn, weil die Briefe meines Vaters zum größten Teil von ihm handelten. Er bewunderte ihn maßlos. Erst durch diese Briefe wurde mir so richtig klar, was für eine schwere Zeit mein Vater hinter sich hatte. Die Schilderungen der fröhlichen abendlichen Runde am Lagerfeuer, die Lieder, die sie beim flackernden Schein des Feuers sangen und seine Begeisterung über die Kameradschaft unter den Goldgräbern – das alles war nur die eine Seite der Medaille gewesen. Jetzt ahnte ich plötzlich etwas von der nagenden Furcht, von den sorgsam eingeteilten Eßvorräten, von der knappen Rationierung des kostbaren Trinkwassers und von der schrecklichen Verzweiflung, wenn die Schwingtröge Tag für Tag nichts als den wertlosen Staub enthielten.

»Lynx wird auf ganz große Goldfunde stoßen und dann, Nora, werde ich sein Partner sein. Er ist ein Mann mit Erfahrung. Außer seinem ansehnlichen Landsitz mit sehr viel Land und riesigen Schafherden gehört ihm ein Handelsunternehmen mit vielen Verkaufsläden in der ganzen Gegend und ein Hotel in Melbourne – die Goldmine nicht zu vergessen. Er hat im ganzen Hunderte von Arbeitern und weiß alles, was man über Gold wissen muß. Es kann also gar nicht schiefgehen! Ich habe Lynx viel von Dir erzählt. Er findet, Du sollst herkommen, wenn Du mit der Schule fertig bist. Doch bis dahin bin ich ja längst zurück!«

Ich versuchte mir diesen Lynx vorzustellen – ein Paar durchdringend blickende stahlblaue Augen – eine markante Adlernase ... Ein Sträfling! Vor vierunddreißig Jahren hatte man ihn also zusammen mit anderen Missetätern nach Australien verfrachtet, nachdem er irgendeines strafbaren Vergehens für schuldig befunden worden war. Was mochte es gewesen sein? Vielleicht ein politisches Verbrechen? Ich war überzeugt, daß er kein Dieb oder Mörder war. Meine Neugier war geweckt, und ich wollte mehr über ihn wissen.

»Lynx ist hier eine Art König; er ist oberster Richter, Arbeitgeber von Hunderten von Menschen und ein absoluter Diktator. Mit einem Wort: ein unumschränkter Herrscher. Er ist gerecht, setzt aber immer seinen Willen durch. Ich habe noch nie für einen Mann eine so echte Freundschaft empfunden. Der Tag, an dem ich ihm begegnete, war wirklich ein Glückstag für mich! Ich habe alles, was ich besitze, als Beteiligung bei ihm in die Mine eingebracht. Er ist ganz sicher, daß wir auf eine dicke Goldader stoßen. Wir wollen, soweit wie irgend möglich, nichts von unseren Goldfunden bekannt werden lassen, denn sonst haben wir sofort die Goldgräber der ganzen Gegend auf dem Hals. Es braucht sich nur ein vages Gerücht zu verbreiten, und schon strömen sie zu Tausenden herbei. Lynx ist sehr schlau! Wir machen diese Sache gemeinsam.«

Die Briefe trafen in mehr oder weniger regelmäßigen Abständen ein. Manchmal kamen mehrere gleichzeitig. Mein Vater schrieb dann, daß es durch Überschwemmungen unmöglich gewesen war, die Post nach Melbourne zu befördern oder daß ein erwartetes Schiff nicht planmäßig angekommen war. Es gab immer einen Grund für diese Verzögerungen, und er versäumte es nie, mir diesen mitzuteilen. All diese Briefe enthielten für mich die Botschaft, daß, wie hart er auch arbeitete und was immer auch dort passierte, er doch weder mich noch das endgültige Ziel aus dem Auge verlor, das für uns darin bestand, wieder vereint zu sein.

Und dann kamen keine Briefe mehr.

Anfangs beunruhigte mich das trotz meiner täglich erneuten Enttäuschung nicht sonderlich. Es lag wieder an einer jener Überschwemmungen oder an einem verspäteten Schiff. Es würden dann eben mehrere Briefe gleichzeitig ankommen.

Aber sie kamen nicht. Und die Wochen verstrichen, und ich war immer noch ohne jede Nachricht von ihm.

Und so vergingen zwei lange Monate. Ich war inzwischen halb irre vor Angst und Sorge.

Und dann ließ mich eines Tages Miss Emily zu sich rufen. Ihr Arbeitszimmer war ein unpersönlicher Raum; auf dem glänzend gebohnerten Parkett lag kein Teppich, und die ehrfurchtsvolle Stille wurde nur von dem Ticken der Bronzeuhr auf dem Kaminsims unterbrochen. Miss Emily saß an ihrem Schreibtisch, und ihr gequälter Gesichtsausdruck gab zu verstehen, daß das, was nun folgen würde, ihr schmerzlicher war als mir, was natürlich ganz und gar nicht zutraf. Die Eltern der Schülerinnen fanden Miss Emily sehr nett und vertrauten ihr dankbar ihre Töchter an. Sie hatten das Gefühl, daß sie ihre Lieblinge vor dem härteren Regiment von Miss Grainger beschützen würde. In Wirklichkeit führte jedoch die scheinbar so milde Miss Emily das Kommando, erweckte aber sehr geschickt den Eindruck, als kämen die unbeliebten Anordnungen und Vorschriften von ihrer Schwester.

»Ich bin überzeugt«, begann sie, stützte die Ellenbogen auf die Tischplatte und preßte die Fingerspitzen zusammen, während sie mich mit einer gewissen, wohldosierten Strenge ansah, »ich bin wirklich überzeugt, daß du keine barmherzigen Almosen möchtest. Es ist jetzt zwei Monate her, daß wir zuletzt von deinem Vater hörten, und obwohl Miss Grainger immer bereit ist, mit sich reden zu lassen, kann man nicht von ihr erwarten, daß sie für deinen gesamten Unterhalt aus der eigenen Tasche aufkommt und dir noch dazu eine erstklassige Ausbildung und Erziehung zuteil werden läßt.«

»Ein Brief meines Vaters ist ganz bestimmt unterwegs!«

Miss Emily hüstelte. »Er braucht aber diesmal sehr lange!«

»Er kommt ja auch aus Australien, Miss Emily! Da hat die Post oft Verspätung.«

»Das waren auch anfangs Miss Graingers Worte, doch jetzt ist seit drei Monaten keine der Rechnungen mehr bezahlt worden.«

»Aber ich bin sicher, es wird sich alles klären! Irgend etwas hat die Briefe aufgehalten. Ich bin überzeugt davon!«

»Ich wünschte um deinetwillen, ich könnte das auch sein. Miss Grainger ist sehr bekümmert, aber sie ist zu dem Entschluß gekommen, daß sie nicht noch länger warten kann. Sie kann nicht weiter für deinen Unterhalt aufkommen. Für deine Ernährung! Deine Kleidung! Deinen Unterricht! Und deine Erziehung!« Sie ließ jeden dieser Punkte wie eine wahre Sisyphusarbeit klingen. »Aber sie will dich trotzdem nicht vor die Tür setzen.«

»Vielleicht wäre es besser, wenn ich Sie verließe«, erklärte ich hochmütig.

»Das ist ein ziemlich törichter Ausspruch, Nora! Wo würdest du denn, bitte sehr, hingehen?«

Wenn Miss Emily »bat«, bedeutete es, daß sie wirklich verärgert war, aber ich war viel zu bestürzt, um darauf Rücksicht zu

nehmen. Die Sorge um meinen Vater ließ mir Miss Emilys Drohung völlig unwichtig erscheinen, denn ich wußte, nur wenn ihm etwas Furchtbares zugestoßen war, würden keine Briefe kommen.
»Vermutlich könnte ich irgendeine Stellung annehmen«, sagte ich trotzig.
»Du hast ja keine Ahnung vom Leben! Du ein Mädchen von ... wie alt bist du jetzt? Sechzehn?«
»Ich werde nächsten Monat siebzehn, Miss Emily.«
»Nun, wie dem auch sei. Miss Grainger wird dir gegenüber sehr großzügig sein. Sie wird dich nicht auf die Straße setzen. Sie macht dir den Vorschlag, den du selbstverständlich wirst annehmen wollen. Du kannst wahrhaftig gar nicht anders, wenn du dir die Alternativlösung überlegst.«
Miss Emily verzog das Gesicht zu einem frommen Lächeln; sie hielt jetzt die Handflächen gegeneinander gepreßt und blickte zur Zimmerdecke auf. »Du kannst hier bei uns als eine Art Hilfslehrerin bleiben. Auf diese Weise verdienst du dir zumindest einen *kleinen* Teil deines Unterhalts.«
So wurde ich also Hilfslehrerin und lernte tiefste Verzweiflung kennen. Es war nicht meine veränderte Stellung im Internat, sondern die Tatsache, daß mit jedem Tag, der verging, ohne daß der ersehnte Brief kam, die Angst und Sorge um meinen Vater sich ins Unerträgliche steigerte. In meinem ganzen bisherigen Leben war ich noch nie derartig unglücklich gewesen. Jeden Morgen sagte ich mir: Heute kommt ganz *bestimmt* der Brief! Und jeden Abend, wenn ich in meinem schmalen Bett in der kleinen Dachkammer lag – ich hatte aus dem Schlafsaal ausziehen müssen –, fragte ich mich verzweifelt: Wird dieser Brief überhaupt jemals kommen? Würde ich den Rest meines Lebens in *Danesworth House* zubringen müssen und auf eine Nachricht von meinem Vater warten? Ich würde alt und mißmutig wie Miss Graeme, deren Haar einem Vogelnest aus graubraunem Werg glich; ich würde bleich und fahl wie Miss Carter und kurzsichtig vor mich hinblinzeln wie Mademoiselle und mich aufregen, weil die Mädchen meiner Unterrichtsklasse mir auf der immer spitzer werdenden Nase herumtanzten.
Da ich jetzt im Internat weniger galt als sie, hatte ich in die kleine Dachkammer mit den nackten Dielenbrettern und den Binsenmatten zu Mary Farrow ziehen müssen. Mary hatte schon als kleines Kind beide Eltern verloren und war bei ihrer Großmutter

aufgewachsen. Als sie sechzehn war, starb die Großmutter und ließ Mary ohne einen Pfennig zurück. Miss Grainger hatte ihr gegenüber die gleiche Großmut bewiesen wie mir, und so war Mary Hilfslehrerin in *Danesworth House* geworden. Ihr Wesen war ebenso farblos wie ihr Teint. Sie hatte sich resigniert mit ihrem Schicksal abgefunden, wie mir das niemals möglich sein würde.

Unser Los war schlechter als das des Hauspersonals, denn die wurden zumindest nicht dauernd daran erinnert, daß sie ihre Stellung Miss Graingers Großmut und Barmherzigkeit zu verdanken hatten. Im übrigen waren sie ja auch nützlicher als wir. Wir mußten dafür aber mehr als alle anderen arbeiten. Wir mußten nicht nur die jüngeren Klassen unterrichten, sondern auch noch als Kindermädchen für die Jüngsten fungieren, mußten unsere Dachkammer selber saubermachen und jede Art von Arbeit übernehmen, die uns Miss Emily oder Miss Grainger auftrug – und die beiden sorgten dafür, daß uns keine freie Minute blieb.

Die Lehrerinnen schauten verächtlich auf uns herab, ebenso die Dienstboten, und sogar die Schülerinnen begriffen, daß sie sich bei uns Freiheiten erlauben konnten, die sie bei keiner der anderen Lehrkräfte riskiert hätten. Miss Emily hatte die Angewohnheit, auf leisen Sohlen während des Unterrichts plötzlich in der Tür zu stehen – natürlich im unpassendsten Moment! – und mit ihrem milden Lächeln schweigend zuzuhören, bevor sie uns dann vor der gesamten Klasse einen Verweis erteilte. Dies bestärkte unsere Schülerinnen selbstverständlich mehr denn je in ihrer Überzeugung, uns nach Herzenslust quälen zu können. Die arme Mary hatte mehr unter ihnen zu leiden als ich, denn sie war sanft und zaghaft. Ich dagegen konnte durchaus recht heftig werden, und ich glaube, die Mädchen hatten deshalb einen gewissen mit Furcht gemischten Respekt vor mir.

Manchmal, wenn ich nachts in meinem schmalen Bett lag, das in der einen Ecke der Dachkammer stand, und auf das geisterhafte Klopfzeichen des Kastanienbaumes vor dem Fenster wartete, dessen Zweige sich sanft im Wind bewegten, sagte ich mir: Verlassen und im Stich gelassen! Zum *zweiten Mal* in meinem Leben! Warum? Es muß doch einen Grund dafür geben! Nun schon zum zweiten Mal! Aber mein Vater würde mich *niemals* im Stich lassen! tröstete ich mich dann. Er *würde* zurückkommen. Ich vermochte den Gedanken an ein Leben ohne ihn nicht zu ertragen. Ich hatte durch unser Zusammenleben das Glück der völligen Zufriedenheit kennengelernt, und bis vor kurzem war mir auch jenes höchste Geschenk einer Kindheit vergönnt gewesen: das Gefühl absoluter Sicherheit. Nicht finanzielle Sicherheit, sondern jene andere Art von Sicherheit, jene Geborgenheit, die einzige, die für ein Kind zählt – die Sicherheit, geliebt zu werden.

Als die Nachricht kam, war ich gerade einen Monat lang Hilfslehrerin gewesen – mir erschien dieser Monat jedoch so lang wie ein ganzes Jahr.

Ich las an jenem Morgen meiner Klasse eine Geschichte vor, war aber mit den Gedanken nicht bei der Sache. Es war ein warmer Frühlingstag. Eine Biene krabbelte nun schon zum wievielten Mal an der Fensterscheibe hoch, flog dann verärgert zurück ins Zimmer, um sich erneut in einem verzweifelten Versuch, sich zu befreien, gegen die Glasscheibe zu werfen. Sie war eine Gefangene. So würde sie nie ihre Freiheit wiedererlangen. Das Fenster auf der anderen Seite des Klassenzimmers stand offen, doch das dumme Geschöpf flog nicht dorthin, sondern fuhr mit seinen sinnlosen Befreiungsversuchen fort. Gefangen! Wie ich!

Plötzlich öffnete sich die Tür und Miss Graeme erschien. Sie sah mich sonderbar an. Ich verfolgte, wie der Luftzug von der geöffneten Tür die Biene erfaßte und in die andere Richtung trug. Sie fand das offene Fenster und flog hinaus.

»Sie möchten zu Miss Emily kommen«, sagte Miss Graeme.

Mein erster Gedanke war: Eine Nachricht von ihm! Vielleicht ist er sogar selbst da! Ich stürzte zur Tür.

»Wollen Sie Ihren Schülerinnen denn keine Aufgabe erteilen?« fragte Miss Graeme tadelnd. Also befahl ich ihnen, die Geschichte weiterzulesen und flog dann hinter Miss Graeme die Treppe hinauf. Ich klopfte an die Tür von Miss Emilys Zimmer und wartete mit Herzklopfen auf ihr »Herein«! Sie saß an ihrem Schreibtisch und hatte einen Brief vor sich liegen.

»Setz dich, Nora. Ich habe hier einen Brief erhalten. Die Post ist durch Überschwemmungen in Australien aufgehalten worden.« Ich saß wie auf glühenden Kohlen und starrte sie mit kaum zu ertragender Ungeduld an. »Du wirst tapfer sein müssen, meine Kleine«, fuhr sie sanft fort.

Mir wurde plötzlich ganz übel von dem drohenden Vorgefühl, das mich überkam. Es mußte eine sehr schlimme Nachricht sein, da sie mich »meine Kleine« genannt hatte. Und das war es! Die allerschlimmste ...

»Wir haben so lange nichts von deinem Vater gehört, weil er ... gestorben ist ...«

Ich wankte zu meiner Dachkammer hinauf und ließ mich aufs Bett fallen. Die Blätter des Kastanienbaumes pochten sacht an das Fenster und seufzten leise in dem sanften Windhauch, und das Sonnenlicht zeichnete tanzende Arabesken an die Wand. Niemals würde ich ihn wiedersehen! ... Vorbei der Traum von unserem herrlichen, glücklichen Leben! ... Von dem großen Vermögen! ... Den interessanten Reisen! ...

Der schwärzeste Abgrund totaler Verlassenheit und Verzweiflung tat sich vor mir auf. Sie hatten meinen Vater auf der anderen Seite der Erdkugel begraben! Während ich hier all die Wochen so sehnsüchtig auf einen Brief von ihm gewartet hatte, lag er bereits in einem Sarg unter der Erde!

Sogar Miss Emily empfand Mitleid mit mir. »Geh auf dein Zimmer!« hatte sie gesagt. »Du mußt dich erstmal etwas von diesem Schock erholen.«

Wie eine Schlafwandelnde war ich hinaufgetaumelt. Was sie sonst noch zu mir sagte, hatte ich nicht in mich aufgenommen, doch während ich auf meinem Bett lag, kamen mir ihre Worte wieder ins Gedächtnis. »Aber deine Zukunft ist gesichert.« Was kümmerte mich eine Zukunft ohne ihn! Meine grenzenlose Verzweiflung machte jeden Gedanken daran unmöglich. Eine nicht abreißende Folge von Bildern lief vor meinem inneren Auge ab ... Vater! Ich sah seine lachenden, fröhlichen Augen ... hörte seine zuversichtlich dröhnende Stimme: »Wenn mein Schiff seinen Hafen findet ...«

Und nun war die furchtbare Wirklichkeit, daß sein Schiff nie mehr seinen Hafen finden würde, wie er es genannt hatte. Es war auf den Klippen des Todes zerschellt.

Er hatte mir, schon im Sterben liegend, diesen letzten Brief geschrieben. Wie auch im Leben, so hatten seine liebenden Gedanken bis zuletzt mir gegolten. Der Brief war mir von seinen Anwälten mit der Nachricht von seinem Tode geschickt worden. Miss Emily hatte einige Stunden gewartet, bevor sie ihn mir gab, um mir ein wenig Zeit zu geben – wie sie sich ausdrückte – mich von dem ersten Schock zu erholen.

»Trauere nicht zu sehr um mich! Wir hatten eine feine Zeit

zusammen! Laß Deine Erinnerungen an mich von keinem Schatten der Traurigkeit verdunkeln, Nora! Sollte der Gedanke an mich Dich traurig machen, so möchte ich lieber, daß Du mich ganz vergißt. Es war ein Unfall ... und nun geht es mit mir zu Ende, aber Du, Nora, hast ein schönes Leben vor Dir. Mein guter Freund hat mir versprochen, dafür zu sorgen. Lynx ist ein Mann, der zu seinem Wort steht. Er hat mir sein Wort gegeben, und so kann ich ruhig sterben. Er wird für Dich sorgen, Nora, und er wird das besser tun, als ich es konnte. Wenn Du dies liest, ist es aus mit mir, aber Du wirst nicht allein sein ...«

Die Schrift war kaum leserlich. Die letzten Worte waren »Werde glücklich!« ... sie waren nur mühsam zu entziffern. Ich sah in Gedanken, wie ihm der Federhalter aus der Hand gefallen war, nachdem er sie mit großer Anstrengung geschrieben hatte. Bis zum traurigen Ende hatte seine ganze Liebe und Fürsorge mir gegolten.

Wieder und wieder las ich den Brief. Er war alles, was mir von Vater geblieben war. Ich würde ihn von nun ab immer bei mir tragen.

Und so lag ich wie betäubt auf meinem Bett, unfähig, an die Zukunft zu denken, überhaupt unfähig, an irgend etwas anderes zu denken als die unfaßliche Tatsache, daß er tot sein sollte.

Miss Emily ließ mich erneut zu sich rufen. Miss Grainger war bei ihr ebenso wie ein Herr in Schwarz mit weißer Krawatte und einem sehr würdevollen Gesichtsausdruck. Ich hielt ihn für meinen neuen Beschützer, doch konnte er unmöglich der Mann sein, den Vater in seinen Briefen als den Luchs beschrieben hatte.

»Dies ist Nora Tamasin«, stellte Miss Emily mich vor. »Und das, Nora, ist Mr. Marlin von Marlin Sons und Barlow ... der Anwaltskanzlei deines Vaters.«

Ich setzte mich und hörte dem Herrn höflich zu, ohne seine Worte jedoch richtig in mich aufzunehmen; ich war immer noch wie in einem Nebel des Schmerzes. Ich verstand nur, daß alles von der rechtlichen Seite einwandfrei geregelt war und ich der Obhut von Mr. Charles Herrick übergeben werden sollte, dem Mann, den Vater zu meinem Vormund bestimmt hatte.

»Mr. Herrick möchte Sie natürlich bei sich in seinem Heim aufnehmen, und so werden Sie sich sobald wie möglich dorthin begeben. Er lebt in Australien, und es war der letzte Wunsch Ihres Vaters, daß Sie zu ihm reisen. Mr. Herrick ist es selbst nicht

möglich, nach England zu kommen, doch ein Mitglied seiner Familie wird Sie hier abholen und in Ihre Heimat begleiten. Mr. Herrick wollte auf keinen Fall, daß Sie allein reisen.«
Ich nickte und dachte: Vater hätte es so gewollt. Er mußte Lynx gebeten haben – mir fiel es schwer, mir diesen Lynx mit einem so bürgerlichen Namen wie Herrick vorzustellen –, sehr gut auf mich aufzupassen.
Aller Wahrscheinlichkeit nach würde die Abgesandte meines Vormunds in wenigen Wochen in England eintreffen. In der Zwischenzeit sollte ich meine Abreise vorbereiten.
Mr. Marlin verabschiedete sich, und Miss Emily meinte erleichtert, daß alles nun bestens geregelt sei, womit sie natürlich die jetzt beglichenen Rechnungen der vergangenen Monate meinte. Die kommenden Wochen könne ich mich um die Vorbereitungen für meine Abreise kümmern. Sicherlich würde ich das eine oder andere kaufen wollen. Ich dürfe das auch – allerdings natürlich innerhalb vernünftiger Grenzen –, und Miss Emily würde großzügigerweise einer Lehrerin gestatten, mich in die Stadt zu begleiten und mich bei den Einkäufen zu beraten. Vielleicht hätte ich aber auch den Wunsch, mich weiter zu bilden, weil Arbeit bekanntlich das beste Heilmittel gegen Kummer sei, und würde gern weiter unterrichten. Ich schiene übrigens eine Begabung für diesen Beruf zu haben, auch wenn das bisher noch nicht erwähnt worden sei.
»Vielen Dank, Miss Emily, aber ich glaube, ich bereite mich in den nächsten Wochen lieber auf das vor, was mich erwartet – was auch immer es sein mag – und kümmere mich um die Einkäufe, die ich für nötig halte.«
Miss Emily neigte zustimmend den Kopf.
Ich wohnte weiter in meiner Dachkammer. Die arme Mary war neidisch. Sie sah nur, daß ein neues aufregendes Leben in einem fernen Erdteil auf mich wartete; welches Herzeleid der Grund dafür war, das sah sie nicht.
Ich kaufte mir jenen Schottenrock und Umhang sowie feste Stiefel, da ich annahm, daß ich solche in meiner zukünftigen Heimat brauchen würde. Die Einkäufe interessierten mich jedoch nicht sonderlich, wie mir überhaupt alles ziemlich gleichgültig war. Der furchtbare Verlust meines Vaters ließ keinen Raum für irgend etwas anderes in meinem Fühlen und Denken.
Und schließlich wurde ich erneut zu Miss Emily beordert.

»Du wirst in Begleitung von Miss Herrick reisen, die vermutlich die Tochter deines Vormundes und eine Dame reiferen Alters ist. Du wirst sie in dem Gasthaus *Falcon Inn* treffen, das etwa acht Kilometer außerhalb von Canterbury liegt. Aus irgendeinem Grunde erwartet die Dame dich dort. Es war die Rede von irgendwelchen dort zu erledigenden Geschäften. Mir erscheint es etwas unpraktisch, da ihr euch doch sicherlich in Gravesend oder Tilbury einschiffen werdet. Aber wie dem auch sei, so lauten nun einmal die Instruktionen. In Canterbury wird eine Droschke auf dich warten und dich zu dem Gasthof bringen. Miss Graeme wird dich nach London begleiten und dich wohlbehalten in den Zug nach Canterbury setzen. Von da an ist dann alles geregelt und dir kann nichts mehr passieren.«

»Natürlich nicht, Miss Emily.«

»Wenn Miss Graeme sich von dir im Zug verabschiedet hat, darfst du auf keinen Fall mit Fremden sprechen«, sagte Miss Grainger.

»Das werde ich bestimmt nicht tun, Miss Grainger.«

»Dann wäre also alles geregelt. Du wirst uns hier in *Danesworth House* am Donnerstagmorgen um neun Uhr verlassen. Die Droschke wird Miss Graeme und dich zur Bahnstation bringen. Der Zug geht um halb zehn. Die Köchin wird dir einige Sandwiches zurechtmachen.«

»Ich glaube, es ist wirklich nicht nötig, daß mich Miss Graeme begleitet. Ich kann doch alleine umsteigen, wenn ich in London ankomme.«

»Das kommt gar nicht in Frage«, erwiderte Miss Emily. »Du müßtest ganz London allein durchqueren. Völlig undenkbar! Weshalb ausgerechnet Canterbury als Treffpunkt festgesetzt wurde, will mir wirklich nicht einleuchten. Aber so ist es nun mal, und dein Vormund hat uns über seine Anwälte gebeten, dafür zu sorgen, daß du in sicherer Begleitung reist, bis du im Zug nach Canterbury sitzt. Es ist folglich ganz undenkbar, es anders zu machen.«

Die despotische Herrschaft dieses Lynx zwang sogar Miss Emily unter ihren Bann.

Ich packte meine Koffer und wartete, und die Schülerinnen und Lehrerinnen umgaben mich mit neuem, respektvollem Interesse. In ihren Augen war ich ein Mensch, dem seltsame Dinge widerfuhren. Ich hätte meinen neuen gewichtigen Status viel-

leicht genossen, wäre es mir möglich gewesen, den Tod meines Vaters zu vergessen.
Und eines Tages war es dann soweit, und ich verließ *Danesworth House* in Begleitung von Miss Graeme. Wir bestiegen den Zug nach London und saßen Seite an Seite und sahen auf die grünen Wiesen und die sich golden verfärbenden Weizenfelder hinaus. Gold! dachte ich verbittert. Wenn er nie ausgezogen wäre um Gold zu suchen, wäre er jetzt bei mir.
Meine Augen füllten sich mit zornigen Tränen. Weshalb hatte er nicht damit zufrieden sein können, ein Mensch wie andere zu sein! Aber dann wäre er eben nicht er gewesen. Miss Graeme berührte mich leicht am Arm, und ich sah, daß ihr die Tränen in den Augen standen. Sie begann mir zu erzählen, daß jeden von uns, den einen früher, den anderen später, ein schwerer Schicksalsschlag ereile, mit dem wir fertig werden müßten, denn das Leben gehe weiter. Es gäbe jemanden, der sich niemals erklärt habe, der es aber vorgehabt hätte, und der es getan hätte, wenn er aus dem Krieg zurückgekommen wäre. Er sei jedoch eines sinnlosen und grausamen Todes auf dem Schlachtfeld gestorben. Auf der Krim, wie ich vermutete, und so war Miss Graeme keine vollbusige, glückliche Familienmutter geworden, sondern eine verschrumpelte, graubraune Maus von einer Lehrerin.
Ich hörte mir ihre Geschichte an und bemühte mich, ihr mein Mitgefühl zu zeigen. Dann aßen wir unsere Sandwiches und langten pünktlich in London an. Miss Graeme rief aufgeregt und sich ihrer Verantwortung voll bewußt eine Droschke herbei, und wir fuhren zur *Charing Cross* Station, wo ich schließlich den Zug nach Canterbury bestieg. Das Letzte, was ich von Miss Graeme sah, war ihre schmächtige Silhouette in dem braunen Mantel, dem braunen Rock und dem grauen Hut mit dem braunen Schleier, wie sie dort nachdenklich und ganz verloren auf dem Bahnsteig stand und dem Zug nachblickte, der mich ihrer Obhut entführte.
Ein ungemütliches Gefühl bemächtigte sich meiner. Das neue Leben hatte nun begonnen, und ich mußte mich ganz alleine in ihm zurechtfinden. Ich konnte mich jetzt aus dem Staube machen, falls ich das wollte. Ich hatte etwas Geld, allerdings nur sehr wenig. Ich konnte eine Stelle als Gouvernante antreten, hatte ich doch einige Erfahrung als Lehrerin. Doch mein Vater hatte gewollt, daß ich nach Australien zu seinem Freund ging, und so blieb mir keine andere Wahl. Aber wenn ich nun in

Australien ankam und diesen Mann nicht ausstehen konnte? Oder wenn ich bei denen gar nicht willkommen war? Ich wußte wirklich rein gar nichts von dem, was mich erwartete. Ich hatte mich nicht genug nach allem erkundigt. Ich war von Schmerz überwältigt gewesen, und nun saß ich plötzlich hier im Zug nach Canterbury, und blickte hinaus auf die Obstgärten, in denen die Äpfel und Birnen erst in zwei Monaten reif sein würden, doch wo würde ich dann sein? Wir kamen auch an den Hopfenfeldern vorbei, in denen es in einem Monat von der emsigen Geschäftigkeit der Pflücker nur so von Leben wimmeln würde; jetzt beherrschten die Hopfendarren das Bild. Am liebsten wäre ich zum Zugführer gelaufen und hätte ihn angefleht: Halt! Ich eile einer unbekannten Zukunft entgegen und möchte noch etwas Zeit haben, mir alles zu überlegen!

Vielleicht ließ die Heftigkeit meines Schmerzes in jenem Augenblick etwas nach, denn zum ersten Mal empfand ich jenes Unbehagen vor der Zukunft, während ich bisher ganz von der tragischen Gegenwart absorbiert gewesen war. Der Zug ratterte jedoch ungerührt weiter. Und dann hielt er auch schon im Bahnhof von Canterbury. Ich stieg aus, und ein Gepäckträger bemächtigte sich meiner Koffer. Die Droschke, die mich in das Gasthaus bringen sollte, stand verabredungsgemäß wartend da.

Wir fuhren durch die Stadt mit ihren alten Stadtmauern und hinaus auf das freie Land.

»Ist es weit bis zum Gasthaus *Falcon Inn*?« erkundigte ich mich beim Kutscher.

»Nun, es ist schon 'ne kleine Wegstrecke, Miss. Die meisten Herrschaften steigen in der Stadt ab.«

Warum, so überlegte ich mir, hatte Miss Herrick, die extra nach England gekommen war, um mich abzuholen, nur dieses Gasthaus als Treffpunkt ausgewählt! Es war wirklich, wie Miss Emily gesagt hatte, recht eigenartig. Vielleicht hatte der Lynx es so bestimmt.

Die Wiesen ringsum leuchteten in üppigem Grün. Wir kamen durch mehrere Dörfer, deren Häuschen sich eng um die Dorfkirche kuschelten, mit ihren Marktplätzen und alten Kneipen. Schließlich erreichten wir das Dorf Widegates mit seiner alten Kirche und den Häusern, von denen die meisten aus der Tudorzeit stammten, einige jedoch aus noch weiter zurückliegenden Zeiten. Ich erhaschte in der Ferne einen flüchtigen

Blick auf stolze, graue Türme und fragte den Kutscher, was das sei.
»Das wird *Whiteladies* sein, Miss. Das ist der große Besitz dort drüben.«
»*Whiteladies*? Weshalb wird es so genannt? ... Die weißen Frauen?«
»Es war früher einmal ein Kloster, und die Nonnen sollen weiße Gewänder getragen haben, wie es heißt. Die Gebäude sind zum Teil noch erhalten. Die Familie baute das Haus dort mit dem Material, das von dem Kloster noch übrig war.«
»Welche Familie?«
»Die Cardews. Sie leben hier schon seit dreihundert Jahren oder sogar noch länger.«
Und damit hielten wir vor dem Gasthaus *Falcon Inn*. Die zur Haustür emporführenden Steinstufen waren in der Mitte tief ausgetreten, aber das Schild mit dem Falken war frisch gemalt, und über der Tür prangte die Jahreszahl 1418.
Der Kutscher trug mein Gepäck hinein. »Alles in Ordnung, Miss«, sagte er. Ich ging also hinein und teilte der Frau am Empfang mit, wer ich sei.
»Ach ja«, meinte sie. »Ich lasse Sie gleich auf Ihr Zimmer bringen. Und hier ist eine Botschaft für Sie. Sie möchten, sowie Sie sich von der Reise etwas erfrischt haben, in den Salon herunterkommen.«
Ich ging als erstes also in mein Zimmer. Es war groß, doch ziemlich dunkel wegen der kleinen Butzenscheiben. Der Fußboden senkte sich nach der einen Seite, und die Deckenbalken verkündeten das ehrwürdige Alter dieses Hauses. Im Waschkrug war frisches Wasser, und so wusch ich mir schnell Gesicht und Hände und kämmte mein dichtes dunkles Haar.
Als ich fertig war, ging ich in den Salon hinunter, zu dem ein Hausmädchen mir den Weg zeigte. Es war keine Dame in dem Raum, doch dafür erhob sich ein Herr bei meinem Eintreten. Er faltete die Hände auf dem Rücken und betrachtete mich prüfend, und mir fiel wieder Miss Emilys ausdrücklicher Befehl ein, nicht mit Fremden zu sprechen. Mit diesem hier würde ich ganz bestimmt nicht sprechen, wenn es sich irgend vermeiden ließ, denn ich fand die Art, in der er mich anstarrte, ziemlich unverschämt.
Doch er sprach *mich* an. »Sie suchen jemanden?« Er hatte einen etwas ungewöhnlichen Akzent. Er war groß und schlank, und

sein Gesicht war von Sonne und Wind gebräunt, soweit ich sehen konnte, denn er stand mit dem Rücken zum Licht, von dem sowieso nicht sehr viel durch die Fenster mit den gleichen Butzenscheiben wie in meinem Zimmer hereindrang.

Ich nickte kühl.

»Vielleicht kann ich Ihnen behilflich sein.«

»Danke, ich brauche keine Hilfe.«

»Oh, ich sehe, Sie sind sehr überheblich.«

Ich drehte ihm den Rücken zu. Vielleicht sollte ich zurück zum Empfang gehen und dort nach Miss Herrick fragen. Miss Emily würde es ganz und gar nicht billigen, daß ich hier in diesem Raum mit einem ziemlich zudringlichen fremden Mann wartete. Obgleich ich nicht beabsichtigte, mein Leben nach den Grundsätzen von Miss Emily auszurichten, so war ich doch in diesem Augenblick ganz ihrer Meinung.

»Ich bin überzeugt, ich *kann* Ihnen behilflich sein«, beharrte er.

»Ich wüßte nicht wie.«

»Dann will ich es Ihnen erklären. Sie warten auf eine Miss Herrick – stimmt's?«

Verdutzt sah ich ihn an, und er begann zu lachen. Es war ein sehr irritierendes Lachen. Dieser Mensch war ungehobelt und zu selbstsicher.

»Zufällig haben Sie recht«, entgegnete ich kühl.

»Nun, Sie werden diese Miss Herrick hier nicht finden.«

»Was meinen Sie da?«

»Genau das, was ich sagte. Ich sage immer das, was ich meine.«

»Verwechseln Sie mich nicht mit jemandem?«

»Keineswegs, und das wissen Sie sehr genau. Sie sind Nora Tamasin. Jawohl.«

Mich ärgerte die Art, in der er seine Frage selbst beantwortete. Das ganze Gespräch verwirrte mich. Wie konnte er nur so viel über mich wissen?

»Und Sie sind hierhergekommen, um Miss Herrick zu treffen. Sie ist aber nicht hier.«

»Woher wollen Sie das wissen?«

»Weil ich weiß, *wo* sie ist!«

»Und das wäre?«

»Etwa sechzig Kilometer nördlich von Melbourne.«

»Sie irren sich! Die Miss Herrick, mit der ich verabredet bin, ist hier in diesem Gasthaus. Sie hat mir eine Droschke an die Bahn geschickt.«

»*Ich* habe das getan!«

»Sie?!«

»Ja, ich! Vermutlich hätte ich mich schon etwas eher vorstellen sollen, aber es hat mir einfach Spaß gemacht, Sie etwas auf den Arm zu nehmen, weil Sie so hochnäsig aussahen. Meine Schwester Adelaide ist nicht gekommen. Sie hatte zu viel zu Hause zu tun. Und so fand mein Vater, sollte ich Sie abholen. Er wollte außerdem, daß ich etwas von England sehe. Und hier bin ich also, um Sie abzuholen. Stirling Herrick. Ich heiße Stirling nach dem Fluß Stirling, genauso, wie Adelaide, meine Schwester, nach der Stadt benannt ist. Das war meines Vaters Tribut an seine neue Wahlheimat.«

»Ihr Vater ist demnach Charles Herrick?«

»Sie haben den Nagel auf den Kopf getroffen, wie man so sagt. Ich bin hier, um Sie mit nach Australien zu nehmen. Sie machen ein skeptisches Gesicht. Wollen Sie meine Papiere sehen? Jawohl. Also, hier ist ein Brief von der Anwaltsfirma Marlin und so weiter ... und ich kann Ihnen noch auf alle mögliche andere Arten beweisen, daß ich höchstpersönlich ich selbst bin.«

»Dies ist alles äußerst sonderbar!«

»Im Grunde ist es ganz einfach. Mein Vater hat versprochen, für Sie zu sorgen, und deshalb kommen Sie jetzt mit mir nach Australien. Ich bin so eine Art Bruder. Aber diese Vorstellung scheint Sie nicht sehr zu erfreuen.«

»Ich kann nicht verstehen, weshalb er *Sie* hergeschickt hat.«

»Ganz einfach: Er wollte, daß ich nach England komme. Ich habe hier geschäftliche Verhandlungen über den Absatz unserer Wolle geführt.«

»Hier in Canterbury?«

»Genau. Ich mußte im ganzen Land herumreisen. Ich habe Sie hierherkommen lassen, damit wir einen Tag Zeit haben, um uns etwas zu beschnuppern, bevor Sie aufs Schiff gehetzt werden. Und jetzt schlage ich vor, lassen wir uns Tee bringen, und dabei unterhalten wir uns dann weiter.«

Er zog den Glockenstrang und bestellte für uns Tee, als das Dienstmädchen erschien. Als ich die dünnen Toastscheiben, die Butter und die kleinen Kuchen mit dicker saurer Sahne und Erdbeermarmelade erblickte, merkte ich plötzlich, daß ich Hunger hatte.

Er sah mir zu, wie ich uns Tee einschenkte, und in seinen Augen, die von einem ungewöhnlichen Grünton waren, blitzte es amüsiert auf; sie verschwanden fast in lustigen Fältchen, wenn er lachte, und er schien es gewohnt zu sein, sie in grellem Sonnenlicht zu schmalen Schlitzen zusammenzukneifen. Ich schätzte ihn auf Mitte Zwanzig – etwa acht Jahre älter als ich – und ich fand es sehr erstaunlich (oder besser : unkonventionell!), daß man mir tatsächlich einen jungen Mann als Reisebegleiter geschickt hatte. Er war so ganz anders als die Miss Herrick, die ich mir vorgestellt hatte! Miss Emily würde es schärfstens mißbilligen – und dieser Gedanke machte mir Spaß. Ich fühlte mich unbeschwerter als je, seit jener furchtbaren Nachricht vom Tode meines Vaters.

»Weshalb sagte man mir, daß *Miss* Herrick mich abholen würde?« fragte ich.

»Anfangs war es so geplant, doch Lynx fand dann, daß der Haushalt ohne Adelaide nicht auskommen könne. Mich konnte er eher eine Zeitlang entbehren.«

Lynx! Der magische Name. Es war das erste Mal, daß er ihn aussprach, und ich wiederholte fragend »Lynx?«, weil ich mehr über diesen eigenartigen Menschen hören wollte.

»Ja, das ist mein Vater. Er wird oft so genannt. Weil er so scharfe Augen hat wie ein Luchs und ihm nichts entgeht.«

»Das dachte ich mir.«

»Sie sind wirklich eine gescheite Person, wie ich sehe«, meinte er mit ironischem Lächeln.

»Will er tatsächlich, daß ich zu ihm nach Australien komme ... dieser Lynx?«

»Er hat Ihrem Vater versprochen, für Sie zu sorgen, und so will er natürlich, daß Sie kommen.«

»Aber vielleicht denkt er, er müßte es aus einem Pflichtgefühl heraus tun, weil er sonst Gewissensbisse hätte.«

»Er besitzt weder ein Pflichtgefühl noch ein Gewissen. Er tut nur was er will, und er will nun einmal, daß Sie bei uns leben.«

»Warum?«

»Niemand fragt ihn jemals nach seinen Motiven. Er weiß, was er will, und mehr gibt es dazu nicht zu sagen.«

»Er klingt wie ein unmöglicher Mensch!«

»Lynx ist alles andere als unmöglich, obwohl Sie das vielleicht bezweifeln, bis Sie ihn kennenlernen werden.«

»Sie reden von ihm, als wäre er eine Art Halbgott.«

»Nun, das ist wohl gar keine so schlechte Beschreibung.«
»Muß jeder ebenso ehrfürchtig zu ihm aufschauen wie sein Sohn?«
Er lachte. »Sie haben eine scharfe Zunge, Nora Tamasin!«
»Glauben Sie, sie wird mich vor Ihrem Lynx beschützen?«
»Sie haben nicht begriffen: *Er* ist derjenige, der *Sie* beschützen wird!«
»Aber wenn ich nicht dort bleiben möchte, komme ich wieder nach England zurück!«
Er neigte zustimmend den Kopf.
»Ich bin sicher, es würden sich Wege und Möglichkeiten dafür finden«, fügte er hinzu.
»*Sie* würden sie bestimmt finden!«
Ich hatte mittlerweile einen der Kuchen gegessen, er dagegen die ganze Platte! Er lehnte sich mit gekreuzten Armen im Sessel zurück und betrachtete mich, als amüsierte ich ihn. Ich wußte nicht, was ich von ihm halten sollte. Einer Sache war ich jedoch ganz sicher: Die ehrenwerten Herren von Marlin Sons and Barlow konnten nicht gewußt haben, daß er allein gekommen war, um mich mit zurückzunehmen, denn sie hätten das bestimmt ebenso unschicklich gefunden wie Miss Emily.
»Aber vermutlich ...« sagte ich zögernd, indem ich laut weiterdachte, »sind Sie so etwas wie eine Art Bruder.«
Er lachte. »Ich würde sagen, ja, Schwesterchen. Und damit ist alles in Ordnung. Aber du bist nicht dieser Ansicht.«
»Sie haben eine Art zu versuchen, die Gedanken anderer Menschen zu lesen ... Es gelingt Ihnen jedoch nicht immer.«
»Aber du freust dich.«
»Es ist noch zu früh, um diese Frage zu beantworten. Ich kenne Sie ja gar nicht.«
»Wir freuen uns, eine neue Schwester zu haben.«
Ich schwieg einen Augenblick und fragte dann: »Wie starb mein Vater?«
»Haben die dir das nicht gesagt?«
»Nein, es hieß nur, es sei ein Unfall gewesen.«
»Ein Unfall? Er hätte ihnen das Gold aushändigen sollen, dann wäre er nicht erschossen worden.«
»Erschossen!? Wer hat ihn erschossen?«
»Niemand weiß es. Er kam von der Goldmine und war auf dem Weg nach Hause. Er hatte Gold bei sich. Es war ein Hinterhalt. Sowas kommt oft vor. Diese Kerle haben einen Riecher für Gold.

Sie wissen, wann jemand es bei sich trägt. Sie hielten das Fuhrwerk acht Kilometer vor *Cradle Creek* an. Dein Vater wollte das Gold nicht hergeben. So erschossen sie ihn.«
Ich konnte es nicht fassen. Ich hatte geglaubt, er sei von einem Baum oder Pferd gestürzt. Der Gedanke an einen Mord war mir nie gekommen.
»Jemand hat ihn also ermordet!« sagte ich langsam.
Stirling nickte. »Es kommt hin und wieder vor. Es ist ein wildes Land, und ein Menschenleben ist dort weniger wert als hier.«
»Es war mein *Vater*!« Rasender Zorn packte mich, daß jemand mit einem Gewehr dahergekommen war und leichtfertig dieses kostbare Leben ausgelöscht hatte. Und so verdrängte ein neues Gefühl die Trauer und den Schmerz – der Zorn auf seinen Mörder.
»Wenn er das Gold hergegeben hätte, lebte er noch«, erklärte Stirling.
»Das Gold!« entfuhr es mir zornig.
»Hinter dem sind sie alle her. Das wollen sie alle haben.«
»Und dieser ... Lynx ... ebenfalls?«
Stirling lächelte. »Er will es auch. Er ist entschlossen, es eines Tages zu finden – also *wird* er es finden.«
»Wie sehr wünschte ich, mein Vater hätte sich diese Idee niemals in den Kopf gesetzt! Dann wäre er jetzt hier ...«
Diese Vorstellung war nicht zu ertragen. Ich wandte mich ab, denn Stirling sollte meine tiefe innere Bewegung nicht sehen.
»Es ist wie ein Fieber«, fuhr er fort. »Es setzt sich im Gehirn fest. Man denkt an all das, was man sich im Leben wünscht und daß man es alles haben kann, *wenn* man Gold findet ... echtes Gold ... Tausende von Klumpen.«
»Alles?«
»Alles was man sich vorstellen kann.«
»Mein Vater fand offensichtlich Gold und verlor sein Leben im Bemühen, dies Gold zu behalten – und ich verlor ihn.«
»Du stehst jetzt unter dem Eindruck dieses Schocks. Warte, bis du Australien kennenlernst. Dann wirst du es verstehen. Es ist ein herrliches Leben. Man weiß nie, wann man einen Fund macht. Es ist eine permanente Herausforderung, ein dauerndes Hoffen.«
»Und wenn man etwas findet, wird man von jemandem genau deshalb ermordet!«
»So ist das Leben dort. Dein Vater hatte Pech.«

»Ich ... ich hasse es!«
»Das Leben ist nun einmal so. Aber ich habe dich erschreckt. Ich hätte es dir schonender beibringen sollen. Aber die einzige Tatsache, die zählt, ist ja leider, daß es geschah.« Er stand auf. »Geh jetzt auf dein Zimmer, und ruhe dich ein Weilchen aus. Nachher werden wir beim Abendessen weiterreden. So ist es am besten.«
Ich ging in mein Zimmer hinauf. Sollten die Schocks denn gar kein Ende nehmen?, fragte ich mich. Mein Vater war ermordet worden! Kaltblütig ermordet! Es war einfach nicht zu fassen. Ich stellte mir vor, wie das Fuhrwerk die Landstraße entlangrumpelte, sah im Geiste die maskierte Gestalt hinter den Bäumen lauern und hörte die schrecklichen Worte »Halt! Her mit dem Gold! Wähle zwischen deinem Gold oder deinem Leben!« Ich sah meinen Vater ganz deutlich ... mit dem Gold in kleinen Säckchen an seinem Gürtel. Er hatte sich bestimmt gesagt: »Nein! Dies ist mein Gold ... meins und Noras.« Vielleicht plante er schon, mich nachkommen zu lassen, damit ich das große Glück und Vermögen mit ihm teilen konnte, falls es ein Vermögen war. Als der Gewehrlauf sich auf ihn richtete, weigerte er sich, sein Gold herzugeben, und bezahlte dafür mit dem Leben.
»Ich hasse Gold!« entfuhr es mir verzweifelt. »Ich wünschte, es wäre nie entdeckt worden!« Voll zornigen Hasses dachte ich an die gierig glitzernden Augen hinter der schwarzen Maske, an jene Hand, die kaltblütig abdrückte, und an den Schuß, der all mein Glück zerstörte. Oh, wie haßte ich den Mörder meines Vaters!
Er war nicht sofort gestorben. Man hatte ihn noch zu Lynx gebracht, wo er mir jenen Abschiedsbrief schrieb, als er schon im Sterben lag. Und es hätte nicht zu sein brauchen!
Stirling hatte recht. Ich mußte jetzt allein sein. Der Schock war fast ebenso grauenvoll, wie bei der Nachricht vom Tode meines Vaters. Es war also gar kein Unfall gewesen! ... Ein kaltblütiger, vorsätzlicher Mord!
Ich ging ans Fenster und schaute hinaus auf die Straße mit ihren alten Häusern. Ich konnte den Kirchturm sehen und die Türme jenes Besitzes, den sie *Whiteladies* nannten. Er sollte früher ein Kloster gewesen sein ... Die Nonnen hatten weiße Gewänder getragen ... Dieses Gasthaus hatte es bestimmt damals schon gegeben. Hier hatten die Pilger auf ihrem Weg nach Canterbury

Rast gemacht – die letzte Rast vor Erreichen ihres Zieles. In den Anblick dieser alten Straße versunken, sah ich sie geradezu vor mir ... erschöpft und mit wundgelaufenen Füßen, aber erleichtert, weil der Wirt der *Falcon Inn* darauf wartete, sie zu begrüßen und ihnen ein Mahl und Lager zu bereiten, bevor sie weiter nach Canterbury zogen. Auf einmal sah ich Stirling aus dem Gasthaus kommen. Er ging entschlossenen Schrittes die Straße hinunter und wußte anscheinend genau, wohin er wollte. Ich hatte bisher noch keine Zeit gehabt, über ihn nachzudenken – anfangs durch die mich restlos verblüffende Tatsache, daß er statt Miss Herrick gekommen war, um mich abzuholen, und dann durch den Schock über die Todesumstände meines Vaters. Er war also der Sohn dieses Mannes, des Lynx, der wahrhaftig zu einem Symbol in meiner Vorstellung wurde. Der allmächtige Lynx, von dem die Leute mit scheuer Ehrfurcht und höchstem Respekt sprachen. Warum hatte Lynx nicht seine Tochter hergeschickt? Vielleicht wollte er nicht, daß sie allein reiste? Ich hatte sie mir als eine Dame mittleren Alters vorgestellt. Doch weshalb hatten sie mir gesagt, daß Miss Herrick käme, und dann einen jungen Mann geschickt? Es war alles sehr merkwürdig!
Stirling war von der Hauptstraße abgebogen. Wo mochte er wohl hingehen? Sein unerwartetes Auftauchen dort unten hatte mich in meinen Gdanken unterbrochen. Die im Sonnenschein daliegende Straße sah einladend aus. Ich würde draußen besser nachdenken können, versicherte ich mir, nahm meinen Umhang und ging hinunter.
Es waren nur wenig Leute auf der Straße. Eine Dame mit einem Sonnenschirm schlenderte auf der anderen Seite vorbei, und in einer Toreinfahrt lag ein Hund und schlief. Ich ging die Straße hinunter und warf im Vorbeigehen einen Blick in die Schaufenster, in denen hinter Butzenscheiben bunte Wolle, Bänder, Hüte und Kleider ausgebreitet lagen. Ich entdeckte nichts, was mich interessierte, und so ging ich weiter und kam an die Ecke, an der Stirling abgebogen war. Die Seitenstraße führte einen Hügel hinauf, und ein Wegweiser verhieß NACH WHITELADIES.
Als ich den Hügel hinaufmarschierte, kamen die grauen Mauern in Sicht, und oben angelangt, konnte ich hinunterschauen und das schloßartige Landhaus in seiner ganzen Pracht bewundern. Ich wußte, ich würde diesen Anblick niemals vergessen. Später sagte ich mir, daß ich bereits damals wußte – wenn auch unbewußt – was für eine wichtige Rolle es in meinem Leben

spielen sollte. Ich war gebannt und fasziniert und vergaß in jenem Augenblick alles andere. Ich hatte nur noch Augen für den Zauber jener Türme, jenen Hauch klösterlicher Weltabgeschiedenheit, jene altehrwürdigen Fenster mit den Mittelpfosten, jene Spitzbögen, jene Türme und den mächtigen Hauptturm sowie die sonnenbeschienenen, grauen Flintsteinmauern. Fast erwartete ich, den Klang der Klosterglocken zu hören, der die Nonnen zum Gebet rief, und die weiß gekleideten Gestalten aus dem Kreuzgang auftauchen zu sehen.
Ich wurde von dem überwältigenden Wunsch gepackt, mehr davon zu sehen. Ich lief den Hügel hinunter und blieb nicht eher stehen, als bis ich vor dem hohen, schmiedeeisernen Tor stand. Das Tor war ebenfalls faszinierend. Eingehend betrachtete ich die kunstvolle Arbeit. Die eisernen Ranken waren auf beiden Seiten mit einer weißen Metalleinlage verziert. Als ich näher hinschaute, erkannte ich, daß diese Verzierungen Nonnen darstellten. *White Ladies,* weiße Damen! Und ich fragte mich, ob dies das ursprüngliche Tor war, das noch aus der Zeit stammte, als es den Zugang zum Kloster versperrte, lange Zeit bevor das jetzige Haus gebaut worden war. Zu beiden Seiten des Tores erstreckte sich eine hohe, graue Feldsteinmauer, von Moos und Flechten bewachsen. Wie gerne hätte ich das Tor aufgestoßen und jene magischen Bereiche betreten! Dieser Wunsch war mehr als nur die Laune eines Augenblicks – es war fast ein innerer Zwang, dem ich nur mit Mühe widerstand. Man konnte ja nicht einfach in einen Privatbesitz eindringen, nur weil dieser einem faszinierender erschien als alles, was man jemals gesehen hatte! Ich blickte mich um. Es herrschte tiefe Stille. Ich schien ganz allein zu sein. Stirling hatte, wie mir wieder einfiel, auch diesen Weg eingeschlagen, doch er war vermutlich an diesem Besitz vorbeigegangen, ohne ihn zu bemerken. Ich hatte befunden, daß es ihm an Phantasie mangelte; folglich war *Whiteladies* für ihn nur ein graues Steingebäude gewesen. Er würde es nicht aufregend und faszinierend finden, nur weil hier vor Hunderten von Jahren Nonnen in weißen Gewändern gelebt hatten. Ich versuchte mir vorzustellen, wie es sein mochte, so von der Welt abgeschlossen zu leben, und ich stellte zu meiner Erleichterung fest, daß meine Gedanken sich vorübergehend von der mein ganzes Leben überschattenden Tragik gelöst hatten.
Die Mauer war entsetzlich hoch, und ich konnte nur den Turm sehen, als ich weiter an ihr entlangging. Vom Hügel oben hatte

man einen viel besseren Blick gehabt – obgleich sich von jenem Aussichtspunkt aus die Entfernung bemerkbar machte. Hier war man viel näher, aber die Mauern versperrten einem die Sicht.
Ich wunderte mich darüber, daß ich – im Begriff, die Reise in ein fernes Land anzutreten – so fasziniert von einem alten Haus war, das ich nie zuvor gesehen hatte und wahrscheinlich auch nie wieder im Leben sehen würde. Vielleicht kam es daher, daß ich mich so lange Zeit nicht mehr für meine Umwelt interessiert hatte und mich nun auf diese Gelegenheit stürzte und mein echtes Interesse an diesem Haus überschätzte.
Als ich weiter an der Mauer entlangspazierte, hörte ich plötzlich Stimmen.
»Ellen hat den Tee gebracht, Lucie.« Es war eine klare, hohe, sehr wohltönende Stimme; zu gerne hätte ich den Menschen gesehen, zu dem sie gehörte.
»Ich schaue nach, ob Lady Cardew bereit ist«, sagte eine andere, tiefere und heisere Stimme.
Das Gespräch ging weiter, doch so leise, daß ich nichts verstehen konnte. Was für Menschen mochten wohl in diesem Haus leben? Ich mußte es herausfinden! Ich war in einer so eigenartigen Stimmung, daß ich fast davon überzeugt war, jenseits der Mauer zwei weiß gekleidete Nonnen zu erblicken – falls es mir gelänge, hinüberzuspähen – zwei Geister der Vergangenheit.
Eine mächtige Eiche breitete ihre Zweige bis über die Mauer. Die Eicheln mußten auf den Grund und Boden von *Whiteladies* fallen. Prüfend betrachtete ich die Eiche. Ich war seit recht langer Zeit auf keinen Baum mehr geklettert. Derartige Fähigkeiten waren in *Danesworth House* nicht gefördert worden. Die Eiche hatte jedoch eine breite Astgabel, die einen passablen, wenn nicht gar bequemen Sitz bot. Aber ich konnte doch nicht auf einen Baum klettern! Es war zu würdelos. Außerdem – wie unerzogen, andere Menschen zu belauschen! Ich drehte die weiche Seide des grünen Schals zwischen den Fingern, den mein Vater mir bei seiner Abreise geschenkt hatte; ich liebte diesen Schal, weil er eines seiner letzten Geschenke war, über alles. Vater wäre bestimmt auf den Baum geklettert. Miss Emily wäre entsetzt. Dieser letzte Gedanke gab den Ausschlag – umsomehr, als ich die Stimmen erneut vernahm.
»Fühlst du dich besser, Mama?« Das war wieder die helle, junge Stimme.

Ich kletterte also zur Astgabel hinauf, die gerade hoch genug war, um mir den Blick über die Mauer freizugeben.
Es war ein wunderhübscher Anblick. Die Rasenfläche sah wie grüner Samt aus, weich und glatt, und man wurde unwillkürlich an die jahrhundertelange sorgfältige Pflege erinnert. An den Seiten prangten Blumenrabatten mit blühenden Rosen und Lavendelstauden, und ein Springbrunnen sprühte seinen silbrigen Schauer über eine weiße Statue. Die Taxusbüsche waren zu Vogelformen zurechtgeschnitten, und zwischen ihnen schritt ein Pfau majestätisch über den Rasen und entfaltete die bunte Pracht seines Schwanzes, gefolgt von seiner unscheinbaren kleinen Henne. Es war ein Bild tiefsten Friedens. Dicht am Teich stand ein gedeckter Teetisch unter einem großen weißblauen Sonnenschirm; ein junges Mädchen etwa in meinem Alter saß an dem Tisch. Sie schien recht groß zu sein und war schlank und zierlich wie eine Dresdner Porzellanfigur. Ihr honigblondes Haar hing ihr in langen Ringellocken den Rücken hinab. Sie trug ein blaßblaues Kleid mit weißem Spitzenkragen und Manschetten. Sie paßte wirklich perfekt in diesen Rahmen. Neben ihr saß eine Frau, vermutlich Lucie. Ich schätzte sie auf etwa zehn Jahre älter als das junge Mädchen. In einem Rollstuhl lag eine Dame, die ich für die Mama hielt; sie war ebenso blond wie das Mädchen und hatte das gleiche zarte, gebrechliche Aussehen einer Porzellanfigur.
»Es ist wirklich angenehm im Schatten, Mama«, sagte das junge Mädchen.
»Das hoffe ich.« Die Stimme klang leicht mißmutig. »Du weißt, wie mir die Hitze zu schaffen macht. Wo ist mein Riechsalz, Lucie?«
Ich verfolgte ihre Unterhaltung. Lucie hatte ihren Stuhl näher an den des jungen Mädchens gerückt, und dieses war wiederum aufgestanden um nachzusehen, ob das Kissen hinter Mamas Kopf auch in der bequemsten Position lag. Lucie ging dann über den Rasen, wahrscheinlich um das Riechsalz zu holen. Sie war vermutlich die Gesellschafterin, eine Art bessere Angestellte, vielleicht eine arme Verwandte. Arme Lucie!
Ich konnte die Worte ihres Gespräches nur verstehen, wenn der Wind sie zu mir herüberwehte, und dieser Wind, der in den Böen recht stark war, blies leider sehr unzuverlässig. Was dann passierte, war seine Schuld. Der Schal um meinen Hals war bei der Kletterei aufgegangen, ohne daß ich es be-

merkte. Als ich mich nun vorbeugte, um mehr zu sehen und zu hören, blieb er an einem Zweig hängen und glitt mir vom Hals. Bevor ich ihn ergreifen konnte, wurde er von einem Windstoß erfaßt und heimtückisch über die Mauer geweht, als wollte mich der Wind für mein heimliches Lauschen bestrafen. Der Schal schwebte über den Rasen und blieb dicht bei der Gruppe um den Teetisch liegen, ohne daß diese ihn jedoch bemerkte.

Ich war sehr betrübt über den Verlust, weil der Schal eine Erinnerung an jenen Abschied von meinem Vater war. Entweder mußte ich zu ihnen herüberrufen und sie bitten, ihn mir wiederzugeben oder aber ihn endgültig abschreiben.

Ich kam schließlich zu dem Entschluß, daß ich unmöglich aus meinem Baum zu ihnen hinüberrufen konnte. Ich würde am Tor läuten und eine Geschichte darüber erzählen, wie er mir vom Kopf geweht sei – was ja auch stimmte – ohne natürlich zu verraten, daß ich aus Neugier auf einen Baum geklettert war, um sie zu belauschen und zu beobachten.

Ich ließ mich am Stamm hinuntergleiten und schrammte mir in der Eile die Hand auf, die nun leicht zu bluten begann. Als ich die kleine Wunde bekümmert untersuchte, sah ich plötzlich Stirling auf mich zukommen.

»Eichen sind doch sehr nützlich«, meinte er.

»Wieso?« entgegnete ich kühl.

»Das weißt du doch am besten! Du hast sie doch von dort oben beobachtet!«

»Woher willst du das wissen? Es sei denn, du hast es ebenfalls getan.«

»Wenn Männer auf Bäume klettern ist das nicht so unschicklich als wenn junge Mädchen das tun, weißt du.«

»Du hast sie also auch belauscht und beobachtet!«

»O nein, ich habe nur genau wie du einen höflichen Blick hinübergeworfen.«

»Es hat dich derartig interessiert, daß du auf einen Baum geklettert bist und über die Mauer geschaut hast!«

»Laß uns sagen, meine Motive ähnelten den deinen. Aber jetzt müssen wir den Schal holen. Komm! Ich geh mit. Als dein stellvertretender Vormund kann ich nicht zulassen, daß du allein ein fremdes Haus betrittst.«

»Aber wie machen wir es, dort hineinzukommen?«

»Das ist doch ganz einfach. Du sagst, du möchtest Lady Cardew sprechen und ihr sagen, daß dein Schal auf ihrem schönen Rasen liegt.«

»Findest du wirklich, wir sollen nach ihr fragen? Vielleicht wäre es besser, einfach einen der Dienstboten zu bitten, den Schal zu holen.«

»Du bist zu schüchtern. Nein! Wir werden einfach hineingehen und nach Lady Cardew fragen!«

Wir waren unterdessen am Tor angekommen. Stirling stieß es auf. Vor uns lag ein mit Kopfsteinen gepflasterter Innenhof, an dessen anderem Ende sich ein Torbogen befand. Stirling steuerte entschlossen auf ihn zu, während ich mich hinter ihm hielt. Und dann waren wir auch schon auf der weiten Rasenfläche. Mir war unbehaglich zumute. Dies war höchst unkonventionell, doch Stirling war nun einmal unkonventionell und nicht an unsere steifen Sitten und Umgangsformen gewöhnt. Und als wir dann über den Rasen auf die Teegesellschaft zugingen und diese in fragendem Staunen zu uns aufblickte, begriff ich vollends, wie ungewöhnlich unser Überfall erscheinen mußte.

»Guten Tag!« sagte Stirling. »Ich hoffe, wir stören nicht. Wir sind nur gekommen, um den Schal meines Mündels zu holen.«

Das junge Mädchen sah mich verständnislos an. »Den Schal?« wiederholte es fragend.

»Ja«, kam ich Stirling zu Hilfe, im Bemühen, den Auftritt in normale Bahnen zu lenken. »Er ist mir vom Hals und dann über Ihre Mauer geweht worden.«

Ihre Gesichter blieben recht ratlos, doch konnten sie uns unsere Bitte nicht abschlagen, denn da lag der Schal vor ihnen. Stirling hob ihn auf, und als er ihn mir reichte, sagte er überrascht: »Was hast du mit deiner Hand gemacht?«

»Oh! Sie blutet ja!« rief das Mädchen.

»Ich schrammte mir die Hand an einem Baumstamm, als ich versuchte, meinen Schal zu erhaschen«, stammelte ich. Stirling betrachtete mich amüsiert, und ich glaubte einen Augenblick lang, er würde ihnen erzählen, daß ich auf einen Baum geklettert war, um sie mir anzuschauen.

Das junge Mädchen schien betroffen, und ihr Gesicht hatte einen reizend besorgten Ausdruck. »Wohnen Sie hier in der Gegend?« fragte Lucie. »Ich glaube es nicht, denn sonst würden wir Sie kennen.«

»Wir wohnen im *Falcon Inn*«, erklärte ich.

»Nora!«, sagte Stirling rasch, »du bist ja plötzlich ganz blaß!« Und er wandte sich an das Mädchen. »Vielleicht wäre es besser, wenn sie sich einen Moment setzen könnte.«
»Aber natürlich«, sagte das Mädchen. »Natürlich. Und die Hand muß auch verbunden werden. Lucie kann Ihnen einen Verband machen, nicht wahr, Lucie?«
»Aber ja, selbstverständlich«, versicherte Lucie gefügig.
»Nimm sie mit ins Haus und wasch die Wunde aus. Geh mit ihr in Mrs. Glees Zimmer. Sie hat bestimmt kochendes Wasser, denn ich finde, man sollte die Wunde auswaschen.«
»Kommen Sie«, forderte Lucie mich auf. Ich wollte protestieren, denn mich interessierte das junge Mädchen, und ich wäre viel lieber geblieben und hätte mich mit ihr unterhalten. Stirling hatte sich hingesetzt und bekam eine Tasse Tee angeboten, während ich Lucie über den Rasen zum Haus hinüber folgte. Wir gingen durch eine schwere eisenbeschlagene Tür und einen breiten Korridor mit nackten Steinwänden entlang zu einer Treppe. Oben angekommen, sagte Lucie erklärend: »Hier geht es zum Zimmer der Wirtschafterin.«
Wir stiegen eine Wendeltreppe hinauf und gelangten auf einen Vorplatz mit mehreren Türen. Nach kurzem Anklopfen öffnete Lucie eine dieser Türen. In dem Zimmer stand ein Wasserkessel auf einem Spirituskocher, und eine Frau mittleren Alters in einem schwarzen Bombasinkleid und einem weißen Häubchen auf dem dichten, graumelierten Haar saß schläfrig in einem Sessel. Dies war vermutlich Mrs. Glee. Lucie erzählte ihr die Geschichte mit dem Schal und zeigte ihr meine Hand.
»Es ist nur eine leichte Schürfwunde«, sagte Mrs. Glee.
»Miss Minta meint, sie sollte ausgewaschen und verbunden werden.«
»Miss Minta und ihre Verbände!« brummte Mrs. Glee. »Das nimmt ja gar kein Ende. Vorige Woche jener Vogel. Konnte nicht fliegen. Also nahm ihn Miss Minta in Pflege. Und davor jener Hund, der in eine Falle geraten war.«
Ich war nicht sonderlich begeistert, mit einem Vogel und einem Hund verglichen zu werden und sagte daher: »Es ist wirklich nicht nötig.« Mrs. Glee ignorierte mich jedoch und goß etwas heißes Wasser aus dem Kessel in eine Schüssel. Meine Hand wurde geschickt gewaschen und verbunden, während ich den beiden Frauen erzählte, daß wir in dem Gasthaus *Falcon Inn* wohnten und uns in Kürze nach Australien einschiffen würden.

Als der Verband fertig war, bedankte ich mich bei Mrs. Glee und ließ mich von Lucie in den Garten zurückführen. Unterwegs entschuldigte ich mich bei ihr. Ich fürchte, ich hätte ziemliche Umstände verursacht, sagte ich. Keineswegs, erwiderte sie in einer Weise, die deutlich zu verstehen gab, daß sie genau das Gegenteil dachte. Vielleicht war das aber nur so ihre Art.
»Miss Minta hat ein sehr gutes Herz nicht wahr?« sagte ich.
»Ja, sehr«, bestätigte sie.
Es gab so viele Fragen, die ich ihr gerne gestellt hätte, doch wäre das sogar schwierig gewesen, wenn sie gesprächig gewesen wäre, was sie ganz entschieden nicht war.
Wir fanden Stirling in angeregtem Gespräch mit Minta, während Lady Cardew weiter gelangweilt in ihrem Liegestuhl lag. Stirlings selbstgefällige Art ärgerte mich. Nur mir war es zu verdanken, daß wir hier waren, und nun verschaffte er sich den angenehmen Teil dieses Abenteuers! Worüber mochten sie in meiner Abwesenheit gesprochen haben?
»Sie müssen auch noch eine Tasse Tee trinken, bevor Sie uns verlassen«, sagte Minta, und ich war erneut beeindruckt von ihrer Anmut – und Freundlichkeit – als sie mir Tee einschenkte und mir die Tasse brachte. Sie schien echt um mich besorgt zu sein wegen der kleinen Schramme.
»Miss Cardew hat mir von dem Haus erzählt«, sagte Stirling. »Es ist das schönste, das ich jemals gesehen habe.«
»Und bestimmt auch das älteste«, fügte Minta lachend hinzu. »Wie er mir erzählte, ist er vor kurzem aus Australien angekommen und nimmt Sie mit dorthin zurück, weil sein Vater Ihr Vormund geworden ist. Zucker?«
Und damit reichte sie mir die hauchdünne Tasse. Mir fielen ihre langen, weißen, schlanken Finger auf und der Opalring, den sie trug.
»Wie aufregend muß es für Sie sein, nach Australien zu reisen!« meinte sie.
»Es muß aufregend sein, in einem Haus wie diesem zu wohnen«, erwiderte ich.
»Da ich mein ganzes Leben hier gewohnt habe, bin ich da wohl etwas blasiert geworden. Wahrscheinlich würde uns erst klar, was es uns bedeutet, wenn wir es verlieren würden.«
»Aber Sie werden es doch nie verlieren«, sagte ich. »Wer könnte sich jemals von solch einem Besitz trennen?«
»Natürlich niemand«, meinte sie leichthin.

Lucie war mit dem Teegeschirr beschäftigt. Lady Cardews Blick ruhte auf mir, doch schien sie mich nicht zu sehen; sie hatte bisher kaum ein Wort gesprochen und schien halb zu schlafen. Ob sie krank war? Sie schien nicht sehr alt zu sein, benahm sich aber ganz wie eine alte Frau.
Ich fragte Minta nach der Geschichte des Hauses und sagte ihr, daß der Kutscher mir schon etwas darüber erzählt hätte. Ja, es stimme, antwortete sie; das Haus sei auf den Fundamenten des alten Nonnenklosters erbaut worden, von dem übrigens noch ziemlich viele Gebäudeteile erhalten seien.
»Einige der Zimmer sind wie Zellen, nicht wahr, Lucie?«
Lucie bestätigte das.
»Es ist jetzt schon seit so vielen Jahren in der Familie, und sie sind natürlich enttäuscht, daß ich ein Mädchen und kein Junge bin. In unserer Familie gibt es viele Mädchen. Aber wir sind trotzdem hier ... wie lange jetzt schon, Lucie? Seit 1550? Ja, das stimmt. Heinrich VIII. löste die Klöster auf; *Whiteladies* wurde damals teilweise zerstört. Mein Vorfahre aus jener Zeit tat etwas, was dem König gefiel, und erhielt dafür *Whiteladies*, um sich hier ein Haus zu bauen, was er dann auch machte. Die hier noch reichlich vorhandenen Überreste des alten Klosters wurden mitverwandt, und ein beträchtlicher Teil von ihm blieb, wie ich schon sagte, erhalten.«
»Mr. Wakefield«, verkündete Lucie. Ein Herr kam über die Rasenfläche geschritten – der eleganteste Mann, den ich jemals gesehen hatte. Seine Aufmachung war untadelig, und seine Manieren waren es ebenfalls, wie ich feststellen sollte.
Minta sprang auf und lief ihm entgegen. Er ergriff ihre Hand und küßte sie. Charmant! Ich wußte, es würde Stirling amüsieren. Anschließend begrüßte er Lady Cardew ebenfalls mit einem Handkuß. Lucie bekam nur eine angedeutete Verbeugung. O ja, Lucie gehörte eben nicht zur Familie.
Minta wandte sich nun zu uns um. »Ich fürchte, ich kann Sie nicht vorstellen, da ich Ihre Namen nicht weiß. Weißt du, Frankly, ein Schal wehte über die Mauer, und er gehört Miss ...«
»Tamasin«, half ich ihr. »Nora Tamasin.« Er verneigte sich formvollendet. »Und dies ist Mr. Stirling Herrick«, fuhr ich fort.
»Aus Australien«, ergänzte Minta.
»Wie interessant!« Mr. Franklyn Wakefields Gesicht drückte

höfliches Interesse für meinen Schal und uns aus, und deshalb gefiel er mir.
»Du bist gerade recht für eine Tasse Tee gekommen«, meinte Minta.
Es gab für uns wirklich keinen Grund mehr, noch länger zu bleiben, und wenn wir uns nicht augenblicklich verabschiedeten, würde man uns für völlig unerzogene Eindringlinge halten. Stirling machte jedoch keinerlei Anstalten, sich zu erheben. Er saß gemütlich zurückgelehnt in seinem Gartenstuhl und betrachtete alles – und Minta ganz besonders – mit einer Aufmerksamkeit, die man nur als gierig bezeichnen konnte.
Ich stand auf und sagte: »Sie sind äußerst liebenswürdig gewesen, doch jetzt müssen wir gehen. Und haben Sie vielen Dank für so viel Freundlicheit gegen Ihnen völlig Unbekannte.«
Ich fühlte, wie Stirling sich über meinen Aufbruch ärgerte, denn er wollte ganz offensichtlich noch bleiben. Es schien ihm nicht klar zu sein, daß wir hier störten, oder aber es war ihm egal. Ich ließ mich jedoch nicht umstimmen.
Minta lächelte Lucie zu, die sofort aufstand, um uns zum Tor zu begleiten.
»Und entschuldigen Sie bitte vielmals, daß wir hier so hereinplatzten«, sagte ich.
»Es war eine nette Abwechslung«, meinte Lucie. Und wieder schwang jener Unterton in ihrer Stimme, der mich irritierte. Sie war abweisend, doch gleichzeitig irgendwie verletzlich. Sie schien krampfhaft bemüht, ihre Würde zu wahren, was vielleicht durch ihren Status – den einer armen Verwandten – begründet war.
»Wie ist Miss Minta reizend!« sagte ich.
»Dem kann ich nur zustimmen«, erklärte Stirling.
»Sie *ist* ein bezaubernder Mensch!« bestätigte Lucie.
»Und ich danke Ihnen, daß Sie meine Hand verarzteten, Miss ...«
»Maryan, Lucie Maryan.«
Bestimmt war sie eine arme Verwandte.
Stirling, der – wie ich noch entdecken sollte – sich keinen Deut um die konventionellen Umgangsformen und Regeln der vornehmen Gesellschaft scherte, erkundigte sich plump: »Sind Sie mit den Cardews verwandt?«
Lucie zögerte einen Augenblick, und ich dachte, sie würde ihm

eine Zurechtweisung für seine zudringliche Frage erteilen. Doch dann sagte sie lediglich: »Ich bin die Gesellschafterin und Pflegerin von Lady Cardew.«

Und damit hatten wir das Tor erreicht. »Ich denke, Ihre Hand wird bald in Ordnung sein«, meinte sie kühl. »Auf Wiedersehen.« Und energisch schloß sie das Tor hinter uns.

Schweigend entfernten wir uns ein Stückchen, und dann brach Stirling in Lachen aus.

»Das war ein ziemliches Abenteuer«, meinte ich.

»Na, du hattest dir ja vorgenommen zu ergründen, was hinter jener Mauer vorging.«

»Du ebenfalls, wie mir scheint.«

»Ein sehr hübscher Schal ist das. Wir sollten ihm beide dankbar sein. Er war sozusagen unsere Eintrittskarte.«

»Was für eine seltsame Familie!«

»Seltsam! Wie meinst du das ... seltsam?«

»Oberflächlich betrachtet besteht sie aus der Mutter, der Tochter und der Gesellschafterin. Daran ist wahrscheinlich nichts Ungewöhnliches. Aber ich hatte das Gefühl, daß da noch etwas anderes war. Die Mutter war so ruhig. Die meiste Zeit schlief sie halb, glaube ich.«

»Nun, sie ist leidend.«

Schweigend gingen wir weiter. Ich betrachtete ihn verstohlen von der Seite und erkannte, daß er in der gleichen Stimmung war wie ich. Das Erlebnis hatte uns beide auf eigenartige Weise beeindruckt, ja irgendwie bezaubert.

»Als ich durch jenes Tor trat, hatte ich das Gefühl, eine ganz neue Welt zu betreten«, sagte ich, »eine Welt, die ganz anders war als alles, was ich bisher kannte. Ich hatte das Gefühl, daß etwas wahnsinnig Dramatisches dort vorging, das dadurch so unheimlich wurde, weil alles scheinbar ganz ruhig und friedlich und in gewissem Sinne normal war.«

Stirling lachte. Er war entschieden kein sehr phantasievoller Mensch. Es war sinnlos zu versuchen, ihm meine Empfindungen zu erklären. Ich hatte jedoch das Gefühl, ihn nach diesem Abenteuer in *Whiteladies* besser zu kennen. Daß ich am Tag zuvor um dieselbe Zeit von seiner Existenz gar nichts wußte, hatte ich vergessen. Und zum ersten Mal seit der Nachricht vom Tode meines Vaters erfaßte mich freudige Erregung – und das war umso angenehmer, weil ich eigentlich nicht wußte, warum.

Am folgenden Morgen fuhren wir nach London, und am Tag darauf schifften wir uns im Hafen von Tilbury auf der *Carron Star* ein.
Meine Reise zur anderen Seite der Erdkugel hatte begonnen.

2

Ich merkte sehr bald, daß das Leben auf der *Carron Star* etwas spartanisch werden würde, obwohl wir erster Klasse reisten. Ich teilte die Kabine mit der jungen Tochter eines Pfarrers, deren Verlobter in Melbourne auf sie wartete. Sie sah der Zukunft sowohl mit Freude wie mit Furcht entgegen. Ihr Zukünftiger hatte vor zwei Jahren England verlassen, um in der Neuen Welt eine Existenz für sie aufzubauen; jetzt war er der glückliche Besitzer einer Farm. Sie war um ihre Schrankkoffer voller Kleider und die Leinenwäsche besorgt, die sie mitgenommen hatte. »Man muß doch gut ausgerüstet sein«, erklärte sie. Glücklicherweise redete sie immer nur über sich und stellte mir daher keine lästigen Fragen, worüber ich froh war.
Sie erzählte mir, daß die Passage fünfzig Pfund kostete, und ich empfand freudige Genugtuung darüber, daß mein Vormund soviel bezahlte, um mich zu sich holen zu lassen.
Wir hätten Glück in der ersten Klasse, sagte sie, denn die Passagiere der zweiten und dritten müßten ihr eigenes Besteck und Eßgeschirr sowie eine Wasserflasche mitbringen. Ihr Verlobter hätte darauf bestanden, daß sie erster Klasse reise. Es sei wirklich ein aufregendes Erlebnis für ein junges Mädchen, allein halb um die Welt zu reisen, doch ihre Tante hätte sie ja bis aufs Schiff gebracht, und ihr Verlobter würde sie bei unserer Ankunft abholen. Sie war bestrebt, mich wissen zu lassen, daß sie eine sehr behütete junge Dame war mit ihren Schrankkoffern voller Kleider und feinem Leinen.
Sie erkundigte sich als einziges, ob ich allein reise, und so erzählte ich ihr, daß mein Vormund mich begleite. Sie riß, als sie Stirling erblickte, die Augen weit auf, der wie sie erklärte, doch recht jung für die Rolle eines Vormundes scheine, und ich bin überzeugt, sie dachte von jenem Augenblick an, daß etwas sehr merkwürdig mit mir sei.

Im Speisesaal saßen Stirling und ich zusammen. Anfangs dachten die meisten, wir wären Geschwister, und als es bekannt wurde, daß ich sein Mündel war, gingen so manche Augenbrauen in die Höhe; bald gewöhnte man sich jedoch daran. Zu Anfang der Reise hatten wir ziemlich schlechtes Wetter, und das bedeutete, daß viele ihre Kabinen nicht verlassen konnten; als sie schließlich zum Vorschein kamen, schienen die meisten uns trotz des zu geringen Altersunterschiedes akzeptiert zu haben.
Während das Schiff sich in dem Sturm vorwärtskämpfte, saßen Stirling und ich gemütlich in Liegestühlen an Deck, und er erzählte mir von Australien ... und Lynx, und ich war allmählich viel gespannter auf ihn als auf den unbekannten Kontinent. Jeder Tag schien mich Stirling näher zu bringen, und ich begann ihn zu verstehen. Er konnte recht brüsk sein, doch das bedeutete nicht, daß er böse auf mich oder ich ihm gleichgültig war. Er war stolz auf seine offene Direktheit, und wenn er mir unumwunden sagte, was er dachte, so erwartete er das gleiche von mir. Er verachtete jede Art von gekünstelter Manieriertheit und Heuchelei. Ich erkannte das an der Art, wie er mit unseren Mitpassagieren verkehrte. Oft dachte ich an die vier Menschen, die wir in *Whiteladies* kennengelernt hatten, und mir schien, daß Stirling das genaue Gegenteil von Franklyn Wekefield war, so wie ich das von Minta. Merkwürdig, daß diese Menschen, die ich nur ein einziges Mal flüchtig gesehen hatte, einen solchen Eindruck auf mich gemacht hatten, daß ich jeden, den ich kennenlernte, mit ihnen verglich.
Das Leben an Bord mag für einige Passagiere, die das Ende der Reise herbeisehnten, eintönig gewesen sein. Nicht für mich! Mich interessierte einfach alles – und am meisten Stirling. Er war ungeduldig nach Hause zu kommen und litt zweifellos unter der Monotonie. Wir frühstückten um neun Uhr und aßen um zwölf zu Mittag; in den dazwischenliegenden drei Stunden marschierten wir an Deck auf und ab, um uns etwas Bewegung zu verschaffen, während die meisten Passagiere Briefe schrieben, um sie im nächsten Hafen nach Hause schicken zu können. Ich hatte niemanden, an den ich hätte schreiben können – außer der armen Mary, der ich einen kurzen Gruß schrieb. Oft mußte ich voller Mitleid an sie in jener armseligen Dachkammer denken und daran, daß sie zu einem Leben in *Danesworth House* verdammt war.

Ich erinnerte mich daran, wie ich einmal mit Stirling während des Sturmes an Deck saß, als die meisten Passagiere jämmerlich in ihren Kabinen litten, und ich mich freute, daß er mich bewunderte, weil ich nicht seekrank wurde. Er neigte dazu, nicht sehr geduldig mit den Schwächen der Menschen zu sein, wie ich festgestellt hatte. Würde es mir gelingen, so fragte ich mich, die in mich gesetzten Erwartungen in Australien zu erfüllen? Aus seinen Erzählungen entnahm ich, daß er einen Großteil seiner Zeit im Sattel verbrachte. Mein Vater hatte mir Reiten beigebracht, als wir auf dem Lande lebten, doch vermutete ich, daß ein gemütlicher Ausritt auf englischen Feldwegen und eine wilde Galoppade durch den australischen Busch zweierlei waren. Ich machte eine diesbezügliche Bemerkung, und Stirling beeilte sich, mich zu beruhigen.

»Du wirst keine Schwierigkeiten haben. Ich werde dir das richtige Pferd aussuchen. Anfangs bekommst du einen Gentleman von Pferd mit ebenso feinen Manieren wie dieser Mr. Wakefield, von dem du so begeistert warst. Und nach einiger Zeit dann ...«

»Ein richtiges *männliches* Pferd«, schlug ich vor, »ebenso männlich wie Stirling Herrick.«

Wir lachten sehr viel zusammen. Und wir stritten uns, denn es gab so viele Dinge, über die wir nicht einer Meinung waren. Auch mit unseren Mitpassagieren war Stirling oft gar nicht einer Ansicht; er ließ sich in Diskussionen mit ihnen verwickeln und nahm dann kein Blatt vor den Mund. Er war daher nicht sonderlich beliebt bei einigen der pompösen Herren, doch bemerkte ich, daß viele der Frauen ihm kokett zulächelten.

Erst nachträglich erkannte ich, wie gut diese Seereise für mich war. Sie setzte einen Schlußstrich unter jene qualvollen Monate, in denen ich zuerst angstvoll auf Nachricht von meinem Vater gewartet hatte, um dann, als diese Nachricht endlich kam, unter dem furchtbaren Schlag zusammenzubrechen.

Die tägliche Routine unseres Lebens an Bord sah folgendermaßen aus: Frühstück im Salon, anschließend der Vormittag mit unserer Deckpromenade, nach dem Mittagessen der sich hinziehende Nachmittag ohne festes Programm, dann Tee um vier Uhr, für den die meisten sich umzogen und zu dem die Schiffskapelle leichte Unterhaltungsmusik spielte; danach schlenderte man an Deck auf und ab, bis das Abendessen um sieben Uhr serviert wurde.

Wir gingen in Gibraltar an Land und verbrachten dort einen sehr angenehmen Vormittag. Es war wundervoll, mit Stirling in einer Kutsche spazierenzufahren und die Sehenswürdigkeiten des Ortes anzuschauen: die Läden, die Affen und den berühmten Felsen.
»Manchmal wünschte ich, diese Reise würde ewig dauern«, sagte ich.
Stirling machte ein entsetztes Gesicht.
»Angenommen, wir verpassen nun das Schiff?« schlug ich vor. »Angenommen, wir bauen uns selbst ein Schiff und segeln um die Welt und überall dorthin, wohin wir gerne möchten?«
»Auf was für verrückte Ideen du kommst!« entgegnete er spöttisch.
»Meinem Vater hätten sie gefallen!« erklärte ich scharf. Wie anders als mein Vater war doch Stirling! Er hätte diese übermütige, natürlich nicht ernstzunehmende Idee mit mir weitergesponnen, und wir hätten uns im Geiste ein Schiff gebaut und wären zu exotischen Inseln gesegelt.
»Ich erinnere mich sehr gut an ihn«, sagte Stirling. »Er hatte eine Art, die phantastischsten Geschichten zu erzählen und so zu tun, als ob Dinge geschehen würden, von denen er genau wußte, daß sie unmöglich waren.«
»Es war eine herrliche Art, das Leben zu genießen!«
»Sie war verrückt. Was hat es für einen Sinn, sich vorzumachen, es würde etwas eintreten, wenn man doch genau weiß, daß es das nicht tun wird.«
Ich konnte keinerlei Kritik an meinem Vater ertragen.
»Das Leben wurde dadurch bunt und aufregend«, widersprach ich heftig.
»Es war reine Tagträumerei. Ich finde es eine Zeitverschwendung, so zu tun, als glaube man an das Unmögliche ...«
»Du bist eben sehr nüchtern und ...«
»Langweilig?«
Ich schwieg, und er drängte: »Na, sag es doch! Sag die Wahrheit!«
»Ich finde es schön, mir vorzustellen, daß wundervolle Dinge geschehen können.«
»Auch wenn du weißt, daß sie es *nicht* können?«
»Wer weiß das denn so genau?«
»Nun, nehmen wir zum Beispiel jemanden, der für einige Stunden an Land geht und sich ein Schiff bauen will und ohne

Steuermann, Kapitän oder Lotsen um die Welt segeln will, ohne sich um Hafengebühren und Navigation zu kümmern. Du mußt in Australien erwachsen werden, Nora!«

Ich war wütend, weil ich es als einen Angriff auf meinen Vater auffaßte.

»Vielleicht hätte ich gar nicht mitkommen sollen!«

»Es ist noch zu früh, um das zu beurteilen.«

»Wenn du findest, daß ich kindisch bin ...«

»Das werden wir bestimmt finden, wenn du in kindischen Phantastereien schwelgst wie ...«

»Wie mein Vater? Fandest du ihn kindisch?«

»Wir fanden ihn nicht sehr lebenspraktisch. Sein Ende war ein Beweis dafür, oder? Wenn er das Gold hergegeben hätte, würde er heute am Leben sein. Was hat es für einen Sinn, sich Illusionen hinzugeben und zu glauben, man könne etwas behalten, und dann mit dem Leben dafür zu bezahlen, daß man sich täuschte?«

Ich war verletzt und böse, aber nicht imstande, meinen Vater mit logischen Argumenten zu verteidigen. Ich hüllte mich in Schweigen und war wütend auf Stirling, daß er uns diesen herrlichen Tag verdorben hatte. Es war jedoch ein für uns typischer Vorfall. Er machte keinerlei Konzessionen an höfliche Gesprächsformen und verkündete unumwunden, was er dachte; und nichts konnte ihn dazu bewegen, seine Meinung zu ändern. Ich wußte, daß er mit dem, was er sagte, recht hatte, konnte es jedoch nicht ertragen, daß er meinen Vater kritisierte.

Obgleich mir manchmal seine anmaßende Selbstsicherheit mißfiel, empfand ich ein warmes Gefühl der Geborgenheit, wenn er – wie er das häufig tat – zeigte, daß er sich für mich verantwortlich fühlte.

Inzwischen waren wir in wärmere Gewässer gekommen, und ich liebte die tropischen Abende an Deck, wenn wir nebeneinander in Liegestühlen saßen und uns unterhielten. Es waren die Augenblicke, auf die ich mich immer am meisten freute, mehr sogar noch als auf die sonnigen Vormittage, wenn wir an Deck herumschlenderten oder uns über die Reling beugten und er mich auf einen fröhlich herumplanschenden Tümmler oder fliegenden Fisch aufmerksam machte.

Eines Abends, als wir wieder an Deck saßen und in die samtige Dunkelheit der tropischen Wasserfläche blickten, sagte ich zu Stirling: »Und was ist, wenn Lynx mich nicht mag?«

»Er würde trotzdem für dich sorgen. Er hat deinem Vater sein Wort gegeben.«
»Es scheint schwierig, es ihm recht zu machen.«
Stirling nickte. Das stimme. Lynx sei vielleicht allmächtig, doch sei er nicht immer voll nachsichtiger Güte.
»Er klingt wie einer der römischen Götter, den die Menschen immer zu besänftigen versuchten.«
Stirling mußte über diesen Vergleich lachen. »Die Menschen versuchen ganz von alleine, es ihm recht zu machen.«
»Und wenn es ihnen nicht gelingt?«
»Dann läßt er es sie wissen.«
»Manchmal glaube ich, ich hätte lieber in *Danesworth House* bleiben sollen.«
»Du wirst lernen müssen, ehrlich und unumwunden deine Meinung zu sagen, wenn du sein Wohlwollen gewinnen willst.«
»Ich bin mir nicht sicher, ob ich das will ... Ich würde es hassen, seine unterwürfige kleine Sklavin zu sein.«
»Wart es nur ab. Auch du wirst wollen, daß er mit dir einverstanden ist. Jeder will es.«
»Du sprichst mit brutaler Offenheit über *meinen* Vater. Weshalb sollte ich nicht ebenso über deinen sprechen?«
»Du solltest selbstverständlich immer das sagen, was du denkst.«
»Nun, ich finde, dein Lynx klingt wie ein eingebildeter, machtgieriger Größenwahnsinniger.«
»Laß uns sehen, ob das stimmt. Er hat eine sehr hohe Meinung von sich selbst – worin er von allen bestärkt wird. Er liebt es, das Kommando zu führen, und es gibt keinen zweiten Menschen wie ihn. Deine Beschreibung von ihm ist also, von einem etwas anderen Blickwinkel aus betrachtet, vielleicht gar nicht ganz unzutreffend.«
»Erzähl mir mehr von ihm!«
Stirling erzählte mir also von seinem Vater und entwarf in meiner Vorstellung viele Bilder dieses mächtigen Mannes, der meinen Vater derartig beeindruckt hatte, daß er mich seiner Obhut anvertraute.
»Er wurde vor fünfunddreißig Jahren als Sträfling aus England fortgebracht, und das ist nicht spurlos an ihm vorbeigegangen. Eines Tages wird er nach England zurückkehren ... wenn der richtige Augenblick dafür da ist.«

»Der richtige Augenblick?«
»Ja. Er sagte einmal zu mir, er würde schon wissen, wann der richtige Augenblick da sei.«
»Dann spricht er tatsächlich manchmal mit dir wie ein ganz gewöhnlicher Mensch?«
Stirling mußte lächeln. »Ich glaube, du hast beschlossen, ihn nicht zu mögen. Das ist sehr unklug von dir. Ja, er ist sogar ein sehr menschlicher Mensch.«
»Und ich dachte, er wäre ein Gott!«
»Das ist er außerdem.«
»Halb Gott – halb Mensch«, sagte ich spöttisch im Gedanken an die Art, wie Stirling über meinen Vater gesprochen hatte. Ich wußte, er verglich die beiden miteinander; und da nach Stirlings Meinung kein Mensch auf der ganzen Welt neben seinem Vater bestehen konnte, fiel der Vergleich entsetzlich ungünstig für meinen Vater aus.
»Ja«, fuhr er fort. »Lynx ist menschlich. Er ist ein Mensch, ein richtiger Mensch, aber er ist in jeder Hinsicht viel größer angelegt und mehr als andere Menschen.«
»Du erzählst mir soviel von deinem Vater. Was ist mit deiner Mutter? Schließt sie sich der allgemeinen Meinung von der verehrungswürdigen Größe deines Vaters an?«
»Meine Mutter ist tot. Sie starb bei meiner Geburt.« Ein fast unmerklicher Schatten war über sein Gesicht geglitten.
»Oh, das tut mir leid. Ich weiß, du hast eine Schwester, denn sie sollte mich ja abholen. Hast du noch andere Geschwister?«
»Nein, wir sind zu zweit. Adelaide ist acht Jahre älter als ich.«
Wie mochte diese Adelaide sein? Seine Antworten auf meine Fragen ließen nur ein äußerst farbloses Bild von ihr entstehen. Er geriet nur in Schwung, wenn er von seinem Vater sprach. Ich dachte an meine Mutter, die »fortgelaufen« war, und hätte gern gewußt, was für eine Frau das gewesen war, die Lynx geheiratet hatte.
»Und deine Mutter? Kam sie auch als Strafgefangene nach Australien?«
»Nein. Mein Vater mußte bei ihrer Familie arbeiten. Versuch dir das vorzustellen: daß Lynx für jemanden arbeiten *mußte*!«
»Nun, er war damals ein Sträfling und nicht der große Mann von heute.«
»Er ist immer ein sehr stolzer Mensch gewesen. Mein Großvater hat das, glaube ich, auch erkannt.«

»Dein Großvater?«
»Ja, der Mann, für den mein Vater arbeiten mußte. Sehr bald heiratete mein Vater dessen Tochter – meine Mutter.«
»Das war aber sehr klug von ihm!« bemerkte ich ironisch.
»Es ergab sich so«, entgegnete Stirling lakonisch, weil er vermutlich nicht wußte, ob er die Klugheit seines Vaters rühmen oder das in ihr enthaltene berechnende Element bestreiten sollte.
»Er heiratete also sozusagen aus der Gefangenschaft heraus.«
»Du hast eine scharfe Zunge, Nora.«
»Ich dachte, ich sollte sagen, was ich denke.«
»Gewiß, aber es ist schade, daß du immer das schlechteste von den Menschen annimmst.«
»Ich finde lediglich, daß er das sehr schlau gemacht hat. Er wurde als Sträfling für die Dauer seiner Verurteilung zu Zwangsarbeit dorthingeschickt. Und was macht er? Verwandelt seinen Aufseher in seinen Schwiegervater! Das ist doch wirklich ein sehr geschickter Schachzug! Genau so einen hätte ich auch von Lynx erwartet.«
»Wie kannst du überhaupt irgend etwas von ihm erwarten, wenn du ihn gar nicht kennst?«
»Ich habe eine ganze Menge Zeit in deiner Gesellschaft verbracht, und das bedeutet, daß ich viel über diesen wundervollen Mann erfahren habe, denn du sprichst ja über nichts anderes.«
»Also gut, dann spreche ich eben nicht mehr von ihm. Du warst es, die mich nach ihm ausquetschte, und ich habe dir nur auf deine Fragen geantwortet. Das war alles.«
»Natürlich! *Ich* möchte alles über dieses wundervolle, gottähnliche Wesen hören! Erzähl mir jetzt lieber etwas mehr von deiner Mutter!«
»Wie soll ich das, wo ich sie nicht gekannt habe?«
»Es muß doch einige Geschichten über sie geben.«
Er runzelte die Brauen und schwieg. Also gab es Geschichten über sie, die er mir jedoch nicht erzählen wollte. Weshalb? Weil sie, so vermutete ich, nicht sehr schmeichelhaft für Lynx waren.
»Und er hat nie wieder geheiratet?« bohrte ich weiter.
»Nein.«
»Und lebte all diese vielen Jahre ohne eine Frau! Ich hätte gedacht, er hätte wieder eine Frau haben wollen.«
»Du solltest mit deinen Vermutungen und Urteilen warten, bis

du ihn kennst«, bemerkte Stirling ziemlich verstimmt und wechselte rasch das Thema, indem er mir von Australien erzählte. Wenn wir ankämen, wäre der Winter gerade zu Ende, denn ich dürfe nicht vergessen, daß die Jahreszeiten umgekehrt wie in Europa seien. Die australischen Akazien würden blühen, und ich bekäme die prachtvollen, mächtigen Eukalyptusbäume zu sehen mit ihrer roten, streifig herabhängenden Rinde. Unsere Fahrt würde uns von Melbourne nach Norden und teilweise durch den australischen Busch führen. Ich hörte nicht sehr aufmerksam zu. Mir ging diese merkwürdige Heirat weiter durch den Kopf. Vielleicht, so überlegte ich, wäre Fox (= Fuchs) ein noch besserer Spitzname für ihn gewesen. Je mehr ich über die schier unmenschlichen Vorzüge und Qualitäten dieses Mannes hörte, umso unsympathischer wurde er mir, denn ich hielt jede bewundernde Bemerkung von Stirling über ihn für eine versteckte Kritik an meinem Vater. Stirling erzählte mir weiter von meiner zukünftigen Heimat, während wir so dasaßen und über die weite Wasserfläche blickten. Schließlich sagte ich: »Es wird spät. Ich muß jetzt gehen.«
Stirling begleitete mich zu meiner Kabine und sagte mir gute Nacht.
Bei meinem Eintreten meinte meine Schlafgenossin, die bereits im Bett lag, ich schiene ja großes Gefallen an der Gesellschaft von Mr. Herrick zu finden.
»Es gibt natürlich vieles, über das wir uns unterhalten können, wo er mich doch nach Australien, in seine Heimat, bringt, die auch meine werden wird.«
»Mrs. Mullens sagt, es wäre doch *sehr* seltsam, daß ein junges Mädchen einen so *jungen* Vormund hätte.«
»Es gibt kein Gesetz, in dem geschrieben steht, daß ein Vormund ein bestimmtes Alter haben muß. Ein Vormund kann jedes beliebige Alter haben. Niemand kann einen jungen Mann daran hindern, ein Vormund zu sein, nur weil er noch keine grauen Haare hat, genausowenig wie man die Leute daran hindern kann zu klatschen. Und es gibt auch kein Gesetz, das sie daran hindert, sich solchen Klatsch anzuhören – es sei denn das ungeschriebene Gesetz der Erziehung und des guten Geschmacks!«
Das ließ sie verstummen. Ich mußte im stillen lächeln. Stirling hatte recht: Ich hatte eine scharfe Zunge. Ich mußte sie zu einer Verteidungswaffe machen. Vielleicht bekam ich die Gelegen-

heit, diese bei Lynx auszuprobieren. Diese Vorstellung amüsierte mich.
Ich würde mich nicht von ihm herumkommandieren lassen, nahm ich mir vor, auch wenn er mein Vormund war und als solcher von meinem Vater ernannt. Ich würde mich nie von irgend jemandem derartig beherrschen lassen, wie dieser Mann alle Menschen zu beherrschen schien – sogar Stirling. Ich würde diesen nicht weiter nach ihm ausfragen. Ich wollte überhaupt nicht mehr über ihn nachdenken. Und mit diesem Vorsatz schlief ich ein, doch durch meine Träume geisterte ein hochgewachsener Mann mit den Augen eines Luchses und dem Kopf eines Fuchses.

Wir entdeckten Jemmy drei Tage vor unserer Ankunft in Kapstadt. Wir hatten wie üblich um sieben Uhr zu Abend gegessen und saßen anschließend nebeneinander an Deck, während Stirling mir weiter von Australien erzählte. Ich konnte mir allmählich schon ein recht klares Bild davon machen. Ich sah im Geiste den australischen Busch mit den gelben Akazien und den riesigen Eukalyptusbäumen. Stirling gehörte nicht zu den Menschen mit ausgesprochenem Erzähltalent; seine Schilderungen blieben immer irgendwie sachlich und trocken. Aber er ließ mich die Schönheit des australischen Buschs ahnen. Ich konnte mir die rotgelbe Blütenpracht der sogenannten Känguruhpfotenbäume und der rotblühenden Gummibäume vorstellen sowie die gelben Sumpfdotterblumen und die vielen bunten Orchideen. Beiläufig erwähnte er auch einige exotische Vögel, und ich konnte es nicht erwarten, die ersten Papageien zu sehen. Mit jedem Tag lernte ich etwas mehr über das Land, das bald meine neue Heimat werden sollte.
Plötzlich hörten wir jemanden niesen. Wir wunderten uns, denn wir hatten gedacht, die einzigen an Deck zu sein.
»Wer ist da?« fragte Stirling und schaute sich suchend um.
Nun ertönten ganz in unserer Nähe die Geräusche eines krampfhaft unterdrückten Hustenanfalls. Stirling und ich sahen uns verdutzt an, denn wir konnten niemanden sehen.
Wir gingen einige Schritt weiter und an den dort aufgehängten Rettungsbooten entlang, als erneut jenes Husten begann.
»Wer ist da?« verlangte Stirling zu wissen.
Keine Antwort – nur wieder jener Husten, und uns wurde klar, daß er aus einem der Rettungsboote kam.

Stirling war sehr sportlich. Er brauchte nicht lange, um sich in das Boot hinaufzuziehen.
»Ein Junge!« rief er überrascht aus, und schon tauchte der Kopf des Jungen auf – ein schmutziges Gesicht mit einem wirren Haarschopf. Seine vor Schreck weit aufgerissenen Augen wirkten riesengroß in dem kleinen, weißen, verängstigten Gesicht.
Stirling hielt ihn am Arm und ließ ihn auf das Deck hinunter, wo wir drei nun standen.
»Ein blinder Passagier!« entfuhr es mir voll staunender Überraschung.
»Bitte, sagen Sie es nicht!« wimmerte der Junge.
Es war unschwer zu erkennen, daß es ihm gar nicht gut ging, als jener schreckliche, quälende Husten wieder begann.
»Hab keine Angst!« sagte ich. »Jetzt ist alles gut.«
Meine Worte mußten sehr überzeugend geklungen haben, denn er sah mich vertrauensvoll an, als der Hustenanfall vorüber war.
»Du bist ein blinder Passagier, nicht wahr?« sagte ich freundlich.
»Ja, Miss.«
»Wie lange bist du schon heimlich hier auf dem Schiff?«
»Seit London.«
»Du Lausebengel!« schimpfte Stirling. »Was hast du dir eigentlich dabei gedacht?«
Der Junge drückte sich ängstlich an mich, und ich war entschlossen, ihn nach besten Kräften zu beschützen. »Er ist krank«, erklärte ich.
»Geschieht ihm recht!«
»Du mußt bestimmt hungrig sein«, sagte ich zu dem Jungen. »Und einen bösen Husten hast du außerdem. Du zitterst ja! Höchste Zeit, daß du aus diesem Versteck herausgekommen bist!«
»Nein!« rief er angstvoll aus und blickte sich verzweifelt um, daß ich schon befürchtete, er könnte womöglich über Bord springen. Ich empfand tiefes Mitleid mit ihm.
»Du bist von zu Hause weggelaufen«, sagte ich.
»Natürlich ist er das«, erklärte Stirling
»Ich habe kein Zuhause.«
»Dein Vater ...«
»Hab' keinen Vater ... auch keine Mutter«, sagte er, und mein

Herz zog sich aus Mitgefühl zusammen. Hatte ich nicht selber erfahren, was es heißt, keine Mutter und keinen Vater und kein Zuhause zu haben? Das ganze Elend jener Monate in *Danesworth House* stand mir wieder vor Augen – nicht so sehr die armselige Dachkammer mit der eisigen Zugluft und der brütenden Hitze, sondern die Erinnerung daran, wie es gewesen war, sich ganz allein, einsam und verlassen und unerwünscht zu fühlen.

»Wie heißt du?« fragte ich.

»Jemmy.«

»Also gut, Jemmy«, beruhigte ich ihn, »du brauchst keine Angst zu haben. Ich werde dafür sorgen, daß alles gut wird.«

Stirlings Augenbrauen waren in die Höhe geschossen, doch ich fuhr ungerührt fort: »Du wirst allerdings beichten müssen, was du angestellt hast, doch ich werde es ihnen erklären. Als erstes müssen wir jetzt dafür sorgen, daß du etwas Heißes in den Magen bekommst und wir ein Bett für dich organisieren. Du hast seit London in keinem Bett mehr geschlafen, nicht wahr?«

Er schüttelte den Kopf.

»Und hast nichts Richtiges zu essen gehabt. Nur ein bißchen, was du klauen konntest.«

Er nickte.

»Das wird jetzt anders. Du kannst dich auf mich verlassen, Jemmy!«

»Ich will aber nicht zurück!«

»Das brauchst du auch nicht.«

Nun war er erleichtert.

Einer der Schiffsoffiziere erschien an Deck und kam auf uns zugeeilt, als er den Jungen erblickte. Wir erklärten ihm das Ganze, und er nahm Jemmy mit. Der Blick, den das Kind mir im Fortgehen zuwarf, verfolgte mich geradezu.

»Na, du hast ja wirklich die große Wohltäterin gespielt«, bemerkte Stirling, »die alles wieder gutmacht und blinde Passagiere sogar noch für ihre Missetaten belohnt.«

»Ich finde dich recht hartherzig!«

»*Ich* habe wenigstens nichts versprochen, was ich nicht halten kann.«

»Was machen die mit blinden Passagieren?«

»Ich weiß es nicht, aber ich bin sicher, sie bekommen die Strafe, die sie reichlich verdienen.«

»Der arme Junge war krank und halb verhungert.«
»Selbstverständlich. Was hatte er denn erwartet? Daß man ihn wie einen regulären Passagier willkommen heißen würde? Er muß doch in etwa gewußt haben, was ihm blühte, als er sich aufs Schiff schmuggelte.«
»Er hat sich das bestimmt gar nicht überlegt... Hat nur plötzlich ein großes Schiff als rettende Fluchtmöglichkeit aus einem unerträglichen Dasein angesehen. Bestimmt träumte er davon, weit weg in goldenen Sonnenschein zu segeln und irgendwo ein neues, schöneres Leben zu beginnen.«
»Also auch so ein Traumtänzer, wie mir scheint.«
Ich wurde böse, denn er spielte mit dieser Bemerkung natürlich auf meinen Vater an.
»Ich will nicht, daß der Junge zu leiden hat«, erklärte ich energisch. »Wie werden sie ihn bestrafen? Vermutlich wird es eine harte Strafe.«
»Wahrscheinlich muß er bis zu unserer Ankunft in Australien an Bord arbeiten und wird dann dort verurteilt und nach England zurückgeschickt, um noch einmal dort verurteilt zu werden.«
»Wie grausam!«
»Nur gerecht. Weshalb sollte er seiner gerechten Strafe entgehen?«
»Er ist doch noch ein Kind, und manche Leute entgehen auch ihrer Strafe, indem sie zum Beispiel die Tochter eines Mannes heiraten, dem sie zur Zwangsarbeit zugewiesen worden sind.«
Es war unfair, doch er hatte meinen Vater kritisiert, und so konnte ich der Versuchung nicht widerstehen, mich zu rächen, indem ich seinen Vater angriff. Stirling lachte jedoch nur.
»Man muß eben schlau sein, um dem Leben die besten Seiten abzugewinnen.«
»Einige haben es aber leichter als andere«, gab ich zu bedenken. »Und wenn ich diesem Jungen helfen kann, werde ich das tun.«
»Das solltest du auch, wo du es nun einmal versprochen hast. Natürlich ziemlich voreilig und unüberlegt, aber du hast dein Wort gegeben.«
Er hatte recht. Ich war entschlossen, alles für den armen kleinen Jemmy zu tun, was ich konnte.

Alle redeten nur noch über den blinden Passagier. Man hatte ihn in die Krankenkabine gebracht, und einige Tage lang war es fraglich, ob sein Körper die erlittenen Entbehrungen überwinden würde. Er hatte den größten Teil der Reise in dem Rettungsboot verbracht und immer sehr geschickt herausgefunden, wann ein Proberettungsmanöver veranstaltet wurde und sich dann in einem der Schränke versteckt, in denen die Schwimmwesten aufbewahrt wurden. Nachts war er auf dem Schiff herumgeschlichen und hatte nach Eßbarem gesucht und auch ab und zu einen Bissen gefunden. So war er beinah an Kälte und Hunger gestorben. Jetzt lag er wenigstens in einem warmen Bett, wurde gut versorgt und war zu krank, um darüber nachzugrübeln, was ihn erwartete, wenn er wieder soweit hergestellt war, daß man ihn bestrafen konnte.

Ich mußte dauernd an ihn denken, und die ihm blühende Strafe bedrückte mich.

Als ich wieder einmal mit Stirling an Deck saß, sprach ich mit ihm darüber. »Ich möchte wirklich etwas für den Jungen tun, Stirling!«

»Und was?«

»Ich möchte ihn retten. Er ist noch so jung! Er ist doch weggelaufen. Es muß etwas Schreckliches gewesen sein, vor dem er fortgelaufen ist. Ich werde ihm helfen. Ich muß es einfach!«

»Wie denn? Wirst du ein Schiff bauen und ihn zu deinem Kapitän ernennen?«

»Hör auf zu witzeln! Hilf mir lieber!«

»Ich? Ich habe mit der Sache nichts zu tun.«

»Aber *ich* habe es – und ich bin deine Schwester ... oder besser, dein Vater ist mein Vormund! Dadurch sind wir doch nun irgendwie verwandt, oder etwa nicht?«

»Es bedeutet aber nicht, daß ich bei deinen verrückten Plänen mitmachen muß.«

»Wenn seine Überfahrt nun bezahlt würde? Wenn du ihn als Diener anstellen würdest? Wenn du ihn mit nach Hause nehmen würdest, fände dein allmächtiger Vater bestimmt irgendeine Verwendung für ihn. Du *wirst* ihm helfen!«

»Ich weiß wirklich nicht, weshalb du das auch nur einen Augenblick lang annimmst.«

»Ich glaube nicht, daß du so hartherzig bist, wie du dir vor mir den Anschein gibst.«

»Ich hoffe nur, einen gesunden Menschenverstand zu besitzen.«

»Selbstverständlich hast du den. Gerade deshalb wirst du ja diesem Jungen helfen!«
»Weil *du* ein voreiliges Versprechen gemacht hast, das du nicht halten kannst?«
»Nein, weil dieser Junge dir ewig dankbar sein wird, und weil es nicht immer leicht für deinen Vater bei seinen vielen Geschäften sein kann, treue Diener zu finden. Der Junge kann auf dem Besitz deines Vaters arbeiten oder in seinem Hotel oder an einem anderen Arbeitsplatz im Lynx-Imperium. Wie du siehst, ist es also *dein* Vorteil, ihn aus seiner gegenwärtigen Patsche zu retten!«
Stirling schüttelte sich derartig vor Lachen, daß er nicht sprechen konnte. Ich wußte nicht, was es zu bedeuten hatte. Er hatte manchmal eine Härte, die er gewiß von seinem Vater geerbt hatte. Ich machte mir große Sorgen um meinen kleinen blinden Passagier, mit dem niemand als ich Mitgefühl zu empfinden schien.
»Also Mr. Mullens sagt«, begann meine Schlafgenossin aufgebracht, »das wäre ja die reinste Ermutigung für Leute, sich auf Schiffen zu verstecken. Er sagt, er hätte noch nie so etwas gehört! Bald würden wir das ganze Gesindel als blinde Passagiere auf den Schiffen haben, wenn man sie dafür auch noch belohnte.«
»Man kann kaum behaupten, daß der arme Junge belohnt worden ist«, entgegnete ich, »nur weil man ihn ins Bett gesteckt und wieder gesundgepflegt hat. Was hatte Mr. Mullens denn erwartet? Daß man ihn ertränken würde? Oder ihn in eiserne Ketten schmiedet? Wir leben schließlich nicht mehr im Mittelalter!«
Sie schüttelte indigniert den Kopf. Sie hielt mich für sehr sonderbar, und ich vermutete, sie sprach mit den Mullens' über mich.
»Sie sagen, Mr. Herrick hätte ihn gerettet«, bemerkte sie mit sparsamem Lächeln. »Der Junge soll sein Diener werden.«
»Diener!« rief ich überrascht aus.
»Sagt er Ihnen denn *nichts? Ich* habe gehört, daß Mr. Herrick seine Überfahrt bezahlt hat, wodurch nun alles geregelt ist und unser kleiner Spitzbub sich über Nacht in einen ehrbaren Jungen verwandelt hat.«
Ich mußte vor Freude glücklich lächeln, lief spornstreichs zu Stirlings Kabine und klopfte an. Er war allein, und ich warf ihm

die Arme um den Hals und gab ihm einen stürmischen Kuß. Verlegen ergriff er meine Arme und löste sie von seinen Schultern, doch ich war zu glücklich, um mich zurückgestoßen zu fühlen.
»Du *hast* es getan, Stirling!« rief ich. »Du hast es getan!«
»Wovon sprichst du?« fragte er trocken, obwohl er es natürlich genau wußte.
Und dann versuchte er, entschuldigende Gründe dafür zu finden. »Er reist dritter Klasse. Das mag etwas hart sein, aber mehr verdient er nicht. Die Überfahrt kostete nur siebzehn Guinees, aber soviel brauchen die natürlich nicht, da er ja im Rettungsboot geschlafen und nichts gegessen hat. Ich habe nur sieben Pfund für ihn bezahlt, und dafür wird er bis Melbourne in der dritten Klasse untergebracht.«
»Und dann wirst du eine Arbeit für ihn finden?«
»Er kann so lange mein Diener sein, bis wir etwas für ihn finden.«
»O Stirling, wie wunderbar! Du hast also *doch* ein Herz! Ich bin ja *so* froh!«
»Fang jetzt bloß nicht an, mich mit so etwas auszustatten! Es würde nur eine bittere Enttäuschung für dich.«
»Ich weiß, ich weiß! Du bist ein hartherziger Mensch! Du würdest niemandem helfen! Du glaubst nur, der Junge könnte dir von Nutzen sein, das ist es, nicht wahr!«
»Genau!«
»Na schön. Wie immer auch deine Motive sind, so ist es doch das Ergebnis, das zählt. Der arme kleine Jemmy! Heute nacht wird er ein glücklicher Junge sein.«
Von jenem Augenblick an fühlte ich mich Stirling sehr viel näher, mir gefiel sogar seine trockene Art, so zu tun, als hätte er es mehr aus praktischen Überlegungen heraus als aus Mitgefühl getan.

Der Rest der Reise verlief ohne besondere Ereignisse, und genau fünfundvierzig Tage nachdem wir uns in Tilbury eingeschifft hatten, kamen wir an einem Spätnachmittag in Melbourne an. Die Dämmerung brach jedoch schon herein, als wir schließlich an Land waren.
Nie werde ich vergessen, wie wir dort am Kai standen, umgeben von unseren Koffern und mit Jemmy in seinem zerrissenen Anzug, der jedoch alles war, was er besaß. Dies war also meine

neue Heimat! Was mochte Jemmy nur denken? Seine dunklen Augen wirkten wieder viel zu groß für das blasse, verschreckte, ernste Gesichtchen. Ich sprach ihm Mut zu, und indem ich ihn tröstete, tröstete ich mich selbst.
Eine Frau kam auf uns zu, und ich wußte sofort, daß es Adelaide war, die nach England kommen sollte, um mich abzuholen. Adelaide trug einen einfachen Umhang und einen Hut ohne jeden schmückenden Besatz, den sie mit einem Band unter dem Kinn festgebunden hatte, da ein recht heftiger Wind wehte. Ich war etwas enttäuscht von ihr; sie hatte nichts von dem ungewöhnlich guten Aussehen Stirlings und glich in nichts der Tochter von Lynx, wie ich sie mir vorgestellt hatte. Um die Wahrheit zu sagen, sie sah wie eine recht einfache, gesetzte Frau vom Land aus. Ich erkannte aber gleich, daß es dumm von mir war, von ihr enttäuscht zu sein, denn ihr Gesicht drückte echte Güte aus.
»Adelaide! Dies ist Nora!« sagte Stirling.
Sie ergriff meine Hand und küßte mich kühl auf die Wange. »Willkommen in Melbourne, Nora! Ich hoffe, ihr habt eine gute Reise gehabt.«
»Im ganzen gesehen war sie recht interessant«, stellte Stirling fest.
»Wir wohnen im ›Lynx‹«, sagte sie, »und nehmen morgen früh den Cobb-Wagen.«
»Gut is'«, erwiderte Stirling.
»Im Lynx?« wiederholte ich fragend.
»Dem Hotel unseres Vaters in der Collins Street«, erklärte mir Adelaide. »Ich denke, wir fahren jetzt. Ist alles Gepäck hier?« Ihr Blick blieb auf Jemmy haften.
»Er gehört auch zu unserem Gepäck«, sagte Stirling. Ich machte ihm ein Zeichen, da ich fürchtete, es könnte Jemmy verletzen, als Gepäck bezeichnet zu werden, doch dieser hatte nichts bemerkt. »Wir haben ihn auf dem Schiff aufgegabelt«, fuhr Stirling fort. »Nora findet, wir sollten ihn einstellen.«
»Hast du Vater von ihm geschrieben?«
»Nein, ich überlasse es Nora, das Vater zu erklären.«
Adelaide macht ein etwas beunruhigtes Gesicht, doch ich tat, als bereite mir der Gedanke, Jemmys Existenz ihrem furchterregenden Vater zu erklären, nicht das geringste Kopfzerbrechen.
»Ich habe einen Buggy für uns hier«, sagte sie. »Wir lassen

diesen ganzen Kram ins Hotel bringen.« Und zu mir gewandt fuhr sie fort: »Wir wohnen etwa sechzig Kilometer außerhalb von Melbourne, doch die Cobbs, unsere australischen Postkutschen, sind gut. Man kann sich auf sie verlassen. Wir kommen daher oft in die Stadt – die Männer zu Pferde, doch ich mag die Cobbs. Ich hoffe, du wirst hier bleiben.«

»Das hoffe ich auch!«

»Sie wird bleiben, falls sie es will«, sagte Stirling. »Sie ist eine sehr energische Person, die genau weiß, was sie will.«

Und so setzten wir uns in Bewegung, Adelaide, Stirling und ich, während Jemmy uns in respektvollem Abstand folgte. Ich war mir nur halb des emsigen Treibens um mich herum bewußt, all jener Fuhrwerke, von Pferden oder Ochsen gezogen und mit Wollballen oder Fleisch beladen.

»Es ist eine geschäftige Stadt«, bemerkte Adelaide. »Sie ist in den letzten paar Jahren sehr gewachsen. Das Gold hat sie reich gemacht.«

»Das Gold!« wiederholte ich verbittert, und sie muß gefühlt haben, daß ich an meinen Vater dachte. Diese Schwester von Stirling hatte etwas sehr Sympathisches!

»Es ist so angenehm, die Stadt in der Nähe zu haben«, sagte sie. »Ich hoffe, du wirst es bei uns nicht zu einsam finden. Hast du mal in einer großen Stadt gelebt?«

»Ja, eine Zeitlang, aber ich habe auch auf dem Land gelebt, und ich fühlte mich sehr einsam in dem Internat, wo ich zuletzt als Schülerin und dann als Lehrerin war.«

Sie nickte. »Wir werden unser Bestes tun, um zu erreichen, daß du dich hier zu Hause fühlst. Ah, da ist ja der Buggy! Ich werde John sagen, daß er sich um das Gepäck kümmert.«

»Jemmy kann ihm helfen«, sagte Stirling. »Laß ihn sich nützlich machen! Er kann mit John und dem Gepäck nachkommen.«

Und so fuhr ich, zwischen Stirling und Adelaide – meinen neuen Geschwistern – sitzend nach Melbourne hinein, gerade als die berittenen Laternenanzünder mit ihren langen Fackeln die Straßenlaternen anzündeten. Sie sangen dabei die alten Lieder, die ich so oft zu Hause gehört hatte. Besonders vertraut klang mir »Early in the morning ...« sowie »Strawberry Fair ...«. Und so hatte ich trotz dieser Tausende von Kilometern langen Reise das Gefühl, gar nicht weit von zu Hause entfernt zu sein.

Im Hotel wimmelte es von Viehzüchtern, die aus dem Hinterland von Melbourne in die Stadt gekommen waren, um über den

Verkauf ihrer Wolle zu verhandeln. Sie unterhielten sich mit lauten Stimmen über die Preise und die Marktsituation, doch mich interessierten mehr jene anderen – die Männer mit den sonnenverbrannten Gesichtern und den schwieligen Händen und dem gierigen Blick in den Augen, die Goldgräber, die, wie ich vermutete, ein wenig Gold gefunden hatten und es nun in der Stadt verjubeln wollten.
Wir aßen um sechs Uhr im Speisesaal zu Abend. Wieder saß ich zwischen Adelaide und Stirling, und Stirling sprach über jene Männer und machte mich auf die aufmerksam, die einen Fund getan hatten, und auf jene, die in der Hoffnung lebten, es zu tun.
»Vielleicht wäre es besser gewesen, wenn man hier kein Gold entdeckt hätte«, sagte ich.
»Viele der guten Bürger von Melbourne würden dir darin zustimmen«, räumte Stirling ein. »Die Leute lassen einfach ihre Arbeit stehn und liegen und gehen auf Goldsuche. Aber man darf nicht vergessen, daß viele recht schnell wieder enttäuscht zurückkommen. Sie träumen von dicken Goldklumpen, die sie nur aufzuheben brauchen, und finden lediglich einige Körnchen Goldstaub.«
Mich überlief ein Zittern, und ich dachte wieder an meinen Vater und fragte mich, ob er wohl jemals hierhergekommen war und genauso geredet hatte wie diese Männer es jetzt taten.
»Es ist ein Leben voll harter Entbehrungen und Mühsal, das sie an den Schürfstellen führen«, sagte Adelaide. »Es ginge ihnen viel besser, wenn sie einer geregelten Arbeit nachgingen.«
»Aber einige machen ihr großes Glück«, gab Stirling zu bedenken.
»Geld ist die Wurzel allen Übels«, entgegnete Adelaide.
»Nicht das Geld als solches, sondern die Liebe zum Geld!« verbesserte Stirling sie. »Doch lieben wir es nicht alle?«
»Nicht das Geld«, mischte ich mich ein. »Nur die Dinge, die man damit kaufen kann.«
»Das kommt aufs gleiche hinaus«, erwiderte Stirling.
»Nicht unbedingt. Manche Menschen möchten Geld haben, um andere glücklich zu machen!«
Sowohl er wie seine Schwester wußten, daß ich meinen Vater meinte, und Adelaide wechselte rasch das Thema. Sie erzählte mir zum zweiten Mal, daß sie etwa sechzig Kilometer nördlich von Melbourne lebten. Ihr Vater habe das Haus vor zehn Jahren

nach eigenen Entwürfen bauen lassen, und es sei ein sehr schönes Haus, so wie die Landhäuser hier seien. Natürlich gliche es nicht genau einem englischen Landhaus, doch würde ein solches hier ja gar nicht hinpassen.
Ich fragte, welche Art von Betätigung man dort von mir erwartete, und Adelaide meinte, ich könne im Haushalt helfen und würde bei der Vielfalt der Möglichkeiten bestimmt etwas mir Zusagendes finden.
»Lynx liebt keine Nichtstuer«, bemerkte Stirling.
»Laß doch diesen albernen Namen!« tadelte Adelaide ihn und fuhr zu mir gewandt fort: »Ich bin überzeugt, du wirst genügend Beschäftigungen finden.«
Und dann erzählte sie mir ein wenig von der Landschaft, bis ihr Bruder sie unterbrach: »Laß Nora das doch alles selbst entdecken!«
Adelaide stellte mir nun Fragen über England, und ich erzählte ihr vom *Danesworth House* und wie ich dort Hilfsleherin geworden war.
»Du mußt dort sehr unglücklich gewesen sein«, sagte sie und schien eher zufrieden darüber. Ich verstand den Grund. Sie hatte das Gefühl, ich würde mich dadurch hier besser und glücklicher einleben.
Nach dem Essen ging ich in mein Zimmer. Nach kurzer Zeit ertönte ein Klopfen an der Tür, und Adelaide kam herein. Sie machte ein so besorgtes Gesicht, daß ich sie sofort fragte, ob etwas passiert sei.
»Ach nein. Ich dachte nur, wir sollten uns vielleicht ein wenig über alles unterhalten. Ich möchte, daß du möglichst gut vorbereitet bist.« Sie war also um *mich* besorgt! Nun wußte ich, daß ich recht gehabt hatte: Sie war in der Tat eine sehr gütige Frau.
Sie nahm im Sessel Platz, während ich mich auf das Bett setzte.
»Das alles hier muß dir sehr seltsam erscheinen.«
»Mir sind viele seltsame Dinge widerfahren seit dem Tod meines Vaters.«
»Es muß furchtbar sein, den Vater zu verlieren! Ich weiß, was es heißt, seine Mutter zu verlieren. Meine Mutter starb, als ich acht Jahre alt war. Es ist lange her, aber es ist etwas, das ich nie vergessen werde.«
»Deine Mutter starb bei Stirlings Geburt, wie er mir erzählte.«

Sie nickte. »Fürchte dich nicht vor meinem Vater!«

»Weshalb sollte ich?«

»Die meisten fürchten sich vor ihm.«

»Vielleicht tun sie das, weil sie von ihm abhängig sind. Ich werde mich nicht von ihm abhängig fühlen. Falls er mich lossein will, gehe ich. Es wird hier doch wohl möglich sein, eine Stellung zu finden – vielleicht bei einer Familie, die eine Gouvernante braucht und nach England zurückkehrt. Vielleicht ...« Ich entwarf im Geiste wieder Situationen, die meinen Bedürfnissen entsprachen, hätte Stirling gesagt – genau wie mein Vater.

»Bitte sprich nicht davon, uns schon wieder zu verlassen, wo du gerade erst angekommen bist. Gib dem Ganzen doch eine ehrliche Chance, ja?«

»Natürlich werde ich das tun! Ich überlegte mir nur, was ich tun soll, wenn dein Vater zu dem Entschluß kommt, mich nicht hier haben zu wollen.«

»Aber er hat versprochen, sich deiner anzunehmen, und das wird er deshalb auch tun. Dein Vater bestand darauf.«

»Mein Vater schien von ihm fasziniert zu sein.«

»Das beruhte auf Gegenseitigkeit – und gleich von Anfang an. Obwohl sie so verschieden waren. Dein Vater träumte von den Dingen, die er tun wollte und könnte – mein Vater handelte. In kürzester Zeit waren sie die dicksten Freunde. Dein Vater wurde Teilhaber der Miene und leitete die Arbeiten mit einer Begeisterung, wie wir sie noch nie erlebt hatten. Mein Vater pflegte zu sagen: ›Jetzt, wo Tom Tamasin hier ist, werden wir auf einen gewaltigen Fund stoßen. Er glaubt so felsenfest daran, daß es einfach passieren muß!‹ Und dann wurde er umgebracht, als er mit Gold von der Mine zurückkam.«

»Sie fanden also Gold!«

»Schon, aber nicht von nennenswerter Menge. Es ist eine harte Arbeit mit vielen Arbeitern, die bezahlt werden müssen, und die Ausbeute deckt kaum die Aufwendungen und Kosten. Es ist eigenartig: In jedem seiner anderen Unternehmen hat mein Vater Glück gehabt. Der Besitz, den meine Mutter erbte, ist heute zehnmal soviel wert als damals, als er ihn übernahm. Das Hotel, einst eine primitive Kneipe, ist heute das führende in Melbourne. Es wächst mit der Stadt. Doch an der Mine verliert er Geld, glaube ich. Er will sie aber nicht aufgeben. Er ist auf seine Art ebenso besessen von dem Wunsch, Gold zu finden, wie jene Männer, die du vorhin unten sahst.«

»Weshalb packt Menschen bloß diese Goldgier?«

Sie zuckte die Achseln. »Es wird so sein, wie wir sagten: Die Vorstellung, schlagartig reich, märchenhaft reich zu werden, macht sie verrückt.«

»Und dein Vater ... ist er denn nicht reich?«

»Nicht so reich, wie er es gern wäre. Er begann vor einigen Jahren nach Gold zu suchen. Und er wird diese Suche nicht eher aufgeben, als bis er einen großen Fund gemacht hat.«

»Ich verstehe Menschen nicht, die nicht zufrieden sind, wenn sie ihr gesichertes Auskommen haben, und nicht ihr Leben genießen.«

»Du hast einen klugen Kopf auf deinen jungen Schultern, Nora. Aber es wird dir nie gelingen, Männer zu deinem Standpunkt zu bekehren.«

»Ich dachte, dein Vater wäre ein kluger Mann. Stirling spricht von ihm, als wäre er Sokrates, Platon, Herkules und Julius Cäsar in einer Person.«

»Was hat Stirling dir bloß erzählt! Mein Vater ist ein ganz gewöhnlicher Mensch. Er ist zwar ein unumschränkter Herrscher, aber das nur in unserer kleinen Welt, in der er nun einmal den Mittelpunkt bildet. Laß dich von ihm nicht einschüchtern! Umsomehr wird er dich achten. Ich glaube, ich verstehe dich. Es steckt etwas von deinem Vater in dir; du bist stolz und willst dich niemandem unterordnen. Du bringst die richtigen Voraussetzungen für deine neue Heimat mit. Ich hoffe, du wirst dich mit Jessica verstehen.«

»Jessica? Stirling hat keine Jessica erwähnt. Wer ist sie?«

»Eine Kusine meiner Mutter. Sie verlor als Kind beide Eltern und wuchs mit meiner Mutter zusammen auf. Sie waren wie Schwestern, und als meine Mutter starb, wurde sie beinah wahnsinnig. Ich mußte sie trösten, und das half mir, über meinen eigenen Schmerz hinwegzukommen. Sie kann recht schwierig sein und ist etwas seltsam. Sie hat den Tod meiner Mutter nie verwunden. Sie faßt sprunghafte Zuneigungen oder Abneigungen.«

»Und du meinst, sie wird eine Abneigung gegen mich fassen?«

»Man kann es nicht wissen. Aber was immer sie auch tut, denke stets daran, daß sie sich zu jeder Zeit etwas sonderbar benehmen kann.«

»Heißt das mit anderen Worten, daß sie verrückt ist?«

»Aber nein! Nur etwas unausgeglichen. Tagelang ist sie oft ganz friedlich. Sie hilft dann im Haus und ist eine große Hilfe in der Küche. Sie kocht sehr gut, wenn sie in der richtigen Stimmung ist. Wir hatten eine ausgezeichnete Köchin, deren Mann Handwerker war und einfach alles konnte, was sehr nützlich war. Sie hatten ein kleines Häuschen auf unserem Land. Doch dann packte sie das Goldfieber, und sie ließen einfach alles stehen und liegen und liefen fort. Weiß der Himmel, wo sie jetzt sind! Wahrscheinlich bereuen sie es in irgend so einer Zeltstadt, wo sie auf ihren Feldpritschen sehnsüchtig an ihr gemütliches Bett in ihrem Häuschen denken.«
»Vielleicht haben sie Gold gefunden.«
»Das hätten wir gehört. Nein. Sie werden eines Tages angekrochen kommen, doch mein Vater wird sie nicht wieder einstellen. Er war sehr böse, als sie wegliefen. Das war einer der Gründe, warum ich nicht nach England kommen konnte, so wie es anfänglich geplant war.«
»Alle dachten dort, daß eine *Miss* Herrick mich abholt.«
»Und das hätte ich auch getan, aber ich konnte meinen Vater nicht den Launen Jessicas überlassen ... also blieb ich, und Stirling fuhr allein. Denk nicht, wir hätten keine Dienstboten. Es sind sogar eine ganze Menge, doch keiner von ihnen hat das Kaliber der Lambs. Einige von ihnen sind Eingeborene. Sie leben nicht im Haus, und man kann sich nicht auf sie verlassen. Sie sind von Natur aus Nomaden und ziehen irgendwann plötzlich weiter. Eines ist sicher – du wirst nie einsam sein. Mein Vater beschäftigt so viele Menschen in seinen verschiedenen Unternehmen. Da ist zuerst einmal Jacob Jagger, unser Verwalter, dann William Gardner, der Leiter der Mine, und Jack Bell, der Geschäftsführer des Hotels. Du wirst ihn wahrscheinlich noch kennenlernen bevor wir morgen früh aufbrechen. Sie kommen oft zu meinem Vater. Und dann all die anderen Leute, die unter ihnen arbeiten.«
»Und dein Vater regiert sie alle.«
»Er interessiert sich für jeden, doch die Mine beansprucht den größten Teil seiner Aufmerksamkeit.«
Und somit waren wir wieder beim Thema Gold angelangt. Adelaide schien es ebenfalls zu merken, denn sie war sehr feinfühlig.
»Du wirst müde sein«, erklärte sie. »Ich laß dich jetzt schlafen. Wir müssen morgen früh aufstehen.«

Sie trat auf mich zu, als wolle sie mich umarmen, schien sich dann jedoch umzubesinnen. Die Herricks waren, wie ich bereits Gelegenheit hatte festzustellen, keine Menschen, die ihre Gefühle zur Schau stellten. Ich empfand eine warme Sympathie für Adelaide. Sie würde mir ein großer Trost in meinem neuen Zuhause sein!

Früh am nächsten Morgen bestiegen wir den vierspännigen Wagen, der neun Plätze hatte. Er schien leicht gebaut, doch stabil und gut gefedert zu sein, und das Dach aus Segeltuch bot einen gewissen Schutz gegen Sonne und Regen. Es war eines der Fuhrwerke der bekannten *Cobb Coaching Company,* durch die das Reisen auf den unbefestigten Landstraßen im australischen Hinterland so viel bequemer geworden war.
Ich saß zwischen Adelaide und Stirling, und los ging es auch schon. Jack Bell, der mir vor unserer Abfahrt noch vorgestellt wurde, stand in der Eingangstür des Hotels und winkte. Er war ein großer, dünner Mann, dem die Goldsuche kein Glück beschert hatte und der ganz offensichtlich froh über seine jetzige Stellung war. Er war im Umgang mit Stirling und Adelaide leicht unterwürfig und schien neugierig, was mich betraf, doch ich hatte am Abend zuvor zu viele seines Schlages gesehen, um mich für ihn zu interessieren.
Außerdem fesselte die Stadt meine ganze Aufmerksamkeit. Jetzt, wo ich sie bei Tageslicht sah, war ich begeistert von ihr. Mir gefielen die langen, geraden Straßen und die kleinen, von Pferden gezogenen Straßenbahnen. Ich konnte einen flüchtigen Blick auf grüne Rasenflächen und Bäume werfen, als wir an einem Park vorbeifuhren und dann am Yarra-Yarra-Fluß entlang. Doch schon bald lag die Stadt hinter uns. Die Landstraße war alles andere als eben, doch die Aussicht war prachtvoll. Über uns ragten gewaltige Eukalyptusbäume in den Himmel, voller majestätischer Gleichgültigkeit gegen jene, die unter ihnen hindurchfuhren oder marschierten. Stirling redete voller Begeisterung über die Schönheiten des Landes auf mich ein, und es war unschwer zu sehen, daß er es liebte. Er machte mich auf die Gummibäume aufmerksam und auf die australischen Buchenarten und zeigte mir die hohen grauen Stämme der Eukalyptusbäume. Es gäbe tatsächlich Leute, die allen Ernstes glaubten, daß die Seelen Verstorbener die Stämme dieser Bäume bezögen und sie dadurch so grauweiß würden. Einige der Eingeborenen

würden nach Einbruch der Dunkelheit nicht an einer Gruppe von solchen Eukalyptusbäumen vorbeigehen. Sie glaubten, sie würden möglicherweise spurlos verschwinden, falls sie es täten, und man würde dann am Morgen feststellen, falls sich einer die Mühe machen würde, die Bäume durchzuzählen, daß ein weiterer grau geworden und von einer verstorbenen Seele bezogen worden sei. Ich war fasziniert von diesen mächtigen Bäumen, die seit hundert oder mehr Jahren dort gestanden haben mußten – vielleicht sogar noch bevor Sir Joseph Banks die Botany Bucht entdeckte, vor der Ankunft Kapitän Cooks, Matthew Flinders und der Ersten Flotte.

Der australische Busch blühte, und ein intensiver Duft erfüllte die Luft, wenn die Federblumen sanft in dem leichten Wind schwankten. Baumfarne sahen neben den riesigen Eukalyptusbäumen wie Zwerge aus, und die Sonne sprenkelte ihre Blätter mit ihrem goldenen Licht. Ein Schwarm bunter Vögel hatte sich auf einem Erdhügel niedergelassen und flog in einer graurosa Wolke auf, als wir uns näherten. Sie stießen pfeifende Rufe aus, als wir vorbeifuhren, und die Schönheit dieser wilden, unberührten Landschaft berührte mich so tief, daß ich von glücklicher Erregung ergriffen wurde. Ich konnte mir gar nicht den Kopf darüber zerbrechen, was wohl auf mich warten mochte – konnte mich nur an diesem herrlich schönen Morgen freuen.

Die *Cobb Coaching Company* war stolz darauf, damit prahlen zu können, daß die Pferde alle 15 Kilometer gewechselt wurden, wodurch die Reisenden so schnell wie möglich an ihr Ziel gelangten. Die Straßen waren jedoch sehr schlecht, und wir fuhren eingehüllt in eine dicke Staubwolke. Ich fand es eine abenteuerliche Fahrt, doch niemand sonst schien diese meine Ansicht zu teilen. Man rechnete ganz offensichtlich so sicher mit Unfällen wie mit dem Amen in der Kirche. Und so ging es über Berge und durch Täler, durch kleine Flüsse, in denen das Wasser bis zu den Seitensitzen hoch aufspritzte, über felsige und sandige Ebenen und über tiefe Löcher, die mehr als einmal den Wagen fast zum Umkippen brachten. Der Kutscher redete die ganze Zeit ununterbrochen auf die Pferde ein. Er schien sie sehr zu lieben, denn er benutzte die zärtlichsten Namen und Ausdrücke, wenn er sie ansporte: »Zieh schneller an Bess, mein Liebling!« und »Ruhig, Buttercup! So ist's eine brave Kleine!« Er war fröhlich und unerschrocken und lachte jedesmal herzlich, wenn wir uns auf unseren vier Rädern wiederfanden, nachdem wir in einem schmalen Hohlweg mit beachtlicher Schlagseite über eines jener tiefen Löcher geschleudert worden waren.

Stirling beobachtete mich aufmerksam und schien fast zu hoffen, ein Anzeichen von Unbehagen bei mir zu entdecken. Ich war fest entschlossen, diese seine Hoffnung zu enttäuschen. Ich ließ mir nicht im geringsten anmerken, daß mir diese Art des Reisens auf den abenteuerlichen Landstraßen des australischen Buschs recht anders erschien als ein Erster-Klasse-Abteil auf der Bahnlinie Canterbury-London.

Auf einmal wieherte eines der Pferde hell auf, und der Wagen landete im Gestrüpp. Wir mußten alle aussteigen, und die Männer mühten sich mit vereinten Kräften, das Fuhrwerk wieder auf die Landstraße zu hieven. Es war ersichtlich, daß man einen solchen Zwischenfall als völlig an der Tagesordnung betrachtete. Er hielt uns jedoch auf, und wir übernachteten in einer sehr primitiven Herberge. Adelaide und ich mußten unser Zimmerchen mit einer weiteren Reisenden teilen und konnten daher unser Gespräch vom Vorabend nicht fortsetzen.

Am nächsten Morgen war etwas an dem Pferdegeschirr nicht in Ordnung und verzögerte unsere Abfahrt. Unsere Stimmung hob sich jedoch, als wir schließlich durch die weite schöne Landschaft rollten. Von neuem freute ich mich an dem Duft des blühenden Buschs und verfolgte den Flug leuchtend bunt gefiederter Vögel.

Wir näherten uns jetzt immer mehr dem Gebiet, das ich im stillen als das Lynx-Territorium bezeichnete, und hier erblickte ich zum ersten Mal eine sogenannte Zeltstadt. Der Anblick hatte etwas grauenhaft Deprimierendes für mich. Die schönen Bäume waren abgehackt worden und an ihrer Stelle stand nun eine Anzahl von Zelten aus Segeltuch und Kaliko. Ich sah die qualmenden Feuer, über denen die Zeltbewohner ihre kärglichen Mahlzeiten in ihren Blechgeschirren kochten. Es waren verwahrloste Menschen, Männer und Frauen, deren Haut von Sonne und Wind schmutzig braun gegerbt war. Ich sah einige Frauen mit zerzaustem Haar, die beim Goldwaschen halfen und auch die Winde drehten, die die Eimer mit Erde heraufbeförderte, die möglicherweise das kostbare, begehrte Gold enthielt. Entlang der Landstraße standen einige offene Holzläden, in denen Mehl, Fleisch und die für die Goldsuche benötigten

Handwerkszeuge feilgeboten wurden.
»Hier siehst du eine typische Zeltstadt«, bemerkte Stirling. »Es gibt hier viele. Lynx beliefert diese Läden. Das ist ein weiteres seiner Handelsunternehmen.«
»Wir kommen dann also ins Lynx-Imperium!«
Diese Bezeichnung amüsierte Stirling. Sie gefiel ihm.
Die Kinder der Goldgräber waren aus den Zelten an die Straße gelaufen gekommen, um das Fuhrwerk vorbeigaloppieren zu sehen. Einige versuchten sogar hinterherzurennen. Ich verfolgte, wie sie zurückblieben, und mein Herz zog sich schmerzhaft zusammen vor Mitleid mit den Kindern dieser vom Gold Besessenen.
Ich war erleichtert, als sie meiner Sicht entschwanden und ich mich wieder an den so ehrwürdigen Bäumen nach Herzenslust freuen und nach schläfrigen Koalabären Ausschau halten konnte, die an den Blättern dieser Bäume knabberten; es waren die einzigen, die sie mochten. Ab und zu konnte ich einen freudigen Ausruf nicht unterdrücken, wenn ein Papagei neben uns aufflog.
Wir kamen in der Abenddämmerung an.
Der Kutscher hatte einen Umweg von etwa zwei Kilometern gemacht, um uns am Haus abzusetzen. Wir gehörten schließlich zur Familie des Lynx und so gebührte uns eine Sonderbehandlung. Und als wir dann dort auf der Straße vor dem Haus standen, dessen graue Türme es wie die verkleinerte Ausgabe eines englischen Landhauses erscheinen ließen, hatte ich das eigenartige Gefühl, schon einmal hiergewesen zu sein. Es war einfach absurd! Das war ja gar nicht möglich! Und doch ... ich wurde dieses Gefühl nicht los. Zwei Diener kamen uns entgegengelaufen. Man hatte uns schon seit langem erwartet. Der eine war dunkelhäutig, der andere hieß Jim.
»Tragt das Gepäck hinein«, befahl Adelaide. »Wir sortieren es nachher auseinander. Dies ist Miss Nora, die jetzt bei uns leben wird.«
»Da wären wir also!« meinte Stirling. »Zu Hause.«
Ich ging mit ihnen zu dem schmiedeeisernen Tor. Und dann sah ich auf den beiden Torflügeln den Namen ... WHITELADIES.

3

WHITELADIES! Der gleiche Name! Wie höchst merkwürdig! Und noch merkwürdiger war, daß Stirling es mir nicht gesagt hatte. Ich wandte mich zu ihm um und sagte: »Aber das ist doch der Name des Besitzes bei Canterbury!«
»So?« Er heuchelte verwundertes Erstaunen, doch ich glaubte ihm nicht, daß er es vergessen hatte.
»Du weißt es doch genau. Wir kletterten beide auf einen Baum, um über die Mauer zu gucken, und dann flog mein Schal hinüber. Tu nicht so, als hättest du es vergessen!«
»Ach, *jener* Besitz!« sagte er. »Ja, natürlich.«
»Aber es ist der gleiche *Name*!«
»Nun, ich wage zu behaupten, daß es schon andere Häuser mit dem gleichen Namen gegeben hat.«
»Jenes in England wurde nach den Nonnen so genannt. Hier gibt es keine!«
»Vermutlich gefiel meinem Vater einfach der Name.«
Ich fand das ziemlich mysteriös. »Du hättest mir aber doch von diesem Zufall etwas sagen können!«
»Nun komm schon! Wir sind jetzt zu Hause. Vergeude doch deine Zeit nicht mit unwichtigen Details.«
Adelaide kam auf uns zu. »Hier entlang, Nora.«
Wir schritten durch einen Torbogen und einen mit Steinplatten belegten Gang in einen Innenhof mit Kopfsteinpflaster. In der Mauer war eine Tür, über der eine Laterne hing. Das alles hätte Hunderte von Jahren alt sein können, soviel ich im dämmrigen Licht davon zu sehen vermochte. Ich wußte, daß es erst zehn Jahre alt war, doch war es mit der klaren Absicht gebaut worden, so alt auszusehen und zu wirken. Adelaide stieß die Tür auf, und wir gingen durch eine Vorhalle in eine große, rechteckige Halle, in der ein mächtiger Refektoriumstisch und einige geschnitzte Stühle mit geraden Rückenlehnen standen, die entweder alt oder sehr gute Imitationen waren. »Es ist ja wie eines der alten englischen Landhäuser!« erklärte ich überrascht.
Adelaide machte ein erfreutes Gesicht. »Mein Vater möchte, daß alles so englisch wie möglich aussieht. Wir ziehen auch englische Blumen im Garten, wenn es irgend möglich ist. Arbeitest du gern im Garten, Nora? Falls ja, kannst du mir helfen. Ich habe meinen eigenen kleinen Blumengarten und

ziehe dort all die Lieblingsblumen meines Vaters – oder versuche es zumindest.«
Ich hätte nicht viel Ahnung von Gartenarbeit, sagte ich, und wüßte daher nicht, ob ich ihr eine große Hilfe sein würde.
»Du kannst es ja versuchen und dann sehen«, meinte Adelaide fröhlich.
Wir stiegen die Treppe hinauf, die von der Halle hinaus auf einen Vorplatz im ersten Stock führte. Mehrere Zimmer lagen um diesen Vorplatz, zu dessen beiden Seiten sich ein langer Korridor erstreckte. Adelaide ging uns voran den einen entlang, und wir stiegen eine zweite Treppe hinauf. Oben angekommen, öffnete sie eine Tür und sagte: »Dies ist dein Zimmer, Nora. Du wirst dich sicher jetzt etwas frisch machen wollen. Dein Gepäck wird gleich kommen. Wir essen in einer halben Stunde.«
Damit verließ sie mich. Ich entdeckte einen Krug mit heißem Wasser und wusch mir Gesicht und Hände. Ich kämmte gerade mein Haar, als es an die Tür klopfte und Adelaide den Kopf hereinsteckte. Sie schien irgendwie beunruhigt.
»Mein Vater möchte dich sehen.«
»Jetzt sofort?«
»Ja. Er ist in der Bibliothek und liebt es nicht zu warten.«
Ich blickte in den Spiegel. Meine Augen leuchteten. Jetzt sollte ich endlich den Mann kennenlernen, über den ich so viel gehört hatte! Schon trug ich den Kopf um eine trotzige Nuance höher. Ich hatte mich in eine Abneigung gegen ihn hineingesteigert. Wenn mein Vater ihm nie begegnet wäre, so folgerte ich völlig unlogisch, dann wäre er heute noch am Leben.
Mein Herz klopfte schneller. Angenommen, ich gefiel ihm nicht? Angenommen, er beschloß, mich wieder zurückzuschikken? Ich bekam Angst. Ich wollte nicht wieder zurück! Ich hatte Stirling gern gewonnen. Und ich fühlte, ich konnte auch Adelaide ins Herz schließen. Sie hatten mir beide bereits das Gefühl vermittelt, zu ihnen zu gehören, und es ist besser, zu irgend jemandem zu gehören als zu niemandem auf der ganzen weiten Welt. Und trotzdem schwelte in mir ein tiefer Groll gegen diesen Mann, der ihrer beider Leben dirigierte und sich jetzt anschickte, auch mein Leben in die Hand zu nehmen.
»Er wird ungeduldig werden!« warnte Adelaide mich.
Laß ihn! dachte ich trotzig. Ich würde nicht zulassen, daß er mich wie eine Marionette dirigierte. Lieber würde ich mich nach England zurückschicken lassen. Nur weil Adelaide so veräng-

stigt war, würde ich mich beeilen. Ich legte also den Kamm hin und ging mit ihr hinunter.
Sowie ich ihn erblickte, wußte ich, daß ich recht hatte. Er *war* anders als die anderen Menschen! Noch nie hatte ich jemanden wie ihn gesehen. Er stand mit den Händen in den Taschen seiner wildledernen Reithose vor dem Kamin, in dem einige mächtige Holzscheite brannten. Er trug auf Hochglanz polierte Reitstiefel, wie ich bemerkte, und ich wunderte mich darüber, daß ich in einem derartigen Augenblick überhaupt Augen für seine Kleidung hatte, wo es doch seine Persönlichkeit war, die alles im Raum beherrschte. Alles an ihm drückte Macht aus. Er war groß – mindestens ein Meter sechsundneunzig. Sein blondes Haar zeigte an den Schläfen einen ersten weißen Anflug. Er hatte einen goldblonden Van-Dyck-Bart. Seinen Mund konnte ich nicht sehen, da er von dem Bart verdeckt wurde, doch vermutete ich, daß er schmale Lippen hatte, die grausam sein konnten. Er hatte eine arrogante Adlernase, doch das Allerbeeindruckendste waren selbstverständlich jene Augen. Sie glichen denen eines wilden Dschungelraubtieres – sie waren raubgierig, wachsam, stolz und grausam und gaben zu verstehen, daß er kurzen Prozeß mit jedem machen würde, der sein Mißfallen erregte. Gleichzeitig geisterte jedoch auch ein funkelndes Lachen in ihnen, als mache er sich über die lustig, die sich nicht neben ihm behaupten konnten. Es waren glitzernd blaue Augen, die sich jetzt auf mich richteten, ohne daß er mich begrüßte.
»Dies ist also das Mädchen«, sagte er über meinen Kopf hinweg zu Adelaide.
»Ja, Vater.«
»Sie sieht irgendwie ihrem Vater ähnlich, nicht?«
»Ja, es besteht eine gewisse Ähnlichkeit.«
»Nora – ist das ihr Name?«
Ich mochte nicht, daß man über mich sprach, als wäre ich Luft. Mein Herz hatte unangenehm zu klopfen begonnen, denn trotz meines festen Vorsatzes, mich nicht einschüchtern zu lassen, war genau das geschehen. Mit einer Stimme, die sowohl anmaßend wie schnippisch klang, sagte ich: »Ich kann alle mich betreffenden Fragen selber beantworten!« Die buschigen, goldblonden Augenbrauen schossen in die Höhe, und das kalte Feuer blauer Eiskristalle richtete sich erneut auf mich. »Ich *bin* in der Tat das Mädchen, und mein Name *ist* Nora.«
Sekundenlang veränderte sich sein Gesichtsausdruck. Wahr-

scheinlich war er böse auf mich für diese meine Impertinenz, doch wußte ich es nicht genau.
»Na, es ist nun doppelt bestätigt worden«, sagte er, »und so können wir dessen sicher sein. Glaubst du, es wird ihr hier gefallen, Adelaide?«
Bevor diese noch antworten konnte, sagte ich: »Es ist noch zu früh, um das zu beurteilen.«
»Es wäre besser für sie, wenn es ihr hier gefiele, weil sie hier bleiben *wird*!« Er schloß halb die Augen und fuhr dann fort: »Schick Jagger herein und laß das Abendbrot in zehn Minuten anrichten! Sie wird hungrig sein. Wir wollen nicht, daß sie denkt, wir ließen sie hier verhungern.«
Ich war entlassen. Erleichtert darüber, entfliehen zu können, wandte ich mich zum Gehen. Als wir die Bibliothek verließen, begegneten wir einem Mann, der wartend vor der Tür stand.
»Dies ist Miss Nora Tamasin, Mr. Jagger«, stellte Adelaide mich vor. »Und dies, Nora, ist Mr. Jagger, unser Verwalter.«
Er war klein und gedrungen. Ich fand ihn höchst plebejisch, doch vielleicht kam es nur daher, daß ich gerade den Menschen verlassen hatte, den ich im stillen ironisch »die Allpräsenz« getauft hatte. Mr. Jagger hatte ungewöhnlich blühende Gesichtsfarben und ziemlich dreist blickende dunkelbraune Augen. Die Art, in der er mich ansah, gefiel mir nicht, doch notierte ich das nur am Rande. Ich glühte noch förmlich vor Zorn auf Lynx. Ich stellte fest, daß ich keine Ahnung hatte, wie es in seiner Bibliothek aussah. Von der Sekunde an, als die Tür sich öffnete, hatte ich nur noch ihn gesehen.
Adelaide begleitete mich zu meinem Zimmer zurück.
»Ich glaube, du hast ihn in Erstaunen versetzt«, sagte sie.
»Und das hat ihm mißfallen«, ergänzte ich.
»Das weiß ich gar nicht. Komm aber auf jeden Fall nicht zu spät zum Essen herunter! Es ist keine Zeit mehr zum Umziehen. Du mußt so kommen, wie du bist. Du hörtest, daß in zehn Minuten angerichtet werden soll. Ich hole dich gleich wieder ab, damit du nicht zu spät kommst. Er haßt unpünktliche Menschen.«
Sowie sie mich allein gelassen hatte, ging ich zum Spiegel. Meine Wangen glühten und meine Augen leuchteten. Das war also seine Wirkung auf mich! Er hatte über meinen Kopf hinweg über mich geredet, als wäre ich Luft, und er hatte es absichtlich getan, um mich aus der Fassung zu bringen. Weshalb hatte mein Vater ihn nur derartig bewundert? Weshalb hatte er mich der

Obhut eines solchen Mannes anvertraut? Ich war jetzt siebzehn, und es würde noch vier Jahre dauern, bis ich volljährig war. Und was sollte ich dann machen? Eine Lehrerin werden? Ach, arme Miss Craeme mit deinem Vogelnesthaar und deinen Träumen über das, was hätte sein können! Aber lieber noch das als ein »Stück Habe« dieses Mannes werden! Der Ausdruck amüsierte mich, und ich mußte lachen. Ich war tatsächlich ganz aufgeregt – ja, das war ich! Ich konnte es nicht erwarten, ihn wiederzusehen. Ich wollte ihm zeigen, daß ungeachtet der Tatsache, daß er die restlichen Hausbewohner uneingeschränkt beherrschte, ihm dies bei mir nicht gelingen sollte.

Und da kam auch schon Adelaide zurück.

Zu meiner Überraschung war der Refektoriumstisch in der großen Halle gedeckt. Ich zählte zwölf Gedecke. Adelaide war sichtlich erleichtert, daß wir noch vor ihrem Vater eintrafen.

»Wir sind ja eine große Gesellschaft!« bemerkte ich.

»Wir wissen nie genau, wie viele wir bei Tisch sind«, sagte sie. »Manchmal sind die Verwalter hier. Wir, die Familie, sind jetzt mit dir fünf. Mr. Jagger ißt heute abend mit uns, und ich glaube auch William Gardner. Sie tun das häufig. Mein Vater bespricht gerne geschäftliche Dinge mit ihnen beim Abendessen.«

Stirling kam eilig herein, ebenfalls erleichtert, daß sein Vater noch nicht da war. Sie alle hatten anscheinend Angst vor diesem Mann.

»Jetzt kennst du ihn also«, sagte er und wollte offensichtlich von mir hören, wie wundervoll sein Vater sei. »Du hast mit ihm geredet?«

»Ja«, gab ich zu. »Obwohl er genau genommen nicht *mit mir* geredet hat – mehr *über* mich. Ich antwortete sozusagen in eigener Sache – wenn man das Mit-jemandem-reden nennen kann.«

»Wie ging es, Adelaide? Gefiel sie ihm?«

»Es war so, wie Nora sagte. Mehr kann man doch nicht wissen.«

Er dachte, wie ich ihm ansehen konnte, das Interview sei nicht gut verlaufen und war nun enttäuscht und leicht besorgt. Mich rührte seine Besorgnis um mich, während ich seine Unterwürfigkeit seinem Vater gegenüber gar nicht mochte.

Und da kam *er* auch schon mit seinen Verwaltern herein, und ich war wütend über mich selber, weil ich ebenfalls jene ehrfürchtige Scheu vor ihm empfand – genau wie die anderen. Jacob

Jagger saß rechts neben ihm und der Mann, der, wie ich erfahren sollte, William Gardner war, links. Er blickte sich in der Halle um und nickte. Dann fragte er: »Wo ist Jessica? Noch nicht hier. Nun, wir fangen ohne sie an.«
Stirling saß rechts von ihm; ich vermutete, daß es eine rituelle Bedeutung hatte. Ich sah mich zu meiner Überraschung auf der linken Seite placiert. Adelaide saß neben Stirling. Neben ihm war ein leerer Platz, der, wie ich annahm, wohl für die unpünktliche Jessica bestimmt war. Als die beiden Männer weiter unten am Tisch ihre Plätze einnahmen, kamen die Dienstboten herein und servierten die Suppe. Sie war heiß und schmackhaft, doch war ich zu aufgeregt, um das, was ich aß, genießen zu können.
Lynx – ich konnte unter keinem anderen Namen an ihn denken – führte die Unterhaltung. Mir schien, wir sollten nur etwas sagen, wenn wir von ihm angesprochen wurden. Er unterhielt sich mit Stirling über die Reise, und fragte ihn nach seinen Eindrücken von England und hörte den Antworten seines Sohnes interessiert zu. Stirling war der einzige der Anwesenden, der sich nicht vor ihm zu fürchten schien wenn er ihm auch schrankenlose bewundernde Hochachtung entgegenbrachte und sich benahm, als befände er sich in der Gegenwart eines höheren göttlichen Wesens.
»Und wie war die Seereise, na?« erkundigte *er* sich.
»Zeitweilig recht stürmisch. Wir hatten einige wackelige Momente vor der afrikanischen Küste. Viele Passagiere fanden das gar nicht schön.«
»Und Nora? Wie fand sie es?«
Er sah weiter Stirling an, doch ich mischte mich rasch ein: »Sag deinem Vater, Stirling, daß das Geschaukele mich nicht übermäßig störte.«
Mir kam es so vor, als blitzte es belustigt in seinen Augen auf.
»Sie war also nicht seekrank?«
»Ich würde sagen, nein.«
»Na, vielleicht wird sie sich dann an unsere rauhen Sitten gewöhnen. Glaubst du, daß sie es tun wird?«
»Oh, ich denke doch«, sagte Stirling und lächelte mir zu.
»Kann sie reiten? Sie wird es hier müssen.«
»Ich habe zu Hause geritten«, mischte ich mich ein, »und so würde ich meinen, kann ich es auch hier.«
Sein Blick richtete sich auf mich. »Es ist eine wilde Reiterei hier«,

erklärte er, »in mehr als nur einer Hinsicht. Du wirst den Unterschied merken.« Er hatte eine Art, die eine Augenbraue hochzuziehen, die mich vermutlich einschüchtern sollte; ich empfand jedoch ein wenn auch bescheidenes Triumphgefühl darüber, daß es mir gelungen war, ihn davon abzubringen, in jener verletzenden Weise mit Dritten in meiner Gegenwart über mich zu sprechen. Er hatte sich jetzt wenigstens mit einer Bemerkung direkt an mich gewandt.
»Ich werde mich darauf einstellen müssen«, sagte ich.
»Recht hast du. Und das wirst du. Stirling, du solltest ihr kein zu munteres Pferdchen geben.«
»Das werde ich bestimmt nicht tun.«
»Sie ist hergekommen, um hier in Australien zu leben, nicht, um ein unzeitgemäßes jähes Ende zu finden.«
»Sie sind übermäßig besorgt«, erklärte ich. »Ich bin durchaus in der Lage, selbst auf mich aufzupassen.«
»Nun, das macht alles bedeutend leichter für uns.«
Und damit wandte er seine Aufmerksamkeit wieder den beiden Männern zu, und ihr angeregtes Gespräch drehte sich um die Goldmine. William Gardner war hauptsächlich dafür verantwortlich. Ich hörte zu und erkannte deutlich Lynx' gieriges Interesse an allem, was mit Gold zusammenhing.
Auf einmal ging die Tür auf, und eine Frau kam herein. Sie glitt zu dem Stuhl neben mir und setzte sich.
»Wir wunderten uns schon, was mit dir los war, Jessica«, sagte Adelaide. »Jessica, das ist Nora.«
»Willkommen in *Whiteladies.*« Sie hatte eine leise und doch heisere Stimme. Ansonsten war sie sehr dünn und schien sich sehr in Eile angekleidet zu haben. Ihr Spitzenschal war nicht mehr einwandfrei sauber, und ein Knopf ihres Kleides hing nur noch an einem Faden. Ihr ergrautes, üppiges Haar war ebenfalls nicht ordentlich frisiert. Was mir jedoch am meisten auffiel, das war jener merkwürdige, verlorene Ausdruck in ihren Augen, der dem einer Schlafwandelnden glich.
»Hast du den Gong nicht gehört?«, wollte Adelaide wissen.
Jessica schüttelte verneinend den Kopf und sah mich weiter aufmerksam an. Ich lächelte ihr zu – aufmunternd, wie ich hoffte, denn ich fühlte, sie hatte eine beruhigende Aufmunterung nötig. »Ich hoffe, du wirst es nicht zu schwierig finden, dich hier einzuleben«, sagte sie.
»O nein, das glaube ich nicht.«

»Hast du dir Kleider aus England mitgebracht? Hier gibt es nicht viel.«
Ja, antwortete ich, ich hätte einige mitgebracht.
»Dein Gepäck ist jetzt oben in deinem Zimmer«, teilte sie mir mit. »Sie haben es gerade hinaufgebracht.«
Lynx, ungehalten über diese triviale Unterhaltung, redete betont laut über die Goldmine und den Besitz, und das Gespräch blieb ausschließlich auf die Männer beschränkt. Ich hatte den milde gleichgültigen und leicht verächtlichen Blick bemerkt, den Lynx Jessica zugeworfen hatte. Ihr war er ebenfalls nicht entgangen, und ich vermochte ihre Reaktion nicht zu deuten. War es Angst? Furcht? Ehrfürchtige Scheu? Oder sogar Haß? Eines wußte ich jedoch genau: Lynx ließ niemanden in diesem Haus gleichgültig! Stirling war aufgekratzter, als ich ihn jemals gesehen hatte. Er brachte seinem Vater fast abgöttische Verehrung entgegen, und man fühlte, daß Vater und Sohn sich sehr nah standen. Falls Lynx überhaupt jemand anders als sich selbst liebte, so war es Stirling. Vermutlich wollte er seinen Sohn zu einem Abbild seiner selbst machen – zu einem würdigen Erben für sein Imperium. Er hörte sich Stirlings Ansichten an, stimmte ihnen ab und zu lobend mit einem gewissen väterlichen Stolz zu, dessen ich ihn nicht für fähig gehalten hätte, oder demolierte sie mit einem vernichtenden Gegenargument, das aber trotzdem einen nachsichtigen Unterton hatte. Er war also imstande, jemand anders als nur sich selbst zu lieben! Seine Beziehung zu seiner Tochter war weniger nah. Sie war ruhig und intelligent – eine gute Tochter und als solche ihm nützlich. Er erwies ihr daher eine gewisse liebevolle Nachsicht. Aber dies waren schließlich seine eigenen Kinder. Mit allen anderen war der strenge Herr und Gebieter, und für mich empfand er überhaupt keinerlei Art von Gefühl. Ich stellte lediglich eine übernommene Verpflichtung für ihn dar. Ich entdeckte jedoch ein flüchtig aufblinkendes Interesse in seinen Augen, als er zu mir herüberblickte.
»Was ihr Pferd betrifft, Stirling, so hatte ich an Tansy gedacht, aber vielleicht wäre das unvorsichtig.«
»Es ist sehr gütig von Ihnen, um mich besorgt zu sein«, entgegnete ich. Und erneut richteten die blauen Augen sich auf mich.
»Du mußt dich am Anfang in acht nehmen. Dies ist nicht das gleiche wie in Rotten Row zu reiten, weißt du.«
»Ich habe nie in Rotten Row geritten und werde folglich den Unterschied nicht feststellen können.«

»Nein, bestimmt nicht Tansy«, fuhr er fort. »Blundell. Du reitest Blundell. Ihr Maul ist von Anfängern abgestumpft. Sie ist genau das Richtige, bis du dich hier in der Umgebung auskennst. Stirling, du kannst morgen mit ihr ausreiten. Zeige ihr den Besitz. Das soll aber nicht heißen, daß sie in einem Tag rundum reiten muß, was, Jagger?«

Jagger lachte unterwürfig. »Ich würde sagen, das ist unmöglich, Sir, sogar für Sie.«

»Die Entfernungen sind hier anders als in deiner Heimat. Du findest zweifellos achtzig Kilometer einen langen Weg. Du wirst dich an den weiten, offenen Raum hier gewöhnen müssen. Reite vor allem nicht allein los! Du könntest dich im Busch verirren und erst nach mehreren Tagen wieder herfinden, und das ist keineswegs angenehm. Wir möchten keine Suchtrupps aussenden müssen. Dafür haben wir keine Zeit.«

»Ich werde mich bemühen, Ihnen in keiner Weise Unannehmlichkeiten zu verursachen.«

Er lächelte erneut. Ich war froh, daß er nicht mehr über meinen Kopf hinweg über mich redete.

»Ich glaube, wir werden feststellen, daß Nora sehr selbständig ist«, mischte Adelaide sich ein.

»Das muß man hier auch sein«, entgegnete er. »Selbständig! Falls du das bist, wirst du es hier schaffen. Falls nicht ... hat es keinen Zweck.«

»Nora wird es schaffen«, erklärte Stirling und lächelte mir beruhigend zu.

Das Gespräch drehte sich jetzt um England, und ich wartete darauf, daß Stirling seinem Vater erzählte, daß wir einen Besitz namens *Whiteladies* gesehen hatten, doch er erwähnte nichts davon. Er sprach über London, und sein Vater stellte ihm dazu viele Fragen. Dann fragte er mich nach *Daneworth House*, und zu meinem Erstaunen erzählte ich ganz ungehemmt davon. Eine gute Eigenschaft besaß er: Er schien sich für viele Dinge zu interessieren. Diese Entdeckung überraschte mich. Ich hatte gedacht, daß ihm, wo er sich doch für den Nabel der Welt hielt, die Angelegenheiten anderer Menschen trivial und unbedeutend erschienen. Er schaute auf uns alle herab. Er war unser aller Herr und Gebieter, der Herrscher und Richter, der über unser aller Leben und Schicksal entschied. Und nun entdeckte ich, daß er sich für jede Einzelheit in unser aller Leben interessierte. Bereits im Verlaufe jenes Abendessens wurde ich mir der vielen

Facetten bewußt, die das zwischen Stirling und seinem Vater bestehende enge Verhältnis aufwies. Ich war mir auch der Gegenwart der schweigend neben mir sitzenden Jessica bewußt, die nur sehr wenig zur Unterhaltung beitrug – vielleicht besonders deshalb, weil Adelaide mir gesagt hatte, sie sei etwas seltsam. Und nicht zu vergessen William Gardner mit dem fanatischen Glitzern in den Augen, wenn er von der Mine sprach, in der mein Vater mit ihm gearbeitet hatte. Und Jacob Jagger, dessen etwas dreisten, interessierten Blick ich jedesmal auffing, wenn ich in seine Richtung schaute. Und am Kopf des Tisches, uns alle beherrschend, natürlich der Mann, von dem ich so viel gehört hatte. Ich begann zu ahnen, daß der geradezu legendäre Ruf, der ihm vorausgeeilt war, nicht übertrieben hatte.

Ich wachte am nächsten Morgen früh auf, lag im Bett und dachte über den Vorabend nach, bis ein Mädchen namens Mary – wie ich feststellen sollte – mir mein heißes Waschwasser brachte. Gefrühstückt würde zwischen halb acht und neun, hatte Adelaide mir gesagt; ich könne in dieser Zeit wann immer ich Lust hätte hinuntergehen. Ich stieg aus dem Bett und schaute aus dem Fenster. Man blickte auf eine Rasenfläche hinunter, in deren Mitte ein Teich war, und in diesem Teich stand eine Statue inmitten von Wasserrosen. Ich hielt verblüfft den Atem an. Wenn ich mir in Gedanken dort drüben einen gedeckten Teetisch unter einem blauweißen Sonnenschirm vorstellte, hätte dies das andere *Whiteladies* in England an jenem Sommernachmittag sein können, als ich mit Stirling dort war.
Reinste Einbildung! schalt ich mich. Viele Parks haben eine große Rasenfläche und einen Teich mit einer Statue und Seerosen! Hatte Adelaide mir nicht schließlich erzählt, ihr Vater bemühe sich, allem einen englischen Anstrich zu geben? Eigenartig war nur der zufällig gleiche Name und die nun wirklich merkwürdige Tatsache, daß Stirling mir nichts davon gesagt hatte an jenem Nachmittag in dem anderen englischen *Whiteladies*.
Ich blickte auf meine Uhr. Ich durfte nicht die Frühstückszeit verpassen. Ich mußte daran denken, wie Jessica am Abend zuvor in die Halle geglitten war und wie ihre Unpünktlichkeit Lynx irritiert hatte; und auch an ihre gleichgültige Reaktion – aber war es wirklich Gleichgültigkeit gewesen? Mir schien eher, sie

wurde Lynx gegenüber von starken Gefühlen bewegt, ja schien ihn sogar zu hassen und kam absichtlich zu spät, ihm zum Trotz. Ich konnte diesen Trotz verstehen. Hatte ich ihn nicht zu einem gewissen Grade selbst empfunden?
Ich fand alleine in die Halle hinunter, die jedoch nicht für das Frühstück benutzt wurde. Es war offensichtlich nicht die gleiche zeremonielle Angelegenheit wie das Abendessen, bei dem es ihm gefällt, sich wie ein Baron in alten Zeiten an den Kopf der Tafel zu setzen, an dem seine Vasallen in der ihrem Rang entsprechenden Reihenfolge sitzen und seine Leibeigenen ihn bedienen. Mein Platz war zum Glück oberhalb des Salzes! Der Gedanke amüsierte mich, und ich lächelte vor mich hin, als ich in das kleinere Speisezimmer ging, zu dem mich Mary, das Dienstmädchen führte. Adelaide war bereits dort. Sie sagte mir lächelnd guten Morgen und fragte, ob ich gut geschlafen habe. Stirling habe schon gefrühstückt, sagte sie, und würde bald kommen, um mich zu unserem Ausritt abzuholen und mir einen Teil des zum Besitz gehörenden Gebietes zu zeigen.
Ich freute mich darauf, die Umgebung kennenzulernen, antwortete ich, und auch das Haus interessiere mich sehr. Ich hätte ein ganz ähnliches Landhaus in der Nähe von Canterbury gesehen.
»Das überrascht mich nicht«, meinte Adelaide. »Wie ich schon sagte, ließ mein Vater dies Haus nach eigenen Plänen vor zehn Jahren bauen.«
»Ist er denn auch Architekt?«
»Er ist ein Künstler, was dich vielleicht erstaunt. Wenn ich sage, daß er nach eigenen Plänen bauen ließ, meine ich damit, daß er dem Architekten genau vorschrieb, wie er es haben wollte, und selber die Bauaufsicht führte.«
»Dein Vater scheint ungewöhnlich vielseitig begabt zu sein.«
»Das ist er auch. Er kannte solche Landhäuser wie dieses aus seiner Jugend in England und war entschlossen, hier so etwas wie ein kleines Stückchen England entstehen zu lassen. Er ließ sogar die Torflügel aus England kommen. Es sind echte alte von einem englischen Landhaus.«
»Da hat er sich aber viel Mühe gemacht!«
»Er würde jede Mühe auf sich nehmen, um das zu erreichen, was er will.«
Und schon wieder redeten wir über ihn! Ich wechselte das Thema und fragte sie nach ihrem Garten. Sie konnte es nicht erwarten,

ihn mir zu zeigen, und versprach, es vielleicht im Laufe des Tages zu tun. Ich könne ihr wahrscheinlich manchen guten Ratschlag geben, da ich ja frisch aus England käme.
Stirling betrat in Reithosen und glänzend geputzten Stiefeln das Speisezimmer. Er sah wirklich seinem Vater recht ähnlich, obgleich ... er war weder so groß noch so imponierend, und seinen grünlichen Augen fehlte jenes hypnotische, kaltblaue Feuer. Man sah jedoch sofort, daß er sein Sohn war. Ich war plötzlich glücklich, daß Stirling da war – hier, in meiner Nähe. Er gab mir ebenso wie auf dem Schiff ein Gefühl sicherer Geborgenheit, denn obwohl ich mir ein sehr selbstbewußtes Auftreten gab und entschlossen war, niemanden auf die Idee kommen zu lassen, ich hätte Angst vor dem Mann, den mein Vater zu meinem Vormund ernannt hatte, änderte das alles nichts an der Tatsache, daß er mir Furcht einflößte. Ich fand ihn völlig unberechenbar und hatte keine Ahnung, was für einen Eindruck ich auf ihn gemacht hatte.
»Bist du soweit?« erkundigte sich Stirling.
Ich sagte, ich müsse mich nur noch schnell umziehen, da ich nicht gewußt hätte, daß wir so früh losreiten würden.
Sowie ich fertig gefrühstückt hatte, lief ich in mein Zimmer hinauf und zog meine Reitsachen an, die ich vor meiner Abreise in England gekauft hatte. Wie schockiert war doch die arme Miss Graeme gewesen, daß ich ein grünes Reitkleid gewählt hatte und daß mein schwarzer Reithut mit einem schmalen Band in der gleichen grünen Farbe geschmückt war.
Als ich den Pferdestall betrat, betrachtete Stirling mich bewundernd. »Sehr elegant! Aber worauf es ankommt, das sind deine Reitkünste.«
Wie freute ich mich, Jemmy im Stall zu erblicken in einem Reitanzug, der allerdings etwas zu groß für ihn war. Er glich jedoch kaum noch dem zitternden, schmutzigen, halb verhungerten Häufchen Unglück, das wir an jenem Abend auf dem Schiff fanden. Er sah mich mit einem Lächeln an, das mich glücklich machte.
Ich weiß nicht, was an jenem Morgen in mich fuhr. Ich wußte, es war falsch, doch etwas in jener frischen Morgenluft und dem strahlenden Sonnenschein machte mich übermütig. Man sattelte Blundell für mich, das Pferd, das *er* meinen Reitkünsten für angemessen hielt.
»Es ist ja kaum größer als ein Pony!« erklärte ich ärgerlich. »Ich

dachte, ich bekäme ein Pferd! Ich habe schon vor Jahren aufgehört, Reitstunden zu nehmen.«
Stirling grinste und sagte: »Na, dann schau dir doch Tansy an!«
Und das tat ich. Sie war eine schöne braune Stute, und ich beschloß, sie und kein anderes Pferd zu reiten, und sei es nur, um *ihm* zu zeigen, daß ich keiner seiner Hofschranzen war, die sich seinem Wort als oberstem Gesetz unterwürfig und bedingungslos fügten.
»Sie ist ziemlich munter«, gab Stirling zu bedenken.
»Sie ist eben ein Pferd und keine alte Mähre!«
»Bist du sicher, daß du mit ihr zurechtkommst?«
»Mein Vater brachte mir Reiten bei, als wir auf dem Land lebten. Ich weiß, wie man mit einem Pferd umgeht.«
»Aber das Gelände ist hier sehr schwierig. Möchtest du es dir nicht lieber erst einmal in Ruhe anschauen?«
»Ich reite aber Blundell nicht! Dann reite ich schon lieber gar nicht!«
Tansy wurde also gesattelt, und los ging's. Sie war in der Tat recht munter, und ich erkannte, daß ich mich würde sehr anstrengen müssen, um mit ihr fertigzuwerden, doch war ich, wie gesagt, an jenem Morgen sehr übermütiger Stimmung. Zum ersten Mal seit dem Tode meines Vaters fühlte ich mich derartig froh und unbeschwert. Nicht, als ob ich ihn vergessen hatte – das würde ich niemals tun – doch es war fast, als ritte er neben mir und sei glücklich darüber, mich nun endlich in sicherer Obhut zu wissen. Aber es war nicht mein Vormund, der mir dieses Gefühl tröstlicher Geborgenheit vermittelte, sondern Stirling, der an meiner Seite ritt und hier so ganz in seinem Element war – viel mehr als in England. Und plötzlich wußte ich: ich liebte Stirling! Obwohl er nicht wie sein Vater mein Denken beherrschte, erfüllten mich meine Gefühle für ihn mit einer tiefen glücklichen Zufriedenheit, wie sie meiner Überzeugung nach kein anderer Mensch in mir zu erwecken vermochte. Und ich fühlte instinktiv, daß meine Zuneigung zu ihm mit jedem Tag größer werden würde.
»Scheint hier immer die Sonne?« fragte ich ihn.
»Immer!«
»Wirklich immer?«
»Fast immer.«
»Du gibst mit deinem Heimatland an!«

»Halte es unserem Nationalstolz zugute. Du wirst ihn auch nach einiger Zeit teilen.«

»Glaubst du, ich werde mich hier eines Tages richtig zu Hause fühlen?«

»Aber ja! Ich bin überzeugt davon.«

»Ich nicht. Dein Vater tut es übrigens auch nicht, stimmt's?«

»Wie meinst du das?«

»Warum hätte er sich sonst ein Haus gebaut wie jenes, das wir bei Canterbury sahen? Warum würde Adelaide sonst einen englischen Garten für ihn mit viel Mühe päppeln? Er muß manchmal Heimweh haben. Weshalb hast du mir nicht gesagt, Stirling, daß euer Haus den gleichen Namen hat wie jenes andere? Es muß dir doch aufgefallen sein.«

»Das tat es auch.«

»Und warum hast du mir dann nichts davon gesagt?«

»Du kanntest unser Haus hier ja noch nicht, und ich dachte, es würde eine lustige Überraschung für dich sein.«

»Du kommst manchmal wirklich auf die absonderlichsten Gedanken! Na, wie dem auch sei, ich freue mich darüber. Unser Besuch in jenem Haus mit all den merkwürdigen Zufällen schien mir irgendwie bedeutsam. Ich glaube, ich werde ihn nie vergessen. Jene Teegesellschaft auf dem Rasen zum Beispiel. Und Minta! War sie nicht bezaubernd? Und die Mama ...«

»Und den piekfeinen Mr. Wakefield nicht zu vergessen!«

»Den kannst *du* wohl nicht vergessen.«

»Tu nur nicht so! Du warst diejenige, die die Augen vor Bewunderung verdrehte. So ein vollendeter Gentleman mit seinen Verbeugungen und Handküssen!«

»Nun, er *war* charmant. Und was ist mit der armen Lucie, der Gesellschafterin?«

»Ach die Arme! Es ist ein Jammer, daß sie nicht Mr. Wakefield heiraten kann, um für immer glücklich und in Freuden zu leben.«

»Er ist offensichtlich für Minta bestimmt.«

»Ich glaube, du bist eifersüchtig auf sie.«

»Was für ein Unsinn!«

»Ich hoffe es! Wenn du dich hier einleben willst, solltest du nicht von feinen Gentlemen träumen.«

»Ich werde hier sehr glücklich sein, vielen Dank, trotz des offensichtlichen Mangels an wohlerzogenen Gentlemen!«

Diese Versicherung beruhigte und freute ihn. Er war wirklich um mich besorgt.
»Was für ein himmlischer Morgen!« jubelte ich.
»Vorsicht!« rief er warnend, als Tansy mit dem einen Fuß in ein Loch geriet und ich beinah herunterflog. Er streckte schon die Hand aus, um meine Zügel zu ergreifen, doch ich versicherte ihm, daß alles in Ordnung sei.
Der zum Haus gehörende Park mit seinen Gärten war für meine an englische Verhältnisse gewöhnten Augen sehr ausgedehnt und groß. Da gab es Blumen- und Gemüsegärten, in denen eifrig gearbeitet wurde, und riesige Obstgärten mit Orangen-, Zitronen- und Feigenbäumen, Guavenbäumen und Bananenstauden. Ich erkannte, daß wir von den eigenen Erträgen leben konnten.
Wir ließen das Haus mit seinem Park und den Gärten hinter uns und ritten kilometerweit über freies Land. Bis zum Horizont gehörte das Land, wie Stirling sagte, zum Besitz seines Vaters, dessen Verwalter Jacob Jagger war.
»Es ist in der Tat ein riesiges Imperium«, sagte ich. »Und dein Vater ist der König, und du bist der Kronprinz. Was ist es für ein Gefühl, der Erbe von diesem großen Reich zu sein und der Sohn deines Vaters?«
»Ein sehr gutes«, versicherte er mir, und das konnte ich verstehen.
Wir ritten eine Weile schweigend weiter, und dann meinte er: »Ich glaube, du hast einen guten Eindruck auf ihn gemacht.«
Ich freute mich, zuckte jedoch in gespielter Gleichgültigkeit die Achseln.
»Ich glaube, er dachte, ich würde mich dreimal vor ihm verneigen und rückwärts aus dem Zimmer gehen.«
»Er mag Unterwürfigkeit gar nicht immer.«
»Nur manchmal?«
»Nur bei denen, die ihm diese seiner Ansicht nach schulden.«
»Er hat etwas von einem Tyrannen und einem Räuberbaron, doch kann ich jetzt, wo ich ihn gesehen habe, deine Gefühle für ihn ein wenig besser verstehen.«
»Ich wußte, daß es dir so ergehen würde; und ich wünsche mir, daß du ihn eines Tages mit den gleichen Augen siehst wie ich, Nora.«
»Das wird davon abhängen, wie er mich behandelt.«
Stirling lachte belustigt auf. Und als wir so dahingaloppierten

und mir der Wind über das Gesicht strich, stieg wieder jenes Glücksgefühl in mir auf. Er mußte es ebenfalls empfinden, denn er sagte: »Ich will dir dieses Land so zeigen, daß du es lieben wirst, Nora. Wir werden hinaus in den Busch reiten und im Zelt übernachten. Es ist die einzig mögliche Art, dieses Land jenseits der mit einem Pferdefuhrwerk zu erreichenden Orte kennenzulernen. Ich werde dir beibringen, wie man über einem Lagerfeuer Tee kocht und Brötchen und Kuchen backt ...«

»Das klingt alles sehr verlockend! Es wird mir bestimmt gefallen.«

Stirlings Gesicht glühte vor Freude.

»Was hat dein Vater wegen Jemmy gesagt?«

»Daß er bleiben kann, falls er bereit ist zu arbeiten. Wäre er das nicht, könne er sein Bündel schnüren.«

»Hast du ihm erzählt, daß *ich* dich dazu überredete?«

»Nein, ich ließ ihn im Glauben, es sei meine Idee gewesen.«

»Warum? Weil du es für eine Schwäche ansahst, daß du dich von mir überreden ließest?«

»Ach was! Ich wußte nur nicht, wie er es finden würde, daß *du* eine solche Entscheidung trafst.«

»Vermutlich hätte Jemmy nicht bleiben dürfen, wenn er gewußt hätte, daß es meine Idee war.«

»Das glaube ich nicht. Mein Vater hätte den Jungen nicht wieder fortgeschickt.«

»Weil du wolltest, daß er mich mochte, hast du vermieden, daß er gleich zu Anfang den Eindruck bekam, ich sei herrisch.«

»Schon möglich. Ich werde es ihm aber später erzählen. Fürs erste fand ich es so besser.«

»Wie bist du nett mit mir, Stirling!«

»Ach, das ist doch selbstverständlich. Mein Vater ist dein Vormund, und ich bin sein Stellvertreter.«

Wir ritten etwa zwei Kilometer durch einen Eukalyptuswald. Ein aufgescheuchtes Känguruh mit einem Jungen im Beutel sprang vor uns über den Weg, setzte sich auf die Hinterläufe und beäugte uns neugierig. Und ich erblickte zum ersten Mal jenen wunderschönen Vogel, den Leierschwanz; er hatte seinen Schwanz in voller Pracht über den Kopf geschlagen. Wir hielten an, denn er balzte auf einem Baumfarn dicht vor uns. Er begann die Rufe anderer Vögel nachzuahmen, ganz so, als gäbe er eine Vorstellung für uns. Mir fiel auf, daß die Stämme mancher Eukalyptusbäume ganz schwarz waren, und ich fragte Stirling nach dem Grund. Das wären die Spuren der Buschfeuer, sagte er und erzählte mir von den furchtbaren Wald- und Buschbränden, die immer wieder das Land verwüsteten. Ich könne sie mir in ihrer ganzen Schrecklichkeit nicht vorstellen, bevor ich nicht einen solchen Brand gesehen hätte; er hoffe jedoch, das würde nie der Fall sein, obwohl es unwahrscheinlich wäre, wenn ich in Australien bliebe.

»Jedes Lebewesen im Umkreis von vielen Kilometern ist dann in höchster Lebensgefahr. So ein Brand ist das Grauenvollste und Furchtbarste, was man sich überhaupt vorstellen kann. Es lauern Gefahren in diesem Land, Nora, wie du sie dir nicht träumen lassen würdest.«

»Ich habe eine gewisse Vorstellung von diesen Gefahren. Vergiß nicht, daß mein Vater hier ums Leben kam.«

»Ein bewaffneter Raubüberfall kann überall auf der Welt passieren.«

»Wo zügellose Besitzgier brutale Gewalt auslöst«, fügte ich hinzu. »Und hier gibt es Gold, und das Gold erweckt jene Gier.«

Stirling machte mich auf einen Emu aufmerksam, der mit großer Geschwindigkeit vor uns auf dem Weg fortlief. Noch nie hatte ich einen so großen Vogel gesehen; er war gut und gerne eineinhalb Meter hoch.

»Du bist auf dem besten Wege, Land und Leute kennenzulernen«, sagte er. »Zuerst die Familie – dann die Landschaft mit den wilden Tieren. Schau mal jene Bäume dort! Ich schätze, sie sind alle etwa hundert Meter hoch.«

»Sie sind prachtvoll! Und schöner als alles Gold der Welt!«

»Sie sind aber gar nicht so harmlos. Ich erlebte einmal, wie ein herunterstürzender Ast einen Mann erschlug. Stell dir so einen Ast vor, der aus einer Höhe von hundert Metern herunterkommt! Es passiert leider immer wieder. Wir nennen jene Unglücksäste ›Witwenmacher‹.«

Ich blickte zu den Gipfeln der Bäume empor und ein Schauder überfiel mich.

»Auch mitten im Leben ist der Tod gegenwärtig«, zitierte Stirling halb ernst, halb spöttisch.

Ich wollte nicht, daß dieser Morgen durch den düsteren Schatten des Todes verdunkelt würde und ließ Tansy durch einen leichten Schlag mit der Gerte angaloppieren. Stirling holte mich rasch ein und überholte mich. Und da geschah es. Ich hatte die ganze Zeit genau gefühlt, daß ich mit Tansy nur zurecht kam, weil sie es gnädig gestattete. Ich hörte ein seltsames spöttisches Lachen nicht weit entfernt. Vielleicht hörte Tansy es ebenfalls. Was genau geschah, weiß ich nicht. Ich weiß nur, daß ich plötzlich in hohem Bogen über ihren Kopf flog. Ich hatte noch so viel Geistesgegenwart, die Zügel loszulassen, und mein Glück ließ mich an jenem Morgen nicht im Stich. Ich sauste in ein dicht verfilztes Gebüsch von etwa einem Meter Höhe, dessen Zweige stark genug waren, um mich aufzufangen. Ich wurde zwar zerkratzt und erlitt einen kleinen Schock, doch kam ich mit dem Leben davon. Einen Moment lang lag ich wie betäubt da und starrte in den Himmel über mir – dann versuchte ich, einige Zweige zu fassen zu bekommen, die mir aber nur die Hände zerkratzten und unter meinem Gewicht brachen. Und wieder hörte ich jenes spöttische Gelächter. In meiner Benommenheit glaubte ich halb, Lynx sei irgendwo in der Nähe, von wo aus er meine Niederlage mit ansehen und genießen konnte.

Und dann hörte ich Stirling nach mir rufen. Und schon war er bei mir und zog mich mit rührend besorgtem Gesicht aus dem Buschwerk.

»Kannst du stehen?« wollte er wissen.

»Ja ... aber mein Knöchel tut weh.«

»Setz dich hin!« befahl er. Ich gehorchte, und er kniete sich neben mich. Behutsam zog er mir den Stiefel aus. Mein Knöchel war rot und geschwollen.

»Offensichtlich eine Zerrung«, erklärte er. »Wie ist es passiert?«

»Wo ist Tansy?«

»Ich sah sie abhauen. Sie wird nach Hause galoppieren. Sie kennt den Weg. Aber was war um Himmels willen eigentlich los?«

»Jemand lachte, und dann lag ich auch schon in dem Gestrüpp.«

»Lachte! Wer?«

»Das weiß ich nicht. Es war aber ganz in der Nähe. Ich glaube Tansy erschreckte sich und scheute.«

»Wir sehen lieber zu, daß wir nach Hause kommen«, sagte er. »Wir müssen nachschauen, was mit deinem Knöchel los ist. Ich nehme dich vorne auf den Sattel.« Er pfiff Weston, sein Pferd heran, und es kam sofort folgsam zu ihm. Als er mir hinauf half, hörte ich erneut jenes Gelächter – wieder und wieder.

»Da! Das war es!«

»Aber das sind doch nur Vögel! Die alten ›kookaburus‹, die auch lachender Hans genannt werden. Du wirst dich an ihr Gelächter gewöhnen müssen, denn du wirst es hier alle naselang hören.«
So brachte mich Stirling auf sehr demütigende Weise nach Hause. Tansy war bereits angekommen. Ich hatte ungewöhnliches Glück gehabt, daß ich mit nur einigen Prellungen und einem verstauchten Knöchel davongekommen war, doch ich war krank vor Scham und grübelte darüber nach, was Lynx wohl sagen würde, wenn er von meinem unrühmlichen Abenteuer erfuhr.

Adelaide empfing uns voller Erleichterung.
»Ich hörte, daß Tansy nach Hause gekommen ist und daß du sie heute morgen geritten hast.« Ihre Stimme enthielt einen leichten Vorwurf. Hatte ihr Vater nicht gesagt, sie solle Blundell reiten?
»Es ging sehr gut mit Tansy, bis sie sich erschreckte«, erklärte ich. »Bis zu dem dummen Augenblick kam ich gut mit ihr zurecht.«
Adelaide war um mich besorgt, doch ich stellte fest, daß man sich hier über Unfälle nicht so aufregte wie in England, weil sie im australischen Busch etwas Alltägliches sind. Adelaide machte mir abwechselnd heiße und kalte Kompressen und erzählte mir, daß sie einen Erste-Hilfe-Kurs gemacht hätte, da es hier oft zwei bis drei Tage dauern konnte, bis ein Arzt kam. Dann mußte ich eine Tasse heißen, süßen Tee trinken. Ein oder zwei Tage lang dürfe ich nicht mit dem kranken Fuß auftreten, sagte sie.
Ich schämte mich und kam mir dumm und töricht vor, doch war ich erleichtert, daß Tansy wohlbehalten nach Hause gekommen war. Adelaide packte mich auf eine Couch in ihrem Salon. Ich müsse jetzt erstmal etwas ausruhen, sagte sie; wenn ich mich ein wenig von dem Schock erholt hätte, könne ich lesen oder vielleicht etwas nähen. Es gäbe in *Whiteladies* immer sehr viel zu tun.
Ich lag unter dem offenen Fenster und dachte darüber nach, wie töricht es von mir gewesen war, ein Pferd zu reiten, das viel zu gut für meine bescheidenen Reitkünste war. »Hochmut kommt vor dem Fall!« hatte Miss Emily oft genug gepredigt, und ich mußte ausnahmsweise einmal zugeben, daß sie recht hatte.
Und dann hörte ich seine Stimme unter dem Fenster.
»Sie hat also doch Tansy geritten und ist heruntergeflogen!

Geschieht ihr recht! Aber sie beweist wenigstens mehr Mut als Verstand!«
Mir schien, seine Stimme hatte einen ganz leichten anerkennenden Unterton, der mich mit Frohlocken erfüllte.
Den Rest des Tages lag ich untätig auf der Couch. Was für ein Ende für diesen meinen ersten Tag in *Whiteladies! Little Whiteladies* – wie ich es getauft hatte, denn es gab nur *ein* echtes *Whiteladies.*
Irgendwo im Park hörte ich das Gelächter der ›kookaburus‹, die sich über mich lustig machten.

Adelaide erlaubte mir drei Tage lang nicht, mit dem Fuß aufzutreten, und so verbrachte ich diese drei Tage in ihrem Wohnzimmer. Stirling trug mich jeden Abend in mein Schlafzimmer. Sowohl Adelaide wie Stirling hatten sich fest vorgenommen, sich um mich zu kümmern und mir zu zeigen, daß sie mich als ihre jüngere Schwester willkommen hießen. Ich erledigte einige Näharbeiten für Adelaide, die in der Anfertigung einiger Wäschestücke für die zahlreichen Angestellten bestanden. In der Nähe des Hauses standen einige Hütten, in denen diese Leute wohnten; einige von ihnen hatten auch Kinder, wie ich bereits entdeckt hatte.
»Mein Vater hat es gern, wenn sie so behandelt werden, als gehörten sie zur Familie«, erzählte Adelaide mir und sah mich schnell an, um zu sehen, wie ich diese Bemerkung aufnahm. Ich verstand damals noch nicht warum, doch im Laufe der Zeit wurde mir klar, daß Lynx der Vater vieler dieser Kinder war. Ich entwickelte später sogar die Angewohnheit, in ihren kleinen Gesichtern nach einer Ähnlichkeit mit ihm zu suchen. Oft fand ich sie. Es war verständlich. Lynx war in jeder Hinsicht ein Mann. Ein Mönchsleben war nichts für ihn. Er holte sich diese jungen Frauen, wenn ihm der Sinn danach stand, und niemand fand etwas dabei. Seine so faszinierenden blauen Augen entdeckte ich jedoch niemals bei einem dieser Kinder. Nicht einmal Stirling – sein legitimer Erbe – hatte sie von ihm geerbt.
Stirling besuchte mich oft während jener drei Tage. Ich gestand ihm, daß ich mich schämte und nur hoffe, Tansy sei nichts geschehen.
Er tröstete mich. »Das macht doch nichts! Hier ist es viel besser, mutig und nicht ängstlich zu sein.« Ich war ihm dankbar dafür, daß er es so leicht nahm.

Auch Adelaide begann ich gern zu haben und als meine ältere Schwester zu betrachten. Sie brachte mir auf einem Tablett den Tee und Gebäck – genauso, wie es in England üblich war – mit Pfirsichmarmelade und selbstgemachtem Passionsfruchtgelee. Jene drei Tage kamen mir eigenartig nach all den aufregenden Wochen vor – sie waren so ruhig und friedlich. Ich hatte das Gefühl, als hätte ich eine kleine Oase erreicht, wußte jedoch, daß es nur ein Aufenthalt von kurzer Dauer war. Lynx machte mir keinen Besuch. Das wäre auch zu viel erwartet gewesen, sagte ich mir. Stirling kam vor allem abends. Tagsüber war er meistens bei der Mine und versuchte, die Zeit seiner Abwesenheit aufzuholen, wie er mir erzählte. Ich hörte so viel über die Mine und konnte es nicht erwarten, sie zu sehen, obwohl ich es andererseits gar nicht wollte. Es würde die Erinnerungen an meinen Vater wieder zu schmerzlich wachrufen.

Mary half mir morgens beim Ankleiden; sie brachte mir auch das Frühstück und mein heißes Waschwasser. Sie war schüchtern und schien sich vor etwas zu fürchten. Ich versuchte herauszubekommen wovor, was mir jedoch nicht gelang. Stirling bestand dann darauf, mich in Adelaides Wohnzimmer zu tragen, was nicht notwendig war, da ich leicht hätte hinüberhüpfen können. Aber ich muß zugeben, ich fand es schön, so umsorgt zu werden. Ich fand es ebenfalls schön, von ihm auf seinen starken Armen getragen zu werden. Er trug mich so mühelos, doch ich sagte zu ihm, daß durch dieses Zurschaustellen meiner Invalidität nur die Aufmerksamkeit auf meine Torheit gelenkt würde.

Es war am dritten Tag nach meinem Unfall, und ich lag wie gewohnt auf dem Sofa in Adelaides Wohnzimmer und stichelte emsig an einem Kalikohemd, da ich dies für eine Möglichkeit ansah, meine Reue über mein törichtes Verhalten zu beweisen, als die Tür sich leise öffnete und Jessica hereinglitt. Mir lief ein jäher Schauer über den Rücken, was vielleicht durch den irren Ausdruck in ihren Augen kam oder die geräuschlose Art und Weise, in der sie hereinhuschte.

»Wie geht es dir?« fragte sie, zog einen Stuhl herbei und setzte sich neben mein Sofa. Sie spürte, wie ich unwillkürlich vor ihr zurückwich.

»Danke, es geht mir sehr viel besser. Um die Wahrheit zu sagen: ich tue eigentlich nur so, als wäre ich krank. Ich sollte schon längst wieder herumlaufen, aber Adelaide will davon nichts hören.«

»Es gibt viele, die etwas vortäuschen ... Betrüger.« Sie lächelte. »Und gar nicht weit von hier.«

»So?«

Sie nickte verschwörerisch. »Ist *er* hier gewesen?«

Natürlich wußte ich, wen sie meinte, fragte jedoch: »Wer?«

»Na er, der Master.«

»Nein. Das habe ich auch nicht erwartet.«

»Ihm liegt weder an Gott noch an den Menschen«, flüsterte sie. »Du hättest bei diesem Unfall sterben können! Ihn hätte es nicht gekümmert.«

»Er warnte mich, nicht Tansy zu reiten, und so war es ganz allein meine eigene Schuld.«

»Ihm hätte es nur um sein Pferd leid getan.«

»Nun, es ist ein sehr gutes Pferd.«

Sie richtete jene merkwürdig irre blickenden braunen Augen starr auf mich. »Wertvoll«, flüsterte sie. »Er denkt nur an Sachen, Besitz und an Gold. Nur diese Dinge zählen für ihn.«

»Das ist bei vielen Menschen so.«

Sie beugte sich näher zu mir, und ich kam mir auf meinem Sofa wie in einer Falle vor.

»Aber ihm bedeuten sie mehr als jedem anderen. Er ist völlig skrupellos, wie wir alle erkannten, nachdem wir ihn kennenlernten ... Ach ... Maybella ... und mein Onkel. Er war ein Nichts, als er kam ... ein Sträfling, ein Sklave, verurteilt zu sieben Jahren Zwangsarbeit. Und nach einem Jahr beherrschte er uns alle.«

»Er ist ein sehr ungewöhnlicher Mann.«

»Ungewöhnlich!« Sie lachte, und ihr Lachen erinnerte mich an das Gelächter der ›kookaburus‹, das, wie ich beharrlich beteuerte, mein Pferd erschreckt hatte. »Es hat noch nie einen Mann wie ihn gegeben. Und ich hoffe, es wird auch nie wieder einen solchen geben. Hüte dich vor Lynx! Er hypnotisiert die Menschen. Meinen Onkel ... Maybella ... Und sieh doch, was mit Maybella geschah. Er brachte sie um!«

»Maybella? Sie war ...?«

»Seine Frau, jawohl. Er heiratete sie. Und warum? Wollte er wirklich Maybella? Bedeutete sie ihm auch nur *so* viel?« Sie schnippte mit den Fingern. »Und was wurde aus Maybella?

Weißt du es?«
»Nein, aber ich möchte es gern wissen.«
Die Tür öffnete sich, und Adelaide kam herein. Sie runzelte die Stirn, als sie Jessica erblickte, sagte dann aber leichthin: »Hier bist du also, Jessie. Gerade zurecht für eine Tasse Kaffee. Ich habe ihn frisch für Nora und mich gemacht.«
Sie trug ein Tablett mit einem spitzenumrandeten Deckchen. Der Kaffee duftete zwar köstlich, doch ich wollte hören, was Jessica mir zu sagen hatte. Aber ich wußte, sie würde in Adelaides Gegenwart nicht weiterreden.
Adelaide stellte ihr Tablett ab und schenkte betont unbekümmert den Kaffee ein. »Mit viel Milch für dich, Nora«, sagte sie. »Das wird dir gut tun. Hier, Jessie, dein Kaffee, – genauso, wie du ihn gern hast.«
Jessicas Hände zitterten, als sie die Tasse entgegennahm.
»Ich denke, morgen kannst du schon ein wenig herumlaufen, Nora«, fuhr Adelaide fort. »Noch nicht sehr lange natürlich. Vielleicht machst du einen kleinen Gang durch den Garten, aber geh auf keinen Fall weiter weg, hörst du?«
Jessica war in ihr unergründliches Schweigen zurückgesunken, und als sie fort war, sagte Adelaide: »Hat sie wieder wirres Zeug geredet? Sie tut es ja leider ab und zu, und ich fürchte, sie hat heute einen ihrer schlechten Tage. Es ist nicht gut, sie zum Reden zu ermuntern oder ihrem Gerede zuviel Beachtung zu schenken.«
Ich wollte trotzdem Jessicas Version über Maybellas Schicksal hören.

Nach einer Woche war mein Knöchel wieder vollkommen in Ordnung, und es kam mir vor, als wäre ich schon viel länger als nur diese eine Woche in *Little Whiteladies*. Ich war so bestrebt, den peinlichen Tansy-Zwischenfall wieder gutzumachen, daß ich Adelaide half soviel ich nur konnte. Ich fing an, kochen zu lernen, nähte, arbeitete ein wenig im Garten und eignete mir einige Kenntnisse über die Pflanzen an, die sie mit soviel Liebe in ihrem Garten zog – ganz wie eine Tochter des Hauses. Adelaide und Stirling freuten sich darüber und waren mit mir zufrieden. Ich lernte die Dienstboten kennen und erkannte dadurch, wie nützlich ich hier sein konnte, denn die Eingeborenen waren berüchtigt für ihr »Herumstreunen«, wie sie es nannten, und verschwanden dauernd. Auch ihre Furcht vor Lynx vermochte

sie nicht daran zu hindern – vielleicht war diese sogar einer der Gründe dafür. Und wenn einer der weißen Dienstboten nicht zu finden war, nahm man immer an, daß er oder sie zu den Schürfstellen gezogen war.
»Ich wünschte, sie hätten niemals Gold in Victoria gefunden!« sagte Adelaide.
Und es dauerte nicht lange, und ich konnte auch wieder reiten. Man kam in diesem Land ohne Pferd gar nicht zurecht, und so durfte ich mich nicht von einem kleinen Unfall entmutigen lassen. Auf Stirlings Rat hin ritt ich jetzt einen Rotschimmel mit dem wenig passenden Namen *Queen Anne*; die Stute war weder eine alte Mähre wie Blundell noch von dem feurigen Kaliber meiner Tansy.
»Wenn du dich an das Gelände hier gewöhnt hast«, sagte Stirling, suchen wir dir ein besseres Pferd aus. Bis dahin sei ein kluges Mädchen und bleib bei deiner guten alten *Queen.*«
Und das tat ich und erkannte, wie recht er hatte, denn auf meiner *Queen* hatte ich das angenehm beruhigende Gefühl, sie in allen Situationen in der Hand zu haben.
Als ich die Mine zum ersten Mal erblickte, war ich entsetzt. Wir waren durch das wunderschöne Land hinübergeritten, und da lag sie nun in ihrer ganzen Häßlichkeit vor uns. Da waren die Docke, die die Räder stützten, über die Stahlseile liefen, an denen die Körbe heraufgezogen wurden. Der Krach war ohrenbetäubend. Plötzlich ließ eine Explosion die Luft erzittern.
»Wir benutzen das neue Zeug, das Alfred Nobel erfunden hat«, sagte Stirling. »Es heißt Dynamit und erspart endlose Arbeit, da es den Felsen aufbricht und uns ermöglicht, an das Gold heranzukommen. Im ganzen arbeiten hier zweihundert Leute.«
»Sind sie zufrieden damit, Gold für deinen Vater zu finden?«
»Sie sind zufrieden damit, hier zu arbeiten. Die meisten von ihnen haben jahrelang auf eigene Faust nach Gold gesucht. Sie kennen die Mühsal und die Entbehrungen und finden es besser, für einen festen Lohn zu arbeiten. Sie wissen, daß nur sehr wenige mit dem einfachen Schwingtrog ihr Glück gemacht haben. Die Chance ist zu gering und der Einsatz zu hoch. Hier haben sie eine sichere Stellung und können sich jeden Tag satt essen; alles, was sie dafür tun müssen, ist für den Master zu arbeiten.«
Er zeigte mir die neuartigen Maschinen, mit denen das Erz zerkleinert und das Gold aus dem Quarz gewonnen wurde.

Überall herrschte große Emsigkeit und viel Krach. Oberhalb der Mine standen einige Zeltreihen, in denen die Arbeiter mit ihren Familien lebten; einige hatten sogar kleine Holzhütten, die aus zwei Zimmerchen bestanden. Das waren die Glückspilze.
»Und diese Mine gehört deinem Vater?« fragte ich.
»Ja, aber dir gehört auch ein Anteil. Dein Vater investierte alles Geld, das er besaß. Es sind da noch einige andere Teilhaber, doch meinem Vater gehört die reichliche Majorität, und er hat also das Sagen.«
»Es ist angenehm zu wissen, daß ich keine völlig arme Kirchenmaus bin! Vielleicht bin ich sogar reich.«
»Die Mine arbeitet leider mit Verlust.«
»Warum dann all dies hier? ... Nur um Verluste zu machen?«
»Nein, natürlich nicht. Die Antwort lautet: Hoffnung! Wo es um Gold geht, da ist auch diese ständige Hoffnung. In diesem Land gibt es mehr Hoffnung als es jemals Gold gegeben hat.«
»Und sogar dein Vater ist von diesem wahnwitzigen Goldhunger angesteckt worden!«
»Ja, sogar er. Er stammt aus England. Er verkehrte dort mit Leuten, sehr reichen Leuten, die ›angenehm‹ lebten, wie er es ausdrückt. Sie kümmerten sich nicht um Geld, weil sie so viel davon hatten, daß sie nie darüber nachzudenken brauchten. So wolle er ebenfalls leben, sagte er einmal zu mir, und so würde er auch eines Tages leben.«
»Aber es geht ihm doch gut ... und er ist sogar reich. Er herrscht über euch alle. Was will er denn mehr?«
»Er will einen Traum verwirklichen. Zuerst will er Gold finden, so viel Gold, wie noch niemand vor ihm gefunden hat. Und dann will er seine Pläne verwirklichen.«
»Was für Pläne?«
»Nun, er hat so seine Pläne. Doch die Voraussetzung dafür ist viel Gold. Du siehst, wie wir leben. Wir legen uns keine Einschränkungen auf – leben in einem großen Haus mit viel Personal und Beteiligungen an verschiedenen Geschäften. Es ist ein recht kostspieliger Lebensstil, und die Mine verschlingt viel Geld. Du hast all die Arbeiter gesehen; sie müssen bezahlt werden. Und die Maschinen sind teuer. Die Betriebskosten der Mine sind beträchtlich. Mein Vater möchte mit dem Gold ein problemloses Vermögen finden. Und dann kehrt er vielleicht nach England zurück.«
»Das könnte er doch auch jetzt tun.«

»Aber nicht so, wie er es will. Er möchte wie ein Lord zurückkehren.«
Ich lachte spöttisch. »Möchte er auch einen Adelstitel haben?«
»Vielleicht.«
»Und bis es soweit ist, begnügt er sich mit dem Bau von *Little Whiteladies* und mit einem englischen Garten und steckt all sein Geld in eine Goldmine, die nichts bringt.«
»*Noch* nicht! Eines Tages wird sie es! Mein Vater wird auf ein ganz großes Goldvorkommen stoßen. Verlaß dich drauf! Er hat immer das gefunden und bekommen, was er wollte.«
»Wie lange ist er jetzt schon hier? Fünfunddreißig Jahre, nicht wahr? Und die ganze Zeit wollte er nach England zurückkehren und hat es doch nicht getan!«
»Er will es eben nur unter ganz bestimmten Umständen.«
»Er leidet dann, wie mir scheint, ganz genauso wie alle anderen unter dieser Goldgier. Du sprichst von ihm, als wäre er eine Art göttliches Wesen, doch er selbst betet etwas sehr Ungöttliches an: das Gold!«
Ein alter Mann kam an uns vorbei; zumindest hielt ich ihn für einen alten Mann, bis ich sah, daß er nur schwerkrank war und deshalb so alt aussah. Ein jäher Hustenanfall schüttelte ihn, und er blieb vor Schmerzen gekrümmt stehen, bis es vorbei war.
»Der Ärmste!« sagte ich mitfühlend. »Er sollte im Bett liegen und einen Arzt haben!«
Ich wollte gerade mit ihm sprechen, als Stirling mir die Hand auf den Arm legte. »Er ist leider nur einer von Hunderten. Er hat die Krankheit der Grubenarbeiter – die Schwindsucht. Es kommt von dem Staub und Schmutz in den Minen; die Lungen werden angegriffen. Es endet mit dem Tod. Man kann nichts dagegen tun.«
»Nichts!« rief ich empört. »Willst du damit etwa sagen, daß Menschen in den Minen arbeiten, obwohl es bekannt ist, daß sie diese schreckliche Krankheit bekommen können?«
»Ja, es ist ein einkalkuliertes Risiko«, sagte Stirling leichthin. »Sie kennen es und gehen es ganz bewußt ein.«
»Und wenn sie diese Krankheit bekommen? Was dann?«
»Wieso: Was dann? Dann sterben sie nach einer bestimmten Zeit. Diese Krankheit läßt niemanden lebend davonkommen.«
Ich war zornig auf Lynx, ihren Herrn und Gebieter, der diese

Männer aus Goldgier in die Mine hinunterschickte und dort für sich arbeiten ließ.
»Aber das ist ja ein Verbrechen«, empörte ich mich. »Es muß aufhören!«
Stirling lachte mich aus. »Das Schlimmste bei dir ist, daß du zu weich bist, Nora. Das Leben ist nun einmal nicht weich. Ganz besonders nicht hier. Dieser Mann zum Beispiel hat ein festes Gehalt und kann seine Familie dadurch ernähren ... falls er eine hat. Er ist wie Tausende anderer Menschen auf der Suche nach Gold hergekommen und hat es nicht gefunden. Also suchte er sich Arbeit in einer Goldmine. Es ist eine gefährliche Arbeit, doch das ganze Leben ist gefährlich. Sogar im gemütlichen alten England schlägt der Tod plötzlich zu. Nimm das Leben nicht so ernst, Nora!«
»Ich nehme den Tod sehr ernst – den unnötigen Tod!« Und wieder dachte ich an meinen Vater, der um des Goldes willen gestorben war, genauso wie der Mann sterben würde, und ich haßte das Gold mehr denn je. Ich sah im Geiste, wie sie den Wagen mit dem Gold beluden, der es nach Melbourne in die Bank bringen sollte, und wie mein Vater losgefahren war und sein Leben hingegeben hatte, um das Gold zu retten.
Von jenem Augenblick an wurde Gold für mich zu einer personifizierten Vorstellung. Ich sah es als ein böses, grausames Weib, habsüchtig, raubgierig, verschlagen und unberechenbar. Die Goldgöttin – eine Art Circe, eine Loreley, die ab und zu einen derjenigen belohnte, die ihr dienten, um immer mehr Opfer anzulocken, fort von ihrem Zuhause, ihrer Heimat, ihren Familien und allem, was schön und gut gesichert im Leben war, geradewegs ins Verderben.
»Ich möchte die Stelle sehen, an der mein Vater erschossen wurde«, sagte ich.
»Warum vergißt du all das nicht lieber?«
»Ich soll vergessen, daß mein Vater ermordet wurde?«
»Es hat doch keinen Sinn, sich dauernd daran zu erinnern.«
»Würdest du es vergessen, wenn *dein* Vater umgebracht worden wäre?«
Der bloße Gedanke ließ ihn zusammenzucken. Ich wußte, er konnte sich eine Welt ohne den allmächtigen Lynx überhaupt nicht vorstellen.
»Ich habe meinen Vater heiß geliebt«, fuhr ich fort. »Es gab auf der Welt keinen zweiten Menschen wie ihn. Und dann wurde er

hier in diesem Land kaltblütig von jemandem ermordet, der ihn nicht kannte. Und du rätst mir, das zu vergessen!«
»Hör auf, Nora! Laß uns jetzt lieber zurückreiten.«
Er wandte sein Pferd und ritt im Schritt zur Landstraße zurück. Ich folgte ihm.
»Zeig mir jetzt die Stelle, an der mein Vater erschossen wurde. Wenn ich sie gesehen habe, werde ich nicht mehr von ihm sprechen, es sei denn, du möchtest es.«
Wir ritten etwa sechs Kilometer weiter, bis er sein Pferd anhielt. Es war ein wunderschöner Platz – ruhig und friedlich, und als wir dort mit unseren Pferden standen und jenen ungebrochenen Frieden gedankenvoll auf uns wirken ließen, wurde die Stille durch den Gesang eines sogenannten Glockenvogels unterbrochen.
»Das Fuhrwerk kam dort auf der Landstraße von der Mine heran«, sagte Stirling. »Es muß etwa hier gewesen sein. Er war nicht sofort tot, wie du weißt. Wir brachten ihn nach *Whiteladies* zurück, und dort schrieb er dir noch jenen Brief, den wir dir schickten – es war sein letzter. Er hatte schon mit meinem Vater wegen dir gesprochen.«
Ich sah mich nach den Eukalyptusbäumen um, hinter denen der Mörder sich versteckt haben muß. Hinter ihnen war ein steiler Hügel – vielleicht sogar ein kleiner Berg, von dem ein dünner Wasserfall in das Flüßchen an seinem Fuße herunterrieselte.
Es war eines der schönsten Fleckchen Erde, die ich jemals gesehen hatte.
»Und hier ereilte ihn der Tod!« sagte ich verbittert. »Ihn, der das Leben so leidenschaftlich liebte, der so herrliche Pläne hatte und so viele Träume ... Und zu denken, daß es nicht hätte sein brauchen! Er starb ... um des Goldes willen! Oh, wie ich das Gold hasse!«
»Komm jetzt, Nora!« sagte Stirling. »Er starb, und du hast ihn verloren, aber du hast jetzt uns. Du hast mich, Nora!«
Ich wandte mich zu ihm um und sah ihn an. Er schob sein Pferd dicht neben meines, ergriff meine Hand und drückte sie kurz.
»Ich will es alles für dich wieder gutmachen, Nora«, versprach er ernst. »Du wirst es sehen.«

Den ganzen restlichen Tag und auch den folgenden dachte ich an meinen Vater und an jenen armen Mann, der an Schwindsucht starb, und als ich gerade in Adelaides Garten Unkraut zupfte und

unvermittelt aufblickte, sah ich, daß Lynx vor mir stand und mich beobachtete.
»Wie lange sind Sie schon hier?« verlangte ich zu wissen.
Die eine Augenbraue ging in die Höhe. »Ich beantworte keine Fragen, wenn sie in so anmaßendem Ton gestellt werden.«
»Ich mag nicht, wenn man mich unbemerkt beobachtet.«
»Und ich mag keine unhöflichen Menschen.«
»Ich auch nicht«, gab ich zurück und stand auf. Der Gedanke an jenen armen Mann, der an Schwindsucht dahinsiechte, machte mich zornig, und es war mir egal, ob ich Lynx verärgerte oder nicht.
Er beschloß jedoch, nicht verärgert zu sein. »Es freut mich, dich bei der Arbeit zu sehen«, sagte er. »Ich mag keine Untätigkeit in meinem Haus.«
»Wenn Sie von mir erwarten, daß ich arbeite, sollten Sie mir das sagen. Vielleicht möchten Sie, daß ich unten in Ihrer Goldmine arbeite.«
Er tat, als überlege er es sich. »In was für einer Eigenschaft würden Sie vorschlagen?«
Ich fand es klüger, nicht zu antworten und sagte: »Ich hörte, daß mir einige Anteile an der Mine gehören.«
»Ja, dein Vater hatte einige ... allerdings sehr wenige. Sie sind nicht viel wert.«
»Wie die ganze Mine vielleicht.«
»Bist du eine Expertin für Goldminen?«
»Ich verstehe nichts davon und will auch nichts davon wissen. Mir wäre es sogar lieber, gar nichts damit zu tun haben.«
»Ich glaube, es ist an der Zeit, daß wir uns einmal unterhalten«, sagte er. »Es gibt da gewisse Dinge, die wir übereinander wissen sollten.«
»Was mich betrifft, so bin ich begierig darauf, diese zu erfahren.«
»Komm heute abend nach dem Essen in die Bibliothek.«
Und damit verließ er mich, und ich wandte mich wieder Adelaides Blumen und Kräutern zu. Die Luft war erfüllt von dem würzigen Duft des Salbei. Heute abend werde ich mich nicht einschüchtern lassen! nahm ich mir vor. Ich werde ihm sagen, was ich von dieser Mine halte, in der junge Männer vor ihrer Zeit alte Greise werden und ihre Lungen kaputtmachen.
Er erschien nicht zum Abendessen, und ich überlegte mir, ob er wohl da sein würde, als ich zur Bibliothek ging. Er war es. Er saß

an einem Tisch und nippte an einem Glas, das vermutlich Portwein enthielt. Ich vermutete, daß er hier allein gegessen hatte, wie er das gelegentlich tun sollte.
»Komm herein, Nora«, sagte er. »Setz dich dorthin, mir gegenüber, wo ich dich sehen kann.«
Ich tat es. Es herrschte nur gedämpftes Licht im Raum, da von den zahlreichen Öllampen nur zwei brannten.
»Du nimmst auch ein Glas Portwein.«
Ich lehnte dankend ab, weil er es mehr wie eine Feststellung und nicht wie eine Frage gesagt hatte.
Er ergriff die Karaffe und schenkte sich sein Glas erneut voll. Und da sah ich zum ersten Mal bewußt seine Hände. Er hatte lange, schlanke Finger und trug auf dem kleinen Finger der rechten Hand einen Ring mit einem gravierten Jadestein. Jede seiner kleinsten Bewegungen war von einer unglaublichen Eleganz, und ich konnte ihn mir mühelos als einen sein Leben auf angenehme Art verbringenden Besitzer eines vornehmen, alten englischen Landhauses vorstellen.
»Du wolltest etwas zu deiner Stellung hier bei uns wissen«, sagte er. »Du bist mein Mündel, und ich bin dein Vormund. So wurde es von deinem Vater vor seinem verfrühten Tod bestimmt. Er kannte die in diesem Land lauernden Gefahren und sprach oft in diesem Raum über seine diesbezüglichen Sorgen und Befürchtungen, und ich gab ihm das Versprechen, dich in meine Obhut zu nehmen, falls er sterben würde, bevor du einundzwanzig sein würdest.«
»Er muß eine Vorahnung gehabt haben.«
Er schüttelte den Kopf. »Dein Vater war ein Mann, der wilde Träume träumte. Er verfolgte sie voller Begeisterung, doch im Inneren seines Herzens wußte er, daß sie niemals wahr werden würden. In der hintersten Kammer seines Verstandes gestand er sich ein, daß er dieses Vermögen niemals würde erringen können, doch nur, wenn es um dich ging, machte er praktische und realistische Pläne. Du kannst das als ein Maß für den Grad seiner Zuneigung für dich werten. Um deinetwillen sprang er über seinen eigenen Schatten und gestand sich die Wahrheit über die Zukunft ein, wie er sie kommen sah. Und so traf er mit mir diese Vereinbarung. Bevor er starb, schrieb er noch eine Vollmacht, in der er mich zu deinem Vormund bestimmte. Ich erfüllte ihm seine Bitte – und hier sitzen wir nun also.«
»Weshalb wählte er Sie?«

Wieder jenes Hochzucken der Augenbraue. »Du sagst das, als hieltest du mich seines Vertrauens für unwürdig?«
»Er kannte Sie erst so kurze Zeit.«
»Er kannte mich gut genug. Wir beide kannten einander. Du mußt mich deshalb als deinen Vormund akzeptieren. Du hast keine andere Wahl.«
»Ich glaube doch, mir meinen Lebensunterhalt verdienen zu können.«
»In der Mine ... wie du vorschlugst? Es ist nicht leicht für ein junges Mädchen, sich seinen Lebensunterhalt zu verdienen, es sei denn als Dienstmädchen oder so etwas ähnliches, was ein sehr armseliges Los bedeuten würde, wie ich dir versichern kann.«
»Ich habe ja diese Anteile an der Mine.«
»Sie sind nicht viel wert. Sie würden dich nicht lange über Wasser halten.«
»Ich möchte lieber gar kein Geld besitzen, das mir durch die Unterstützung einer Goldmine zufließt.«
»Die Anteile können verkauft werden. Sie werden nicht viel einbringen. Die Mine ist als eine nicht sonderlich rentable Gesellschaft bekannt.«
»Weshalb wird sie nicht geschlossen?«
»Wegen der Hoffnung. Wir haben immer Hoffnung.«
»Und inzwischen sterben Menschen, nur weil Sie weiter hoffen?«
»Du denkst an deinen Vater. Es ist ein Schicksal, wie es viele Menschen in diesem Leben getroffen hat. Diese Strauchdiebe sind überall. Wir alle können ihnen begegnen.«
»Ich denke an einen armen Mann, den ich vor einigen Tagen sah. Er litt an einer Lungenkrankheit.«
»Oh ... an Schwindsucht.«
»Sie sagen das, als wäre das nichts Schlimmeres als Kopfschmerzen.«
»Es ist das Risiko aller Grubenarbeiter.«
»Ebenso wie die Chance, von einem Strauchdieb ermordet zu werden?«
»Schlägst du vor, daß ich die Mine schließen soll, weil ein Arbeiter Schwindsucht hat?«
»Ja!«
Er lachte. »Du bist eine Weltverbesserin, und wie die meisten Weltverbesserer hast du wenig Ahnung von dem, was du zu verbessern hoffst. Was würde aus all meinen Arbeitern, wenn

ich meine Mine schließen würde? In etwa einer Woche wären sie am Rande des Hungertodes.«
»Ich will aber mit dieser Mine nichts zu tun haben.«
»Deine Anteile werden verkauft, und das Geld kommt auf ein Konto für dich. Ich warne dich: Es wird nicht viel mehr als hundert Pfund sein. Und falls wir auf Gold stoßen ...«
»Ich will absolut *nichts* mit einer Goldmine zu tun haben!«
Er seufzte und betrachtete mich über sein Portweinglas hinweg mit glitzernden Augen. »Du bist recht unklug. Es gibt in England ein Sprichwort: ›Dein Herz regiert deinen Kopf‹. Du denkst mit deinen Gefühlen. Das kann dich in schwierige Situationen bringen und ist auch keine Hilfe, wenn du dich aus ihnen befreien möchtest.«
»Das könnte Ihnen nicht passieren. Sie denken mit Ihrem Kopf.«
»Dafür ist ein Kopf da.«
»Und ein Herz?«
»Um die Blutzirkulation zu kontrollieren.«
Ich lachte, und er stimmte in mein Lachen ein.
»Gibt es sonst noch irgend etwas, was du wissen möchtest?« fragte er.
»Ja. Was erwartet man hier von mir für eine Arbeitsleistung?«
»Arbeitsleistung? Du kannst vielleicht Adelaide helfen, so wie eine jüngere Schwester es täte. Dies ist jetzt dein Zuhause. Du mußt es auch als solches betrachten.«
Ich blickte mich im Raum um und sah diesen zum ersten Mal. Viele Bücherborde, ein brennender Kamin, viele Bilder – genau wie man sich eine englische Bibliothek vorstellen würde. Auf einem glänzend polierten Eichentisch stand ein Schachspiel. Die Figuren waren so aufgestellt, als wollte jemand eine Partie beginnen. Mir entfuhr ein Ausruf der Überraschung. Ich kannte dieses Schachspiel so genau! Es war wunderschön. Die Figuren waren aus weißem und bräunlichem Elfenbein, und in der Krone des Königs und der Königin glitzerten Brillianten. Das Brett war aus weißem und dunkelrosa Marmor. Ich hatte unzählige Male mit meinem Vater auf diesem Schachbrett gespielt.
»Es gehört meinem Vater!«
»Er hat es mir vermacht.«
»Es würde normalerweise mir gehören.«
»Er hinterließ es aber mir.«

Ich war aufgestanden und ging zu dem Tisch hinüber, um es näher zu betrachten. Ich nahm die weiße Elfenbeinkönigin in die Hand und wurde von so deutlichen Erinnerungen an meinen Vater überschwemmt, daß ich hätte weinen mögen.
Lynx stand neben mir. »Dein Name steht darauf«, sagte er und zeigte auf eines der Felder.
»Ja, wir schrieben unsere Namen darauf, als jeder von uns zum ersten Mal den anderen schlug. Das war mein Großvater. Das Schachspiel ist seit langem in unserer Familie.«
»Seit drei Generationen«, sagte er. »Und hier der Außenseiter.« Er zeigte auf seinen eigenen Namen, den er selbstbewußt auf eines der Mittelfelder geschrieben hatte.
»Sie haben also meinen Vater geschlagen.«
»Gelegentlich. Und du auch.«
»Er war ein sehr guter Spieler. Ich glaube, daß er mich nur ab und zu gewinnen ließ.«
»Wenn du mit mir spielst, werde ich dich nicht gewinnen lassen. Ich spiele für mich selbst, und du wirst ebenfalls für dich selbst spielen.«
»Soll das heißen, daß wir zusammen Schach spielen werden?«
»Warum nicht? Ich mag dieses Spiel.«
»Auf dem Schachbrett meines Vaters!« setzte ich hinzu.
»Du vergißt, daß es jetzt mir gehört. Weshalb sollte man es nicht benutzen? Es ist ein Vergnügen, so schöne Figuren anzufassen.«
»Ich dachte immer, es würde eines Tages mir gehören.«
»Laß uns folgendes abmachen: Es soll dir von dem Tag an gehören, an dem du mich schlägst.«
»Sie fordern mich also auf, um etwas zu spielen, was von Rechts wegen mir gehört?«
»Nein, ich schlage lediglich vor, es dir im Spiel mit mir zurückzugewinnen.«
»Also gut. Wann spielen wir?«
»Weshalb nicht jetzt gleich? Hättest du Lust?«
»Ja. Ich werde jetzt um *mein* Schachbrett und meine Figuren spielen!«
»Die Zeit existiert nur im flüchtigen Augenblick. Und das ist auch so ein Sprichwort von zu Hause.«
Wir setzten uns einander gegenüber an den kleinen Tisch. Aus nächster Nähe konnte ich jetzt die buschigen, goldblonden Augenbrauen und die weißen, schlanken Hände mit dem Jadering betrachten. Stirlings Hände waren breiter und kräftiger,

und wieder stellte ich fest, daß ich die beiden Hände dauernd miteinander verglich. Er erinnerte mich an Stirling, obwohl dieser nur ein blasses Abbild seines Vaters war. Nur sehr widerstrebend gestand ich mir diese Feststellung ein, denn ich fand es illoyal gegen Stirling, überhaupt so etwas zu denken. Stirling ist ein guter Mensch, überlegte ich, und Lynx ist grausam; Stirling verstehe ich, doch wer wüßte jemals, was hinter dieser glitzernden blauen Eiswand vorgeht!«

Er hatte bemerkt, daß ich seine Hände betrachtete und hielt sie mir hin, damit ich sie besser studieren konnte.

»Schau dir die Gravur des Steines an. Es ist der Kopf eines Luchses. Man nennt mich so, Lynx. Dieser Ring ist mein Siegel. Mein Schwiegervater schenkte ihn mir vor vielen Jahren.«

»Es ist eine sehr schöne Jade.«

»Und auch eine sehr schöne Gravur. Sehr passend, nicht wahr?«

Ich nickte und griff mir den Bauern des weißen Königs.

Ich merkte sehr bald, daß ich es mit Lynx nicht aufnehmen konnte, doch spielte ich mit einer derartigen Konzentration, daß ich wieder und wieder seine Versuche durchkreuzte, mich Schachmatt zu setzen. Für mich war es ein rein defensives Spiel, und es dauerte immerhin eine dreiviertel Stunde, bis er mich endgültig in die Enge getrieben hatte. Ich fühlte, daß er gedacht hatte, dieses Ziel innerhalb von zehn Minuten zu erreichen.

»Schachmatt«, sagte er leise und bestimmt, und ich sah, daß es für mich keinen Ausweg mehr gab.

»Aber es war ein gutes Spiel, nicht wahr?« fuhr er fort. »Wir müssen bald wieder einmal zusammen spielen.«

»Wenn Sie nicht finden, daß ich zu schlecht spiele«, antwortete ich. »Sie können doch bestimmt einen Gegner finden, der mehr Ihrem Niveau entspricht.«

»Aber ich mag mit dir spielen. Und vergiß nicht: Du mußt doch das Schachspiel gewinnen! Und vergiß außerdem nicht, daß ich nicht wie dein Vater bin. Ich mache keine Zugeständnisse. Wenn du gegen mich gewinnst, weißt du, daß es ein echter Sieg ist.«

Ich verließ ihn in sehr gehobener Stimmung und konnte an jenem Abend lange nicht einschlafen. Als es mir endlich gelang, träumte ich, daß alle Figuren auf dem Schachbrett lebendige Wesen wurden und der siegreiche König Lynx' Augen hatte.

Es war Oktober geworden und schönster Frühling. Der Garten

wurde mit jedem Tag bunter und hübscher. Ich entdeckte, daß Stirling eine Reihe von Blumenpflanzen und Stauden aus England mitgebracht hatte, und so blühten bereits am Rande der Rasenfläche hellrote Geranien und tintenblaue Glockenblumen. Ich wünschte mir, einige feste Pflichten zu haben. Da ich sie jedoch nicht bekam, wandelte ich in Adelaides Kielwasser und half ihr, wo immer ich konnte, hatte aber das Gefühl, sehr unzulänglich zu sein. Ich hätte gern eine Aufgabe gehabt, für die ich ganz allein verantwortlich war. Adelaide versicherte mir, daß meine Hilfe im Haus unschätzbar sei, doch ich wurde die Empfindung nicht los, daß sie das nur aus Freundlichkeit sagte.

Als ich eines Tages im Gartenhaus saß, in dem ich mich oft nach meinem Unfall aufgehalten hatte, um mich einen Augenblick auszuruhen, da mir der Rücken vom Unkrautzupfen wehtat, stand Jessica plötzlich wie aus dem Boden gewachsen vor mir. Wie war es störend, wenn Menschen sich so lautlos bewegten, daß sie ohne jede Vorwarnung vor einem standen!

»Jessica!« rief ich überrascht aus.

»Ich sah dich aus der Bibliothek kommen«, sagte sie. »Du warst eine lange Zeit bei ihm drinnen.«

Es ärgerte mich, von ihr bespitzelt zu werden. »Na und?« erwiderte ich kühl.

»Er interessiert sich für dich, und das schmeichelt dir. Er interessiert sich oft für Menschen, und dann ... dann läßt er sie fallen wie eine heiße Kartoffel. Weißt du, er denkt einzig und allein daran, was für einen Nutzen sie für ihn haben können.«

»Weshalb haßt du ihn?« fragte ich sie.

Zu meiner Überraschung wurde sie dunkelrot und machte ein Gesicht, als wolle sie gleich in Tränen ausbrechen. »Ich ihn hassen? Ja, das tue ich wohl. Das heißt ... nein ... ich weiß es nicht. Jeder hat Angst vor ihm.«

»Ich nicht«, behauptete ich etwas unsicher.

»Bist du dessen ganz sicher? Er ist anders als andere Menschen. Du hättest ihn sehen sollen, als er damals in *Rosella Creek* ankam!«

»*Rosella Creek*?«

»Das war der Besitz meines Onkels. Jetzt heißt er nach ihm, doch damals war es *Rosella Creek*. Onkel Harley verwaltete selbst den Besitz, und es waren gute Zeiten. Er war damals nicht so groß, und es gab immer irgend etwas, um das man sich Sorgen machen mußte. Der schreckliche Buschbrand zum Beispiel, von dem wir eingeschlossen wurden. Wir kamen nur um Haaresbreite davon, wie Onkel Harley sagte. Dann der Meltau und die Überschwemmungen und die Verwüstung des Landes. Aber wir überstanden es, und Maybella hätte eine gute Partie gemacht. Da gab es einen jungen Mann, der immer aus Melbourne herüberkam. Sein Vater hatte dort ein Geschäft, und es ging ihnen gut. Er hätte Maybella einen Antrag gemacht.«

Mir war, als täte ich einen Blick in etwas, das nicht für mich bestimmt war. Adelaide hätte bestimmt gewollt, daß ich Jessica unter einem Vorwand verließ. Die Versuchung war jedoch zu groß. Ich wollte die merkwürdige Geschichte von Stirlings Vater hören, begann er doch durch meine um ihn kreisenden Gedanken mein Leben zu beherrschen.

Daher sagte ich zu ihr: »Erzähl mir mehr darüber!«

Sie lächelte verschlagen. »Du möchtest es wissen, nicht wahr? Dich interessiert alles über ihn. So ergeht es allen Menschen mit ihm. Und so erging es auch Maybella. Sie war wie in einer Art von Trance, seit dem Moment seiner Ankunft. Ich erinnere mich noch genau an den Tag, als er kam.«

Sie hielt wieder inne, und ein weicher, verträumter Ausdruck lag in ihren Augen. Ihre Lippen wurden sanft und verzogen sich zu einem Lächeln. Dieses Mal drängte ich sie nicht, weiterzuerzählen. Ich wartete, und dann begann sie zu sprechen, leise aber eindringlich, ganz so, als hätte sie meine Anwesenheit vollkommen vergessen und rufe sich alles nur zu ihrer eigenen Freude ins Gedächtnis zurück.

»Onkel Harley ritt nach Sydney, um bei der Ankunft des erwarteten Schiffes dort zu sein. Er wollte sich einige Männer aussuchen, da wir Hilfe brauchten. Er sagte: ›Ich bringe zwei starke Banditen mit. Wir müssen uns bei diesen Sträflingen vorsehen, aber wir werden die schon zum Arbeiten bringen. Was wir brauchen, das sind zwei starke Kerle.‹ Er ritt also mit seinen Satteltaschen voller Proviant für die Reise los. Er wollte auch zwei Pferde für die Sträflinge billig auftreiben und in zwei Wochen wieder zurück sein, wie er meinte, falls sie nicht von Überschwemmungen oder Unwettern aufgehalten würden. Er blieb drei Wochen weg, weil durch die heftigen Regenfälle einige Flüsse Hochwasser führten. Maybella und ich waren in der Küche und backten gerade für seine Rückkehr Kuchen. Da kam er zur Tür herein und gab erst Maybella und dann mir einen

Kuß. Er sagte: ›Ich hab zwei Kerle, Maybel‹, so nannte er sie, ›einer der beiden ... na, ihr werdet schon sehen.‹ Und das taten wir. Wir standen am Küchenfenster, als wir ihn zum ersten Mal erblickten. Wir staunten über seine Größe. ›Ist der aber groß!‹ sagte Maybella. ›Ist der etwa auf dem Schiff gewesen?‹ Onkel Harley nickte. ›Zu sieben Jahren verurteilt. Stell dir das bloß vor, meine Kleine. Und zu Unrecht verurteilt, wie er sagt.‹ ›Das sagen die doch alle!‹ meinte Maybella, und wir lachten. Aber er war anders als die anderen. Diese Augen von ihm durchbohrten einen förmlich. Man konnte ihn weder wie einen Sträfling, noch wie einen Arbeiter behandeln. Onkel Harley empfand das ebenfalls. Er hatte irgendwie Angst vor ihm, und es dauerte nur eine Woche, da redete er mit ihm wie mit seinesgleichen. Oh, er war schlau. Er konnte doppelt soviel und so schnell arbeiten wie ein normaler Mann, und nach kurzer Zeit sagte er Onkel Harley, wie man alles verbessern könnte. Es war merkwürdig, denn Onkel Harley, der immer gedacht hatte, alles selbst am besten zu wissen, hörte auf ihn.«

Jessica hielt inne und sah mich an. »Du würdest nicht glauben, was er alles in so kurzer Zeit fertigbrachte.«

»O doch«, erwiderte ich.

»Drei Wochen nach seiner Ankunft aß er mit uns bei Tisch. Sie hätten etwas zu besprechen, pflegte Onkel Harley zu sagen. Er hatte ganz andere Manieren als die anderen Männer – und auch andere als Onkel Harley. Wenn er mit uns bei Tisch saß, fühlten wir uns linkisch und ganz so, als wäre er der Hausherr und wir die Dienstboten. Er sprach viel auf Onkel Harley ein. Oft nahm er ein Blatt Papier und machte eine Lageskizze von diesem oder jenem Stück Land. Er erklärte meinem Onkel, wie man einen neuartigen Wollschuppen auf Pfählen errichtete, in dem man die Wolle trocken lagern könne. Unsere Wollpresse sei veraltet, erklärte er; wir müßten eine neue kaufen. Onkel Harley pflegte ihm fasziniert zuzuhören und ›Ja, Herrick‹ mit gedämpfter Ehrerbietung zu sagen, ganz so, als wäre jener der Herr und er selbst der Knecht. Die Schurzeit kam, und wir hatten einen größeren Ertrag als jemals zuvor. Er stellte alle mit an – die Gärtner, das Hauspersonal, einfach jeder, der zwei Hände hatte, mußte mithelfen. Er war inzwischen eine Art Aufseher geworden. Alle hatten Angst vor ihm. Onkel Harley sagte: ›Ihnen entgeht nichts. Sie haben die Augen eines Luchses!‹ Und von da an nannten sie ihn Lynx, den Luchs, und die Eingeborenen hielten ihn für eine Art Gott des weißen Mannes. Sie arbeiteten, wenn er in der Nähe war, doch sowie er fort war, saßen sie mit den Händen im Schoß herum und faulenzten. Wie mußten wir lachen, als er ein Selbstportrait von sich zeichnete; es wurde jedoch so ähnlich, daß man glaubte, er schaue einen aus dem Bild heraus an. Er malte die Augen an – genauso blau, wie seine Augen waren, befestigte das Bild an einer gut sichtbaren Stelle im Wollschuppen und sagte: ›Auch wenn ich nicht hier bin, beobachte ich euch und sehe alles!‹ Da bekamen sie es mit der Angst; sie schauten zum Bild auf und glaubten, er sei es wirklich dort oben an der Wand mit seinen durchdringenden Augen. So ein Mensch war er. Es war also kein Wunder ...«

Wieder verstummte sie und schüttelte leicht den Kopf, so als wolle sie länger bei diesen Erinnerungen verweilen. Gespannt wartete ich auf die Fortsetzung.

»Maybella war hingerissen von ihm. Ihr Verehrer aus Melbourne existierte gar nicht mehr für sie. Ihre Augen leuchteten auf, wenn Lynx in ihrer Nähe war, und sie wurde richtig hübsch. Sie war im Grunde gar nicht hübsch ... eher ziemlich unscheinbar. Ich war hübscher als sie – aber ich war ja nur die Nichte. Sie würde den Besitz erben, da kein Sohn vorhanden war. Ich hatte nichts zu erwarten. Man hatte mir ein Zuhause gewährt – das war alles. ›Mach dir keine Gedanken‹, pflegte Maybella zu mir zu sagen. ›Du wirst immer ein Zuhause bei uns haben, Jessie.‹ Und sie meinte das auch ernst. Maybella hatte ein gutes Herz, ja, das hatte sie.«

»Und sie verliebte sich in ihn?«

»Alles war gar nicht mehr wiederzuerkennen durch die vielen Verbesserungen. Onkel Harley bewunderte und achtete ihn grenzenlos. ›Hallo, Lynx‹, pflegte er zu sagen. ›Was diesen Jim – oder Tom oder wen auch immer – betrifft, glauben Sie, wir können ihm vertrauen und ihn mit diesen Wollballen nach Melbourne schicken?‹ Er sprach nur noch von ›wir‹. Du siehst also, in welcher Richtung sich die Dinge entwickelten. Maybella redete von nichts anderem mehr als ihm. Sie war verrückt nach ihm. Ich glaube, es gab nichts, was sie nicht für ihn getan hätte – und das stellte sie dann unter Beweis. Als sie das Kind erwartete, hatte sie Angst, es ihrem Vater zu sagen. Er war sehr fromm, und sie dachte, er würde sie möglicherweise rausschmeißen. Ich wußte, nur einer konnte der Vater sein, und ich war maßlos entsetzt. Ich sagte zu ihr: ›Ein *Sträfling*, Maybella!‹ Sie warf den

Kopf in den Nacken und rief: ›Das ist mir vollkommen egal! Er wurde zu Unrecht verurteilt. Ich bin stolz darauf. Mir ist alles egal, außer der einen Tatsache, daß ich *sein* Kind erwarte!‹ Das sagte sie auch ihrem Vater, und nun kam das allererstaunlichste, denn er erklärte lediglich: ›Da bleibt nur eines zu tun: Wir werden eine Hochzeit ausrichten müssen.‹ Und so heiratete er, noch bevor ein Jahr seit seiner Ankunft in Rosella als Sträfling vergangen war, Maybella. Und dann wurde Adelaide geboren, und bald danach war er der Herr und Gebieter, und alle wußten das.«
Sie sah mich an, und ihre Augen funkelten vor leidenschaftlicher Bewegung, deren Natur ich nicht verstehen konnte. »Wenn ich Onkel Harleys Tochter gewesen wäre, wäre *ich* es gewesen!«
»Vielleicht liebte er Maybella.«
Sie lachte höhnisch auf. »Liebte er Maybella! Er verachtete sie! Er zeigte das nur allzu deutlich. Die arme Maybella! Sie betete ihn weiter an, bis er sie umbrachte.«
»Sie umbrachte?«
»So sicher, als hätte er ein Gewehr genommen und auf sie geschossen. Er war enttäuscht über Adelaide, denn er wollte einen Sohn. Er wollte einen Sohn, der genauso aussah wie er selbst. Die arme Maybella starb um ein Haar bei Adelaides Geburt. Ich dachte damals, es sei wegen all der Aufregung vorher, doch es war dann bei den anderen genauso. Sie war einfach nicht dafür gemacht, Kinder zu kriegen, und sie hatte eine wahnsinnige Angst davor. Sie hatte so Furchtbares bei Adelaides Geburt durchgemacht. Er nannte sie Adelaide nach der Stadt. ›Ein Tribut an meine neue Heimat!‹ sagte er. Vielleicht war er mit seinem Start recht zufrieden. Onkel Harley vergötterte Adelaide. Er hätte sie total verzogen, doch Maybella kümmerte sich nicht sehr viel um ihr Kind; sie hatte nur Augen und Gedanken für ihn. Er hatte sie wirklich behext. Er wußte es und verachtete sie deshalb.«
»Du sagtest, er hätte sie umgebracht.«
»Das hat er auch getan. Jedes Jahr hatte sie eine Fehlgeburt. Was hatte sie für schreckliche Angst! Sie war fast schon schwer leidend, doch er wollte einen Sohn. Er hatte die Verwaltung des Besitzes inzwischen übernommen – er, ein Sträfling! Sieben Jahre Zwangsarbeit hatte er bekommen – er verbrachte sie als Herr und Gebieter. Onkel Harley ging es genauso wie Maybella: Er fürchtete sich vor ihm. Sie taten nie etwas, ohne ihn um Rat zu

fragen, und er verachtete sie beide. Er brachte Maybella mit diesen dauernden Schwangerschaften um. Wir alle wußten, daß sie nicht kräftig genug dafür war. Nach sechs Jahren starb dann Onkel Harley. Wir standen um sein Bett, als er im Sterben lag – Maybella, die kleine Adelaide, ich und *er.* Onkel Harley vertraute ihm bis zum Ende. ›Rosella gehört dir, Maybel‹, sagte er, ›dir und Lynx. Er wird es gut verwalten. Ich lasse dich in guter Obhut zurück, meine Tochter. Und du Jessie, wirst immer ein Zuhause hier haben.‹ Und damit starb er in der Überzeugung, alles zum Besten geregelt zu haben. Er ahnte nicht, daß Maybella schon nach einem Jahr neben ihm beerdigt werden sollte.«

»Aber du sagtest, er hätte sie umgebracht!« insistierte ich.

»Sie starb bei Stirlings Geburt. Ich haßte ihn! ›Du hast sie getötet!‹ schrie ich ihm ins Gesicht. Und er sah mich mit diesen Augen voll kalter Verachtung an, als hielte er mich für eine Schwachsinnige. Ich liebte Maybella. Wir waren wie Schwestern. Als sie starb, starb auch etwas in mir. Ich habe das schon einmal irgendwo gehört – es ist so ein cliché, nicht wahr? Aber es kann wirklich so sein, weißt du. Und bei mir war es so. Er brachte Maybella um, weil er sie jedes Jahr zwang, von neuem zu versuchen, ihm den Sohn zu gebären, den er haben wollte, obwohl sie seit Adelaides Geburt leidend war. Aber er war grausam und hart. Und er bekam seinen Sohn. Er bekam Stirling. Und das brachte Maybella schließlich um. Sie wäre heute noch hier und am Leben, wenn er nicht so versessen auf einen Sohn gewesen wäre.«

Ich schwieg, und sie setzte hinzu: »Er bekommt immer das, was er will. Du wirst es sehen.«

Ich dachte an seinen Traum von dem Vermögen in Gold, das er all die Jahre nicht gefunden hatte, und sagte: »Niemand bekommt alles, was er sich wünscht.«

»Er geht über Leichen, um das zu bekommen, was er haben will. Und er bekommt es schließlich immer.«

»Du haßt ihn, und gleichzeitig ...«

»Ich hasse ihn für das, was er Maybella angetan hat.«

»Und gleichzeitig ...«

Wütend fuhr sie mich an: »Was willst du damit sagen?«

»Ich spüre, daß du ihn gar nicht immer nur haßt!«

Sie wich vor mir zurück, als hätte sie Angst vor mir, stand unvermittelt auf und war auch schon verschwunden.

Der November war gekommen und mit ihm die Zeit der Schafschur. Es war der krönende Höhepunkt von einem ganzen langen Jahr harter Arbeit. Es herrschte emsige Geschäftigkeit, und Stirling und sein Vater waren jeden Tag drüben bei den Wirtschaftsgebäuden. Ich ritt ebenfalls mit Adelaide hinüber, um bei der Zubereitung der Mahlzeiten zu helfen. Wir arbeiteten hart in der großen Küche mit dem Steinfußboden und kochten nicht nur für unsere Leute, sondern außerdem für die Aushilfskräfte, die zusätzlich für die Schurzeit eingestellt worden waren. Abends erschienen oft Bettler und baten um Nachtquartier als Gegenleistung für einen Tag Arbeit. So wußten wir nie, wie viele hungrige Mäuler wir zu versorgen hatten.

Ich fand es alles hochinteressant und so ganz anders als das Leben in *Little Whiteladies* selbst.

Als ich eines Tages allein in der Küche war und Brot backte, kam Jacob Jagger herein. Er blieb an den Küchentisch gelehnt stehen und sah mir zu.

»Sie geben ein hübsches Bild ab, Miss Nora«, sagte er, und seine lebhaften kleinen Augen schienen jede Einzelheit von mir in sich aufzusaugen.

»Danke«, erwiderte ich. »Ich hoffe, mein Brot wird ebenso gewürdigt wie das Bild, das ich Ihrer Ansicht nach bei der Zubereitung abgebe.«

»Ich mag schlagfertige Antworten«, sagte er.

»Und ich mag gern allein in der Küche sein, wenn ich arbeite.«

»Frech, sehr frech«, meinte er. »Aber auch das mag ich.«

»Na, Mr. Jagger«, feuerte ich zurück, »dann kann ich nur sagen, daß Sie leicht zufriedenzustellen sind.«

»In der Regel bin ich das ganz und gar nicht, was Frauen betrifft.«

»Was für ein Pech für Sie bei dem in diesem Teil der Welt herrschenden Frauenmangel! Und wenn Sie jetzt etwas zur Seite gingen, wäre ich Ihnen dankbar. Ich muß an den Ofen.«

Er trat zur Seite, blieb jedoch. Ich fühlte, wie ich errötete, als ich die Ofentür öffnete und die ersten Brote herausnahm.

»Donnerwetter!« rief er aus. »Sieht das gut aus! Beinah so gut wie die Bäckerin! Ich würde mich freuen, Sie öfter in dieser Küche zu sehen, Miss Nora. Und wenn Sie sich mal etwas in der Gegend umschauen wollen, wenn nicht so viele Leute da sind, fragen Sie nur mich jederzeit.«

»Ich werde wahrscheinlich Mr. Stirling fragen«, entgegnete ich und betrachtete angelegentlich die heißen Brotlaibe. »Auf Wiedersehen, Mr. Jagger«, fuhr ich nachdrücklich fort. »Ich bin überzeugt, Mr. Herrick wartet bereits auf dem Schurplatz auf Sie!«
Ich hatte durchblicken lassen, daß ich vielleicht sogar Mr. Herrick gegenüber die Tatsache erwähnen würde, daß er sich bei mir in der Küche gegen meinen ausdrücklichen Wunsch, ungestört zu sein, aufgehalten hatte. Lynx' Name genügte, um ihn in die Schranken zu weisen.
Er verbeugte sich ironisch und ging.

Als die Schafschur zu Ende war, schien allen gleichzeitig einzufallen, daß Weihnachten vor der Tür stand.
»Wir feiern es hier fast genauso wie zu Hause«, erzählte Adelaide mir. »Mein Vater hat es gern so.«
Sie würde Plumpuddinge und Lammfleisch mit Pfefferminzsauce machen, obwohl sie nicht alle notwendigen Zutaten in Melbourne bekommen könnte. Man würde einige der besten Gänse und Puten schlachten, und obgleich es Hochsommer wäre, müßte alles möglichst genauso wie ein englisches Weihnachten sein. Es amüsierte mich, daß Adelaide, die niemals in England gewesen war, es als »zu Hause« bezeichnete und sich so gut in unseren Sitten und Bräuchen auskannte. Sie fragte mich trotzdem dauernd, wie dies oder jenes gemacht würde, und ich wußte, sie tat das alles, um ihrem Vater eine Freude zu bereiten. Ich fuhr mit ihr in der Cobb-Kutsche nach Melbourne, wo wir alles Notwendige einkauften. Es war ein ziemliches Ereignis, denn wir stiegen in Lynx' Hotel ab und wurden den einen Abend von Jack Bell – wahrscheinlich auf Weisung von Lynx hin – in das Königliche Theater geführt. Unsere Einkaufsbummel machten uns ebenfalls großen Spaß, und ich gab etwas von dem Geld aus, das nach dem Verkauf meiner Anteile an der Goldmine auf ein Konto für mich eingezahlt worden war. Ich fühlte mich reich und kaufte Geschenke und für mich selbst feste Stiefel und Stoff für ein Kleid. Etwa eine Woche nach unserer Rückkehr fiel mir auf, daß Mary, das Hausmädchen, das sich um mich kümmerte, Kummer zu haben schien. Als sie mir wie jeden Morgen das heiße Waschwasser brachte, stolperte sie über den Bettvorleger und fiel der Länge nach hin, wobei sich das Wasser nach allen Seiten hin ergoß.

Als die Überschwemmung beseitigt war, fragte ich sie: »Dich bedrückt etwas, nicht wahr, Mary?«
»Wieso, Miss Nora?« stammelte sie und wurde flammend rot. »Was meinen Sie nur?«
»Du machst ein so unglückliches Gesicht und läßt dauernd etwas fallen. Komm her! Setz dich zu mir und erzähl mal, was eigentlich los ist!«
Und kaum saß sie, da brach sie schon in eine Flut von Tränen aus. Und nach und nach bekam ich die ganze Geschichte aus ihr heraus. Sie erwartete ein Kind und wußte nicht, was sie machen sollte.
»Na«, meinte ich, »das ist ja eine schöne Bescherung! Aber trotzdem geht die Welt nicht davon unter. Vielleicht kannst du den Vater deines Kindes ja heiraten.«
Das löste jedoch nur eine noch heftigere Tränenflut aus. Es war anscheinend nicht möglich. Sie schluchzte etwas von fortgehen, um die Schuld auf sich zu nehmen.
»Es ist genausogut *seine* Schuld!« erklärte ich energisch. »Er kann auch etwas davon auf sich nehmen!«
Da sei nichts zu machen, sagte sie. Ihre einzige Hoffnung sei, nicht vor die Tür gesetzt zu werden.
»Das wirst du auf keinen Fall!« versprach ich ihr, ganz so, als wäre ich die Herrin des Hauses, die das zu entscheiden hätte. Als erstes müßten wir es Adelaide sagen, fügte ich hinzu.
Adelaide seufzte, als ich es ihr erzählte.
»Es passiert leider viel zu oft«, meinte sie. »Aber hier wohnen wir nun mal – weit weg von jeder Stadt, und diese Burschen sind jung und heißblütig. Sie denken nicht an die Folgen. Wer ist der Vater?«
»Sie will es nicht sagen.«
Es überraschte mich nicht, als Mary mir schließlich gestand, daß es Jacob Jagger sei.
»Wird er sie heiraten?« fragte ich Adelaide.
»Das würde ich auch nicht einen Moment lang für möglich halten.«
»Aber wenn dein Vater darauf besteht, muß er es.«
»Ich finde nicht, daß wir darauf bestehen sollten.«
»Ich hätte gedacht, daß dein Vater das tun würde.«
»Du kennst ihn noch nicht, Nora.«
Und das schien zu stimmen, denn er nahm die Sache nicht sehr tragisch. Mary könne das Kind hier bekommen, wo es

auch aufwachsen dürfe. Was Jagger beträfe, so wolle er natürlich kein Mädchen wie Mary heiraten. Er sei ein guter Verwalter, und es sei nicht leicht, gute Leute zu bekommen; er müsse sich eben ab und zu etwas amüsieren. Soweit Lynx' Kommentar dazu.

Anschließend hörte ich, wie sich zwei andere Dienstmädchen darüber unterhielten.

»Der Master war sehr milde«, sagte die eine.

»Hätt ja schlecht etwas andres tun können, wo er doch selbst ...« lautete die Antwort.

Sie meinten, daß sein eigener Lebenswandel keineswegs vorbildlich war, und ich fragte mich wieder einmal, weshalb mein Vater nur bestimmt hatte, daß ich in so einem Hause lebte.

Mary war unendlich erleichtert und fast glücklich. Ich fragte sie, ob sie gern den Vater ihres Kindes geheiratet hätte.

»Gott verhüte, Miss Nora!«

»Aber du mußt ihn doch gemocht haben ... zumindest zu einem gewissen Zeitpunkt.«

»Ach nein, nie! Er jagte mir entsetzliche Angst ein.«

»Aber ...«

»Sie wundern sich, weshalb es soweit kam, Miss. Er hat mich sozusagen überrumpelt, und ich konnte nichts machen, wenn ich es mir jetzt so überlege.«

»Aber er wird dich doch nicht vergewaltigt haben!« sagte ich.

»Nun, ich glaub, das war's so in etwa, bei Lichte betrachtet.«

Ich fand das durchaus keine angenehme Entdeckung!

4

Es war wirklich eigenartig, an einem heißen und sonnigen Weihnachtsmorgen aufzuwachen! Einige Tage zuvor waren Stirling und ich hinaus in den Busch geritten und hatten eine Art Mistelzweige geholt, die als Schmarotzer auf den Gummibäumen wuchsen. Es war nicht die gleiche Mistelart wie bei uns zu Hause, diente jedoch dem beabsichtigten Zweck. Wir hingen einige Zweige über der Haustür auf und einige an den Kronleuchter. Als wir damit fertig waren, küßte Stirling mich unter diesen Zweigen.

»Möge es das erste Weihnachten von vielen in Australien für dich sein!« sagte er.
»Und wenn dein Vater nun tatsächlich Gold findet?« fragte ich.
»Dann werden wir doch alle mit Kind und Kegel zurück nach England verfrachtet!«
Er antwortete nicht, und ich wußte, er wollte nicht an die Möglichkeit denken, Australien einmal verlassen zu müssen.
Das Weihnachtsfestmahl war für mittags angesetzt, und ich verbrachte den größten Teil des Vormittags mit Adelaide in der Küche. Wir brieten die Hühnchen, während die Plumpuddinge im dampfenden Wasserbad garten. Es war schrecklich heiß in der Küche. Ich ging nach draußen, um etwas frische Luft zu schnappen, doch dort war es ebenso heiß wie in der Küche. Ich stand einen Augenblick in die Betrachtung der blühenden Gummibäume versunken und dachte daran, daß ich mir vor einem Jahr um diese Zeit im *Danesworth House* immer größere Sorgen gemacht hatte, weil ich nichts von meinem Vater hörte. Wie viel war in der kurzen dazwischenliegenden Zeit geschehen!
Adelaide trat neben mich und sagte: »Die Passionsfrüchte sind reif. Soll ich sie jetzt pflücken?« Doch sie beantwortete selbst ihre Frage: »Nein. Es würde nur die Illusion zerstören und nicht zu einem Weihnachten wie zu Hause passen.«
Wir waren eine große Gesellschaft. Lynx residierte am Kopf der Tafel, und ich erhielt meinen Platz zu seiner Linken, Stirling gegenüber, so wie wir seit jenem ersten Abend immer gesessen hatten. Verschiedene Angestellte von der Mine und den Ländereien waren eingeladen worden. Jack Bell war im Hotel unabkömmlich und deshalb nicht hier. Seit dem Vorfall mit Mary hatte ich es vermieden, Jacob Jagger anzusehen. Falls er in sie verliebt gewesen wäre und sie in ihn, hätte ich das Ganze anders beurteilt. Ich mußte immer wieder an Marys Schilderung denken und wie er sie ›überrumpelt‹ hatte. Ich spürte, daß er mich dauernd anschaute, wenn er in meiner Nähe war, und immer versuchte, mich zum Lächeln oder zu einem Gespräch mit ihm zu bringen. Ich verweigerte ihm jedoch beides. Ich empfand eine ausgesprochene Abneigung gegen diesen Mann. Ich würde einmal mit Stirling über ihn sprechen, nahm ich mir vor.
Stirlings und meine Blicke trafen sich über den Tisch hinweg, und er lächelte mir so anerkennend zu, daß ich vor Glück erglühte.
Es war ein angenehmes Weihnachtsessen. Lynx war in gnädiger

Stimmung, und es war offensichtlich, daß es ihm gefiel, am Kopf dieser Tafel zu residieren, die der in einem alten englischen Landhaus glich. Mary brachte den Plumpudding herein, der mit Brandy übergossen und angezündet wurde. Er schmeckte köstlich.

Wir nippten alle, etwas schläfrig von dem üppigen Essen, an unserem Portwein, als von der Küche erhobene Stimmen hereindrangen. Jemand rief: »Laßt mich zu ihm! Oder zu Miss Adelaide!«

Adelaide wurde blaß, erhob sich und ging hinaus. Nach wenigen Minuten kam sie zurück.

»Was ist los?« verlangte Lynx zu wissen.

»Die Lambs sind da«, antwortete Adelaide. »Sie sind zurückgekommen.«

»Weshalb?«

»Sie möchten wieder hier arbeiten.«

»Soso! Sie möchten das wieder! Ich dachte, sie wären auf Goldsuche gegangen.«

»Das waren sie auch ... aber nun sind sie wieder da.«

»Ohne das Vermögen, das sie finden wollten?«

»Sie sind in einem bedauernswerten Zustand«, versuchte Adelaide ihn zu erweichen.

»Ich stelle sie nicht wieder ein«, entgegnete Lynx kalt.

Ich versuchte seinen Blick einzufangen, doch er sah mich nicht an.

»Vielleicht ...« begann Adelaide.

»Sag ihnen, daß sie verschwinden sollen! Ich stelle keine Leute wieder ein, die einmal fortgerannt sind.«

Adelaide wandte sich zur Tür. Ich erhob mich. »Sie sind vielleicht hungrig«, sagte ich.

Lynx richtete einen stahlharten Blick auf mich. »Sie rannten weg, um ihr Glück zu machen. Daß es ihnen nicht gelang, ist nicht meine Sache. Als sie dieses Haus heimlich verließen, verließen sie es für immer.«

Adelaide ging hinaus, und ich ließ mich stumm auf meinen Stuhl sinken. Mir war die ganze Weihnachtsfreude verdorben.

Als ich am nächsten Morgen mit Stirling ausritt, war ich in Gedanken immer noch bei den Lambs.

»Es war so grausam von ihm«, sagte ich. »Und das am ersten Weihnachtstag!«

Stirling konnte keinerlei Kritik an seinem Vater vertragen. »Der Tag macht da doch keinen Unterschied«, entgegnete er.
»Nein«, gab ich zu. »Es wäre an jedem beliebigen Tag ebenso grausam gewesen, aber am ersten Weihnachtstag war es noch schlimmer, weil es eine direkte Verhöhnung all dessen ist, was Weihnachten bedeutet.«
»Wir können nicht dulden, daß Leute einfach wegrennen, wenn es ihnen paßt, und dann wiederkommen und erwarten, wir würden zu ihrem Empfang das gemästete Kalb schlachten!«
»Vielleicht nicht, aber man hätte ihnen etwas zu essen geben und ihnen irgendwie weiter helfen können.«
»Es sollte mich nicht wundern, wenn Adelaide das getan hat.«
»Aber *er* wollte ihnen nicht helfen! Was ist er für ein hartherziger Mensch!«
»Er weiß, was er tut. Er muß diesen Leuten zeigen, daß sie nicht den einen Tag verschwinden können, um nach Gold zu graben, und am nächsten Tag wiederkommen, wenn sie nichts gefunden haben.«
Stirling hatte den Unterkiefer trotzig vorgeschoben, und ich erkannte plötzlich, daß ich eifersüchtig war, weil er seinen Vater so liebte; Lynx würde ihm immer am allerwichtigsten sein.
Wir diskutierten während unseres Rittes weiter über dieses Thema, und schließlich gerieten wir uns in die Haare, als ich sagte, er habe ja gar keine eigene Meinung und würde nur alles bereitwillig übernehmen, was Papa ihm sage. Ich sei eine eigensinnige, überhebliche Schullehrerin und dächte, nur weil ich mal fünfjährige kleine Gören unterrichtet hätte, könnte ich allen Menschen, auch älteren, und, jawohl, klügeren, Vorschriften machen, feuerte Stirling zurück.
Wütend und gekränkt galoppierte ich los, denn ich hatte mich in die Vorstellung hineingelebt, für immer bei Stirling zu bleiben, ihn zu heiraten und Lynx als Schwiegervater zu bekommen. Was den letzten Punkt betraf, so war ich mir nicht klar darüber, ob ich es mir wünschte oder nicht. Ich wünschte, es gäbe gar keinen Lynx und Stirlings Vater wäre ein ganz gewöhnlicher Durchschnittsbürger. Aber dann dachte ich: Nein, das fände ich gar nicht schön! Ich konnte mir das Leben hier in Australien ohne Lynx überhaupt nicht vorstellen. Die sich zwischen uns entwickelnde Beziehung erfüllte mich mit freudiger Erregung, und es machte mich glücklich, daß ich ihm offensichtlich nicht gleichgültig war. Ich wollte, daß er sich für mich interessierte,

mir zuhörte, mich achtete und mich gern gewann. Ich wollte mit einem Wort *wichtig* für ihn werden. Aber am allerwichtigsten wollte ich für Stirling und sein Leben werden, wichtiger als alle anderen Menschen, und ich fühlte, das würde mir nie gelingen, solange Lynx noch lebte.

Stirling tat am folgenden Tag, als hätten wir gar keinen Streit miteinander gehabt. Er behandelte mich ganz so, als wäre ich seine Schwester. Es war nicht das, was ich mir wünschte, doch fühlte ich mich glücklich geborgen bei ihm, weil ich überzeugt war, daß unsere Beziehung immer enger und fester werden würde und ich eines Tages für ihn ebenso wichtig sein würde wie er es bereits für mich war.

Die Lambs wurden mit keinem Wort mehr erwähnt. Ich tröstete mich mit dem Gedanken, daß Adelaide ihnen geholfen hatte, wovon ich überzeugt war. Mary war wieder guter Dinge und wurde zusehends rundlicher. Jemmy sah ich oft im Pferdestall. Er hatte ein Selbstbewußtsein entwickelt, das offensichtlich bisher nur dicht unter der Oberfläche geschlummert hatte. Ich hörte häufig, wie er bei der Arbeit munter vor sich hin pfiff, und war so glücklich, daß wir ihn hatten retten können. Ich war daher sehr überrascht, als Jemmy eines Tages Anfang Februar verschwunden war.

Es war die gleiche alte Geschichte. Er hatte einem Stallburschen anvertraut, daß er auf Goldsuche gehe.

Als Lynx es erfuhr, lachte er. »Schon wieder einer!« bemerkte er. »Er wird nicht wieder eingestellt, wenn er genug von dem Goldgräberdasein hat.«

Er forderte mich an jenem Abend auf, nach dem Abendessen eine Partie Schach mit ihm zu spielen. Wir begannen jedoch nicht sofort zu spielen, weil er mich vermutlich wegen Jemmy verspotten wollte, denn Stirling hatte ihm inzwischen erzählt, wie ich mich dafür eingesetzt hatte, dem Jungen zu helfen, als wir ihn auf dem Schiff entdeckten.

»Es hat keinen Sinn, den Schutzengel spielen zu wollen, Nora«, sagte er. »Komm, du trinkst ein Glas Portwein mit mir.« Er schenkte zwei Gläser ein. »Du siehst ja, als was sich dein Jemmy entpuppt hat.«

»*Sie* müßten doch verstehen können, wenn jemand Gold finden möchte!«

»Das tue ich auch. Mir ergeht es ja nicht anders.«

»Warum sind Sie dann so hart mit anderen Menschen?«
»Was andere tun, geht mich nichts an – nur das, was ich selber tue.«
»Sie verdammen aber doch diese Leute, weil sie auf Goldsuche gehen.«
»Du irrst dich. Ich sage lediglich, daß ich sie nicht wieder einstelle, wenn sie erfolglos zurückkommen. Ich will nicht, daß meine Angestellten einfach weglaufen, wie es ihnen paßt. Es steht ihnen frei zu gehen, selbstverständlich, aber nicht frei, wiederzukommen.«
»Die Lambs ...«
»Oh, ich weiß! Du haßtest mich damals, nicht wahr?«
»Ich fand, Sie waren sehr hart, und noch dazu am ersten Weihnachtstag!«
»Meine liebe, sentimentale Nora! Der Tag hat doch nichts damit zu tun.«
»Das sagte Stirling auch.«
»Du hast dieses Thema mit ihm durchgeackert?«
»Ich habe es mit ihm *diskutiert.*«
»Und hast mich wütend attackiert.«
»Ja, aber er verteidigte Sie.«
Er lächelte und sagte dann: »Weißt du, das Leben ist nun einmal hart, Nora, und es hat keinen Sinn, zu weich in einer harten Welt zu sein. Du bist zu sentimental, zu gefühlvoll. Du wirst eines Tages sehr dadurch zu leiden haben.«
»Sind Sie sentimental? Sind Sie gefühlvoll? O nein! Aber auch Sie haben gelitten ... so sehr gelitten, daß Sie es nie vergessen haben!«
Er zog seine buschigen Augenbrauen hoch und betrachtete mich. Dann streckte er mir die Hände entgegen, so daß seine langen Manschetten zurückglitten und ich die Narben an seinen Handgelenken sehen konnte. »Handschellen!« sagte er. »Fesseln und Ketten. Die Spuren sind immer noch zu sehen.«
»Sie haben keine Bedeutung mehr. Sie sind nicht mehr gefesselt. Sie sind der unumstrittene Herrscher hier. Sie bestimmen über das Leben all der vielen Menschen um Sie herum.«
»Aber die Narben bleiben mir.«
»Ja, und nicht nur an Ihren Handgelenken, sondern auch in Ihrem Herzen.«
Er schwieg einen Moment, und als er dann weitersprach, wurden seine Augen ganz schmal.

»Du hast recht, Nora. Was mir widerfuhr, ist etwas, was man niemals vergessen kann. Diese Rechnung kann nur unter ganz bestimmten Umständen beglichen werden.«
Seine Augen glitzerten wie gekörntes Eis, und ich wußte, er dachte an seine Rachepläne.
»Wie viele Jahre ist das jetzt her?« fragte ich.
»Es ist fünfunddreißig Jahre her, daß ich hier ankam ... gefesselt und in Ketten!«
»Und da sprechen Sie immer noch davon, die Rechnung zu begleichen!«
»Ich werde nicht aufhören, daran zu denken, bis sie beglichen *ist*!«
»Und so lange wollen Sie Ihren Groll weiterhegen!«
»Um sich für ein derartiges Unrecht zu rächen, ist keine Zeit zu lang!«
»Die Zeiten haben sich aber seit damals geändert. Die Menschen sind vielleicht weniger grausam. Könnte man nicht die damalige Zeit dafür verantwortlich machen?«
»Ich sehe es nicht so. Nur ein einziger Mann ist schuld daran, daß ich jene Monate der Erniedrigung und Demütigung ertragen mußte.«
»Aber Sie sind jetzt hier und haben alles, was ein Mann sich nur wünschen kann. Sie sind ein König in Ihrem kleinen Reich. Sie haben einen Sohn und eine Tochter, und die meisten Menschen zittern und beben vor Ihnen. Ist das nicht genau das, was Sie wollen?«
Er sah mich an und lächelte langsam. »Du bist ein mutiges Mädchen, Nora. Es ist dir vollkommen egal, daß du mich mit deiner Kritik verärgern könntest.«
»Menschen wie Sie ist jede Art von Kritik verhaßt, ich weiß. Das ist auch ein Grund mehr, warum man keine Angst haben sollte, sie zu üben.«
»Und du hast dich selbst zu dieser Rolle bestimmt?«
»Ich bin fest entschlossen, Ihnen zu zeigen, daß ich keine Angst vor Ihnen habe.«
»Und wenn ich dich nun auffordere, mein Haus zu verlassen?«
»Dann werde ich meine Sachen packen und gehen.«
»Wohin?«
»Ich bin nicht ohne alle Qualifikationen. Vergessen Sie nicht, daß ich in *Danesworth House* unterrichtete. Ich könnte als

Lehrerin oder Gouvernante bei einer Familie arbeiten.«
»Ein trauriges Leben für ein stolzes junges Mädchen!«
»Immer noch besser, als dort zu leben, wo man unerwünscht ist.«
Seine blauen Augen ließen mich nicht los. »Und du glaubst, du bist hier unerwünscht?«
»Ich weiß es nicht genau.«
»Die Wahrheit, bitte!«
»Sie haben meinem Vater jenes Versprechen gegeben, und ich glaube, Sie sind ein Mann, der gern seine Versprechungen hält, wenn ...«
»Bitte weiter!«
»Wenn es für Sie nicht mit zu vielen Unbequemlichkeiten verbunden ist.«
»Nun, dann laß mich dir sagen, Nora, daß es für mich nicht im geringsten mit Unbequemlichkeiten verbunden ist, dich im Hause zu haben. Wenn es anders wäre, würde ich einfach aufhören, an deine Existenz zu denken. Du bist offen mit mir gewesen, und so will ich offen mit dir sein. Laß mich dir sagen, daß mir der Zuwachs, den meine Familie durch eine Person erfahren hat, nicht gänzlich mißfällt. Ich wollte immer Söhne, doch Töchter sind auch nicht übel und können durchaus nützlich sein.«
»Bin ich dann also nützlich?«
»Ich bin mit meiner Familie nicht unzufrieden. Komm, laß uns jetzt spielen. Du mußt doch immer noch das Spiel gewinnen.«
Und so begannen wir zu spielen. Ich spürte sein wachsendes Interesse an mir und war sehr glücklich darüber.
Stirling hatte recht. Man konnte nicht unter einem Dach mit ihm leben, ohne in seinen Bann zu geraten.
Die Hitze des Hochsommers hatte eingesetzt. Ich arbeitete morgens in der Küche oder im Garten und suchte mir manchmal nachmittags ein schattiges Plätzchen unter einem Baum, wo ich es mir auf einer Decke gemütlich machte und las, obgleich die Fliegen – noch nie hatte ich sie in derartigen Mengen gesehen! – eine wahre Plage darstellten. Es war daher im Grunde angenehmer, in Adelaides kühlem Wohnzimmer zu sitzen und mit ihr zu nähen oder ihr vorzulesen, wenn sie nähte, und was sie sehr gern hatte. Sie liebte Jane Austen und die Brontes und interessierte sich ebenso leidenschaftlich für alles Englische wie ihr Vater. Manchmal kam Jessica auf lautlosen Sohlen hereingeschlüpft

und hörte ebenfalls zu. Ich muß gestehen, daß ich dann nie völlig entspannt war. Sie pflegte ganz still mit im Schoß gefalteten Händen dazusitzen, und ich hatte immer das Gefühl, sie wollte gern mit mir allein sein, um mir von jener Zeit zu erzählen, als Lynx in *Rosella Creek* ankam.

So verging der Sommer, und als das Wetter etwas kühler wurde, schlug Adelaide einen Ausflug nach Melbourne vor; sie wollte verschiedene Dinge einkaufen. Es wäre ein Leichtes gewesen, sie schicken zu lassen, da ihr Vater ja mit einem seiner Unternehmen die kleinen Läden und Händler auf den Goldfeldern belieferte; aber Adelaide sagte, es wäre ein so herrlicher Luxus, die Sachen selbst aus einer großen Auswahl auszusuchen. Wir könnten im Hotel absteigen, und da ich inzwischen an das Gelände gewöhnt und eine sehr beachtliche Reiterin sei, könnten wir hinreiten und unterwegs im Zelt übernachten; das sei oft bequemer als auf die Cobb-Kutschen zu warten. Stirling könnte uns begleiten, und wir sollten außer ihm noch einen Mann mitnehmen. Irgend jemand hätte sicherlich etwas in Melbourne zu tun und würde sich uns gern anschließen.

An den heißen Sommerabenden hatte ich mehrmals mit Lynx Schach gespielt. Er bekundete jedesmal ein ziemlich sardonisches Vergnügen, weil er genau wußte, wie verzweifelt ich mich anstrengte, ihn zu schlagen. Ich war geradezu von diesem Wunsch besessen, der für unsere Beziehung typisch geworden war. Von Anfang an hatte ich ihm zeigen wollen, daß ich nicht in Ehrfurcht vor ihm zitterte; die Tatsache, daß ich dies dauernd betonte, war jedoch vielleicht der Beweis für das genaue Gegenteil.

Jene Abende in der Bibliothek, bei denen die Rosenquarzlampe ihr rosiges Licht auf die Schachfiguren warf, waren ein fester Bestandteil meines Lebens geworden. Ich war von einer nicht näher faßbaren Zufriedenheit erfüllt, wenn ich ihm dort gegenübersaß und diese langen, künstlerischen Hände mit dem grünen Jadesiegelring betrachtete. Wenn ich glaubte, ihn mit einigen Zügen schachmatt setzen zu können, erfaßte mich eine fast unerträgliche Spannung; er konterte jedoch immer mit einem entsetzlichen Gegenzug, der meinen Angriff in schleunigste Verteidigungsmaßnahmen verwandelte. Sah ich dann auf, blickte ich direkt in seine magnetischen Augen, in denen es vor spöttischem Lachen nur so funkelte und die vor Vergnügen glitzerten, weil er es genoß, mir zu zeigen, daß er letztlich doch immer gewann, wie sehr ich mich auch anstrengen mochte, ihn zu überlisten.

»Dieses Mal nicht, Nora«, pflegte er dann zu sagen. »Wie jammerschade! Es sind so ungewöhnlich schöne Schachfiguren! Schau dir diesen Turm an! Was für eine feine Schnitzarbeit! Wenn du gewinnst, wirst du doch weiter mit mir spielen, nicht wahr? Ich möchte nicht, daß unsere Schachpartien dann aufhören, nur weil das Brett und die Figuren ihren Besitzer gewechselt haben.«

Ich lernte ihn jedesmal ein wenig besser kennen, ja, es gab Momente, in denen er jene unsichtbare Wand beiseitezuschieben schien, die er um sich herum errichtet hatte und durch die er der stolze, unverwundbare, allmächtige Lynx war. Man konnte sie jedoch beiseiteschieben, und ich hatte irgendwie herausgefunden, wie. Es hatte an jenem Tag begonnen, als er mir die Narben an seinen Handgelenken zeigte; und an jenem Abend, als er mir seine Bilder zeigte, wurde das noch deutlicher.

Ich kam etwas zu früh in die Bibliothek zu unserer Schachpartie, da meine Uhr zehn Minuten vorging, was ich vergessen hatte. Als ich auf mein Klopfen keine Antwort erhielt, trat ich ein. Er war nicht da, doch ein Vorhang an der einen Seitenwand war zurückgezogen und ließ eine halbgeöffnete Tür sichtbar werden. Ich hatte von der Existenz dieser Tür nichts gewußt.

Ich stand eine Weile regungslos da und schaute mich in der Bibliothek um. Ich hatte sie nie gesehen, wenn er nicht da war, und es war überraschend, wie anders sie ohne ihn wirkte. Ohne ihn war sie nur eine ganz gewöhnliche Bibliothek – zwar gemütlich eingerichtet mit ihren dicken Teppichen und schweren Samtportieren, den soliden Eichenstühlen und den Bücherregalen an der Wand. Alles in allem jedoch eine Bibliothek, wie man sie in jedem beliebigen englischen Landhaus finden konnte. Auf dem Eichentisch stand das Schachspiel mit den fertig aufgebauten Figuren für unsere Partie. Ich ging zu der offenen Tür hinüber und schaute hindurch. Er war dort, sah mich jedoch nicht gleich. Auf einem Tisch vor ihm lagen mehrere Stücke Leinwand, und mir fiel wieder ein, was Jessica über das Selbstportrait erzählt hatte, das er von sich zeichnete, um den Eingeborenen Angst einzujagen und sie zum Arbeiten zu bewegen.

Er blickte auf und sah mich.

»Oh, Nora! Ist es schon soweit?«

»Nein, ich bin etwas zu früh. Meine Uhr geht vor.«

Er zögerte – etwas, was ich bei ihm noch nie gesehen hatte – und sagte dann: »Komm herein!«
Ich tat es. Auf einer Staffelei lehnte ein angefangenes Bild, und auf einem Stuhl lag eine mit Ölfarbe befleckte Jacke.
»Dies ist mein Heiligtum«, erklärte er.
»Bin ich ein unwillkommener Eindringling?«
»Nein, ganz im Gegenteil! Du bist auf meine ausdrückliche Einladung hin hier.«
»Sie sind ein Maler!«
»Soll das eine Frage sein?«
»Nein. Ich weiß es.«
»Und es überrascht dich? Du hattest mir solche Talente nicht zugetraut? Vielleicht bist du auch der Ansicht, daß ich gar kein Talent habe. Urteile selbst!«
Er schob seinen Arm unter meinen – es war das erste Mal, daß er mir durch eine Geste seine Zuneigung zeigte.
»Diese Bilder an den Wänden sind von mir«, sagte er.
»Dann *sind* Sie ein Künstler!«
»Und du bist *kein* Connaisseur, soviel steht fest.«
»Aber diese Bilder ...«
»Sind mangelhaft, was ihre Komposition oder Technik betrifft oder wie immer man das nennt. Sie sind wirklich nicht sehr gut.«
Ich war vor dem Portrait einer Frau stehengeblieben. Mir schien, ich hatte dieses Gesicht schon einmal irgendwo gesehen.
»Na, gefällt es dir?«
»Ja. Es ist ein sanftes, gütiges Gesicht, und der Ausdruck ist so ... zärtlich.«
»Was wolltest du zuerst anstatt zärtlich sagen?«
»Ich weiß es nicht. Vielleicht, daß sie so hilflos, anschmiegsam und sehr weiblich aussieht.«
Er nickte und zog mich zu dem nächsten Bild. »Selbstportrait.«
Und da war er. Die Ähnlichkeit war gut getroffen. Vermutlich war er ein einfaches Modell – die blonde Mähne, der charakteristische Bart, die stolzen Gesichtszüge, und das Animalische in den Augen – all das war mit einfachen Mitteln leicht einzufangen. Etwas von der arroganten Macht und hypnotischen Ausstrahlung dieses Mannes fehlte allerdings, doch war das unvermeidbar.
Er führte mich dann zu dem Tisch und zeigte mir die dort

liegenden Bilder. Und da sah ich es. Das echte *Whiteladies*! Das Landhaus, das Stirling und ich gesehen hatten und für das wir beide auf einen Baum geklettert waren.
Ich konnte einen Ausruf des Erstaunens nicht unterdrücken.
»Ja, ich weiß«, sagte er. »Du bist mit Stirling dort gewesen. Er erzählte mir, wie dein Schal über die Mauer geweht wurde und ihr beide hineingingt.«
»Vermutlich erzählt er Ihnen alles.«
»Wer erzählt jemals alles? Aber ich weiß eine Menge von dem, was in Stirling vorgeht. Er ist schließlich mein Sohn.«
»Und Sie lieben ihn, wie Sie noch nie jemanden geliebt haben.«
»Das stimmt nicht ganz. Ich bin durchaus einer Zuneigung fähig. Ich gebe sie nicht sehr bereitwillig, doch das kann bedeuten, daß ich, *wenn* ich es tue, umsomehr zu geben habe.
»Wie haben Sie das Haus malen können, wo Sie es doch nie gesehen haben?«
»Wer sagt, daß ich es nicht gesehen habe? Ich habe in jenem Haus gelebt, Nora. Ich kenne es sehr gut.«
»Sie haben in ihm gelebt! Es gehörte dann Ihnen! Deshalb haben Sie sich also hier eines gebaut, das genauso aussieht!«
»Du ziehst zu voreilige Schlußfolgerungen, Nora. Ich lebte dort, das stimmt, aber ich sagte nicht, daß es mir gehörte. Ich arbeitete dort ein Jahr lang an der bescheidenen Funktion eines Zeichenlehrers der jungen Tochter des Hauses.«
»Und Stirling entdeckte es zufällig ...«
»Du irrst dich. Stirling schaute es sich an, weil er wußte, daß es dort war. Er ging auf meinen ausdrücklichen Wunsch hin.«
»Deshalb mußte ich ihn also in Canterbury treffen! Miss Emily Grainger sagte, das sei ein seltsamer Treffpunkt.«
»Ich hatte es so gewollt.«
»Sie wollten wissen, ob sich *Whiteladies* seit der Zeit, als Sie zuletzt dort waren, verändert hatte. Häuser verändern sich nicht sonderlich. Es sind die Menschen, die in ihnen leben, die ...«
»Aha, du bist auf der richtigen Fährte! Ich wollte nicht so sehr, daß er sich das Haus anschaute, sondern die Menschen, die in ihm lebten.«
»Weil Sie sie vor langer Zeit kannten. Er hat mir nichts davon gesagt. Er nannte ihnen auch nicht einmal seinen Namen. Sie haben, glaube ich, auch nicht danach gefragt. Es war alles ein bißchen merkwürdig und höchst unkonventionell.«

»Er hätte ihnen nie seinen Namen genannt. Das wäre möglicherweise unklug gewesen.«
»Hatten Sie einen Streit mit dieser Familie?«
Er lachte hart und verbittert auf. »Ich war schwerlich in einer Position, um einen Streit mit ihnen zu haben. Ich war, wie gesagt, nur der Zeichenlehrer der Tochter des Hauses. Sie waren damals sehr reich. Ich glaube nicht, daß es ihnen jetzt allzu rosig geht. Die Zeiten ändern sich. Der alte Herr war ein Spieler ... und noch dazu kein guter. Ich glaube, er verlor nach meiner unfreiwilligen Abreise einen großen Teil seines Vermögens.«
»Was Sie mit einer gewissen Befriedigung zu erfüllen scheint.«
»Und dieser Schein trügt nicht. Würdest du jemandem sonderlich zugetan sein, der dich aus deiner Heimat verbannen und zu sieben Jahren Zwangsarbeit verurteilen läßt?«
»Es war also der Besitzer von *Whiteladies*!«
»Sir Henry Dorian und kein anderer.«
»Und aus welchem Grund?«
»Wegen angeblichen Diebstahls.«
»Und Sie waren unschuldig.«
»Völlig.«
»Und konnten Ihre Unschuld nicht beweisen?«
»Wenn man mir vor einem Gericht Gelegenheit gegeben hätte, selbstverständlich. Doch er und seine Freunde sorgten dafür, daß ich diese Gelegenheit nicht bekam. Ich hätte mich gesetzwidrig in seinem Haus aufgehalten, behauptete er. Ich war tatsächlich in seinem Haus und auch nicht auf seine Aufforderung hin, doch es war nicht Zweck meines Besuches, ihn zu bestehlen.« Er sah mich lächelnd an. »Du hast wirklich einen wißbegierigen Verstand, Nora«, meinte er leichthin.
»Ja, ich gebe es zu. Ich möchte gern mehr hören. Ich kann mich so gut an jenes Haus erinnern. Ich spürte dort, daß es auf irgendeine Weise wichtig und bedeutsam für mich war. Damals hatte ich natürlich keine Ahnung, daß es eine Verbindung zu meinem zukünftigen Vormund hatte.«
Er zuckte die Achseln. »Ein herrlicher alter Besitz! Wie gern würde ich so ein Haus haben!« Seine Augen funkelten vor Besitzgier. »Ich habe dieses Haus bauen lassen – eine armselige Imitation! Nein! Ich will die Steine, die vor Hunderten von Jahren benutzt wurden! Es gibt nur *ein Whiteladies* – und das ist nicht hier!«

»Sie haben ein sehr schönes Haus mit dem gleichen Namen.«
»Es ist eine Fälschung, Nora. Ich hasse Fälschungen.«
»Aber es dient seinem Zweck.«
»Ja, als Ersatz, bis ...« Er brach ab und lachte, um dann hinzuzufügen: »Du kleine Geschickte, du! Du entlockst mir meine Geheimnisse. Und die Tatsache, daß ich es zulasse, beweist dir, daß ich dich jetzt als meine Tochter betrachte. Sage bitte ab jetzt du zu mir. Ist das nicht eigenartig? Ich bin wahrhaftig kein sentimentaler Daddy, der in seine Tochter vernarrt ist, und doch erlaube ich dir, mich zum Reden zu verlocken.«
»Es ist immer gut, über die einem wichtige Dinge zu sprechen. Ich bin dein Mündel. Ich habe dieses Haus in England gesehen und auch seine Bewohner. Da war ein junges Mädchen, Minta hieß sie, und ihre Mama.«
»Erzähl mir von ihr! Stirling konnte sie mir nicht beschreiben. Frauen können so etwas besser als Männer.«
»Aber natürlich! Die Mama muß deine Malschülerin gewesen sein!«
Er nickte schweigend.
»Sie war alt ... das heißt, vielleicht gar nicht alt, aber sie wirkte alt und verbraucht.«
»Auf dich wirkte sie alt – wie auch ich es tue.«
»Nein, du nicht! Man würde in Verbindung mit dir nie an Alter denken. Aber sie schien mißmutig und nur um ihre Gesundheit besorgt. Das Mädchen war ganz reizend. Und da war noch eine Gesellschafterin, Lucie.«
»Mißmutig«, wiederholte er gedankenvoll und lachte dann belustigt. Er wies auf das Bild, das er mir bereits gezeigt hatte und fragte: »Sah sie so aus? Ich malte es aus der Erinnerung.«
Nun wußte ich, an wen das Bild mich erinnert hatte. Natürlich an Minta!
»Das junge Mädchen sieht so ähnlich aus«, sagte ich. »Aber nicht so hilflos. Die Mama, die Dame in dem Rollstuhl, die sah nicht so aus. Vielleicht tat sie es früher, als sie jung war.«
»Vor fünfunddreißig Jahren war sie siebzehn. Sie war wunderschön, konnte aber gar nicht gut zeichnen. Ich wollte sie heiraten.«
Ich begann zu verstehen. Sie war die Tochter des Hauses, in dem er eine untergeordnete Stellung einnahm. Ich dachte an Jessicas Schilderung seiner Ankunft in *Rosella Creek.* »Du kamst also als

Zeichenlehrer in das Haus und beschlossest, sie zu heiraten. Das Haus gefiel dir, und du wolltest es haben.«

»Es gefiel mir in der Tat, und ich hätte nichts dagegen gehabt, es zu besitzen, doch war ich damals neunzehn und recht sentimental, ja sogar romantisch. Es fällt dir wahrscheinlich schwer, das zu glauben, aber so war es nun einmal. Ich verliebte mich in Arabella und sie sich in mich. Ich war arrogant und sehr selbstbewußt. Du lächelst. Du denkst, ja, das kann ich mir vorstellen! Es stimmte. Ich hielt mich für ebenso gut wie jeden anderen Mann und konnte mir nicht vorstellen, daß ihr Vater, Sir Henry Dorian, mich nicht als Schwiegersohn willkommen heißen würde. Ich war der Zeichenlehrer, zugegeben, und besaß nichts als mein Talent, doch andererseits hätte ich den Besitz besser als alle anderen zuvor verwalten können. Wenn er nicht so ein Narr gewesen wäre, würde die Familie jetzt wahrscheinlich nicht in ... nun, nicht gerade in Armut leben – aber es muß hart sein, jeden Pfennig umdrehen zu müssen, wenn man einen derartigen Rahmen und Lebensstil aufrechterhalten will und an allen erdenklichen Luxus gewöhnt war.«

»Bitte erzähl mir, was damals passierte!«

»Er war außer sich vor Wut über meinen Heiratsantrag. Seine Tochter einen Zeichenlehrer heiraten! Er hatte irgendso einen Stutzer aus der Nachbarschaft für sie im Auge. Einen mit der richtigen Familie. Natürlich ganz was anderes als ein Zeichenlehrer. Bella und ich beschlossen durchzubrennen. Sie vertraute unseren Plan einer der Zofen an. Törichte Bella! Die Zofe verriet uns. Da ich entlassen worden war, kam ich eines Nachts zurück, um Bella zu holen. Man hatte sie in ihrem Zimmer eingeschlossen, und so holte ich eine Leiter aus der Gärtnerei und kletterte zu ihr hinauf. Sie gab mir ihren Schmuck, den ich in meine Taschen stopfte. In diesem Augenblick kam Sir Henry mit vier seiner Diener hereingestürzt. Da hast du meine Geschichte, Nora.«

»Aber sie, Bella, hat es ihnen doch bestimmt erklärt!«

»Sie versuchte es. Sie weinte und flehte ihren Vater an, sie anzuhören. Aber sie sagten, sie hätte einen Schock erlitten und wüßte nicht, was sie sage. Ich hätte sie bedroht, und sie hätte deshalb Angst vor mir. Sie waren entschlossen, mich abzuschieben. Sie wußten, ich hätte sie nach einiger Zeit überredet, zu mir zu kommen, falls ich in England geblieben wäre. Was für eine prachtvolle Gelegenheit bot sich ihnen also, mich fort und außer

Landes zu schaffen und dafür zu sorgen, daß ich nicht zurückkommen konnte!« Er hob die Hand, und in seinem Jadering blitzten die Luchsaugen auf.

»Was für eine erschütternde Geschichte!« sagte ich leise.

»Dessen kannst du sicher sein! Das vor Dreck starrende Gefängnis! Das Sträflingsschiff! Und ich in Ketten, Nora!« Und zum zweiten Mal zeigte er mir seine Handgelenke. »Man bekam wunde Stellen von den Ketten. Und die Wunden entzündeten sich. Endlose Monate lang war ich tief unten im Laderaum des Schiffes wie lebendig begraben – und das zusammen mit dem Abschaum von ganz England, mit Räubern, Mördern, Prostituierten ... alle wurden sie nach Australien gebracht. Eine ganze Ladung für die Siedler, im besten Fall billige Arbeitskräfte. Ich erinnere mich noch genau an den Tag, als wir in Sydney ankamen und an Deck taumelten – an den strahlenden Sonnenschein, das blaue Wasser ringsum und an die Vögel. Ja, am deutlichsten erinnere ich mich an die leuchtend bunt gefiederten Vögel. Sie flogen unter lautem Geschrei über Wasserfläche umher, und ihre uneingeschränkte Freiheit überwältigte mich. Hast du jemals einen Vogel beneidet, Nora? Ich tat es damals ... und dann verachtete ich mich für diesen Gedanken und begann an Rache zu denken. Eines Tages würde ich mich rächen, und dieser Entschluß gab mir den Willen zu leben zurück.«

»Du heiratetest bald nach deiner Ankunft.«

»Ja. Ich heiratete die Mutter von Adelaide und Stirling.«

»Sie war die Tochter des Mannes, dem du als Arbeitskraft zugeteilt wurdest.«

»Nanu! Du weißt ja eine ganze Menge über meine Vergangenheit! Ich wußte, du bist sehr wißbegierig.«

»Deine Vergangenheit interessiert mich. Du vergaßest recht schnell deine Zuneigung zu Arabella.«

»Die habe ich nie vergessen! Eines kann man mir nicht vorwerfen – und das ist flatterhafte Unbeständigkeit.«

»Aber du heiratetest.«

»Ja, Maybella. Sie war auch eine Bella.«

»Erzähl mir nicht, du habest sie wegen ihres Namens geheiratet.«

»Nein. Sie hätte ebensogut Mary, Jane, Grace, Nora oder wie immer heißen können. Was ist schon ein Name?«

»Aber du konntest sie wenigstens Bella nennen.«

»Was ich auch tat.«

»Und erinnerte sie dich an jene andere Bella?«
»Nein! Nie!« Er sagte es voller Verachtung.
»Arme Maybella!«
»Ich gebe zu, es war eine Vernunftheirat.«
»Vernünftig für dich – für sie vielleicht alles andere als vernünftig.«
»Sie wollte es unbedingt.«
»Hat sie es jemals bereut?«
»Jessica scheint mit dir geredet zu haben. Arme Jessica! Sie war sehr eifersüchtig auf Maybella.«
»Ich hatte den Eindruck, daß sie sie sehr liebte.«
»Das tat sie auch. Die Empfindungen und Motive der Menschen sind meist sehr gemischt. Natürlich liebte sie Maybella. Sie pflegte sie hingebungsvoll während ihrer häufigen Krankheiten.«
Ich unterließ es zu erwähnen, daß ich wußte, welcher Art diese Krankheiten waren.
»Sie wollte an Maybellas Stelle sein«, fuhr er fort.
»Sie wünschte, sie wäre die Tochter des Hauses, damit sie diejenige sein konnte, die dich durch die Heirat aus der Gefangenschaft befreite.«
»Wie scharfsinnig du bist! Und was reden wir eigentlich! Das ist doch alles längst vorüber und vorbei!«
»Aber du hast gesagt, das sei es nicht. Du sagtest, du würdest es nie vergessen.«
»Und das werde ich auch nicht tun!« erklärte er erregt, und ich sah wieder den Ring aufblitzen, als er die Hand zur Faust ballte.
»Aber es ist trotzdem Vergangenheit. Komm, laß uns jetzt unsere Partie Schach spielen!«
Er zog mich mit sich in die Bibliothek, wo wir uns dann wie schon so viele Male am Schachbrett gegenübersaßen.
Er war an jenem Abend mit seinen Gedanken nicht bei der Sache, und ich hätte ihn fast geschlagen; er riß sich jedoch noch rechtzeitig zusammen. Er wollte nicht, daß ich gewann – ob es nur deshalb war, weil er das Schachspiel nicht verlieren wollte oder weil ihm die bloße Idee verhaßt war, sich von einer Frau besiegen zu lassen, wußte ich nicht. Wahrscheinlich traf beides zu.
Jener Abend, an dem er mir soviel von seiner Vergangenheit anvertraute, hatte uns einander nähergebracht. Er war jetzt vielleicht ein wenig auf der Hut vor mir und hatte das Gefühl,

mir zuviel erzählt zu haben – aber trotzdem war unser Verhältnis enger und vertrauter geworden. Und er hatte mir endlich das Du angeboten.

Wir planten nun unseren Ausflug nach Melbourne. Stirling, Adelaide und ich würden uns von einem der Angestellten begleiten lassen. Wir würden etwa drei Tage für die sechzig Kilometer brauchen, was zwei Nächte im Zelt bedeutete.

»Nur ein kleiner Ausflug, damit Nora so etwas kennenlernt«, lautete Stirlings Beschreibung dieser Expedition.

Wir würden nicht mehr als notwendig mitnehmen, erklärte Adelaide. Wir hatten Kleider und sonstige Dinge vorausgeschickt, die wir für den Aufenthalt im Hotel und die Tage in Melbourne brauchen würden. Wir konnten uns dann bei unserer Ankunft in elegante, modische Damen verwandeln, unsere Einkäufe machen und alles nach *Whiteladies* zurückschicken. Wir selbst würden zurückreiten und wieder im Zelt übernachten.

Wir wollten einige zusätzliche Pferde – sowohl Reit- wie Packpferde – mitnehmen und eine Notverpflegung in den Satteltaschen mitführen. Es gab ein Zelt, das Adelaide und ich benutzen sollten. Stirling und der andere, noch unbekannte Begleiter würden unter freiem Himmel schlafen. Es klang alles höchst verlockend, und ich freute mich schon sehr darauf.

Erst eine Stunde vor unserem Aufbruch erfuhr ich, daß Jacob Jagger unser zweiter Begleiter war.

»Ausgerechnet der!« protestierte ich bei Adelaide.

»Er muß geschäftlich nach Melbourne und sagte, er würde gern diese Gelegenheit ausnutzen.«

»Ich dachte, er wäre nicht so ohne weiteres abkömmlich. Schließlich wird er doch hier bei der Bewirtschaftung gebraucht?«

»Na hör mal, Nora! Was weißt denn du von der Bewirtschaftung?«

»Nun«, gab ich kleinlaut zurück, »er ist doch der Verwalter und ...«

»Auch als solcher muß er nicht tagtäglich hier sein.«

»Ich mag ihn einfach nicht, Adelaide.«

»Nanu! Er ist doch nicht übler als jeder andere.«

»Es ist wegen jener Geschichte mit Mary.«

»So etwas passiert nun mal ab und zu.«

»Aber sie sagte, er hätte sie ... vergewaltigt!«
»Diese Mädchen erzählen nun mal solche Geschichten. Wir erfuhren doch erst von der angeblichen Vergewaltigung, als das Baby sich ankündigte.«
»Sie schien wirklich furchtbare Angst zu haben.«
»Natürlich hatte sie das, als sie merkte, daß es herauskommen würde. Es ist immer das gleiche. Und du mußt die Menschen hier nicht mit den gleichen Maßstäben wie in England beurteilen. Die Leute hier draußen bei uns sind ... einsam. So passieren solche Dinge. Mein Vater hat dafür Verständnis. Er ist in solchen Fällen nie hart. Mary erhält jede notwendige Hilfe und Unterstützung. Hör also auf, sie zu bedauern, und sei nicht so hart mit Jacob.«
Mir war es egal, was sie sagte. Ich mochte den Kerl nicht!
Als er dann erschien, begrüßte er mich mit breitem Grinsen.
»Es ist mir eine große Freude, Sie auf diesem Ausflug zu begleiten«, erklärte er. Ich senkte kühl den Kopf und blickte fort. Wie gut, daß Stirling mitkam!
Als wir dann in den noch kühlen Morgenstunden durch den Busch ritten und ich die herrlichen Ausblicke über die uns umgebende Landschaft genoß, den Vogelstimmen lauschte und ab und zu einen Schatten von einem wilden Tier oder bunt gefiederten Vogel erhaschte, weigerte ich mich, mir die Stimmung und all das Schöne durch Jacob Jaggers Anwesenheit verderben zu lassen. Meine Gedanken wandten sich Stirling zu. Es waren angenehme Gedanken. Dort ritt er neben mir, sah mich ab und zu lächelnd an oder machte mich auf etwas aufmerksam, was ich vielleicht seiner Meinung nach übersehen hätte. Ich dachte darüber nach, wie mein Leben durch ihn verändert worden war und was für einen wichtigen Platz er in ihm einnahm – den allerwichtigsten. Es gab Augenblicke, wenn es so schien, als ob Lynx mein Denken mehr beschäftigte als sein Sohn, denn ich dachte viel über Lynx nach. Ich akzeptierte ihn als die beherrschende Persönlichkeit in meiner Umgebung. Stirling erinnerte mich in vieler Hinsicht an ihn. Er war ein sanfteres, umgänglicheres Abbild seines Vaters. Man konnte jedoch gar nicht anders, als von Lynx beindruckt sein. Man mußte ihn bewundern, ja sogar dieses absurde Gefühl der Verehrung für ihn empfinden, das ich bei Stirling abfällig Götzenkult nannte. Meine Gefühle für Stirling waren wärmerer, menschlicherer Art. Ich konnte mir das Haus – mein *Little Whiteladies* – ohne Lynx nicht vorstellen. Allein der Gedanke, er könnte eines Tages

nicht mehr da sein, erschreckte mich zutiefst, und es war jedesmal der Höhepunkt eines Tages, ihn beim Abendessen am Kopfe des Tisches zu sehen oder – und das war das allerbeste – mit ihm Schach zu spielen und zu versuchen, ihn zu schlagen oder ihm seine Geheimnisse zu entlocken, wie er es genannt hatte. Ich dachte vielleicht mehr über Lynx als über Stirling nach, doch bestand für mich kein Zweifel daran, welcher Art meine Gefühle für Stirling waren: Ich liebte ihn! Über meine Gefühle für Lynx war ich mir nicht im klaren. Ich nahm fest an, Stirling würde mich eines Tages bitten, seine Frau zu werden – ich würde ohne zu zögern ja sagen. Lynx würde uns bestimmt seinen Segen geben (ich war überzeugt, daß er es so wünschte), und wir würden dann glücklich und in Freuden immerdar leben. Es würde uns gut gehen, obwohl wir die Mine verkaufen würden, wozu ich Stirling überreden wollte. Und hier hielt ich erschrokken in meinen Gedanken inne. Ich hatte ja ganz so geredet, als ob Lynx tot wäre! Lynx ... tot! Das schien überhaupt nicht möglich. Niemand – auch Stirling nicht – besaß diese ungeheure Persönlichkeit, deren magnetische Ausstrahlung einen selbst mit Kraft und Lebensfreude erfüllte. Nein, ich würde Lynx und Stirling dazu überreden, die Mine zu verkaufen. Ich konnte den Gedanken an Menschen nicht ertragen, die an Schwindsucht sterben, noch den Ausdruck in Lynx' Gesicht, wenn er von Gold sprach.

Wir ritten in südlicher Richtung, und als es Abend wurde, fanden wir einen geeigneten Platz, um unser Zelt aufzuschlagen. In der Nähe floß ein kleiner Bach, so daß wir Wasser hatten, und während Jacob Jagger ein Feuer anmachte, ging Stirling Wasser holen. Adelaide sagte, sie würde mir nun zeigen, wie man Brötchen in der Asche eines Lagerfeuers backe, und bald sei dann auch der Tee fertig. In den Satteltaschen hatten wir außerdem gekochten Schinken und kalten Hammelbraten.

Was für ein herrlich aufregendes Abenteuer wäre es ohne diesen gräßlichen Jacob Jagger gewesen! Ich mußte allerdings zugeben, daß er sehr geschickt war, was das Feuermachen betraf. Er bestand darauf, mir zu erklären, wie man das Holz zum Brennen bringt und wie wichtig die Wahl des richtigen Platzes ist.

»Es ist nicht weiter schwierig, einen Buschbrand zu entfachen«, fügte er hinzu, »und das, Miss Nora, ist etwas, was Sie hoffentlich nie erleben werden.«

»Der letzte war schrecklich«, mischte sich Adelaide ein. »Ich dachte wirklich, unser letztes Stündchen hätte geschlagen.«
»Das dachten wir alle«, stimmte Jacob Jagger zu, und sein rundes Gesicht war ernster als ich es jemals gesehen hatte. »Einige Stunden lang waren wir buchstäblich von dem Feuer umzingelt. Ich wartete jeden Moment darauf, daß die Gummibäume beim Haus explodieren würden – das wäre das Ende gewesen.«
Es war für mich schwierig, mir das Grauen eines australischen Buschbrandes vorzustellen. Wahrscheinlich kann niemand das, der so etwas nicht selber miterlebt hat. Jetzt kochte dieses freundliche kleine Feuer, das Jagger angelegt hatte, unsere Brötchen und erhitzte das Wasser für unseren Tee.
Es war so angenehm, auf den Teppichen zu liegen, die Adelaide und ich auf dem Gras ausgebreitet hatten; unsere Sättel dienten uns als Rückenstütze.
»Wie findest du es, so in freier Natur zu campieren, Nora?« erkundigte sich Stirling.
»Herrlich!«
Er ließ sich neben mich auf den Bauch fallen, stützte sich auf die Ellenbogen und legte den Kopf in die Hände.
»Ich wußte, es würde dir gefallen.« Seine Augen leuchteten voll bewundernder Anerkennung. »Ich wußte, du würdest nicht eines dieser hilflosen weiblichen Geschöpfe sein, die schon beim Anblick einer Spinne hysterisch aufschreien.«
»Wir brauchten doch aber gewiß nicht erst hier campieren, damit du das entdeckst!«
»Nein, ich habe es immer gewußt.« Und er sah mich lächelnd in einer Art und Weise an, die mich glücklich machte. Er liebte mich! Zwischen uns beiden bestand ein stillschweigendes Einverständnis, ein fester Pakt. Ich wußte, er betrachtete mich als seinen Schützling. Er hatte es gern, wenn andere mich bewunderten, mir Beifall zollten; nur deshalb war er so bestrebt gewesen zu erreichen, daß ich einen guten Eindruck auf seinen Vater machte. Es war ein Beweis dafür, daß er mich liebte.
Dies war tatsächlich mein Zuhause, meine neue Heimat geworden. Ich würde für immer hierbleiben. *Little Whiteladies* war der Rahmen für mein zukünftiges Glück. Lynx würde wie immer der Herr und Gebieter sein, allerdings ein wohlwollender und nachsichtiger, was er jedoch nie zugeben würde. Er würde mich als seine Tochter akzeptieren und mich als solche lieben, wie ich glaubte, tat er das beinah schon. Und dann die Kinder –

mein Glück würde ohne sie nicht vollständig sein. Lynx würde sie lieben und stolz auf sie sein und mich um so mehr dafür lieben, daß ich ihm diese Enkel geschenkt hatte.
Es war leicht, so vor sich hin zu träumen. Vielleicht hing Stirling ähnlichen Tagträumen nach und bewegten sich unsere Gedanken in gleicher Richtung.
Als es dunkel war, saßen wir um das Feuer und redeten über dies und jenes, und sogar Jacob Jagger schien ganz nett. Adelaide erzählte uns von früheren derartigen Ritten und wie sie sich einmal dabei verirrt hatte. Sie war losgezogen, um Wasser zu holen, und hatte nicht mehr zum Lagerplatz zurückgefunden.
»Es passiert so leicht«, sagte sie. »Die Landschaft verändert sich hier so unmerklich, daß es einem gar nicht auffällt. Man geht den, wie man glaubt, richtigen Weg – so viele Wege sehen hier gleich aus! – und dann merkt man, daß man in die falsche Richtung gelaufen ist. Es ist ein furchtbares Erlebnis, sich im Busch zu verirren!«
»Ich kann mich noch gut daran erinnern«, sagte Stirling. »Wir zogen alle in verschiedenen Richtungen los, um dich zu suchen. Zuletzt fanden wir dich nur knapp einen Kilometer vom Lager entfernt. Du warst im Kreise um uns herumgeirrt.«
Adelaide überlief ein Zittern. »Ich werde das nie vergessen! Laß es dir eine Warnung sein, Nora!«
»Oh, wir werden schon gut auf Miss Nora aufpassen«, versicherte Jacob Jagger.
»Das steht fest«, bestätigte Stirling. »Sei aber trotzdem vorsichtig, Nora! Geh nie allein los!«
Ich versprach es. Zum Abschluß sangen Stirling und Adelaide einige Lieder, die sie als Kinder zusammen gesungen hatten. Es waren Kinderlieder aus England. »Diese mochte unser Vater so gern«, sagte Adelaide. Es waren *Cherry Ripe, Strawberry Fair* und *On a Friday Morn' When We Set Sail* – die gleichen alten Lieder, die englische Kinder seit Generationen sangen.
Adelaide und ich krochen dann in unser Zelt. Ich war von der vielen frischen Luft und dem langen Ritt so müde, daß ich gleich einschlief.
Ich wurde von dem Gelächter der ›kookaburus‹ über unseren Köpfen geweckt. Adelaide und ich schlüpften in unsere Reitkleider und gingen zum Bach hinunter, um uns zu waschen. Sie nahm einen Topf Wasser mit zurück und bereitete Tee, den wir

aus Zinnbechern tranken. Selten hatte mir Tee so gut geschmeckt.
Nach dem Frühstück, bestehend aus frischen Brötchen, gebratenem Schinkenspeck und Passionsfruchtgelee, das Adelaide vorsorglicherweise in ihre Satteltasche gesteckt hatte, brachen wir zeitig auf.
Wie genoß ich diesen frühen Morgenritt durch den australischen Busch! Ein sich am Mittag des gleichen Tages ereignender Vorfall verdarb mir jedoch die Freude an dem ganzen Ausflug. Wir hatten Rast gemacht, und ich wartete darauf, daß das Teewasser auf dem Feuer kochte, das Jacob Jagger angelegt hatte, als ich merkte, daß er dicht neben mir stand.
»Sie haben sich ja wirklich in unseren australischen Busch verliebt, Miss Nora«, sagte er.
Ohne aufzublicken erwiderte ich: »Ich finde ihn sehr interessant.«
»Ja, es ist schon ein prachtvolles Leben hier«, erklärte er und kniete sich neben mich, worauf ich sofort aufstand. Ich sah mich um. Von Adelaide und Stirling war keine Spur zu sehen.
»Wo sind sie?« fragte ich.
Er lachte. »Nicht weit. Sie brauchen keine Angst zu haben!«
»Angst?« gab ich kalt zurück, verärgert darüber, mit ihm allein zu sein, denn genau das empfand ich – Angst! »Wovor?«
»Vor mir?« schlug er vor.
»Ich wüßte nicht, warum ich das haben sollte.«
Er stieß einen gespielten Seufzer der Erleichterung aus.
»Das freut mich. Sie brauchen es wirklich nicht. Ich mag Sie sehr gern, Miss Nora.«
»Es freut mich ebenfalls, daß ich – um mit Ihren Worten zu sprechen – keine Angst vor Ihnen zu haben brauche. Was dagegen Ihre Gefühle für mich betrifft, so interessieren sie mich weder im Guten noch im Schlechten.«
»Nun, das könnten wir ändern.«
»Ich denke doch, ich kann meine eigenen Gefühle am besten beurteilen!«
Oh, wo waren nur Adelaide und Stirling? Warum tauchten sie nicht wieder auf, damit diese Unterhaltung, die er mir aufzwang, ein Ende fand! Aufzwingen war vielleicht übertrieben. Vermutlich konnte ich einfach weggehen und ihn stehenlassen, aber ich wollte nicht, daß er merkte, wie abstoßend ich ihn fand, da

das zu einem gewissen Grade meine Angst vor ihm verraten hätte.

»Sie sind eine sehr hochmütige junge Dame, Miss Nora! Auch das könnte ich ändern.«

»Seit wann glauben Sie die Macht zu besitzen, *meinen* Charakter zu ändern?«

»Seit dem Augenblick, als ich Sie zuerst sah. Um die Wahrheit zu sagen, Miss Nora: Ich habe seit jenem Augenblick nicht aufgehört, an Sie zu denken.«

»Wie eigenartig!«

»Das ist ganz und gar nicht eigenartig. Sie sind eine sehr bemerkenswerte junge Dame, und zwar die bemerkenswerteste, die ich jemals gesehen habe. Ich habe mich noch nie so für eine junge Dame interessiert.«

»Und was ist mit Mary?« fragte ich und fühlte, wie mir glühende Röte ins Gesicht schoß.

»Aber Sie sind doch wohl nicht auf ein Dienstmädchen eifersüchtig!«

»Eifersüchtig! Sie müssen den Verstand verloren haben!« Wütend ging ich weg, doch er blieb neben mir, dicht an meiner Seite. Nun legte er mir sogar die Hand auf den Arm. Außer mir vor Wut fuhr ich ihn an: »Würden Sie die Güte haben und Ihre Hand von meinem Arm entfernen, Mr. Jagger! Sollten Sie es noch ein einziges Mal wagen, mich zu belästigen, so werde ich es Mr. Herrick ... ich meine ... Lynx sagen!«

Dieser Name jagte den Leuten Furcht ein. Jagger zuckte zusammen und wich von mir zurück, während ich zu meiner unendlichen Erleichterung Stirlings Stimme hörte.

»Nora, ist der Tee fertig?«

Am Abend desselben Tages kamen wir in Melbourne an. In der Aufregung über die Einkäufe vergaß ich den Zwischenfall mit Jagger. Ich kaufte wunderschöne grüne Seide für ein Kleid, in dem ich mich bereits im Geiste abends mit Lynx Schach spielen sah. Adelaide wollte mir beim Zuschneiden und Nähen helfen; sie war äußerst geschickt darin und arbeitete gern mit schönen Stoffen.

Als die Seide abgemessen wurde, sagte sie zu mir: »Es macht Spaß, hübsche Sachen zu machen. Du wirst reizend darin aussehen, Nora!« Sie drückte freundschaftlich meinen Arm und fuhr leise fort: »Ich bin sehr froh, daß du hier bei uns bist! Ich kann mir gar nicht vorstellen, wie es ohne dich sein würde!«

Wir blieben vier Tage in Melbourne, bevor wir zum Rückritt aufbrachen, der ohne besondere Zwischenfälle oder Ereignisse verlief. Ich konnte jetzt ein Lagerfeuer anlegen, in der heißen Asche Brötchen backen und über dem offenen Feuer Tee kochen. Ich hatte das Leben im australischen Busch kennengelernt.
»Jetzt gehörst du endgültig zu uns!« erklärte Stirling anerkennend.

Ich saß an dem Schachtisch; die langen Finger streichelten die Elfenbeinkönigin mit der brillantenbesetzten goldenen Krone, und er sagte: »Der Ausflug hat dir also gefallen?«
»Ja! Es war herrlich!«
»Und du mochtest gern so hart schlafen?«
»Nun, für einige Nächte fand ich es interessant.«
»Ich liebe meine Bequemlichkeit. Ich bin ein Sinnenmensch. Wie eine Katze. Ich schätze es, in einem warmen Bett zu schlafen, häufig ein Bad zu nehmen und meine Wäsche jeden Tag zu wechseln. All diese Dinge sind in einem Zeltlager kaum möglich. Aber dir hat es gefallen, wie schön!«
»Vielleicht bevorzuge ich ebenfalls meine Bequemlichkeit, wie du es nennst, aber es war wirklich interessant, den Busch richtig kennenzulernen und eine Vorstellung davon zu haben, wie die Menschen da draußen früher gelebt haben.«
»Mir scheint, du bist so etwas wie eine Pionierin, Nora. Dir hat euer Ausflug also in *jeder* Hinsicht gefallen?«
»Nun ja ...« Jaggers Bild stieg vor mir auf. Weshalb hatte ich nur solche Angst vor diesem Mann? Vielleicht kam es durch die Geschichte mit Mary und den Ausdruck in ihren Augen, als sie mir sagte, er habe sie vergewaltigt. Adelaide mochte Marys Worten keinen Glauben schenken – ich dagegen tat es.
»Aha! ... Also doch ein Haar in der Suppe!«
Wie beharrlich er war! Man konnte nichts vor ihm verbergen.
»Adelaide und Stirling sind ja so geschickt in allem!« sagte ich schnell. »Sie brachten mir bei, wie man ein Lagerfeuer anmacht und in der heißen Asche Brötchen backt und so weiter, was man eben so für das Leben im Busch können muß.«
»Jagger begleitete euch, nicht wahr?«
Ich fühlte, wie mir dunkle Rote langsam ins Gesicht stieg.
»O ja, das tat er.«
»Er ist der beste Verwalter, den wir je gehabt haben. Solche

Leute sind nicht leicht zu bekommen. Die meisten tüchtigen Männer gehen lieber auf Goldsuche. Es ist also nicht leicht, sie zu halten, und wenn sie einmal fortgehen, kommen die nicht wieder. Dafür sorge ich! Ja, Jagger ist ein guter Verwalter.«
Und dann begannen wir zu spielen. Ich war dieses Mal schnell geschlagen und fand gar keine Gelegenheit, ihn anzugreifen.
»Du spielst heute abend nicht gut, Nora«, sagte er. »Du bist mit den Gedanken weit weg. Vielleicht im Busch?«

Nach drei Wochen hatten Adelaide und ich das grüne Kleid fertig, und auch die für nützlichere Zwecke bestimmten Stoffe waren verarbeitet.
Der Herbst war angebrochen, und wir bereiteten uns auf den Winter vor. Mächtige Holzscheite wurden in den Holzschuppen gebracht, und Adelaide füllte die Vorratskammern auf. Manchmal würden wir durch Überschwemmungen von der Außenwelt abgeschnitten, erklärte sie, und es könnte auch schneien. Ihr Vater habe es nicht gerne, wenn irgend etwas fehle oder knapp werde, und so sei es ihre Aufgabe, dafür zu sorgen, daß von allem ein genügend großer Vorrat da sei. Sie kochte reihenweise Gläser mit Passionsfruchtgelee, Pfirsich- und Orangenmarmelade ein.
Nach der sommerlichen Hitze fand ich die kühleren, frischen Herbsttage ideal zum Reiten. Wenn Adelaide oder Stirling nicht mitkommen konnten, ritt ich allein aus. Ich vergaß jedoch nie Adelaides Warnung, mich bloß nicht im Busch zu verirren – es schien ungefähr mit das Schlimmste zu sein, was einem passieren konnte – und so prägte ich mir immer sorgfältig irgendwelche landschaftlichen Merkmale ein. Im übrigen hatte ich meine festen Routen, und ritt nur selten andere Strecken. Nur wenn ich versprach, entweder nach *Kerry's Creek*, *Martha's Mound* oder *Dog Hill* zu reiten, erhielt ich die Erlaubnis, allein zu reiten; trotzdem waren sie, glaube ich, immer etwas unruhig, wenn ich allein fort war, wollten mich andererseits aber auch nicht in meiner Bewegungsfreiheit einengen. Sie waren übereingekommen – wie konnte es anders sein! –, daß ich nicht verhätschelt werden sollte; im übrigen war ich jetzt eine gute Reiterin und man konnte darauf vertrauen, daß ich mit einem Pferd umzugehen verstand.
Ich beschloß an jenem Morgen, nach *Kerry's Creek* zu reiten – meinem Lieblingsplatz. Der kleine Fluß schlängelte sich hier

durch einen Hain von Gummibäumen, und wenn die Akazien blühten, war es einer der schönsten Fleckchen in der ganzen Gegend. Ich band mein Pferd gern an einen der Gummibäume und saß und schaute dem Spiel des Wassers zu. Vor zwanzig Jahren war ein Mann namens Kerry hierhergekommen und hatte am Flußufer etwas Gold gefunden; zehn Jahre lang hatte er nach mehr gesucht, um dann enttäuscht weiterzuziehen. Daher der Name *Kerry's Creek* – Kerrys Fluß. Jetzt war er von den Goldsuchern befreit, denn Kerry hatte bewiesen, daß seine Ufer nichts von dem begehrten Metall in sich bargen. Vielleicht mochte ich diesen Platz deshalb so gerne.

So saß ich auch an jenem lieblichen Aprilmorgen dort, blickte ins Wasser und ließ im Geiste alle Ereignisse des letzten Jahres an mir vorüberziehen, dachte vor allem jedoch darüber nach, was für ein Glück es für mich und mein ganzes Leben bedeutete, *Danesworth House* für immer entronnen zu sein. Dort würden sich jetzt die Knospen an den Bäumen und Sträuchern öffnen, die Frühlingsblumen würden blühen, und Mary würde sich freuen, daß die kalten Nächte vorüber waren und die kurze Zeit in ihrer Dachkammer genießen, bevor die Sommerhitze begann. Die arme Miss Graeme würde daran erinnert werden, daß es wieder Frühling wurde und ein weiteres Jahr verstrichen war und der gefürchtete Augenblick um dieses Jahr nähergerückt war, in dem Miss Emily ihr mitteilen würde, daß sie nun keine Verwendung mehr für sie habe.

Wie traurig war das alles! Arme Miss Graeme! Arme Mademoiselle, der es immer weniger gelang, mit ihrer Klasse fertigzuwerden. Und hier war nun ich – all diesem Elend entronnen und so frei wie die schönen, exotischen Vögel, die über meinem Kopf dahinflogen. Und ich mußte an Lynx und seine Ankunft in Australien denken – wie er aus dem Bauch des Sträflingsschiffes in das langentbehrte Tageslicht und den gleißenden Sonnenschein emportaumelte und die Vögel glühend beneidet hatte.

Lieber Stirling! Lieber Lynx! Ich liebte sie beide – und auch Adelaide, wenn auch etwas weniger intensiv. Sie waren in dieser kurzen Zeit meine Familie geworden und auf ihre Weise ein Ersatz für den Verlust meines geliebten Vaters. Ich konnte jetzt wieder glücklich sein. Ich *war* glücklich!

Da vernahm ich irgendwo, nicht weit entfernt, ein Geräusch. Der australische Busch trägt jeden Laut erstaunlich weit. Nun

hörte ich deutlich, daß es ein galoppierendes Pferd war. Ich stand auf und beschattete mit der Hand meine Augen, konnte jedoch nichts sehen. Also setzte ich mich wieder und kehrte zu meinen glücklichen Betrachtungen zurück.
Ja, ich war hier glücklich! Ich würde Stirling heiraten, daran zweifelte ich nicht. Ich war mit meinen erst achtzehn Jahren noch etwas jung. Vielleicht würde er mich an meinem neunzehnten Geburtstag fragen. Ich stellte mir vor, wie wir in der Bibliothek Lynx' Glückwünsche entgegennahmen. Er würde mich in die Arme schließen und mich küssen. »Jetzt bist du *wirklich* meine Tochter«, würde er sagen, und ich würde in mir jenes heiße Glücksgefühl verspüren. Ich, die ich als kleines Kind von meiner Mutter verlassen worden war und die ich vor einem Jahr meinen Vater verloren hatte, würde von Lynx stolz und glücklich als seine Tochter bezeichnet werden! Dies waren bisher nur Träume, doch nur wenn man sehr glücklich ist, spinnt man sich so schöne Träume.
Plötzlich vernahm ich dicht hinter mir Schritte. »Guten Tag, Miss Nora!«
Mir wurde ganz kalt vor Schreck, denn niemand anders als Jacob Jagger stand hinter mir. Er war beinah schon über mir, als ich aufsprang und zu ihm herumfuhr. Schlagartig war ich mir der tiefen Stille ringsum bewußt – der Einsamkeit des Busches. Und blitzartig dachte ich an jenes andere Mal, als er so dicht vor mir gestanden hatte – doch damals waren Stirling und Adelaide in der Nähe gewesen.
»Sie!« entfuhr es mir erregt.
»Sie scheinen nicht sehr erfreut über meinen Anblick zu sein. Wenn man bedenkt, daß ich extra hierhergekommen bin, um *Sie* zu sehen!«
»Woher wußten Sie ...«
»Ich habe es mir längst zur Pflicht gemacht, Ihren Tageslauf zu verfolgen, Miss Nora. Ich sah Sie diesen Weg einschlagen und sagte mir ›Aha! Heute ist *Kerry's Creek* an der Reihe‹.«
»Aber warum sind Sie mir nachgeritten?«
»Das werden Sie im gegebenen Moment erfahren. Wir wollen das nicht überstürzen.«
»Ihr Benehmen gefällt mir nicht, Mr. Jagger.«
»Und Ihres gefällt mir schon seit langem nicht!«
»Dann hat es keinen Sinn, diese Unterhaltung fortzusetzen«, erklärte ich schroff und wandte mich zum Gehen, doch er ergriff

mich am Arm, und mich erfaßte kaltes Entsetzen, weil ich mir der schrecklichen Körperkraft dieses Widerlings bewußt wurde.
»Ich muß Ihnen leider widersprechen, Miss Nora.« Er näherte sein fettes, lüsternes Gesicht bis auf wenige Zentimeter dem meinen. »Und dieses Mal bestimme *ich* die Tonart!«
»Sie vergessen, daß ich hierüber Bericht erstatten werde, wenn ich nach Hause komme!«
»Sie werden nicht so schnell nach Hause kommen!«
»Das verstehe ich nicht.«
»O doch! Sie sind gar nicht so ruhig, wie Sie tun, und ich glaube, Sie verstehen ganz gut.«
»Ich finde Ihr Benehmen einfach unmöglich, Mr. Jagger! Ich mag Sie nicht. Habe Sie nie gemocht. Treten Sie jetzt gefälligst beiseite! Ich habe es eilig nach Hause zu kommen. Guten Tag!«
Er lachte auf widerliche Art, und ich vermochte die Tatsache nicht zu verbergen, daß mich panische Angst packte. Marys Bild tauchte vor mir auf. War es bei ihr so geschehen?
»Sie kommen noch nicht nach Hause, Miss Nora. Ich habe Ihnen noch etwas zu sagen. Ich bin nicht verheiratet, wäre es aber gern ... mit Ihnen!«
»Was reden Sie da für Unsinn?«
»Sie bezeichnen einen ehrenwerten Heiratsantrag als Unsinn?«
»Ja, wenn er von Ihnen kommt. Lassen Sie mich jetzt gefälligst vorbei! Wenn Sie weiter versuchen, mich hier festzuhalten, werden Sie es bereuen!«
Er hörte gar nicht auf, mich auszulachen; sein Gesicht war jetzt dunkelrot angelaufen mit einem bläulichen Schimmer, und sein Mund verzog sich zu einer bösen, schmalen Linie.
»*Sie* führen also jetzt das Kommando in *Whiteladies*, ach nein! Es ist, weiß Gott, Zeit, Miss Nora, daß Ihnen jemand mal eine Lektion erteilt!«
»Ich lerne meine eigenen Lektionen, besten Dank!«
»Nun, Sie werden aber jetzt eine andere lernen! Ich will Sie zur Frau haben, und nichts auf der Welt wird mich daran hindern, diesen meinen Willen durchzusetzen!«
Ich riß mich von ihm los und rannte in Richtung auf mein Pferd, aber es war aussichtslos. Schon war er wieder neben mir und vertrat mir den Weg.

»Werden Sie mich auf der Stelle in Ruhe lassen, Mr. Jagger!« keuchte ich.
»Nein, Miss Nora, das werde ich nicht tun!«
»Dann ...«
Voller Hohn wartete er ab, was ich weiter zu sagen hatte, und sein Gesicht verzerrte sich vor ungezügelter, ekelhafter Begierde, die ich schaudernd als geile Lust erkannte. Und genau das war es, was ich von Anfang an in ihm gefühlt hatte und was mich derartig abgestoßen hatte. Er war ein Mann, der seine Begierden nicht zu zügeln vermochte. Es war zweifellos leicht für ihn gewesen, einigen der armen Dienstmädchen seinen Willen aufzuzwingen; Lynx hatte es ihm leicht gemacht. Er sollte jedoch merken, daß ich nicht eine von denen war, und daß er Lynx ... und Stirling Rede und Antwort zu stehen hätte, sollte er es wagen, mich anzufassen.
Ich versuchte, ihn zur Seite zu stoßen und weiterzurennen, doch schon hatte er mich gepackt. Seine wulstigen, gräßlichen Lippen preßten sich auf mein Gesicht. Ich packte ihn am Haar und riß aus Leibeskräften daran, aber ich konnte es nicht mit seinen Kräften aufnehmen. Ich kämpfte verzweifelt. Ich trat nach ihm, und er stieß einen Schmerzensschrei aus. Einen Augenblick dachte ich, ich wäre frei und stürzte wie besessen auf mein Pferd zu, doch wieder warf er sich auf mich. Ich stürzte zu Boden und er über mich. »Lynx! Stirling! Oh ... so helft mir doch!«
Ich hörte das Gelächter von zwei ›kookaburus‹, und mir war, als lachten sie mich in meiner verzweiflungsvollen Lage aus. Keuchend rang ich nach Atem. Er war wütend und haßte mich, wie ich deutlich fühlte, doch sein Haß minderte nicht sein widerwärtiges Verlangen – ganz im Gegenteil.
Ich sei ein Satansweib, stieß er zähneknirschend hervor. Ich wollte ihm ins Gesicht schreien, wie sehr ich ihn haßte und verabscheute und er nur über meine Leiche seinen Willen haben würde – aber ich brauchte meinen Atem, um zu kämpfen.
Ich war kein Schwächling, doch er war ein starker, kräftiger Mann. Ich hörte mich laut beten: »Lieber Gott! Oh, so hilf mir doch! ... Lynx ... Lynx ...«
Und dann vernahm ich eine Stimme, *seine* Stimme, und eine Sekunde lang dachte ich, es wäre nur meine Einbildung.
Die Stimme befahl jedoch laut und deutlich: »Jagger! Steh auf, Jagger!«
Ich lag keuchend da – meine Jacke war aufgerissen, und das Haar

hing mir wirr über das Gesicht. Ich strich es mit zitternder Hand zur Seite und erblickte ihn, ehrfurchtgebietender als er mir jemals zuvor erschienen war, auf einem schneeweißen, mächtigen Schimmel. Seine Augen waren wieder wie gekörntes Eis.
»Stell dich da drüben hin, Jagger!« gebot er.
Jagger gehorchte wie in Trance. Und dann sah ich, wie Lynx die Hand hob und hörte einen ohrenbetäubenden Knall.
Jagger lag am Boden, und alles war voller Blut.
Die Zeit schien stillzustehen. Es erschien unendlich lange, konnte aber nur einige Sekunden gewesen sein, daß ich dort lag, wo Jagger mich zu Boden geschleudert hatte, und Lynx vor mir bewegungslos auf seinem Pferd saß, die rauchende Pistole in der Hand, ganz ruhig und das Inbild personifizierter Macht.
»Schau nicht hin, Nora!« befahl er mir, »steh auf! Geh zu deinem Pferd und steig auf!«
Ich gehorchte ihm genauso, wie Jagger es getan hatte. Mir war sterbenselend, und ich konnte kaum atmen, aber ich gelangte irgendwie zu meinem Pferd und zog mich hoch. Und dann war Lynx an meiner Seite, und wir ritten schweigend im Schritt nach *Whiteladies* zurück.

Adelaide kümmerte sich rührend um mich. Ich hatte einen derartigen Schock erlitten, daß ich nur regungslos im Bett lag und schweigend vor mich hinstarrte. Sie brachte mir einen großen Kognak und ein Glas Milch mit verquirltem Eigelb. Ich drehte stumm den Kopf zur Wand, doch sie blieb hartnäckig. »Mein Vater sagt, du müßtest dies trinken.« Also tat ich es und fühlte mich dann tatsächlich etwas besser.
Abends gab sie mir dann wieder etwas zu trinken, und ich schlief die Nacht durch bis zum nächsten Morgen. Ich fühlte mich viel besser. Ich hatte fest und traumlos geschlafen, was ich nie wieder für möglich gehalten hatte, da ich geglaubt hatte, daß dieses Erlebnis mit all seinem Grauen und dem vielen Blut mich für immer mit schrecklichen Alpträumen verfolgen würde. Ich ging alles noch einmal der Reihe nach im Geiste durch: Es hatte mit dem Augenblick angefangen, als ich mich umdrehte und Jagger plötzlich hinter mir stehen sah und erkannte, daß ich ihm, mutterseelenallein wie ich es im Busch war, auf Gnade und Ungnade ausgeliefert war. Dann mein sich immer schrecklicher steigerndes Entsetzen und Grauen und der verzweifelte Kampf – und dann jener andere, unvergeßliche Moment, als Lynx wie auf

meinen Hilfeschrei hin unvermittelt dagewesen war. Nie würde ich diesen Anblick vergessen ... er auf dem schneeweißen Schimmel ... und seine Augen ... und wie er dann ganz ruhig und kaltblütig seine Pistole hob und abdrückte.
»Das viele, viele Blut!« flüsterte ich immer wieder vor mich hin. »Überall ... auf den Büschen ... auf dem Boden ... überall. Lynx hat Jagger erschossen!« Nein, versicherte ich mir dann schnell. Er hat ihn nur *an*geschossen – nur verwundet. Sogar er würde nicht wagen, einen Menschen zu töten! Er würde dadurch ja zum ... Mörder!
Aber tief in meinem Herzen wußte ich, daß Lynx Jagger getötet hatte und daß er es als Strafe für das getan hatte, was Jagger mir hatte antun wollen.

Ein verängstigtes Schweigen lastete über dem Haus. Man hatte einen Sarg für Jagger gemacht. Er wurde in die größte Scheune gebracht, die für die Lagerung der Wollballen gebaut worden war.
Jeder Mann im gesamten Lynx-Imperium – aus dem Haus, von den Ländereien, aus der Mine – wurde in die Scheune beordert. Es war ein eigenartig stiller Tag, ein Tag der Trauer, und doch war es noch mehr als das. Es war, als bereite sich alles auf eine feierliche, rituelle Handlung vor.
Adelaide wollte mir nichts sagen. Stirling kam zu mir und hielt mich in den Armen. »Du bist jetzt in Sicherheit, Nora!« versicherte er mir beruhigend. »Du brauchst nie wieder Angst zu haben! Vergiß es am besten ganz und denk nie wieder daran! Dir kann jetzt *nichts* mehr passieren!«
Und dann kam schließlich Adelaide und sagte: »Nora, mein Vater möchte, daß du mit zu der Wollscheune kommst. Hab keine Angst! Du wirst sehen, es geht dir danach besser. Ich komme mit und Stirling auch.«
»Ich habe keine Angst.«
»Mein Vater sagt, du sollst und brauchst nie wieder Angst zu haben. Er sagt, wir hätten besser auf dich aufpassen müssen.«
»Du hast mich immer gewarnt, mich nicht im Busch zu verirren.«
»Aber ich hätte auch hieran denken sollen.«
»Da war jene Geschichte mit Mary«, erinnerte ich sie. »Aber du hast ihr nicht geglaubt.«
»Ach, Nora! Meine arme, kleine Nora! Aber es ist jetzt alles

vorbei und wird nie wieder passieren. Mein Vater ist fest entschlossen, dafür zu sorgen.«
Niemals werde ich die sich dann in der Wollscheune abspielende Szene vergessen. Es war meine erste Einführung in die Gesetze dieses Landes. Jagger hätte seine gerechte Strafe bekommen, so lautete das Urteil. Jeder Mann, der seine Tochter in der Situation vorfand, in der er mich vorgefunden hatte, hatte das Recht, den Mann zu töten, der sie zu vergewaltigen versuchte.
Der Sarg stand auf zwei Holzbänken aufgebahrt an dem einen Ende der Scheune. Zu beiden Seiten brannten zwei Kerzen. Lynx stand neben dem Sarg, und das Kerzenlicht fing sich in dem blauen Feuer seiner Augen. Als er mich auf sich zukommen sah, streckte er mir die Hand entgegen, und ich ging zu ihm und stellte mich neben ihn. Adelaide und Stirling blieben am Eingang stehen. Die Scheune war dichtgedrängt voller Männer – einige kannte ich, andere hatte ich noch nie gesehen.
Lynx ergriff meine Hand, und, den Blick auf den Sarg gerichtet, sagte er:
»In diesem Sarg liegen die sterblichen Überreste von Jacob Jagger. Dies hier ist meine Tochter. Wenn irgendein Mann hier Hand an sie legt, wird ihn die gleiche Strafe ereilen wie Jacob Jagger. Es wäre daher gut für *jeden* unter euch, wenn er sich das merken würde! Ich bin, wie ihr wißt, ein Mann, der sein Wort hält.«
Und damit schritt er, mich immer noch an der Hand haltend, mitten durch die versammelten Männer zum Ausgang und zum Haus zurück, und Adelaide und Stirling folgten uns.

5

Nichts war nach diesem Tag mehr ganz so wie vorher. Ich war stiller geworden. Irgendwie schien ich plötzlich erwachsen geworden zu sein. Man blickte mich verstohlen von der Seite an – die Männer in einer Weise, als fürchteten sie sich vor mir. Ich vermute, sie dachten jedesmal, wenn sie mich sahen, an Jacob Jagger und das Schicksal, das ihn ereilt hatte.
Stirling übernahm die Pflichten des Verwalters, bis wir in James Madder einen neuen Verwalter fanden. Er erfuhr sehr bald vom

Schicksal seines Vorgängers und vermied es daraufhin, mich auch nur anzuschauen. Adelaide bemühte sich, allem wieder ein normales Gleichmaß zu verleihen, indem sie sich so benahm, als wäre nichts geschehen. Aber man kann nicht in einen jähen Todesfall verwickelt sein und so tun, als wäre das ein alltäglicher Vorfall.
Mir war vorerst die Freude am Ausreiten gründlich vergangen. Ich blieb in Adelaides Nähe, denn sie vermittelte einem so ein Gefühl der Sicherheit. Sie wußte, wie mir zumute war, und forderte mich dauernd auf, ihr doch bei dieser oder jener Arbeit zu helfen. Wir nähten neue Vorhänge für einige Zimmer, schneiderten uns aus den noch vorhandenen Stoffen neue Kleider und änderten alte. Es gab immer irgend etwas zu tun, nicht zu vergessen natürlich auch im Garten.
Ich schreckte mehrmals nachts aus dem Schlaf hoch und schrie laut um Hilfe. An die Träume konnte ich mich nicht jedesmal erinnern, doch handelten sie unweigerlich von jenem grauenvollen Tag.
»Stirling«, begann ich eines Tages, als wir zum ersten Mal wieder zusammen ausritten, »du sprichst nie von jenem Tag. Ist es nicht besser, darüber zu sprechen?«
»Ist es nicht besser, ihn zu vergessen?«
»Meinst du wirklich, das sei etwas, was man jemals vergessen könnte?«
»Du mußt es versuchen. Die Zeit wird dir dabei helfen. Du wirst es sehen.«
»Es war wie ein böser Alptraum – zu schlimm, um wahr zu sein.«
»Ich hätte bei dir sein sollen, hätte so etwas Ähnliches voraussehen müssen. Jagger war ein Schwein. Ich hätte es wissen müssen. Hattest du eine Vorahnung?«
»Ich hatte immer Angst vor ihm.«
»Und du hast mir das nie gesagt.«
»Ich hielt es nicht für wichtig bis zu jenem Augenblick, als ich ganz allein mit ihm war.«
»Bitte sprich nicht davon.«
»Aber wir sprechen doch davon! Und dann kam dein Vater. Er war plötzlich da auf seinem Schimmel, und dann ... dann das viele Blut. Ich dachte ...«
»Siehst du! Ich sagte dir, du sollst nicht davon anfangen! Hör zu, Nora – es ist jetzt alles vorbei! Mein Vater war da. Er kam noch

rechtzeitig, und das war das Ende für Jagger. Er kann nie wieder versuchen, dir etwas zu tun.«

»Nein, er ist ja tot. Dein Vater tötete wegen mir einen Menschen.«

»Er tat nur, was sein Recht war. Es war das einzig Richtige.«

»Er hätte ihn aber auch rausschmeißen können, hätte ihn entlassen können. Warum tat er das nicht?«

»Mein Vater tat das, was richtig war. Das Leben hier draußen in Australien ist anders, Nora. Vor noch nicht allzu langer Zeit konnte in England jemand gehängt werden, wenn er ein Schaf gestohlen hatte. Hier hat ein Mann das Recht, den Mann zu töten, der sich an seinen Frauen zu vergreifen versucht.«

»Aber es war ein Mord!«

»Nein, nur die gerechte Strafe.«

»Aber findet denn keine gerichtliche Untersuchung statt?«

»Doch. Aber mein Vater wollte dich nicht hinlassen, weil er glaubte, das würde dich zu sehr aufregen. Er ließe nicht zu, daß man dich verhört, erklärte er. Er erzählte ihnen, wie es passierte. Er hätte Jagger erschossen, sagte er, und würde es bei jedem anderen Mann genauso machen, der wie Jagger Hand an seine Tochter legen würde. Jagger war ein berüchtigter Schürzenjäger. Es war allgemein bekannt, was für ein Mann er war. Die Frauen wären hier in ziemliche Gefahr geraten, wenn die Handlungsweise meines Vaters nicht als die einzig richtige vom Gericht anerkannt worden wäre. So lautete das Urteil, daß nach den Grundsätzen der Gerechtigkeit verfahren worden sei. Und das ist die reine Wahrheit. Du mußt jetzt aufhören, darüber nachzugrübeln!«

Sie wollten, daß ich genauso weiterlebte wie vorher, weiter allein ausritt, wenn ich Lust dazu verspürte, und nicht mehr an jenen furchtbaren Tag dachte.

Mein Verhältnis zu Lynx hatte sich irgendwie verändert. Sogar er war nicht mehr unbefangen. Ich ging wie vorher abends zu ihm in die Bibliothek, und wir spielten unsere Partie Schach, doch erst, nachdem mehrere Wochen vergangen waren, brachte ich es über mich, mit ihm darüber zu sprechen.

»Wieso kamst du an jenem Tag eigentlich nach *Kerry's Creek*?« fragte ich ihn schließlich.

Er dachte einen Moment mit gerunzelter Stirn nach. »Ich weiß es selber nicht genau. Ich schien zu fühlen, daß etwas nicht

stimmte. Erinnerst du dich, wie wir über jenen Ausflug nach Melbourne sprachen, bei dem ihr im Zelt übernachtetet? Jacob Jaggers Name fiel, und irgend etwas in deinem Benehmen verriet mir, daß du dich vor diesem Mann fürchtetest. Ich konnte mir den Grund denken, kannte ich doch Jagger. An jenem Morgen hatte ich ein ungutes Gefühl, als ich ihn in Richtung *Kerry's Creek* reiten sah. Ich wunderte mich, weshalb er dorthin wollte, und erkundigte mich im Stall, wohin du an diesem Morgen geritten seist. Niemand wußte es genau, doch meinten sie, es käme wohl nur *Martha's Mound, Dog Hill oder Kerry's Creek* in Frage. Da beschloß ich, hinter Jagger herzureiten.«
»Was war das für ein Segen für mich! Aber Jagger hat es das Leben gekostet.«
Lynx Augen glitzerten. »Du glaubst doch nicht etwa, ich hätte ihn mit dem Leben davonkommen lassen!«
»Er vergewaltigte Mary. Sie hat es mir erzählt.«
Er zuckte die Achseln.
»Das ist dir gleichgültig?« fragte ich.
»Darum geht es nicht. Glaubst du, mich könnte jemals etwas gleichgültig lassen, was *dir* widerfährt?«
Die in der Bibliothek herrschende Stille wurde nur von dem Ticken der alten Standuhr unterbrochen. Es war eine schöne französische Uhr, die er sich aus London hatte kommen lassen.
Unmittelbar sagte er: »Komm, laß uns spielen!«
Und dann spielten wir die eigenartigste Partie Schach, die wir jemals zusammen gespielt hatten. Bis zu dem Tag hatte er mich immer geschlagen, doch an jenem Abend wandte sich das Blatt. Ich nahm ihm seine Königin weg, und ein eigenartiges Gefühl des Triumphes durchrann mich, als ich sie ergriff.
»Na also!« meinte er recht spöttisch, »nun hast du mich ... vorausgesetzt, du spielst überlegt weiter.«
Wir spielten weiter, und eine Stunde verging, und jedesmal, wenn ich den Zug machen wollte, mit dem ich ihn schachmatt zu setzen gedachte, versperrte er mir den Weg. Schließlich gelang es mir aber doch.
»Schachmatt!« jubelte ich.
Er richtete sich auf, ließ die Ellbogen auf den Tisch gestützt liegen und betrachtete scheinbar betrübt das Schachbrett, und da wußte ich plötzlich, daß er mich hatte gewinnen lassen, genauso wie mein Vater es getan hatte.

»Du hast mich gewinnen lassen!« beschuldigte ich ihn.
»Glaubst du, ich würde das tun?« fragte er.
Ich blickte in jene eigenartigen, unergründlichen Augen und konnte die Antwort nicht erraten.
Ja, unsere Beziehung hatte sich verändert.

Jessica kam zu mir, als ich in Adelaides Wohnzimmer saß und nähte. Sie setzte sich neben mich und schaute mir bei der Arbeit zu.
»Bist du gekommen, um beim Vorlesen zuzuhören?« fragte ich sie. »Adelaide hat heute zu viel zu tun; deshalb werde ich nicht vorlesen.«
»Dann können wir uns ja unterhalten«, schlug sie vor. »Du beschäftigst ihn sehr, weißt du«, fuhr sie bedeutungsvoll fort.
Selbstverständlich wußte ich, wen sie meinte, aber ich tat so, als wüßte ich es nicht.
»Er ist in deiner Gegenwart ganz anders. Ich habe ihn so noch nie mit jemandem gesehen ... außer mit Stirling vielleicht.«
»Stirling ist sein Sohn«, erinnerte ich sie. »Und mich betrachtet er als seine Tochter.«
»Aber nicht wie Adelaide«, entgegnete sie mit einem triumphierenden Blick. »Sie *ist* seine Tochter! Aber er ist mit ihr nie so wie mit dir gewesen. Für dich hat er einen Mann getötet!«
Mich überlief ein Schaudern. »Man spricht besser nicht darüber.«
»Es ändert jedoch nichts an den Tatsachen, wenn man nicht von ihnen spricht.«
»Die Pflanzen bleiben grün durch dauerndes Begießen. So ist es auch mit den Erinnerungen. Sind es angenehme, so ist das schön und gut – wenn nicht, heller Wahnsinn.«
»Du bist nicht auf den Mund gefallen«, sagte sie. »Vielleicht hast du recht. Ich möchte nur wissen, ob sie auch so schlagfertig war.«
»Wer?«
»Nun, jenes Mädchen in England. Die arme Maybella war weder schlagfertig noch klug. Ich war klüger als sie. Wenn *ich* die Tochter und nicht die Nichte gewesen wäre, hätte er *mich* geheiratet. Und ich hätte bestimmt viele Söhne bekommen. Ich war nicht so ein Schwächling wie Maybella. Im Grunde mochte er mich lieber.« Ein verschlagener Ausdruck kam in ihre Augen.

»Er war ihr nicht treu, mußt du wissen. Es gab andere außer mir.«
Und da begriff ich, welcher Art ihre Gefühle für Lynx waren. Er war ihr Liebhaber gewesen. Sie hatte ihn geliebt, und jetzt haßte sie ihn und war ein Opfer ihrer eigenen zwiespältigen Empfindungen geworden, die ihr Leben zerstörten. Sie hatte Maybella aufrichtig geliebt und war gleichzeitig glühend eifersüchtig auf sie gewesen; und genauso hatte sie abwechselnd Maybellas Mann heiß geliebt und dann wieder abgrundtief gehaßt. Das Leben war plötzlich recht kompliziert geworden. Die Gegenwart wurde von den Wolken der Vergangenheit verdüstert. Was sich vor all jenen Jahren in *Whiteladies* zugetragen hatte, hörte nicht auf, in der Gegenwart herumzugeistern, genauso wie das, was sich anschließend in *Rosella Creek* abgespielt hatte.
»Sieh dich vor!« riet mir Jessica warnend. »Es wäre nicht gut für dich, ihm zu nah zu kommen! Er bringt den Frauen nur Unglück.«
»Er ist mein Vormund und hat als solcher bisher gut für mich gesorgt. Weshalb sollte ich mich vor ihm vorsehen?«
»Die arme Maybella! Sie war die unglücklichste Frau, die ich jemals gekannt habe. Er verachtete sie, ignorierte sie einfach; wenn er mit ihr gescholten hätte, wäre es für sie leichter gewesen. Aber nur Luft für ihn zu sein ... nur ein Mittel zum Zweck, um Söhne zu bekommen ... Das kränkte sie so. Wenn sie nicht im Kindbett gestorben wäre, wäre sie an gebrochenem Herzen gestorben. *Ich* bin nicht daran gestorben. Ich war nicht so schwach. Ich ließ einfach meinen Haß auf ihn wachsen und quälte ihn mit Lust. Denn meine Anwesenheit hier im Haus quält ihn. Ich sehe es in seinen Augen, wenn er mich anschaut. Er möchte mich gern aus dem Weg haben, aber er kann mich nicht gut wegschicken, oder? ›Jessica soll hier immer ein Heim haben‹. So hatte mein Onkel gesagt. Maybella hat es auch gesagt. Er kann sich nicht über den Willen der Verstorbenen höhnisch hinwegsetzen – oder könnte er das? Aber er ist ein Mensch, der wohl sogar den Teufel leibhaftig verhöhnen würde. Er tut so, als wäre es ihm egal, daß ich hier bin, als wäre es ihm einerlei. Ich bin ja nur ein Nichts ... ein Nichts in seinen Augen. Ich glaube jedoch, er würde nur allzu gern das Letzte von mir gesehen haben.«
»Was vor vielen Jahren geschah, sollte man wirklich lieber

vergessen und ruhen lassen, wenn durch die Erinnerung daran nichts Gutes entstehen kann.«
Sie kniff die Augen zusammen und sah mich durchdringend an. »Er hat Jagger nicht wegen versuchter Vergewaltigung getötet. Bei Mary war es ihm völlig egal, oder etwa nicht? Nein! Hier ging es um *dich*! Er hat einen Mann um *deinetwillen* getötet! Deshalb rate ich dir: Sieh dich vor!«
Ich ließ meine Näharbeit in den Schoß sinken. »Es ist nett von dir, Jessica, um mich besorgt zu sein, aber ich kann selbst auf mich aufpassen, weißt du.«
»Das kannst du nicht! Oder konntest du es etwa bei *Kerry's Creek*? Er kam, um dich zu beschützen und brachte um deinetwillen einen Mann um.«
Ich wollte mir dies nicht länger anhören. Jessica rief die Erinnerung an jenen Tag in all seiner fast unwirklichen Furchtbarkeit wieder wach, und wie ein doppelt belichteter Film wurde diese Erinnerung von dem Bild überlagert, wie Lynx in *Rosella Creek* ankam, die Handgelenke mit eiternden Wunden von den Handschellen bedeckt, aber mit noch viel schlimmeren Wunden im Herzen und verbittertem Haß und dem eisernen Vorsatz, sich eines Tages für all das zu rächen. Er wählte die Abkürzung auf dem Weg in die Freiheit und heiratete Maybella. Jessica war zornig und verletzt, weil auch sie seiner magnetischen Ausstrahlung verfallen und eine Zeitlang seine Geliebte gewesen war; und wäre sie die Tochter des Hauses und nicht nur die Nichte gewesen, so wäre sie und nicht Maybella Lynx' Frau geworden.
Ich verstand Jessicas Verbitterung jetzt in einer Weise wie nie zuvor. Ja, ich war durch jenes grauenvolle Erlebnis erwachsen geworden.

Der Winter kam, und das Weideland stand unter Wasser. Es war eine sorgenvolle Zeit, doch James Madder erwies sich als ein tüchtiger und umsichtiger Verwalter. Mit Stirlings Hilfe, der immer mehr Zeit draußen auf den Weideflächen verbrachte, arbeitete er unter diesen schwierigen Umständen so hart, daß der entstandene Schaden sich als geringer erwies als man gefürchtet hatte. Der Wind war bitterkalt, und es schneite sogar. Es fiel mir schwer zu glauben, daß es um die Weihnachtszeit noch unerträglich heiß gewesen war.
In der Mine kam es zu einer Explosion, durch die mehrere Leute

verletzt wurden. Stirling und sein Vater ritten hinüber und blieben zwei Wochen dort. Die Mine machte Lynx noch größere Sorgen als das überschwemmte Weideland. Ich fragte mich, was für ein Unglück uns wohl als nächstes treffen würde.
Ich war sehr traurig, als eines Morgens der Leichnam eines Jungen gebracht wurde. Einige unserer Leute hatten ihn zufällig gefunden. Er hatte sich offensichtlich im Busch verirrt und war an den Folgen des Hungers und der Kälte gestorben. Es war ein weiterer Schlag, zu entdecken, daß es Jemmy war, unser kleiner blinder Passagier. Er mußte versucht haben, den Weg zu uns zurückzufinden, doch muß er gewußt haben, was er für einen Empfang bekommen hätte. Vielleicht glaubte er, ich würde mich bittend für ihn einsetzen und das mit dem gleichen Erfolg wie damals auf dem Schiff.
»Er verirrte sich im Busch, der arme Junge«, sagte Adelaide. »Es kann einem so leicht passieren, wie ich dir ja sagte. Man schlägt den falschen Pfad ein, ohne es zu merken, und läuft immer weiter und weiter durch eine Landschaft, die genauso aussieht wie jene, die hundert Kilometer weiter zurückliegt.«
»Armer Jemmy! Wäre er doch nur bei uns geblieben!«
»Wenn sie doch bloß alle blieben, aber diese Goldgier ist eine unwiderstehliche Versuchung.«
Wir beerdigten Jemmy, und ich dachte ein letztes Mal darüber nach, was wohl so schrecklich in London gewesen sein mochte, daß er damals fortgelaufen war. Armer Jemmy, der nach Australien gekommen war, um ein frühes Grab im australischen Busch zu finden!

Lynx sprach mit mir über den Jungen, und seine alte Spottlust war wieder da.
»Deine Bemühungen waren vergeblich«, stellte er fest.
»Wie sehr hat dieser Junge in seinem kurzen Leben leiden müssen!« entgegnete ich.
»Er war selbst daran schuld. Er hätte ja hier und am Leben bleiben können. Aber nein, er entschied sich für die Goldsuche ... und starb.«
»Er ist nicht der erste!« entgegnete ich erbittert.
»Verschwende nicht dein Mitgefühl! Er war ein Vagabund, dieser Junge. Er wäre nie irgendwo geblieben, und hätte er Gold gefunden, so hätte er sein Vermögen sehr bald vertan und sich wieder in der gleichen Misere wie vorher befunden.«

»Woher willst du das wissen?«
»Ich kenne die Menschen – und Jemmy war nun einmal so. Trauere also nicht um ihn! Du hast dein Bestes getan. Du hast ihn hergebracht. Er verließ uns aus eigenem freien Willen. Er entschied sich für diesen Weg. Niemand als er selbst ist schuld an seinem Ende.«
»Manche Menschen sehen sich vor sehr harte Entscheidungen gestellt.«
»Das bleibt uns allen nicht erspart. Also vergessen wir ihn! Komm, laß uns eine Partie auf deinem Schachbrett mit deinen wunderschönen Figuren spielen!«
»Mir scheint, du bereust es, daß du mich sie zurückgewinnen ließest!«
»O ja, das tue ich ... zutiefst!«
»Ich bin aber nicht der Ansicht, daß sie jemals dir gehörten!«
»Dann war es also richtig von mir, daß ich dich gewinnen ließ.« Er lachte mit gespielter Reue. »Was macht es für einen Unterschied, ob sie nun dir oder mir gehören, Nora? Wir spielen nach wie vor mit ihnen. Sie sind hier im Haus, und dieses Haus ist dein Heim.« Er hatte das Schachbrett geholt, stellte es zwischen uns und sah mich einen Augenblick ernst an. »Ich hoffe, Nora, es wird das immer sein!«
Erneut stellte ich fest, daß es stimmte: Unsere Beziehung *hatte* sich verändert. Er hatte mir gegenüber eine neue, an ihm ungewohnte behutsame, gütige Art.

Der Winter war vorbei, und der September hatte begonnen. Ich verbrachte einen Großteil der Zeit im Freien und arbeitete viel im Garten. Der Busch war wunderschön im Frühling, wenn die wilden Blumen blühten. Ich hatte wieder meine alte Gewohnheit angenommen, allein auszureiten. Ich fühlte mich sicherer als jemals zuvor. Diese schreckliche Geschichte hatte für mich wenigstens dieses eine Gute. Alle Leute in der ganzen weiteren Umgebung hatten von ihr erfahren und wußten, was einem Mann blühte, der es wagen sollte, mich zu belästigen. Lynx würde ihn dafür zur Verantwortung ziehen.
Es war ein schöner, sonniger Morgen, als ich losritt. Die Krähen krächzten in den Bäumen über mir, und die unvermeidlichen ›kookaburus‹ steuerten ihr Gelächter zur Vollkommenheit des Bildes bei. Auch andere schöne exotische Vögel flogen umher, und ich konnte mich gar nicht satt sehen an den wilden Blumen –

den roten und blauen, rosa- und lilafarbenen. In einer Woche etwa, würden sie in voller Blüte stehen. Sie waren eine solche Augenweide nach den tristen winterlichen Farben! Sogar im Sommer gab es außer den blühenden Gummibäumen nur wenige Blumen.

Ich war glücklich, hier und am Leben zu sein. Ich hatte wieder gelernt, mich an meinen einsamen Ritten zu freuen. Auf ihnen konnte ich über die beiden Männer nachdenken, um die fast ständig meine Gedanken kreisten. Ich verstand meine Empfindungen nicht so recht. Ich liebte Stirling, wußte aber nicht, ob ich verliebt in ihn war. Und was meine Gefühle für Lynx betraf, so waren sie schwierig zu definieren. Ich bewunderte ihn, empfand eine gewisse ehrfürchtige Scheu vor ihm. Ich liebte es über alles, mit ihm die Klingen zu kreuzen, und liebte es, wenn es in seinen Augen anerkennend aufblitzte und ihn etwas, was ich sagte, amüsierte.

»Ich bin glücklich!« bekannte ich laut.

Und das stimmte. Was vorher gewesen war, zählte nicht mehr. Die Zukunft lag hell und einladend vor mir. Ich brauchte nur zu warten und sie auf mich zukommen zu lassen – und sie enthielt beide, sowohl Stirling wie Lynx.

Ich war an jenem Morgen in einer eigenartigen Stimmung. Immer hatte ich es vermieden, an der Stelle vorbeizukommen, an der mein Vater erschossen worden war. Plötzlich hatte ich jedoch den Wunsch, dorthin zu reiten. Ich würde nicht mehr über die Vergangenheit nachgrübeln und mir die Gegenwart nicht durch ihre Schatten verdunkeln lassen, nahm ich mir vor. Ich würde mich mit der Tatsache abfinden, daß das Leben hier anderen Gesetzen gehorchte, ein Menschenleben weniger wert war und der Tod schneller und plötzlicher zuschlug. Die hier lauernden Gefahren waren vielfältiger Art. Man konnte umgebracht werden, sich im Busch verirren und sterben oder für einen Verstoß gegen den hier allgemein gültigen Moralkodex erschossen werden. Daran ließ sich nichts ändern, und es hatte keinen Zweck, darüber nachzugrübeln.

Mein Vater war gestorben. Ich hatte in ihm den Menschen verloren, den ich mehr als alle anderen geliebt hatte ... damals. Doch jetzt hatte mein Leben sich verändert, und es gab in ihm einen anderen Menschen, oder vielleicht sollte ich sagen, zwei andere. Ich hatte einen neuen Vater gefunden. Er glich so gar nicht meinem Vater, und ich war mir über meine Gefühle für ihn nicht im klaren, doch konnte es keine Zweifel darüber geben, daß er für mich sehr wichtig geworden war. Und dann Stirling – mein geliebter Stirling –, der seinen Namen nach einem der australischen Flüsse erhalten hatte als einen Tribut an Australien von einem seiner unfreiwillig hergekommenen Söhne, der dann jedoch hier eine Art zu leben gefunden hatte, die für einen Mann seines Formats erträglich war. Ich hielt es nicht für möglich, daß er in England in der gleichen Art würde leben können. Ich hatte ihm gegenüber einmal eine diesbezügliche Bemerkung gemacht, und er hatte gesagt: »Einige können es, Nora. Es kommt ganz auf die Umstände an. Ein Großgrundbesitzer kann wie ein kleiner König über sein Dorf oder Städtchen herrschen. Er lebt in einem großen, schloßartigen Haus und bestimmt über das Leben aller Menschen in seiner gesamten Umgebung. Genauso war es auch bei Sir Henry Dorian.«

Es sei traurig, hatte ich erwidert, wenn Menschen nicht mit ihrem Schicksal zufrieden sein könnten. Wie viel sie auch hätten, sie würden immer mehr haben wollen und glauben, ihnen fehle noch etwas zu ihrem Glück. Glaube er denn, er würde in seinem englischen Dorf mehr Macht – oder wonach immer er strebte – haben als in seinem Lynx-Imperium? Er hatte mich ausgelacht. Er wüßte, was er wolle! Er jage einem Traum nach, sagte ich, und falls es ihm tatsächlich gelingen sollte, diesen zu verwirklichen, wäre es gut möglich, daß die Realität ganz anders aussähe.

Diese endlosen Gespräche, die wir führten! Und wie ungern ging ich von ihm fort!

Ich war an der Stelle angekommen – jener Stelle, an der mein Vater erschossen worden war. Die Schönheit dieses Fleckchen Erde war atemberaubend. Es sah jetzt ganz anders aus als jenes erste Mal, als ich mit Stirling hier gewesen war. Der bunte Blumenteppich hatte alles völlig verwandelt. Die hohen Eukalyptusbäume ragten majestätisch und gebieterisch in den Himmel, hoch erhaben über das, was sich tief unter ihnen abspielte. Hier war der Weg, auf dem sich mein Vater mit dem Fuhrwerk genähert hatte. Die Banditen hatten wahrscheinlich in dem Akaziengebüsch auf der Lauer gelegen. Daran durfte ich nicht denken, oder wenn ich es tat, mußte ich mir sagen, daß es der Vergangenheit angehörte und auch all mein Trauern ihn nicht wieder zum Leben erwecken konnte und auch nicht in seinem

Sinn gewesen wäre; außerdem hatte ich durch die Fürsorge meines Vaters einen neuen Vater bekommen – und Stirling, der mich liebte und beschützte – vielleicht mein ganzes Leben lang, wie ich fest hoffte und glaubte. Ich war durstig und überlegte, ob das Wasser, das in dem dünnen Wasserfall vom Hang herunterrieselte, wohl trinkbar sei. Ich stieg ab, band meine *Queen Anne* an einen Baum und ging zum Hang hinüber. Das Wasser schimmerte silbrig in der Sonne, wie es dort so über die Felsen von dem hohen Plateau herunterrann, das zu beiden Seiten von zwei tiefen Schluchten begrenzt wurde. An einigen Stellen ragten Granitfelsen und Schiefergestein heraus sowie anderes Gestein, das ich für Quarz hielt.

Ich fing das Wasser mit den Händen auf. Nein, es war nicht trinkbar, entschied ich. Es war trübe und schmutzig und hinterließ einen Bodensatz in meinen Händen, als ich es durch die Finger rinnen ließ.

Plötzlich wurde mein Blick starr. Ich traute meinen Augen nicht. Dieser Bodensatz sah wie gelber Staub aus!

Ich begann am ganzen Körper zu zittern. Ich blickte zu dem Plateau auf und starrte dann wieder in das herunterrieselnde Wasser. Erneut streckte ich die Hände aus und fing das Wasser in ihnen auf. Und wieder blieb jener gelbe Bodensatz in meinen Handflächen zurück!

War es möglich? Ich hatte so viele Geschichten darüber gehört. Konnte es sein? Gold! Konnte es einem buchstäblich in die Hände fallen, wenn man es gar nicht suchte? Und wieder sah ich zum Plateau hinauf. Steil fiel es an den Seiten nach unten ab. Das von ihm herunterrieselnde Wasser konnte die Botschaft enthalten: »Da oben ist Gold!« Aber wenn es so war, warum hatte es noch niemand entdeckt? Weil jemand der erste sein muß! lautete die Antwort.

Mir fielen wieder jene Geschichten ein von den Schäfern, die ihre Schafe hüteten und plötzlich auf reiche Goldvorkommen gestoßen waren, und einer dieser armen Schäfer war ein reicher Mann geworden. Es war mehr als einmal passiert.

Unschlüssig stand ich da. Und dann hörte ich das Gelächter der ›kookaburus‹. Es wäre wirklich eine Ironie des Schicksals, wenn ich, die ich Gold haßte, diejenige sein sollte, die es fände!

Aber langsam! rief ich mich warnend zur Vernunft. Hatte ich es denn gefunden? Oder hatte auch mich jetzt dieser Wahn erfaßt, den das Gold in den Menschen wachzurufen schien? Ich zitterte

am ganzen Körper vor Aufregung. Vielleicht war es überhaupt kein Gold! Was verstand ich schon davon? Womöglich war es nur irgend so ein Gesteinsstaub.
Ich mußte an meinen Vater denken und seine monatelange mühevolle Suche nach Gold, an all die Entbehrungen, die er auf sich genommen hatte, bevor er sich mit Lynx zusammentat. Ich stellte mir vor, wie er wie ein Besessener nach dem kostbaren Metall gesucht hatte. Konnte es sein, daß ich, nur weil ich von einem Wasserfall trinken wollte, ohne überhaupt an etwas anderes zu denken, anstatt Wasser Gold gefunden hatte?
Und dann erhielt ich die Gewißheit. Direkt vor meinen Füßen lag ein kleines, glänzendes Stück Metall von etwa der Größe einer Muskatnuß. Ich bückte mich und hob es auf. Es war gelbes Gold!
Ich weiß nicht, wie lange ich wie angewurzelt dastand und den Goldklumpen anstarrte. Mich erfaßte der Impuls, ihn von mir zu schleudern und nach Hause zu reiten und nichts davon zu erzählen. Eine innere Stimme schien mich zu warnen, daß nur Unglück daraus entstehen würde, wenn ich den Goldklumpen mit nach Hause nahm. Doch dann malte ich mir die Aufregung aus, falls ich damit ankam. Es mußte sehr viel davon hier geben, da ich diesen Klumpen nur hatte aufzuheben brauchen. Aber das Gold hatte meinem Vater das Leben gekostet, und auch Lynx trug seine Wunden. Und ich dachte an die Lambs, die auf Goldsuche gezogen waren, und an den armen Jemmy und an die Arbeiter, die an Schwindsucht starben. Und das alles nur wegen Gold! Ich sah zu den hohen Eukalyptusbäumen auf, als wolle ich sie bitten, für mich zu entscheiden. Ihre Blätter bewegten sich leicht im Wind, unerreichbar und ohne Bezug zu dem Schicksal der Menschen. Sie standen vielleicht schon Hunderte von Jahren dort, hatten die Sträflinge ankommen sehen und die ersten Goldgräber und noch die Zeiten davor gekannt, als das Land nur von den Eingeborenen bewohnt war.
Sie konnten mir keine Antwort geben.
Konnte ich Gold finden und es nicht erzählen? Wie sollte ich Lynx in die Augen sehen und mein Geheimnis für mich behalten?
Ich steckte den Goldklumpen in die Tasche und ritt so schnell ich konnte nach *Little Whiteladies* zurück.
Dort angekommen, lief ich schnurstracks in die Bibliothek. Lynx

war da und allein. Er sprang auf, als er mich eintreten sah, und rief: »Nora! Was ist geschehen?«
Ich konnte vor Aufregung nicht sprechen. Ich zog den Goldklumpen aus der Tasche und hielt ihn ihm stumm auf der offenen Handfläche hin.
Er nahm ihn behutsam in die Hand und starrte ihn an. Ich sah, wie eine helle Röte sein Gesicht überlief. Seine Augen glichen tanzenden blauen Flammen. Er erglühte förmlich vor Erregung.
»Mein Gott!« rief er aus. »Wo hast du dies gefunden?«
»Bei dem Wasserfall, wo mein Vater erschossen wurde. Ich wollte mir etwas Wasser in den hohlen Händen einfangen, weil ich durstig war. Es hinterließ einen Bodensatz in meinen Handflächen, einen gelblichen Staub. Ich wußte nicht so recht, was es war. Und dann bückte ich mich und fand dies da.«
»Du fandest es! Es lag einfach da vor deinen Füßen!« Er starrte wie gebannt den Klumpen an. »Er wird gut und gerne ein dreiviertel Pfund wiegen! Und du fandest diesen Staub und diesen Goldklumpen ... Dann gibt es dort mehr davon ... Viel mehr sogar!« Er brach in ein erregtes, überschäumendes Lachen aus. »Und Nora hat es gefunden! Meine kleine Nora!« Er zog mich an sich und umarmte mich so fest, daß mir fast die Luft wegblieb. Er umarmt das Gold, nicht mich, sagte ich mir. Dann gab er mich, immer noch lachend, frei.
»Es ist einfach nicht zu fassen!« erklärte er. »All diese Jahre! All diese harte Arbeit und dieser viele Schweiß! All dieses glühende Hoffen! Und Nora macht ihren täglichen Ausritt, bekommt Durst und will etwas Wasser trinken – und da fällt es ihr buchstäblich in die Hände!«
»Vielleicht ist es ja nicht viel.«
»Nicht viel! Bei dem Staub, der mit dem Wasser von dem Plateau herunterkommt und den man also nur aufzufangen braucht! Und bei dem Goldklumpen, der einfach dort so herumlag! Und da sagst du, das sei vielleicht nicht viel! Du hast ja keine Ahnung!« Und unvermittelt wurde er nüchtern und sachlich. »Keine Silbe zu irgend jemandem! Aber wirklich zu *niemandem*! Wir reiten sofort hinüber! Stirling kommt mit. Keiner darf wissen, wohin wir reiten. Niemand darf auch nur etwas vermuten, bis das Stück Land mir gehört!«
Ich wurde von seiner Erregung angesteckt. Gold! Und *ich* hatte es gefunden! Ich wußte nun, wie den Männern zumute war,

wenn sie den Glücksfund ihres Lebens machten. Ich schwebte selig auf den Wogen meines Triumphgefühls und war so aufgeregt wie noch nie in meinem Leben. Ich hatte Gold gefunden! Und dann erkannte ich plötzlich, daß diese Seligkeit nicht nur daher kam, daß ich Gold gefunden hatte, sondern daher, daß ich es für Lynx gefunden hatte.

Die folgenden Wochen krochen unerträglich langsam für uns dahin, die wir von fieberhafter Spannung erfüllt waren, und diese war um so größer, als wir die so erregende Neuigkeit absolut geheimhalten mußten. Niemand außer mir, Stirling und Lynx wußte etwas von meinem Fund. Und niemand durfte das geringste davon wissen. Wir lebten in der ständigen entsetzlichen Furcht, jemand könnte den gleichen Fund machen wie ich.

Lynx und Stirling hatten das Plateau gründlich von allen Seiten untersucht und waren absolut sicher, daß es das reichste Goldvorkommen barg, das jemals in Australien entdeckt worden war. Oben auf dem Plateau, auf das man nur unter ziemlichen Schwierigkeiten hinaufklettern konnte – und das muß der Grund dafür gewesen sein, weshalb niemand das Goldvorkommen entdeckt hatte – lag ein Vermögen. Dort hatte es nun all diese Jahre ganz in der Nähe gelegen. Das war es, über das Lynx und Stirling einfach nicht hinwegkamen. Sie betrachteten mich als eine Art von Genie, weil ich es entdeckt hatte.

Ich selbst war in Hochstimmung. *Ich* hatte ihnen dieses Glück beschert! Ich hatte mit jenem Goldklumpen all dies ins Rollen gebracht! Durch mich würden sie ein gewaltiges Vermögen erlangen! Ich war stolz auf mich selbst und weigerte mich, auf jene warnende Stimme zu hören, die zu wissen verlangte, was denn Gold jemals an Gutem bewirkt hätte.

Die fieberhafte Erregung der beiden riß mich mit sich fort. Ich hatte die ganzen unseligen Geschehnisse der Vergangenheit vergessen, und es war mir nur durch die zwingende Notwendigkeit, unser Geheimnis geheimzuhalten, möglich, diese glückliche Erregung zu verbergen.

Abends, wenn alle dachten, daß ich mit Lynx Schach spielte, hielten wir geheime Sitzungen in der Bibliothek ab, an denen auch Stirling teilnahm. Lynx war dabei, das Land zu kaufen, und er verhandelte nicht nur über den Kauf des Plateaus, sondern

über den des ganzen umliegenden Gebietes, weil es sonst Verdacht erregt hätte. Er wolle seinen Landbesitz vergrößern, gab er an, und beabsichtige, sich noch mehr Schafe anzuschaffen. Es dauerte eine ganze Weile, bis er das Land hatte, doch er war inzwischen bereits mit Stirling auf das Plateau hinaufgeklettert, und dort waren seine Vermutungen auf das schönste bestätigt worden. Es bestand kein Zweifel mehr, daß dort oben das pure Gold lag. Sie hatten reiche allzuviele Ablagerungen entdeckt, wie er sie nach dem Goldstaub erwartet hatte. Lynx war jedoch überzeugt, daß der wirkliche Reichtum unter der Oberfläche lag.
»Dort oben sind ganze Goldadern in verschiedenen Lagen«, erklärte er. »Wir werden die Schächte so tief hineintreiben, wie es sich als notwendig erweist.«
Stirling konnte vor Ungeduld kaum erwarten, endlich mit den Arbeiten zu beginnen. Es erging keinem von uns dreien anders. Aber bis zu dem Augenblick, in dem das goldene Plateau Lynx rechtskräftig gehörte, mußte tiefstes Stillschweigen über alles bewahrt werden.

Und endlich kam der Tag, an dem er mich und Stirling in die Bibliothek rufen ließ. Feierlich öffnete er eine Flasche Sekt und füllte drei Gläser.
»Das Plateau gehört mir!« erklärte er. »Wir *haben* unser Vermögen! Wir werden so reich werden, wie nur wenige Menschen es jemals vor uns gewesen sind!«
Er reichte zuerst mir und dann Stirling ein Glas, bevor er seines ergriff.
»Und nun: Auf Nora! Der Finderin und Begründerin unseres Reichtums!«
»Es war reines Glück«, wehrte ich ab. »Ich hätte ohne euch ja gar nicht gewußt, was ich damit hätte tun sollen.«
»Du hast es im wahrsten Sinne des Wortes goldrichtig gemacht! Du kamst schnurstracks zu mir.« Seine Augen leuchteten vor Liebe und Anerkennung, und ich fühlte, ich war noch nie in meinem Leben derartig glücklich gewesen.
»Und nun: Auf uns! Auf das siegreiche Triumvirat!«
Und wir hoben unsere Gläser und tranken darauf.
»Bist du denn deiner Sache ganz sicher?« fragte ich. »Schließlich habt ihr doch eure Schächte noch nicht gebohrt.«
Lynx lachte. »Nora, aber auch so haben wir schon einen Klumpen von siebenundfünfzig Kilo gefunden. Ich garantiere dir, er

ist zehntausend Pfund wert. Und das, bevor wir überhaupt begonnen haben! Da oben ist Gold in solchen Mengen, wie es sich jeder Minenbesitzer *erträumt.* Mach dir also keine Sorgen! Wir *sind* reich! Du hast uns das beschert, wonach wir all diese Jahre gesucht haben.«

Wir stellten unsere Gläser ab, und ich streckte beide Hände aus. Lynx ergriff die eine, Stirling die andere.

»Dies ist es, was ich mir mehr als alles andere gewünscht habe«, sagte ich.

Lynx lachte belustigt auf. »Dich hat also auch das Goldfieber erfaßt, Nora!«

»Nein, nicht das Goldfieber. Ich wünschte mir nur, euch beiden das zu geben, was ihr euch am meisten wünschtet.«

Und da schloß mich Lynx ein zweites Mal in die Arme und sagte mit einer merkwürdig zärtlichen Stimme: »Nora! Meine kleine Nora!« Und dann ließ er mich los und schob mich zu Stirling hinüber, dessen Arme sich um mich schlossen. Ich klammerte mich fest an ihn.

»Ich glaube, ich fange an zu heulen«, sagte ich. »Menschen, die nicht weinen, wenn sie traurig sind, weinen dafür aus Glück.«

Und nun hatte die fieberhafte Tätigkeit begonnen. Alle redeten nur noch über den Fund. Lynx hätte Gold gefunden – pures Gold in riesigen Mengen. Sie hätten es ja immer gewußt, daß er es eines Tages finden würde. Er hätte nun einmal Glück.

Der Boden gab sein allzuvieles Gold her – und das war bereits ein Vermögen. Doch Lynx gab sich nicht damit zufrieden. Er ließ tiefe Schächte ausheben, um an das Gold heranzukommen, das, wie er wußte, in den goldführenden Quarzgängen lagerte. Er schloß die alte, wertlose Mine, und alle Arbeiter wurden von der neuen übernommen und außerdem noch neue eingestellt. Der Schauplatz der Ermordung meines Vaters hatte sich vollkommen verwandelt. Die Vögel hatten die Flucht ergriffen; die Explosionen hatten sie vertrieben. Es waren Stufen in die Steilwand des Plateaus geschlagen worden, um einen mühelosen Zugang zu schaffen, und ständig waren Fuhrwerke mit dem Gold zur Bank nach Melbourne unterwegs. Das Plateau hatte einen neuen Namen erhalten. Es hieß jetzt *Nora's Hill* – Noras Berg.

Ich sah jetzt bedeutend weniger von Lynx und Stirling. Sie waren fast ausschließlich in der Mine. Sie hatten sich dort ein

Holzhaus bauen lassen, damit sie dort mit einem gewissen Komfort übernachten konnten, wenn sie nicht extra nach Hause kommen wollten. Und das Vermögen wuchs und wuchs. Dauernd hörte ich von neuen Goldklumpen, die man gefunden hatte. Ich erinnere mich an die Aufregung, als man einen von sechzig Zentimeter Länge fand. Die Melbourner Zeitungen berichteten darüber und schätzten ihn auf einen Wert von zwanzigtausend Pfund.

Überall herrschte eine Art atemloser Erregung. Meine glückliche Aufregung war jedoch verflogen, und ich war nicht mehr so glücklich wie in dem ersten Rausch über die Entdeckung.

Eines Tages kam ein fremder Herr, mit dem sich Lynx für eine lange Sitzung zurückzog. Adelaide erzählte mir hinterher, es sei der Anwalt ihres Vaters gewesen, der jetzt geschäftlich für Lynx nach England reisen würde.

Es hieß, Lynx sei nun ein Millionär. Wahrscheinlich stimmte das, aber er war damit nicht zufrieden. Ich fragte mich, ob er es wohl jemals sein würde.

Einmal sagte ich zu ihm: »Du bist jetzt sehr reich.«

Er gab es zu. »Und du auch, mein Liebes. Vergiß nicht, daß du deinen Anteil an unserem Glück hast. Sagte ich nicht, wir seien ein Triumvirat?«

»*Wie* reich?«

»Möchtest du Zahlen wissen?«

»Nein, sie würden mir nicht viel sagen. Aber ich glaube, du bist jetzt reich genug.«

»Wie meinst du das?«

»Ich finde, du könntest jetzt diese ganze fieberhafte Aktivität aufgeben und es anderen überlassen, für dich zu arbeiten.«

»Andere arbeiten nie so für einen wie man selbst.«

»Ist das so wichtig? Du hast doch jetzt genug.«

»Ich werde alles Gold aus dieser Mine herausholen, Nora.«

»Du bist unersättlich ... was Gold betrifft.«

Seine Augen glitzerten. »Nein«, erwiderte er. »Ich werde genau wissen, wann es genug ist. Ich brauche sehr viel Geld.«

»Und wenn du es hast?«

»Dann werde ich das tun, was ich immer tun wollte. Ich habe lange Zeit darauf gewartet, doch jetzt rückt die Verwirklichung in sichtbare Nähe.«

Er äußerte sich nicht weiter dazu, aber ich war etwas beunruhigt durch den harten Zug um seinen Mund, mit dem er es sagte, und wußte, daß es mit seinen Racheplänen zu tun hatte, mit der Rache an dem Mann, durch den er vor fünfunddreißig Jahren so schweres Unrecht erlitten hatte. Aber war es möglich, so lange über Rache zu brüten? Bei Lynx ja! Es machte mir Sorge, denn ich wußte, auf den Handlungen, die aus Rache geschahen, lag kein Segen.

Die Monate vergingen, und wieder war es Weihnachten. Wir feierten es wie in *Whiteladies* üblich auf englische Weise mit dem festlichen Mittagessen am ersten Weihnachtstag, der wieder ein glühend heißer Tag war, mit dem Kognak-flambierten Plumpudding und den unechten Mistelzweigen. Ich mußte wieder an das vergangene Weihnachtsessen denken, bei dem die Lambs zurückgekommen waren und man ihnen die Tür gewiesen hatte. Was mochte wohl aus ihnen geworden sein? Der Gedanke an Lynx' Härte ihnen gegenüber bestärkte mich nur noch in meiner Besorgnis bezüglich dessen, was er vorhaben mochte.

Anfang Januar erschien wieder der Anwalt und hatte eine lange Sitzung mit Lynx und Stirling. Ich wurde zu diesen Sitzungen nicht hinzugezogen, doch bemerkte ich, daß Lynx hinterher einen triumphierenden Ausdruck in den Augen hatte, und schloß daraus, daß es etwas mit seinen Racheplänen zu tun hatte.

Eines Abends forderte er mich wieder einmal auf, eine Partie Schach mit ihm zu spielen. Als ich in die Bibliothek kam, stand die Tür zu seinem Atelier auf, und er rief mir zu, ich solle hereinkommen.

»Komm her, Nora«, sagte er, und ich ging zu ihm. Er trat hinter mich, hielt mir die Augen mit den Händen zu und drehte mich mit dem Gesicht zur Wand. Dann nahm er die Hände fort und befahl: »Mach die Augen auf!«

Es war ein Portrait von mir! Er hatte mich in meinem grünen Reitkleid gemalt, den Hut ein wenig schief in die Stirn gerückt – mit großen strahlenden Augen und einem rosigen Schimmer auf den Wangen.

»Alles mein Werk!« meinte er spöttisch.

»Wann hast du denn das gemalt?«

»Ist das deine erste Frage? Ich zeige dir ein Bild von dir, und alles, was du sagst, ist ›wann‹?«

»Aber ich habe dir doch gar nicht dafür gesessen!«

»Glaubst du, das sei notwendig? Ich kenne jede Linie, jeden Zug in deinem Gesicht, jeden flüchtigen Ausdruck.«
»Aber du hattest doch so viel zu tun!«
»Ich habe trotzdem Zeit gehabt, an dich zu denken. Aber nun sag mir, gefällt es dir?«
»Ist es nicht ziemlich geschmeichelt?«
»Es ist so, wie ich dich sehe.«
»Es freut mich, daß du mich so siehst. Ich tue es nicht.«
»So siehst du aus, wenn du mich anschaust.«
»Aber weshalb hängt es hier?«
»Es ist der beste Platz dafür, der beste in diesem Raum.«
»Aber hier hing doch das andere Bild.«
Er nickte, und da entdeckte ich es; es lehnte umgedreht an der Wand.
»Aber wenn du hier an diesem Tisch saßest, hattest du es direkt vor dir.«
»Nun, jetzt habe ich eben dieses vor mir.«
»Aber möchtest du das denn?«
»Meine liebe Nora! Du beweist nicht deine sonstige Intelligenz. Würde ich es hier aufhängen, wenn ich es nicht vor mir haben möchte?«
Ich trat näher an das Bild heran und betrachtete es eingehend. Es war in der Tat sehr geschmeichelt. Hatte ich jemals so vital ausgesehen? Waren meine Augen wirklich so groß und strahlend? Und meine Wangen so rosig?
»Es ist so, wie ich dich sehe«, hatte er gesagt.
»Du wirst also jetzt auf mein Bild schauen«, stellte ich fest.
»Ja.«
»Und Arabella ...«
»Ist tot.«
»Ach so. Deshalb hast du mein Bild hier aufgehängt. Wann erfuhrst du, daß sie gestorben ist?«
»Morfell – das ist mein Anwalt, der kürzlich für mich geschäftlich in England war – machte einen Besuch in *Whiteladies.* Er brachte die Nachricht mit.«
»Ich verstehe.«
»Wirklich, Nora?« fragte er. Mir schien, er war drauf und dran, mich in seine Pläne einzuweihen, doch dann entschloß er sich anders und meinte, wir sollten mit unserer Schachpartie beginnen.

Es war unglaublich heiß – viel heißer als im vergangenen Sommer. Das Gras war verdorrt, und man machte sich Sorgen wegen der Schafe; einige Angestellte waren sogar an der Hitze gestorben. In der Mine von *Nora's Hill* war die Goldausbeute nach wie vor spektakulär.

Seit meinem Fund hatte ich so wenig von Stirling zu sehen bekommen, daß ich mich eines Tages deshalb bei ihm beschwerte, als ich ihm auf der Treppe begegnete.

»Wir haben zur Zeit so schrecklich viel in der Mine zu tun, Nora.«

»Das hast du jetzt immer. Manchmal wünsche ich direkt, ich hätte das Gold gar nicht für euch gefunden!«

Er lachte. »Und wohin gehst du jetzt?«

»Ins Gartenhaus.«

»Ich komme in fünf Minuten nach.«

Es sei so schön, endlich wieder einmal mit ihm zusammen zu sein, gestand ich ihm, als er kam.

»Das beruht auf Gegenseitigkeit«, erklärte er.

»Ich wünschte, dieser ganze hektische Wirbel nach mehr und mehr Gold wäre nicht nötig.«

»Könntet ihr sie nicht jetzt verkaufen, wo ihr euer dickes Vermögen habt?«

»Ich denke, mein Vater wird das zu gegebener Zeit wahrscheinlich tun.«

»Glaubst du wirklich, daß er das jemals tut? Je mehr er bekommt, um so mehr will er doch nur haben.«

Stirling ergriff sofort die Verteidigung seines Vaters, genau wie ich es erwartet hatte. Ich hätte es auch gar nicht anders gewollt.

»Er wird wissen, wann der Zeitpunkt gekommen ist aufzuhören. Er sorgt dafür, daß wir *alle* reich werden, Nora.«

»Aber was hat uns dieser Reichtum bisher an Gutem beschert? Alles ist so, wie es vorher war – ausgenommen die Tatsache, daß ich dich kaum mehr zu sehen bekomme.«

»Und du bedauerst das?«

»Über alles!«

Er sah mich mit einem glücklichen Lächeln an. Er liebt mich! dachte ich. Weshalb sagt er es nicht? Jetzt wäre der richtige Augenblick. Sie haben ihr Gold und können nun aufhören, darüber nachzudenken. Jetzt sollten unsere Gedanken um wichtigere Dinge kreisen.

»Daß du dieses Gefühl teilst, ist mehr, als ich hoffen kann«, erklärte ich.
»Ich sagte dir schon damals auf dem Schiff, daß man dir hier offen und ehrlich das sagen würde, was man denkt, und das gleiche auch von dir erwarten würde. Du weißt sehr genau, daß das nicht mehr ist, als du erhoffen kannst!«
»Dann bin ich ja zufrieden und froh. Aber ich muß sagen, du machst keine großen Anstrengungen.«
»Das stimmt nicht. Ich mache dauernd Anstrengungen, dich zu sehen, doch kommt immer irgend etwas dazwischen.«
»Schon gut! Laß uns nicht das bißchen Zeit, das wir haben, damit vergeuden, über die verpaßten Gelegenheiten zu debattieren. Sag mir lieber, wie reich ist dein Vater jetzt, und wie reich will er noch werden?«
»Er hat da gewisse Pläne, und die will er verwirklichen. Er sieht alles unter diesem Aspekt.«
»Er vertraut dir rückhaltlos.«
»Ja. Das hat er immer getan.«
»Und du weißt besser als irgend jemand anders, was er vorhat.«
»Ich denke schon. Ich glaube, er will nach England.«
»Nach England!« Ich sah ihn im Geiste auf dem Rasen von *Whiteladies.*
»Und wir bleiben hier?«
»Ich kenne seine uns betreffenden Pläne nicht.«
»Seine Pläne? Sollten wir nicht unsere *eigenen* machen?«
Er blickte merkwürdig starr vor sich hin mit einem eigenartigen Ausdruck in den Augen. Lynx hat ihm etwas gesagt, überlegte ich. Etwas, von dem ich nichts weiß.
Ich wünschte mir, daß er mir sagte, daß unsere Zukunft eine gemeinsame sei, wünschte mir, daß er mich bat, unverzüglich seine Frau zu werden. Es war furchtbar wichtig! Ich hatte das Gefühl, daß eine Gefahr für uns im Anzug war. Ich liebte Stirling. Ich wollte, daß die Zukunft so würde, wie ich sie mir so oft ausgemalt hatte. Ich wußte genau, was ich wollte – und ich wollte es *jetzt! Jetzt!* dachte ich. Wir sollten zu Lynx gehen und es ihm sagen. Ich würde sagen: »Stirling und ich werden heiraten. Ich werde für immer hierher gehören.« Und dann würden wir drei in die Bibliothek gehen und ein Glas Sekt trinken, so wie wir es bei jener anderen Gelegenheit getan hatten, und ich würde ihnen klarmachen, daß dieser Anlaß es

viel mehr wert war, gefeiert zu werden als jener andere. Ich würde mein Glück mit beiden – sowohl mit Lynx wie mit Stirling – teilen. Ich würde zu Lynx sagen: »Wir drei gehören zusammen!« Und dann würde ich ihn dazu überreden, seine verrückten Rachepläne aufzugeben.
Sogar in diesem Moment, als ich mir meine Verlobung mit Stirling ausmalte, war es Lynx, an den ich dachte.
Stirling betrachtete mich lächelnd, und ich war überzeugt, daß er mich liebte.
»Jetzt!« wollte ich ihm am liebsten zurufen. »Sag es doch! Jetzt ist der Augenblick dafür da!«
Aber er sagte nichts. Ich wußte, daß er mir sagen wollte, daß er mich liebte, und daß irgend etwas ihn davon zurückhielt.
Und so ging jener Augenblick vorbei.

Erst eine Woche später war ich wieder einmal allein mit Lynx. Die Hitze war unerträglicher denn je. Sogar Adelaide litt unter ihr und ruhte nachmittags, ganz gegen ihre sonstige Gewohnheit. Man sehnte die Nacht herbei, doch wenn sie kam, war es immer noch derartig heiß, daß an Schlaf gar nicht zu denken war.
Wir hatten unsere Partie Schach gespielt und saßen noch vor unserem Schachbrett, auf dem mein besiegter König von einem Springer, einem Läufer und einem gräßlichen kleinen Bauern umzingelt war.
»Irgend etwas ist im Gange«, bemerkte ich.
»Wie würde es dir gefallen, nach England zu fahren?« fragte er.
»Allein?«
»Natürlich nicht. Wir fahren alle zusammen, du, ich und Stirling.«
»Und Adelaide?«
»Sie würde hier bleiben, um die Festung zu halten – es sei denn, sie möchte unbedingt mitkommen.«
»Es wird ihr also gestattet, selbst für sich zu entscheiden?«
Er lachte mich belustigt aus. »Die Schärfe deines Tons verrät mir, daß dich die Idee, deine ursprüngliche Heimat zu besuchen, nicht übermäßig begeistert.«
»Was ist denn der Zweck dieser Reise?«
»Die Abwicklung eines kleinen Geschäftes.«
»Rache?«

»Man könnte es so bezeichnen.«
»Du bist jetzt sehr reich.«
»Reich genug, um all das zu tun, wovon ich immer geträumt habe ... nur eines ausgenommen.«
»Und wodurch ist dieses eine außerhalb deiner Reichweite?«
»Durch die Zeit ... den Tod.«
»Solchen Widersachern bist nicht einmal du gewachsen.«
»Nicht einmal ich«, gab er zu.
»Bist du in der Stimmung, mir Geheimnisse anzuvertrauen?«
»Bist du in der Stimmung, sie dir anzuhören?«
»Immer ... wenn es sich um deine handelt.«
Er lachte erfreut auf. »Meine liebe kleine Nora! *Liebste* Nora, du hast sehr viel für mich getan.«
»Ich weiß. Ich habe das Gold für dich entdeckt.«
»Und was vielleicht viel wichtiger ist – ich hoffe, daß es das ist – meine Jugend!«
»Das klingt aber recht geheimnisvoll!«
»Vielleicht wirst du es eines Tages verstehen.«
»Eines Tages? Weshalb nicht heute?«
Er schwieg, und nur seine eine Augenbraue hob sich in der für ihn charakteristischen Weise, die mich früher eingeschüchtert hatte.
»Wir werden sehen«, meinte er, lehnte sich im Stuhl zurück und betrachtete mich ernst. »Mein Anwalt war, wie gesagt, in England und hat dort gewisse Geschäfte für mich abgewickelt. Es ging darum, gewisse Aktien ein bißchen zu kaufen und ein bißchen zu verkaufen. Aber ich werde dich nicht mit den Einzelheiten langweilen. Ich befinde mich dadurch im Hinblick auf gewisse Leute jetzt in einer Position, die mich mit großer Genugtuung erfüllt.«
»Hat es etwas mit *Whiteladies* zu tun?« fragte ich rasch.
»Was für ein kluges Mädchen du bist, Nora! Weißt du, daß es mir einzig und allein gelang, jene entsetzliche Periode meines Lebens zu überstehen, weil ich jenen Traum von *Whiteladies* hatte – von mir in *Whiteladies,* und nicht als bescheidener Zeichenlehrer, sondern als sein Besitzer. Ich sah mich am Kopfe jenes Tisches in der Halle sitzen. Du solltest sie sehen, diese Halle, Nora! Sie ist prachtvoll! Wirklich nobel! Sie hat eine geschnitzte, getäfelte Decke, verziert mit dem Familienwappen und dem Wappenspruch ›Für Königin und Vaterland!‹. Es bezog sich auf die Königin Elisabeth, und die Verzierungen in Form der

Tudor-Rosen waren natürlich eine Huldigung an das Königshaus, das der Familie diesen Besitz schenkte, nachdem es die frommen weißen Damen vor die Tür gesetzt und damit an den Bettelstab gebracht hatte. Die Wände sind ebenfalls getäfelt, und in die steinerne Umrandung des gewaltigen Kamins sind zu beiden Seiten Sitze gemeißelt. Es fehlen selbstverständlich auch nicht einige Rüstungen, in denen die männlichen Familienmitglieder sich ihres Wappenspruches als würdig erwiesen. An dem einen Ende der Halle befindet sich ein etwas erhöhtes Podest mit einem Tisch darauf. Könige und Königinnen haben an diesem Tisch diniert. An diesem Tisch wollte ich auch dinieren! Und ich tat ein Gelübde, Nora! Ich wollte nicht eher ruhen, als bis ich der Besitzer von *Whiteladies* war! Ich würde mich an dem Mann rächen, der mein Leben zerstört hatte. Ich wußte, es gab etwas, das ihm mehr bedeutete als alles andere, mehr noch als seine Frau oder seine Tochter. *Whiteladies!* Deshalb schwor ich mir: Ich werde es ihm eines Tages wegnehmen! Ich werde seine Tochter heiraten und an jenem Tisch sitzen, an dem Könige und Königinnen vor mir gesessen haben. Ich werde den Blick durch jene Halle schweifen lassen und mir sagen: ›*Whiteladies* gehört mir!‹.«

»Aber er ist jetzt tot! Und seine Tochter ebenfalls! Und wie du mir sagtest, war sie außerdem verheiratet. Sie heiratete den Stutzer, den du so verachtetest.«

»Ich glaubte, ich würde diese Hindernisse beiseitefegen.«

»Doch der Tod und die Zeit haben deinen Plan vereitelt, wie du sagtest. Und was nun?«

»Ich habe jenen Schwur getan, daß *Whiteladies* eines Tages mir gehören soll!«

»Und deshalb willst du jetzt nach England fahren und diesen Schwur verwirklichen.« Er sah mich lächelnd an. »Du glaubst also, daß ich es kann.«

»Ich wüßte nicht wie, wenn die Besitzer sich nicht davon trennen wollen.«

»Du wirst es sehen, Nora!«

»Ich finde es nicht richtig, ja, ich *weiß* sogar, es ist nicht richtig! Aus einer Racheaktion kann nie etwas Gutes für irgend jemanden entstehen. Du hast doch hier dein Zuhause, hast Menschen, die dich bewundern und dich lieben. Weshalb kannst du damit nicht zufrieden sein?«

Sein brennender Blick war durchbohrend auf mich gerichtet.

»Schließt du dich damit ein?«
»Aber ja, das weißt du doch«, antwortete ich ohne zögern.
Er beugte sich vor. »Wahrhaftig, Nora – ich könnte mich beinah damit begnügen!« »Wenn du klug bist, dann tust du das auch«, erwiderte ich. »Dann läßt du diese törichten Rachepläne fahren. Sie waren ja damals schön und gut, als sie dir halfen, diese schreckliche Zeit zu überstehen. Aber jetzt können sie dir in keiner Weise mehr nützen – ganz im Gegenteil sogar! Es wäre heller Wahnsinn, sie weiter zu verfolgen!«
»Du wagst es, mich auszuschalten, Nora!«
»Ja, das tue ich!«
»Keiner wagt das!«
»Dann solltest du dankbar sein, daß es wenigstens einen Menschen in deinem Leben gibt, der keine Angst vor dir hat.«
»Ich bin es.«
»Warum bleibst du dann nicht in aller Zufriedenheit hier?«
»Nora – ich habe all diese vielen Jahre auf diesen Moment gewartet. Ich habe mir eine Existenz in diesem Land aufgebaut. Es ging mir gut. Ich hatte einen Sohn, der mir half. Ich bin ein Mann von festen Grundsätzen, aber ich habe nun einmal diesen geheimen Schwur getan. Wenn du annimmst, ich würde diese Pläne, die geradezu das Leitmotiv meines Lebens sind, aufgeben, dann kennst du mich nicht.«
»Ich kenne dich recht gut, und gerade deshalb glaube ich, daß du das alles falsch siehst. Man wird mit den Jahren älter, erwachsener und reifer, mit einem Wort, man verändert sich. Die reine Tatsache, daß wir uns in der Jugend ein bestimmtes Ziel setzen, bedeutet noch lange nicht, daß wir dieses Ziel auch dann weiter verfolgen müssen, wenn wir klüger und weiser geworden sind.«
»Aber *Whiteladies* ist ein wunderschönes Haus, Nora! Würdest du nicht gerne in so einem Haus leben?«
»Ich lebe gern in *diesem* Haus!«
»Aber du weißt doch, daß es eine Fälschung ist – eine armselige Kopie. Komm, Nora, gib es zu!«
»Ich gebe zu, daß das echte *Whiteladies* ein schönes altes Haus ist.«
»Und es würde dir Freude bereiten, einen solchen Besitz dein Heim nennen zu können?«
»Ja, natürlich, wenn es mir von Rechts wegen gehören würde.«

»Und würde es das nicht, wenn du es gekauft und mit gutem Geld bezahlt hättest?«

»Vermutlich ja, aber die Familie, die seit Generationen in ihm lebt, würde es niemals verkaufen.«

»Sie werden sich möglicherweise dazu gezwungen sehen. Wir sind erst am Anfang, Nora. Meine Pläne beginnen erst, Gestalt anzunehmen. Ich konnte mit ihrer Verwirklichung nicht beginnen, bevor ich nicht ein gewaltiges Vermögen hatte. Und genau das habe ich jetzt durch dich bekommen. Erzählte ich dir eigentlich die ganze Geschichte, Nora? Arabella heiratete den Mann, den ihr Vater für sie ausgesucht hatte – so einen armseligen Schwächling. Er hieß Hilary Cardew – Sir Hilary Cardew nach dem Tode seines Vaters. Er konnte seine Familie bis zu Wilhelm dem Eroberer zurückverfolgen – also noch weiter als die Dorians. Außerdem besaß er einiges Geld. Der Besitz der Cardews lag fünfzehn Kilometer von *Whiteladies* entfernt. Die Familien waren schon immer befreundet gewesen, und der junge Hilary war von Anfang an für Arabella bestimmt.«

»Und als du fort warst, heiratete sie ihn.«

»Ich erfuhr erst viele Jahre später davon, erst dann, als ich es mir leisten konnte, jemanden hinüberzuschicken, um Erkundigungen für mich einzuholen.«

»Weshalb tatest du das nicht selbst?«

»Ich hatte mir geschworen, nicht eher meinen Fuß wieder auf Englands Boden zu setzen, als bis ich ein Millionär war. Außerdem hatte ich ja Maybella geheiratet und hatte einen Sohn und eine Tochter.«

»Du hättest dich doch damit zufrieden geben können.«

»Ich bin ein Mensch, der sich nie mit weniger als dem absoluten Maximum zufrieden gibt. Es gab nie irgendeinen Zweifel für mich daran, daß ich mir das holen würde, was ich haben wollte, wenn ich eines Tages das nötige Geld dafür hätte. Ich wollte *Whiteladies* haben ... und Arabella.«

»Aber sie hatte einen Mann, so wie du eine Frau!«

»Meine Frau starb bei Stirlings Geburt. Ich dachte, ich würde Arabella bei meiner Rückkehr in finanziellen Schwierigkeiten vorfinden. Wenn ich das notwendige Geld gehabt hätte, hätte ich möglicherweise genau dafür gesorgt. Erzählte ich dir, daß Sir Henry ein Mann war, der nichts davon hielt, wenn anderen Menschen freie Zeit blieb? Ich gab Arabella jeden Tag Zeichenunterricht, aber das waren nur höchstens zwei Stunden. Ein eigener Hauslehrer stellte eine nicht zu übersehende Ausgabe dar, und so fungierte ich außerdem als Sir Henrys Sekretär. Ich hatte einen angeborenen Spürsinn für gute Geschäfte und verwaltete daher sehr bald sein Vermögen. Ich wußte also genau, wie und wo es angelegt war. Er hatte sehr extravagante Gewohnheiten, war ein großer Weinkenner, trank übermäßig und spielte auch noch. Seine finanzielle Lage war dadurch etwas wackelig geworden. Aus diesem Grunde strebte er die Cardew-Heirat an – um das Familienvermögen wieder aufzupolstern. Aber Sir James Cardew war genau so ein Mensch wie er selbst. Ich hörte sie immer stundenlang über ihre Geschäfte sprechen. Ich hatte auch Briefe an Sir James zu schreiben und an Sir Henrys Börsenmakler in London. So wußte ich eine ganze Menge über die finanziellen Transaktionen der beiden Familien.«

»Und das fandest du nützlich.«

»In letzter Zeit ja.«

»In letzter Zeit?«

»Mein Anwalt hat Verschiedenes für mich in London erledigt. Ich habe dort beträchtliche Summen investiert. Ich bin dadurch reicher geworden – gewisse Leute aber ärmer.«

Ich hielt den Atem an. »Willst du damit sagen, daß du das absichtlich so arrangiert hast?«

Er spreizte achselzuckend die Hände. »Sagen wir, es hat sich so ergeben. Es mag sein, daß gewisse Leute sich gezwungen sehen werden, ihren Besitz zu verkaufen, um einen bestimmten Lebensstandard aufrecht erhalten zu können.«

»Lynx!« rief ich erstaunt aus. Er sah jetzt tatsächlich wie ein wildes Raubtier aus – die Augen glitzerten vor kaltem Haß in der Erinnerung an die unsagbaren Demütigungen jener furchtbaren Jahre. »Du hast absichtlich diese Menschen verarmen lassen?«

»Du verstehst von diesen Dingen nichts, Nora. Lassen wir dieses Thema!«

»Nein! Und ich glaube nicht, daß sie ihr Haus verkaufen werden, was auch immer du tust.«

»Wenn sie nicht mehr das notwendige Geld für seine Unterhaltung haben, werden sie sich dazu gezwungen sehen.«

»Ich würde es nicht tun, wenn es mir gehörte! Ich würde mir etwas einfallen lassen, um es halten zu können. Ich würde es in ein Ferienhotel umwandeln. Würde mich lieber halbtot schuften

– ganz besonders, wenn ich wüßte, daß jemand ganz gezielt versucht, es mir wegzunehmen.«

»Das würdest *du,* Nora. Andere Menschen sind aber nicht wie du. Du wirst es ja sehen.«

»Sie werden es niemals verkaufen! Ich weiß es einfach! Ich bin doch dort gewesen. Habe das Mädchen gesehen.«

»Es gibt andere Arten, einen Besitz zu kaufen, als mit einem Scheck!«

»Was für Arten?«

»Auch das wirst du sehen! Eines steht für mich fest, Nora. Mein Sohn wird der Besitzer von *Whiteladies*! Meine Enkel werden auf jenen Rasenflächen spielen! Sie werden in dieser schönen, kultivierten Umgebung aufwachsen. Das ist mein Plan, und ich werde dafür sorgen, daß seine Verwirklichung keine Enttäuschung für mich wird.«

»Und Stirling ... was sagt er dazu?«

»Mein Sohn weiß, was ich vorhabe. Es ist immer so zwischen uns gewesen. Er weiß besser als jeder andere, wie ich gelitten habe. Ich habe erlebt, wie er vor Zorn weinte, wenn er die Narben an meinen Handgelenken sah. Ich habe gesehen, wie er die Fäuste ballte und schwor, daß diese Rechnung beglichen werden müßte. Wenn *Whiteladies* mir gehört, werde ich zufrieden sein. Dann werde ich mir sagen können, daß alles nur notwendige Umwege zur Erreichung dieses Zieles waren.«

Ich schwieg einen Augenblick und hörte dann, wie er leise meinen Namen sagte. Ich sah ihn an, und sein Blick verlor diese grausame Härte. »Ich möchte, daß du es verstehst«, sagte er liebevoll. »Du gehörst doch jetzt zu uns. Und wir werden dieses Band noch enger knüpfen. Mit jedem Jahr wird es enger werden. Nie hätte ich gedacht, daß ich jemals jemanden so wie dich in mein Herz schließen könnte.«

»Ich weiß«, meinte ich, »aber ich weiß auch, daß du das alles falsch siehst. Es ist alles nichts als Rache. Du willst, daß Menschen leiden, weil du vor vielen Jahren leiden mußtest. Es liegt kein Segen auf Rache. Ich finde deine ganze Einstellung falsch. Es kann nur Unglück aus ihr entstehen.«

»Warte nur, bis du jenen Park und die Gärten siehst! Diese Rasenflächen, die wie grüner Samt aussehen, weil sie seit Jahrhunderten sorgfältig gepflegt wurden. Der Springbrunnen perlt auf die Statue von Hermes nieder, die von Wasserrosen umkränzt ist. Der von einer Allee umgebene Teichgarten ist eine

Nachbildung von *Hampton Court.* An sonnigen Tagen herrscht in jenem Garten ein vollkommener Friede. Nur die Pfauen schreiten über die Rasenflächen. Ich habe noch nie so viel Schönheit gesehen, Nora.«

»Aber du müßtest es anderen Menschen wegnehmen, denen es zu Recht gehört!«

»Ja, aber den Menschen, die mir meine Freiheit nahmen! Die Menschen, die mich bis zu der primitivsten Form eines Tieres erniedrigt und mich mit ihrer brutalen Grausamkeit um ein Haar umbrachten.«

»Aber es gelang dir, dich zu befreien. Du heiratetest Maybella und warst dadurch frei.«

»Maybella war eine Närrin.«

»Du benutztest sie, um deine Freiheit zu erlangen.«

»Es war notwendig.«

»Du bist kein glücklicher Mensch gewesen«, erklärte ich. »Du hast Menschen benutzt, um das zu erreichen, was du wolltest. Du hast dein Leben mit dem Schmieden von Racheplänen verbracht, anstatt zu versuchen, dir ein eigenes, erfülltes glückliches Dasein zu gestalten.«

»Du predigst, Nora.«

»Ich sage lediglich, was ich denke.«

Unvermittelt lachte er auf und seine Augenbraue zuckte in die Höhe.

»Ach Nora! Was würde ich nur ohne dich tun?«

»Ich weiß es nicht und schlage vor, es nicht auf einen Versuch ankommen zu lassen. Gib doch deine Rachepläne auf! Bleib hier! Vergiß deinen goldenen Reichtum! Deine grausamen Pläne! Vergiß alle Racheschwüre, und genieße dein Glück!«

»Das letztere werde ich ganz bestimmt tun! Sei unbesorgt! Und ich werde das bekommen, was ich haben will! Ich möchte mit dir reden, Nora ... über die Zukunft.«

»Dann versprich mir, daß diese Zukunft hier sein wird.«

Er schüttelte den Kopf. »*Whiteladies!*«

»Nein! Es ist falsch! Ich weiß, das es falsch ist!«

»Ich werde dich davon überzeugen müssen, daß es das einzig Richtige ist.«

»Du wolltest mit mir über die Zukunft reden, sagtest du.«

»Du bist heute abend in einer zu kritischen Stimmung. Vielleicht morgen abend.« Wir ließen es dabei bewenden, doch hatte ich ein ungutes Gefühl. Immer wieder mußte ich an die Rasenflächen von *Whiteladies* denken und an das Mädchen, an die ältere Frau und jene Lucie. Die Mutter in dem Rollstuhl war also Lynx' Arabella gewesen, und jetzt war sie tot. Was mochte mit dem Mann geschehen sein, den sie geheiratet hat? Ob er noch lebte? Und dann dachte ich wieder an jenen entsetzlichen Augenblick bei *Kerry's Creek*, als Lynx' Stimme hinter mir mit schneidender Schärfe befohlen hatte: »Steh auf, Jagger!« Und Jagger stand auf, um erschossen zu werden.

Lynx zögerte niemals und hatte wenig Ehrfurcht vor dem Tod. Er konnte einen Menschen umbringen, ohne von Gewissensbissen über seine Tat verfolgt zu werden. Und ich dachte an seine Heirat mit der armen, in ihrer Mutterrolle versagenden Maybella und daran, wie er darauf bestanden hatte, daß sie ihm einen Sohn gebar. Begann ich Lynx zu verstehen? Er gab seine Liebe nur einigen wenigen Menschen, doch für diese war er sogar bereit zu töten. Von Lynx gehaßt zu werden, mußte furchtbar sein – und von ihm geliebt zu werden, konnte es vielleicht ebenfalls sein.

Er liebte Stirling. Und er liebte mich. Er würde seinen Willen durchsetzen und wir alle würden uns seinen Wünschen unterordnen müssen. Jeder einzelne von uns ... ich, Stirling und die Besitzer von *Whiteladies.* Nein, nicht wir alle! *Ich* würde es nicht tun! Ich würde mich nicht unterjochen lassen, schwor ich mir – nicht einmal von Lynx.

Am folgenden Tag herrschte große Aufregung in der ganzen Gegend. Das Buschfeuer, das etwa fünfzig Kilometer entfernt von uns wütete, bewegte sich plötzlich in Richtung auf uns zu. Als ich morgens erwachte, lastete der beißende Brandgeruch schon überall in der Luft; man konnte ihm nirgends entrinnen. Aus meinem Fenster konnte ich die dunklen Rauchschwaden am Himmel sehen.

Adelaide war recht besorgt. »Es wird auf unser Land übergreifen«, sagte sie. »Ich hoffe nur, wir verlieren keinen unserer Leute! Einige der Schäfer haben ihre Hütten da draußen.«

»Sie werden sie bestimmt rechtzeitig verlassen. Sie müssen doch merken, daß das Feuer sich auf sie zu bewegt.«

»Du hast keine Ahnung, Nora, wie so ein Buschfeuer sein kann. Die Gummibäume explodieren von der Hitze durch ihren Ölgehalt, und dadurch brechen ringsum neue Feuer aus.«

»Hat man denn keine Vorsichtsmaßregeln getroffen?«

Wieder lächelte sie nachsichtig. »Ich kann nur wiederholen: Du hast eben keine Ahnung, wie so etwas ist. Und ich hoffe, du wirst es auch nie haben!«
Die im Haus herrschende Atmosphäre hatte sich schlagartig geändert. Jeder war ernst, und die Dienstboten gingen schweigend ihrer Arbeit nach, und wenn sie etwas sagten, so drehte es sich nur um das Feuer.
»Man kann es sogar von Melbourne sehen«, berichtete einer. »Sie sagen, dies sei einer der schlimmsten Brände seit Jahren.«
»Kein Wunder! Bei dem Wetter, wie wir es hatten! Habt ihr es heute Nacht donnern gehört? Der Blitz muß in einen Gummibaumwald eingeschlagen sein. Das hat vielleicht das Feuer ausgelöst.«
Es wehte ein heftiger Nordwind, heiß und böig. Zorniges Donnergrollen rollte über den Himmel. Ich ging hinaus in den Garten. Ich konnte es im Haus nicht mehr aushalten, doch draußen schien es noch schlimmer. Der rauchig-rötliche Schein am Himmel war noch drohender geworden, und der heiße Wind wehte einem jenen unmißverständlichen Brandgeruch ins Gesicht.
Alles schien wie ausgestorben. Ich wunderte mich, wo sie alle wohl sein mochten. Lynx war vermutlich bei der Mine. Ich bezweifelte, daß er sich irgendwelche Sorgen um sie machen würde. Das Feuer würde bestimmt darüber hinwegrasen, ohne die Quarzgänge weiter unten in der Erde zu berühren, obwohl es die Maschinenausrüstung und alles über der Erde zerstören würde.
Ich ging wieder hinein, stieg auf den Dachboden hinauf und schaute aus einem der Dachfenster. Ich konnte in der Ferne dunkle Rauchwolken aufsteigen sehen. Ich ging wieder hinunter, und als ich an Jessicas Zimmer vorbeikam, rief sie mich herein. Sie lag mit einer kalten Kompresse auf der Stirn auf dem Bett.
»Dieser gräßliche Gestank!« klagte sie. »Ich bekomme davon Kopfschmerzen. Er erinnert mich an *Rosella Creek* – an jenen Brand. Das Feuer hatte uns eingekreist. Das war vor seiner Ankunft. Mein Onkel war in größter Sorge. Er dachte, es wäre das Ende. Maybella wollte weglaufen, doch mein Onkel ließ es nicht zu. Er sagte: ›Bleib lieber hier bei uns. Vielleicht würden wir geradewegs in unser Verderben hineinlaufen‹. So ist es bei diesen Buschbränden. Man weiß nie, wo sie plötzlich hochzün-

geln ... und innerhalb weniger Sekunden ist man von einem Feuerkreis umzingelt.«
Ich wollte mir das gar nicht anhören und verließ sie schnell wieder. Ich ging auch an Lynx' Arbeitszimmer vorbei, denn ich wußte, er war nicht da. Erneut überkam mich der heftige Wunsch, aus dem Haus herauszukommen – ins Freie zu gelangen und so weit nur möglich von dieser schrecklichen Rauchwolke am Horizont fortzureiten und nicht mehr länger den beißenden Brandgeruch einatmen zu müssen.
Ich ging in den Pferdestall hinüber und sattelte mir meine *Queen Anne.*
Sie schien nervös, so als sei sie sich der Gefahr bewußt. Ich redete beruhigend auf sie ein. »Wir machen einen kleinen Ritt in die frische Luft, wo es nicht so stinkt und wo wir diesem gräßlichen Geruch entrinnen können.«
Ich ritt etwa zwei Kilometer weit, doch der Brandgeruch lastete weiter über uns. Also ritt ich weiter und vergaß allmählich das Feuer, weil ich über die Dinge nachdachte, die Lynx mir am gestrigen Abend gesagt hatte, und mich fragte, ob jemals etwas aus seinen Plänen werden würde.
Stirling und ich würden heiraten – nun vielleicht in England. Ich erinnerte mich an die alte normannische Kirche von Canterbury mit ihren grauen Steinmauern und an den kleinen Friedhof mit seinen wunderlichen Grabsteinen, von denen man einige an die Wand der Kirche gelehnt hatte, wahrscheinlich weil niemand wußte, wo sie genau hingehörten. Lynx würde mich in meinem weißen Hochzeitskleid zum Altar führen und Stirling und ich würden dann zusammen durch das Kirchenschiff zum Ausgang schreiten, während Lynx' Blick voll freudigen Stolzes auf uns ruhte. Die schmiedeeisernen Torflügel von *Whiteladies* mit den weißen Verzierungen würden auffliegen, und unsere Kutsche würde hindurchrollen und uns zum Haus hinaufbringen.
Und Minta? Arme Minta! Sie würde in einem der kleinen Häuschen im Dorf leben. Vielleicht würde sie eine kleine Teestube mit selbstgebackenen Plätzchen und Kuchen aufmachen; und Lucie würde ihr dabei helfen.
Was für absurden Tagträumen ich wieder einmal nachhing! Ich war ja wie mein Vater. Nicht einen Moment lang glaubte ich, daß Minta und ihr Vater – falls dieser noch lebte – jemals zulassen würden, daß das Haus verkauft würde, egal mit was für einem

Kaufpreis der reichste der Goldmillionäre sie auch in Versuchung führte.
Ich hielt an und blickte über die Schulter zurück. Der Rauch hatte sich zu einer Wand verdichtet. Ich konnte nicht verstehen wieso. Ich war doch von ihm weggeritten! Und nun schien ich mich ihm trotzdem genähert zu haben.
Und da wurde mir klar, wie töricht es von mir gewesen war, überhaupt von zu Hause fortzureiten. Aber ich hatte mich ja nicht verirrt, beruhigte ich mich. Ich wußte ja, in welche Richtung ich geritten war. Trotzdem konnte ich nicht begreifen, warum ich jetzt näher an der Rauchwand zu sein schien. Der australische Busch war wirklich sehr trügerisch. Es sah überall so gleich aus. Aber ich wußte, wo ich war, weil ich an dieser Stelle schon einmal gewesen war.
Da hörte ich plötzlich ein Echo »... all-o-o ... No-ra ...«
Ich antwortete. Es war Stirlings Stimme.
Ich legte die Hände um den Mund und schrie: »Stirling ... hier!«
Und dann sah ich ihn. Er kam auf mich zugaloppiert. Er war weiß vor Zorn.
»Nora! ... Du hirnverbrannte Idiotin!« schrie er mich an.
»Was ist denn in dich gefahren?« entgegnete ich scharf.
»Weißt du nichts Besseres zu tun als hier herumzureiten? Mein Gott! Du könntest jeden Moment vom Feuer umzingelt sein! Begreifst du denn nicht, was hier los ist? Hast du denn nichts gelernt?!«
»Ich weiß, daß da irgendwo ein Brand ist.«
»Da irgendwo ein Brand! Weißt du, daß kilometerweite Flächen eine einzige Flammenhölle sind? Und du reitest hier unbekümmert herum! Komm mit!«
Er riß sein Pferd herum und galoppierte davon, und ich folgte ihm zerknirscht.
»Du hattest wohl den Verstand verloren?« warf er mir über die Schulter zu.
»Ich wollte weg von dem Rauch. Ist das so verrückt?«
»Wie willst du wissen, wo er als nächstes ist? Du kannst innerhalb von Sekunden umzingelt sein!«
»Ich hätte an die Warnung denken sollen. Na, jetzt weiß ich es.«
»Nichts weißt du! Keine blasse Ahnung hast du! Kannst du es dir nicht vorstellen? Nein. Du mußt erst dein Leben riskieren, bevor

du begreifst. Wenn sie nicht zufällig gesehen hätten, wie du fortrittest, hätte ich nicht gewußt, in welche Richtung du geritten bist!«

»Muß ich denn immer beaufsichtigt werden?« Voller Grauen dachte ich an jenes andere Mal, als ich ausgeritten war und jemand mir gefolgt war. Irritiert fuhr ich fort: »Ach, hör auf zu zetern, Stirling! Ich bin ausgeritten. Na und? Hier bin ich ja? Lebendig und unversehrt. Alles ist gut, und ich verspreche auch, es nicht wieder zu tun.«

Schweigend spornte er sein Pferd zu noch schnellerem Galopp an. Er hatte die Lippen zornig zusammengepreßt und sah jetzt seinem Vater erstaunlich ähnlich. So galoppierten wir mehrere Kilometer stumm nebeneinander her. Schließlich sagte ich: »Ich wußte gar nicht, daß du so böse sein kannst, Stirling. Aber ich werde es mir merken. Ich muß sagen, wenn es etwas gibt, was ich nicht mag – «

Ich brach ab, denn es war ganz offensichtlich, daß er nicht zuhörte. Ich selbst hatte zu husten begonnen, und wohin ich auch blickte, überall waren dicke Rauchwolken. Er brachte sein Pferd mit einer scharfen Parade zum Stehen.

»Welche Richtung?« fragte ich.

»Ich wünschte, ich wüßte es!«

»Nun, reiten wir denn nicht nach Hause?«

»Ich weiß es nicht. Es sieht so aus, als könnte uns der Weg abgeschnitten werden.«

»Abgeschnitten werden? ... Vom ...«

»Jawohl! Vom Feuer, du dumme, leichtsinnige Person!«

»Wie kannst du es wagen, so mit mir zu sprechen!«

»O Gott!« stöhnte er. »Hör zu, Nora! Wir sind in Gefahr. Wir sind eingekreist. Kannst du das denn nicht sehen? Ich weiß einfach nicht, welchen Weg wir nehmen sollen. Jeder kann unser Verderben sein.«

Ich dachte, er übertreibe, um mir eine Lektion zu erteilen, bis ganz in der Nähe der Knall einer Explosion ertönte und ein Gummibaumhain plötzlich lichterloh in Flammen stand.

»Komm!« befahl Stirling, und wir galoppierten in der entgegengesetzten Richtung davon. Aber es dauerte nicht lange, bis er erneut anhielt. Wir näherten uns einer dichten Rauchwolke.

»Wir sind abgeschnitten«, erklärte Stirling mit tonloser Stimme.

Ich starrte ihn furchterfüllt an. Ich spürte den Rauch beißend in

der Nase und den Augen. Ich hatte Angst, fühlte mich jedoch getröstet durch Stirlings Nähe. Ich hatte die kindische Idee, daß alles gut gehen würde, weil er ja da war.
»Es könnte sein ...«, sagte er zu sich selbst. »Vielleicht ist noch Zeit. Komm, Nora! Bleib ganz dicht hinter mir! Es ist einen Versuch wert!«
Wir galoppierten nun auf den Rauch zu. Plötzlich bog Stirling vom Weg ab ins dichte Gebüsch.
Ich hörte ihn murmeln: »Es ist eine Chance! Die einzige Chance! Wir müssen es versuchen!«
Ein kleiner Fluß mit sehr wenig Wasser tauchte vor uns auf. Stirling stieg ab, zog seine Reitjacke aus und befahl mir, das gleiche zu tun.
»Unsere Pferde müssen wir ihrem Schicksal überlassen«, erklärte er. »Wir können nichts für sie tun. Es besteht immerhin die Möglichkeit, daß sie einen Weg heraus finden.«
»O nein, Stirling ...«
»Tu, was ich dir sage! Es besteht nur eine winzige Chance, unser eigenes Leben zu retten!« Er nahm meine Jacke und tauchte beide Jacken solange ins Wasser, bis sie sich vollgesogen hatten. Dann rannte er zu einem grauen Felsen, der das Ufer überragte. An seiner Vorderseite bemerkte ich eine kleine Öffnung. Stirling warf mir die beiden tropfend nassen Jacken zu, kniete sich vor die Öffnung und begann in frenetischer Eile mit den Händen die Erde wegzureißen. Bald hatte er ein rundes Loch freigelegt. Er bedeutete mir, hineinzukriechen. Ich hatte inzwischen begriffen, daß ich ihm bedingungslos gehorchen mußte.
Zu meiner Überraschung befand ich mich in einer etwa zimmergroßen Höhle. Fast im gleichen Moment war auch Stirling schon neben mir. Er stopfte die nassen Jacken in die Öffnung. Wir befanden uns jetzt in völliger Finsternis.
»Nora!« Seine Stimme klang rauh vor innerer Bewegung.
»Ja, Stirling. Ich bin hier.«
Tastend fand er mich und zog mich an sich.
»Wir legen uns besser hin«, sagte er.
Wir taten es, und nach einem kurzen Augenblick des Schweigens sagte er: »Wir müssen großes Glück haben, Nora, um hier lebend herauszukommen!«
Schweigend dachte ich: Und es ist meine Schuld! Ich war leichtsinnig und gedankenlos. Wieviel habe ich noch über dieses

Land zu lernen, in dem der Tod für die Törichten und Unvorsichtigen dauernd auf der Lauer zu liegen scheint!
»O Nora?« sagte Stirling. »Zu denken, daß du hierher kamst ... in meine Heimat ... um so ...«
»Es war meine eigene Schuld, Stirling«, unterbrach ich ihn schnell.
»Nein.« Seine Stimme war weich und zärtlich. »Es hätte überall passieren können. Wer weiß, was jetzt zu Hause passiert. Das Feuer kam schon vorhin immer näher.«
»Aber Lynx wird wissen ...« Und dann sah ich im Geiste das Haus vom Feuer umzingelt, malte mir voller Entsetzen aus, wie es näher und näher kam, so erbarmungslos, so zerstörerisch, daß nicht einmal Lynx es zu bannen vermochte. Der Gedanke, daß Lynx vielleicht in Gefahr war, ließ mich die uns selbst drohende Gefahr vergessen. Aber er weiß, was zu tun ist, tröstete ich mich. Ihm *konnte* nichts geschehen! Und ich erkannte, daß ich jetzt genauso wie Stirling dachte und Lynx für gottähnlich und unsterblich hielt.
»Mir fiel plötzlich diese Höhle ein«, flüsterte Stirling. »Eine Eingeborenenfamilie lebte früher hier. Sie arbeiteten für Vater, und der Junge, der in meinem Alter war, nahm mich oft hierher mit. Die Höhle *muß* uns retten, Nora! Es ist unsere einzige Chance.«
Ich wußte, er bemühte sich, mich zu beruhigen. Draußen mußte das Feuer uns jetzt immer näher einkreisen; bald würde über uns alles in Flammen stehen. Wie konnten wir da nur überleben?
Stirling schien in der Dunkelheit meine Gedanken zu erraten.
»Es besteht eine Chance«, sagte er. »Zwar nur eine kleine, aber doch eine Chance.«
Zum ersten Mal im Leben sah ich dem Tod ins Auge. Ich hatte ein hohles, unwirkliches Gefühl im Kopf, so als träume ich. Stirling und ich würden für immer hier unter der Erde liegen, und diese Höhle würde unser Grab sein, das niemand finden würde. Ich griff suchend nach seiner Hand; sie glühte wie Feuer. Alles schien zu glühen, denn die Hitze wurde unerträglich.
Sein Mund war dicht an meinem Ohr. »Bald wird das Feuer direkt über uns sein«, flüsterte er.
»Ja, Stirling, bald, sehr bald.«
Wir konnten das brausende Heulen und Krachen und die jähen Explosionen hören. Der beißende Qualm begann nun, in die Höhle zu dringen.

»Wenn wir nur verhindern könnten, daß der Rauch hereinkommt!« sagte Stirling. »Denn sonst ...« Er verstummte. Jedes weitere Wort war überflüssig. Ich hatte verstanden. Unsere Überlebenschance war sehr gering.
»Stirling«, sagte ich, »ich bedauere nicht, daß ich hierher nach Australien kam.«
Er antwortete nicht. Wir waren weiter voneinander abgerückt, da die Hitze so fürchterlich war, hielten uns jedoch mit ineinanderverschränkten Fingern weiter an der Hand. Diese Berührung hatte etwas Tröstliches für mich; ich fragte mich, ob er das auch empfand.
»Nora!« Seine Stimme schien aus weiter Ferne zu kommen. »Wir haben dich sehr geliebt! Es wurde alles anders, als du kamst.«
Ich wurde so geliebt wie früher, als mein Vater lebte. Aber was nützte das jetzt. Stirling hatte in der Vergangenheit gesprochen, ganz so, als wären wir schon gestorben. Es konnte jetzt nicht mehr lange dauern, überlegte ich benommen. Aber ich konnte nicht sterben ... nicht jetzt, wo ich ein neues Zuhause und eine neue Familie gefunden hatte, die mich liebte und die auch ich liebte. Ich war zornig auf das Schicksal, das mich so hatte leiden lassen, um mir jetzt, wo ich wieder glücklich war, zu eröffnen: Dies ist das Ende! Dein Leben ist jetzt vorbei!
»Nein!« wisperte ich so leise, daß er es nicht hörte.
Es gab nichts, was wir hätten tun können, als still dazuliegen und zu warten. Ich hatte nie auch nur geahnt, daß es eine derartige Hitze geben könnte. Keuchend rang ich nach Luft.
»Alles wird gut, Nora!« hörte ich eine Stimme – oder ich glaubte zumindest sie zu hören. »Nora, mein Liebling! Wir kommen durch! Lynx würde es uns niemals verzeihen, wenn wir stürben.«
Das stimmt, dachte ich. Wir *müssen* leben ... um seinetwillen!
Ich kann die sich immer weiter steigernde Hitze nicht mit Worten beschreiben. Ich glaube, ich muß zeitweise halb bewußtlos gewesen sein, denn es gab Augenblicke, wo ich nicht mehr wußte, wo ich war. Ich lag vollkommen bewegungslos da, weil alle Kräfte mich verlassen hatten durch die barbarische Hitze. Es blieb nur eines zu tun übrig: Still dazuliegen und zu warten – entweder auf den Tod oder auf ein neues geschenktes Leben.

Die ganze grauenvolle Zeit hindurch war ich mir jedoch Stirlings Nähe bewußt, und ich wußte, daß er mich liebte. Ich war überzeugt, daß die Zukunft, wie ich sie mir erträumt hatte, Wirklichkeit werden würde, wenn ... ja wenn es uns gelänge, dem Tod zu entrinnen.
Ich war anscheinend in einer Art Trancezustand. Ich träumte von einer Zukunft, in der wir alle – wir drei, denn ich hatte jetzt begriffen, sofern ich das nicht schon vorher gewußt hatte, daß Lynx immer einen festen Platz in meinem Leben haben mußte – auf dem Rasen vor einem schönen alten Haus saßen. Meine Kinder – meine und Stirlings – spielten zu Füßen ihres Großvaters, einem neuen, verwandelten Lynx, einem Menschen, der sich mit seinem Leben ausgesöhnt hatte und seine alten Racheträume gegen eine glückliche Zufriedenheit eingetauscht hatte.

»Nora! Nora!« Stirlings Gesicht war dicht über mir. Ein dämmriges Licht war ringsum in der Höhle. Das erste, was ich bemerkte, war der Rauch. Ich begann zu husten.
»O mein Gott, Nora! Ich dachte schon du wärest tot!«
»Was ist ... geschehen?« wisperte ich mit größter Anstrengung.
»Der Wind ist umgesprungen! Es hat zu regnen angefangen. Der Regen wird das Feuer jetzt niederschlagen und es daran hindern, sich weiter auszubreiten. Wir müssen jetzt hier heraus!« Er zog mich hoch. Ich taumelte kraftlos, und er fing mich lachend vor Erleichterung, daß ich lebte, auf. Sekundenlang hielt er mich mit einer unaussprechlichen Zärtlichkeit in den Armen.
»Wir müssen jetzt hier heraus«, wiederholte er.
Meine Glieder waren derartig steif, daß ich mich kaum zu bewegen vermochte. Die Hitze in der Höhle war auf ihrem Höhepunkt und betrug mindestens sechzig Grad, obgleich es jetzt nicht mehr so heiß war. »Komm!« befahl Stirling, und ich sah zu, wie er durch die Öffnung hinauskroch. Dann zog er mich hinterher, und ich stand, von ihm gestützt, neben ihm. Es war, als wären wir geradewegs in einen Ofen gekommen. Doch sanfter Regen kühlte mir das Gesicht, das ich ihm gierig entgegenhielt.
Der Anblick, der sich uns bot, war furchtbar. Die schwarz verkohlten Überreste der Bäume qualmten rings um uns herum,

während einige sogar noch brannten, und über dem ganzen Inferno lastete eine tödliche Stille. Mir wurde bewußt, daß man immer, auch ohne sich darüber klar zu sein, die Vogelstimmen und das Sirren und Summen der Insekten mitgehört hatte.
Ich blickte zu Stirling auf – er war kaum zu erkennen. Sein Gesicht war kohlschwarz, wie überhaupt alles an ihm. Ich wußte, ich bot einen gleichen Anblick.
Er legte beide Arme um mich und zog mich eng an sich. So standen wir stumm und bewegungslos da – zu bewegt, um sprechen zu können.
Schließlich sagte ich: »Wir leben, Stirling! Wir haben nun doch unsere Zukunft!« Er ließ mich los, nahm meine Hände und blickte mir forschend in die Augen. Ich sah mehr seine Freude als die dicke schwarze Schicht von Ruß und Schmutz in seinem Gesicht, und ich war glücklich – aber nur einige Sekunden lang, bis er sagte: »Ich möchte nur wissen, was zu Hause passiert ist!«
Eine entsetzliche Furcht überkam uns, denn obwohl wir uns gerade versichert hatten, daß unsere Zukunft vor uns lag, konnte keiner von uns beiden glücklich sein, wenn diese Zukunft nicht einen dritten Menschen enthielt – Lynx!
»Wir müssen schnell nach Hause!« erklärte ich.

Das Land war derartig verwüstet, daß die Wege nicht mehr zu erkennen waren. Ohne Stirling wäre ich verloren gewesen. Obwohl er von Kind auf diese Gegend wie seine Westentasche kannte, war sogar er ratlos. Wir wurden beide von der sorgenvollen Unruhe getrieben, zu erfahren, wie es um *Little Whiteladies* stand. Stirling liebte mich, ich war dessen nun ganz sicher. Eine gemeinsame Zukunft wartete auf uns. Würden wir jedoch jemals wieder glücklich sein, falls wir Lynx verloren hatten?
Wie wir diesen Fußmarsch bewältigten – ich weiß es nicht. Wir waren total entkräftet von dem Schock und der glühenden Hitze, dem stundenlangen Sauerstoffmangel wie dem eingeatmeten Rauch. Wir müssen mindestens sechs Stunden in der Höhle gelegen haben. Unsere gesamten Muskeln waren schmerzhaft verkrampft und unsere Schleimhäute ausgetrocknet. Und in dieser Verfassung kämpften wir uns mühevoll Schritt für Schritt vorwärts, nur von dem einen Gedanken getrieben: Lynx!

Die Nacht brach an, und Stirling sagte, wir müßten uns ein wenig ausruhen. Wir legten uns hin, doch unsere Gedanken fanden keine Ruhe.
»Wie weit noch?« flüsterte ich.
»Es kann nicht mehr weiter als neun oder zehn Kilometer sein.«
»Laß uns weitergehen, Stirling!«
»Nein, wir müssen etwas ausruhen.«
»Ich möchte lieber weiter.«
»Ich auch, aber du würdest zusammenbrechen, bevor wir es geschafft haben.«
»Liebster Stirling!« schluchzte ich. »Du paßt wirklich auf mich auf!«
»Ja, Nora, immer!«
»Und ewig«, murmelte ich, doch auch in diesem Augenblick war ich mit meinen Gedanken bei Lynx.

Zuletzt schlief ich ein, und es war ein Beweis für Stirlings Liebe zu mir, daß er mich schlafen ließ. Als ich dann aufwachte, entschuldigte ich mich dafür, denn es erschien mir so herzlos, zu schlafen, wenn wir nicht wußten, was mit Lynx war. Wir schleppten uns also weiter. Wir erwähnten Lynx mit keinem Wort, doch jeder von uns beiden wußte, daß der andere nur an ihn dachte und wir absichtlich nicht davon sprachen. Nie in meinem Leben werde ich die letzte Stunde dieses langen Marsches vergessen, und wie wir dann entdeckten, daß das Feuer nicht bis hierher vorgedrungen war. Dort lag das Haus vor uns, vollkommen unversehrt und ganz so, als wäre die herannahende Vernichtung vor seiner trotzigen Uneinnehmbarkeit zurückgewichen.
Stirling stieß einen wilden Freudenschrei aus. Er begann zu laufen und zog mich mit sich fort.
»Wir sind da!« schrie er mit krächzender Stimme. »Zu Hause!«
Und schon kam auch Adelaide aus dem Haus gerannt. Sie weinte vor Freude und schloß uns in die Arme und wollte uns gar nicht wieder loslassen. Ich verfolgte – wie man das seltsamerweise in derartigen Augenblicken tut , wie der uns bedeckende Ruß und Schmutz ihr Kleid befleckte.
»Sagt sofort dem Master Bescheid!« rief sie zum Haus hinüber. »Jenny! Mary! ... Sie sind da! Sie sind zurück!«

Wir taumelten ins Haus.
»*Er* ... er ist ... da?« sagte Stirling.
»Aber fast von Sinnen«, antwortete Adelaide. »Er hat euch überall gesucht – hat alle zusammengerufen damit sie suchen halfen.«
»Kümmer dich um Nora!« befahl Stirling.
»Er ist da?« murmelte ich. »Er ist wirklich da!«
Als er dann kam, hatten sie mich schon ins Bett gebracht. Erst als ich zwischen den kühlen Laken lag, merkte ich, *wie* erschöpft ich war. Wie schwerelos und von unbeschreiblichem Wohlgefühl durchdrungen lag ich da, nachdem ich die heiße Fleischbrühe getrunken hatte, die Adelaide mir brachte. »Nicht zu viel auf einmal!« hatte sie gewarnt. Und so lag ich und dachte an die glühende Hitze und das Grauen in jener finsteren Höhle und daran, wie Stirling sagte, er würde immer auf mich aufpassen. Lynx war nichts geschehen! Die Zukunft umfaßte also uns drei.
Ich wußte, daß er im Haus war. Man spürte seine Präsenz. Und ich wußte ebenfalls, daß er als erstes zu mir kommen würde ... noch bevor er zu Stirling ging. Aber nein! korrigierte ich mich. Bestimmt nicht! Stirling war sein über alles geliebter Sohn! Ich war nur die Adoptivtochter.
Und dann stand er in der Tür, und seine Augen leuchteten mit einer solch unbeschreiblichen glücklichen Freude, wie ich sie noch niemals in den Augen eines anderen Menschen gesehen hatte. Warum war alles bei ihm so viel intensiver als bei anderen?
»Nora!« sagte er leise. »Meine liebe, kleine Nora!«
Und dann kam er zu mir und schloß mich ganz behutsam in die Arme. Er legte sein Gesicht an meines und wiederholte immer wieder: »Meine kleine Nora!«
»Ich bin wieder da, Lynx«, sagte ich. »Lieber, lieber Lynx! Wir sind beide wieder da!«
Ohne etwas zu sagen, hielt er mich einen Augenblick lang stumm an sich gedrückt.
»Ich dachte, ich hätte dich verloren. Ich war völlig von Sinnen vor Zorn und Verzweiflung. Aber nun bist du ja wieder da. Meine kleine Nora!«
»Ich hatte entsetzliche Angst, dir könnte etwas passiert sein!«
Er lachte laut und selbstbewußt auf. Als ob ihm etwas passieren könnte!

»Wir haben die ganze Zeit an dich gedacht«, erzählte ich ihm, »und von dir gesprochen.«

Wieder lachte er glücklich auf und wiederholte lediglich: »Meine kleine Nora!«

Und dann ging er zu Stirling.

6

Wir erholten uns erstaunlich schnell von unserem schrecklichen Erlebnis. Ich glaube, wir waren so glücklich, das Haus und alle unversehrt vorzufinden, daß wir die Folgen unseres grauenvollen Abenteuers mit der größtmöglichen Schnelligkeit überwanden.

Der von dem Feuer angerichtete Schaden war fürchterlich. Die Schafzucht hatte am meisten gelitten. Wir hatten viele Schafe verloren, und zwei Schäfer waren in ihren Hütten vom Feuer überrascht worden. Die Mine hingegen war verschont geblieben.

Adelaide bestand darauf, daß ich zwei Tage im Bett blieb. Ich wurde mit besonderer Krankenkost gefüttert und mit allen möglichen nahrhaften Dingen wieder aufgepäppelt, von denen Adelaide behauptete, sie seien notwendig. Stirling lehnte es ab, sich wie ein Kranker behandeln zu lassen; ich genoß es.

Auch Jessica kam zu mir. Sie saß an meinem Bett und sah mich forschend an. »Ich habe ihn noch nie so aufgewühlt gesehen«, sagte sie. »Er schickte nach allen Richtungen Suchtrupps aus, die dich unter Einsatz ihres Lebens suchen mußten.«

Ich lächelte glücklich. Ich wollte nichts anderes als so herrlich entspannt daliegen und von der Zukunft träumen.

Als ich am dritten Tag aufstand, bat Lynx mich, nach dem Abendessen in die Bibliothek zu kommen.

Eine Partie Schach, dachte ich, und mir fiel wieder ein, wie ich in jenen grauenvollen Stunden der halben Bewußtlosigkeit im Geiste *mit ihm* in der Bibliothek am Schachbrett gesessen hatte.

Er erschien nicht zum Abendessen, und als ich in die Bibliothek kam, wartete er bereits auf mich. Er sah freudig erregt und doch gleichzeitig nachdenklich aus und irgendwie anders als vor drei

Tagen, als er nach unserer glücklichen Rückkehr zu mir gekommen war.
»Du bist noch etwas blaß, Nora«, stellte er fest. »Aber in einigen Tagen wirst du dich erholt haben. Du bist jung, gesund und vital.«
Er schenkte zwei Gläser Portwein ein und reichte mir eines. Ich bemerkte, wie dabei die Augen des Luchses in seinem Ring aufblitzten.
»Auf uns, Nora! Auf deine glückliche Rückkehr! Was hätte ich nur getan, wenn du nicht zurückgekommen wärest!«
»Wir haben es Stirling zu verdanken. Er ist einfach wundervoll!«
»Ja, Stirling ist einfach wundervoll«, wiederholte er.
Ich begann ihm von der Höhle zu erzählen, obwohl er alles schon gehört hatte, denn ich war plötzlich nervös geworden und hatte das Bedürfnis, einfach irgend etwas zu reden.
»Mein kleiner Liebling«, unterbrach er mich. »Du bist wieder da, und ich bin durch dich der glücklichste Mann der Welt, während ich anders der allerunglücklichste geworden wäre.«
Meine Hände hatten zu zittern begonnen, was, wie ich mir versicherte, noch von dem Schock kam. Aber das stimmte nicht. In mir war plötzlich ein Gedanke aufgetaucht, den ich nicht akzeptieren konnte.
Er nahm mir das Glas ab. »Du wirst dich doch nicht fürchten, Nora! Das paßt einfach nicht zu dir.«
»Wovor sollte ich mich fürchten?« entgegnete ich betont gelassen.
»Das ist wieder meine kleine Nora, die so spricht! Du brauchst dich nie wieder vor etwas zu fürchten, denn ich werde immer da sein und dich beschützen.«
»Das ist eine sehr beruhigende Vorstellung«, meinte ich mit einem Anflug meiner alten Leichtigkeit.
»Dann sei auch beruhigt, mein Liebling. Ich glaube, du weißt, was seit einiger Zeit in mir vorgeht. Du hast die Veränderung bemerkt, die du in mir bewirkt hast.«
»Ich?«
»Ja, du! Du hast mir meine Jugend wiedergeschenkt. Ich bin schließlich noch kein alter Mann! Oder erscheine ich dir alt?«
»Mir bist du immer unsterblich geblieben. Noch bevor ich dich gesehen hatte, sprach Stirling von dir, als wärest du Zeus leibhaftig.«

Er lächelte, war jedoch entschlossen, nicht über Stirling zu sprechen.
»Du bist älter als deine Jahre, mein Liebes«, fuhr er fort. »Du bist kein törichtes junges Ding. Und du warst es auch nie. Du mußtest dich im Leben durchkämpfen, und ich bin froh darüber. Ich hätte nie geglaubt, daß mir dies widerfahren würde. Ja, wirklich. Nora. Du hast mir meine Jugend wiedergeschenkt.«
»Wieso?«
»Durch das, was du bist. Indem du hierher zu uns kamst und mir zeigtest, daß mein Leben vor mir und nicht hinter mir liegt.«
»Das freut mich. Du hast also deine törichten Rachepläne aufgegeben.«
Wieder lachte er. Er lachte recht viel heute abend.
»Du kujonierst mich, Nora! Das hast du von Anfang an getan. Versprich mir, daß du es auch weiter tust, wenn du mit mir verheiratet bist. Ich mag es, mein Liebling.«
»Wenn ich mit ...« Ich konnte nicht richtig gehört haben! Er hatte gemeint, wenn ich mit Stirling verheiratet wäre. Tief in meinem Herzen wußte ich jedoch, daß er nicht von Stirling gesprochen hatte.
»Wenn du mit *mir* verheiratet bist!« wiederholte er nachdrücklich. »Du glaubst doch nicht, daß ich dich jemand anders überlasse!« Es war plötzlich eine Härte in seinen Augen, die mich gleichzeitig erschreckte und entzündete. Wie immer in seiner Gegenwart war ich mir über meine Gefühle für ihn nicht klar.
Er ergriff mich an den Schultern und zog mich an sich. »Nie wieder, mein Liebling, wirst du bei einem Buschfeuer einfach losreiten! Ich habe dich wieder, und ich gebe dich bis zu unserem Lebensende nie mehr her!«
»Lynx ...!« stammelte ich, und seine Arme umschlossen mich noch fester.
»Dieser alberne Name!« schalte er.
»Aber für mich bist du Lynx«, sagte ich töricht, als ob es in diesem Augenblick darauf ankam, wo es so viel Wichtigeres zu denken und zu reden gab!
»Ein wildes Raubtier«, fuhr er spöttisch fort. »Aber wahrscheinlich paßt es zu mir. O Gott, Nora! Ich dachte, ich verlöre den Verstand und würde sterben, als du nicht wiederkamst! Ich war drauf und dran, mich in jene Flammenhölle zu stürzen, und nur die innere Gewißheit, die mir sagte, daß du zurückkommen würdest, hielt mich davon ab. Ich brauche dich, Nora! So wie ich

noch nie einen Menschen gebraucht habe! Ich erkenne das jetzt ganz klar. Aber was ist denn, mein Liebling?«
»Heiraten ...«, flüsterte ich. »Ich hatte nie an so etwas gedacht!«
»Woran denn sonst?«
»Du sagtest doch, du wärest mein *Vater*!«
»Das war ich auch am Anfang. Aber dann wurde es anders. Das merktest du doch! Ich werde *alles* für dich sein, Nora. Dir soll nichts fehlen.«
»Ich bin ganz durcheinander.«
»Nicht du, Nora! Du wußtest es doch im Grunde. Ich habe es dir angemerkt. Du wußtest es und warst glücklich darüber.«
»Aber ...«
»Es gibt kein Aber! Ich habe alles genau geplant.«
»Ohne mich zu fragen?«
Er lachte amüsiert auf. »Wieder ein Schimmer meiner alten Nora! Ja, ohne dich mit so vielen Worten zu fragen, aber es war uns doch beiden klar, nicht wahr? Wenn wir bei unserem Schachspiel saßen ... als ich dich gewinnen ließ. Du denkst doch nicht, es wäre dir gelungen, wenn ich dich nicht hätte gewinnen lassen, oder?«
»Und Jagger?« fragte ich langsam.
Seine Augen verengten sich. Seine heftigen, leidenschaftlichen Gefühle erschreckten und faszinierten mich gleichzeitig auf eine mir unerklärliche Weise.
Kalter Haß sprühte jetzt aus seinem Gesicht.
»Jagger!« rief er aus. »Ja, bei Gott, Jagger!«
»Du hast ihn getötet! Hast einen Menschen ermordet!«
»Mein Liebling, er *mußte* sterben! Ich hätte ihn nie wieder ansehen können, ohne nicht von wilden Mordgelüsten gepackt zu werden. Und eines Tages hätte ich ihn mit den bloßen Händen umgebracht. So ließ ich ihn wenigstens schnell sterben.«
»Ach Lynx«, sagte ich leise, »du jagst mir Angst ein.«
»Ich dir Angst? Wo ich dich doch liebe! Noch nie habe ich jemanden so geliebt, wie ich dich liebe. Arabella! Was für ein Hirngespinst! Es war doch nur mein Stolz, der getroffen war. Ich wollte *Whiteladies* – wollte in jenem Haus mit meiner Frau und meinen Kindern leben. Und das werde ich auch tun, Nora!«
»Du bist etwas voreilig«, erklärte ich.
»Meine kleine, vernünftige Nora!« sagte er lächelnd. »Möchtest du denn, daß ich es nicht eilig hätte? Wir werden in *Whiteladies*

leben! Du und ich! Und du sollst an dem Tisch auf dem Podest sitzen, an dem Könige und Königinnen gesessen haben. Und in den Kinderzimmern im obersten Stockwerk, in dem die arme, einfältige Arabella ihr kleines Einmaleins lernte, wird das Lachen unserer Kinder ertönen.«

»Ich habe dir bisher noch nicht mein Jawort gegeben.«

»Mein Liebling! Ich werde dir nicht erlauben, es mir zu verweigern!«

»Und wenn ich das nun tue?«

»Du *wirst* es nicht tun!«

»Was sagt ... Stirling dazu? Hast du es ihm gesagt?«

»Er weiß einiges von meinen Plänen.«

»Er weiß, daß du mich heiraten willst?«

»Ja. Er weiß es. Adelaide auch. Sie haben schon seit einiger Zeit meine Gefühle für dich erraten.«

»Und Stirling ... findet das eine gute Idee?«

»Selbstverständlich! Er erkennt die Stärke meines Gefühls für dich.«

»Und das bedeutet, daß er es sich so wünscht.«

»Ja, er ist immer ein guter Sohn gewesen. Er hat immer alles für mein Glück getan, was er konnte.«

»Ich verstehe.«

»Alles hängt jetzt nur noch davon ab, daß meine gebieterische Nora sagt, daß sie mich liebt, was sie – wie ich genau weiß – tut.«

»Du fällst wieder in jene alte irritierende Gewohnheit zurück, über mich zu sprechen, als wäre ich nicht da, so wie du es anfangs tatest, um mich aus der Fassung zu bringen.«

Er lachte entzückt auf. »Ja, das war grausam von mir. Und dumm dazu, denn es hat auch nicht einen Moment lang gewirkt, was? Wir werden der Familie mitteilen, daß die Hochzeit in Kürze stattfindet. Du weißt, ich bin kein Mann, der gerne Zeit verliert.«

»Ich werde mich nicht in etwas so Wichtiges hineindrängen lassen! Ich treffe gern *selbst* meine Entscheidungen. Ganz besonders, wenn es sich um eine solche Sache handelt!«

»Das sollst du auch, denn ich sehe, du erwartest unsere Hochzeit mit der gleichen Ungeduld wie ich.«

»Du setzt zu Vieles als selbstverständlich voraus. Ich versichere dir, ich war hierauf nicht vorbereitet. Du warst für mich wirklich wie ein Vater.«

»Ich werde ein noch besserer Ehemann als Vater sein. Du wirst es sehen!«
»Ich will Zeit ... brauche Zeit!« erklärte ich. »Ich kann dir keine Antwort geben, bevor ich nicht darüber nachgedacht habe.«
»Und *ich* werde ihnen heute abend unsere bevorstehende Hochzeit ankündigen.«
»Noch nicht!« protestierte ich und wunderte mich, warum ich das sagte – es klang ganz, als hätte ich es bereits akzeptiert und wolle nur einen kleinen Aufschub. Lynx heiraten! Was für eine verwirrende und erregende Vorstellung! Welcher Art waren meine Gefühle für ihn gewesen? Waren sie nicht über das hinausgegangen, was eine Adoptivtochter für ihren Stiefvater empfindet? Und Stirling?
Stirling! Er hatte es gewußt und akzeptiert! Ich würde unter demselben Dach mit ihm leben und mit Lynx, seinem Vater, verheiratet sein. Was für eine absonderliche Situation, doch so und nicht anders wollte es Lynx.
Ich wandte mich zur Tür, aber er vertrat mir den Weg. Seine Augen funkelten vor verhaltender Leidenschaft, die mich erschreckte, genauso, wie sie mich bei Jagger erschreckt hatte. Aber bei Lynx war es etwas anderes; bei ihm hatte ich nicht den Wunsch fortzulaufen.
Er legte mir die Hand unter das Kinn und hob mein Gesicht zu sich empor.
»Du fürchtest dich«, sagte er, »fürchtest dich vor dem, was du nicht kennst – vor der Liebe. Du hast viele Entdeckungen zu machen, Nora. Wir werden sie gemeinsam machen, Nora. Du brauchst dich vor nichts zu fürchten, mein Liebling!«
Sein Gesicht neigte sich über meines, und in jenen hellen Raubtieraugen knisterte es vor Leidenschaft, deren Wesen ich nur erahnen konnte. Ich drängte ihn zurück. »Nein«, sagte ich. »Noch nicht! Ich muß jetzt gehen. Ich muß nachdenken. Ich bestehe darauf! Solltest du ihnen heute irgend etwas eröffnen, so werde ich alles leugnen. Ich lasse mich nicht so überrumpeln!«
Seine Hände sanken herab.
»Du fürchtest dich wirklich vor mir«, sagte er erschüttert. »O Gott, Nora! Ist das wahr?«
»Warum reitest du immer auf Furcht herum? Es ist keine Furcht! Ich habe es nur nicht gern, daß man mir sagt, wen ich heiraten soll und für wann die Hochzeit festgesetzt wird, bevor

ich überhaupt gefragt worden bin! Falls es zu dieser Heirat kommen sollte, so müßte von Anfang an klar sein, daß ich keine Marionette bin, die man beliebig hin und her schiebt, und man sollte auch nicht von mir erwarten, daß ich vor meinem Mann auf den Knien herumrutsche und ihn blind anbete.«
»Ach Nora! Du entzückst mich! Mein Liebling will also Zeit haben, um nachzudenken. Sie will selbst ihre Entscheidungen treffen. Mein einziger Wunsch ist, ihr alles auf der Welt zu geben, was sie haben möchte. Dies ist so wenig, verglichen mit den Dingen, mit denen ich sie überschütten werde.«
»Das erste, um das ich dich bitte, ist, daß du mit dieser lächerlichen Angewohnheit aufhörst. Es macht mich wütend.«
Wir lachten und kehrten für einen Augenblick zu unserer alten, unbeschwerten Leichtigkeit zurück.
»Und nun«, erklärte ich, »lasse ich dich allein. Ich werde in mein Zimmer gehen und wenn ich mich entschieden habe, werde ich es dir sagen.«
Er ließ die Arme sinken, die mich erneut umfaßt hatten, aber als ich mich zur Tür wandte, ergriff er mich, und ich fühlte seine Lippen auf meinem Nacken. Ich wollte bei ihm bleiben und doch gleichzeitig fort von ihm – wie immer verstand ich meine Gefühle für ihn nicht.
Ich ging in mein Zimmer hinauf, blieb gegen die Tür gelehnt stehen und preßte die kühlen Handflächen auf meine glühenden Wangen.
Du wußtest es! warf ich mir vor, und weigertest dich nur, es dir einzugestehen. Du hattest dich entschlossen, Stirling zu heiraten. Es schien alles so richtig und selbstverständlich. Aber ich *liebe* Stirling! protestierte ich.
Ja, du liebst Stirling. *Und* Lynx!
Ich vermochte an nichts anderes mehr zu denken als an Lynx. Er füllte mein gesamtes Denken und Fühlen aus, so wie er jeden Raum zu beherrschen schien, in dem er sich aufhielt. Er war ein erregender, ein faszinierender, wundervoller Mann – und er war irgendwie überlebensgroß.
Ich versuchte meine Fassung wiederzugewinnen. Lynx heiraten! Tag und Nacht mit ihm zusammen sein! Ich wußte so gar nichts vom Leben. Ich hatte so vieles zu lernen! Und *Lynx* würde mein Lehrmeister sein! Der Gedanke entsetzte mich, ließ mich jedoch nicht wieder los. Ich liebe aber *Stirling*! sagte ich mir ein ums andere Mal. Immer war es Stirling gewesen, den ich liebte –

seit damals, als wir zusammen an Deck der *Carron Star* standen.

Ja, aber damals kannte ich Lynx noch nicht!

Aber auch als ich Lynx kannte, hatten meine Gefühle für Stirling sich nicht verändert. Jene furchtbaren Stunden, die wir nebeneinander in der Höhle gelegen hatten mit der ziemlich klaren Gewißheit, nie wieder lebend aus ihr herauszukommen – und als wir dann, dem Tod entronnen, aus ihr herauskrochen und glücklich erkannten, daß unsere Zukunft nun doch vor uns lag – all das war eine einzige, unausgesprochene, innige Liebeserklärung zwischen uns gewesen.

Aber auch in der Höhle war Lynx ständig in meinem Denken gewesen – und nicht nur in meinem, sondern ebenso in Stirlings.

Falls ich Lynx heiratete, würde ich Stirlings Stiefmutter. Die Stiefmutter des Mannes, den ich hatte heiraten wollen! Es war vollkommen undenkbar. Wenn ich nun mit Stirling redete? Wenn er mir nun sagte, daß er mich liebte? Wir müßten dann von hier fortgehen. Wir konnten nicht heiraten und unter demselben Dach mit Lynx leben, jetzt, nachdem er mir seine leidenschaftliche Liebe erklärt hatte.

Wenn ich mir jedoch ein Leben ohne Lynx vorstellte, erfaßte mich grenzenlose Trauer. Ohne ihn schien alles schal und langweilig. Und mit Stirling? Ja, vielleicht sogar mit ihm. Lynx würde uns aber nie erlauben, fortzugehen. Dieser Gedanke tröstete mich. Wieder sah ich ihn auf seinem Schimmel vor mir, die Pistole in der Hand. Ein Mörder! Und er hatte gesagt, er würde es mit jedem Mann genauso machen, der es wagen würde, mich anzufassen. Und Stirling?

Der brausende Wirbel meiner Gefühle riß mich mit sich fort, und ich wußte nicht, was ich tun sollte.

Ich mußte mit Stirling sprechen!

Ich verbrachte eine schlaflose Nacht und stand früh am nächsten Morgen auf. Ich traf Stirling beim Frühstück und sagte ihm, ich müsse ihn sprechen, sofort und unter vier Augen.

Wir ließen die Pferde satteln und ritten hinaus in den Busch.

Noch bevor wir uns einen Kilometer vom Haus entfernt hatten, sagte ich zu ihm: »Stirling, dein Vater hat mich gebeten, ihn zu heiraten!«

»Ja«, antwortete er mit ausdruckslosem Gesicht.

»Ich war völlig überrascht.«

»Wirklich?«

»Er hat mit dir darüber gesprochen?«

»Es kam zur Sprache, als er mir von seinen Plänen mit England erzählte.«

Stirling hatte es also tatsächlich seit einiger Zeit gewußt! Und das schon vor dem Buschbrand! Ich mußte also alles falsch verstanden haben. Ich war für ihn nur eine Schwester. Ich hatte den Fehler gemacht zu glauben, unsere Beziehung sei mehr als nur geschwisterliche Zuneigung. Ich hatte alles falsch verstanden – Stirling ebenso wie Lynx.

»Ich verstehe«, sagte ich tonlos.

Wir ritten schweigend weiter. Sein Gesicht verriet nichts von seinen Gedanken oder Empfindungen. Ich war maßlos enttäuscht und ernüchtert. Wie töricht war ich gewesen!

»Falls ich deinen Vater heirate, werde ich deine Stiefmutter«, sagte ich mit einem albernen kleinen Auflachen.

»Ja und?«

»Das wäre doch sehr seltsam!«

»Wieso?«

»Du bist doch älter als ich.«

»Es wäre nicht das erste Mal, daß jemand eine junge Stiefmutter hätte.«

»Was hältst du davon, Stirling?«

»Mein Vater würde glücklicher sein, als er es jemals in seinem Leben gewesen ist. Und du weißt, wie sehr wir dich ins Herz geschlossen haben. Du gehörst schon zu uns. Dies wird ...«

Atemlos wartete ich darauf, daß er weitersprach. Aber er meinte nur achselzuckend: »Es wird dich uns noch näher bringen.«

Wieder überkam mich jene ratlose Verwirrung. Was wollte ich eigentlich? Daß Stirling vor mir auf die Knie fiel und mich beschwor, es nicht zu tun, da er es nicht ertragen könne, wenn ich einen anderen Mann heirate – auch nicht, wenn dieser sein Vater sei? Wollte ich, daß er unsere Flucht vorbereitete?

Ich wußte es nicht. Ich glaube, ein Teil meines Ichs klammerte sich an jenen alten Traum, in dem ich mir eine Zukunft mit Stirling ausgemalt hatte – mit unseren Kindern, die auf den Schoß ihres Großvaters krabbelten und ihn verehrten und anbeteten, so wie wir alle es taten. Es war der alte, konventionelle Traum. Aber wie konnte Lynx in irgendeiner Geschichte eine Nebenrolle spielen?

Ich ließ mein Pferd in Galopp überwechseln und hörte sofort, daß Stirling es ebenfalls tat und mir dicht folgte. Es ist ihm gleichgültig, überlegte ich. Er freut sich, weil es das ist, was sein Vater sich wünscht. Stirling hat gar keinen eigenen Willen. Sein einziges Bestreben ist, seinen Vater glücklich zu sehen. Er hat mich gern – ja, aber wie eine Schwester.

Und so wußte ich also, was ich zu tun hatte. Stirling hatte mir die Entscheidung abgenommen. Aber stimmte das auch? Hätte ich es jemals fertiggebracht, Lynx zu sagen, daß ich ihn nicht heiraten könne, weil ich seinen Sohn liebe?

Ich liebe sie *beide*! gestand ich mir verzweifelt. Wie war es sonderbar, daß ich mir das friedliche, konventionelle Leben mit dem Sohn vorstellte und das Abenteuer mit dessen Vater! Lynx mußte gesehen haben, wie wir zurückkamen, denn kaum hatte ich das Haus betreten, so meldete mir einer der Diener, daß er mich in der Bibliothek zu sprechen wünsche.

Es war wie ein Befehl, überlegte ich, wie ein Befehl, mit einem leichten aber nachsichtigen Anflug von Verärgerung. Doch während seine Arroganz mich reizte, war mir dies nur recht. Ich zögerte den Augenblick meiner Antwort absichtlich hinaus – und er war ungeduldig.

»Wie hast du lange gebraucht!« beschwerte er sich.

»Ich ging erst hinaus, um mich zu kämmen und mir die Hände zu waschen, bevor ich vor Eurer Lordschaft erschien.«

»Weißt du nicht, daß ich sofortigen Gehorsam erwarte?«

»Ich weiß, was du erwartest, aber es kommt nicht immer so, wie man es erwartet!«

Er lachte, wie er das jetzt so oft und bereitwillig tat. Ich schien ihn pausenlos zu amüsieren. Vielleicht war es aber auch ein Lachen des Triumphes, weil er wußte, daß ich mich seinen Wünschen fügen würde. Ich glaube, ich hatte es von Anfang an gewußt, trotz meines Traumes von einer Zukunft mit Stirling.

»Du bist heute bedeutend selbstbewußter als gestern abend.«

»Du hast mich gestern ziemlich überfahren.«

»Und jetzt hast du Gelegenheit gehabt, in Ruhe über dein ...«

»Mein Glück nachzudenken?«

»Nein, über *unser* Glück!« verbesserte er mich. »Aber du brauchst nicht weiter zu reden. Ich weiß, wie deine Antwort lautet.«

»Du warst dir deiner Sache ja von Anfang an so sicher, daß du es nicht mal für nötig hieltest, mich zu fragen.«

»Ich weiß einfach, was am besten für dich ist, mein Liebling.«

»Weißt du auch, was am besten für dich selbst ist?«
»O ja! *Du* bist das Beste für mich, so wie ich es für dich bin. So einfach ist das! Hattest du einen schönen Ritt mit Stirling?« Er sah mich durchdringend an. »Er freut sich riesig. Meine Familie weiß, daß ich mir diese Heirat mit dir mehr wünsche als alles auf der Welt. Deshalb sind sie glücklich darüber.«
Ich streckte ihm die Hände hin, die er ungestüm ergriff. »Da ich ein Mitglied dieser Familie bin«, meinte ich lächelnd, »muß ich mich vermutlich dieser Meinung anschließen.«
Ich sah den Triumph in seinen Augen aufleuchten, als er mich in seine Arme riß.
»Aber ich werde dich enttäuschen«, warnte ich ihn.
»Unmöglich, mein Herz!«
»Du wirst mich zu jung und dumm finden.«
»Ich werde dich bezaubernd finden! So, wie ich es immer getan habe.«
»Du wirst ungeduldig mit mir sein.«
»Und du herrisch mit mir.«
»Aber das Ganze ist doch irgendwie unmöglich.«
»Unsinn! Ich liebe dich, und du liebst mich.«
»Ist es nicht Majestätsbeleidigung, die Götter des Olymps so zu lieben, als wären sie gewöhnliche Sterbliche? Sollte man sie nicht nur aus der Ferne ehrfürchtig verehren?«
»Das genügt für den Anfang!« versicherte er mir glückstrahlend.

Der Tag wurde mit einem festlichen Abendessen gefeiert, bei dem jeder Platz am Tisch besetzt war. Ich saß neben Lynx. Er war von einer neuen Güte, und seine Augen leuchteten und glitzerten nicht mehr wie die eines Raubtieres. Nie hatte ich ihn so gesehen, und ich war überglücklich, daß ich der Grund für diese Veränderung war. Er lachte oft und viel, war nachsichtig mit allen und verkündete am Schluß des Essens unsere bevorstehende Hochzeit. Wir, er und ich, würden bald heiraten – und zwar sehr bald, setzte er hinzu. Es sei ein denkwürdiger Augenblick, und alle sollten ihre Gläser erheben und auf seine Braut trinken. So standen alle auf und erhoben ihre Gläser. Einige der anwesenden Männer waren damals in der Wollscheune gewesen, in der Jacob Jagger aufgebahrt worden war. Adelaide war freudig erregt, weil sie ihren Vater nun endlich glücklich wußte. Jessica saß da mit verkniffenem Mund – eine düstere Kassandra.

Stirlings Gesicht verriet nichts von den Gefühlen, die ich halb erhofft hatte.
Ich dachte an sie alle, als ich schließlich im Bett lag – ganz besonders aber an Stirling. Ich versuchte, mir alles ins Gedächtnis zu rufen, was wir gemeinsam erlebt hatten, und mich zu fragen, wie es nur möglich war, daß ich seine Gefühle für mich so falsch gedeutet hatte. Wenn er mir ein Zeichen gegeben hätte, daß er mich liebte ...
Aber was hätte ich dann getan? Irgendwie wußte ich, daß ich es nie fertiggebracht hätte, Lynx einen Korb zu geben; er hätte es vor allem gar nicht zugelassen. Und ich hätte es auch nicht gewollt. Er liebte mich tausendmal mehr, als das Stirling jemals möglich gewesen wäre, sagte ich mir. Er war viel tieferer, leidenschaftlicherer Gefühle fähig. Ich konnte stolz darauf sein, die Liebe eines solchen Mannes gewonnen zu haben. Mein Leben mit ihm würde vielleicht manchmal beängstigend sein – immer jedoch aufregend.
Ich konnte nicht schlafen, und als ich so in der Dunkelheit lag und mir die Zukunft vorzustellen versuchte, hörte ich ein Geräusch draußen vor meiner Tür. Mein Herz begann unangenehm zu klopfen, als die Tür sich leise öffnete. Eine Sekunde lang dachte ich: Es ist der Geist der toten Maybella, die gekommen ist, um mich zu warnen!
Ich hätte wissen müssen, daß es Jessica war. Sie sah wahrhaftig wie ein Gespenst aus mit ihrer weißen Nachthaube über den aufgedrehten Locken, dem langen weißen Flanellnachthemd und der Kerze in der Hand.
Ich wußte, sie kam, um mich zu warnen.
»Schläfst du?« fragte sie.
»Nein. Du wirst dich aber erkälten, wenn du so nachts im Haus herumwanderst.«
Sie schüttelte den Kopf. »Ich wollte mit dir reden.«
»Dann setz dich also, und wickle dich in diese Decke ein.«
Wieder schüttelte sie verneinend den Kopf. Sie zog es vor, mit hocherhobener Kerze neben meinem Bett zu stehen. Sie wußte, sie sah so mehr wie eine Prophetin des Unheils aus, als ihr das im Sitzen möglich gewesen wäre.
»Es ist also so gekommen! Du wirst seine Frau. Es wird ein einziges Unglück werden.«
»Warum sollte es das!«
»Ich weiß es. Maybella ist mir gestern nacht im Traum erschie-

nen. Sie sagte: »Verhindere es, Jessica! Rette dieses arme junge Mädchen!«
»Maybella wußte also im voraus etwas von unserer Verlobung?«
»Die Toten wissen so etwas. Besonders, wenn sie keine Ruhe im Grab gefunden haben.«
»Hat Maybella das denn nicht?«
Jessica schüttelte den Kopf. »Sie kommt immer wieder, um ihn zu quälen. Er hat sie schließlich ermordet.«
»Ich finde, du darfst das nicht sagen. Sie starb schließlich bei der Geburt ihres Sohnes.«
»Er brachte sie um, und er wußte das.«
Ich seufzte. »Das ist deine Art, die Dinge zu betrachten. Ich wette, sie wünschte sich selbst einen Sohn.«
»Und wie meinst du, wird es dir ergehen?«
»Ich werde mein Bestes versuchen, eine gute Ehefrau und Hausherrin zu sein.«
»Er denkt immer nur an sich selbst.«
»Das ist eine sehr verbreitete menschliche Schwäche.«
»Wie schlagfertig du bist! Das amüsiert ihn. Maybella hatte nichts davon. Und dann dieses Mädchen in England.«
»Du solltest jetzt wieder zu Bett gehen!« versuchte ich sie sanft zu überreden. »Du wirst dich sonst wirklich noch erkälten.«
»Maybella will, daß ich dich warne. Er ist grausam, egoistisch und hemmungslos triebhaft und wird dir nicht treu sein. Er ist *nie* einer Frau treu gewesen! Glaubst du etwa, es würde bei dir anders?«
»Es ist niemals im Leben zu spät, sich zu ändern.«
»Du machst dich über mich lustig.«
»Nein, Jessica, das tue ich nicht. Aber ich glaube, du verstehst das alles nicht ganz. Alles, worüber du sprichst, gehört der Vergangenheit an. Er und ich werden zusammen ein neues Leben beginnen. Ich werde alles in meiner Macht stehende tun, damit es ein schönes, erfülltes, glückliches Leben wird – und er ebenfalls.«
»Er wird dich nur benutzen, so wie er es mit jedem macht. Und was ist mit Stirling, eh?«
»Wieso? Was soll mit Stirling sein?«
»Nun, es gab eine Zeit, da dachten wir, ihr beide würdet heiraten ... Es wäre richtig und gut gewesen, und es war das, was er sich wünschte.«

»Wer wünschte sich das?«
»Na, Stirling natürlich. Wir sagten es alle. Eine Heirat zwischen euch beiden Jungen, das wünschten wir uns alle, und damit rechneten wir alle. Und was passiert? Du gefällst *ihm*, und so sagt er: ›Nein, Stirling! Tritt zurück! Wenn du es nicht tust, erschieße ich dich, wie ich den Jagger erschossen habe.‹«
»Wie kannst du es wagen, so etwas von ihm zu behaupten!«
»Es ist nur, was Maybella zu mir gesagt hat. Er hat zu Stirling gesagt: ›Hände weg! Ich will das Mädchen!‹ Und so hat Stirling gesagt: ›Jawohl, Papa‹, so wie man es ihm beigebracht hat. Es ist immer dasselbe. Er muß seinen Willen haben! Mag der Teufel den Rest holen.«
»Ich bin müde, Jessica«, sagte ich. »Du kannst mich durch nichts, was auch immer du sagst, bewegen, meinen Entschluß zu ändern. Ich habe ihm versprochen, ihn zu heiraten, und ich werde dieses mein Versprechen halten. Wir alle verändern uns. Er hat sich verändert. Er ist nicht mehr der gleiche Mann, der damals in *Rosella Creek* ankam.«
»Das ist er doch!« Ich vergesse nichts. Er stand da im Hof mit den Wunden an seinen Handgelenken – und von diesem Moment an war nichts mehr so wie vorher. Er bricht in dein Leben ein. Er reißt dich an sich, und wenn er mit dir fertig ist, läßt er dich fallen wie eine heiße Kartoffel. Er hat sich nicht geändert. So hat er es mit Maybella gemacht – und so wird er es auch mit dir machen.«
»Ich habe nicht die Absicht, mich so behandeln zu lassen, wie du es schilderst.«
»Das hatte sie auch nicht. Sie hielt ihn am Anfang für einen wunderbaren Menschen. Und das wirst du ebenfalls tun. Er kann sehr gut den Liebhaber spielen, auch wenn es alles nur geheuchelt ist wie bei Maybella. Sie ging in jenen ersten Monaten wie in einem glücklichen Traum herum. Sie pflegte mir zu sagen: ›Ach Jessie, wenn ich es dir nur erklären könnte!‹ Ich wußte Bescheid ... sogar damals schon.«
»Das ist jetzt alles so lange her, Jessica. Es hat keinen Sinn, immer wieder davon anzufangen.«
»Aber ich will, daß du es weißt. Maybella will es. Nun, ich habe meine Pflichten getan.« Sie trat noch dichter an mein Bett. Die Kerze fiel ihr fast aus der Hand, und ich dachte schon, sie wolle meine Bettücher anzünden. »Lauf fort!« flüsterte sie beschwörend. »Lauf fort, solange es noch Zeit ist! Lauf mit Stirling fort.«

»Du bist ja wahnsinnig!« sagte ich verärgert.
Sie schüttelte den Kopf und meinte dann traurig: »In gewisser Hinsicht vielleicht, aber es ist seine Schuld. Ich sehe das alles so glasklar. Es würde dir gelingen, Stirling zu überreden. Versuch es! Er würde mitkommen. Ich weiß es. Laß diesen Mann keine Zeit mehr gewinnen. Lauft fort! Lauft zusammen fort!«
Sie stieß ein hohl klingendes Gekicher aus. »Wie gern würde ich sein Gesicht sehen, wenn man ihm sagen würde, daß du fort bist!«
»Das Wachs deiner Kerze tropft auf meine Bettdecke, Jessica!«
Sie hielt die Kerze sofort gerade und hob sie dicht unter ihr Kinn. Sie sah jetzt aus wie ein Totenkopf. Ich dachte: So hätte Maybella ausgesehen, wenn sie tatsächlich von den Toten zurückgekommen wäre, um mich zu warnen.
»Ich habe meine Pflicht getan«, wiederholte Jessica. »Wenn du nicht auf mich hören willst, ist das deine Sache.«
»Geh wieder zu Bett«, sagte ich, »und paß mit deiner Kerze auf!«
Sie ging zur Tür und sah sich noch ein Mal nach mir um.
»*Du* sollst aufpassen, nicht ich!«
»Vielen Dank, daß du gekommen bist«, erwiderte ich, denn sie tat mir leid – sie, die Lynx geliebt hatte – das hatte sie mir überdeutlich verraten – sie, die sich danach gesehnt hatte, daß ihre alte Beziehung wieder auflebte und die Liebe, die sie beide ihrer Meinung nach verbunden hatte.
»Ich habe getan, was Maybella von mir verlangte«, murmelte sie. »Mehr kann ich nicht tun.« Und damit verließ sie mich endlich. Ich lag da und überlegte mir noch einmal, was sie gesagt hatte, grübelte von neuem über den eigenartigen Mann nach, mit dem ich nun den Rest meines Lebens verbringen sollte, und fragte mich, was die Zukunft mir wohl bringen würde. Und hinter all diesen Überlegungen stand der Gedanke an Stirling, der mich vielleicht liebte, jedoch Lynx noch mehr.
Und ich?
Die schreckliche Unentschiedenheit war zurückgekehrt. Ich liebe sie *beide*! erkannte ich. Nur ein Leben mit beiden konnte für mich erfüllt und glücklich sein. Aber sie hatten für mich entschieden. Falls Stirling wirklich jemals vorgehabt hatte, mich zu heiraten, trat er mich jetzt an seinen Vater ab, der voller

Ungeduld und mit dem Raubtierblick in den Augen auf den Moment der Übergabe wartete.
Adelaide nähte mein Hochzeitskleid. Es war aus weißer Seide und hatte viele Rüschen und Volants und einen verschwenderischen Spitzenbesatz.
»Es wird dir auch in England gute Dienste tun«, meinte sie.
In England! dachte ich. Wir werden nicht nach England gehen! Ich werde ihn überreden, hierzubleiben und diesen ebenso lächerlichen wie bösen Plan aufzugeben, *Whiteladies* jenen sympathischen Menschen wegzunehmen, die Stirling und ich flüchtig kennengelernt hatten.
»Denn dort werdet ihr in großem Stil leben«, fuhr Adelaide fort. »Denk allein daran, daß du dich jeden Abend zum Essen umziehen mußt. Du wirst viel Samt tragen. Ich glaube, grüner würde dir am besten stehen, Nora. Du wirst an dem einen Ende des Tisches sitzen und mein Vater an dem anderen, und er wird sehr stolz auf dich sein.«
»Ich möchte lieber hierbleiben!«
»Aber dort werdet ihr in einem viel angemesseneren Stil leben.«
»Mir gefällt und genügt unser Stil hier!«
»Du vergißt, daß dein zukünftiger Mann einer der reichsten Männer Englands sein wird.«
»Was hat das schon zu sagen! Eine gewisse materielle Sicherheit genügt doch völlig.«
»Ihm nicht, Nora, und sein Wille wird dein Wille sein, wenn du seine Frau bist.«
»Ich teile nicht diese Auffassung von der Ehe. Die Ehe ist eine Partnerschaft. Ich werde mich und mein Wesen nicht ändern, wenn ich verheiratet bin.«
»Der Mann formt aber ganz unweigerlich die Ansichten und die Denkweise seiner Frau.«
»Ich werde mir immer eine *eigene* Meinung bilden!«
Adelaides nachsichtiges Lächeln irritierte mich, und so erklärte ich etwas zu heftig: »Ich glaube nicht, daß er von mir erwartet, daß ich mich ändere. Sein Interesse an mir erwachte ja gerade, weil ich mich weigerte, ihn so zu behandeln, als wäre er eine Art heiliges Orakel, wie ihr alle das tatet!«
Adelaide antwortete nicht, doch ich sah ihr an, daß sie an ihrem Standpunkt festhielt. Einige Tage später fuhr ich mit ihr nach Melbourne. Mit welch ehrfürchtigem Respekt wurde ich im Hotel empfangen.

Ich schnitt eine belustigte Grimasse, als wir in unserem Zimmer waren, und sagte zu Adelaide: »Ich bin die Auserwählte! Es ist ja fast als hätte ich eine Art Heiligenschein verliehen bekommen!«
Wir gingen verschwenderisch einkaufen. Ich suchte mir Seidenstoffe und Samt für mehrere Kleider aus, die Adelaide für mich nähen wollte. Auch einen Zobelmuff kaufte ich mir und einen pflaumenfarbenen Samtumhang mit Zobelbesatz.
»Ich würde mir hier nicht zu viel kaufen«, riet mir Adelaide. »In England findest du viel elegantere und viel modischere Sachen.«
Ich erwähnte nicht, daß ich alles in meiner Macht stehende tun würde, um diese Rückkehr nach England zu verhindern.
Als wir mit all unseren Paketen wieder in *Little Whiteladies* ankamen, erwartete Lynx mich schon voller Ungeduld.
»Ich habe tausend Ängste ausgestanden!« erklärte er. »Ich werde dich nicht noch einmal ohne mich fortlassen.« Ich war froh und befriedigt, daß ich ihm so viel bedeutete.
Adelaide machte sich sogleich in ihrem Nähzimmer an die Arbeit. Ich verbrachte einen Großteil meiner Zeit bei ihr – nicht, als ob ich mich sonderlich für die Näherei interessierte. Ich hatte vielmehr häufig den Wunsch, mich sowohl von Stirling wie Lynx zurückzuziehen, damit ich in Ruhe über den mir bevorstehenden Schritt nachdenken konnte. In jenem Nähzimmer, in dem sich die Unterhaltung nur um die Weite eines Ärmels oder den besten Schnitt für einen Rock dreht, konnte ich über die Zukunft nachdenken und versuchen, zu einer endgültigen Entscheidung zu kommen, bevor ich jenen schicksalsschweren Schritt tat.
Das war natürlich alles Unsinn. Als ob ich mich noch hätte anders entscheiden können! Oder wollen! Ich hatte jedoch den Wunsch, mich selbst und meine Empfindungen zu verstehen. Wenn Stirling nicht gewesen wäre ... Doch ich hätte ebenso gut sagen können: Wenn Lynx nicht gewesen wäre ...
Nein, sagte ich mir wohl hundert Mal am Tag: Es ist Lynx! Er ist die starke Persönlichkeit, die ich brauche. Und doch – es gelang mir nicht, Stirling aus meinen Gedanken zu verbannen.

Die Tage vergingen wie im Fluge, und ich wäre oft gern allein ausgeritten in die Weite des australischen Busches, weil ich irgendwie das Gefühl hatte, dort möglicherweise wie durch ein

Wunder die Antwort zu finden, die meine geheimen Ängste zum Schweigen gebracht hätte. Aber Lynx hatte Anweisung gegeben, daß ich nicht mehr allein ausreiten dürfe. Ich entdeckte dies eines Morgens, als ich in den Stall kam und dem Pferdeburschen sagte, er solle mein Pferd satteln. Von ihm erfuhr ich, daß ich nicht mehr allein ausreiten dürfte. Ich bestand jedoch darauf, und der arme Junge geriet in größte Nöte. Nein, Lynx, sagte ich mir im stillen. Ich laß mich nicht einsperren! Daran wirst du dich gewöhnen müssen.

Ich sattelte also mein Pferd selbst und ritt los. Ich war noch nicht weit gekommen, als ich hinter mir den Hufschlag eines galoppierenden Pferdes hörte. Lynx ritt denselben Schimmel wie damals, als er Jacob Jagger erschossen hatte.

Ich gab meinem Pferd die Sporen, konnte ihn jedoch nicht abschütteln. Nach wenigen Minuten hatte er mich eingeholt. Seine Augen glitzerten vor Erregung. Er sieht wie ein Satyr aus, überlegte ich mir.

»Nora!« rief er aufgebracht.

Ich parierte mein Pferd neben ihm durch. »Weshalb die Aufregung?« fragte ich gelassen.

»Ich gab Anweisung, daß du nicht mehr allein ausreiten sollst!«

»Wenn ich es aber nun möchte?«

»Das wirst du nicht, weil du weißt, daß es gegen meinen Wunsch ist.«

»Und du wirst bitte nicht deine Stallburschen anweisen, mich mit ihren lächerlich unzureichenden Mitteln daran zu hindern! Denn das wäre gegen *meinen* Wunsch!«

»Du weißt genau, warum ich nicht will, daß du allein ausreitest.«

»Ja, weil du denkst, ich sei zu dumm dafür und eine alte Mähre wie ... wie hieß sie noch? Blundell? ... sei gerade gut genug für mich.«

»Unsinn! Ich stehe Qualen der Angst aus, wenn du allein unterwegs bist. Ich male mir alle möglichen Gefahren aus, die dir im Busch begegnen können. Einzig und allein aus diesem Grunde will ich nicht, daß du allein ausreitest.«

»Soll das heißen, daß ich mich für den Rest meines Lebens immer begleiten lassen muß? Wie ein junges Mädchen mit ihrer Dueña?«

»Sobald wir Australien verlassen, wird sich das ändern. Es ist also nur noch für eine kurze Zeit.«

»Du weißt«, erklärte ich langsam und mit Nachdruck, »daß ich Australien nicht verlassen will!«
»Das kommt nur daher, weil du nicht weißt, wie viel schöner das Leben sein kann.«
»Ich habe das grandiose Haus gesehen, an das du denkst.« Und nach einer kleinen Pause fügte ich ihn ansehend hinzu: »Du sagst, du liebst mich.«
»Ja, von ganzem Herzen!«
»Dann willst du mich doch glücklich machen.«
»Das wird der Sinn meines Lebens sein.«
»Gut! Dann laß uns hierbleiben, und ich werde den Rest meines Lebens folgsam mit der jeweiligen Dueña ausreiten, wenn immer ich Lust dazu habe. Aber vielleicht wirst du nach einiger Zeit finden, daß ich etwas weniger dumm geworden bin oder aber die Vorstellung, ich könne einer jener Gefahren begegnen, wird dich nicht mehr derartig quälen.«
»Was redest du bloß für einen Unsinn!«
»Das ist gar kein Unsinn! Ein Ehemann wird seiner Frau nun mal nach einer gewissen Zeit überdrüssig. Das ist keine ungewöhnliche Erscheinung.«
»Wir werden kein gewöhnliches Ehepaar wie andere sein.«
Er hatte sein Pferd dicht neben mich gedrängt. Über uns ertönten laute Vogelrufe und in der Ferne sah ich ein braunes Känguruh über das trockene Gras hüpfen. Seit jenem Augenblick, als ich aus der Höhle in die schreckliche, schwarz verkohlte Stille herausgekrochen war, nahm ich sehr bewußt die Laute und Geräusche des Busches wahr.
»Ich habe dieses Land zu lieben begonnen«, sagte ich.
»England wirst du noch mehr lieben.«
»Ich will aber hierbleiben!«
»Es wird unwichtig für dich sein, wo du bist, weil wir zusammen sein werden.«
»Wenn es unwichtig ist – weshalb sollen wir dann fort?«
»Weil wir es müssen. Du wirst das eines Tages verstehen. Ich werde dir helfen, es mit meinen Augen zu sehen. Dann wirst du erkennen, daß es eine zwingende Notwendigkeit war. Wenn du erst dort bist, wohin ich dich bringe, wirst du mir dein Leben lang dafür danken. Ja, das wirst du!«
»Ich weiß, woran du denkst. An jenes Haus. Aber es kann nicht deines werden. Es gehört dir nicht. Dieser Wunsch von dir, dort zu leben, ist deiner unwürdig.«

»Du hast eine zu hohe Meinung von mir, Nora.«
»Aber du bestehst doch darauf, daß jeder diese hohe Meinung von dir hat.«
»Du versuchst, einen Heiligen aus mir zu machen. Das werde ich nie sein.«
»Ach Lynx!« bettelte ich. »Lieber Lynx ...«
Er lächelte und sagte: »Wenn du so mit mir sprichst, möchte ich dir die ganze Erde zu Füßen legen!«
»Dann schenk mir nur das Eine, lieber Lynx! Schenk mir deine Rachepläne! Ich werde sie vernichten, und es wird so sein, als hätten sie niemals existiert.«
»Sie existieren aber, Nora.«
»Man *kann* sie vernichten!«
»Dazu ist es zu spät. Sie sind zu sehr eine Realität, ein Teil von mir geworden.«
»Du sagtest doch, du liebst mich.«
»Zweifelst du daran?«
»Wenn man einen Menschen wirklich liebt, möchte man ihm das geben, was er sich am meisten wünscht.«
»Und genau deshalb wirst du, die du mich liebst, nicht das Unmögliche von mir verlangen. Hör zu, mein Geliebtes. Wir gehen nach England – du, ich und Stirling. Adelaide wird nach einiger Zeit nachkommen. Denk daran, daß ich nicht freiwillig in dieses Land gekommen bin!«
»Es hat dich aber mit offenen Armen aufgenommen!«
»Nun ja«, gab er zu. »Ich habe meine Strafe hier abgedient. Und jetzt habe ich meine Belohnung ... Gold und Nora!«
»In dieser Reihenfolge?«
»Du bedeutest mir mehr als alles Gold Australiens!«
»Ich bin froh, das aus deinem Munde zu hören, denn ich war mir dessen gar nicht sicher. Es gibt jedoch Eines, was dir wichtiger ist als diese beiden, um deine Zuneigung werbenden Rivalen – und das ist dein Rachedurst!«
»Eines Tages wirst du das verstehen«, war alles, was er erwiderte.
Als wir dann zusammen zurückritten, nahm er mir das Versprechen ab, nicht wieder allein auszureiten. Ich hielt ihm vor, daß ich es bisher doch oft getan hätte, worauf er mich an meinen Unfall erinnerte, an das schreckliche Erlebnis mit Jagger und an den Buschbrand.
Ich würde jetzt sehr viel besser reiten, entgegnete ich, und würde

nur ein Pferd nehmen, mit dem ich auch zurechtkäme. Niemand würde es mehr wagen, mich zu belästigen, und falls wieder ein Buschbrand in unserer Gegend ausbrechen sollte, würde ich es rechtzeitig merken und mich ganz bestimmt nicht hinaustrauen. Was gäbe es denn sonst noch für Gefahren?
»Ich habe einfach Angst, dich zu verlieren«, sagte er. »Du bist mir wie durch ein Wunder geschenkt worden. Alles, was ich mir jemals im Leben gewünscht habe, hat mir ein gütiges Schicksal gewährt – oder ist im Begriff, es zu tun. Ich traue aber dem Leben nicht. Ich werde die Angst nicht los, daß gerade in dem Augenblick, in dem ich das vollkommene Glück fast schon in Händen halte, es mir genommen wird.«
»*Du* hast solche Gedanken? Du überraschst mich wirklich!«
»Ich meine es ganz ernst.«
»Nun, dann will ich dieses Zugeständnis machen: Ich werde bis zu unserer Hochzeit nicht mehr allein ausreiten. Danach wirst du mich von neuem überreden müssen.«
»Das ist ein Wort!« erklärte er zustimmend, und wir beließen es dabei und unterhielten uns auf dem Nachhauseritt in jener leichten, spöttischen Art, in der offensichtlich noch niemand mit ihm zu sprechen gewagt hatte und die ihn anscheinend amüsierte.

Mein Hochzeitstag stand vor der Tür, und die Vorbereitungen waren in vollem Gange. Der Duft von Kuchen und Pasteten durchzog das Haus. Adelaide fabrizierte einen riesigen Hochzeitskuchen mit sechs Etagen. Ich konnte jedoch die Vorstellung nicht loswerden, daß noch etwas Entsetzliches passieren würde, um die Hochzeit zu verhindern. Irgendein Hindernis würde auftauchen. Was für ein absurder Gedanke! schalt ich mich. Als ob irgend jemand oder irgend etwas verhindern könnte, daß das geschah, was Lynx sich in den Kopf – oder sollte ich sagen: ins Herz? – gesetzt hatte! Oder war das vielleicht eine dunkle Vorahnung?
Stirling ging mir aus dem Weg, obwohl ich gegen meine Art öfters versucht hatte, ihn zu sehen. Wenn er doch nur etwas sagen würde! Daß er genauso zufrieden über meine bevorstehende Hochzeit war wie Adelaide verletzte mich tief. Aber war er das wirklich? Wir sollten in der kleinen Kapelle, die etwa vierhundert Meter vom Haus entfernt stand, getraut werden; anschließend sollte der festliche Empfang im Haus stattfinden.

Mein Hochzeitskleid hing im Schrank in meinem Zimmer. Adelaide hatte es mir gestern dort hingehängt, nachdem sie gerade eben noch damit fertig geworden war. Es sei wirklich ein Kunstwerk, sagte ich bewundernd zu ihr. Ich sollte einen langen Schleier und einen Kranz aus Orangenblüten tragen; beides hatten wir in Melbourne gekauft.

Am Vorabend meiner Hochzeit überkamen mich meine alten Zweifel und Ängste in hundertfach verschlimmerter Weise. Ich beruhigte mich damit, daß bekanntlich vielen Bräuten am Vorabend ihrer Hochzeit so zumute war. Immer wieder mußte ich an Jessicas schaurige Warnung denken. Würde sich sein Verhältnis zu mir ebenso ändern wie es das damals bei Arabella und Maybella getan hatte? Er hatte seine Liebe zu mir einen Waldbrand und jene, die er für Arabella empfunden hatte, die Flamme einer Kerze genannt. Ein Waldbrand – was für ein unglücklicher Vergleich! Und wie war es töricht von mir, über Jessicas düstere Warnungen nachzugrübeln! Sie war ja halb verrückt.

Ich stellte mir seine Augen vor, wenn er mich morgen sehen würde, und hatte den Wunsch, in mein Hochzeitskleid zu schlüpfen, um mich zu vergewissern, daß ich in ihm schön aussah. Ich tat es und bewunderte Adelaides unendlich mühevolle Arbeit. Was war sie doch für eine hingebungsvoll liebende Tochter! Und ich würde jetzt ihre Stiefmutter sein – Adelaides und Stirlings Stiefmutter!

Ich zog den Schleier über das Gesicht und setzte mir den Kranz aus Orangenblüten auf. Es sah reizend aus. »Alle Bräute sind schön«, sagte ich laut vor mich hin. »Ja«, antwortete ich mir selbst, »aber du bist es wirklich.«

»Das kommt nur von dem Kleid und dem Schleier. Er verdeckt gerade genug von deinem Gesicht. Wird *er* dich schön finden?«

»Das tut er bereits.«

»Ebenso schön wie Arabella ... und Maybella ... und die anderen?«

»Was für ein Unsinn! Sie sind tot, und du bist jung. Du bist hier und bist mehr als nur ein junges, begehrenswertes Mädchen. Du bedeutest ihm mehr als irgendein Mensch jemals zuvor. Du hast ihm seine Jugend wiedergeschenkt. Er hat das gesagt. Und du hast ihm Gold geschenkt.«

Mit glühenden Wangen fuhr ich zusammen. Ich wünschte wirklich, Jessica würde diese unangenehme Angewohnheit ab-

legen, lautlos herumzuschleichen und plötzlich ohne Vorwarnung vor oder hinter einem zu stehen!
»Jessica«! rief ich vorwurfsvoll aus. »Ich habe dein Klopfen gar nicht gehört.« »Das kommt daher, weil du mit dir selber geredet hast. Maybella tat das auch immer. Du siehst ganz wie sie aus mit dem Schleier, der dein Gesicht unkenntlich macht. Es könnte Maybella sein, die da vor mir steht – so wie vor über dreißig Jahren.«
»Die Mode hat sich doch zweifellos geändert.«
»Ja, sie trug einen anderen Schleier. Und keine Orangenblüten. Nur eine weiße Satinschleife. Es war ein hübscher Schleier, und sie sah so wunderschön aus! Ich habe nie einen so glücklichen Menschen gesehen wie Maybella am Morgen ihres Hochzeitstages. Aber sie wußte damals ja noch nicht, was auf sie wartete.«
Ich versuchte, das Gespräch in praktische Bahnen zu lenken. »Da du nun einmal hier bist, Jessica, kannst du mir auch das Kleid aufhaken.«
Ich nahm den Schleier und Kranz ab und legte beides sorgfältig in die Schachtel zurück. Dann stellte ich mich mit dem Rücken vor sie hin, und sie nestelte an den Haken und Ösen herum.
»Es bringt Unglück, wenn man sein Hochzeitskleid am Vorabend der Hochzeit anzieht.«
»Was für ein Unsinn!«
»Maybella probierte ihres auch am Vorabend an, genau wie du. Sie ging darin auf und ab und fragte mich: ›Seh ich schön aus, Jessie? Ich *muß* schön sein! Er erwartet es von mir.‹«
»Altweibergeschwätz sollte uns wirklich nicht kümmern. Und jetzt muß ich zu Bett gehen und schlafen. Morgen wird ein anstrengender Tag für mich. Gute Nacht, Jessica.«
Resignierend schüttelte sie den Kopf. »Gute Nacht!«
Ich zog mich aus und stieg ins Bett, doch da kam Jessica auch schon wieder zurück. »Ich habe dir etwas heiße Milch gebracht. Du wirst dann besser einschlafen.«
»Wie nett von dir, Jessica!«
Sie stellte die Milch auf den Nachttisch und blieb wartend stehen.
»Bitte warte nicht, bis ich sie ausgetrunken habe«, sagte ich. »Nochmals vielen Dank und gute Nacht!«
Schweigend glitt sie hinaus. Mich überkam der Impuls, die Tür abzuschließen, doch dann lachte ich mich aus. Fürchtete ich mich etwa vor der einfältigen Jessica? Ich trank einen Schluck Milch.

Ich hatte eigentlich gar keinen Durst, aber es würde sie kränken, wenn ich sie nicht trank.
Ich dachte an Lynx und all jene Jahre, in denen er zwischen diesen beiden Frauen gelebt hatte – als Maybellas Ehemann, weil sie die Tochter des Hauses und Erbin war, und als Jessicas Geliebter, weil er sie wohl anziehend fand. Aber das war alles so lange her! Er hatte sich verändert. Er war nicht mehr der gleiche Mann, der damals auf dem Hof von *Rosella Creek* gestanden hatte mit den von den Handschellen gezeichneten Handgelenken. Er hatte es jedoch niemals vergessen noch vergeben. O Lynx, dachte ich, du bist ebenso verwundbar wie wir alle. Und ich sagte mir, daß er mich brauchte. Auch er hatte seine Lektionen vom Leben zu lernen, und die erste würde sein, daß jede Rache destruktiv ist – und das am meisten für einen selbst –, weil sie jeden inneren Frieden und jede Harmonie zerstört, und beides sind nun einmal die Grundlagen jeglichen echten Glücks.
Kluge, weise Nora, sagte ich lächelnd zu mir selbst. Und lieber, lieber Lynx, dem ich morgen vor dem Altar ewige Liebe und Freude geloben würde. Es war, was ich mir wünschte – ein Leben mit ihm, ihn zu lieben in guten wie in schlechten Zeiten, in Reichtum wie in Armut, in Krankheit und Gesundheit und bis der Tod uns schied. Endlich verstand ich den Sinn dieser Worte. Ich war die glücklichste aller Frauen. Lynx liebte mich! Er, Lynx, mehr geliebt und gefürchtet als alle anderen Männer – dieser Lynx liebte *mich*!
Und nun verstand ich Jessicas Haß. Sie haßte ihn, weil sie ihn glühend geliebt und dann verloren hatte. Sie mag ihm nichts oder wenig bedeutet haben, doch er war ihr alles gewesen, und sie hatte mit ansehen müssen, wie er ihre Cousine heiratete und hatte weiter mit ihm unter einem Dach – und offensichtlich auch gelegentlich in einem Bett – mit ihm gelebt. Kein Wunder, daß ihre Seele diesem Druck nicht standhielt und sie etwas wahnsinnig geworden war. Wie weit ging dieser Wahnsinn bei ihr? Ich betrachtete die Milch, und ein furchtbarer Verdacht stieg in mir auf. Einem Impuls folgend, stieg ich aus dem Bett, ergriff das Glas mit der Milch, ging zum Fenster und schüttete die Milch hinaus. Dann mußte ich über mich lachen. »Typische Hirngespinste für einen Hochzeitsvorabend!« sagte ich laut. »Du bildest dir doch tatsächlich ein, daß diese arme, am Leben zerbrochene Frau dich vergiften will, um sich an dem Mann zu

rächen, den sie einst liebte – und vielleicht immer noch liebt – weil sie es nicht erträgt, ihn wieder heiraten zu sehen.«
Ich öffnete die Schranktür und betrachtete mein Kleid. Dann hob ich den Deckel der Schachtel und berührte vorsichtig den Schleier.
Übermorgen, so sagte ich mir, sind alle Zweifel vorbei! Wir werden dann für immer zusammen sein, bis daß der Tod uns scheidet.
Und dann kehrte ich ins Bett zurück und schlief auf der Stelle ein.
Ich träumte, daß Maybellas Geist zu mir gekommen war und an meinem Bett stand. Sie nahm mir den Schleier und Orangenblütenkranz vom Kopf – den ich in dem Traum trug – und setzte mir stattdessen einen altmodischen Schleier mit einer weißen Satinschleife auf.
Und dann hörte ich eine Stimme. Es war Jessicas. Sie sagte: »Du bist jetzt fertig, Maybella. Aber vergiß nicht, daß es nur für kurze Zeit ist.«
Ich erwachte und war in Schweiß gebadet. Im ersten Moment glaubte ich, Maybella sei wirklich von den Toten zurückgekehrt, um mich zu warnen, denn dort, direkt vor mir, schwebte ihr Hochzeitsschleier mit der weißen Satinschleife! Ich brauchte einige Sekunden, um zu erkennen, daß er über den Hutständer auf meinem Frisiertisch drapiert war.
Ich stand auf und ging hinüber.
Es war der Schleier, von dem Jessica gesprochen hatte! Sie mußte ihn gebracht haben, als ich schlief. Ich blickte zum Nachttisch – ja, das Glas, in dem sie mir die Milch gebracht hatte, war fort.
Ich nahm den Schleier in die Hand und betrachtete ihn. Er roch nach Mottenkugeln. Jessica hatte ihn anscheinend wie eine Kostbarkeit all die Jahre seit jenem Moment gehütet, als Maybella das Treuegelübde sprach, das nun ich morgen ablegen würde ... nein heute!
Was war sie doch für eine alte Eule!
Ich mußte über das Ganze lachen, hing den Schleier wieder über den Hutständer und kehrte ins Bett zurück. Ich schlief tief und traumlos, bis Adelaide mich mit einer Tasse Tee weckte.
Und an jenem Tag wurde ich mit Lynx getraut.

Mein Leben mit Lynx ließ alles übrige zu völliger Unwichtigkeit verblassen. Ich hatte die Reise in ein neues Land, eine neue Welt

angetreten und neue Gefühlshöhen und Tiefen entdeckt, von denen ich nicht einmal gewußt hatte, daß sie existieren. Lynx hatte mich dem alltäglichen Dasein vollkommen entrissen – ich lebte wie auf einem anderen Stern.
»Du hast mich zu dir auf den Olymp geholt«, sagte ich lachend zu ihm. »Ich fühle mich wie eine Göttin.«
Das sei ich auch für ihn, antwortete er, denn er liebe mich, wie noch nie eine Frau geliebt worden sei.
Und ich glaubte es ihm. In meinem Fühlen und Denken war kein Raum für irgend etwas anderes als seine magische Präsenz und Nähe. Wir machten stundenlange gemeinsame Ausritte, aßen allein in der Bibliothek und spielten sogar einige Male Schach, doch ließ er mich nie gewinnen. Ich war glücklich und genoß jeden Augenblick unseres Zusammenseins genauso wie er. Er war nicht mehr der gleiche Mann, als den ich ihn bei meiner Ankunft kennengelernt hatte. Er strahlte jetzt eine neue Güte und Wärme aus, doch vielleicht erschien mir das nur so, weil ich ihn mit den Augen der Liebe sah. Einmal träumte ich, ich hätte ihn verloren. Ich wachte auf, und glaubte einige Sekunden lang, es sei wahr und schrie entsetzt auf. Doch er war da – beugte sich über mich und nahm mich in die Arme.
»Ich träumte, du seist fort«, stammelte ich. »Ich glaubte, ich hätte dich verloren!« Ich hörte sein leises, tiefes, kehliges Lachen in der Dunkelheit – es war ein Lachen glücklichen Triumphes. Ich, die ich ihn nur halb widerstrebend geheiratet hatte, wachte in kalten Schweiß gebadet auf, weil ich geträumt hatte, daß ich ihn verloren hätte.

Das ganze Haus erschien mir verändert. Ich liebte es jetzt. Ich wollte für immer in ihm leben und es zu meinem Zuhause machen, zu unserem Heim. Adelaide hatte keine Einwände erhoben. Ich konnte alles ändern, alles neu kaufen, vorausgesetzt, daß es Lynx gefiel.
»Ich werde den Salon neu einrichten«, erklärte ich. »Ich fände gelbe Vorhänge hübsch – aber kein schreiendes, sondern ein sanftes Gelb.«
»Ja, ich weiß«, antwortete Adelaide, »ein Goldgelb.«
»Nein!« rief ich entsetzt aus. »Nicht Goldgelb! *Sonnen*gelb!«
Ich schob jeden Gedanken an die Zukunft von mir. Die Gegenwart enthielt für mich alles, was sich mein Herz nur wünschen

konnte. Das ›Jetzt‹ und ›Heute‹ war das einzige, was zählte – nicht die Vergangenheit noch die Zukunft.
»Aber willst du das wirklich, wo ihr doch fortgeht?« fragte Adelaide.
»Ich will nicht nach England, Adelaide.«
»Es wird aber sehr aufregend und schön für dich werden.«
»Stirling wird auch nicht von hier fortwollen.«
»Stirling wird das wollen, was den Wünschen seines Vaters entspricht.« Sie sah mich an, und ihr Blick schien mich sanft zu ermahnen: Und das mußt du auch!
Ich dachte darüber nach. Mit Lynx und Stirling nach England zurückzukehren, diese wundervolle Welt zu verlassen, die ich gerade erst entdeckt hatte, um auf eine neue Entdeckungsreise zu gehen. *Whiteladies* ... jenes junge Mädchen, Minta ... und die ältere Frau. Mein Mann konnte recht fanatisch sein, wenn es um seine Rachepläne ging.
Ich würde ihn zur Vernunft bringen, schwor ich mir, aber noch etwas damit warten.
Ich wollte unsere Flitterwochen nicht verderben, denn ich wußte, unsere Meinungen würden hart aufeinanderprallen. Also erwähnte ich dieses Thema nicht. Wir lachten viel und neckten uns, führten lange, ernsthafte Gespräche und liebten uns in den verschiedensten Stimmungen – übermütig, zärtlich, hingebungsvoll und leidenschaftlich. Ich hätte nie geglaubt, daß es so viele verschiedene Stimmungen gibt.
Ich war schrankenlos glücklich und sagte mir: Nur die Gegenwart zählt! Mein Leben ist noch nie so schön und erfüllt gewesen. Nichts darf dieses Glück trüben! Ich muß es festhalten und dafür sorgen, daß es immer so bleibt!
Aber nichts auf der Welt ist von Dauer.

Wie mühsam konnten doch manche Menschen sein. Jessica schien es offensichtlich darauf angelegt zu haben, mir mein Glück zu trüben. Als ich eines Tages an ihrem Zimmer vorbeikam, stand die Tür offen, und sie rief mich hinein. Ich konnte nicht ablehnen, so gern ich das auch getan hätte.
Sie saß vor ihrem Spiegeltisch und hatte meinen Brautschleier auf dem Kopf.
»Wo hast du den denn her?« verlangte ich zu wissen.
»Ah, du hast ihn nicht vermißt, oder? Ich wollte ihn nur mal aufsetzen.«

Sie sah jämmerlich grotesk unter dem Schleier aus mit ihren weit aufgerissenen Augen in dem gelben, skelettartig mageren Gesicht. Sie schien meine Gedanken zu erraten. »Ja, ich sehe wie die Braut in der Geschichte vom Mistelzweig aus. Du kennst sie doch. Sie versteckte sich in einer Truhe und wurde in ihr eingeschlossen und erst nach vielen Jahren gefunden.«
»Was für eine gruselige Geschichte!«
»Ich pflegte früher dieses Lied zu singen.«
Das kann ich mir denken! überlegte ich.
»Vielleicht war es für die Braut ebensogut, daß sie in der Truhe eingeschlossen wurde.«
»Wie kannst du nur so etwas sagen, Jessica!«
»Ein langsamer Erstickungstod, nehme ich an. Aber man würde schnell durch den Luftmangel die Besinnung verlieren. Es würde nicht lange dauern. Besser als ein Leben lang zu leiden. Ich kann dir nicht sagen, wie Maybella durch ihre dauernden Fehlgeburten litt.«
Ich wandte mich ab. Ich wollte nicht an die erste Ehe meines Mannes denken! Ich wußte, es war für ihn eine Verstandesheirat gewesen. Ich fand Entschuldigungen dafür – ein so stolzer Mann ... ein Sträfling ... zu Unrecht angeklagt und verurteilt. Die Heirat war die einzige Fluchtmöglichkeit in die Freiheit gewesen. Ich wollte nicht daran denken, daß eine andere Frau vielleicht diese leidenschaftliche Liebe kennengelernt hatte, die mich wie die brausenden Wirbel einer Stromschnelle mitriß.
Jessica setzte meinen Schleier und Kranz ab, doch darunter kam der andere Schleier mit der Satinschleife zum Vorschein. Sie hatte beide übereinander auf dem Kopf gehabt! »Du hast diesen anderen Schleier in der Nacht vor meiner Hochzeit in mein Zimmer gebracht!« sagte ich vorwurfsvoll.
»Ja, ich wußte, du wolltest ihn gern haben.«
Sie schleicht einfach in meinem Zimmer herum, wie es ihr gefällt, überlegte ich mir verärgert. Ich war wütend auf sie wegen diesem dauernden Herumschleichen, aber dann fand ich ihre Hilflosigkeit so bemitleidenswert, daß mein Ärger verflog.
Sorgfältig faltete sie die Schleier zusammen.
»Ich werde sie beide behalten«, erklärte sie. »Ich habe eine hübsche Sandelholzschachtel. Da ist genug Platz für beide.« Sie sah mich verschlagen an. Was meinte sie? Daß eines Tages drei Schleier in der Schachtel sein würden?

Ich lehnte es ab, mich von ihrem dummen Gefasel beeinflussen zu lassen, stand doch eindeutig fest, daß sie nicht mehr ganz klar im Kopf war.
Ich verließ sie und ging in die Bibliothek hinunter. Lynx war da, und seine Augen leuchteten bei meinem Anblick vor Freude auf.

Lynx und ich fuhren in großem Stil nach Melbourne. Wir benutzten die neue Kutsche, die er hatte anfertigen lassen, und wechselten die Pferde alle fünfzehn Kilometer. Streckenweise kutschierte er selbst, und wie flogen wir dann dahin! Wir bewohnten die Nobelsuite im Hotel, und ich blieb tagsüber teilweise allein, wenn er seine geschäftlichen Verabredungen hatte. Ich wunderte mich, daß er mich nicht mitnahm, doch wie ich nachträglich erfuhr, ging es dabei um die Vorbereitung unserer Abreise aus Australien, und da er meine Meinung zu diesem Thema kannte, wollte er diese Ferientage nicht dadurch verderben.
Wir dinierten auch abends in unserer Suite, und ich war so glücklich, daß ich nicht auf jene innere Stimme hörte, die mir sagte, daß es noch einen anderen Grund für diesen Ausflug nach Melbourne gab als unser Vergnügen.
Aber es waren wundervolle Ferientage! Vormittags fuhren wir aus der Stadt hinaus bis nach Richmond und dann weiter am Yarra-Yarra-Fluß entlang und fast bis nach Dandenong. Wir gingen in Konzerte und ins Theater. Lynx war selbstverständlich sehr bekannt in Melbourne, und so erhielten wir viele Einladungen, die er aber zum größten Teil absagte. Er gab jedoch eine große Gesellschaft im Hotel, bei der der große Speisesaal in eine Banketthalle verwandelt wurde. Nach dem festlichen Diner folgte ein Konzert mit einem jungen Pianisten, der in Europa schon viel Bewunderung erregt hatte und nun sein Debüt in Australien gab.
Ich stand neben Lynx und begrüßte unsere Gäste. Ich trug ein weißes Satinkleid und als einzigen Schmuck eine Diamantbrosche und einen Ring mit einem riesengroßen Diamant. Ich war stolz darauf, seine Frau zu sein, denn ich sah, daß er nicht nur den Mitgliedern seiner Familie diese ungeheure Hochachtung einflößte.
Man gratulierte uns noch verspätet zu unserer Hochzeit. Ich bemerkte viele in die Höhe zuckende Augenbrauen; ich war

schließlich so viel jünger als er. Ich hätte ihnen am liebsten erklärt, daß das chronologische Alter keine Rolle spielte, ganz besonders bei einem Menschen wie Lynx. Er war alterslos. Ich war überzeugt, daß er unbegrenzt leben würde und das auch, nachdem *ich* längst tot war.
Ich saß neben ihm und hörte dem Klavierspiel des Pianisten zu. Jene schwermütigen Chopin'schen Weisen sollten mich von da an immer an diesen Abend erinnern. Sie hatten etwas Trauriges und Wehmütiges, und ich hatte das Gefühl, sie wußten um die Vergänglichkeit von Freude und Glück, wußten um den unausbleiblichen Verlust schöner Illusionen. Wie absurd! schalt ich mich. Derartige dumme Gedanken kamen mir nur durch Jessicas Theater mit den Schleiern!
Er spielte jetzt die Militär-Polonaise. Die feurigen, temperamentvollen Klänge hoben wieder meine Stimmung.
Hinter mir hörte ich zwei Damen miteinander flüstern.
»Sehr üppig! Hat keine Ausgaben gescheut!«
»Ausgaben! Das ist doch nichts für ihn! Er's doch jetzt vielfacher Millionär.« »So ein Glückspilz. Konnte auch nur ihm passieren! Und dann gleich so viel!«
»Er hat jetzt dieses junge Ding *und* seinen Reichtum!«
Ich sollte nicht lauschen! Ich wünschte mir, nicht so gute Ohren zu haben. Ein wenig später war ich überzeugt, jemanden flüstern zu hören: »Glauben Sie, es ist von Dauer?« Mich überlief ein Schaudern, denn es war mir, als stände Jessica plötzlich neben mir und lege ihre Schleier sorgfältig zusammengefaltet in ihre Schachtel, in der noch genügend Platz für weitere Schleier war.
Trotz der vielen unbekannten Menschen war ich nicht im geringsten schüchtern. Ich hatte mich seit meiner Heirat verändert. Ich war eine selbstbewußte Frau geworden. Ich fühlte mich begehrt und geliebt von einem Mann, der keinen Raum betreten konnte, ohne daß sich nicht alle Augen auf ihn richteten. Ich konnte mir sagen: Und er hat *mich* gewählt!« Und das ließ mich den Kopf noch ein wenig höher tragen. Ich fühlte mich in meinem weißen Satinkleid tadellos angezogen und folglich sehr wohl. Vielleicht sah ich älter aus als neunzehn, doch das war unwichtig, da ich Lynx' Frau war. Ich fing dauernd seinen auf mir ruhenden Blick auf und fühlte mich ihm so nah, als wären wir gar nicht von so vielen Menschen umgeben. Ich wollte, daß er stolz auf mich war.

So mischte ich mich unter die Gäste und unterhielt mich mit ihnen darüber, wie Melbourne in den zwei Jahren seit meiner Ankunft gewachsen sei. Man sprach über die neuen Gebäude, die Läden und das Theater.
»Ich hoffe, Sie werden jetzt häufiger nach Melbourne kommen, Mrs. Herrick«, sagte eine der Damen. »Bis nächsten Februar ist ja noch viel Zeit.«
Ich wußte nicht recht, was sie meinte, und wiederholte fragend: »Nächsten Februar?«
»War das nicht der Zeitpunkt, an dem Sie uns verlassen wollen? Ihr Mann sagte doch, es sei besser, während der Sommermonate in England anzukommen.«
»O ja, natürlich«, bestätigte ich.
»Wie müssen Sie aufgeregt bei dem Gedanken daran sein! Ich hoffe, Sie werden eines Tages wiederkommen. Aber Sie lebten doch bis vor kurzem in England, nicht wahr. Es wird also für Sie keine große Umstellung sein.«
Ich hörte nicht mehr zu. Er hatte also das Datum unserer Abreise festgesetzt und mir nichts davon gesagt! Heißer Zorn stieg in mir auf, denn wieder hatte er mir wie jenes andere Mal vor unserer Heirat gezeigt, daß er allein die wichtigen Fragen entschied, wie nachsichtig er auch im Hinblick auf die unwichtigen Dinge unseres Zusammenlebens sein mochte.

»Du warst ein großer Erfolg!« sagte er, nachdem wir unsere Gäste verabschiedet hatten und in unserem Schlafzimmer ankamen. »Ich war stolz auf dich! Du sahst so gar nicht mehr wie die kleine Schullehrerin aus, die vor zwei Jahren in unserer Mitte auftauchte.«
Ich stand schweigend vor dem langen Spiegel. Er trat hinter mich, legte die Arme um mich und betrachtete über meinen Kopf hinweg unser Spiegelbild.
»Wie ich hörte, hast du Vorbereitungen für unsere Abreise nach England getroffen!« sagte ich eisig.
»Ach, das ist es also! Hat einer dieser Schwachköpfe dir das erzählt? Es muß die Adams gewesen sein. Wirklich, Adams sollte die Angelegenheit seiner Klienten nicht mit seiner Frau besprechen!«
»Es ändert nichts an der Tatsache, daß du diese Vorbereitungen getroffen hast.«
»Ich möchte alles rechtzeitig in die Hand nehmen.«

»Es ist also in sechs Monaten soweit!«
»Ja. Ich dachte, du würdest lieber bei gutem Wetter ankommen.«
»Wie außerordentlich rücksichtsvoll von dir!« entgegnete ich ironisch.
»Mein Liebling weiß, daß ich immer sein Wohlbefinden berücksichtige.«
Ich starrte sein Gesicht im Spiegel an. »Da wir wieder in jene irritierende Angewohnheit verfallen, über Nora zu sprechen, als wäre sie nicht da, sagt sie, daß sie es gerne hätte, wenn ihre Wünsche ebenso aufmerksam berücksichtigt würden wie ihr Wohlbefinden!«
»Es ist mir ein Vergnügen, ihr diese Wünsche, wann immer es möglich ist, zu erfüllen.«
»Mit anderen Worten: Wenn es mit keinerlei Schwierigkeiten für dich verbunden ist.«
»Es geht hier doch nur um diese lächerliche Sache unserer Übersiedlung nach England. Ich wundere mich über dich, Nora. Man kann diese Stadt – die, wie ich zugebe, wächst und irgendwann einmal eine sehr angenehme Stadt sein wird – doch gar nicht mit England vergleichen!«
»Ich will hierbleiben!« erklärte ich und drehte mich bittend zu ihm um. »Bitte! Ich weiß einfach, daß es für uns besser ist!«
»Woher willst du das wissen? Du redest, als wärest du eine Wahrsagerin.«
»Ich weiß, aus welchem Grund du nach England willst.«
»Ich ziehe mit meiner Familie dort hin, weil sie dort in einer Weise leben kann, die ihrem ...«
»Reichtum entspricht«, ergänzte ich, »den ihr durch *mich* gefunden habt!«
»Meine kluge Nora! Nie werde ich den Tag vergessen, an dem du in die Bibliothek gestürmt kamst und mir den Goldklumpen hinhieltest! Du sahst aus, als fürchtetest du dich – als hättest du etwas Verbotenes getan.«
»Ich wünschte ...« begann ich. Aber das stimmte auch nicht. Ich wünschte nicht, das Gold niemals gefunden zu haben. Ich war sogar jetzt froh darüber, so wie ich es immer gewesen war, daß ich und niemand anders diese an ein Wunder grenzende Entdekkung gemacht hatte.
Lynx war unvermittelt wieder liebevoll und zärtlich geworden, als genäße ich durch die Tatsache, jenes Gold gefunden zu haben,

das Privileg, in anderer Hinsicht töricht sein zu dürfen. »Überlaß das alles nur mir, Nora.«
»Vermutlich würde es dir gefallen, eine dumme Frau zu haben, die zu allem nur ja und Amen sagt und ›Ja, du bist wunderbar! Du hast immer recht! Tu nur, was du für richtig hältst. Ich werde immer weiter sagen, wie klug und tüchtig du bist.‹«
Er brach in Gelächter aus. Dann sah er mich kopfschüttelnd an. »Es hat keinen Zweck, Nora. Wir gehen nach England.«
»Und wenn wir dort sind, wirst du dir mit bösen Haken und noch schlimmeren Ösen *Whiteladies* unter den Nagel reißen.«
»Wie anschaulich du dich ausdrückst!«
»Du bist also fest dazu entschlossen. Ach Lynx, weshalb willst du nur dieses Haus unbedingt haben! Laß uns doch ein anderes in der Nähe kaufen, wenn du jene Gegend so gern hast. Oder wir könnten uns eines bauen!«
Seine Gesichtszüge verhärteten sich. Er sah jetzt wieder wie damals aus, als ich in Australien ankam. Er zeigte mir gegenüber plötzlich eine Kälte, die mich erschreckte und mich mehr verletzte, als ich das für möglich gehalten hatte.
»Dies ist etwas, was du nicht verstehst«, erklärte er. »Wir gehen nach England, und wenn wir dort sind, werde ich entscheiden, wie es weitergeht.«
»Soll das heißen, daß ich kein Wort dabei mitzureden habe?«
Ich entzog mich seinen Armen und ging ans Fenster. Ich kämpfte gegen den Impuls an, nachzugeben und zu sagen: »Ich werde mich deinen Wünschen fügen. Ich will nur eines: Daß du mich weiter liebst!« Aber damit wäre ich mir selbst untreu geworden. Er liebte mich von Amfang an für das, was ich in meinem ureigensten Wesen war. Ich hatte keine Angst vor ihm gehabt – und so sollte es auch bleiben.
»Es soll heißen«, entgegnete er, »daß ich hoffe, daß du vernünftig bist, so, wie ich es sonst an dir kenne und schätze, und einsiehst, daß du nichts von dieser Angelegenheit verstehst, und daß du deshalb froh bist, es mir überlassen zu können.«
Ich lief zu ihm und warf mich in seine Arme. »Dann erzähl mir! Erzähl mir alles!« bat ich.
Wir setzten uns auf das kleine Sofa, das am Fußende des Bettes stand, und er zog mich eng an sich. Und dann begann er mir von jener weit zurückliegenden Zeit zu erzählen. Ich hatte es alles schon mehrmals gehört, aber ich glaube, ich hatte nie so voll begriffen, wie abgrundtief die Demütigung für ihn gewesen war,

noch wie sehr die Verbitterung seine Seele gezeichnet hatte. Er wollte und mußte dieses Haus haben. Die Wunde schwärte immer noch, und dies war der einzige Balsam, der sie zu schließen vermochte.
»Muß es denn sein?« fragte ich. »Es ist doch jetzt alles anders. Du hast jetzt mich.«
»Ja, ich habe jetzt dich, und wenn ich außerdem noch *Whiteladies* habe, wird meine Zufriedenheit vollkommen sein.«
»Bin ich allein nicht genug?«
»Du gibst mir alles, was ich mir jemals von einer menschlichen Beziehung gewünscht habe. Du bist mein kostbares Juwel. Aber ich brauche eine Fassung für dich, und es gibt nur eine, die mich zufriedenstellen kann.«
»Ich wäre auch in einer anderen Fassung ganz glücklich.«
»Ich aber nicht!«
»Weil ich nicht glaube, daß jene Fassung die richtige für mich ist.«
»Woher willst du das wissen?«
Ich hob den Kopf und sah ihn fest an. »Ich weiß es! Ich spüre es einfach. Rache ist etwas Böses. Sie schafft nur Leid. Es kann kein Glück daraus entstehen, wenn man anderen Menschen Leid zufügt. Ach Lynx, du hast mich so glücklich gemacht und mir so viel geschenkt! Du hast mein ganzes Wesen verwandelt. Du hast mich erwachsen werden lassen, und ich liebe dich mit der ganzen Kraft meines Herzens. Ich bitte dich nur um dieses eine: Gib deine Rachepläne auf!«
»Es ist das einzige, um das du mich bitten könntest, was ich dir nicht geben *kann.*«
»Aber Lynx, wir sind doch zusammen! Wir haben unser schönes gemeinsames Leben! Ein Haus ... das sind doch nur Steine und Mörtel!«
»Es kann ein Symbol sein.«
»Du bist reich. Du könntest dir ein herrliches Landhaus oder Schloß kaufen, ein prachtvolles eigenes Haus. Es muß in England doch solche zu kaufen geben.«
»Aber du sagst doch, daß du nicht nach England willst.«
»Sollte es mir wichtig sein, wo wir leben, solange wir zusammen sind?«
»Mein Geliebtes!« sagte er zärtlich.
Durch seine weichere Stimme ermutigt, fuhr ich fort: »Ich habe nur Angst vor Rache und Haß. Aus ihnen kann nichts Gutes

entstehen. Auch wenn du dieses Haus bekämst, würdest du doch nie glücklich in ihm sein.«
»Unsinn!« erwiderte er scharf.
»Wie könntest du das, wo du doch weißt, daß du es den rechtmäßigen Besitzern weggenommen hast?«
»Und aus genau dem Grund werde ich dort außerordentlich glücklich sein! Und sie wären nicht mehr die rechtmäßigen Besitzer. *Ich* wäre es! Aber laß uns jetzt nicht weiter davon reden. Du wirst es ja alles selber sehen, wenn wir erst einmal dort sind.«
»Ich halte nichts davon, ein Thema einfach fallenzulassen und so zu tun, als stände es gar nicht zwischen einem, nur, weil es unangenehm ist.«
Er gähnte. Meine Vernunft riet mir, dieses Thema nicht weiterzuverfolgen, seine Pläne zu akzeptieren und vielleicht später mein Möglichstes zu tun, damit diese schreckliche Wunde endlich heilte, was er all diese Jahre ganz bewußt verhindert hatte. Aber meine Hartnäckigkeit stachelte mich an.
»Es hat so etwas Kleinliches«, beharrte ich.
»Kleinliches!« rief er gekränkt. »Was redest du für einen Unsinn?«
»Es ist, als suche und räche man die Sünden der Väter an den Kindern.«
»Herrgott nochmal! du faselst wie so ein frömmelnder Missionar!«
»Ich weiß bloß, daß es nicht nur unrecht ist, ein erlittenes Mißgeschick immer weiter voller Selbstmitleid zu beklagen, sondern darüber hinaus heller Wahnsinn.«
»Und du nennst sieben Jahre demütigendste Gefangenschaft ein Mißgeschick?«
»Es kommt nicht darauf an, was und wieviel man gelitten hat...«
»Denen, die es nicht mußten, ganz bestimmt nicht!«
»So meinte ich es nicht.«
»Weißt du eigentlich, was du meinst? Hör mal, Nora, ich verliere allmählich die Geduld.«
»Und es besteht die Gefahr, daß ich *meine* verliere!«
Er lachte, aber es war nicht sein frohes, glückliches Lachen, an das ich jetzt bei ihm gewöhnt war, sondern ein unangenehmes hartes Lachen. Sein Gesichtsausdruck war kalt und abweisend geworden, und seine Augen glitzerten schmal. Er zog unwill-

kürlich die Schultern hoch und sah dadurch noch breiter und unbesiegbarer aus. »Vielleicht ist es an der Zeit, daß wir eines ein für alle Mal unmißverständlich klären. Du mußt begreifen, daß ich der Herr in meinem eigenen Hause bin!«

»Bedeutet das, daß ich den Mund zu halten habe und nur etwas sagen darf, wenn ich gefragt bin?«

»Ich werde mich immer freuen, etwas von dir zu hören, wenn du etwas Vernünftiges zu sagen hast. Aber es wäre besser, du würdest ohne weitere Verzögerung erkennen, daß ich Gehorsam von meiner Frau erwarte!«

Dies war nicht der glühende, zärtliche Liebhaber, den ich kannte. Es war der arrogante Mann, als den ich ihn bei meiner Ankunft in Australien erkannt und abgelehnt hatte. Nein! sagte ich mir. Ich werde nicht das unterwürfige Frauchen sein, das er sich wünscht! Ich werde ich selbst bleiben! Und wenn ich anderer Meinung bin als er, werde ich diese meine Meinung nicht verleugnen, nur weil sie von seiner abweicht. Er mochte seine Rachepläne haben, in die er sich jede Einmischung meinerseits verbat – ich dagegen hatte meine Integrität, meine Entschlossenheit, mich selbst als eigenständige Persönlichkeit neben ihm zu behaupten; und wie sehr ich ihn auch liebte, und wie sehr mein ganzes Sein sich nach seiner alten Zärtlichkeit sehnte, war ich doch nicht bereit, den Preis dafür zu zahlen, den er verlangte.

»Wenn du denkst, von mir zu allem, was du sagst und tust, nur ein unterwürfiges ›Ja‹ zu hören zu bekommen, hast du dich verrechnet! Und um die Wahrheit zu sagen – ich beginne mich zu fragen, ob unsere Heirat nicht ein Fehler war.«

»Du bist heute abend in einer streitsüchtigen, negativen Stimmung«, meinte er ungerührt.

»Dein Erfolg bei der Melbourner Gesellschaft ist dir zu Kopf gestiegen.«

»Keineswegs! Ich meine es ganz ernst, und es hat nichts mit der Melbourner Gesellschaft zu tun. Es ist eine Sache, die nur dich und mich betrifft, und eine sehr grundsätzliche! Ich werde nicht immer der gleichen Meinung sein wie du. Ich kann dich nicht als meinen Herrn und Gebieter betrachten, dessen Wort für mich das Gesetz ist und der immer nur recht hat, weil er ein Mann ist und ich ja nur eine Frau.«

»Habe ich je von dir verlangt, eine so fade, dumme Gans zu sein?«

»Mir scheint, daß du genau das von mir erwartest.«
»Was nur beweist, wie unlogisch du bist. Du weißt, daß ich mir gern deine Meinung anhöre, aber ich lasse mir von dir in wichtigen Angelegenheiten keine Vorschriften machen. Und nun habe ich genug von diesem Thema gehabt! Laß uns zu Bett gehen!«
Aber ich ließ mich nicht einschüchtern. Ich wußte, wir durften diese Sache nicht einfach so fallenlassen. Sie hätte als eine dauernde irritierende Wand zwischen uns gestanden, die immer höher geworden wäre.
»Aber ich *muß* es mit dir zu Ende besprechen!«
»Ich sagte bereits, daß es für mich da nichts mehr zu besprechen gibt.«
»Du beabsichtigst also, nach England zu gehen, und *Whiteladies* zu kaufen und das alles nicht mit mir zu besprechen!«
»Nur, wenn du vernünftig bist.«
»Das versuche ich ja gerade zu sein! Ich weiß aber, daß es unrecht ist.«
»Hör jetzt mit diesem dummen Gerede auf!« Er ergriff meinen Arm. »Du siehst heute abend so hübsch aus! Dieses Kleid steht dir wirklich gut!«
Und er begann, es mir aufzuhaken, doch ich riß mich blitzschnell los.
»Nein!« erklärte ich. »Ich lasse mich nicht so behandeln!«
Und damit lief ich in das angrenzende Ankleidezimmer. Er war so überrascht, daß es mir gelang, die Tür abzuschließen, bevor er an ihr rüttelte. Mir standen die Tränen in den Augen. Das hatte er wenigstens nicht gesehen! Ich hatte das Gefühl, daß er Tränen verachtete.
Alles ist anders geworden, dachte ich traurig. Die Flitterwochen sind vorbei. Das zwischen uns bestehende Band ist gar nicht so, wie ich es mir vorgestellt hatte.
Ich setzte mich auf das schmale Bett und dachte an Stirling. Ob er mich wirklich liebte? Ja, antwortete ich mir selbst und dachte an jene Stunden, die wir zusammen in der Höhle gelegen hatten. Aber sein Vater hatte zu ihm gesagt: »Tritt zurück! *Ich* will sie!« Und so trat Stirling zurück. Und nun sagte Lynx zu mir: »Du hast das zu tun, was ich will! Du sollst deinen Anteil an meinem großartigen Racheplan übernehmen.« Und obwohl mein Verstand sagte: »Es ist falsch und kann zu nichts Gutem führen!« schrie mein Herz: »Was macht das schon? Du wirst bei ihm sein,

und er wird dich weiter lieben. Wenn du dich ihm jedoch widersetzt ...«

Und die Vision tauchte vor mir auf, wie Jessica ihre Sandelholzschachtel in den Händen hielt und sagte: »Noch *so* viel Platz ...«

O ja! Unsere Flitterwochen waren vorbei!

Ich hatte eine schlaflose Nacht auf jenem unbequemen Bett verbracht. Ich war nur aus meinem Kleid geschlüpft und hatte lange gehofft, er würde an die Tür klopfen und mich bitten herauszukommen. Aber er tat es nicht. Ich selbst war es, die am nächsten Morgen die Tür aufschloß.

Er saß im Sessel und las die Zeitung, als ich im Unterrock mit meinem Kleid über den Arm hereinkam.

»Ah!« begrüßte er mich. »Die Frau mit Grundsätzen!«

Glücklich stellte ich fest, daß sich seine Stimmung geändert hatte. Er war nicht mehr böse, und die alte Zärtlichkeit war trotz seiner trockenen Begrüßung wieder da. »Ich hoffe, daß Madame eine angenehme Nacht verbracht haben!«

»Kaum!« entgegnete ich und ging auf seinen neckenden Tonfall ein.

»Gewissensbisse?«

»Nein, eine harte Matratze.«

»Und Madame ziehen ein Federbett vor.«

»Unter gewissen Umständen.«

Er lachte. »Mein armes Kind! Was bin ich doch für ein Unmensch! Ich hätte darauf bestehen sollen, daß du dich von deiner harten Matratze trennst, aber du schienst so wild entschlossen, die Rechte der Frauen und ihre Entscheidungsfreiheit zu verteidigen. Was konnte ich da tun?«

»Nichts. Du erkanntest ganz richtig, daß ich mich durch nichts vom meinem Entschluß hätte abbringen lassen.«

»Und jetzt möchtest du baden und dich ankleiden. Ich werde inzwischen das Frühstück bestellen und heraufbringen lassen. Ist dir das angenehm? Oder möchtest du lieber andere, eigene Vorschläge machen!«

»Es ist mir durchaus angenehm.«

Ich war wieder glücklich. Nichts war aus und vorbei! Ich war töricht und halsstarrig gewesen. Ich mußte diplomatischer sein und ihn auf sanfte, unmerkliche Art zu beeinflussen versuchen.

Nach kurzer Zeit saßen wir an dem Tisch, den man uns hereinge-

rollt hatte, und ich schenkte uns Kaffee ein, während er den gebratenen Schinkenspeck und das Nierenfrikassee aus den Wärmeschüsseln auffüllte. Das Ganze hatte etwas beruhigend Vertrautes, was mich beglückte.
»Und jetzt«, begann er, »werden wir uns über diese Angelegenheit in zivilisierter Art und Weise unterhalten. Wir sind verschiedener Ansicht. Ich sagte, wir gehen nach England, und unsere Kinder werden auf dem Rasen von *Whiteladies* spielen. Meine Enkel werden ebenfalls dort sein mit meinem Sohn und meiner Schwiegertochter, denn Stirling wird heiraten, und Adelaide wird zu gegebener Zeit nachkommen. *Whiteladies* befindet sich noch nicht in meinem Besitz. Es wird möglicherweise nicht ganz einfach sein, das zu erreichen, aber es hat mir immer Spaß gemacht, Hindernisse zu überwinden. Was nun dich betrifft, Nora, so hast du deine puritanischen Grundsätze. Es erscheint dir heidnisch, alte Rechnungen zu begleichen. ›Auge um Auge‹ sagte ich – du ›Wenn einer dich schlägt, halt auch die andere Wange hin‹. Aber diese ganze Angelegenheit betrifft mich. Ich muß um *Whiteladies* kämpfen und werde dabei einen Gegner in der eigenen engsten Familie haben ... meine Frau. Es ist eine Situation, die mir gefällt.«
»Du gehst also nach England.«
»*Wir* gehen nach England!«
»Und du wirst dieses Haus in deinen Besitz bringen.«
»Es mit bösen Haken und noch schlimmeren Ösen unter den Nagel reißen, wie du es so schön ausdrücktest. Und wenn du versuchst, mich daran zu hindern, Nora – nun, so verleiht das der ganzen Sache noch einen zusätzlichen Reiz. Du wirst alles tun, um mir zu zeigen, warum ich *Whiteladies* nicht kaufen sollte, und ich werde alles tun, um dir das genaue Gegenteil zu beweisen.«
»Du wirst demnach nicht eine Ehefrau verstoßen, die nicht milde lächelnd erklärt, daß du immer unfehlbar recht hast?«
»Von was für einem Nutzen wäre eine solche Person für mich? Alles in allem betrachtet, bin ich recht zufrieden mit meiner Nora. Sie kann manchmal halsstarrig und auch recht herrisch sein, aber was mich auf die Palme treibt, das ist ihre Frömmelei, dieses Missionarsgefasele ...«
»Und was *mich* auf die Palme treibt, das ist die irritierende Angewohnheit meines Mannes, in meiner Gegenwart so von mir zu sprechen, als wäre ich nicht da.«

»Dann treiben wir uns also gegenseitig auf unsere Palme, und genau so und nicht anders muß es sein!«
»Und du hast großmütig beschlossen, einer Ehefrau zu verzeihen, die ihren Gemahl nicht für allmächtig und allwissend hält?«
»Ich bin zu dem Schluß gekommen, daß ich das Mädchen liebe, und das bedeutet, daß ich bereit bin, eine Menge zu ertragen. Um die Wahrheit zu sagen – ich freue mich geradezu auf einige stürmische Schlachten mit Nora, die mir predigen wird, die andere Wange hinzuhalten, und die ganze Zeit werde ich zeigen, wie glücklich sie in ihrem englischen Landhaus sein kann.«
»Ich werde meine Meinung niemals ändern!«
»Ich weiß«, sagte er abschließend. »Wir fahren heute nach Hause zurück. Wir müssen mit unseren Vorbereitungen anfangen.«
»Unseren Vorbereitungen ...«
»Für England und unsere Schlachten!«

Wir verließen Melbourne also noch an jenem Tag. Wir hatten uns auf einen Kompromiß geeinigt. Ich würde mich in meine Vorbereitungen für unsere Abreise stürzen, und wir würden, wie von Lynx beschlossen, Australien im März nächsten Jahres verlassen – Stirling, Lynx und ich plus der benötigten Dienstboten. Ich würde keine Einwände mehr gegen diese Vorbereitungen erheben. Meine Aufgabe bestand darin, zu versuchen Lynx zu überreden, seinen Plan, sich *Whiteladies* zu bemächtigen, aufzugeben, wenn der Moment dafür gekommen war.
Er weihte mich nie in die Einzelheiten dieses Planes ein, doch ich glaube, er zog Stirling ins Vertrauen. Ich kam mir etwas ausgeschlossen vor, unterdrückte jedoch jede verärgerte Regung darüber. Ich war fest entschlossen, zu verhindern, daß wir *Whiteladies* seinen rechtmäßigen Besitzern wegnahmen. Wie das überhaupt möglich sein sollte, war mir zwar schleierhaft. Wir befanden uns schließlich nicht mehr im Mittelalter, zur Zeit der Raubritter, wo man jemandem mit Gewalt eine Burg wegnehmen konnte! Ich würde Lynx überreden, das Haus zu kaufen, das ich mir wünschte. Ich sah es im Geiste vor mir – ein schönes, anmutiges englisches Landhaus. Er würde damit zufrieden sein müssen. Doch jedes Mal, wenn ich es mir vorstellte, tauchte *Whiteladies* vor meinem inneren Auge auf.
Der Sommer neigte sich seinem Ende zu, und die Tage wurden

kühler und sehr windig. Ein böiger Wind pfiff durch den Busch, rüttelte an den Fenstern und heulte um das Haus, als wollte er es von seinem Fundament reißen.
Wenn ich ausritt – gewöhnlich mit Lynx, manchmal aber auch mit Adelaide, niemals jedoch mit Stirling, den ich kaum mehr sah – erfüllte mich der Anblick der Verwüstung mit Schaudern, das das Feuer angerichtet hatte, obwohl viele der Bäume nicht völlig tot waren und sich nach einiger Zeit wieder erholen würden.
Lynx und ich hatten zu unserem alten, glücklichen und harmonischen Verhältnis zurückgefunden, wenn wir uns vielleicht auch mehr spielerische Wortgefechte lieferten als in den Wochen nach unserer Hochzeit. Er liebte es, mit mir zu diskutieren, und freute sich, wenn ich anderer Meinung war, was mich wiederum sehr glücklich machte. Ich hörte auf, mir über seinen Rachedurst sorgenvolle Gedanken zu machen, da ich überzeugt war, ihn davon abzubringen, wenn es soweit war.
Wir schwiegen dieses heikle Thema jedoch keineswegs tot: im Gegenteil, wir sprachen oft von *Whiteladies* – aber nie sagte er mir, *wie* er es seinen Besitzern zu entreißen hoffte.
Wie plötzlich konnte das Leben in diesem Land ein gewaltsames Ende finden! Der Tod war stets gegenwärtig.
Ich ritt an jenem sonnigen Morgen mit Lynx hinüber zur Mine. Stirling begleitete uns wie außerdem noch drei Minenangestellte. Lynx hatte vor kurzem den Großteil seiner Anteile bis auf eine kleine Beteiligung verkauft.
»Es ist der richtige Zeitpunkt«, hatte er mir erklärt. »Wir haben das meiste Gold abgesahnt, wenn auch noch eine beträchtliche Menge unten in den Quarzgängen steckt. Die Mine wird noch einige Jahre lang gute Erträge bringen.«
Er verkaufte auch fast seine gesamten Ländereien und geschäftlichen Unternehmungen, die er in Australien besaß, da er entschlossen war, nie zurückzukehren. Adelaide sollte noch einige Monate bleiben, um das Haus zu verkaufen, und dann nachkommen. Alles wurde dementsprechend vorbereitet.
Die Sonne schien warm von einem fast wolkenlosen Himmel an jenem Morgen, doch der kalte Wind ging einem durch und durch und artete fast in einem regelrechten Sturm aus. Lynx ritt mit den Angestellten der Mine voran, während Stirling und ich in einem kleinen Abstand folgten. Es war das erste Mal, daß ich seit

meiner Hochzeit allein mit Stirling war – falls man es so bezeichnen konnte.
»Bist du glücklich, Stirling, daß wir nach England gehen?« fragte ich ihn.
Ja, das sei er, meinte er. Seine Antwort machte mich zornig. Hatte er denn gar keinen eigenen Willen! War er nur die Marionette seines Vaters?
»Du verläßt dies alles hier leichten Herzens?« bohrte ich.
»Und du?«
»Ich habe wenigstens nur kurze Zeit hier gelebt, aber für dich ist es dein Zuhause, deine Heimat!«
»England wird auch in Ordnung sein.«
Wir waren zu der Stelle gekommen, an der Jacob Jagger sein Schicksal ereilt hatte. Der Schauplatz schien jetzt etwas Unheimliches zu haben. Die Eukalyptusbäume ragten steil und gebieterisch in den Himmel; einige von ihnen waren kohlschwarz. Das Feuer war also auch über diese Stelle hinweggerast. Vielleicht, so überlegte ich, entstanden so Orte, an denen es spukte. Ein Mann war hier gestorben ... keines natürlichen Todes. Sein Leben hatte in einem Augenblick zügelloser Leidenschaft ein jähes gewaltsames Ende gefunden. War es möglich, daß sein Geist ruhelos hier herumirrte und auf Rache sann?
Stirling sah mich verstohlen von der Seite an. Dachte er ebenfalls an Jagger?
»Das Feuer ist also bis hierher gekommen«, sagte ich, und der Wind riß mir die Worte von den Lippen.
Und da passierte es. Der mächtige Ast stürzte von der Spitze des höchsten Eukalyptusbaumes herunter. Ein Schrei zerriß die Luft, als er wie ein gewaltiger, vom Himmel fallender Pfeil niedersauste.
Und dann sah ich Lynx ... Er war vom Pferd gestürzt und lag auf dem Boden.
Ich hörte jemanden schreien: »Mein Gott! Es ist ein ›Witwenmacher‹!«
Sie trugen ihn auf einer aus Zweigen zusammengefügten Bahre nach Hause. Wie groß er aussah – sogar noch größer im Tode als im Leben! Er war gestorben, wie es einem Gott der Antike würdig gewesen wäre – durch einen herabstürzenden Ast, der mit solcher Gewalt niedersauste, daß er sein Herz durchbohrte und ihn an den Erdboden pfählte. Und es war dort geschehen, nicht weit von der Stelle, an der er Jacob Jagger kaltblütig

erschossen hatte. Der ›Witwenmacher‹ hatte ihn gefällt, so wie vor ihm andere, unbedeutendere Männer.

Ich vermochte es nicht zu fassen. Ich ging wie eine Schlafwandelnde in die Bibliothek ... berührte die Schachfiguren ... nahm seinen Siegelring mit dem Luchs in die Hand und starrte ihn an, bis es mir war, als sähen seine Augen mich an und nicht die kalten, glitzernden Steine.
Lynx ... tot! Aber er war doch unsterblich! ... Ich war wie betäubt. Ich hatte das Gefühl, selbst gestorben zu sein.

Stirling kam zu mir, und erst da konnte ich weinen. Er hielt mich im Arm, und wir waren uns so nah wie damals in der Höhle, als das Feuer über uns gewütet hatte.
»Wir müssen nach England«, sagte er. »Er hat es so gewollt.«
Ich schauderte. »Aber er würde nicht wollen, daß *wir* es jetzt allein ohne ihn tun, Stirling. Was könnte das nützen? *Er* wollte nach England, aber das kann er nun nicht mehr. Es ist alles aus.«
Stirling schüttelte jedoch den Kopf und sagte: »Nein, er wollte, daß wir nach England gehen. Wir werden es tun, genau so, wie wir es getan hätten, wenn er noch lebte.«
Und da hatte ich das Gefühl, daß Lynx weiterlebte, um unser Leben zu lenken. Unbewußt hatte ich immer geglaubt, daß der Tod ihm nichts anhaben konnte. Vielleicht war es wirklich so.

Minta

1

Als ich heute abend in meinem Zimmer am Fenster saß und auf den Rasen hinunterschaute, beschloß ich, eine Art Tagebuch zu führen; dadurch würde die Erinnerung an alles für immer festgehalten und lebendig bleiben. Man vergißt so schnell. Die Eindrücke verwischen sich, und rückblickend färbt und verändert man die Ereignisse entsprechend dem eigenen Wunschdenken. Die schönen Momente werden verklärt und die unerfreulichen und traurigen vergißt man ganz bewußt. Ich würde deshalb eine Art Tagebuch führen und alles wahrheitsgetreu und genauso aufschreiben, wie es passierte.
Ich kam an jenem Nachmittag auf diesen Gedanken, als Stirling auf so eigenartige Weise unvermutet bei uns erschien. Im Grund war es ja lächerlich. Er war nur so flüchtig in meinem Leben aufgetaucht, und nichts sprach dafür, daß ich ihn jemals wiedersehen würde. So war es wirklich absurd, diesen Wunsch zu haben, alles aufzuschreiben und dadurch festzuhalten. Schließlich war es nur ein ganz alltäglicher Vorfall. Ich wußte, er hieß Stirling und das Mädchen Nora, weil sie sich mit diesen Namen anredeten – vielleicht fielen ihre Namen auch nur ein einziges Mal, wurden jedoch von mir aufmerksam registriert. Ich nahm überhaupt alles mit ungewöhnlicher Aufmerksamkeit in mich auf und erinnere mich dadurch an jede Einzelheit.
Ihr Schal war vom Wind über die Mauer geweht worden, und sie kamen, um ihn zu holen. Ich hatte allerdings das Gefühl, daß es kein Zufall war. Ein ganz törichter Gedanke natürlich, denn weshalb hätten sie sich einen Vorwand ausdenken sollen, um zu uns hereinzukommen?
Ich saß mit Lucie unten auf dem Rasen beim Teich. Es war einer von Mamas schlechten Tagen. Die arme Mama! Ich wußte, sie würde nie mehr glücklich sein. Sie lebte in der Vergangenheit, die aber gar nicht so wundervoll gewesen sein kann, wie sie diese in der Erinnerung sieht. Irgendeine Tragik scheint ihr, als sie jung war, ein großes Glück zerstört zu haben. Sie hat es mir versprochen, es mir eines Tages zu erzählen.

Lucie und ich saßen also unten beim Tisch. Lucie arbeitete an ihrer Stickerei; sie machte einen neuen Bezug für einen der Stühle im Speisezimmer. Mein Vater hatte seine glühende Zigarrenasche auf den Sitz eines Stuhles fallenlassen, und diese hatte ein Loch in den gestickten Bezug gebrannt, der aus dem Jahre 1701 stammte. Es war typisch für Lucie, daß sie beschloß, das alte jakobitische Muster zu kopieren und einen Bezug nachzuarbeiten, der sich in nichts von den anderen unterscheiden würde. Lucie war wirklich recht geschickt in ihrer stillen Art, und ich war froh, daß sie bei uns war. Ohne sie wäre das Leben wirklich sehr langweilig gewesen. Sie konnte beinah alles. Sie half meinem Vater bei seiner Arbeit, las Mama den neuesten Roman vor oder Artikel aus Zeitschriften und Zeitungen und leistete mir in all den vielen leeren Stunden Gesellschaft.
Ich bewunderte an jenem Nachmittag erneut ihre Stickerei, die sich in nichts von den alten, echten Bezügen unterschied.
»Es sieht fast genauso aus!« erklärte ich staunend.
»Nur fast?« erwiderte sie betrübt. »Das genügt nicht. Es muß bis ins kleinste Detail ganz genauso sein.«
»Ich bin überzeugt, wir werden ihn alle sehr schön finden, so wie er ist«, tröstete ich sie. »Wer wird den neuen Bezug schon nach kleinen Unterschieden unter die Lupe nehmen?«
»Vielleicht werden einige Menschen das irgendwann einmal tun«, meinte Lucie, und ein verträumter Ausdruck kam in ihre Augen. »Ich möchte, daß in hundert Jahren Menschen diesen Stuhl betrachten und sich fragen: ›Welches war nun der Stuhl, dessen Bezug gegen Ende des neunzehnten Jahrhunderts erneuert wurde?‹«
»Aber warum möchten Sie das denn?«
»Sie verdienen es gar nicht, zu diesem Haus zu gehören, Minta!« schalt sie mit leichter Ungeduld in der Stimme. »Denken Sie doch nur daran, was es bedeutet! Sie können Ihre Familie bis in die Tudor-Zeit und sogar noch weiter lückenlos zurückverfolgen! Sie haben dieses herrliche Erbe ... *Whiteladies*! Sie scheinen es gar nicht genügend zu würdigen!«
»Aber Lucie, natürlich liebe ich *Whiteladies* und fände es schrecklich, irgendwo anders zu leben, aber es ist schließlich doch nur ein Haus, wenn auch ein sehr schönes.«
»Nur ein Haus!« Entrüstet hob sie den Blick zu dem Wipfel des Kastanienbaumes hinauf. »*Whiteladies*! Vor fünfhundert Jahren lebten in diesen Mauern weißgekleidete, fromme Nonnen

ihr weltabgeschiedenes Dasein. Manchmal ist es mir, als hörte ich die Glockenschläge, die sie zur Andacht riefen, und nachts bilde ich mir ein, ihre leisen Stimmen beim Gebet in ihren Zellen zu hören und das Rascheln ihrer weißen Gewänder, wenn sie die steinernen Stufen hinaufsteigen.«
Ich mußte über Lucies Einbildungskraft lachen. »Aber Lucie! Sie scheinen ja mehr an *Whiteladies* zu hängen als irgendeiner von uns!«
»Für Sie alle ist es eben immer so ganz selbstverständlich gewesen!« rief sie leidenschaftlich bewegt aus, und ihr Mund verhärtete sich zu einem schmalen Strich. Ich wußte, sie dachte an jenes armselige Häuschen in einer schmutzigen Stadt im Kohlenpott. Sie hatte mir davon erzählt, und beim Gedanken daran konnte ich ihre heiße Liebe zu *Whiteladies* verstehen und freute mich, daß sie bei uns war. Tatsächlich war sie es, die mir die Augen für das Haus und seine Schönheit und Bedeutung öffnete, das seit hundert Jahren der Wohnsitz meiner Familie war.
Und niemand anders als ich hatte Lucie zu uns geholt. Sie war Lehrerin für englische Literatur und Geschichte in dem Internat gewesen, auf das meine Eltern mich schickten, und hatte sich während meiner ersten Monate dort ganz besonders rührend um mich gekümmert. Sie hatte mir geholfen, das unvermeidliche Heimweh zu überwinden, hatte mir die Anpassung und das Einleben erleichtert und mir eine gewisse Selbständigkeit beigebracht – und das alles in ihrer unaufdringlichen Art. In meinem zweiten Halbjahr im Internat mußten wir einen Aufsatz über ein altes historisch interessantes Gebäude schreiben, das wir einmal besichtigt hatten; ich wählte natürlich als Thema *Whiteladies.* Lucie interessierte mein Aufsatz, und sie fragte mich, wo ich dieses Haus gesehen hätte. »Ich lebe darin«, hatte ich geantwortet, und von da an fragte sie mich oft nach Einzelheiten über *Whiteladies.* Als die Sommerferien näherrückten und wir alle in freudiger Aufregung waren, nun bald nach Hause zu kommen, fiel mir auf, wie traurig sie war. Ich fragte sie, wo sie für die Ferien hinführe. Sie habe keine Familie, sagte sie, und würde vermutlich versuchen, eine Stellung bei einer alten Dame als Gesellschafterin zu finden. Vielleicht auch als Reisebegleiterin. Als ich dann impulsiv vorschlug: »Sie sollten nach *Whiteladies* kommen!«, war ihre Freude wirklich rührend.

Und sie kam, und so fing es alles an. Die leidige Geldfrage wurde anfangs natürlich gar nicht erwähnt. Das Haus war ja groß genug, viele Zimmer wurden nicht benutzt, und wir hatten genügend Personal. Oft hatten wir das Haus voller Gäste, und so war Lucie eben nur ein Gast mehr. Etwas war jedoch bei ihr anders: Sie machte sich unglaublich nützlich. Mama gefiel ihre Stimme; außerdem ermüdete Lucie das Vorlesen nicht so schnell. Sie hörte sich Mamas Aufzählung ihrer Leiden mit echter Anteilnahme an, denn sie verstand viel von Krankheiten und konnte Mama mit den Berichten von Leuten unterhalten, die alle möglichen Gebrechen gehabt hatten. Sogar mein Vater begann sich für sie zu interessieren. Er schrieb damals an der Biographie eines berühmten Vorfahren, der sich unter Marlborough bei Oudenarde, Blenheim und Malplaquet rühmlich hervorgetan hatte. In seinem Arbeitszimmer lagen Stapel von Briefen und Dokumenten, die man in einer Truhe in einem der Türme gefunden hatte. Er pflegte zu sagen: »Es ist eine Arbeit für ein ganzes Leben. Ich frage mich oft, ob ich lange genug leben werde, um sie zu Ende zu bringen.« Ich hatte jedoch den Verdacht, daß er den meisten Teil der Nachmittage und Abende mit gemütlichen Nickerchen verbrachte, anstatt – wie allgemein angenommen – zu arbeiten.

Von jenem ersten Ferienbesuch von Lucie erinnere ich mich an jenen Vormittag, als sie mit Papa unter den alten Bäumen im Park spazierenging und mit ihm über jene Schlachten diskutierte wie auch über Marlboroughs Verhältnis zu seiner Frau und der *Queen Anne*. Mein Vater war entzückt über ihre geschichtlichen Kenntnisse und ließ sich noch vor Ende ihres Aufenthaltes bei uns von ihr beim Durchsehen und Aussortieren der Briefe und Dokumente helfen.

Das war der Anfang. Danach ergab es sich dann von ganz allein, daß Lucie regelmäßig ihre Ferien bei uns verbrachte. Sie interessierte sich derartig für *Whiteladies* und seine Vergangenheit, daß sie meinem Vater dringend nahelegte, doch ein Buch darüber zu schreiben. Ihm gefiel dieser Gedanke, und er erklärte, er würde – sowie er mit General Sir Harry Dorian fertig sei – mit den Nachforschungen über die Geschichte von *Whiteladies* beginnen.

Lucie war geradezu leidenschaftlich von seiner Arbeit fasziniert, und es amüsierte mich, daß Papa und Lucie sich so unvergleichlich viel mehr für das Haus interessierten als Mama und ich, wo

mein Vater doch nur durch seine Heirat hierher gehörte und bei Lucie überhaupt keine Verbindung dazu bestand.
Als ich das Internat nach dem Schulabschluß verließ, schlug Mama vor, daß Lucie zu uns kommen sollte. Wir kannten ihre Lebensumstände und wußten, daß sie ganz allein in der Welt stand und darauf angewiesen war, sich ihren Lebensunterhalt zu verdienen; und das Leben als Lehrerin im Internat war kein einfaches. Es gab in *Whiteladies* so viele Möglichkeiten für sie, sich nützlich zu machen.
Lucie bekam also ein Gehalt und wurde Mitglied unseres Haushaltes. Wir mochten sie alle gern, und sie machte sich so nützlich, daß wir uns gar nicht mehr vorstellen konnten, was wir ohne sie tun würden. Sie hatte keine festen Pflichten, war jedoch meines Vaters Sekretärin, die Pflegerin meiner Mutter und meine Gesellschafterin; darüber hinaus war sie unser aller Vertraute.
An jenem Tag, als Stirling und Nora bei uns auftauchten, war ich siebzehn, Lucie siebenundzwanzig.
Einer der Diener hatte Mamas Rollstuhl heruntergebracht und uns einen hübschen Platz am Hermes-Teich im Schatten eines Baumes ausgesucht. Mama konnte durchaus mühelos gehen, liebte jedoch ihren Rollstuhl und benutzte ihn häufig. Ich blieb sitzen und sah zu, wie Lucie Mama in ihrem Stuhl über den Rasen schob, und fragte mich, ob es wohl einer ihrer schlechten Tage war. Man konnte ihr ihre schlechte Laune oft an ihrem Gesichtsausdruck ansehen. Ach du liebe Zeit, dachte ich, bloß das nicht! Es ist so ein schöner Tag!
»Vergewissere dich, ob wir auch wirklich im Schatten sind«, sagte Mama zu mir. »Du weißt, was für Kopfschmerzen ich von der Sonne bekomme.«
»Dies ist ein ganz schattiger Platz, Mama«, versicherte ich ihr.
»Aber das Licht ist heute so grell!« Ja, es war einer ihrer schlechten Tage!
»Ich werde Ihren Stuhl so stellen, daß das Licht sie nicht blendet, Lady Cardew«, sagte Lucie.
»Danke, Lucie.«
Lucie fand einen ihr günstig erscheinenden Platz für Mamas Stuhl, und Jeff, der Butler, erschien mit Jane, dem Stubenmädchen, die ein Tablett mit Toast, Butter, Rosinenbrötchen, Marmelade, Honig und Obsttörtchen trug.
Lucie war darum bemüht, es Mama gemütlich zu machen,

während ich am Tisch saß und darauf wartete, daß das zweite Tablett mit der silbernen Teekanne und dem Rechaud herausgebracht wurde. Als es dann soweit war, schenkte ich den Tee ein, den Mama zu stark fand. Lucie verdünnte ihn sofort mit heißem Wasser. Mama nippte darauf schweigend ihren Tee. Ich wußte Bescheid. Sie war mit ihren Gedanken wieder einmal in der Vergangenheit.

Ich sah zum Haus hinüber. Das Fenster des Arbeitszimmers meines Vaters im ersten Stock war ein wenig geöffnet. Dort oben saß er nun an seinem Schreibtisch inmitten all seiner Papiere und Unterlagen und machte bestimmt gerade wieder einmal ein Nickerchen. Er liebte es nicht, bei der Arbeit gestört zu werden; ich hatte jedoch insgeheim den Verdacht, daß er nur befürchtete, jemand könne ihn bei einem seiner Nickerchen überraschen. Der gute Papa! Er war nie auf irgend jemanden böse und war wirklich der friedlichste und umgänglichste Mensch der Welt. Sogar mit Mama hatte er unbegrenzt Geduld, und das muß wahrhaftig nicht leicht gewesen sein, wurde er von ihr doch ständig daran erinnert, daß sie es bereute, ihn geheiratet zu haben.

»Lucie, ich möchte noch ein Kissen für meinen Rücken haben«, sagte Mama.

»Sehr wohl, Lady Cardew. Ich werde eines der größeren aus dem Haus holen. Ich habe sowieso immer Angst, die Gartenkissen könnten etwas feucht sein.«

Mama nickte zustimmend, und als Lucie außer Hörweite war, murmelte sie: »Sie ist eine so rührende Person!«

Ich mochte es nicht, Lucie als »Person« bezeichnet zu hören. Ich hatte sie wirklich sehr gern. Ich verfolgte, wie sie über den Rasen zum Haus hinüberging. Sie war ziemlich groß und hielt sich sehr gerade. Ihr dunkles Haar lag glatt zu beiden Seiten des Kopfes an und war im Nacken zu einem Knoten zusammengefaßt. Sie trug immer dunkle Farben – heute lilablau –, die ihr bei ihrer leicht olivfarbenen Haut gut standen. Sie besaß eine natürliche Eleganz, durch die auch recht einfache, billige Kleider bei ihr durchaus modisch und distinguiert aussahen.

»Sie ist uns allen eine gute Freundin«, bemerkte ich etwas vorwurfsvoll. Ich war die einzige, die Mama gelegentlich kritisierte. Mein Vater, der jede Art von Diskussionen haßte, war durch nichts aus seiner nachsichtigen freundlichen Güte zu bringen. Oft habe ich erlebt, wie er endlose Mühen auf sich nahm, nur um den kleinsten Mißton zu vermeiden. Und Lucie, die schließlich unsere Angestellte war – eine Tatsache, die mein Vater und ich immer bemüht waren, sie vergessen zu lassen –, Lucie ging stets geschickt auf Mamas Wünsche und Launen ein, denn sie war fest entschlossen, aus ihrer Stellung, auf die sie stolz war, keinen bequemen Ruheposten zu machen.

»Du lieber Himmel!« sagte ich oft zu ihr. »Das brauchen Sie wirklich nicht zu befürchten, Lucie. Sie sind gleichzeitig Ratgeberin, Krankenschwester und unsere Freundin – und all das für das Gehalt einer Haushälterin!«

Worauf Lucie dann meist antwortete: »Ich werde immer dafür dankbar sein, daß ich hierher kommen durfte. Ich hoffe, sie werden es niemals bereuen, mich aufgenommen zu haben.«

Mama klagte, daß der Wind so kühl sei und die Sonne zu heiß und ihre Kopfschmerzen, mit denen sie schon morgens aufgewacht sei, sich im Laufe des Tages verschlimmert hätten. Lucie kam mit dem Kissen zurück und stopfte es Mama in den Rücken, die ihr müde dafür dankte.

Und da kamen sie über den Rasen auf uns zu. Sie sahen recht forsch und unbekümmert aus, was sie wahrscheinlich auch waren, drangen sie doch völlig unangemeldet und unaufgefordert bei uns ein. Er war sehr groß und dunkel; sie hatte ebenfalls dunkles Haar und war nicht ausgesprochen hübsch, aber sie hatte so etwas ungeheuer Vitales, was einem sofort bei ihrem Anblick auffiel und was sehr anziehend wirkte.

»Guten Tag«, sagte Stirling. »Wir sind nur gekommen, um den Schal meines Mündels zu holen.«

Was für eine seltsame Einführung! Und daß er ihr Vormund sein sollte, erschien mir noch seltsamer. Ich hielt das Mädchen für etwa gleichaltrig mit mir, während er in Lucies Alter sein mochte. Und dann sah ich tatsächlich den erwähnten Schal vor uns auf dem Rasen liegen. Das Mädchen sagte etwas darüber, wie er ihr vom Hals gerutscht und vom Wind über die Mauer geweht worden sei.

»Aber natürlich ...«, begann ich. Mama betrachtete die beiden voller Verwunderung, während Lucie sich nichts anmerken ließ. Und dann sah ich, daß das Mädchen an der Hand blutete, und so fragte ich sie, ob sie sich verletzt habe. Sie hätte sich die Hand an einem Baum aufgeschrammt, erwiderte sie. Es sei ohne Bedeutung. Lucie meinte, es müsse verbunden werden, und sie würde

sie zu Mrs. Glees Zimmer mitnehmen. Das Mädchen hielt das nicht für nötig, doch schließlich ging Lucie mit ihr ins Haus, und ich blieb mit Stirling und Mama allein.
Ich fragte ihn, ob er eine Tasse Tee haben möchte, was er erfreut bejahte. Er zeigte großes Interesse an dem Haus. Er war ganz anders als alle Männer, die ich kannte, aber ich kannte ja nur sehr wenige. Ich verglich ihn wahrscheinlich mit Frankly Wakefield. Zwei verschiedenere Männer konnte es nur schwerlich geben. Ich fragte ihn, wo er zu Hause sei, und war erstaunt, als er sagte, er lebe in Australien.
»Australien ...?« wiederholte Mama und richtete sich leicht in ihrem Rollstuhl auf. »Das ist aber sehr weit von hier.«
»Etwa achtzehntausend Kilometer.«
Er hatte etwas sehr Erfrischendes und Sympathisches, und ihr Überfall hatte den Nachmittag der üblichen Monotonie entrissen.
»Wollen Sie jetzt für immer in England bleiben?« erkundigte ich mich.
»Nein, ich fahre übermorgen mit dem Schiff zurück.«
»Schon so bald!« entfuhr es mir in lächerlicher Bestürzung.
»Mein Mündel und ich schiffen uns auf der *Carron Star* ein«, sagte er.
»Ich bin nur hergekommen, um sie abzuholen. Ihr Vater ist vor kurzem gestorben, und wir adoptieren sie.«
»Wie ... wie aufregend!« sagte ich höchst töricht.
»Finden Sie?« fragte er mit ironischem Lächeln, und ich fühlte, wie ich rot wurde. Ich befürchtete, daß er mich für ziemlich dumm und töricht hielt. Zweifellos verglich er mich mit seinem Mündel, jenem Mädchen, das so aufgeweckt, lebhaft und intelligent aussah.
Mama fragte ihn nach Australien aus. Wie es dort sei? Wo er dort lebe? Sie kenne jemanden, der vor langer Zeit dorthin ausgewandert sei.
Das sei ja interessant, erwiderte Stirling. Wie denn jener Auswanderer, den sie gekannt habe, hieß?
»Ich ... eh, ich weiß es nicht mehr«, erklärte Mama.
»Nun ja, Australien ist groß.«
»Ich frage mich oft ...«, begann Mama und brach dann ab.
Er erzählte ihr, daß er etwa sechzig Kilometer nördlich von Melbourne lebe. Ob jener Freund nach Melbourne gegangen sei?

»Ich kann es nicht sagen«, antwortete Mama. »Ich habe nie wieder etwas von ihm gehört.«
»Ist es denn so lange her?« bohrte er. Ich bemerkte ein merkwürdiges Zucken um seine Mundwinkel, ganz so, als interessiere er sich außerordentlich dafür und amüsiere sich gleichzeitig über diesen Freund von Mama.
»Es fällt mir ganz schwer, mich daran zu erinnern«, sagte Mama und fügte dann rasch hinzu: »Es ist auf jeden Fall sehr lange her. Etwa dreißig Jahre ... oder noch mehr.«
»Und Sie sind nicht in Verbindung mit Ihrem Freund geblieben?«
»Leider nein.«
»Wie schade! Ich hätte ihm sonst vielleicht Neuigkeiten von Ihnen mitbringen können.«
»Ach, das ist ja alles so lange her«, meinte Mama ziemlich erregt und mit geröteten Wangen. Ich hatte sie noch nie so gesehen. Unser so unerwartet hereingeschneiter Besuch schien auf uns beide eine eigenartige Wirkung zu haben.
Ich schenkte ihm erneut Tee ein, und als er die Tasse von mir entgegennahm, fielen mir seine kräftigen, sonnengebräunten Hände auf. Er sah mich lächelnd an, und ich bemerkte die feinen Fältchen um seine Augen, die, so vermutete ich, von der grellen Sonne in seiner Heimat kamen. Ich stellte ihm nun auch einige Fragen über Australien und fand alles sehr interessant, was er von den Besitzungen seiner Familie erzählte. Auch ein Hotel besaßen sie in Melbourne und sogar eine Goldmine.
»Wie interessant muß ihr Leben sein?« sagte ich.
Er stimmte dem zu, und zum ersten Mal in meinem Leben überkam mich ein Gefühl der Unzufriedenheit. Es war mir bis zu diesem Augenblick nie bewußt geworden, wie eintönig und ereignislos das Leben in *Whiteladies* war. Lucie gab mir dauernd zu verstehen, daß ich dankbar sein müßte; es hatte die gegenteilige Wirkung auf mich. Er schien jedoch ebenfalls von *Whiteladies* fasziniert zu sein. Er stellte eine Menge Fragen darüber und wir waren noch bei diesem Thema, als das Mädchen mit Lucie zurückkam. Ihre Hand steckte jetzt in einem Verband. Ich schenkte auch ihr eine Tasse Tee ein, und wir unterhielten uns weiter über das Haus.
Und dann kam Franklyn. Er hatte wirklich großen Charme. Er war so ruhig und gelassen. Ich kannte ihn von klein auf an und hatte niemals erlebt, daß er die Ruhe oder Beherrschung verlor.

Und wurde es wirklich einmal notwendig, jemanden zurechtzuweisen oder sich irgendwie durchzusetzen, so spürte man, daß er die Angelegenheit ganz sachlich und objektiv betrachtete und aus Gerechtigkeitssinn und nicht aus Ärger oder Wut handelte. Manche Leute mögen Franklyn langweilig gefunden haben. Aber das war er keineswegs.

Der zwischen ihm und Stirling bestehende Kontrast war wirklich sehr auffallend. Stirling hätte neben ihm ungehobelt wirken können, doch war er sich ganz offensichtlich nicht im geringsten bewußt, irgendwie hinter ihm zurückzustehen – und tat es folglich auch nicht. Stirling war nicht von dem makellosen Schnitt von Franklyns Anzug beeindruckt – falls er ihn überhaupt bemerkte.

Da es mit dem Vorstellen für mich schwierig war, kannte ich doch ihre Namen nicht, erzählte ich Franklyn, daß der Schal über die Mauer geweht sei und sie gekommen wären, um ihn zu holen.

Nora stand auf und sagte, sie müßten jetzt wieder gehen und bedankte sich für unsere Liebenswürdigkeit. Stirling paßte das ganz und gar nicht und ich freute mich, daß er so offensichtlich noch gern geblieben wäre; aber es gab wirklich keinen Vorwand, unter dem ich sie hätte zurückhalten können, und so begleitete Lucie sie zum Tor.

Das war alles. In gewisser Weise ein ganz banaler Vorfall, und doch konnte ich die beiden nicht aus meinen Gedanken verscheuchen; und weil ich alles, genauso, wie es war, behalten wollte, begann ich dieses Tagebuch zu schreiben.

Wir blieben unten am Teich sitzen, um halb sechs kam dann mein Vater herunter. Sein Haar war in Unordnung, und sein Gesicht leicht gerötet. Ich dachte bei mir: Er hatte ein gutes Nickerchen gemacht!

»Wie ging es mit der Arbeit voran, Sir Hilary?« erkundigte sich Lucie.

Er sah sie lächelnd an. Wenn er lächelte, leuchtete sein Gesicht auf, und es war, als ginge ein Licht hinter seinen Augen an. Er liebte es sehr, über seine Arbeit zu sprechen. »Es war heute recht mühsam«, antwortete er. »Doch ich tröstete mich, indem ich mir sagte, daß ich wohl gerade an einer schwierigen Stelle bin.«

Mama machte ein ungeduldiges Gesicht, und Franklyn sagte

schnell: »Ich glaube, diese schwierigen Stellen sind einfach unvermeidlich. Wenn die Arbeit zu leicht und glatt voranginge, bestünde die Gefahr, daß sie zu simpel wäre.«
Wie immer wußte Franklyn genau das Richtige zu sagen. Er lehnte sich – eine untadelig distinguierte Erscheinung – in seinem Gartenstuhl zurück und schien von gütiger Toleranz für uns alle erfüllt. Ich wußte, Mama und mein Vater hatten beschlossen, daß Franklyn einen sehr guten Schwiegersohn abgeben würde. Wir würden *Wakefield Park* und *Whiteladies* zu einem einzigen Besitz zusammenlegen. Es würde sehr praktisch sein, da die beiden Häuser nicht weit voneinander entfernt lagen und unser Land aneinander angrenzte. Franklyns Familie war nicht ausgesprochen reich, aber, wie man so sagt, gut betucht. Reiche waren wir ja schließlich auch nicht. Ich glaube, in den letzten beiden Jahren ist etwas mit unseren Finanzen passiert, denn wann immer das Thema Geld erwähnt wird, verschanzt sich Papa hinter nichtssagenden, vagen Redensarten, was soviel bedeutet wie, daß er nichts von diesem Thema zu hören wünscht, da es ihm lästig ist.
Wie dem auch sei, es würde eine alle sehr befriedigende Heirat sein. Ich war schon so weit, daß ich es als eine unvermeidliche Notwendigkeit ansah.
Ich hätte gern gewußt, ob Franklyn das ebenfalls tat. Er behandelte mich stets mit der reizendsten Liebenswürdigkeit, aber schließlich war er zu allen Menschen so. Ich hatte gesehen, wie die Postmeisterin im Dorf vor Freude rot wurde, als er einige Worte an sie gerichtet hatte. Er war sehr groß – alle Wakefields waren es – und verwaltete das Gut seines Vaters mit Takt und Geschick und war allen Pächtern ein sehr guter Herr. Doch hinter Franklyns verbindlichem Charme verbarg sich eine innere Verschlossenheit. Er hatte schiefergraue Augen, denen es an Wärme fehlte; man fühlte, daß er, wenn er niemals böse oder zornig wurde, sich auch niemals richtig über etwas freute. Er war so ausgeglichen und deshalb kein sehr aufregender Mann, wie angenehm seine Gesellschaft auch sein mochte. Alles an ihm war konventionell: seine makellose Kleidung, seine vollendet höflichen, liebenswürdigen Manieren, sein wohlgeordnetes Leben.
Mir war das vorher nie bewußt geworden. Diese beiden Unbekannten, die an jenem Nachmittag zu uns hereinschneiten, hatten diese Bestandsaufnahme bei mir ausgelöst. Nun, sie

waren wieder aus meinem Leben verschwunden, und ich erwartete nicht, sie jemals wiederzusehen.
»Genau«, sagte Papa. »Ich sage mir immer, daß ich diese harte Aufgabe auf mich nehmen muß, um der Nachwelt willen.«
»Ich bin überzeugt, Sie werden sie zur Zufriedenheit der jetzigen Generation und aller nachfolgenden Generationen bewältigen«, meinte Franklyn.
Mein Vater freute sich darüber, ganz besonders, als Lucie ernst hinzufügte: »Ja, das werden Sie ganz bestimmt, Sir Hilary!«
Und dann begannen Lucie und Franklyn ein Gespräch mit Papa, während Mama gähnte und sagte, ihre Kopfschmerzen würden wieder schlimmer, worauf Lucie sie ins Haus und hinauf in ihr Zimmer brachte, wo sie sich bis zum Abendessen hinlegen wollte.
»Du wirst doch mit uns essen, Franklyn?« sagte mein Vater, und Franklyn nahm diese Einladung dankend an.
Mama erschien nicht zum Abendessen. Sie schickte nach Lizzie, ihrer Zofe, und ließ sich von ihr Stirn und Schläfen mit Eau de Cologne einreiben. Dr. Hunter war zum Abendessen eingeladen gewesen, doch wollte er noch etwa eine Stunde bei Mama bleiben und mit ihr über ihre Symptome sprechen, bevor er zu uns herunterkam. Dr. Hunter war seit zwei Jahren unser Hausarzt und schien recht jung, um die Verantwortung für unser Leben und Sterben zu tragen, doch vielleicht schien das nur so durch den Vergleich mit dem alten Dr. Hedgling, dessen Praxis er übernommen hatte. Dr. Hunter war Anfang Dreißig und Junggeselle; eine Haushälterin führte ihm den Haushalt und sorgte für sein leibliches Wohl. Ich fand, er war etwas übereifrig darauf erpicht, einen guten Eindruck bei uns zu machen, während er sich genau darüber klar war, daß wir ihn für etwas zu jung und unerfahren hielten. Er war ein unterhaltender junger Mann, und Mama mochte ihn, was als solches sehr wichtig war.
Das Abendessen verlief bei angeregter Unterhaltung. Der junge Arzt konnte amüsant erzählen, und Franklyn überbot seine Geschichten oft mit seiner unterkühlten, witzigen Art. Ich war eigentlich froh, daß Mama sich das Essen auf einem Tablett hatte heraufbringen lassen, denn sie konnte etwas ermüdend sein mit der ständigen Aufzählung ihrer Symptome, und in Anwesenheit des Arztes hätte sie sich bestimmt in einem ausführlichen Bericht über diese ergangen.
Ich glaube, mein Vater freute sich ebenfalls. Er war immer ganz

anders, wenn sie nicht zugegen war; es war fast, als genieße er dann seine Freiheit.
Dr. Hunter erzählte von einigen seiner Patienten und wie die alte Betty Ellery, die bettlägerig war, sich geweigert hatte, ihn zu empfangen, den sie als einen »grünen Jungen« bezeichnete. »Während ich mich zu meiner Jugend bekenne«, sagte Dr. Hunter, »mußte ich darauf bestehen, daß ich ein voll ausgebildeter, diplomierter Arzt bin und keineswegs ein ›grüner Junge‹.«
»Die arme Betty!« sagte ich. »Sie war schon bettlägerig, als ich noch klein war. Ich weiß noch, wie ich ihr jedes Mal am Tag vor Weihnachten mit Mama einige Wolldecken und ein gebratenes Huhn und einen Plumpudding brachte. Wenn die Kutsche vor ihrer Haustür anhielt und wir ausstiegen, rief sie immer: ›Kommen Sie herein, Madam, denn Sie sind mir fast ebenso willkommen wie die Geschenke, die Sie mir bringen.‹ Ich saß dann mucksmäuschenstill in dem Stuhl neben ihrem Bett und hörte den Geschichten zu, die sie aus der Zeit erzählte, als Großpapa Dorian noch lebte und Mama sie Weihnachten mit Großmama besuchte.«
»Die alten Bräuche und Traditionen werden fortgesetzt«, bemerkte Franklyn.
»Und das ist auch gut so! Findest du nicht auch, Franklyn?« fragte mein Vater.
Franklyn meinte, es sei in manchen Fällen in der Tat gut, an den alten Traditionen festzuhalten, doch in anderen besser, sich von ihnen zu lösen.
Und so ging die Unterhaltung auf angenehme Art weiter.
Nach dem Essen saßen Lucie und Dr. Hunter in ein ernsthaftes Gespräch vertieft beisammen, während ich mit Franklyn plauderte. Ich fragte ihn, wie er die beiden unbekannten Besucher gefunden hätte.
»Die junge Dame mit dem Schal, meinst du.«
»Nicht nur sie – beide! Sie schienen mir ungewöhnlich.«
»Tatsächlich?« Franklyn war eindeutig nicht dieser Ansicht, und ich sah ihm an, daß er sie schon so gut wie vergessen hatte. Mich ärgerte das ein bißchen, und so wandte ich mich Lucie und Dr. Hunter zu. Dieser erzählte von seiner Haushälterin, Mrs. Denver, die er im Verdacht hatte, heimlich gehörig einen über den Durst zu trinken. »Ich hoffe«, sagte Lucie, »Sie halten Ihren Weinkeller unter Verschluß!«

»Aber liebe Miss Maryan! Wenn ich das täte, würde mir die gute Dame sofort kündigen!«
»Wäre das denn so ein Verlust?«
»Sie haben offensichtlich keine Ahnung von den Prüfungen, die einem als Junggeselle auferlegt werden, wenn man den Dienstmädchen auf Gedeih und Verderben ausgeliefert ist. Nein wirklich! Ohne meine gute Mrs. Denver würde ich glatt verhungern und sähe mein Haus wie ein Schweinestall aus. Ich muß ihr einfach ihre Schwäche für den Alkohol um der Ordnung willen, die sie in mein häusliches Leben bringt, verzeihen.«
Ich sah Franklyn lächelnd an und fragte mich, ob er wohl das gleiche dachte, wie ich. Die gute Lucie! Sie würde bald Dreißig werden, und falls sie jemals heiraten sollte, so mußte das bald sein. Was würde sie für eine gute Arztfrau abgeben! Ich konnte sie mir bestens vorstellen, wie sie sich um die Patienten kümmerte und ihm bei seiner Arbeit half. Es wäre geradezu ideal für sie, obgleich wir sie dadurch verlieren würden, und was sollten wir bloß ohne sie machen? Aber wir durften selbstverständlich nicht egoistisch sein und nur an uns denken! Dies war Lucies große Chance. Und falls sie Dr. Hunter heiratete, blieb sie ja für immer ganz in meiner Nähe.
Ich beugte mich zu Franklyn hinüber und wollte ihm gerade zuflüstern, daß ich es wundervoll fände, wenn Lucie und Dr. Hunter heiraten würden. Aber mir fiel noch rechtzeitig ein, daß man Franklyn derartige Dinge nicht sagte. Er würde es für geschmacklos halten, über so etwas zu flüstern – oder auch offen darüber zu sprechen –, wo es doch nur die beteiligten Personen und sonst niemanden etwas anging. Herrgott, konnte er ermüdend sein! Und an wieviel Spaß ging er auf diese Weise im Leben vorbei!
Ich richtete es so ein, daß wir uns zu viert unterhielten. Dr. Hunter erzählte uns einige amüsante Geschichten aus seiner Krankenhauszeit, bevor er unsere Landpraxis übernahm. Er war wirklich sehr komisch. Leider verabschiedeten er und Franklyn sich schon kurz nach zehn, und so blieb uns nichts anderes übrig, als uns für die Nacht zurückzuziehen.
Als ich zu meiner Mutter ging, um ihr gute Nacht zu wünschen, fand ich sie hellwach vor. Sie war irgendwie völlig verändert.
»Setz dich, Minta!« gebot sie. »Und erzähl mir noch ein Weilchen etwas. Ich werde heute Nacht kein Auge zutun.«
»Aber weshalb nicht, Mama?«

»Du weißt doch, Minta, daß ich nie gut schlafe«, erwiderte sie vorwurfsvoll.
Ich bereitete mich schon innerlich auf einen ausführlichen Bericht ihrer Leiden vor und war deshalb um so überraschter, als sie rasch fortfuhr:
»Ich fühle, ich muß einfach mit dir sprechen, mein Kind. Es gibt da so vieles, was ich dir nie erzählt habe. Ich hoffe, mein Liebling, daß dein Leben glücklicher wird als meines.«
Wenn ich mir ihr Leben betrachte – mit einem gütigen, nachsichtigen Ehemann, einem wunderschönen Heim, jeder Menge Dienstboten, die ihr jede Laune erfüllten, und der Freiheit, alles zu tun, was sie wollte – oder *fast* alles –, dann konnte ich nicht finden, daß sie zu bedauern war. Doch wie immer, mit Mama tat ich so, als höre ich ihr aufmerksam zu. Ich fürchte, meine Aufmerksamkeit schweift oft ab, so daß ich nur ein mitfühlendes »ja« oder »nein« oder »wie schrecklich« murmelte, ohne eigentlich zu wissen, worum es genau ging.
Doch plötzlich war ich ganz Ohr, denn sie sagte: »Diese beiden Unbekannten, die heute Nachmittag kamen, haben es mir alles wieder so lebhaft ins Gedächtnis gerufen. Der junge Mann kam aus Australien. Und dorthin ging auch *er* vor all jenen vielen Jahren.«
»Wer, Mama?«
»Nun, Charles. Ich wünschte, du hättest Charles gekannt. Ich bin nie wieder einem Mann wie ihm begegnet.«
»Und wer war er?«
»Wie könnte man in wenigen Worten sagen, wer Charles war?! Er kam als Zeichenlehrer hierher – als *mein* Zeichenlehrer. Aber er war viel mehr als nur das. Ich erinnere mich noch so genau an den Tag seiner Ankunft! Ich war damals sechzehn – also jünger als du es jetzt bist – und gerade im Schulzimmer. Er war nur einige Jahre älter. Er kam zur Tür herein und sah unglaublich selbstbewußt und arrogant aus – so ganz und gar nicht wie ein Zeichenlehrer – und sagte: ›Sind Sie Miss Dorian? Ich bin hergekommen, um Ihnen Zeichnen beizubringen.‹ Und er brachte mir so vieles bei, Minta ... so unsagbar vieles!«
»Aber wieso erinnerten dich diese beiden heute an ihn, Mama?« fragte ich.
»Weil sie aus Australien kamen, wohin auch er ging – wohin sie ihn brachten. Und dieser junge Mann erinnerte mich irgendwie an ihn. Er hatte so eine gewisse Art – genau wie er. Verstehst du,

was ich meine? Es war ihm so vollkommen gleichgültig, was man von ihm dachte. Er wußte, er war ebensogut – nein besser – als alle anderen. Weißt du, was ich meine?«

»Ja, Mama.«

»Es war grausam«, fuhr sie fort, »und ich haßte von da an deinen Großvater. Charles war unschuldig. Als ob ihm etwas an meinem Schmuck gelegen hätte! Er wollte *mich*! Nicht das, was ich besaß. Ich weiß das ganz genau, Minta.«

Sie war völlig verändert, und nichts an ihr erinnerte mehr an die mißmutige leidende Kranke. Sie sah sogar schön aus, so wie sie es in ihrer Jugend gewesen sein mußte. Ich wußte, dieser Besuch der beiden Unbekannten hatte irgendeine geheime Bedeutung und war ungeheuer gespannt, mehr darüber zu erfahren. »Bitte erzähl mir mehr darüber!« bat ich sie.

»Ach, meine liebe, kleine Minta! Es kommt mir vor, als wäre es alles erst gestern gewesen. Ich wünschte nur, ich könnte dir Charles beschreiben.«

»Du liebtest ihn also.«

»Ja, das tat ich. Und ich habe nie aufgehört, ihn zu lieben!«

Ich fand dies illoyal gegen meinen Vater und protestierte. »Kommt das nicht nur daher, daß er aus deinem Leben entschwand, als er jung und schön war, und du ihn immer weiter so in Erinnerung behalten hast? Falls du ihn jetzt sehen könntest, würde es vielleicht ein furchtbarer Schock für dich sein.«

»Falls ich ihn jetzt sehen könnte ...«, wiederholte sie, und ihre Augen blickten weich und verträumt nur ihr bekannte Bilder. »Jener junge Mann erinnerte mich so sehr an ihn ... Es ist alles wieder ganz gegenwärtig durch ihn geworden. Jene Tage, wenn wir zusammen im Schulzimmer saßen ... und dann erklärte er, wir müßten draußen nach der Natur arbeiten. Wir saßen unter dem großen Kastanienbaum, genau da, wo wir auch heute nachmittag saßen, und er zeichnete Blumen oder einen Vogel für mich, und ich mußte es dann nachzeichnen. Und dann machten wir Spaziergänge und Naturstudien. Er sprach genauso begeistert über *Whiteladies* wie Lucie. Es ist eigenartig, wie dieses Haus die Menschen beeindruckt und fasziniert. Er wurde es nie müde, darüber zu sprechen. Und dann verliebten wir uns ineinander und beschlossen zu heiraten, und dein Großvater erlaubte es natürlich nicht.«

»Du warst ja erst siebzehn, Mama, und hattest vielleicht ein wenig den Kopf verloren.«

»Es gibt Dinge, die weiß man einfach, wie jung man auch sein mag. Ich wußte, daß ich Charles *über alles* liebte. Und ich wußte, daß mir kein Mann jemals das bedeuten würde, was er mir bedeutete. Er sagte, wir dürften Großvater nichts sagen, denn er würde uns verbieten zu heiraten und es würde etwas Schreckliches passieren, denn dein Großvater war ein sehr mächtiger Mann. Er fand jedoch heraus, was wir vorhatten. Jemand muß es ihm verraten haben, und Charles wurde entlassen. Wir planten, durchzubrennen. Mein Vater hatte Angst vor Charles, denn er wußte, er war kein gewöhnlicher junger Mann wie andere. Ich wurde die ganze Zeit beaufsichtigt, doch gelang es Charles, Briefchen zu mir hereinzuschmuggeln, und so konnten wir unseren Plan vorbereiten. Er kam eines Nachts auf einer Leiter zu mir ins Zimmer herauf, um mich zu holen. Ich gab ihm meinen Schmuck, damit er ihn für mich in die Tasche steckte, bis wir über die Leiter hinuntergelangt waren.« Ihre Lippen begannen zu zucken. »Wir wurden verraten ... Sie fanden den Schmuck in seinen Taschen, und er wurde zu sieben Jahren Zwangsarbeit in Australien verurteilt. Dein Großvater war ein harter Mann. Mir hat es das Herz gebrochen.«

»Arme Mama! Was für eine schrecklich traurige Geschichte! Aber meinst du denn, du wärest mit ihm glücklich geworden?«

»Wenn du ihn gekannt hättest, würdest du das gar nicht fragen und mich verstehen. Er war der Mann, mit dem ich glücklich gewesen wäre. Er dachte, mein Vater würde uns nach einiger Zeit verzeihen, wenn wir erst einmal verheiratet wären. Ich war schließlich sein einziges Kind. Unsere Kinder wären seine einzigen Enkel gewesen. Charles pflegte zu mir zu sagen: ›Unsere Kinder werden auf dem Rasen von *Whiteladies* spielen, verlaß dich drauf!‹ Aber sie schleppten ihn fort, und ich sah ihn nie wieder. Aber vergessen? Nein, vergessen werde ich ihn nie!«

Nun verstand ich den Grund für all jene freudlosen Jahre. Sie war überzeugt, vom Leben um ihr Glück betrogen worden zu sein. Die Liebe zu diesem Mann, den ihr Herz sich erwählt hatte, hatte sich in gereizte Unzufriedenheit mit dem Ehemann verwandelt, den man für sie ausgesucht hatte. Ich hätte mehr Verständnis für sie haben sollen und nahm mir vor, das von jetzt ab alles wieder gutzumachen.

»Und im Grunde meiner Seele hatte ich immer das Gefühl«, fuhr sie in einer an ihr ungewohnten Offenherzigkeit fort, »daß ich etwas hätte tun müssen. Ich war das einzige Kind meines Vaters. Ich hätte ihm drohen können fortzulaufen ... oder mich umzubringen – was auch immer. Ich glaube heute, daß ich damit etwas erreicht hätte. Aber ich hatte damals Angst vor deinem Großvater und ließ es, ohne mich mit aller Kraft dagegen aufzulehnen, geschehen, daß sie ihn fortschleppten – und fünf Jahre später heiratete ich dann deinen Vater, weil mein Vater das so wünschte.«

»Nun, Mama, Papa ist ein sehr guter Ehemann«, erinnerte ich sie. »Und dieser Zeichenlehrer hätte sich vielleicht als ein ganz anderer Mensch entpuppt, als wie du ihn damals sahst.«

»Das Leben wäre mit ihm vielleicht nicht immer leicht gewesen, aber es wäre jede Minute auf wundervolle Weise lebenswert gewesen. Wie es dagegen jetzt ist ...«

»Du hast so vieles, für das du dankbar sein solltest, Mama«, gab ich ihr erneut zu bedenken, doch sie sah mich mit einem traurig verlorenen Lächeln an.

»Deine Geburt versöhnte mich ein wenig mit meinem Schicksal, Minta. Aber du wurdest mir erst lange nach unserer Heirat geschenkt. Ich hatte schon gedacht, überhaupt keine Kinder zu bekommen. Vielleicht ... wenn du früher geboren worden wärest ... aber deine Geburt wirkte sich so schlimm auf meine Gesundheit aus ...«

Und nun war sie wieder die leidende Kranke, die sich die schreckliche Zeit der Schwangerschaft und die entsetzliche Tortur meiner Ankunft auf Erden ins Gedächtnis zurückrief. Ich hatte alle Einzelheiten schon oft genug gehört und war nicht erpicht darauf, sie mir erneut schildern zu lassen.

»Und weil diese beiden Unbekannten heute nachmittag auftauchten, wurdest du an die Vergangenheit erinnert«, sagte ich rasch.

»Ich wünschte, ich wüßte, was aus ihm wurde, Minta! Als ein Sträfling nach Australien verbannt zu werden! Zu Zwangsarbeit verurteilt! Und das diesem so stolzen Mann!«

»Ich wage zu behaupten, daß er sicherlich intelligent genug war, diese Zeit irgendwie für sich abzukürzen oder erträglich zu gestalten.«

Sie lächelte. »Mit diesem Gedanken habe ich mich zu trösten versucht.«

Es klopfte an die Tür, und Lizzie erschien. Sie war ein Jahr älter als meine Mutter und mein Kindermädchen gewesen und davor

Mamas Zofe. Sie behandelte mich immer noch, als wäre ich ein Baby und stand mit meiner Mutter auf vertraulicherem Fuß als irgendeiner der anderen Dienstboten. Sie hatte dichtes graues Haar, das ihr in einem dicken Lockenbusch vom Kopf abstand. Es war das einzige Schöne an ihr, doch sogar jetzt noch so auffallend, daß jeder, der sie zum ersten Mal sah, sie ein zweites Mal anschaute.

»Sie bringen Ihre Mutter um ihren Schlaf, Miss Minta«, erklärte sie tadelnd. »Ich fand, daß sie sehr müde war.«

»Wir haben uns unterhalten«, verteidigte ich mich.

Lizzie schnalzte mißbilligend mit der Zunge. »Ich weiß.« Und an meine Mutter gewandt fuhr sie fort: »Soll ich Sie für die Nacht zurechtmachen?«

Meine Mutter nickte, und so gab ich ihr einen Gute-Nacht-Kuß und ging hinaus.

Als ich die Tür hinter mir zuzog, hörte ich, wie sie eifrig mit jenem bei ihr so selten erregten Klang der Stimme sagte: »Als ich heute nachmittag diesen jungen Mann sah, Lizzie, fühlte ich mich plötzlich in jene Zeit zurückversetzt. Weißt du noch, wie wir immer zusammen auf dem Rasen mit seinem Skizzenblock saßen und ...«

Ich ging in mein Zimmer. Lizzie war damals also hier gewesen! überlegte ich. Sie hatte es alles miterlebt.

Arme Mama! Wie furchtbar mußte es sein, derartig mit seinem Schicksal zu hadern und mit seinem Leben so unzufrieden zu sein und dauernd davon zu träumen, wie es hätte sein können – und sollen.

Es fiel mir schwer, einzuschlafen. Unsere beiden unbekannten Besucher hatten mich ebenso – wenn auch auf ganz andere Weise – wie meine Mutter eigenartig angerührt.

Tagelang war ich noch mit meinen Gedanken bei jenem Besuch und Gespräch mit Mama. Ich hätte gern mit Lucie darüber gesprochen, fühlte jedoch, daß das, was meine Mutter mir anvertraut hatte, nicht für andere Menschen bestimmt war. Es gab ein Bild von ihr, das etwa zwei Jahre nach dem auf so tragische Weise mißglückten Fluchtversuch gemalt worden war; sie sah sehr schön darauf aus. Ich betrachtete es jetzt mit anderen Augen und erkannte die tiefe, wehmütige Trauer in ihren Augen. Und ich dachte an Großpapa Dorian, an den ich mich undeutlich als die große Macht im Haus erinnerte, und dessen schroffe Befehle mir erschreckte Schauer über meinen damals noch so kleinen Rücken zu jagen pflegten. Ich konnte mir lebhaft vorstellen, wie streng und hart er mit seiner eigenen Tochter gewesen sein mochte. Er war mit Papa als Schwiegersohn selbstverständlich sehr einverstanden. Papa stammte aus einer angesehenen adeligen Familie, verfügte über einige Mittel und war folglich durchaus akzeptabel; Papa war wie immer gutartig und nachgiebig gewesen und hatte sich bereit erklärt, in *Whiteladies* zu leben. Er hatte ein Landhaus in der Nähe gehabt und einen Besitz in Somerset, der seiner Familie im Jahre 1749 zugesprochen worden war, als sie durch ihre Loyalität den Hannoveranern gegenüber bei Hofe aufstiegen. Damals hatten sie mit dem Aufbau ihres Vermögens begonnen. Wir pflegten uns manchmal zwei Mal im Jahr nach Somerset zu begeben, doch vor zwei Jahren hatte Papa den Besitz verkauft wie auch sein anderes Landhaus. Die Unterhaltung sei zu teuer, hatte er gesagt, und wir bräuchten das Geld. Ich versuchte mir vorzustellen, wie der armen Mama wohl zumute gewesen sein mochte, als Großpapa ihre Heirat festsetzte. Aber sie muß doch gewußt haben, daß sie ihren Charles für immer verloren hatte. Und ich fragte mich auch, ob sie sich jemals Mühe gegeben hatte, so zu tun, als liebe sie Papa.

Ich war gerade im Blumengarten und schnitt Sträuße für die Vasen, als Dr. Hunter aus dem Haus kam. Ich winkte ihm zu, und er kam zu mir herüber und blieb lächelnd vor mir stehen.

»Sie waren bei Mama?« fragte ich ihn. Er nickte, und ich fuhr fort: »Ich möchte gern mit Ihnen über sie reden, will aber nicht, daß sie uns zusammen sieht, falls sie oben aus einem der Fenster schaut. Sie würde sofort glauben, wir sprächen über eine neue schreckliche Krankheit, die sie ereilt hätte.«

»Weshalb zeigen Sie mir nicht die Rosen?« schlug er vor.

»Eine gute Idee! Aber noch besser wäre es, wir gingen in den Teichgarten. Dort sind wir wirklich außer Sicht.«

Der Teichgarten wurde von einer schönen Allee ringsum begrenzt, die im Sommer ein prachtvolles grünes Kuppeldach über einem bildete. Ich liebte den Teichgarten; er schien so ganz für sich und vom Park abgetrennt zu sein. Ich war überzeugt, daß Mama und ihr so künstlerischer Liebhaber hier am Rande des Wasser gesessen und ihre Pläne gemacht hatten, im glücklichen Gefühl, einen Zufluchtsort vor der restlichen Welt gefunden zu haben. Die Blumen waren in meiner Kindheit viel bunter und prächtiger gewesen. Damals hatten wir viel mehr Gärtner beschäftigt, die die Stauden über Nacht auswechselten, so daß immer die schönsten Blumen in den Rabatten prangten – auf die zarten Frühlingsfarben folgten die satten Sommerfarben. Besonders deutlich erinnere ich mich an die leuchtend blauen Rittersporne in allen Schattierungen und den intensiven Duft der rosa und weißen Federnelken, an die dunkelroten, goldgelben und bronzefarbenen Chrysanthemen und den unverwechselbaren Herbstgeruch des zur Neige gehenden Jahres.

Jetzt, im Spätsommer, gab es jedoch auch heute noch genug Blumen. In der Mitte des Teiches stand eine weiße Hermesstatue, die von wachsblättrigen Wasserrosenblüten umkränzt wurde. Dieser Teichgarten war, wie mein Vater mir erzählt hatte, vor zweihundert Jahren als Kopie des Teichgartens in *Hampton Court* angelegt worden, in dem Heinrich VIII. mit Anne Boleyn gelustwandelt haben soll.

»Wie krank ist meine Mutter?« fragte ich Dr. Hunter.

»Die Krankheit liegt in ihr selbst«, antwortete er.

»Sie meinen also, sie bilde sie sich nur ein?«

»Nun, sie hat diese Kopfschmerzen und leidet unter Erschöpfung und gewissen Schmerzen.«

»Aber Sie sind der Ansicht, daß sie im Grunde gar nicht krank ist.«

»Zumindest nicht organisch krank.«

»Ihre Krankheit ist also rein seelischer Art, und es könnte ihr folglich von heute auf morgen besser gehen, wenn sie es selbst wollte.«

»Ganz so einfach ist es nicht, denn so, wie es bei ihr steht, befindet sie sich in einem echten Krankheitszustand.«

»Es ist vor einigen Tagen etwas Eigenartiges passiert. Zwei uns unbekannte Besucher erinnerten sie an die Vergangenheit, und sie erschien schlagartig fast wieder ganz jung.«

Er nickte. »Was ihr fehlt, ist ein echtes Interesse am Leben. Sie braucht etwas, was sie interessiert, damit Ihr Denken sich nicht immer um sich selbst im Kreise dreht – um vergangenes Glück und eine so langweilende Gegenwart. Das ist alles.«

»Was könnte sie denn interessieren?«

»Wenn Sie heiraten und sie Enkelkinder bekommt, wird das ein solches Glück für sie sein, daß sie ein neues Interesse am Leben findet. Ein echtes Interesse! Das ist es, was ihr fehlt.«

»Ich habe aber nicht die Absicht, in absehbarer Zeit zu heiraten. Muß sie also so lange auf jegliche Besserung ihres Zustandes verzichten?«

Er lachte. »Wir werden unser Bestes tun. Sie wird weiter ihre Pillen und Tropfen nehmen und eine gewisse Erleichterung dadurch finden.«

»Aber wenn sie gar nicht körperlich krank ist, braucht sie dann überhaupt Medikamente?«

»Es sind ja nur Placebos. Sie helfen ihr, weil sie an sie glaubt. Ich bin überzeugt, das ist die einzig wirksame Behandlungsart für sie.«

»Was für eine schwierige Aufgabe! Jemanden von einer Krankheit zu heilen zu versuchen, der gar nicht krank ist.«

»Aber nein! Sie irren sich. Es handelt sich durchaus um eine Krankheit! Das genau versuchte ich auch meinem Vorgänger klarzumachen. Er glaubte, daß eine Krankheit immer äußere und sichtbare Symptome haben müßte. Aber machen Sie sich nur keine Sorgen, Miss Minta. Wir haben den Fall Ihrer Mutter vollkommen unter Kontrolle. Miss Maryan ist doch eine große Hilfe, nicht wahr?«

»O ja, Lucie ist wunderbar!«

»Ja«, stimmte Dr. Hunter zu und verriet durch sein Lächeln seine Gefühle für Lucie.

»Haben Sie es ihr auch erklärt ... ich meine, den Zustand meiner Mutter?«

»Sie ist völlig im Bilde darüber. Tatsächlich war sie es, die ihn zuerst so klar erkannte. Wir sprachen kürzlich wieder darüber, als sie die neue Medizin für Ihre Frau Mutter bei mir abholte.«

»Die Placebos?«

»Ja, die Placebos.«

»Und wie geht es Ihrer Mrs. Denver?«

»So wie immer. Sie hatte eine leicht gerötete Gesichtsfarbe mit einem rötlichen Schimmer um die Nasenspitze, als ich gestern von meiner Besuchsrunde nach Hause kam.«

»Sie kann eines Tages einmal zu viel trinken«, gab ich zu bedenken.

»Eines Tages! Ich vermute, sie tut das jeden Abend. Nun, man soll doch aber mit dem, was einem beschieden ist, zufrieden sein, und von dieser einen Schwäche abgesehen, ist sie wirklich ein Goldstück. Solange, wie ich sie noch brauche, darf ich nicht zu kritisch sein.«

»Sie werden sie also nicht mehr lange brauchen? Haben Sie andere Pläne?«
»Nun, noch keine bestimmten«, antwortete er ein wenig verlegen, und ich erkannte, daß ich zu neugierig gewesen war. Ich zweifelte jedoch nicht daran, daß seine Pläne Lucie betrafen. Wir gingen zum Haus zurück, und ich wartete, bis er in seinen Landauer eingestiegen war und davonrollte.

Anschließend ging ich zu Lucie hinauf. Ihr Zimmer war immer so blitzblank und aufgeräumt. Sie behandelte die Möbel, als wären es Heiligtümer, was mich belustigte. Es war noch immer das gleiche Zimmer, in dem sie bei ihrem ersten Besuch in *Whiteladies* untergebracht worden war; sie liebte es. Es hatte eine hohe Decke, in deren Täfelung das Familienwappen eingelassen war. Der herabhängende Kronleuchter war zwar nur klein, aber sehr schön und klingelte im Luftzug leise wie Meßglöckchen. Unter dem großen, breiten Fenster befand sich eine Sitzbank, die mit lilablauem Samt bezogen war, genau passend zu der Farbe der Teppiche. Das Bett hatte einen Baldachin. Es war wahrscheinlich wirklich ein entzückendes Zimmer, doch hatten wir eine Reihe ganz ähnlicher, und so war mir dieses nie besonders aufgefallen. Ich sah es durch Lucies liebevolle Sorgfalt jetzt eigentlich zum ersten Mal.
»Ich habe gerade mit Dr. Hunter gesprochen, Lucie.«
Sie saß an ihrem Frisiertisch und begann darauf niedersehend, ihre verschiedenen Toilettengegenstände hin und her zu schieben. Ich setzte mich in den Armstuhl mit der geschnitzten Rückenlehne und der Fußstütze. Aufmerksam betrachtete ich sie. Sie war keineswegs eine atemberaubende Schönheit; lediglich diese angeborene, natürliche Eleganz gab ihr eine besondere Note. Ihr Gesicht war zu blaß und ihre Gesichtszüge zu unbedeutend, um hübsch zu sein.
»Er scheint etwas ... unglücklich über seine häusliche Situation zu sein.«
»Das liegt an dieser Haushälterin.«
»Wir sollten ihn dazu überreden, eine neue einzustellen. Man kann jedoch nie wissen, was sie plötzlich tut, wenn sie zuviel getrunken hat. Sie könnte dann an seinen Arzneischrank gehen und an etwas Gift geraten.«
»Sie hat kein Interesse an Medikamenten. Ihr geht es nur um den Weinkeller.«

»Aber in einem volltrunkenen Zustand ...«
»Sie wird von Alkohol schläfrig, soviel ich weiß.«
»Aber die Haushälterin eines Arztes sollte Abstinenzlerin sein!«
»Nicht nur sie! Jeder sollte das sein«, erwiderte Lucie ernst.
»Ich mag Dr. Hunter«, erklärte ich. »Und ich würde mich freuen, wenn er eine Frau fände, die ihm zur Seite stünde. Glauben Sie nicht auch, daß er sich das wünscht?«
»Die meisten berufstätigen Männer brauchen eine Frau, die ihnen zur Seite steht«, antwortete Lucie unverbindlich und ausweichend.
Ich lachte. »Sie haben noch viel von einer Lehrerin, Lucie. Manchmal sehe ich Sie direkt vor einer Schulklasse dozieren. Aber da wir nun einmal vom Heiraten sprachen – sollten Sie sich jemals dazu entschließen, so hoffe ich, daß Sie dann nicht zu weit von uns entfernt leben werden.«
Lucie ließ sich jedoch zu keiner Äußerung bewegen, die etwas von ihren Gefühlen verraten hätte.

Es war ein sonniger Nachmittag. Im Haus herrschte tiefe Stille. Meine Mutter ruhte und mein Vater vermutlich ebenfalls, obwohl er wie immer in seinem Arbeitszimmer war. Lucie war im Dogcart zu Dr. Hunter gefahren, um Medizin für meine Mutter zu holen. Ich ging also mit meiner Stickerei in den Garten hinunter und setzte mich unter die große Eiche an der Mauer und dachte, wie so oft, an jenen Tag, als der blaue Seidenschal über die Mauer geweht worden war.
Und dann erschien Franklyn. Er kam genauso, wie an jenem Nachmittag, über den Rasen auf mich zu und setzte sich neben mich.
»Du bist ja ganz allein«, stellte er fest.
Ich erzählte ihm, was die anderen machten.
Er machte einige Bemerkungen über die Verwaltung seines Gutes und die Pächter – es war eines seiner Lieblingsthemen. Er hielt sich sogar auf dem laufenden über die Einzelheiten ihres Familienlebens, und ich hatte gehört, daß seine Pächter nichts von ihrem Lehnsherrn zu befürchten hatten. Er erzählte mir gern von diesen Angelegenheiten – vielleicht deshalb, weil er wie alle anderen der Meinung war, daß sie eines Tages auch meine sein würden, denn die Gemahlin eines Großgrundbesit-

zers wie Franklyn würde einen großen Pflichtenkreis haben. Franklyn war ein so guter Mensch, nur so entsetzlich überschaubar. Man wußte immer, ohne ihn gefragt zu haben, was seine Ansichten über fast jedes Thema waren, das einem überhaupt einfiel.

Ich verspürte den boshaften Wunsch, ihn aus seiner Ruhe aufzuscheuchen, und erzählte ihm daher von Lucie und ihrer Beziehung zu Dr. Hunter, da mich dieses Thema im Augenblick am meisten interessierte.

»Lucie ist zu Dr. Hunter hinübergefahren, um Mamas Medizin zu holen«, sagte ich. »Sie fährt gern zu ihm. Ich wage zu behaupten, sie malt sich voller Freude den Tag aus, an dem sie dort als Hausherrin einzieht.

»Sie haben sich also verlobt und wollen heiraten?« fragte Franklyn.

»Sie haben noch nichts Derartiges gesagt, aber ...«

»Woher willst du es dann wissen?«

»Aber ist es denn nicht ganz offenkundig?«

»Du meinst, sie sind sich sympathisch? Ich würde sagen, die Möglichkeit einer Verlobung zwischen ihnen ist nicht ausgeschlossen, aber wie willst du das mit Bestimmtheit wissen, bevor es nicht tatsächlich der Fall ist?«

Der gute Franklyn! Er redete wie ein Aufsichtsratsvorsitzender vor seinem Aufsichtsrat. In diesen Bahnen bewegte sich eben sein Denken – präzise und mit fehlerfreier Logik. Er hatte eine Reihe konventioneller Prinzipien, und an denen hielt er eisern fest.

»Aber Franklyn! Es wäre doch einfach ideal?«

»Oberflächlich betrachtet, ja. Aber man kann wirklich nicht behaupten, daß eine Heirat ideal sei, bevor sie sich nicht mindestens ein Jahr lang in der Praxis bewährt hat.«

»Und trotzdem finde ich, sollten wir uns freuen, wenn Dr. Hunter Lucie einen Heiratsantrag macht und sie ihn annimmt. Ich möchte Lucie gern glücklich sehen. Dr. Hunter ist schließlich durchaus akzeptabel, und es gibt sonst niemanden in der ganzen Gegend, der als Lucies Ehemann in Frage käme; und so muß es eben Dr. Hunter sein. Sie würde einen beruhigenden Einfluß auf aufgeregte Patienten haben, die operiert werden müssen, und würde wahrscheinlich auch lernen, Medizinen zu mischen. Sie ist sehr gescheit.«

»Ich bin überzeugt, daß du recht hast und es eine gelungene

Verbindung wäre. Aber es gibt etwas, über das ich schon lange mit dir reden wollte. Araminta.«

Er nannte mich immer bei meinem vollen Namen, wenn er feierlich wurde, und so wußte ich, daß es etwas Wichtiges sein mußte. Wollte er mich um meine Hand bitten? fragte ich mich. Das Gespräch über Lucies Heirat hatte ihn vielleicht an unsere erinnert. Aber ich irrte mich. Franklyn würde niemals, dem spontanen Impuls eines Augenblicks folgend, einen Heiratsantrag machen. Falls er mir jemals einen machen sollte, würde er das mit der entsprechenden Feierlichkeit tun und zuerst Papas Einwilligung einholen.

»Ja, Franklyn«, sagte ich mit einem leicht beruhigten Unterton in der Stimme, denn ich konnte mich nicht ganz von dem Gedanken freimachen, daß er auf einen Heiratsantrag zusteuerte, den ich dann annehmen mußte – aber nicht annehmen wollte.

Doch dann ließen mich seine nächsten Worte aufatmen. »Ich habe schon versucht, mit deinem Vater darüber zu sprechen, aber er war nicht sonderlich erpicht auf dieses Thema, und mit deiner Mutter konnte ich selbstverständlich nicht darüber sprechen. Ich befürchte, es könnte möglicherweise einiger Grund bestehen, sich um die finanzielle Lage deiner Familie Sorgen zu machen.«

»Du meinst, wir sind etwas knapp mit Geld?«

Er zögerte einen Moment und sagte dann: »Ich bin leider so gut wie sicher, daß sich die finanziellen Dispositionen deines Vaters in einem sehr prekären Zustand befinden. Ich finde, es ist eine Angelegenheit, die man nicht einfach weiter ignorieren sollte.«

»Würdest du mir bitte genau sagen, was du meinst, Franklyn?«

»Ich bin nur ein Großgrundbesitzer, kein Finanzexperte«, entgegnete er. »Aber man braucht das letztere gar nicht zu sein, um zu begreifen, was auf dem Aktienmarkt vorgeht. Unsere Väter sind seit vielen Jahren befreundet. Sie hatten den selben Investmentberater und legten ihr Geld in ähnlichen Papieren an. Der Großteil meines Vermögens ist in Land angelegt, doch bei deinem Vater ist das nicht der Fall. Er hat *Whiteladies* und, wie ich fürchte, wenig mehr. Er verkaufte den Somerset Besitz vor einigen Jahren, und der Erlös wurde in Papieren angelegt – in

nicht sehr guten, fürchte ich. Dein Vater ist nicht unbedingt ein Geschäftsmann.«
»Glaubst du, daß wir ruiniert sind, Franklyn?«
»Das gerade nicht, aber ich würde euch raten, *jede* unnötige Ausgabe zu vermeiden. Ich warne *dich,* weil deine Eltern nicht zu begreifen scheinen, daß sie nicht mehr als ihr Einkommen ausgeben dürften. Verzeih, daß ich so unverblümt von diesen Dingen zu dir gesprochen habe, aber ich bin wirklich etwas besorgt. Ich möchte nicht gern erleben, daß *Whiteladies* eines Tages verfällt.«
Ich war ganz niedergeschlagen. Mein Vater hatte also Geldsorgen – oder *sollte* sich zumindest Sorgen um unsere finanzielle Lage machen. Aber er tat es natürlich nicht. Er vergaß einfach alles, was unangenehm war, verdrängte es aus seinen Gedanken. Und was Mama betraf, so würde sie nicht mal zuhören, wenn ich das Thema ihr gegenüber anschnitt. Und Franklyn? Was waren seine Motive für diese Warnung? Falls er mich heiratete, würde er nach *Whiteladies* übersiedeln – genau so, wie Papa es getan hatte. Wenn kein männlicher Erbe da war, wurde die Familientradition durch die weibliche Linie erhalten. Mama hatte *Whiteladies* geerbt; in der nächsten Generation erbte ich es. Der Familienname mochte sich ändern, aber die Blutlinie blieb erhalten. Franklyn dachte jetzt also über *Whiteladies* nach. Er war besorgt, weil Papas Geldknappheit es ihm vielleicht unmöglich machen würde, den Besitz zu halten, bis er, Franklyn, ihn übernehmen konnte.
Als ich Papa einmal sagte, daß in den Deckenbalken in einem der Turmzimmer Holzwürmer seien, war er achselzuckend darüber hinweggegangen, und ich wußte genau, daß man etwas hätte unternehmen müssen. Auch eine Reihe von Parkettböden waren seit mehreren Monaten in desolatem Zustand, ohne daß etwas geschah. Mein Vater verschloß vor allen diesen Dingen einfach die Augen, und ich sah uns nun schon in einem allmählich immer mehr verfallenden *Whiteladies* leben, stellte mir vor, wie mein Vater sich in seinem Arbeitszimmer einschloß und sich weigerte, auf wohlgemeinte Ratschläge zu hören, während das Haus langsam unbewohnbar wurde.
»Was kann ich tun?« fragte ich Franklyn.
»Versuche, dafür zu sorgen, daß gespart wird. Sprich mit deinem Vater, wenn sich eine Gelegenheit dazu ergibt. Die Zeiten haben sich geändert und sind nicht mehr so wie vor zwanzig

Jahren. Die Steuern sind in die Höhe geschnellt und die Lebenskosten ebenfalls. Wir leben in einer sich immer mehr und immer schneller verändernden Welt. Wir müssen uns diesen Veränderungen anpassen.«
»Ich fürchte, ich werde nicht viel tun können. Wenn Papa nicht einmal bereit ist, dir zuzuhören, wird er es bei mir noch viel weniger sein.«
»Wenn du ihm nun sagst, daß du etwas besorgt seist ...«
»Aber er wird nichts *unternehmen!* Er schließt sich doch immer nur in seinem Arbeitszimmer ein und hält sein Nickerchen über seinem Manuskript!«
So, nun war es heraus! Ich hatte das Geheimnis von Papas Arbeit preisgegeben. Aber vielleicht war es gar kein Geheimnis und Franklyn wußte darüber Bescheid wie ich. Ich hatte etwas ausgesprochen, was nach den Grundsätzen der guten Erziehung und des guten Geschmacks nicht erwähnt werden durfte.
»Ich werde mit Lucie darüber sprechen«, erklärte ich. »Ich bin überzeugt, sie wird weitaus besser als ich wissen, wo wir Einsparungen machen können.«
»Das ist eine ausgezeichnete Idee!« stimmte Franklyn mir zu.
Und nachdem er so seine Pflicht getan hatte, die er, wie ich überzeugt war, immer tun würde, wechselte er das Thema, und wir unterhielten uns über die Neuigkeiten aus dem Dorf und der Nachbarschaft, bis ich Lucie mit dem Dogcart zurückkommen hörte.

Nach jenem Gespräch über die Vergangenheit wurde Mama larmoyanter denn je. Sie verbrachte einen Großteil der Zeit in ihrem Zimmer und ließ sich die Mahlzeiten heraufbringen. Zumindest hatte sie einen gesunden Appetit, denn ich sah Lizzie mehrmals mit den leeren Schüsseln und Platten herunterkommen.
Lizzie war ihre Vertraute, und manchmal, wenn ich ihr gute Nacht sagte, schien Mama es kaum abwarten zu können, mich loszuwerden, und bevor ich das Zimmer verlassen hatte, begann sie mit Lizzie zu reden. »Erinnerst du dich noch an jenen Tag, als Mr. Herrick und ich unten im Garten waren ...« oder »Jenes letzte Mal, als Papa ihn zum Abendessen einlud. Uns fehlte ein Tischherr, und er war *so* vornehm und distinguiert ...« Diese ständigen Rückblicke in die Vergangenheit mußten Lizzie langweilen, aber vielleicht hatte sie mehr Verständnis für meine

Mutter als ich, weil sie diesen herrlichsten aller Männer gekannt hatte, der auf so schmachvolle Weise nach Australien verschifft wurde.

Armer Papa! Sie war so unduldsam mit ihm und schien eine ausgesprochene Abneigung gegen ihn entwickelt zu haben. Sie war gereizt gegen ihn und nahm sich kaum mehr die Mühe, ihm auch nur höflich zu antworten. Wir waren daher alle nur froh, als sie beschloß, die Mahlzeiten allein in ihrem Zimmer einzunehmen. Es war eine Situation, die ich sowohl betrüblich wie peinlich fand. Ich wünschte, jene zwei Unbekannten wären niemals bei uns eingedrungen. Und erneut war ich dankbar, daß Lucie da war, denn sie schien immer genau zu wissen, was man tun mußte. War Mama wieder einmal besonders verletzend zu Papa, so machte Lucie schnell eine anerkennende Bemerkung über seine Arbeit, so daß er in der Freude darüber das Kränkende von Mamas Worten vergaß. Es war aber alles so traurig, denn wenn es jemals einen Lebenskünstler gegeben hatte, der sich darauf verstand, glücklich mit dem zu sein, was das Leben ihm gewährte, so war das mein Vater mit seiner Gabe, alles Unangenehme einfach von sich abzuschütteln. Er ging Mama jetzt so viel wie möglich aus dem Weg, und Lucie besuchte ihn häufiger in seinem Arbeitszimmer, und so nahm ich an, daß das Buch nun wirklich Fortschritte machte.

Lucie war uns so treu ergeben, daß sie unsere Familienangelegenheiten zu den ihren gemacht hatte, und während sie sich bemühte, meinen Vater in seinem angeschlagenen Selbstbewußtsein zu stützen, hatte sie verständnisvolles Mitgefühl mit meiner Mutter. Ich glaube, daß Mama ihr mehr als einem von uns – Lizzie ausgenommen – anvertraute. Es änderte jedoch nichts daran, daß eine recht gespannte Atmosphäre im Haus zu herrschen begann.

Eines Tages kam Lucie mit geröteten Wangen und einem etwas verstörten Ausdruck im Gesicht von Dr. Hunter zurück, von dem sie Medizin für Mama geholt hatte. Sie brachte die Medizin gleich zu ihr herauf. Als sie wieder herunterkam, rief ich sie in mein Zimmer herein ...

»Kommen Sie, Lucie, und lassen Sie uns etwas plaudern. Mama ist heute in einer schrecklichen Verfassung!«

Lucie runzelte die Stirn. »Ich weiß es. Ich wünschte, diese beiden Unbekannten wären niemals aufgetaucht!«

»Es kommt mir alles so seltsam vor. Irgendwelche Unbekannten dringen hier einfach bei uns ein – und alles wird anders nach ihrem Besuch.«

»Es hatte aber schon vorher angefangen«, erklärte Lucie. »Sie haben Ihre Mutter nur an die Vergangenheit erinnert.«

»Wie sehr wünschte ich, sie könnte diesen Supermann jetzt sehen! Ich wette, er ist inzwischen alt und grau und sieht keineswegs mehr so blendend aus. Der arme Papa! Er tut mir so leid!«

»Ja«, meinte Lucie. »Es ist so einfach, ihn glücklich zu machen, und ein solcher Jammer, daß er es nicht sein kann.« Und dann brach es aus ihr heraus: »Minta! Dr. Hunter hat mich gebeten, seine Frau zu werden!«

»O Lucie! Ich gratuliere!«

»Danke, aber ich habe noch nicht ›ja‹ gesagt.«

»Aber Lucie! Es wäre doch geradezu ideal!«

»Woher wollen Sie das wissen?«

Ich lachte. »Sie klingen jetzt wie Franklyn. Ich bin überzeugt, Sie werden eine prachtvolle Arztfrau! Und er wird endlich diese betrunkene Denver los, und Sie werden ihn liebevoll umsorgen. Ich hoffe, er weiß, was für ein Glückspilz er ist.«

»Aber ich sagte Ihnen doch, daß ich ihm noch nicht mein Jawort gegeben habe.«

»Aber Sie *werden* es tun!«

»Das klingt ja, als freuten Sie sich, mich loszuwerden.«

»Wie können Sie nur so etwas sagen, wo Sie doch wissen, daß einer der Gründe, warum ich mich so darüber freue, der ist, daß Sie dadurch in unserer Nähe bleiben!«

»Aber ich werde nicht mehr in *Whiteladies* leben.«

»Ich glaube fast, Lucie, Sie lieben das Haus mehr als uns. Genauso erging es ...« Nein, ich wollte jenen unbedeutenden Besuch vergessen. Aber er *hatte* sich ungewöhnlich für das Haus interessiert. Ich konnte es in gewisser Weise verstehen, weil er ja immer nur in Australien gelebt hatte und *Whiteladies* das erste alte englische Landhaus gewesen sein muß, daß er jemals sah. Lucie war jedoch ebenso von diesem Haus besessen wie er.

»Nun«, meinte ich abschließend, »Sie werden ja nicht weit von uns sein.«

»Er ist sehr ehrgeizig. Ich bezweifle, daß er sich damit begnügen wird, sein Leben lang ein kleiner Landarzt zu sein. Er will nach London ziehen und seinen Facharzt machen und sich in der

Harley oder *Wimpole Street* mit einer eigenen Praxis niederlassen.«

»Tatsächlich? Nun, an diese Möglichkeit hatte ich gar nicht gedacht. Aber es ändert nichts an meiner Meinung, daß Sie eine fabelhafte Arztfrau werden, Lucie, und wenn er so ehrgeizig ist, dann sind Sie genau die richtige Frau für ihn. Die Vorstellung, daß Sie möglicherweise von hier fortziehen, ist mir natürlich verhaßt, aber London ist ja nicht aus der Welt. Wir könnten uns oft sehen.«

»Sie lassen es alles so einfach erscheinen.«

»Nun, ich wette, daß es das auch ist! Außerdem kann er ja immer noch beschließen, *doch* hierzubleiben. Was für einen Facharzt will er denn machen?«

»Er interessiert sich für Fälle wie Ihre Mutter.«

»Sie meinen Menschen, die eigentlich nicht richtig krank sind, sich aber im Laufe der Zeit in eine Krankheit hineinsteigern?«

»Ja, seelische Krankheiten.«

»Ich wäre todtraurig, wenn Sie fortzögen, aber finde doch andererseits, daß sie es tun sollten.«

»Meine liebe Minta. Sie müssen mir schon erlauben, selbst meine Entscheidungen zu treffen. Und das habe ich bis jetzt noch nicht getan.«

Ich war erstaunt über ihre Schärfe, und begriff, daß es vieles gab, was ich an Lucie nicht verstand. Ich hatte immer gedacht, sie sei ruhig, gelassen und nüchtern und würde immer den Weg der Vernunft gehen, doch vielleicht war sie doch eine Romantikerin. Es war offensichtlich, daß sie nicht leidenschaftlich in Dr. Hunter verliebt war, aber sie mußte doch erkennen, daß eine Heirat mit ihm ihre große Chance war.

Es war ein neblig trüber Novembertag. Die Luft war ganz windstill, und eine gräßliche Feuchtigkeit drang in alles ein. Auf den Büschen sonnten sich unzählige Spinnweben, in denen winzige Feuchtigkeitströpfchen aufglänzten. Alles schien ungewöhnlich still und lautlos. Der Nebel drang sogar in das Haus ein und wirkte wie eine unheimliche, personifizierte Präsenz.

Lucie hatte den gesamten Vormittag im Haus gearbeitet. Es war wundervoll, wie sie alles im Griff hatte! Die Dienstboten widersetzten sich nicht der Beaufsichtigung durch sie, außer vielleicht Mrs. Glee, die den leisen Verdacht zu haben schien, daß Lucie ihren Aufgabenkreis beschnitt. Lucie war es, die in die Küche hinunterging und die Menüs festlegte, nachdem sie über Lizzie Mama ihre Vorschläge unterbreitet hatte. Mama warf nie auch nur einen Blick darauf, doch Lucie bestand darauf, daß sie ihr gezeigt wurden. Lucie war eine wundervolle Hausfrau und hätte wirklich einem eigenen Haus vorstehen sollen.

Ich verbrachte den Vormittag im Blumenraum. Im Garten blühten nur noch Chrysanthemen, Astern, Dahlien und Chrysanthemenastern. Während ich sie zurechtschnitt und zu Sträußen in den Vasen arrangierte, überlegte ich mir, wie langweilig das Leben hier doch war, wo man jeden Tag fast zur gleichen Zeit immer das gleiche tat. Ich atmete tief den feinen Herbstgeruch der Blumen ein und sah mich im Geiste in all den kommenden Jahren hier Blumen in Vasen stecken – Primeln, Narzissen und Tulpen im Frühling, dann Rosen, Margeriten, Rittersporn, und all die anderen Sommerblumen und nach den Herbstblumen zum Abschluß des Jahres Ilex und Mistelzweige und das immer hier in dem Blumenraum, der einst eine Klosterzelle gewesen war und noch den alten Steinfußboden und das kleine Fenster hoch in der Wand mit den drei Eisenstangen davor hatte. Und eine unbändige Sehnsucht nach einem weniger eintönigen Leben überkam mich. Hinterher erinnerte ich mich an die Intensität dieses Gefühls und dachte darüber nach, wie eigenartig es war, daß gerade an jenem Tag mein ganzes Leben sich so einschneidend ändern sollte.

Aus dem Sternenrund der Chrysanthemenastern blickte mir sein Gesicht entgegen, seine grünen Augen, die hochmütigen Gesichtszüge. Es war einfach absurd, daß ich immer weiter an einen Unbekannten dachte, den ich nur rein zufällig ein einziges Mal flüchtig gesehen hatte und aller Wahrscheinlichkeit nie wiedersehen würde.

Eines der Dienstmädchen kam herein, um die Vasen abzuholen und sie in die von mir bestimmten Räume zu bringen. In einer Stunde würde das Mittagessen serviert werden; normalerweise hätte ich jetzt einen Spaziergang durch den Park gemacht, aber es war ein so nebliger und trostloser Tag, daß ich keine Lust dazu hatte. Ich ging also in mein Zimmer hinauf, und meine Gedanken wanderten wieder zu jenem Nachmittag zurück, an dem der Schal des Mädchens über die Mauer geweht worden war, und zu Mama, die in diesem Haus ihre große Liebe erlebt hatte und damals ganz anders als heute gewesen sein mußte. Und ich fragte

mich, ob ich auch alt und larmoyant werden würde und verbittert auf ein ungelebtes Leben zurückschauen würde.
Dr. Hunter kam und blieb eine halbe Stunde bei Mama. Bevor er ging, bat er darum, mich zu sprechen und sagte, er würde auch gern eine kleine Unterredung mit Papa haben. Wir gingen also zu Papas Arbeitszimmer hinauf, wo er und der Doktor ein Glas Sherry tranken, während Dr. Hunter über Mamas Zustand sprach.
»Es wäre gut, wenn Sie erkennen würden«, begann er, »daß keinerlei Grund dafür besteht, warum Lady Cardew nicht ein verhältnismäßig normales Leben führen sollte. Sie ist leicht außer Atem – nun ja, aber nur, weil sie keinerlei Kondition mehr hat. Sie bleibt in ihrem Zimmer und hätschelt ein nicht existierendes Herzleiden. Ich bin der Ansicht, daß wir alle zu sehr auf ihre Launen eingegangen sind, und finde, wir sollten es jetzt mit einer anderen Taktik versuchen.«
Während ich ihm zuhörte, stellte ich ihn mir in einer geschmackvoll eingerichteten Praxis in der *Harley Street* vor, in der er reiche Patienten behandelte, um dann nach Hause zu Lucie zu gehen, auf deren Gesellschaften sich geniale junge Ärzte trafen; Lucie würde bis dahin genügend von den Berufskenntnissen ihres Mannes gelernt haben, um sich auf kluge Weise auch an den schwierigsten Gesprächen beteiligen zu können. Und der Gedanke, daß sie, bevor ich sie sozusagen entdeckte, eine kleine Schullehrerin war, machte mir Spaß. Warum nur gab sie Dr. Hunter nicht ihr Jawort?
»Wir werden es mal mit einem kleinen Experiment versuchen«, sagte er. »Von jetzt ab bitte nicht mehr so viel Mitgefühl!«
Und er erklärte uns seine Theorie in allen Einzelheiten. Er wollte eine neue Heilmethode aufstellen. Er sprach voller Begeisterung über die Versuche, die er zu machen beabsichtigte. Ich war überzeugt, daß wir ihn schon sehr bald an die *Harley Street* verlieren würden – und auch Lucie, falls sie ihn heiratete. Falls! Aber sie würde ihn selbstverständlich heiraten!
»Nur eine kleine, freundliche Zurechtweisung«, fuhr er fort. »Seien Sie auf keinen Fall gleich zu schroff mit ihr.«
Papa forderte ihn auf, mit uns zu essen, doch er sagte, er hätte noch zu viel zu tun, trank seinen Sherry aus und ging.
Mama kam zum Mittagessen herunter; sie war in einer ihrer schwierigen Stimmungen. »Dieses Wetter ist das Schlimmste für mich!« klagte sie. »Die Feuchtigkeit dringt mir bis in die

Knochen. Ihr könnt Euch gar nicht vorstellen, was ich für Schmerzen habe.«
Papa, der bestrebt war, die Anweisungen von Dr. Hunter in die Praxis umzusetzen, erwiderte: »Wir brauchen gar nicht unsere Vorstellungskraft zu bemühen, meine Liebe, da du sie uns so oft in allen Einzelheiten geschildert hast.«
Mama war völlig sprachlos. Die Tatsache, daß mein sonst immer so gütiger und verständnisvoller Vater sie in so gefühlloser Weise kritisierte, war ein echter Schock für sie.
»Ich bin Euch also lästig, was?«
»Aber nein, meine Liebe. Das hast jetzt nur du gesagt.«
»Du hast es mir aber deutlich zu verstehen gegeben. Oh, ich weiß, ich bin krank, und deshalb findet Ihr mich, die Ihr das Gottesgeschenk einer guten Gesundheit habt, langweilig und mühsam. Wie häßlich Ihr seid! Wenn Ihr nur wüßtet, wie ich leide! Fast wünschte ich, Ihr wäret mit einem Hundertstel meiner Schmerzen geschlagen – dann hättet Ihr vielleicht mehr Verständnis und Mitgefühl. Aber nein, das würde ich wirklich niemandem wünschen. Was ist mein Leben anderes gewesen als ein einziges, langes Krankenlager! Seit dem Tage, als du geboren wurdest, war alles nur noch ein einziges Leiden für mich.«
»Es tut mir leid, Mama, daß ich daran schuld bin.«
»Fängst du jetzt auch noch an, mich zu verhöhnen! Ich hätte es niemals für möglich gehalten, daß du das – noch dazu so offen und vor anderen – tun würdest, obwohl ich seit langem weiß, daß auch du mich nur als einen lästigen Klotz am Bein betrachtest. Ach, wenn mein Leben doch nur anders geworden wäre! Wenn mir doch nur das Glück vergönnt gewesen wäre ...«
Es war das alte Thema. Mein Vater hatte sich halb in seinem Stuhl erhoben; sein Gesicht war von dunkler Röte überzogen und seine sonst so gütigen Augen von stiller Qual verdunkelt. Mama mußte im Laufe der Jahre ihm gegenüber Äußerungen darüber getan haben, wie anders ihr Leben hätte sein können, wenn ihr das Glück vergönnt gewesen wäre, anstatt ihn den Mann zu heiraten, den ihr Herz sich erwählt hatte.
Mein Mitgefühl galt ungeteilt meinem Vater, und so sagte ich: »Aber Mama, du hast ein sehr glückliches Leben gehabt mit dem besten Ehemann der Welt!«
Sie bedeutete mir mit einer Handbewegung zu schweigen und blickte sich wie gehetzt im Raum um; sie starrte an meinem Vater vorbei ins Leere, als sähe sie etwas, was wir alle nicht sehen

konnten. Ich wußte, sie dachte an jenen Mann, und es war, als wäre er leibhaftig hier im Raum, er, den sie von ihr fortgerissen und wie einen Dieb nach Australien verschifft hatten, ganz so, als verhöhne er sie jetzt mit dem, was hätte sein können, wenn sie mutiger gewesen wäre und für ihr Glück gekämpft und darauf bestanden hätte, ihn zu heiraten.

»Der beste Ehemann der Welt!« rief sie höhnisch aus. »Was hat er denn getan, um dieses Prädikat zu verdienen? Er sitzt doch nur in seinem Zimmer und arbeitet ... angeblich! Aber in Wirklichkeit verschläft er doch sein Leben! Und sein Buch! Dieses großartige Buch! Es ist so typisch für ihn. Er ist ein Nichts! Eine Null! Und ich hätte ein ganz anderes Leben haben können ...«

Lucie unterbrach sie: »Dr. Hunter hat gesagt, Sie dürften sich nicht aufregen, Lady Cardew. Erlauben Sie mir, Sie in ihr Zimmer zu begleiten?«

Es beruhigte Mama, daran erinnert zu werden, daß sie eine Kranke war. Beinah dankbar wandte sie sich an Lucie um und ließ sich von ihr hinausführen. Papa und ich sahen ihr nach. Er sah vollkommen ratlos und verwirrt aus und tat mir von ganzem Herzen leid.

»Ich glaube, Dr. Hunters neue Methode ist nicht die richtige«, sagte ich. »Aber mach dir nichts draus, Papa! Wir haben unser Bestes versucht.«

Es war ein bedrückender Tag. Einige der Dienstboten mußten den Ausbruch meiner Mutter gehört haben. Mein Vater schien plötzlich etwas zusammengeschrumpft und kleiner geworden zu sein und hatte etwas von einem ertappten kleinen Jungen, der sich schämt. Wir hatten alle vermutet, daß er über seinen Papieren ein Nickerchen machte und der Hauptteil der Arbeit von Lucie bewältigt wurde; es war jedoch nie ausgesprochen worden – und jetzt, wo Mama *ihm* die Wahrheit ins Gesicht geschleudert hatte, nahm diese Tatsache eine vorher nie gehabte reale Bedeutung an.

Meine Mutter blieb in ihrem Zimmer und erklärte, sie wünsche niemanden zu sehen. Ich sprach mit Lizzie, die mir sagte, sie hätte am Nachmittag etwas geschlafen, nachdem sie vom vielen Weinen ganz erschöpft gewesen sei.

»Morgen wird es ihr besser gehen, Miss Minta«, tröstete mich Lizzie.

Ich sprach dann mit Lucie über die ganze Angelegenheit; sie war

ebenfalls sehr betrübt darüber.
»Es ist ja nun klar, daß Kritik Mama nicht hilft oder gut tut«, stellte ich fest.
»Ihr Vater ist von Natur aus nachgiebig. Vielleicht hätte er so weitermachen sollen, wie er begann.«
»Er ist zu gütig, um eine derartige neue Rolle anzunehmen. Es würde ja eine totale Umkrempelung seines ganzen Wesens bedeuten.«
Lucie wollte selbstverständlich nicht zugeben, daß Dr. Hunters Diagnose und Theorie falsch war. Sie wiederholte fast wörtlich, was Lizzie gesagt hatte: »Es wird ihr morgen besser gehen.«
Bevor ich mich für die Nacht in mein Zimmer zurückzog, ging ich zu Mamas Zimmer, blieb jedoch einen Augenblick zögernd vor der Tür stehen. Und da hörte ich, wie sie schrie: »Du bist gemein! Oh, wie wünschte ich, ich könnte die Zeit zurückdrehen! All diese Jahre! Ich wüßte jetzt, was ich zu tun hätte, denn du bist gemein ... oh, so gemein!« Ich sah im Geiste die ratlosen Augen meines Vaters und beschloß, nicht zu Mama hineinzugehen.
Ich lag dann noch lange wach und dachte darüber nach, wie traurig doch das Leben meiner Eltern war. All diese verlorenen Jahre, in denen sie – jeder in einem anderen Leben – hätten glücklich sein können.
Und doch war keiner von ihnen daran schuld. Ich wäre am liebsten hinuntergegangen und hätte ihnen das gesagt, hätte sie beschworen, die Vergangenheit ruhen zu lassen und gemeinsam einen ganz neuen Anfang zu machen.
Oh, hätte ich das doch getan!
Ich sollte meine Mutter nie mehr lebend wiedersehen.
Als Lizzie am nächsten Morgen zu ihr hineinging, fand sie sie tot im Bett.

2

Lizzie sagte später, sie habe ein ungutes Vorgefühl gehabt. Sie hätte auf das Klingelzeichen meiner Mutter gewartet, um ihr den Morgentee zu bringen. Als es nicht ertönte, sei sie hineingegangen.

»Sie lag im Bett«, stammelte Lizzie, »und irgend etwas war anders als sonst. Und als ich dann näher heranging ... o mein Gott!«
Lizzie hatte völlig den Kopf verloren, war jedoch zu Lucie gerannt, und Lucie war dann zu mir gekommen. Ich fuhr aus dem Schlaf auf und sah sie beide an meinem Bett stehen.
»Minta«, sagte Lucie, »Sie müssen sich auf einen Schock vorbereiten.«
»Ihre Mutter ...«, fuhr Lucie fort. »Etwas Schreckliches ...«
»Ist sie ... tot?«
Lucie nickte langsam. Sie war vollkommen verändert – ihre Augen waren übergroß, und ihre Pupillen schienen unnatürlich geweitet. Ihre Lippen zitterten. Man sah ihr an, daß sie verzweifelt darum kämpfte, nicht die Fassung zu verlieren. Lizzie brach in lautes Schluchzen aus.
»Nach all diesen Jahren ... Es kann doch nicht sein! Es ist ein Irrtum! Sie ist nur ohnmächtig. Ja, das wird es sein.«
»Ich habe zu Dr. Hunter geschickt«, sagte Lucie.
»Und mein Vater?« fragte ich.
»Ich habe es ihm noch nicht gesagt. Ich dachte, wir warten damit, bis der Arzt kommt. Es gibt nichts, was er tun könnte.«
»Aber er muß es wissen!«
»Ich ging zu ihr hinein«, stammelte Lizzie. »Sie hatte nicht geklingelt, wissen Sie ...«
Und dann schlug sie die Hände vor das Gesicht und brach erneut in Schluchzen aus.
Ich riß meinen Morgenmantel vom Bügel und erklärte: »Ich gehe zu ihr!«
Lucie schüttelte den Kopf. »Bitte nicht!«
»Aber ich muß es! Ich glaube nicht, daß sie tot ist. Erst gestern sagte Dr. Hunter ...«
Und damit lief ich an Lucie vorbei zur Tür. Sie blieb jedoch an meiner Seite, und als wir beim Zimmer meiner Mutter ankamen, ergriff sie meine Hand und flüsterte beschwörend: »Tun Sie es nicht, Minta! Warten Sie! ... Warten Sie, bis der Arzt hier ist!« Und mich fest an der Hand haltend, zog sie mich den Flur entlang zu ihrem Zimmer.

Als Dr. Hunter dann kam, wußte es auch mein Vater. Lucie hatte es ihm schonend gesagt, so wie sie es mir gesagt hatte. Sie hatte überhaupt alles in die Hand genommen. Mein Vater war durch-

aus damit einverstanden, und das war auch ich.
Lucie war es, die mit Dr. Hunter zu meiner Mutter hineinging.
»Nehmen Sie ihren Vater mit in die Bibliothek, und bleiben Sie dort, bis wir kommen«, hatte sie gesagt. »Und kümmern Sie sich um Ihren Vater! Dies ist ein furchtbarer Schock für ihn.«
Es schien mir endlos lang, bis Dr. Hunter und Lucie dann zu uns in die Bibliothek kamen. Es dauerte eine geschlagene Viertelstunde.
Dr. Hunter war sichtlich erschüttert; ein Großteil seiner forschen Selbstsicherheit hatte ihn verlassen. Kein Wunder! Hatte er doch erst gestern behauptet, die Krankheit meiner Mutter sei mehr oder weniger nur eine eingebildete – und jetzt war sie tot!
»Es ist also wahr?« fragte mein Vater mit ausdruckslosem Gesicht.
»Sie ist heute nacht an einem Herzversagen gestorben«, sagte Dr. Hunter.
»Sie hatte dann also doch ein schwaches Herz, Doktor?«
»Nein«, erklärte er energisch. »Jedem von uns kann jederzeit das Gleiche passieren. Ihr Herz war in keiner Weise organisch krank. Selbstverständlich war das Krankendasein, das sie führte, ihrer Gesundheit nicht gerade förderlich. Es ist ein Fall eines ganz plötzlich auftretenden Herzversagens.«
»Die arme Mama!«
Dr. Hunter tat mir leid. Er schien so niedergeschlagen und hing mit den Blicken an meines Vaters Gesicht, als erwarte er Mitgefühl von ihm.
Mitgefühl wofür? Für eine falsche Diagnose? Dafür, daß er seine Patientin für eine eingebildete Kranke gehalten hatte und sie wie eine solche behandelt hatte, während sie tatsächlich schwer krank war?
Lucie ließ Dr. Hunter nicht aus den Augen, doch er vermied es, sie anzuschauen. Ein oder zwei Mal sah er mich an, blickte dann aber schnell wieder meinen Vater an.
»Dies ist ein furchtbarer Schock«, sagte ich. »Gestern war sie noch so wie immer ...«
»Es passiert leider manchmal«, antwortete Dr. Hunter.
»Minta und ihr Vater stehen verständlicherweise ganz unter der Wirkung dieses Schocks«, sagte Lucie. »Wenn Sie es mir gestatten würden, kümmere ich mich um die jetzt notwendigen Dinge.«

Mein Vater sah sie dankbar an, und Dr. Hunter meinte: »Ich halte das für sehr vernünftig.«
Lucie nickte ihm zu, und sie gingen zusammen hinaus. Mein Vater sah mich an, und ich erkannte, daß es der Schock und keine Trauer war, was aus seinen Augen sprach. Und ich konnte auch nicht umhin, seine geheime Erleichterung zu spüren.
Später gingen wir dann zu Mama. Sie lag im Bett, mit geschlossenen Augen. Die Rüschen ihres Nachthemdes umrahmten ihr Gesicht, und sie sah im Tod friedlicher aus als sie es jemals im Leben getan hatte.

Eine merkwürdige Veränderung hatte *Whiteladies* ergriffen. Nichts war mehr so wie vorher. Mama lag auf dem Friedhof, auf dem alle Mitglieder unserer Familie während der letzten fünfhundert Jahre bestattet worden waren. Die Familiengruft war nach altem Zeremoniell geöffnet worden, und wir hatten die so schmerzlichen Beisetzungsfeierlichkeiten durchstehen müssen. Die Fensterläden wurden anschließend wieder geöffnet und die Jalousien hochgezogen. Lizzie war eine Woche lang krank und kam dann abgezehrt und bedrückt wieder zum Vorschein.
Lucie hatte sich ebenfalls verändert; sie hatte jetzt so etwas Unnahbares.
Auch mein Vater war anders. Es war, als wäre ihm eine Last von den Schultern genommen, und obgleich er sich bemühte, sich seine Erleichterung nicht anmerken zu lassen, gelang ihm das nicht ganz.
Am meisten hatte sich jedoch von uns allen Dr. Hunter verändert. Bis zum Tode meiner Mutter war er ein geselliger junger Mann gewesen, und da er extrem ehrgeizig war, war er nicht nur der Arzt, sondern auch der Freund der tonangebenden Familien in unserer Gegend gewesen. Er war bestrebt gewesen, das volle Vertrauen seiner Patienten zu gewinnen, um sie seine unbestreitbare Jugend und den womöglichen Mangel an Erfahrung vergessen zu lassen. Und er war ganz offensichtlich entschlossen gewesen, auf der Stufenleiter seines Berufes bis zu den obersten Stufen aufzusteigen. Die Veränderung war nicht sehr auffallend, doch nicht zu übersehen, wenigstens nicht für mich, und ich glaubte, den Grund zu verstehen. Meine Mutter war tatsächlich krank gewesen, und die Schmerzen, über die sie geklagt hatte, waren keine eingebildeten gewesen. Er jedoch hatte sie für eine wehleidige, unzufrie-

dene Frau gehalten – was sie ja auch gewesen war –, aber sein ärztlicher Scharfblick war durch die durchaus richtige Erkenntnis ihrer seelischen Situation getrübt worden. Für mich stand es außer jedem Zweifel, daß er eine falsche Diagnose gestellt hatte und sein Selbstvertrauen dadurch schwer erschüttert war. Seine gesamten fortschrittlichen Theorien, auf die er seine Karriere aufzubauen gedachte, waren dadurch in Frage gestellt. Er tat mir leid.

Er kam jetzt nur noch selten. Keiner von uns benötigte seine ärztliche Hilfe, bis ich ihn eines Tages holen ließ, da ich mir um Lizzie Sorgen machte. Es war etwa drei Wochen nach der Beisetzung, und ich hatte bei dieser Gelegenheit ein längeres Gespräch mit ihm.

»Sie sehen selbst nicht sehr wohl aus, Doktor«, bemerkte ich.

»Wollen Sie damit sagen ›Ein Arzt sollte sich als erstes selbst heilen‹?«

»Nein, aber ich habe den Eindruck, Sie kommen über den Tod meiner Mutter nicht hinweg.«

Ich bereute es sofort, dieses Thema so unvermittelt angeschnitten zu haben, denn ein nervöses Zucken begann in seiner Wange, und sein Kopf wackelte ruckartig hin und her wie bei einer Puppe.

»Aber nein!« widersprach er hastig. »Es ist leider kein so ungewöhnlicher Fall, wie Sie anzunehmen scheinen. So ein plötzliches Herzversagen kann bei völlig gesunden Menschen auftreten. Ein winziges Blutgerinsel im Gehirn oder Herz genügt, und es kann tödliche Folgen haben. Es gibt in manchen Fällen dafür einfach keine Vorwarnung. Und Ihre Frau Mutter konnte man wirklich nicht als gesund bezeichnen, wenn sie auch nicht organisch krank war. Ich habe in der Fachliteratur über viele solcher Fälle gelesen und habe mehrere während meiner Krankenhauspraxis erlebt. Nein, nein, es war leider nichts so Ungewöhnliches.«

Er redete zu schnell und strengte sich zu sehr an, überzeugend zu klingen. Falls das, was er sagte, wirklich stimmte, weshalb machte er sich dann Vorwürfe? Der unglückliche Umstand war ja nicht aus der Welt zu schaffen, daß er uns ausgerechnet am Tag vor ihrem Tod eröffnete, sie würde sich ihre Krankheit nur einbilden und wir dürften keine Rücksicht darauf nehmen und sollten ihr weniger Mitgefühl bezeugen.

»Und trotzdem«, beharrte ich, »scheinen Sie sich Vorwürfe zu machen.«
»Aber nicht im geringsten! Es ist nun einmal etwas, was man leider nicht vorhersehen kann.«
»Nun, dann freue ich mich, daß ich mich getäuscht habe. Wir wissen auf jeden Fall, daß Sie sich in jeder Weise um meine Mutter bemüht haben.«
Er schien etwas erleichtert und versöhnt zu sein, doch ich war überzeugt davon, daß er uns geflissentlich aus dem Wege ging, kam er doch nie mehr zwanglos vorbei, so wie er es vorher häufig getan hatte, um uns zu besuchen.
Mein Vater schloß sich oft tagelang in seinem Arbeitszimmer ein, und Lucie erklärte, die Erschütterung über den Tod meiner Mutter sei sehr viel größer, als er es sich anmerken ließ; außerdem empfinde er bittere Reue darüber, so hart gegen seine Frau gewesen zu sein, wie er es nie zuvor gewesen war.
»Ich versuche zu erreichen, daß er jetzt wirklich ernsthaft an dem Buch arbeitet«, fuhr Lucie fort. »Ich glaube, es ist das Beste für ihn.«
Lucie war in jener düsteren Zeit einfach wundervoll. Sie fragte, ob Lizzie jetzt ihre Zofe sein könne. »Nicht als ob ich eine bräuchte«, fügte sie bescheiden hinzu, »oder mir in meiner Stellung etwa eine zustünde. Ich glaube aber, es würde Lizzie für eine Zeitlang guttun. Es ist ein furchtbarer Schock für sie gewesen.«
Sie solle das ganz so machen, wie sie es für richtig halte, antwortete ich, denn sie wüßte es am besten.
»Jetzt sind Sie, Minta, die Herrin von *Whiteladies*!« sagte sie daraufhin.
Dies war ein Gedanke, der mir noch gar nicht gekommen war.

Seit Mamas Tod war Franklyn tagtäglich bei uns. Er half meinem Vater überall dort, wo Lucie es nicht konnte. Ich fragte mich damals, was wir bloß ohne Lucie und Franklyn gemacht hätten.
Jeden Tag kam er herübergeritten, und jedes Mal hatte er auch etwas Zeit für mich. Wir sprachen dann viel über meine Mutter und wie unglücklich sie gewesen war, und ich sagte, wie traurig es doch sei, daß sie durch ihr Leben gegangen sei, ohne sich jemals daran freuen zu können – ausgenommen jene kurze Zeit,

als dieser einmalige Zeichenlehrer zu ihnen ins Haus kam und sie sich in ihn verliebte. Ich sprach gern mit Franklyn über solche Dinge, weil seine prosaischen Ansichten und seine trockene, sachliche Ausdrucksweise mich amüsierten.

»Vermutlich ist es besser«, meinte ich, »ein einziges Mal, und sei es auch nur für kurze Zeit, wahnsinnig glücklich zu sein, als immer nur angenehm und bequem vor sich hinzuleben ... auch wenn man sich den Rest seines Lebens schmerzlich nach diesem Glück zurücksehnt.«

»Das scheint mir eine sehr unvernünftige Schlußfolgerung zu sein«, erwiderte Franklyn.

»Es ist typisch für dich, das zu sagen! Ich bin überzeugt, dein Leben wird immer und ewig angenehm und bequem verlaufen, unberührt von irgendwelchen aufregenden Ereignissen, seien es nun unangenehme oder beglückende.«

»Noch eine unvernünftige Schlußfolgerung.«

»Du würdest aber nie irgendwelche Fehler machen, und so ist jedes aufregende Element von vornherein aus deinem Leben ausgeschlossen.«

»Weshalb glaubst du, es sei nur interessant, Fehler zu machen?«

»Wenn man immer schon im voraus genau weiß, wie alles wird ...«

»Aber niemand weiß im voraus, wie alles wird! Du bist ziemlich unlogisch, Minta.«

Und da mußte ich lachen – zum ersten Mal seit dem Tod meiner Mutter.

Ich versuchte ihm auch die allgemeine eigenartige Veränderung zu beschreiben. »Es ist fast, als fände Mamas Seele keine Ruhe.«

»Das ist doch die reinste Einbildung von dir!«

»Keineswegs! Jeder hier in *Whiteladies* hat sich verändert. Hast du es denn nicht bemerkt? Natürlich hast du es nicht. Du bemerkst nie derartige Dinge.«

»Es mangelt mir also in deinen Augen an jeder Beobachtungsgabe?«

»Nur in psychologischer Hinsicht. Für alle praktischen Fragen hast du eine ausgezeichnete Beobachtungsgabe.«

»Wie überaus gütig von dir, das festzustellen.«

»Sarkasmus steht dir nicht, Franklyn. Und paßt auch nicht zu dir. Du bist ein viel zu gütiger Mensch. Aber ich versichere dir, hier hat sich alles verändert. Mein Vater ist erleichtert ...«

»Minta!«

»Jetzt bist du schockiert. Aber die Wahrheit sollte niemanden schockieren.«

»Ich finde, du solltest dir etwas sorgfältiger überlegen, was du sagst.«

»Aber ich sage es doch nur zu dir, Franklyn. Mit keinem anderen Menschen auf der Welt würde ich darüber sprechen. Wie könnte man es ihm außerdem verdenken? Ich weiß, man soll nichts Schlechtes über Tote sagen, und du würdest es deshalb auch nie tun. Aber Mama *war* gemein zu ihm, und so ist es nur natürlich, daß er erleichtert ist. Lizzie läuft ganz verloren herum, obwohl sie und Mama sich immer stritten und Mama ihr immer kündigen wollte, wenn Lizzie gerade nicht mit ihrer Kündigung drohte.«

»Das ist nichts Ungewöhnliches bei einer so langjährigen Beziehung, und es ist ganz natürlich, daß sie, wie du sagst, jetzt verloren herumläuft. Sie hat schließlich ihre Herrin verloren.«

»Aber bei dem armen Dr. Hunter ist es am schlimmsten. Ich bin überzeugt, er macht sich bittere Vorwürfe. Er scheint uns aus dem Weg zu gehen und besucht uns nicht mehr.«

»Das ist doch nur natürlich, wo er hier keine Patientin mehr hat.«

»Und auch Lucie ist verändert.«

»Ich bedaure, das zu hören. Sie scheint das vernünftigste Mitglied eures Haushaltes zu sein.«

»Sie ist jetzt so verschlossen, so unnahbar und unzugänglich. Vermutlich macht sie sich um Dr. Hunter Sorgen. Ich frage mich, warum sie eigentlich nicht Ihre Verlobung bekannt gibt.«

»Und weshalb meinst du, macht sie sich um ihn Sorgen?«

»Nun, er ist deprimiert und glaubt, eine falsche Diagnose gestellt zu haben.«

»Wer hat das gesagt?«

»Niemand, aber ich bin davon überzeugt.«

»So etwas solltest du nicht sagen, auch nicht zu mir. Es ist eine Verleumdung, wenn man das von einem Arzt behauptet.«

»Aber Franklyn! Wir sind hier doch nicht vor einem Gerichtshof!«

»Sei bitte nicht frivol, Minta. Du mußt aufhören, alles roman-

tisch zu verklären und derartig zu dramatisieren.«
»Es ist doch nur, weil du ein so guter Freund bist, daß ich dir alles sagen kann. Außerdem ... es macht mir Spaß, dich zu schockieren. Aber ich wollte dir noch etwas anderes erzählen. Gestern kam Lucie zu mir und schlug mir vor, daß wir Mrs. Glee entlassen. Wir würden sie gar nicht richtig brauchen, denn jetzt, wo Mama nicht mehr da ist, entfällt der größte Teil ihrer bisherigen Pflichten.«
»Das scheint mir ein vernünftiger und logischer Vorschlag zu sein. Ich habe dir oft genug klarzumachen versucht, daß ihr über eure Verhältnisse lebt. Mrs. Glee ist die teuerste eurer Angestellten. Ja, das ist eine ausgezeichnete Idee!«
»Du siehst natürlich nur die praktische Seite. Worauf es hier jedoch ankommt, das ist die Frage: Ist es gut, wenn Lucie Mrs. Glees Pflichten übernimmt und *Whiteladies* vorsteht, wenn sie vielleicht bald Dr. Hunter heiratet?«
»Bisher ist davon ja noch keine Rede.«
»Er hat ihr aber einen Antrag gemacht. Und sie überlegt es sich. Es war direkt vor Mamas Tod. Der arme Dr. Hunter!«
»Ist dir noch nicht der Gedanke gekommen, daß seine Niedergeschlagenheit, von der du sprachst, daher kommt, daß er einen Korb bekommen hat?«
»Ich bin nach wie vor der Meinung, daß es mit Mamas Tod zusammenhängt.«
»Es ist wirklich Zeit, daß du erwachsen wirst, Minta! Ich wünschte, du würdest es bald. Das wäre in vielerlei Hinsicht wünschenswert.«
Wahrscheinlich dachte er, daß er mich bitten würde, seine Frau zu werden, wenn ich etwas mehr Reife zeigte, und vor meinem inneren Auge tauchte ein Bild von jener Teerunde am Teich auf mit Stirling, der sich, streng genommen, auf recht unelegante Weise lässig in seinem Stuhl räkelte und über Australien und *Whiteladies* sprach. Und ich dachte: Nein, ich will noch nicht erwachsen werden! Meine mangelnde Reife ist eine Art Schutz.
Einige Tage nach diesem Gespräch kam es zu einem recht beunruhigenden Zwischenfall. Ich war im Blumenraum und klopfte gerade die Stiele einiger bronzefarbenen Chrysanthemen weich, als Mrs. Glee hereingestürzt kam.
»Ich würd' gern ein Wörtchen mit Ihnen reden, Miss Minta.«
Ihr Gesicht war ganz rot, und ihre kleinen Augen funkelten wie

schwarze Jadeknöpfe. Sie brauchte mir nicht zu sagen, daß sie vor Wut kochte.
»Aber gewiß, Mrs. Glee. Kommen Sie mit in die Bibliothek.«
»Das ist nicht nötig. Ich sag' Ihnen hier und gleich jetzt, worum es geht. Ich hab' meine Kündigung bekommen, und möcht' wissen, warum, denn die Anordnung dazu ist aus einer ganz bestimmten Ecke gekommen, und ich muß erst noch lernen, daß ich Befehle aus der Richtung anzunehmen hab'!«
»Von Miss Maryan?« fragte ich. »Um die Wahrheit zu sagen, Mrs. Glee, wir sind in den letzten Jahren sehr viel ärmer geworden und müssen deshalb unsere Ausgaben in mancher Hinsicht einschränken.«
»Und ausgerechnet ich soll das Opfer sein, was?«
»Nicht das Opfer, Mrs. Glee. Es ist leider eine reine Notwendigkeit.«
»Hören Sie mal, Miss! Ich hab' nichts gegen Sie. Sie sind an dem Ganzen unschuldig. Das sieht ja ein Blinder mit Krückstock. Aber wenn schon jemand dies Haus verlassen soll – und ich wär' die letzte, die nicht sofort zugibt, daß das gar keine schlechte Idee wäre! – dann gibt es da eine, auf die Sie sehr viel besser verzichten könnten als ausgerechnet auf mich!«
»Es ist sehr traurig, überhaupt jemanden entlassen zu müssen, und es ist auch nur eine reine Geldfrage.«
»Man hat Ihnen die Worte in den Mund gelegt, Miss Minta. Aber ich sag' Ihnen: In diesem Haus gehen sehr seltsame Dinge vor! Ich könnt' Ihnen da was erzählen ...«
»Was für Dinge?«
Mrs. Glee preßte die Lippen mit dem Gesicht einer Märtyrerin zusammen. »Dinge, über die zu sprechen mir nicht zusteht. Sie sind jetzt hier die Herrin im Haus, wo Ihre arme Mutter von uns gegangen ist, und Sie sollten nicht einen Schritt zurück tun und zulassen, daß sich andere das unter den Nagel reißen, was von Rechts wegen Ihnen gehört.«
»Das habe ich auch nicht vor, Mrs. Glee.«
»Sie werden aber vielleicht dazu gezwungen werden. Mir gefällt die Art nicht, in der sich die Dinge in diesem Haus entwickeln, und es tut mir deshalb nicht leid, meine Sachen zu packen und zu gehen. Aber *Sie* tun mir leid, Miss Minta!«
»Das ist lieb von Ihnen. Ich bin sicher, ich verdiene Ihr Mitgefühl nicht.«
Dies war offensichtlich die richtige Art, mit ihr zu reden, denn

ihre Wut verflog sichtlich, und sie verwandelte sich unvermittelt aus einem Zankteufel in eine Unheil verkündende Kassandra.
Sie kam noch einen Schritt näher auf mich zu und sagte: »Ihre arme Mutter starb einfach so – und was war mit Lizzie? Na was, eh? Wenn jemand entlassen werden sollte, dann ist *sie* es! Die Art und Weise, wie sie mit der armen Verstorbenen, Gott sei ihr selig, sprach! Sich angebrüllt und angeschrien haben sie sich in der bewußten Nacht! Ich hörte, wie Ihre Mutter sagte, Lizzie sei entlassen. Es war sozusagen ihr letzter Wunsch. Und nun bleibt Lizzie hier, und *ich* soll meine Sachen packen! Ich, die ich nie auch nur ein böses Wort mit der guten toten Lady hatte! Finden Sie nicht, Miss Minta, daß es alles reichlich komisch ist?«
»Kaum komisch«, erwiderte ich. »Lizzie hing sehr an meiner Mutter und meine Mutter auch an ihr. Ihre Streitereien hatten nichts zu bedeuten.«
»Aber die letzte hatte es! Es geht hier aber gar nicht so sehr um Lizzie. Sie ist unwichtig. Es geht um ganz *andere*!«
»Welche anderen?«
»Nun, Miss Minta, haben Sie sich schon mal überlegt, daß Sie vielleicht bald 'ne neue Mama bekommen?«
»Nein.«
»Na bitte!« Sie faltete die Arme über ihrem fülligen Busen. »Aber ich sag' es Ihnen, Miss Minta. Nicht, als ob mir das wichtig wäre. Ich hab' genug gearbeitet. Ich zieh' jetzt zu meiner Cousine in die Nähe von Dover. Sie lebt in sehr guten Verhältnissen, und ihr Rheumatismus macht sie zu einem Invaliden. Sie sucht jemanden, der sie versorgt und ihr Gesellschaft leistet, und Sie will mir das Häuschen und ihr Erspartes vermachen, damit ich mir keine Sorgen machen brauch'. Sie sehen also, es geht mir nicht um mich. Aber ich sag' mir: Was soll aus der unschuldigen jungen Lady werden? Denn es gehen hier einige mächtig komische Dinge in *Whiteladies* vor! Und deshalb warn' ich Sie!«
»Ich freue mich über diese gute Lösung mit Ihrer Cousine, Mrs. Glee.«
»Sie sind eine liebe junge Lady, Miss Minta, und das hab' ich schon immer gesagt. Aber ich wiederhole Ihnen: Es geht hier was Seltsames vor, und sie sollten es wissen! Da ist jemand, der möcht' hier alles an sich reißen. Jemand, der seine Falle schon heimlich aufgestellt hat, in die gewisse ahnungslose Leute

geradewegs hineinlaufen werden! Und ich soll gehen! Und warum? Weil ich etwas weiter sehe als nur bis zu meiner Nasenspitze!«

Ich seufzte, ergriff meine Vase und ging zur Tür. Dort blieb ich stehen und sagte über die Schulter zurückblickend: »Ich bin überzeugt, Ihre Cousine wird sich sehr freuen, daß Sie zu ihr ziehen, Mrs. Glee.«

Sie schüttelte unheilverkündend den Kopf. Ich ging in die Bibliothek und stellte die Vase auf den nächstbesten Tisch, denn meine Hände zitterten. Das Gespräch mit Mrs. Glee hatte mich ziemlich aufgeregt. Um so erleichterter war ich, als sie einige Tage später erklärte, sie würde nicht eine Minute länger als notwendig in einem Hause bleiben, wo sie unerwünscht sei, einen zusätzlichen Monatslohn annahm und uns verließ.

Der Haushalt lief auch ohne sie weiter wie bisher. Lucie war von früh bis spät auf den Beinen, aber das war sie ja immer gewesen. Meine Mutter hatte sich niemals für Haushaltsfragen interessiert, und Mrs. Glee hatte hauptsächlich für Disziplin bei den Dienstmädchen und eine gewisse würdevolle Ordnung im Personaltrakt gesorgt. Lucie tat das jetzt und darüber hinaus noch sehr viel mehr. Die Mädchen freuten sich, die gestrenge Mrs. Glee loszusein und akzeptierten an deren Stelle bereitwillig Lucie. Ich bekam Lucie weniger als bisher zu sehen, aber mein Vater dafür um so mehr.

Ich wartete immer darauf, daß Lucie mir ihre Entscheidung bezüglich Dr. Hunter anvertraute, doch vergeblich. Jeden Tag war sie morgens eine Stunde bei meinem Vater in seinem Arbeitszimmer und noch einmal nachmittags nach dem Tee.

»Ich versuche ihn anzuspornen, ernsthaft an dem Buch weiterzuarbeiten«, sagte sie. »Es ist das Beste für ihn. Es lenkt ihn von den tragischen Ereignissen ab.«

Lizzie brachte ihr morgens den Tee, genauso, wie sie ihn vorher Mama gebracht hatte, und Lucie sorgte dafür, daß sie immer zu tun hatte, sei es in ihrem oder Papas Zimmer oder mit allen möglichen Näharbeiten für den Haushalt, da Lizzie so geschickt im Nähen war.

So vergingen zwei Monate. Weihnachten stand vor der Tür, und wir feierten es ganz schlicht und im kleinsten Kreise. Franklyn und seine Eltern kamen am ersten Weihnachtstag zum Mittagessen und blieben zum Abendessen. Wir spielten eine ruhige

Partie Whist – Papa und Lady Wakefield und Franklyn und ich; Lucie saß indessen bescheiden am Kamin und plauderte mit Sir Everard und sorgte im passenden Augenblick dafür, daß die Dienstmädchen Erfrischungen servierten und jene kleinen Dienste versahen, die für unsere Gemütlichkeit notwendig waren.
Meine Gedanken wanderten zu dem ein Jahr zurückliegenden Weihnachtsfest, an dem wir in der großen Halle unter dicken Ilex- und Mistelsträußen gesessen hatten. Dr. Hunter war einer der vergnügtesten von uns allen gewesen. Er hatte neben Mama an dem einen Ende der langen Tafel gesessen, und sie hatte es genossen, mit ihm über ihre Leiden zu sprechen. Lucie war natürlich auch zugegen gewesen in ihrer unauffälligen, zuverlässigen Tüchtigkeit. Sie hatte ein malvenfarbenes Kleid angehabt, in dem sie sehr elegant aussah, obwohl sie es selbst genäht hatte. Jetzt nähte Lizzie nach ihren Anweisungen Kleider – Lucie zeichnete die Modelle, und Lizzie führte sie dann aus. Es war eine ideale Ergänzung.
Nachdem unsere Gäste sich verabschiedet und wir uns zurückgezogen hatten, schlüpfte ich in meinen Morgenmantel und ging zu Lucies Zimmer.
»Haben Sie noch eine Minute Zeit für mich?« fragte ich. »Ich konnte nicht einschlafen.« Sie bot mir den Stuhl mit den lilablauen Kissen an und setzte sich selbst auf das Bett. »Ich mußte heute immer an Weihnachten vor einem Jahr denken«, sagte ich.
»Meine arme Minta! Sie vermissen Ihre Mutter.«
Ich runzelte etwas erstaunt die Stirn. Ich wollte keine Gefühle heucheln, die ich nicht empfand. Ich hatte Mama geliebt, selbstverständlich, aber das Leben war durch sie manchmal recht schwierig gewesen; außerdem konnte ich jene letzte Szene im Speisezimmer nicht vergessen und den Ausdruck tiefster Qual auf dem Gesicht meines Vaters.
Schnell fragte ich: »Was ist nun mit Ihnen und Dr. Hunter, Lucie? Sie überlegten sich doch, ob Sie ihn heiraten sollten.«
»So? Wer hat das gesagt? Möchten Sie vielleicht, daß ich fortgehe?«
»Wie können Sie so etwas fragen! Wir wären doch ohne Sie verloren! Ich denke nur, der arme Dr. Hunter braucht dringender Ihren Trost, und da Sie ihn lieben ...«
»Sie ziehen sehr voreilige Schlußfolgerungen, Minta. Ich mag

den Doktor gern. Ich habe Euch alle hier gern, und als Ihre Mutter starb, schien ich hier gebraucht zu werden.«

»Aber Sie dürfen uns nicht ein derartiges Opfer bringen, Lucie!«

»Auch wenn es das ist, bringe ich es gern.«

»Aber der Doktor tut mir lied. Ich glaube, er ist sehr unglücklich. Sie könnten ihm helfen. Er meint, daß er es nicht richtig machte ... mit Mama.«

»Woher wollen Sie das wissen?«

»Es ist ganz offensichtlich so. Er dachte, sie würde nur simulieren, und wie es sich zeigte, tat sie das keineswegs. Wenn er ihr geglaubt hätte, daß sie wirklich krank war, hätte er ihren Fall anders behandelt. Vielleicht hätte sie genau diese andere Behandlungsmethode gebraucht.«

»Aber Sie werfen ihm ja Unfähigkeit vor!«

»Nein, das tue ich nicht. Ich weiß, daß er durchaus ein fähiger Arzt ist. Aber irren ist nun einmal menschlich.«

»Ärzte können sich das aber nicht leisten! Reden Sie um Himmelswillen mit niemanden über diese Sache!«

»Das würde ich sowieso nicht tun. Ich habe es nur Ihnen gegenüber erwähnt ... und Franklyn, und der zählt nicht.«

»Mit niemanden!« wiederholte sie beschwörend. »Versprechen Sie es mir!«

Ich überlegte: Sie liebt ihn also doch? Und ich versprach es ihr gern.

»Vergessen Sie es am besten ganz, Minta«, drängte sie weiter. »Verscheuchen Sie diese Gedanken ganz aus Ihrem Kopf! Es ist ... nicht gut für Sie. Ihre Mutter starb an einem Herzschlag. Das kann jedem widerfahren. Ich habe von Leuten gehört, vollkommen gesunden Leuten, die völlig unerwartet an einem Herzschlag starben. Ihre Mutter hatte ihre Gesundheit bereits durch ihre Lebensweise, die die einer Invaliden war, beträchtlich geschwächt.«

»Ich weiß, Lucie, ich weiß.«

»Ihre Mutter ist jetzt tot und ruht in der Gruft. Wir müssen versuchen, uns wieder dem Leben zuzuwenden.«

Ich nickte.

»Und vergessen Sie nicht«, fügte sie mitfühlend hinzu, »daß ich hier bin, um Ihnen zu helfen und Sie zu trösten. Ist es nicht immer so gewesen? Seit jener ersten Zeit im Internat?«

Ja, das sei es, stimmte ich ihr zu. »Aber Sie dürfen uns keine

Opfer bringen, Lucie! Wir kommen schon allein zurecht. Und Sie wären im Haus des Doktors ja nicht weit von uns entfernt.«
Lucie schüttelte den Kopf. »Ich denke nicht, daß ich jemals im Haus des Doktors leben werde«, erklärte sie. »Ich glaube, mein Platz ist hier, in *Whiteladies.*«
»Aber lassen Sie mich noch einmal ausdrücklich wiederholen: Sie dürfen nicht Ihre Zukunft für uns opfern, Lucie!«
»Märtyrerinnen sind recht mühsame Leute«, sagte sie mit einem kleinen Lächeln. »Ich habe nicht die Absicht, eine zu sein. Hier und nirgends anders möchte ich sein, Minta, und hier werde ich auch bleiben!«

Ich hätte es voraussehen müssen. Da ich es jedoch nicht tat, war es ein Schock für mich.
Sechs Monate waren nach dem Tod meiner Mutter vergangen. Es war ein lieblicher, fast sommerlicher Maitag; die Vögel sangen ihren glücklichen Chor ungetrübter Daseinsfreude, die Knospen sprangen überall auf, die Kastanien blühten, der Obstgarten war eine einzige Symphonie in Zartrosa und Weiß, und die Luft war erfüllt von jenem unmißverständlichen Gefühl, daß das Leben wundervoll ist und das Glück hinter der nächsten Ecke auf einen wartete. Dies ist das immer wiederkehrende Wunder des englischen Frühlings.
Ich kam von einem Ausritt bis ganz hinüber nach *Wakefield Park* zurück und überlegte mir, wie angenehm jetzt eine Tasse Tee sein würde. Da es erst Viertel vor Vier war, mußte ich mich jedoch noch eine Viertelstunde gedulden. Ich ging daher in den Garten hinunter und setzte mich unter die Kastanie am Teich.
Und da sah ich Lucie auf mich zukommen. Sie hatte sich sehr verändert und glich kaum mehr der kleinen Schullehrerin von einst. Sie hatte damals immer so etwas leicht Verkrampftes, Trotziges gehabt. Jetzt kam sie mit schwingenden, elastischen Schritten auf mich zu in dem neuen Kleid, das Lizzie für sie genäht hatte und das ihr gut stand. Sie war, was die Franzosen eine *jolie laide* nennen. Genau betrachtet war alles an ihr entschieden unscheinbar, doch als Ganzes gesehen hatte es ungewöhnlichen Charme, der fast an Schönheit grenzte.
»Ich möchte über etwas Besonderes mit Ihnen reden«, sagte sie.
»Kommen Sie, Lucie, und setzen Sie sich.«

Sie tat es. Ich betrachtete ihr Profil – die zu lange Nase und das hervorragende Kinn.

»Ich muß Ihnen etwas sehr Wichtiges sagen, und ich weiß nicht, wie Sie es aufnehmen werden.«

»Aber Ihrem Gesicht nach zu urteilen, sind Sie überzeugt, daß ich mich darüber freuen werde.«

»Ich wünschte, ich wäre es!«

»Weshalb spannen Sie mich auf die Folter? Erzählen Sie es mir! Schnell! Ich bin sehr ungeduldig, es zu erfahren.«

Sie holte tief Atem und sagte: »Minta, ich werde deinen Vater heiraten!«

»Lucie!«

»Na bitte! Du bist schockiert.«

»Aber ... Lucie!«

»Erscheint es so unmöglich?«

»Nein, ... es ist nur ... es kommt so unvorbereitet.«

»Wir haben uns schon seit langem sehr gern.«

»Aber er ist so viel älter als Sie ... als *du*, Lucie.«

»Du suchst nach Gründen, um uns zu hindern.«

»Aber nein! Es ist doch eine Tatsache, daß er doppelt so alt ist wie du.«

»Na und? Ich bin älter als meine Jahre. Das kannst du doch bestätigen, oder?«

»Aber du und Dr. Hunter ...«

»Du hast dir da viel in deiner Phantasie zusammengereimt.«

»Aber er hat dir doch einen Heiratsantrag gemacht!«

»Und ich gab ihm einen Korb.«

»Und jetzt wollt ihr ... du und Papa ...«

»Stößt du dich daran, daß ich deine Stiefmutter sein werde?«

»Natürlich nicht! Und wie könnte ich anders, als mir wünschen, daß du ein Mitglied unserer Familie wirst? Du bist es ja fast schon. Es ist nur ...«

»Du findest es keine passende Heirat?«

»Ach was! Ich habe nur nie an diese Möglichkeit gedacht.« Und im stillen sagte ich mir: Das also meinte Mrs. Glee! Die anderen haben es also kommen sehen! Nur ich nicht.

»Wir sind uns in den letzten Monaten sehr nah gekommen«, fuhr Lucie fort. »Ich versuchte ihm über den schweren Schlag hinwegzuhelfen. Er machte sich doch gewisse Vorwürfe – ganz unberechtigte, wie ich ihm immer wieder versichern muß. Ich glaube, wir werden sehr glücklich werden, Minta. Aber ich

möchte, daß du uns deinen Segen gibst. Ohne ihn könnte ich nicht glücklich sein.«
»Aber meine Meinung ist doch völlig unwichtig.«
»Für mich ist sie von allergrößter Wichtigkeit! Ach Minta! Bitte sag, daß ich dir als Stiefmutter willkommen bin!«
Ich stand auf und legte ihr die Arme um den Hals. »Liebste Lucie! Es ist wundervoll für Papa und für mich! Ich hatte wirklich eben nur an dich gedacht.«
Sie streichelte mir über das Haar. »Du bist so romantisch! Du hattest dir in den Kopf gesetzt, daß der Doktor der Richtige für mich sei, und hattest dir alles so schön ausgemalt, wie ich ihm bei seiner Karriere helfen würde. Nun, es soll nicht sein. Was oft so romantisch scheint, bringt einem nicht immer das Glück. Ich habe mein Glück jetzt gefunden, Minta. Ich will hier bei euch bleiben. Du und dein Vater seid mir die nächsten Menschen. Und dies ist mein Zuhause. Bitte, geh jetzt zu deinem Vater. Sag ihm, daß ich es dir erzählt habe und zeige ihm, wie glücklich du darüber bist.«
Lucie und ich gingen also zu Papa, und ich sagte ihm, daß es eine wundervolle Neuigkeit sei, worauf er so glücklich war, wie ich ihn noch nie gesehen hatte.
»Wir werden noch bis zum Ende des Trauerjahres warten«, sagte Lucie, »da die Leute sonst reden würden.«
»Laß sie reden!« sagte mein Vater.
Lucie hielt es jedoch für besser zu warten, und er verließ sich bereits auf ihr Urteil. Sie hatte selbstverständlich recht, und sie warteten.
Und dann, an einem nebligen Novembertag, der ganz dem Tag glich, an dem Mama gestorben war, wurde Lucie Lady Cardew und meine Stiefmutter.

Wie anders war jetzt alles bei uns! Die Dienstboten wußten, sie mußten von nun an Lucie gehorchen. Sie verlor nie die Beherrschung und blieb immer höflich und liebenswürdig. Ich bezweifle, daß *Whiteladies* jemals eine mehr respektierte Schloßherrin gehabt hatte. Sie liebte das Haus, und dieses schien auf ihre Liebe zu reagieren. Ich sah manchmal, wie sie unten auf dem Rasen stand und es staunend betrachtete, so als könne sie es nicht glauben, daß sie jetzt die Herrin dieses Hauses war.
Ich pflegte sie damit zu necken. »Ich glaube, du bist die Reinkarnation einer jener Nonnen und wußtest daher vom ersten

Augenblick an, als du *Whiteladies* sahst, daß es einmal dein Zuhause war.«

»Das ist mal wieder Mintas romantischer Unsinn«, erwiderte sie dann lachend.

Vom Buch meines Vaters wurde nicht mehr viel gesprochen. Lucie mußte sich jetzt um so vieles andere kümmern, und da er nicht mehr dauernd zu hören bekam, was für ein Versager als Ehemann er sei, empfand er gar nicht mehr das Bedürfnis, seine Existenz mit der Arbeit an dem Buch zu rechtfertigen. Er begann sich für den Park und die Gärten zu interessieren wie auch für das Haus. Lucie hatte sehr bald festgestellt, daß verschiedene Reparaturen notwendig waren.

Kurze Zeit darauf erlebte ich zum ersten Mal, daß sie ihre sonst unerschütterliche Gelassenheit verlor. Sie erzählte mir von der Angelegenheit, da es nicht einfach war, Derartiges mit Papa zu besprechen.

»Die finanziellen Angelegenheiten deines Vaters sind in einem desolaten Zustand! Diese Anwälte von ihm taugen nichts. Er hat in letzter Zeit eine Menge Geld durch Aktien verloren, und man hat ihm auch noch den schlechten Rat gegeben, Geld auf *Whiteladies* aufzunehmen und es dadurch zu gefährden.«

»Franklyn machte mir vor einiger Zeit derartige Andeutungen.«

»Und du hast mir nichts davon erzählt?«

»Ich dachte nicht, daß es dich interessierte.«

»Mich nicht interessieren, wo es doch um *Whiteladies* geht!«

»Nun, jetzt ist das etwas anderes. Was hat es zu bedeuten, Lucie?«

»Ich weiß es nicht genau. Ich muß es erst herausfinden. *Whiteladies* darf auf keinen Fall in Gefahr geraten!«

»Ich denke, wir werden es schon schaffen, jetzt, wo du die Zügel in die Hand genommen hast.«

Sie freute sich über mein Vertrauen in sie, war jedoch weiter leicht ungehalten. Wir wären leichtsinnig und unbesonnen und würden *Whiteladies* gar nicht verdienen, erklärte sie, da wir es gefährdeten.

Sie saß dann tagelang an Papas Schreibtisch vor einem Stapel Rechnungen und anderen Papieren.

»Wir müssen hier die Ausgaben beschneiden«, pflegte sie dann zu sagen. »Und hier können wir sparen. Wir müssen *Whiteladies* jetzt und für immer sichern!«

Mein Vater bewunderte sie rückhaltslos. Er hatte den kindlichen Glauben, daß jetzt, wo Lucie Herrin von *Whiteladies* war, alles gut werden würde. Mir erging es nicht anders. Lucie hatte immer etwas so Vertrauenerweckendes gehabt.
Ich sagte ihr oft, wie froh ich sei, daß sie jetzt ein Mitglied unserer Familie sei. Ich hätte nur gewollt, daß sie Dr. Hunter heiratete, erklärte ich ihr, damit sie in unserer Nähe blieb.
Sie hörte das gern. »In diesem Haus hat das Wort Stiefmutter keinen häßlichen Klang«, sagte sie.
»Liebste Lucie! Es war wirklich ein Glückstag für uns, an dem du nach *Whiteladies* kamst!« Und ich wußte, mein Vater sagte ihr das gleiche. Keiner von uns konnte es offen aussprechen, aber in *Whiteladies* herrschte seit dem Tod meiner Mutter eine glücklichere und friedlichere Atmosphäre.
Und dann hatte Lucie eine neue Überraschung für uns. Mir erzählte sie als erste davon. Sie war mir seit einigen Wochen etwas still erschienen. Als ich eines Tages an meinem Lieblingsplatz am Teich saß, kam sie wieder zu mir heraus.
»Ich muß dir etwas sagen«, begann sie, »und ich möchte, daß du es als erste erfährst. Sogar dein Vater weiß noch nichts davon.«
»Ich sah sie an und verstand den glücklichen Ausdruck in ihren rauchgrauen Augen nicht.
»Ich hoffe, du wirst dich darüber freuen, aber ich bin mir dessen nicht ganz sicher.«
»Komm! Erzähl es mir! Schnell!«
Sie lachte etwas verlegen. »Minta, ich erwarte ein Baby!«
»Lucie! Wann?«
»Es dauert noch eine lange Zeit – etwa sieben Monate, würde ich sagen.«
»Das ist ... ja herrlich!«
»Findest du?«
»Du denn nicht?«
Sie preßte die Handflächen zusammen. »Es ist immer mein sehnlichster Wunsch gewesen!«
Ich warf ihr ungestüm die Arme um den Hals.
»Ach Lucie! Ich bin ja so glücklich! Stell dir vor – wir werden ein Baby haben! Es wird wunderschön werden! Was meinst du, ob es ein Junge oder ein Mädchen wird? Was möchtest du lieber haben?«
»Ich weiß es nicht. Wahrscheinlich einen Jungen. Die meisten

möchten als erstes gern einen Sohn haben.«
»Du planst also eine ganze Kinderschar in die Welt zu setzen?«
»Das habe ich nicht gesagt. Aber ich bin ja so aufgeregt! Ich wollte jedoch ganz sicher sein, bevor ich es deinem Vater sagte.«
»Laß uns es ihm jetzt sofort sagen! Nein, du mußt es ihm allein sagen. In einem derartigen Augenblick kann man keinen Dritten gebrauchen.«
»Du bist die süßeste Stieftochter, die es jemals gegeben hat!«
Sie ging zurück ins Haus, während ich am Teich sitzenblieb und zusah, wie eine Libelle über die Wasseroberfläche hin und her schwirrte und sich einen flüchtigen Augenblick auf die Hermesstatue niederließ.
Dies wird Lucie endgültig mit ihrer schweren Kindheit und Jugend versöhnen, überlegte ich mir – mit jenem gräßlichen Haus im Kohlenpott und mit all den Entbehrungen und Prüfungen jener Jahre. Was für ein glücklicher Tag mußte dies für sie sein!

Mein Vater war zuerst etwas verwirrt, freute sich dann aber unbändig. Er hatte gewiß nie gedacht, daß er noch Vater werden würde. Aber Lucie schien alles möglich zu machen. Im Haus wurde von nichts anderem mehr gesprochen als von dem Baby. Lucie wurde beträchtlich sanfter, und als sie allmählich immer unförmiger wurde und ihre Anmut verlor, gewann sie eine neue Schönheit. Sie liebte es, bei mir zu sitzen und über das Baby zu sprechen. Sie entwarf die gesamte Babywäsche, die Lizzie dann nähte. Es waren glückliche, friedliche Monate des Wartens.
Wir versuchten, Lucie zu bewegen, sich so viel wie möglich zu schonen, doch sie wollte nichts davon hören. Ihr Kind würde kräftig und gesund werden, sagte sie. Er soll keine schwächliche Mutter haben. »Er«, hatte sie gesagt, und das verriet mir, daß sie sich einen Sohn wünschte, obwohl es ihr, war das Kind erst einmal da, sicherlich gleichgültig sein würde, ob es ein Junge oder Mädchen war.
Dr. Hunter kam jetzt sehr oft. Er sagte mir, es bestehe keinerlei Grund, sich Sorgen zu machen. Lucie sei gesund und kräftig und würde ein prachtvolles Kind zur Welt bringen.
Franklyn war es, der mir klarmachte, was für eine Bedeutung die Geburt dieses Kindes für mich haben würde.

»Wenn es ein Junge ist«, sagte er, »wird er der Erbe deines Vaters, denn als deine Mutter ihn heiratete, ging alles, was sie besaß, in seinen Besitz über. Bist du dir dessen bewußt?«
»Daran habe ich noch gar nicht gedacht.«
»Was bist du doch für ein wirklichkeitsfernes Mädchen! *Whiteladies* würde an den Sohn deines Vaters fallen. Du hättest keinerlei Anspruch mehr darauf, es sei denn, er überließe es dir freiwillig aus dem Gefühl einer moralischen Verpflichtung heraus.«
»*Whiteladies* würde in jenem Fall immer mein Zuhause bleiben, Franklyn. Was würde es für einen Unterschied machen, ob es nun meinem Stiefbruder gehörte – oder würde er mein Halbbruder sein?«
Worauf Franklyn entgegnete, daß es unter Umständen einen ganz erheblichen Unterschied machen könne, und mir zu verstehen gab, wie wenig ich von den praktischen Dingen dieses Lebens verstand.
Ich lachte ihn aus, doch er blieb sehr ernst.
Es waren glückliche Tage. Und die ganze Zeit – an jenen Sommernachmittagen unten auf dem Rasen beim Teich und an den Winterabenden am Kamin – warteten wir voller Ungeduld auf die Geburt von Lucies Kind. Mein Vater schien um Jahre verjüngt. Er war so stolz auf Lucie und konnte es kaum ertragen, wenn sie einmal einen Moment nicht in seiner Nähe war.
Und dann, im November – dem gleichen Monat, in dem meine Mutter vor zwei Jahren gestorben war – wurde das Kind geboren.
Es war ein Mädchen, und es wurde auf den Namen Druscilla getauft.
Ich glaube, Lucie war etwas enttäuscht, daß es kein Sohn war, und mein Vater ebenfalls, doch die Freude darüber, die Eltern einer reizenden kleinen Tochter zu sein, ließ sie das bald vergessen.
Druscilla wurde sehr schnell die wichtigste Persönlichkeit im ganzen Haus. Wir wetteiferten alle um ihre Gunst, und jeder von uns war entzückt, wenn sie geruhte, uns anzukrähen.
Ich dachte oft staunend darüber nach, wie sich alles seit dem Tod meiner Mutter verändert hatte.
Und dann kamen Stirling und Nora nach England zurück.

Nora

1

Ich packte meine Koffer für England, wie sehr diese Reise auch gegen meinen Willen war. Ich hatte endlose Debatten mit Stirling darüber gehabt.
»Was hat es für einen Sinn?« fragte ich ihn immer wieder, worauf er dann das Kinn trotzig vorschob und erklärte: »Ich fahre nach England! Er wollte es so!«
»Aber es war alles anders, als er noch lebte!« beharrte ich. »Wenn ich auch nie seine Ansicht teilte, so hatte sie doch eine gewisse Bedeutung.«
Stirling ließ sich jedoch durch nichts von seinem Entschluß abbringen, und in gewisser Weise war ich froh über diese zwischen uns bestehende Meinungsverschiedenheit, da sie uns von dem schrecklichen, brennenden Schmerz ablenkte, der uns beide peinigte. Wenn ich mit Stirling über diese Reise nach England diskutierte, dachte ich nicht daran, wie Lynx am Boden gelegen hatte ... und wie sie ihn auf der Bahre aus Zweigen nach Hause getragen hatten. Und ich mußte einfach aufhören, dauernd diese furchtbaren Bilder zu schauen! Stirling erging es nicht anders, wie ich genau wußte. Und da war noch etwas, was wir beide wußten: Es gab für uns beide keinen anderen Trost als das, was wir füreinander empfanden und bedeuteten. Wir hätten uns an Adelaide halten sollen, ihr gesunder, praktischer Menschenverstand hätte uns helfen können. Sie erklärte, sie würde nicht von zu Hause weggehen; sie würde hierbleiben und dafür sorgen, daß alles vernünftig weiterlief, bis wir wiederkämen.
Ich wollte auch bleiben, und doch trieb mich etwas in mir fort. Ich wollte fort von dem Haus, das ich *Little Whiteladies* getauft hatte, da in ihm zu viele Erinnerungen auf mich einstürmten, obwohl ich eine verzweifelte und fast selbstquälerische Freude daran hatte, mir jedes Gespräch mit Lynx wieder ins Gedächtnis zu rufen, jede Partie Schach, die wir zusammen gespielt hatten. Was für mich jedoch wohl ausschlaggebend war, das war die Tatsache, daß Stirling nach England ging, und ich wollte, ja

mußte bei Stirling bleiben. Ich konnte mein Verhältnis zu Stirling nicht recht verstehen. Es war, als sähe ich es nur verschwommen durch eine Milchglasscheibe. Wie oft hatte ich mir in der Vergangenheit ausgemalt, daß wir heiraten würden! Und doch, als dann Lynx mich heiratete, war mir das unvermeidbar erschienen, und auch Stirling hatte keinen Einspruch erhoben. Ich war überzeugt, daß er genau so für mich empfand, wie ich für ihn, und wenn Lynx nicht jene überwältigend starke Persönlichkeit gewesen wäre, hätten wir *beide* auch geheiratet und wären glücklich und zufrieden gewesen. Ich mußte jetzt also bei Stirling bleiben. Wir überlebten beide jene grauenvollen Wochen nach Lynx' Tod nur durch das Wissen, daß es ein gemeinsames Leid und eine gemeinsame Qual war und wir zusammengehörten.

»Ich gehe nach England!« erklärte er unbeirrt. »Er würde es so wollen.«

Und ich wußte also, daß ich es ebenfalls mußte.

Jessica kam eines Nachmittags in mein Zimmer gehuscht, als ich mit den Vorbereitungen für diese Reise beschäftigt war.

»Du fährst jetzt also doch mit!« sagte sie. »Ich wußte es! Du sagtest zwar immer, du würdest es nicht tun, aber ich wußte, du würdest doch mitfahren.«

Ich antwortete nicht, und sie setzte sich auf mein Bett und sah mir zu.

»Er ist nun also tot«, fuhr sie fort. »Starb einfach, wie jedes andere Lebewesen. Wer hätte das gedacht, daß das bei ihm möglich war? Aber ist er wirklich tot, Nora? Er wird aus dem Schattenreich ausbrechen, meinst du nicht? Genau so, wie er aus der Gefangenschaft ausbrach. Da kam er nun auf dem Sträflingsschiff an, genauso wie alle anderen, ein Gefangener. Und nach wenigen Wochen schon zerbrach er seine Fesseln. Ob er auch die Fesseln des Todes zerbrechen kann?«

»Wie meinst du das, Jessica?«

»Wird er zurückkommen? Glaubst du, er wird zurückkehren, Nora?«

»Er ist tot.«

»Du hast Glück gehabt! Du verlorst ihn, bevor du ihn kennenlerntest.«

»Ich kannte ihn sehr gut!« entgegnete ich zornig. »Besser als irgend jemand anders!«

Sie kniff die Augen zusammen. »Du kanntest nicht seine

schlechte Seite. Er war hart und grausam, Nora, hart und grausam! Du hättest es, genau wie alle anderen, nach einiger Zeit zu spüren bekommen. Alle grausamen Menschen halten sich für größer und bedeutender als alle übrigen Sterblichen. Sie betrachten uns nur als Figuren auf ihrem Schachbrett, die sie, wie es ihnen gerade paßt, hin und her schieben. Du warst auch nur so eine Schachfigur für ihn, Nora – zwar eine hübsche und für bestimmte Zeit auch seine bevorzugte. Du gefielst ihm, aber du warst trotzdem *nur* eine Schachfigur für ihn!«

»Hör mal zu, Jessica!« sagte ich aufgebracht. »Ich habe, wie du siehst, viel zu tun. Und bild dir nicht ein, du könntest etwas an meinen Gefühlen für ihn ändern! Ich kannte ihn besser, als es dir jemals möglich gewesen wäre!«

»Na gut, dann überlasse ich dich deinen schönen Träumen. Niemand kann dir ja mehr beweisen, daß sie falsch sind. Aber er wird zurückkommen! Er wird einen Weg finden, dem Tod ein Schnippchen zu schlagen, so wie er es bei allen Menschen getan hat. Er ist nicht für immer fort! Man kann seine Gegenwart auch jetzt hier ganz deutlich spüren. Er beobachtet uns, Nora! Und er lacht mich aus, weil ich versuche, dir die Augen zu öffnen.«

»Ich wünschte, du hättest recht!« erklärte ich heftig. »Ich wünschte, er könnte zurückkommen!«

»Sag das nicht!« rief sie erschreckt aus und sah sich furchterfüllt um. »Wenn du es zu sehr wünschst, würde er vielleicht tatsächlich zurückkommen.«

»Dann werde ich es von ganzem Herzen wünschen!«

»Aber er würde nicht so, wie du ihn kennst, zurückkommen. Er ist nicht mehr ein Mensch von Fleisch und Blut. Aber er wird trotzdem kommen, verlaß dich drauf!«

Ich drehte ihr den Rücken, und sie ging, bekümmert den Kopf schüttelnd, zur Tür. Als sie fort war, vergrub ich mein Gesicht in den Kleidern, die ausgebreitet auf meinem Bett lagen, und sah ihn in einer nicht endenden Folge von Bildern vor mir: Lynx, der allmächtige Herr und Gebieter, der sich seine eigenen Gesetze schuf – jener Mann, der anders war als alle anderen Menschen. Ich hob das Gesicht und sagte: »Bist du da Lynx? Komm zurück! Ich muß mit dir reden! Ich möchte dir sagen, daß ich deine Rachepläne jetzt noch genauso wie von Anfang an hasse. Komm zurück, Lynx!«

Aber ich erhielt kein Zeichen – nichts regte sich in der Stille meines Zimmers.

Adelaide fuhr mit uns nach Melbourne, wo wir in unserem Hotel abstiegen; und am Tag darauf begleitete sie uns auf das Schiff. Ich bin überzeugt, Stirling war Adelaide genauso dankbar wie ich; sie umarmte uns liebevoll zum Abschied, und versicherte uns ein letztes Mal, daß sie auf alles aufpassen würde, bis wir wiederkamen. Sie war so ruhig, so gelassen, daß ich mich fragte, ob sie genauso wie ihre Mutter war, denn sie hatte wirklich so gar nichts von Lynx. Und als unser Schiff dann aus dem Hafen glitt, stand sie am Quai und winkte. Sie vergoß keine einzige Träne. Sie war so gelassen, als ob wir nur eine kleine Reise nach Sydney unternahmen.
Ich mußte an jene andere Schiffsreise auf der *Carron Star* denken. Wie sehr hatte ich mich seitdem verändert! Die Welt, die Lynx verkörpert hatte, lag dazwischen. Das unerfahrene junge Mädchen war eine reiche Witwe geworden, eine erfahrene Frau mit einer durch nichts zu erschütternden äußeren Haltung. Stirling stand neben mir an der Reling wie damals, und ich fühlte mich getröstet. Ich wandte mich zu ihm um und lächelte ihn an. Und ich wußte, er empfand das gleiche wie ich.

Als wir in England ankamen, fuhren wir als erstes in das ländliche Gasthaus »Falcon Inn« bei Canterbury. Wie war es eigenartig, wieder in jenem Salon zu sitzen, in dem ich Stirling zum ersten Mal erblickt hatte, und ihm den Tee einzuschenken und den Kuchenteller zu reichen! An der Art, wie er mich lächelnd ansah, erkannte ich, daß auch er das dachte. »Es scheint eine Ewigkeit herzusein!« meinte er, und das schien es wirklich. Wie viel war inzwischen passiert! Und wie hatten wir uns verändert!
Wir hatten uns während der Reise ausgiebig über alles unterhalten. Er wollte *Whiteladies* kaufen, da die Besitzer, wie er sagte, bereit seien, es zu verkaufen. Es würde ihnen, um die Wahrheit zu sagen, gar nichts anderes übrigbleiben. Er würde ihnen einen stolzen Preis bieten – einen Preis, wie sie ihn von niemand anders bekommen würden. Was machte das schon? Er war ja der goldschwere Millionär!
»Du kannst aber doch nicht mit Sicherheit wissen, ob sie tatsächlich verkaufen werden«, beharrte ich.

»Sie werden es müssen, Nora«, lautete seine Antwort. »Sie sind ruiniert.«
Ich wußte, wer dazu beigetragen hatte, und ich schämte mich. Das ›Triumvirat‹ hatte er uns genannt, als ich das Gold fand. Ich wünschte, ich hätte mit dieser ganzen Sache nichts zu tun gehabt.
Es gäbe aber doch andere Lösungen für sie, gab ich zu bedenken. Sie könnten das Haus zum Beispiel in ein exklusives Hotel verwandeln.
»Sie hätten keine Ahnung, wie man so was macht!« erklärte Stirling lachend und erinnerte mich plötzlich verblüffend an Lynx, was einen Aufruhr von Gefühlen in mir auslöste. Ich setzte mich mit aller Kraft dagegen zur Wehr. Ich fühlte, Jessica hatte mit ihrer Prophezeiung irgendwie recht. Lynx weilte nach wie vor unter uns. Ich wollte aber nicht, daß diese Leute ihr Haus verkauften. Ich stand auf ihrer Seite.
Stirlings Augen glitzerten wie grünes Glas zwischen den von der Sonne gekennzeichneten feinen Fältchen hervor. Er glich jetzt dermaßen Lynx, daß eine beschwingte Stimmung mich erfaßte und ich fast glücklich war. Was ich auch sagen mochte – er würde *Whiteladies* kaufen. Und es würde so sein, wie Lynx es gewollt hatte. Die Herrick'schen Kinder würden auf dem Rasen von *Whiteladies* spielen und zu gegebener Zeit seine stolzen Eigentümer sein, und es würden meine und Stirlings Kinder sein! Mir war es fast, als vernähme ich Lynx' Stimme: »Das ist meine kleine, liebe Nora!« Und ich sah jene Rasenfläche vor mir, auf der ich einmal etwas beklommen gesessen hatte, und das Haus mit seinen grauen Türmen – altehrwürdig und gebieterisch – und ich konnte jenen leidenschaftlichen Wunsch verstehen, es zu besitzen.
»Als erstes müssen wir bekannt werden lassen, daß wir ein Landhaus suchen«, sagte Stirling. »Wir haben angeblich Gefallen an dieser Gegend gefunden und wollen hier für eine Zeitlang leben. Ganz besonders interessieren wir uns für alles Antike und hätten gern ein ähnlich geschichtsträchtiges Haus wie *Whiteladies*. Ich habe das schon dem Gastwirt gegenüber fallen lassen.«
»Du verlierst wirklich keine Zeit!«
»Hast du das erwartet? Ich hatte übrigens ein recht interessantes Gespräch mit dem Kerl. Er erinnert sich an uns – oder behauptet es zumindest. Er erzählte mir, daß Lady Cardew gestorben ist

und Sir Hilary die Gesellschafterin oder was immer geheiratet hat.«
»Hieß sie nicht Lucie?«
Er nickte lächelnd.
»Sie schien mir aus sehr einfachen Verhältnissen zu stammen«, fuhr ich fort, »und nicht zur Familie zu gehören. Aber das wird sich jetzt geändert haben.«
»Sie interessieren dich wirklich sehr, nicht wahr, Nora?«
»Dich nicht?«
»Wenn man bedenkt, daß wir um die halbe Welt gereist sind, um ihr Haus zu kaufen, würde ich diese Frage fast bejahen.«
»Du bist deiner Sache aber zu sicher. Woher willst du wissen, was für einen Preis sie verlangen werden?«
Erstaunt sah er mich an. Was mache das schon aus? Er sei doch der goldschwere Millionär!
Es gibt aber manchmal einen Preis, der nicht mit Gold zu bezahlen ist.

Noch am gleichen Tag suchten wir den führenden Hausmakler auf und erfuhren, daß er eine vorübergehende Bleibe für uns hätte, die geradezu ideal schiene, bis wir etwas Endgültiges gefunden hätten. Ein glücklicher Zufall wolle es, daß die Wakefields sich entschlossen hätten, *Mercer's House* – das sogenannte ›Haus des Seidenhändlers‹ – zu vermieten. Es sei ein sehr hübsches Haus und schiene ihm für uns wie geschaffen. Wir könnten dann in Ruhe nach einem passenden Haus suchen. Nur, so warnte er uns, gäbe es im ganzen Umkreis kein Haus, das mit *Whiteladies* zu vergleichen sei, ausgenommen vielleicht *Wakefield Park*, doch selbst das sei kein *Whiteladies*. Wir sagten ihm, daß wir sehr daran interessiert wären, *Mercer's House* zu mieten, und vereinbarten einen Besichtigungstermin für den nächsten Tag.
Der Makler fuhr uns dann in seinem Brougham hinüber, wo Mr. Franklyn Wakefield uns bereits erwartete. Ich erinnerte mich sofort an ihn, und ein Blick zu Stirling hinüber verriet mir, daß er es ebenfalls tat.
Er verneigte sich als erstes vor mir und dann vor Stirling. Sein Benehmen schien sehr förmlich, doch sein Lächeln war freundlich.
»Ich hoffe, *Mercer's House* wird Ihnen gefallen«, sagte er, »obwohl ich befürchte, daß Sie es vielleicht ein wenig altmodisch

finden. Manche behaupten sogar, es sei ungemütlich.«

»Ich bin überzeugt, daß es das nicht ist«, sagte ich und amüsierte mich im stillen, denn der Makler hatte es uns in den leuchtendsten Farben geschildert, während sein Besitzer jetzt alles zu tun schien, um es schlecht zu machen. »Wir finden es wirklich ganz bezaubernd ... das heißt, was wir bis jetzt von außen gesehen haben. Nicht wahr, Stirling?«

Wie es typisch für Stirling war, antwortete er, daß es das *Innere* des Hauses sei, worauf es uns ankäme, falls wir in ihm zu leben gedächten.

»Und deshalb«, meinte Mr. Wakefield, »werden Sie es sich gewiß genau anschauen wollen.«

»Und ob!« erklärte Stirling recht unhöflich, wie ich fand, und mir fiel wieder ein, daß er vom ersten Augenblick an, als er Franklyn Wakefield damals sah, eine Abneigung gegen ihn gefaßt hatte.

Rasch sagte ich: »Man hat Ihnen gesagt, daß wir das Haus nur vorübergehend mieten würden?«

»Man hat mich davon unterrichtet«, antwortete Mr. Wakefield lächelnd. »Doch ich nehme an, daß, wie kurze Zeit Sie auch immer hier zu wohnen gedenken, Sie doch ein Maximum an Bequemlichkeit wünschen.«

Ich betrachtete das Haus mit seiner eleganten Architektur – *Queen Anne*, vermutete ich. Die Mauern waren von wildem Wein besponnen, und ich stellte mir vor, was für einen wunderschönen Anblick das Haus im Herbst bieten mußte. Vor dem Haus erstreckten sich zwei weite Rasenflächen zu beiden Seiten der Auffahrt – kurz geschoren und bestens gepflegt. Ich empfand das Bedürfnis, Stirlings Ungeschliffenheit dadurch wieder gut zu machen, daß ich so nett zu Mr. Wakefield war, wie ich nur konnte.

»Wenn das Haus von innen genauso bezaubernd ist, wie von außen, werde ich begeistert von ihm sein«, versicherte ich ihm. Er machte ein erfreutes Gesicht, und wir gingen hinein.

»Liege ich richtig mit meiner Vermutung, daß es *Queen Anne* ist?«

»Es wurde 1717 von einem meiner Vorfahren gebaut und ist seitdem im Familienbesitz geblieben. Wir haben es immer als eine Art Mitgift-Haus für bedürftige Familienmitglieder benutzt. Im Augenblick ist jedoch niemand da, der es bewohnen konnte. Deshalb hielt ich es für ratsam, es zu vermieten.«

»Häuser müssen bewohnt werden«, erklärte ich. »Sie bekommen irgend etwas Trauriges, wenn sie zu lange leerstehen.«
Stirling stieß ein explosionsartiges Lachen aus. »Na hör mal, Nora! Du verleihst Ziegelsteinen und Mörtel Gefühle, die sie doch gar nicht besitzen!«
»Ich finde, Mrs....«
»Herrick«, half ich Mr. Wakefield.
»Ich finde, Mrs. Herrick hat gar nicht unrecht. Wenn Häuser zu lange leerstehen, sind sie nicht mehr für einen menschlichen Wohnsitz geeignet.«
»Na, wir schauen uns jetzt besser etwas um«, sagte Stirling.
Das Haus war sehr elegant eingerichtet. Die mit Schnitzarbeit verzierte getäfelte Decke in der Halle entlockte mir einen Ausruf des Entzückens. »Das dort oben«, erläuterte Mr. Wakefield, »ist das Wappen des Seidenhändlers. Sie werden es in vielen Zimmern sehen.«
»Natürlich, es ist doch das Haus des Seidenhändlers, stimmt's?« sagte Stirling.
Wir gingen in den Salon, dessen Flügeltüren auf eine Rasenfläche führten. »Wir werden mindestens zwei Gärtner brauchen«, erklärte Stirling, ganz so, als sei er entschlossen, etwas auszusetzen zu finden. »Würde man die leicht bekommen?«
»Das dürfte kein Problem darstellen«, versicherte Mr. Wakefield ihm. »Unsere eigenen Gärtner kümmern sich darum. Die Kosten sind in den Einzelheiten enthalten, die der Makler Ihnen genannt haben wird.«
»Der Preis spielt keine Rolle«, sagte Stirling, und ich fühlte, wie ich über seine den Eindruck von Prahlerei erweckenden Worte rot wurde.
»Für uns ebenfalls nicht, wie ich vielleicht hinzufügen darf«, fuhr Wakefield fort.
Dann sah er mir lächelnd in die Augen und sagte: »Für uns kommt es darauf an, die *richtigen* Mieter zu finden. Doch jetzt bin ich überzeugt, Mrs. Herrick, daß Sie und Ihr Gemahl *gern* allein bleiben, um sich ungestört das Haus anzuschauen.«
Rasch sagte ich: »Mr. Herrick ist nicht mein Mann, sondern mein Stiefsohn. Ich bin die Witwe seines Vaters.«
Falls ihn das überraschte, so ließ er es sich durch nichts anmerken. Mr. Wakefields Umgangsformen waren wirklich untadelig. Man hatte ihn wahrscheinlich nach dem Grundsatz erzogen, daß es der schlimmste gesellschaftliche Fauxpas ist, seine Ge-

fühle zu zeigen. Er fügte seinen zahlreichen gesellschaftlichen Tugenden selbstverständlich auch noch die Gabe des Takts hinzu, denn es stimmte – ich wollte jetzt gern mit Stirling allein sein, um mit ihm über das Haus zu sprechen.

»Wenn Sie uns erlauben würden, es uns in Ruhe anzusehen ...«

»Aber gewiß! Und falls Sie anschließend hinüberkommen möchten ... das heißt, wenn das Haus Sie überhaupt interessiert ... wäre es mir ein Vergnügen, Sie bei uns empfangen zu dürfen. Ich könnte Ihnen eine Kutsche herüberschicken, doch wenn Sie gern eine kleine Wanderung machen ... es ist nur durch den Park – etwa siebenhundert Meter.«

Ich sagte ihm, wir würden zu Fuß hinüberkommen, und er verabschiedete sich.

Als die Tür sich hinter ihm geschlossen hatte, warf Stirling sich auf ein Sofa und brach in hemmungsloses Gelächter aus.

»Falls Sie Wert darauf legen sollten, diesen Wohnsitz zu besichtigen, Madam, und dann einer kleinen Fußwanderung durch den Park von etwa siebenhundertsiebendreiviertel Metern nicht abgeneigt wären ...«

»Hör auf, Stirling! So geschraubt war er doch gar nicht.«

»Unser Hausbesitzer! Du lieber Himmel!«

»Wir sollten uns nicht mit dem Hausbesitzer sondern mit dem Haus selbst befassen!«

»Aber es wäre vermutlich unvermeidbar, ihn gelegentlich zu sehen. Er würde uns besuchen – oder seine Frau. Glaubst du, er hat eine Frau? Ich möchte nur wissen, wie *die* ist! Sie wird bestimmt einer Kutsche entschweben und gleich *drei* Visitenkarten mit den entsprechend umgeknickten Ecken hinterlassen. Oder müssen es mehr als drei sein? Und man würde uns einladen, und wir würden uns bei denen tödlich langweilen.«

»Woher willst du wissen, daß wir uns langweilen würden? Und woher weißt du, daß er verheiratet ist?«

»Natürlich würden wir uns langweilen, und natürlich ist er verheiratet! Mr. Wakefields Leben verläuft nach einem festen Schema, und in dieses Schema gehört eben auch eine Frau Gemahlin.«

»Ich möchte wissen, wie dieses *Wakefield Park* ist.«

»Zweifellos ein großer, altehrwürdiger Kasten.«

»Vielleicht wie *Whiteladies?*«

»Es gibt in der ganzen Welt kein Haus wie *Whiteladies!*«

»Na, wie ist es? Nehmen wir nun dieses Haus?«
»Ach, laß uns im Gasthaus bleiben! Wenn wir seine Mieter werden, würde das gesellschaftliche Verpflichtungen nach sich ziehen.«
»Die zu ignorieren du, wie ich überzeugt bin, keine Hemmungen haben würdest!«
»Und mit dieser Vermutung hast du tatsächlich ein Mal recht, Nora!«
»Ein Mal? Was soll das heißen? Ich werde mir dieses Haus von oben bis unten sehr genau ansehen, und ich kann dir schon jetzt sagen: Mir gefällt es! Und ich bin äußerst neugierig zu erfahren, wer dieser Seidenhändler war und was für eine Verbindung es um alles in der Welt zwischen einem einfachen Kaufmann und dem so vornehmen Mr. Wakefield geben kann.«
Wir schauten uns das Speisezimmer an und stiegen dann die Treppe zu der riesigen, mit großen Steinplatten ausgelegten Küche hinunter. Auch sie gefiel mir. Und das taten auch die geräumigen Pantries, die Vorratskammer und die Butterkammer, die Waschküche sowie die Bügel- und Nähkammer. Es war wirklich ein faszinierendes Haus!
»Viel zu groß!« bemängelte Stirling.
»Zu groß für einen Millionär?« fragte ich ironisch.
»Du hast ihm doch fast ins Gesicht gesagt, daß du auf seiner Seite warst!« warf er mir vor.
»Was für ein Unsinn! Als ob es hier um irgendwelche Seiten ginge! Laß uns jetzt hinaufgehen!«
Das Haus hatte drei Stockwerke und im ganzen zwölf Schlafzimmer. Es waren große, helle Räume. Ich liebte die französischen Flügelfenster, die bis auf den Fußboden hinuntergingen.«
»Wir nehmen es, Stirling!« erklärte ich, und er erhob keinen Einspruch, war er doch im Grunde genauso von dem Haus fasziniert wie ich, und als Mieter der Wakefields würden wir mit fast hundertprozentiger Wahrscheinlichkeit die Besitzer von *Whiteladies* kennenlernen. Ich kannte Stirlings Pläne nicht im einzelnen und wußte nicht, wie bald er *Whiteladies* zu kaufen hoffte; ich rechnete jedoch damit, daß es ziemlich lange dauern würde, und so wäre es in der Wartezeit entschieden angenehmer, dieses Haus als vorübergehendes Heim zu haben, als im Gasthaus zu bleiben.
»Nun?« fragte er, als wir mit unserem Rundgang fertig waren.

»Wir werden Mr. Wakefield sagen, daß wir es nehmen.«
Wir gingen also durch den Park zu *Wakefield Park* hinüber. Es war ein großes viktorianisches Landhaus in dem für jene Zeit typischen überladenen Baustil. Es sah würdig und solide aus. Auf der Rasenfläche vor dem Haus befand sich ein Teich mit einer Fontäne. Weiße Steinstufen führten zu einer Terrasse hinauf, auf der eine Sitzrunde aufgestellt war. Die Blumenrabatten waren überaus gepflegt und wirkten fast steril in ihrer symmetrischen Anordnung. »Es ist genau das Haus, das zu ihm paßt!« bemerkte ich.
»Sei sicher, hier ist alles haargenau an seinem Platz!« fügte Stirling spöttisch hinzu. Und dann äffte er Mr. Wakefield sehr komisch nach: »Es ist nur sinnvoll und angemessen, daß alles und jedes Zubehör dieses unseres Familienwohnsitzes sich genau dort und präzise an dem Platz befindet, der ihr entspricht und zugehört.«
Lachend meinte ich: »Mir scheint, du magst ihn nicht!«
»Du denn?«
»Ich mag das Haus unseres Seidenhändlers! Und das genügt doch.«
An der einen Mauer des Hauses befand sich ein Gewächshaus. An den Glasscheiben waren Weinranken entlanggeführt, die auf diese Weise möglichst viel Sonne erhalten sollten. Auch Töpfe mit exotisch aussehenden Blumen standen dort.
»Du mußt zugeben, daß sein Haus etwas Imponierendes hat«, sagte ich. Wir stiegen die Stufen der Terrasse zum Eingang herauf, neben dem ein Glockenstrang hing, der einen hohlen Klang von sich gab, als Stirling energisch an ihm zog. Fast im selben Augenblick erschien ein Diener auf der Schwelle. »Sie werden Mr. und Mrs. Herrick sein«, sagte er. »Mr. Wakefield ist mit Sir Everard und Ihrer Ladyschaft in der Bibliothek. Ich habe den Auftrag, Sie zu führen.«
Ich warf Stirling einen Blick zu, der soviel besagte wie: »Du siehst, wie gut organisiert hier alles ist!« Und er funkte mir stumm zurück: »Was hast du anderes von Mr. Wakefield erwartet!«
Die Halle war riesig und irgendwie bedrückend. Die eine Wand zierte ein ausgestopfter Tigerkopf, zu dessen beiden Seiten je ein Hirschkopf mit gewaltigem Geweih hing. Es blieb uns keine Zeit, die zahlreichen Ahnenbilder zu betrachten. Eine breite Treppe mit kunstvoll geschnitztem Geländer führte in ge-

schwungenem Bogen in den ersten Stock. Wir stiegen sie im Kielwasser des Butlers hinauf.

»Mr. und Mrs. Herrick!« verkündete er, nachdem er nach kurzem Anklopfen die Tür geöffnet hatte.

Mr. Wakefield saß mit einem jüngeren Mann und einem älteren Ehepaar beim Tee.

»So nett von Ihnen, daß Sie gekommen sind«, sagte er. »Darf ich Sie meinen Eltern vorstellen – Sir Everard und Lady Wakefield – und das ist Dr. Hunter.«

Lady Wakefield war eine zierliche alte Dame, die mir ein freundliches Lächeln zuwarf, bevor ich mich Sir Everard zuwandte.

»Sie werden mir verzeihen, daß ich sitzenbleibe«, sagte er, und ich sah, daß er mit einem Schottenplaid über den Knien in einem Rollstuhl saß.

Der Arzt gab uns die Hand.

»Dr. Hunter macht uns gerade einen Besuch«, sagte Lady Wakefield. »Falls Sie hier leben werden, und einmal einen guten Doktor brauchen sollten – was ich allerdings nicht hoffe! – werden Sie sich von seiner Tüchtigkeit überzeugen können. Klingel bitte nach frischem Tee, Franklyn!«

»Ich hatte bereits veranlaßt, daß er gebracht wird, falls und wenn Mr. und Mrs. Herrick kommen.«

»Wie aufmerksam von dir«, sagte Lady Wakefield und bedachte ihren Sohn mit einem zärtlich bewundernden Blick, und dieser forderte uns in seiner würdevollen Art auf: »Wenn Sie bitte Platz nehmen wollen.«

»Wir sind gekommen, um Ihnen zu sagen, daß wir von *Mercer's House* begeistert sind«, sagte ich zu ihm, »und daß wir es nehmen möchten.«

»Ausgezeichnet!«

»Es ist höchste Zeit, daß es wieder bewohnt wird«, fügte Sir Everard hinzu. »Es tut dem Haus nicht gut, so lange leerzustehen.«

»Es ist wirklich ein entzückendes altes Haus!« pflichtete der Doktor bei.

Ein leises Klopfen erklang an der Tür, und der Teewagen wurde in Begleitung eines Dieners und Serviermädchens hereingerollt. Man lebte in *Wakefield Park* wahrhaftig in elegantem Stil!

»Mr. und Mrs. Herrick suchen, soviel ich verstand, hier in der

Gegend ein Haus«, sagte Franklyn. »Folglich wollen sie *Mercer's House* nur vorübergehend mieten.«
»Es ist nicht leicht, hier etwas zu finden«, meinte der Doktor. »Das heißt, wenn Sie etwas Besonderes haben möchten.«
»Das wollen wir«, bestätigte ich.
»Wir haben da einen sehr hübschen alten Besitz gesehen«, begann Stirling.
»Ach, *Whiteladies!* sagte Lady Wakefield lächelnd. »Ein sehr ungewöhnliches Haus! Es ist auf den Fundamenten eines alten Nonnenklosters erbaut, von dem übrigens noch einige Teile erhalten sind.«
»Die Cardews sind gute Freunde von uns«, erzählte Sir Everard. »Falls Sie hier in unserer Gegend bleiben, werden Sie sie kennenlernen.«
»Das wäre sehr interessant!« Stirling warf mir einen Blick zu, der fast in eine Grimasse ausartete, und ich sagte rasch: »Wir sind geradezu fasziniert von Ihrem *Mercer's House* und haben uns gefragt, wie es wohl zu diesem Namen gekommen ist.«
»Mein Ur-Urgroßvater baute es«, erzählte Mr. Wakefield. »Er war ein Seidenhändler in London, der genug Geld verdient hatte, um es sich leisten zu können, sich auf das Land zurückzuziehen und sich ein Haus zu bauen. Und das tat er dann auch. Er vergaß jedoch niemals seinen Beruf, und nannte sein Haus deshalb so.«
»Die Familie blühte und gedieh«, setzte Sir Everard die Geschichte fort, »und mein Vater baute dieses Haus, das seinen Bedürfnissen mehr entsprach und *Mercer's House* wurde von da an von Tanten und Cousinen und all jenen Familienmitgliedern bewohnt, die ein solches Haus brauchten ... bis vor zwei Jahren. Eine meiner Schwestern lebte zuletzt dort, doch seit ihrem Tod steht es leer. Mein Sohn hatte die Idee, wir sollten es vermieten, und so werden Sie die ersten, nicht zur Familie gehörenden Bewohner sein.«
»Das ist alles sehr interessant!« sagte ich. »Ich bin überzeugt, wir werden uns in dem Haus sehr wohlfühlen.«
Stirling sagte daraufhin zu mir gewandt: »War es nicht jenes *Whiteladies,* Nora, in dem wir bei unserem letzten Englandaufenthalt waren? Wir sind nämlich erst vor kurzem aus Australien gekommen«, setzte er zu den anderen gewandt erklärend hinzu.
»Ich hatte einen Bruder, der nach Australien ging«, begann Sir

Everard. Ich konnte sehen, daß er ein gesprächiger alter Herr war, denn seine Frau sah ihn nachsichtig an, während sie schnell sagte: »Sie waren also in *Whiteladies?*«
Ich erklärte, wie es dazu gekommen war, und Mr. Wakefield machte ein erfreutes Gesicht. »Ich erinnere mich daran«, sagte er.
»Was für ein hervorragendes Gedächtnis müssen Sie haben!« sagte ich zu ihm. »Da war auch eine Dame in einem ...«
»Lady Cardew. Sie ist inzwischen gestorben. Jetzt gibt es eine neue Lady Cardew.«
»Und ein sehr hübsches junges Mädchen.«
»Das muß Minta gewesen sein«, meinte Lady Wakefield. »Ein reizendes, liebes Mädchen!« Und ihr nachsichtiges Lächeln galt jetzt ihrem Sohn. O ja, dachte ich, es wird zu einer Heirat zwischen Minta und Mr. Wakefield kommen. »Sie hat jetzt eine kleine Halbschwester – Druscilla – Tochter der zweiten Lady Cardew.«
»Und Minta ... ist sie verheiratet?«
Wieder jener schelmische Blick zu ihrem Sohn hinüber. »Noch nicht.«
Der Doktor, der sehr schweigsam gewesen war, zog seine Uhr hervor und schaute nach, wie spät es war. »Ich muß leider weiter«, sagte er.
»So viele Menschen brauchen Ihre Hilfe«, bemerkte Lady Wakefield.
»Sie werden vermutlich zum *Falcon Inn* zurückwollen«, sagte der Doktor zu uns. »Kann ich Sie mitnehmen?«
»Eine ausgezeichnete Idee!« lobte Mr. Wakefield. »Falls Sie aber nicht sowieso den Weg fahren, Doktor, werde ich dafür sorgen ...«
Der Doktor beteuerte, daß er wirklich an unserem Gasthaus vorbeikäme. Also bedankten wir uns bei den Wakefields und versicherten ihnen, daß wir in der folgenden Woche in *Mercer's House* einziehen würden, wenn alle dafür notwendigen Vorbereitungen getroffen seien.
Das wäre famos, meinte Mr. Wakefield, und kurz darauf rollten wir in des Doktors Brougham die Auffahrt hinunter.
»Ganz reizende Leute?« äußerte sich der Doktor über die Wakefields.
»Ich hoffe, unsere anderen Nachbarn in diesem *Whiteladies* sind ebenso reizend!« murmelte Stirling.

Ich bemerkte, wie sich ein scharfer Zug um den Mund des Doktors bildete und fragte mich, was das wohl zu bedeuten hatte.
Er spürte anscheinend meinen aufmerksamen Blick und sagte rasch: »Ich denke doch, Sie werden das zu gegebener Zeit selbst feststellen können.«
Er setzte uns an unserem Gasthaus ab, und als er fort war, sagte ich zu Stirling: »Findest du nicht, daß es etwas merkwürdig war, was er über die Leute von *Whiteladies* sagte? Hast du gesehen, was er für ein Gesicht machte, als du sie erwähntest?«
Stirling hatte jedoch nichts bemerkt.

Zum ersten Mal seit Lynx' Tod fühlte ich mich besser. Das Leben interessierte mich wieder. Ich war gegen diesen verrückten Plan, *Whiteladies* seinen Besitzern wegzunehmen – und je mehr ich darüber nachdachte, um so verrückter erschien mir in der Tat dieser Plan – doch gleichzeitig faszinierten mich diese Menschen, und es war fast so, wie Jessica gesagt hatte – es war, als sei Lynx zurückgekehrt und drängte mich, gegen meinen Willen seinem Wunsch zu entsprechen.
Ich konnte es nicht abwarten, in *Mercer's House* einzuziehen. Und ich mochte auch die Wakefields. Wie ich von unserem redseligen Gastwirt erfuhr, hatten Sir Everard und Lady Wakefield schon alle Hoffnung auf Kinder aufgegeben, als endlich nach langjähriger Ehe ihr Sohn geboren wurde. Sie würden ihn vergöttern, und das müßte man Mr. Franklyn wirklich lassen, er sei der beste Sohn, den es jemals gegeben hatte, und es würde bestimmt nicht mehr viele Monate dauern, bis es zu einer Heirat zwischen dem *Park* – so nannten sie *Wakefield Park* – und *Whiteladies* käme.
»Also mit Miss Minta«, sagte ich.
»Ganz recht. Eine süße junge Dame und hier überall *sehr* beliebt.«
»Mr. Franklyn hat dann ja wohl sehr großes Glück.«
»Sie haben beide Glück.«
»Und *Whiteladies*! Vermutlich wird Miss Minta es eines Tages erben – aber sie wird doch in *Wakefield Park* leben.«
»Das glauben Sie man nicht! Sie bleibt in *Whiteladies*. Sie erbt es als die Älteste – wer hätte jemals gedacht, daß da noch Nachwuchs kommt! Bei Sir Hilarys Alter! Aber mit einer neuen jungen Frau ... na, Sie wissen ja, wie das so ist.«

Ich nickte weise. Er war eine nützliche Informationsquelle, die mir nach unserem Umzug in *Mercer's House* fehlen würde.
Zwei Dienstmädchen gehörten zu dem Haus – ein Stubenmädchen und eine Köchin.
»Wir können nicht sagen, sie hätten nicht für unser Wohlergehen vorgesorgt«, sagte ich zu Stirling, der dies widerstrebend zugab. Er konnte kaum mehr an etwas anderes als *Whiteladies* denken und brannte voller Ungeduld darauf, Kontakt mit der Familie aufzunehmen.
»Aber wie?« fragte ich ihn. »Sei um Himmelswillen taktvoll! Du kannst nicht einfach hingehen und sagen: ›Ich möchte Ihr Haus haben und bestehe darauf, daß Sie es mir verkaufen!‹ Du mußt dich behutsam vortasten.«
»Sei unbesorgt! Ich weiß schon, wie ich es machen muß. Es dauert nur alles so entsetzlich lange!«
Zwei Tage vor unserem Umzug kam die Wirtin zu mir in mein Zimmer und sagte, »eine Person« sei unten und wolle mich sprechen. Man hätte sie in den Salon »gesetzt«.
Ich ging hinunter. Eine Frau mittleren Alters erwartete mich.
»Sie sind Mrs. Herrick?« fragte sie.
Ich nickte.
»Mein Name ist Glee – Mrs. Amy Glee. Ich war Haushälterin in *Whiteladies,* bis Madame beschloß, daß sie meine Dienste nicht mehr bräuchten.«
Sie hätte wirklich nichts sagen können, was mein Interesse mehr geweckt hätte.
»Madame?«
»Ja, die neue Lady Cardew«, antwortete sie und stieß die Luft vielsagend durch die Nase aus.
»Soso – und weshalb wollten Sie mich sprechen?«
»Wie ich hörte, übernehmen sie *Mercer's* und da dacht' ich mir, Sie bräuchten vielleicht eine Haushälterin. Ich weiß für meinen Teil auf jeden Fall, *daß* Sie eine brauchen, denn ich kenn' diese Ellen und Mabel! Sie waren früher beide in *Whiteladies,* und als sie dann dort Personal entließen, gingen die beiden nach *Wakefield Park.*«
»Ach so.«
»Sie können arbeiten, aber nur, wenn sie beaufsichtigt werden. Ich kenn' diese Sorte! Es gibt viele von denen. Wenn Sie, Madame, nun nicht Ihre Zeit damit verbringen wollen, dauernd auf faule Dienstmädchen aufzupassen...«

»Waren Sie lange in *Whiteladies*?«
»Fünfzehn Jahre! Und treue Dienste hab' ich geleistet!«
Und nun erkannte ich sie wieder. Sie war die Frau, zu der mich Lucie geführt hatte, um meine Hand zu verbinden.
»Davon bin ich überzeugt«, sagte ich.
»Fünfzehn Jahre! Und dann entlassen werden! Aber wohlgemerkt, *mir* machte das nichts aus! Ich hatt' ja meine Cousine unten bei Dover. Aber sie ist vor sechs Monaten gestorben und hat mir ihr Häuschen und noch was dazu hinterlassen. Es ist nicht wegen des Verdienstes, daß ich gekommen bin. Aber ich bin eine Frau, die nun mal gern im Betrieb bleibt. Und gekündigt werden – nach fünfzehn Jahren! Mir machte das ja gar nichts aus, weil ich meine Cousine hatte, aber es hätt ja auch anders sein können.«
Etwas an der Art, wie sie die Lippen verzog und den Kopf zornig zurückwarf, erregte meine Neugier. Und ich entschied, daß wir tatsächlich eine Haushälterin in *Mercer's House* brauchten.

2

Der Einzug machte mir großen Spaß. Ich fühlte, ich konnte in diesem Haus auf eine stille, zufriedene Art glücklich sein – und genau das war es, was ich mir wünschte. Mein Verlangen nach aufregenden Abenteuern war gestillt. Ich hatte gesehen, wie ein Mann erschossen wurde, war von seltsamen, mir selbst nicht ganz verständlichen Empfindungen hin und her gerissen worden, war die Frau eines Mannes gewesen, der mich beherrscht hatte und der anders als alle anderen Menschen gewesen war, die ich kannte. Es war mehr als genug! Nie würde ich jenes brennend intensive Glücksgefühl und jene qualvollen Ängste wieder erleben... vielleicht wollte ich es auch gar nicht. Lynx würde nie mehr zurückkommen, und ich fragte mich, ob ich jemals echten inneren Frieden bei ihm gefunden hätte. Hier jedoch, in diesem vornehmen Landhaus, das der reiche Londoner Seidenhändler sich vor fast zweihundert Jahren gebaut hatte, konnte ich vielleicht eine neue Art zu leben finden. Er hatte sich dieses Haus gebaut, um hier in

Frieden zu leben; ich fühlte das deutlich. Nun würde dieses Haus *mein* Zufluchtsort sein, genau so, wie es das für ihn gewesen war. Hier würde ich selbst für mein Schicksal verantwortlich sein, würde mein Leben nach meinen eigenen Wünschen gestalten können. Manchmal fragte ich mich, ob ich nicht irgendwie von Anfang an gewußt hatte, daß mein Leben mit Lynx nur von kurzer Dauer sein sollte, war er doch so viel älter als ich gewesen. Aber ich hatte ihn ja andererseits für unsterblich gehalten. Ich konnte es oft auch jetzt noch nicht glauben, daß er wirklich tot war.

Eines stand fest: Es hatte ein unbeschreibliches Glück für mich bedeutet, ihm begegnet zu sein und von ihm geliebt worden zu sein. Jetzt mußte ich jedoch der Tatsache ins Auge sehen, daß es unwiderruflich vorbei war. Da ich mir nun mein Leben neu aufbauen mußte, war dieses Haus der ideale Rahmen dafür. Ich hatte manchmal die Empfindung, als sollte Jessica recht behalten, denn wie oft war es mir, als stände er neben mir und lenke mein Denken und Handeln in die von ihm gewünschte Richtung. Ich war überzeugt, daß er wollte, daß Stirling und ich heirateten und daß er – hätte er mich nicht selbst geliebt – diese Heirat noch vor seinem Tode arrangiert hätte. Ich träumte also davon, Stirling zu heiraten. Wir würden diesen wahnwitzigen Plan, *Whiteladies* zu erwerben, aufgeben. Vielleicht würden wir dagegen *Mercer's House* kaufen, in dem dann auch unsere Kinder zur Welt kommen würden. Minta würde Franklyn heiraten, und unser beider Kinder würden zusammen auf dem Rasen von *Whiteladies* spielen. Lynx' Enkel würden also schließlich doch auf jenen glatten, samtigen Rasenflächen spielen! Aber würde sich Lynx jemals mit einem Kompromiß zufriedengeben?

Wir waren noch nicht eine Woche in unserem neuen Haus, als Minta uns einen Besuch machte. Sie hatte sich nur wenig verändert, und war noch genauso hübsch und anmutig, wie ich sie erinnerte. Sie hatte so etwas Unschuldiges, was mich an ihr rührte.

»Franklyn Wakefield erzählte mir, daß Sie hier eingezogen sind«, sagte sie. »Wie hochinteressant! Natürlich erinnere ich mich an Ihren damaligen Besuch. Ihr Schal war über unsere Mauer geweht worden.«

Da es elf Uhr vormittags war, fragte ich sie, ob sie gern einen

Kaffee oder ein Glas Wein tränke. Sie sagte, ein Kaffee wäre herrlich, und so läutete ich.
Ellen erschien sauber und adrett, und Minta begrüßte sie lächelnd: »Tag, Ellen.« Und mir fiel wieder ein, daß Ellen ja vorher in *Whiteladies* gearbeitet hatte. Als sie fort war, sagte Minta: »Ich hoffe, es fehlt Ihnen an nichts, Mr. Wakefield war sehr darum bemüht, alles für Ihre Bequemlichkeit zu tun. Ellen und Mabel sind zwei so nette Mädchen!«
Mrs. Glee war allerdings anderer Ansicht, doch Minta glaubte natürlich von jedem nur das Beste.
»Unsere Haushälterin hält sie auf Trab.«
»Ach ja, Sie haben auch Mrs. Glee.«
»Ich sehe, daß man gut über uns informiert ist.«
Sie lachte. »Sie sind hier auf dem Land, wissen Sie. Jeder interessiert sich immer für Neuankömmlinge und ist gespannt, ob sie an dem gesellschaftlichen Leben teilnehmen werden.«
»Wird das von uns erwartet?«
»Erhofft, könnte man vielleicht sagen. Man wird Sie nicht belästigen, wenn Sie zu verstehen geben, daß Sie ungestört bleiben möchten, aber irgendwie scheint es mir, als wollten Sie das gar nicht.«
»Wir dürfen meinen Stiefsohn nicht vergessen.«
»O nein!« Sie lächelte. »Es scheint so merkwürdig. Sie sind so jung und haben doch einen Stiefsohn, der älter ist als Sie selbst. Aber ich habe auch eine Stiefmutter, die nicht viel älter ist als ich es bin. Als Sie damals zu uns kamen, hielt ich Sie für Geschwister, bis ...«
»Es sind recht komplizierte Familienverhältnisse«, gab ich zu. »Ich heiratete Stirlings Vater, und da er jetzt tot ist, bin ich Witwe ...«
Meine Stimme versagte. Ich sah ihn wieder im Geist auf jener Bahre ... und die Erinnerung an seine ungeheure Vitalität und jene atemberaubende Faszination, mit der er mein Leben erfüllt hatte, überwältigte mich.
»Verzeihen Sie mir«, sagte Minta leise, und ich erkannte, was für feine Antennen sie für das, was in anderen Menschen vorging, hatte. Ich mochte sie, und überlegte mir, was für eine ideale Frau sie für Franklyn Wakefield sein würde. Ich mochte ihn ebenfalls. Sie hatten beide etwas Nobles. Sie sind nett, einfach nett! sagte ich mir. Ja, das war das richtige Wort für sie – nett! Überhaupt nicht aufregend, aber gute Menschen. Mit

ihnen würde man wenig Überraschungen erleben. Sie waren so völlig anders als Menschen wie Lynx, Stirling und ich. Vielleicht fehlte ihnen unser Egoismus. Sie wirkten so farblos. Aber vielleicht war das bei einem so reizenden Mädchen wie Minta eine unfaire Charakterisierung.

Rasch sagte ich: »Das ist alles unwiderruflich vorbei. Man muß lernen zu vergessen!« Sie nickte und ich fuhr fort: »Ich erinnere mich noch so genau an jenes erste Mal, als ich *Whiteladies* sah! Wir waren beide sehr davon beeindruckt. Der herrliche Rasen und die liebenswürdige Art, in der Sie uns empfingen! Und dann diese rührende Fürsorge für meine aufgeschrammte Hand.«

»Das war Lucies Idee. Sie ist jetzt meine Stiefmutter. Sie werden Sie kennenlernen. Meine Mutter starb ...« Ein trauriger Schatten huschte über ihr Gesicht. Es war leicht, ihre Gefühle von ihrem Gesicht abzulesen, und ihr Charme bestand zu einem gewissen Teil in ihrem ständig wechselnden Gesichtsausdruck.

»Ich nehme an, sie war leidend.«

»Ja, aber ...« Ich wartete, doch sie beendete den Satz nicht. »Lucie ist wunderbar gewesen! Sie ist so gut zu Papa! Sie hilft ihm bei seiner Arbeit und ist eine fabelhafte Hausherrin.«

»Das freut mich.«

»Und wir haben noch einen Familienzuwachs bekommen. Meine kleine Halbschwester Druscilla. Sie ist so süß. Sie ist jetzt fast ein Jahr alt.«

»Es ist im Grunde gar nicht lange her, daß wir uns damals so zufällig flüchtig kennenlernten«, bemerkte ich. »Und doch – wie viel ist inzwischen geschehen!«

Ich dachte: Ich wurde Lynx' Frau und Witwe.

Ich mußte meine Gedanken irgendwie verraten haben, denn sie wechselte rasch das Thema: »Es wird Ihnen bestimmt hier gefallen! Es ist wirklich recht nett hier mit unseren Nachbarn.«

Ellen brachte den Kaffee, dicht gefolgt von Mrs. Glee, die Minta ein triumphierendes »Guten Morgen, Miss Cardew« entgegenschmetterte, worauf Minta erwiderte, wie sehr sie sich freue, sie, Mrs. Glee, wiederzusehen und anschließend mir versicherte, daß mein Haushalt bei Mrs. Glee in den besten Händen wäre. Mrs. Glees Kopf wackelte vor Freude und Triumph auf und nieder, während sie Ellen beim Einschenken und Servieren des Kaffees beaufsichtigte.

Als beide wieder hinausgegangen waren, sagte Minta: »Sie ist wirklich eine sehr tüchtige Haushälterin, und ich freue mich, daß Sie sie jetzt haben. Wir hätten sie nie entlassen, wenn wir es uns hätten leisten können, sie zu behalten.«
Es stimmte also, daß es ihnen finanziell nicht so gut ging. Vielleicht würde es Stirling doch gelingen, seinen Plan zu verwirklichen. Es war jedoch zweierlei, ob man eine teure Haushälterin entließ oder seinen Familienstammsitz verkaufte!
»Ich wette, Maud Mathers wird Ihnen bald einen Besuch machen. Sie ist die Tochter unseres Pfarrers. Seine Frau ist gestorben, doch Maud kümmert sich in bewundernswerter Weise um die Gemeindeangelegenheiten. Sie ist ein nettes, vernünftiges Mädchen, und Sie werden sie bestimmt mögen. Aber nehmen Sie bitte als erste Einladung unsere nach *Whiteladies* an. Ich werde Mr. Wakefield dazu bitten. Sir Everard und Lady Wakefield verlassen *Park* nur noch selten. Es strengt sie zu sehr an. Werden Sie mir es versprechen?«
Nur zu gern tat ich das.
Ich sagte, ich sei überzeugt, Stirling würde mit Vergnügen diese Einladung annehmen, als die Tür aufging, und er hereinkam.
»Stirling«, sagte ich zu ihm gewandt, »Miss Cardew hat uns freundlicherweise einen Besuch gemacht. Du erinnerst dich doch an sie?«
»Aber selbstverständlich!« rief Stirling aus, und ich sah, wie es in seinen Augen freudig erregt aufblitzte. Sie bemerkte es ebenfalls und errötete sehr reizend. »Es ist mir eine große Freude!« fügte er in herzlichem Ton hinzu. Ich wußte, er freute sich darüber, dem Ziel seiner Wünsche ein Stück näherzukommen.
»Trink einen Kaffee mit uns«, sagte ich und reichte ihm eine Tasse.
»Wir sind nach *Whiteladies* eingeladen worden«, erzählte ich ihm.
»Wie besonders nett!«
Minta lächelte ihn an. Sie war jetzt, wo Stirling da war, viel lebhafter. Kein Wunder, überlegte ich, daß sie ihn höchst aufregend findet, wo sie an Franklyn Wakefield gewöhnt ist.

Es war recht befriedigend festzustellen, was für Aufsehen wir in der ganzen Nachbarschaft erregten. Wir waren wohl wirklich ein etwas seltsames Paar – ein junger Mann von nicht dreißig, mit einer gerade zwanzigjährigen Stiefmutter, die zusammen in *Mercer's House* lebten. Die Leute überzeugten sich jedoch sehr schnell davon, daß es eine höchst achtbare Beziehung war. Außerdem hatten wir ja die Dienstmädchen plus Mrs. Glee als Tugendwächter. Stirlings Zimmer lagen im ersten Stock, meine im zweiten, seine gingen nach vorne heraus, meine nach hinten. Und Mrs. Glee in ihrem schwarzen Bombasinkleid ließ jeden Klatsch verstummen, denn es war ganz undenkbar, sie in einem Haus anzutreffen, in dem in irgendeiner Weise gegen die guten Sitten verstoßen wurde.

Jeden Morgen kam sie zu mir, um mit mir den Speisezettel für den Tag zu besprechen – sie tat wirklich, als ob wir ein großer Haushalt wären – und ich erkannte, daß sie dieses Zeremoniell für ihr eigenes Wertbewußtsein brauchte. Nur wenn sie über *Whiteladies* sprach, vergaß sie ihre würdevolle Haltung. Ich muß gestehen, daß ich sie dazu verleitete, darüber zu sprechen, interessierte es mich doch brennend.

»Mir gefällt das nicht«, äußerte sie eines Morgens, nachdem wir das Menü festgelegt hatten, wieder zu dem altbekannten Thema. »Jahrelang dien' ich Lady Cardew – der *ersten* Lady Cardew natürlich! – und ich wage zu behaupten, daß *sie* nie Grund hatte, mit mir unzufrieden zu sein. Und dann heißt es plötzlich, man kann auf meine Dienste verzichten! Sie kämen schon ohne mich zurecht. Ganz so, Madame, als ob das, was ich tat, so unwichtig war, daß ich gehen konnte und man keinen Unterschied merken würde.«

»Ich entnahm den Äußerungen von Miss Cardew, daß Einsparungen notwendig wurden«, bemerkte ich.

»Einsparungen! In diesem Haus wird doch so viel Geld verschwendet! O nein, die zweite Lady Cardew wollt' mich aus dem Weg haben! *Sie* wollt' das Kommando führen, sie wollt' niemanden in ihrer Nähe haben, der ihre Pläne möglicherweise durchschaut! Darauf läuft es ja nur hinaus, Madame!«

»Ich würde doch sagen, daß es aus finanziellen Gründen geschah. Die Unterhaltskosten von einem Haus wie *Whiteladies* müssen sehr hoch sein.«

Mrs. Glee stieß in der für sie so typischen Weise verächtlich die Luft durch die Nase aus. »Ich hab' schon lange gefunden, daß da was Seltsames vorgeht.«

»So?« Es war natürlich unmöglich von mir, daß ich mit meiner

Haushälterin über meine Nachbarn tratschte, doch die Versuchung war zu groß.

»O ja!« fuhr Mrs. Glee fort. »Sie wußt' von Anfang an, was sie wollte, und dabei konnt' sie niemanden brauchen, der sie durchschaut. Was war sie denn damals? Eine Krankenpflegerin und so 'ne Art Gesellschafterin. Was ist das schon!«

»Miss Cardew scheint ihre Stiefmutter sehr gern zu haben.«

»Miss Cardew ist ein ahnungsloser Engel. Sie würd' nicht mal sehen, was direkt vor ihrer Nase vorgeht, wenn Sie mich fragen.«

»Sie scheint mir eine ganz reizende junge Dame zu sein.«

»Sie und ihr Vater... die sind doch so naiv und hilflos wie zwei verirrte Kinder im Wald! Und wenn Sie auch über mich lächeln, Mrs. Herrick – ich sag' Ihnen, sie war hinter dem Doktor her! Wir dachten alle, die beiden wären sich einig, aber da starb Ihre Ladyschaft und Madame sagte ›Nein danke‹ zum Doktor. ›Ich werd' in die Schuhe Ihrer Ladyschaft schlüpfen!‹« Mrs. Glees Ausdrucksweise wurde in gleichem Maße farbiger, wie sie sich für ihr Lieblingsthema erwärmte, und ich fühlte, ich mußte diesen Redefluß stoppen, den ich für entschieden voreingenommen hielt.

»Nun, ich hoffe Mrs. Glee, Sie bedauern Ihren Wechsel nicht. Miss Cardew versicherte mir, wir hätten großes Glück, Sie bei uns zu haben.«

»Miss Cardew war schon immer 'ne Lady.«

»Davon bin ich überzeugt. Und ich denke, wir entscheiden uns für die Apfeltorte. Mr. Herrick ißt sie besonders gern.«

Der Augenblick der Vertraulichkeiten war vorbei, und unsere Unterhaltung drehte sich wieder um die praktischen Fragen des Haushalts.

Franklyn Wakefield holte uns in seiner Kutsche ab. Unsere eigene war noch nicht geliefert worden, doch Stirling hatte bereits vier schöne Pferde gekauft.

Mir gefiel die galante Art, in der Mr. Wakefield mir beim Einsteigen half. Er erkundigte sich, ob ich lieber vorwärts oder rückwärts zur Fahrtrichtung säße. Das sei mir egal, sagte ich.

»Vermutlich haben Sie in Australien viel geritten.«

»O ja«, bestätigte ich. »Es geht da gar nicht anders. Wir haben sogar mehrtägige Ritte gemacht und im Freien kampiert. Weißt du noch, Stirling, wie wir die sechzig Kilometer nach Melbourne ritten und dann auch wieder zurück?«

Plötzlich roch ich den Duft der Eukalyptusbäume, sah Adelaide über unserem Lagerfeuer Tee kochen, und auch jener unangenehme Zwischenfall mit Jagger, als ich allein am Feuer kniete, stieg wieder vor meinem inneren Auge auf. Würden diese Erinnerungen mich mein ganzes Leben lang begleiten?

»Dann sind sie also eine vorzügliche Reiterin?«

Ich zuckte die Achseln, und er fuhr fort: »Ich würde Ihnen gern irgendwann meinen Besitz zeigen. Vielleicht könnten wir einmal gemeinsam ausreiten, und ich könnte Ihnen dann etwas die Gegend zeigen.«

Stirling begann dann auf so prahlerische, gönnerhafte Art über die riesige Größe *seines* Besitzes in Australien zu sprechen, daß ich irritiert die Stirn runzelte; doch je mehr ich das tat, um so schlimmer wurde es. Franklyn hörte höflich zu und machte keinen Versuch, Stirlings bombastische Schilderungen zu übertreffen, was ich an seiner Stelle versucht gewesen wäre zu tun. Es war wirklich bedauerlich, daß Stirling die Verachtung so gar nicht verbergen konnte, die er für Franklyn empfand, der sich seinerseits selbstverständlich nichts von seiner Reaktion darauf anmerken ließ. Eine Lektion in gutem Benimm würde ich Stirling vorhalten, wenn wir wieder zu Hause waren.

Nach Einbruch der Dunkelheit in *Whiteladies* anzukommen, war ein echtes Erlebnis! Es sah so geheimnisvoll aus. In dem Torbogen hing eine Laterne, die leise ächzend im Wind schwankte, und als wir die steilen Stufen zur Eingangstür hinaufschritten, überkam mich jähe Erregung. Verstohlen blickte ich Stirling an. Seine Augen wurden ganz schmal, und es glitzerte nur so von innerer Spannung in ihnen.

Franklyn zog den Glockenstrang, und wir hörten, wie das Echo der anschlagenden Glocke in der Halle widerhallte. Die schwere, eisenbeschlagene Tür glich der einer Festung; in Kopfhöhe war ein quadratischer, vergitterter Ausschnitt, in dem die Augen des Dieners sichtbar wurden, bevor er uns die Tür öffnete.

Und dann standen wir in der Halle! Jener Halle mit dem mit großen Platten ausgelegten Steinfußboden, der kunstvollen Täfelung und den tropfenden Kerzen in den Wandleuchten. So mußte sie auch vor nun fast vierzig Jahren ausgesehen haben, als Lynx hierher kam, um Arabella Zeichenunterricht zu geben. Wie konnte ich ihn jemals vergessen, wenn es überall, wohin ich kam, tausend Dinge gab, die mich an ihn erinnerten!

Minta erschien oben am Kopf der Treppe, die sich an dem einen

Ende der Halle befand. »Ich hörte die Glocke«, sagte sie, während sie herunterkam. Sie sah bezaubernd aus und in dem Kerzenlicht so zierlich wie eine Märchenprinzessin.
»Ich freue mich so, daß Sie gekommen sind!«
»*Wir* freuen uns, daß Sie uns eingeladen haben«, erwiderte Stirling. »Es ist für uns ein großes Erlebnis, zu Gast in diesem Hause zu sein. Das kann ich Ihnen versichern!«
Worauf Minta sagte, sie wüßte nun nicht, ob dieses Kompliment dem Haus oder seinen Bewohnern gelte.
»Beiden!« erklärte Stirling.
»Falls Sie sich für Architektur interessieren sollten«, mischte Franklyn sich in die Unterhaltung ein, »so finden Sie nirgends ein besseres Beispiel für den Tudor-Stil. Einige Teile sind allerdings etwas später, doch das Haus selbst ist reines Tudor.«
»Da ich bisher in Australien lebte, hatte ich noch keine Gelegenheit, alte englische Landhäuser zu besichtigen«, erwiderte Stirling. »Es ist daher ein neues Erlebnis für mich. Für Nora allerdings nicht. Sie kam erst vor zwei Jahren nach Australien, müssen Sie wissen.«
»Aber ich bin deshalb nicht weniger von *Whiteladies* beeindruckt.«
»Wir müssen Ihnen dann wohl das Haus zeigen«, versprach Minta. »Vielleicht nach dem Essen. Jetzt müssen Sie zuerst einmal meinen Vater und meine Stiefmutter kennenlernen.«
Stirling folgte ihr die Treppe hinauf, während Franklyn mich auf das geschnitzte Treppengeländer aufmerksam machte, das, wie er sagte, das Werk eines Künstlers aus dem sechzehnten Jahrhundert sei. Er wüßte das so genau, weil jener Künstler jedes seiner Werke mit einem Nonnenkopf versehen hätte – seinem Wahrzeichen sozusagen. Es gäbe mehrere Beispiele seiner Arbeit in verschiedenen Häusern dieser Gegend. Es sei durchaus möglich, daß *Whiteladies* sein erster großer Auftrag gewesen sei und er dann den Nonnenkopf als Wahrzeichen beibehalten habe. »Sobald man sich mit der Vergangenheit beschäftigt, stößt man auf alle möglichen interessanten Entdeckungen«, erklärte er.
»Beschäftigen Sie sich mit der Vergangenheit?« fragte ich.
»Nur auf dilettantische Art. Ich interessiere mich für diesen Teil der Welt. Wir haben diverse Funde gemacht. So fanden wir alte Münzen und Schmuck aus der Stein- und Bronzezeit. Aber mich persönlich interessiert mehr die jüngere Vergangenheit. Die

Geschichte alter Landhäuser zum Beispiel. Und dies ist das faszinierendste, das ich jemals gesehen habe.«
»Ich finde es auch höchst faszinierend«, gestand ich, und damit waren wir oben an der Treppe angekommen. Minta hatte bereits eine mächtige Flügeltür aufgestoßen.
Es war ein bezaubernder Raum mit hohen Fenstern und einer noch sehr viel höheren Decke, die durch ein Kuppelgewölbe noch viel höher erschien. Bei Tageslicht mußte die Schnitzarbeit wundervoll sein, überlegte ich. An den Wänden hingen Ahnenbilder. Die Möbel schienen mir frühes achtzehntes Jahrhundert zu sein. Der ganze Raum strahlte vollendete kultivierte Eleganz aus. Wie ich bei Tageslicht feststellen sollte, war es allerdings eine etwas schäbige Eleganz, was man jedoch jetzt nicht sah.
Ich erkannte Lucie sofort wieder, obwohl sie sich verändert hatte. Sie hatte jetzt eine neue Würde und war auf unauffällige Art eine auffallende Erscheinung. Auf den ersten Blick schien sie sehr einfach gekleidet zu sein in ihrem dunkelbraunen Samtkleid, doch beim näheren Hinschauen bemerkte man den hervorragenden Schnitt und die schlichte Eleganz. Sie war kühl und reserviert und beherrschte völlig die Situation. Ihr Haar war einfach aber geschickt ihren Typ unterstreichend frisiert. Sie kam uns entgegen und reichte mir die Hand.
»Wie nett, Sie bei uns begrüßen zu können«, sagte sie liebenswürdig, aber ohne jede Spur von Wärme. »Ich erinnere mich an Sie. Minta hat mir schon von Ihnen erzählt.« Und zu Stirling gewandt fuhr sie fort: »O ja, ich erinnere mich. Es ist schließlich gar nicht so lange her. Darf ich Sie meinem Mann vorstellen.«
Sir Hilary – Mintas Vater – trat auf uns zu und schüttelte uns die Hand. Er sah gebrechlich aus und hatte den gleichen arglosen Gesichtsausdruck, der mir an Minta aufgefallen war. Arglos und gutgläubig, überlegte ich, und total lebensuntüchtig. Das war nun also der Mann, der das Mädchen heiratete, das Lynx geliebt hatte, und es erschien mir irgendwie unwirklich, daß ich hier die Fäden von Lynx' Vergangenheit aufnahm. Die Erinnerung an ihn würde hier genauso lebendig für mich bleiben wie in Australien.
»Wir freuen uns so, jetzt Nachbarn zu haben«, sagte Sir Hilary. »Franklyn erzählte mir, daß Sie *Mercer's House* gemietet haben. Sie haben wirklich Glück, denn es ist ein Juwel von einem Haus!«

»*Wir* haben Glück, solche Mieter in *Mercer's* zu haben!« sagte Franklyn.
»Ah... Franklyn! Wie geht es deinen Eltern?«
Sie seien munter und guter Dinge, antwortete Franklyn, und Sir Hilary stellte ihm weitere Fragen über ihr Befinden. Er interessierte sich offensichtlich für ihre Leiden und verglich sie mit seinen eigenen.
Zwei weitere Gäste hatten inzwischen den Raum betreten, von denen der eine der Doktor war, den wir ja bereits kennengelernt hatten. Er schien mir merkwürdig nervös. Seine Begleiterin war Miss Maud Mathers, die Pfarrerstochter, eine recht große junge Frau mit einer frischen Gesichtsfarbe und einer netten natürlichen Art. Ich war sofort davon überzeugt, daß sie ihrem Vater eine unschätzbare Hilfe bei der Betreuung der Gemeinde war.
Wir aßen in einem Speisezimmer, das in vieler Hinsicht dem Salon glich – es hatte die gleiche Größe, die gleiche gewölbte Decke und die gleiche Täfelung. Minta erzählte, daß sie meistens dieses Speisezimmer benutzten und nur bei besonderen Gelegenheiten, wenn sie viele Gäste hatten, so wie Weihnachten, unten in der Halle äßen.
»Früher taten wir das öfter als heute«, erklärte sie. »Wir hatten eigentlich immer das Haus voller Gäste. Ich bin überzeugt, meine Eltern kannten nicht mal die Hälfte der Leute, die hier zu Gast waren. Jetzt müssen wir selbstverständlich vorsichtiger sein.«
»Das wird sich vielleicht eines Tages ändern«, erklärte Stirling.
Ich wurde unruhig. Er verriet zu deutlich sein mehr als normales Interesse an dem Haus. Stirling hatte etwas so Gerades und Aufrichtiges. Ich liebte ihn dafür, fand jedoch, daß es besser war, wenn er seine geheimen Absichten noch nicht zu erkennen gab. Er war so gar kein Diplomat und sagte immer das, was er dachte. Franklyn dagegen... Dauernd ertappte ich mich dabei, wie ich die beiden miteinander verglich und alles, was ich an Stirling liebte, auch wenn ich diese oder jene Eigenschaft nicht unbedingt billigte oder bewunderte. Jetzt zum Beispiel grenzte es fast an Naivität, wie er seine besitzgierigen Blicke ungeniert überall herumschweifen ließ.
Ich bemerkte, daß sie nur ein Stubenmädchen hatten und daß der Butler der Diener war, der uns die Tür aufgemacht hatte. Offensichtlich hatten sie wirklich nur wenig Personal. Das Essen

war jedoch vorzüglich und wurde auch tadellos serviert, was wahrscheinlich Lucies Regie zu verdanken war. Ihre kühl kontrollierenden Blicke waren überall gleichzeitig, und ich merkte schnell, daß die Dienstboten nicht nur Respekt sondern auch Angst vor ihr hatten.
Die Tischunterhaltung drehte sich um verschiedene Themen. Sir Hilary und Franklyn sprachen über das Wakefield'sche Gut, Stirling stellte Minta Fragen über das Haus, Lucie, die von ihrem Tischende aus um das Wohl ihrer Gäste bemüht war, steuerte hier und da eine Bemerkung bei, und ich, die ich neben dem Doktor und gegenüber von Maud Mathers saß, hörte den beiden zu, die sich angeregt über irgendwelche Gemeindeangelegenheiten unterhielten.
»Die Kirche wird Ihnen gefallen, Mrs. Herrick. Sie stammt aus der gleichen Zeit wie dieses Haus. Der Turm ist ziemlich imposant, nicht wahr, Dr. Hunter?«
Der Doktor bestätigte, daß es eine sehr schöne, alte Kirche sei.
»Ich hoffe, Sie werden zu einigen unserer geselligen Veranstaltungen kommen«, fuhr Miss Mathers fort.
»Beabsichtigen Sie, lange in dieser Gegend zu bleiben?« wollte der Doktor wissen.
»Das ist schwer zu sagen«, antwortete ich. »Mein Stiefsohn ist von diesem Teil der Welt einfach begeistert und hat sich überdies in *Whiteladies* verliebt.«
»Ja, es ist eines der Häuser, die zu einer Passion werden können«, stimmte Maud zu. »Ich glaube, einige Leute wollten es schon unbedingt kaufen.«
»Wie ich hörte, ist es seit Jahrhunderten in Familienbesitz.«
»Ja, es ist von Generation zu Generation immer in der gleichen Familie geblieben. So ganz anders als unser Haus, in dem stets der jeweilige Pfarrer wohnt.«
»Miss Cardew hat uns versprochen, nach dem Essen einen Rundgang mit uns zu machen.«
»Die meisten möchten sich immer gern das Haus ansehen«, mischte sich Lucie in das Gespräch ein.
»Es muß Sie langweilen, es immer wieder zu zeigen.«
»Nein, das langweilt mich nie. Ich bin ebenso von dem Haus fasziniert wie alle anderen, ausgenommen vielleicht jene, die in ihm geboren und aufgewachsen sind, wie zum Beispiel Minta. Ich sage ihr immer, daß sie es gar nicht genug würdigt. Mit Druscilla wird es das gleiche sein. Und lächelnd fügte sie hinzu:

»Das ist meine Tochter.«
»Und wie geht es Druscilla?« erkundigte sich der Doktor.
Lucies Lächeln ließ ihr ganzes Gesicht aufleuchten. Mutterliebe! dachte ich, plus Kerzenbeleuchtung. »Es geht ihr jetzt recht gut«, antwortete sie und wandte sich dann an mich: »Ich bin wie alle Mütter bei ihrem ersten Kind. Ich bin überängstlich und lasse den Doktor wegen jeder Kleinigkeit holen.«
»Man nennt das auch ›Erstlings-Bammel‹«, sagte Dr. Hunter.
»Es ist ein Beweis für die zärtliche Liebe einer Mutter«, meinte Maud. »Und ich bin überzeugt, Dr. Hunter hat Verständnis dafür und macht keiner der jungen Mütter unserer Gemeinde Vorwürfe wegen dieser Überängstlichkeit.«
»O nein! Ich bin sehr nachsichtig«, bemerkte dieser leichthin.
»Das ist eine unerläßliche Eigenschaft für einen Arzt«, erklärte Lucie fast sarkastisch.
Ich hatte an diesem Abend anscheinend besonders feine Antennen, und so fiel mir die zwischen Dr. Hunter und Lucie Cardew bestehende untergründige Spannung auf. Oder bildete ich sie mir nur ein? Wahrscheinlich bewunderte und verehrte er sie und wurde von ihr ziemlich herablassend und kühl in seine Schranken verwiesen. Und dann dachte ich wieder an Lynx. Es mußte damals auch solche Einladungen gegeben haben, zu denen der Zeichenlehrer nicht gebeten wurde. Ich konnte mir seinen Zorn über derartige Kränkungen und Demütigungen vorstellen und wie er sich dann schwor, daß *er* eines Tages am Kopf dieser Tafel sitzen würde.
Lucies Worte: »Oh, Sie verwöhnen sie, Maud! Sie ist schon richtig verzogen«, holten mich aus meinen Gedanken in die Wirklichkeit zurück.
»Sie ist so ein süßer Fratz!« verteidigte Maud die Kleine. »Und *so klug!*«
»Ich kann hören, daß Ihr von meiner kleinen Schwester sprecht«, mischte Minta sich ein, und erzählte eine Geschichte, die die Intelligenz der kleinen Druscilla beweisen sollte. Bald darauf wurden die Damen in den Salon geführt, während die Herren noch etwas bei Tisch sitzen blieben, um ihren Portwein zu trinken. Im Salon führte dann Maud die Unterhaltung, die sich hauptsächlich um die Vorbereitungen für den Wohltätigkeitsbazar drehten, dessen Erlös mithelfen sollte, die dringend notwendigen Reparaturarbeiten am im Laufe der Zeit zwangsläufig wurmstichig gewordenen Dachgestühl durchführen zu

lassen. Der Bazar sollte im Park von *Wakefield Park* abgehalten werden, den Sir Everard und Lady Wakefield liebenswürdigerweise zur Verfügung gestellt hatten.

»Bisher war es immer in *Whiteladies*«, sagte Minta, »aber *Wakefield Park* ist ja viel geeigneter.«

»So?« fragte ich. »Ich hätte gedacht ...«

»O ja, *Whiteladies* ist uralt, aber ihr Park ist heutzutage viel gepflegter als unserer. Wir haben ja nur zwei Gärtner. Früher, zur Zeit meines Großvaters, hatten wir sechs. Dadurch ist zwangsläufig ein großer Teil unseres Parks verwildert. Der von Wakefield hat auch die herrlichsten Blumen.«

Wieder ein Hinweis auf ihre Geldsorgen, doch schien Minta deswegen nicht im geringsten beunruhigt. Wie mochte es wohl Stirling inzwischen mit den Herren ergehen? fragte ich mich.

Später gesellten sich diese wieder zu uns, und nachdem wir unseren Kaffee getrunken hatten, sagte Minta, sie würde uns jetzt das Haus zeigen, wüßte sie doch, daß Stirling und ich es gern sehen möchten.

»Sei vorsichtig, falls du in das Erkertürmchen hinaufwillst!« warnte Lucie sie.

»O ja«, versprach Minta, und erklärte uns, als wir hinausgingen: »Das Mauerwerk fängt an einigen Stellen des Hauses an, auseinanderzubröckeln.

»Was ist denn dieses Erkertürmchen?« wollte Stirling wissen.

»Es ist eine Art überhängendes, mit Zinnen versehenes Türmchen, ganz oben am großen Turm. Lucie befürchtet, es könnte herunterstürzen.«

»Sollte es dann nicht schleunigst repariert werden?« fragte Stirling.

»Natürlich, und das wird es auch eines Tages, wenn wir es uns leisten können.«

»Aber wenn es gefährlich ist ...«

»Ach, es müßte *so* vieles repariert werden! Sie haben ja keine Ahnung!«

»O doch, das habe ich!« erklärte Stirling.

Sie lächelte ihn an, als hielte sie ihn für sehr klug. »Die meisten Menschen kommen nie auf den Gedanken, daß ein Haus wie dieses dauernd Kosten verursacht, wenn man es richtig instand halten will. Und wenn es einige Jahre lang vernachlässigt wird ...« Sie zog bekümmert die Augenbrauen hoch.

»Aber es wird doch bestimmt nicht vernachlässigt«, meinte Stirling.
»Wenn das nötige Geld nicht vorhanden ist, geht es leider nicht anders.«
»Das tut mir leid ...« murmelte Stirling, doch Minta meinte achselzuckend: »Mein ganzes Leben lang haben die Leute schon immer gesagt, *Whiteladies* würde uns über dem Kopf zusammenstürzen, wenn die notwendigen Reparaturen nicht gemacht würden. Ich habe mich mit der Zeit daran gewöhnt.«
»Aber ein Haus wie dieses ist eine Art kostbares Vermächtnis – eine Verpflichtung!«
»Ja«, stimmte sie ihm zu, »eine Art Vermächtnis. Dies ist nun der Eingang zu dem ältesten Teil. Und dies sind noch die alten Klostermauern. Gleich können Sie sehen, wie dick sie sind. Vorsichtig mit den Stufen! Sie sind ziemlich gefährlich.«
Wir stiegen die steinerne Wendeltreppe hinauf, auf der man sich an einem in der Wand befestigten Seil festhalten konnte. Die Stufen waren schmal und in der Mitte tief ausgetreten.
»Ich habe noch nie so eine Treppe gesehen!« erklärte Stirling, und ich bemerkte den erregten Klang in seiner Stimme.
»Es freut mich, daß sie Ihnen gefällt«, sagte Minta, die den besitzergreifenden Blick, mit dem Stirling alles musterte, nicht gesehen hatte. Und dann gingen wir durch diesen alten Teil des Hauses. Minta hatte eine Laterne von einem Haken an der Wand genommen, die Stirling nun trug. Minta führte uns verschiedene schmale Wendeltreppen hinauf, an denen Alkoven lagen, die wie Zellen aussahen. Es war in diesem Teil des Hauses sehr kalt.
»Wir benutzen sie manchmal, um Sachen aufzubewahren«, erzählte Minta. »Als ich klein war, hingen hier die geräucherten Schinken. Das war damals, als wir immer viele Gäste und entsprechendes Personal hatten.«
Wir kehrten zu dem bewohnten Teil des Hauses zurück.
»Dieser Teil stammt aus einer etwas späteren Zeit als der Hauptteil und wurde unter der Herrschaft von Elisabeth Tudor gebaut, weshalb der Grundriß die Form von einem E hat. Dies ist der Haupttrakt – zu dessen beiden Seiten sich zwei vorspringende Flügel befinden. In der Mitte ist dieser kurze Vorbau.«
»In so einem Haus kann man sich wirklich verlaufen«, meinte ich.

»Das ist mir tatsächlich einmal passiert«, erzählte Minta. »Sie haben mich stundenlang gesucht. Ich war in dem sogenannten Studio. Es hat einen riesigen Wandschrank, und aus irgendeinem Grund kam niemand auf die Idee, dort nachzusehen. Das Studio erhielt seinen Namen, als meine Mutter ein junges Mädchen war, weil sie dort Zeichenstunden bekam.

»Ich würde es mir gern ansehen«, sagte ich.

»Aber natürlich, aber es hat nichts Besonderes als Raum, nur eben ein gutes Nordlicht.«

Nichts Besonderes! Wo er mit ihr dort gesessen hatte! Mit ihr gezeichnet hatte! Und sich in sie verliebt hatte!

»Meine Mutter ist hier aufgewachsen, müssen Sie wissen. Sie war das einzige Kind. Als meine Mutter dann meinen Vater heiratete, zog dieser hierher.«

»Es haben also nicht immer Cardews in *Whiteladies* gelebt.«

»Nein. Wir haben den Familiennamen nicht erhalten können. Er hat sich mehrmals durch weibliche Erben und ihre Heiraten geändert. Die Namen stehen alle an der Wand der Bibliothek. In den letzten dreihundert Jahren waren es sechs verschiedene Namen. Es scheint nun einmal charakteristisch für unsere Familie zu sein, daß nicht immer ein männlicher Erbe da ist und eine Tochter *Whiteladies* erbt und die Familienlinie fortsetzt, und durch ihre Heirat wird dann der Name geändert. So war es auch bei meiner Mutter.«

»Und so wird es auch bei Ihnen sein.«

»Nun ...« Sie lachte unbekümmert, und es war deutlich, daß es ihr vollkommen gleichgültig war, ob sie *Whiteladies* erbte oder nicht. »Bevor Druscilla geboren wurde, rechneten wir eigentlich mit einem Jungen. In dem Fall ...«

»Aber der wäre doch nicht der Erbe gewesen!« protestierte Stirling.

»Ihr Vater hat doch nur in Ihre Familie eingeheiratet, und seine jetzige Frau hat nichts damit zu tun, und so ...«

»O nein«, entgegnete Minta rasch.

»*Whiteladies* geht bei der Heirat einer Erbin in den Besitz des angeheirateten Mannes über. So ist es schon immer gewesen. Es gehört jetzt meinem Vater ...«

»Sie hätten dann ja *Whiteladies* verlieren können! rief Stirling mit unverhülltem Entsetzen aus. »Und der Gedanke daran scheint Ihnen gar nichts auszumachen!«

»Ich hätte gern einen kleinen Bruder. Mein Vater würde so

schrecklich gern einen Sohn haben. Er war so stolz, als Druscilla geboren wurde.«

»Aber durch einen Sohn würden Sie anscheinend *Whiteladies* verlieren!«

»*Whiteladies* ist für mich nicht unbedingt ein materieller Besitz. Für mich ist es unser Zuhause, und das würde es immer bleiben, egal, wer nun der rechtmäßige Eigentümer ist.«

»Aber nicht«, gab Stirling zu bedenken, »wenn es nicht mehr in der Familie wäre!« Ich warf ihm einen warnenden Blick zu. Er preschte wirklich zu schnell voran.

»Das würde nie geschehen«, sagte Minta mit erstauntem Gesicht. »Es ist immer unser Familienwohnsitz gewesen.«

»Aber wenn es eine zu große Bürde würde ...«

»Eine Bürde? Oh, ich verstehe, was Sie meinen ... Sie denken eine finanzielle.« Sie lachte fast vergnügt auf. »Eine finanzielle Bürde ist es schon immer gewesen.«

»Aber wenn diese Bürde nun *zu* schwer würde?«

»Das ist sie auch schon immer gewesen. So, hier geht es jetzt zu dem Studio, von dem ich vorhin sprach. Wir müssen diese schmale Wendeltreppe hinauf. Es liegt ganz oben in diesem Flügel ... wegen dem Licht, wissen Sie.«

Oben angelangt, stieß sie eine Tür auf. »Hier! Sehen Sie nur den dicken Staub überall! Wir benutzen es nicht mehr, und ich vermute, die Mädchen kommen nur selten zum Saubermachen herauf. Sie haben so viel anderes zu tun. Meine Mutter pflegte oft hier heraufzukommen. Ah, da ist jener Wandschrank. Er ist wirklich riesig ... man kann in ihm herumgehen. Ich glaube, ich kam damals als kleines Kind hier herauf, um meine Mutter zu suchen. Und als sie nicht hier war, krabbelte ich in den Wandschrank und schloß mich ein.«

Es war ein einfach eingerichteter Raum. In der Mitte stand ein großer Tisch mit einigen Stühlen und am Fenster eine Staffelei.

»Ich habe nie zeichnen können«, fuhr Minta fort. »Vielleicht entwickelt Druscilla mehr Talent. Dann könnten wir das Studio wieder benutzen.«

Sie öffnete die Tür des Wandschrankes. Er hatte die Größe eines kleinen Zimmerchens. Die eine Wand war mit Regalen bedeckt, auf denen einige Bleistifte, Pastellkreide und zwei Zeichenblöcke lagen. Minta nahm einen in die Hand. Auf dem obersten Blatt erkannte ich mehrere Pferdeskizzen. Lynx hatte sie gezeichnet! Ich würde seinen Strich überall auf der Welt erkennen. Ach Lynx! Wie habe ich nur jemals glauben können, daß es mir möglich sein würde, dich und unser Leben zu vergessen!

»Hier ist wirklich nicht viel zu sehen«, stellte Minta fest, und ich wurde von Zorn auf sie gepackt, was ganz ungerecht war, denn wie konnte sie etwas von dem Aufruhr in meinem Herzen ahnen?

Anschließend führte sie uns in die Bibliothek und zeigte uns das Familienwappen und den Familienstammbaum, auf dessen Ästen die verschiedenen Namen äußerst kunstvoll eingetragen waren – Merrivale, Charton, Delmer, Berrington, Dorian und Cardew. Stirling starrte wie gebannt auf diese Namen. Ich wußte, er fügte bereits in Gedanken einen neuen hinzu: Herrick.

Und dann ging es wieder andere Treppen hinauf. »Dies ist der Ostflügel, von dem E. Wir benutzen diesen Teil momentan nicht, doch meine Mutter liebte ihn. Als Lucie meinen Vater heiratete, fand sie, daß es ökonomischer wäre, diesen Teil des Hauses zu schließen. Lucie ist so fabelhaft praktisch in all diesen Dingen. Ich bin überzeugt, daß es uns schon viel besser geht, seit sie sich um unsere Geldangelegenheiten kümmert.«

Das konnte ich mir in der Tat vorstellen.

»Dies war das Zimmer meiner Mutter. Lucie hat die Möbel mit Staubüberzügen abdecken lassen. Die Dienstmädchen kommen nämlich nicht gern hier herauf.«

»Weshalb nicht?« fragte Stirling.

»Sie wissen doch, wie das nach einem Todesfall ist – oder vielleicht wissen Sie es nicht. Alle Dienstmädchen sind abergläubisch. Meine Mutter starb ziemlich unerwartet.«

»Ich dachte, sie sei seit längerer Zeit leidend gewesen«, sagte ich.

»Nun ja, gewissermaßen leidend. Wir dachten alle, sie würde sich ihre Krankheit nur einbilden, und dann starb sie an einem Herzanfall. Wir hatten ihr also alle unrecht getan – und Lizzie, ihre Zofe, begann Gespenster zu sehen.«

»Gespenster?«

»Nun, sie bildete sich eben ein, meine Mutter fände keine Ruhe in der Gruft, und sie glaubte, sie sei weiter hier im Haus ... das heißt natürlich, ihr Geist. Die arme Lizzie war schon bei Mama, seit sie ein Kind war. Sie war immer so vernünftig und praktisch, doch Mamas Tod scheint sie ganz aus dem Gleichgewicht gebracht zu haben. Lucie kümmert sich jetzt aber um sie, und es geht ihr schon besser.«

Ich blickte mich in dem Zimmer um – ihrem Zimmer! Hierher war sie nach den Zeichenstunden gekommen, um von ihm zu träumen. Und in diesem Zimmer hatten sie ihn mit dem Schmuck in den Taschen überrascht. Mir war, als fühlte ich die ganze Tragik jenes herzzerreißenden Dramas, das sich hier abgespielt hatte.

Minta wollte jedoch weiter und führte uns den Korridor entlang.

»Da hinten ist eine Treppe«, sagte sie, aber ich war mit den Gedanken noch in jenem Zimmer. Vor vierzig Jahren! überlegte ich. Und ich konnte den rasenden Zorn und die qualvolle Ohnmacht nachfühlen, die Lynx empfunden haben mußte, als sie über ihn herfielen und alle seine Zukunftspläne zunichte machten. Und er hatte gewußt, er konnte nicht auf Gerechtigkeit hoffen. Und durch jene Tragödie waren jetzt Stirling und ich hier. Arme ahnungslose Minta! Sie ahnte nicht, daß die beiden scheinbar so charmanten Gäste, denen sie liebenswürdigerweise das Haus zeigte, zwei raubgierige Harpyien waren, die sich vorgenommen hatten, ihr *Whiteladies* wegzunehmen. Ich wollte jenes Zimmer noch einmal sehen, wollte allein in ihm sein, wollte die Atmosphäre jener tragischen Nacht nachempfinden, die Lynx' Stolz so zutiefst verletzt hatte. Minta und Stirling bogen vor mir um eine Ecke des Korridors und ich huschte schnell zurück. Das Zimmer sah jetzt ganz anders aus. Ohne das Licht der Laterne konnte ich im milden Mondschein, der durch das Fenster hereindrang, gerade eben die Umrisse der Möbel unter den Staubüberzügen erkennen.

Liebster Lynx! flüsterte ich leise, jetzt verstehe ich, wie du gelitten hast! Aber das ist nun vorbei! Es *muß* ein Strich unter die Vergangenheit gezogen werden! Wir werden *Mercer's House* kaufen, Stirling und ich – und Minta und Franklyn werden unsere Freunde sein. Deine Enkel *werden* also auf dem Rasen von *Whiteladies* spielen! So wird dein Traum doch noch wahr werden!

Nein! glaubte ich ihn fast zornig ausrufen zu hören. Er wollte seine Rache. Und wieder klang das Echo seiner donnernden Stimme durch mein erschrecktes Innere: Nein! Und dann begann mein Herz wie rasend zu klopfen, denn da war etwas in dem Zimmer. Ich fühlte eine Präsenz. Jemand beobachtete mich.

»Lynx!« hauchte ich. »O Lynx! Komm zurück!«

An der Tür bewegte sich etwas und kam auf mich zu.
»Sie sind Mrs. Herrick.« Es war eine menschliche Stimme – nicht die von Lynx!
»Sie haben mich erschreckt!« sagte ich vorwurfsvoll.
»Das tut mir leid, Madame, ganz bestimmt. Ich dachte nicht, daß jemand hier in Miss Arabellas Zimmer ist.«
»Miss Cardew zeigt uns gerade das Haus.« Verständlicherweise sah sie sich suchend um, und ich sagte erklärend: »Sie sind schon weitergegangen, und ich bin nochmal hierher zurückgekommen.«
Sie beäugte mich, als errege etwas an mir ihr ganz spezielles Interesse.
»Sie sind also Mrs. Herrick«, wiederholte sie. »Es war hier mal jemand ... vor langer Zeit ... der hieß so.«
»Sie sind wohl schon lange hier?«
»Ich war zwei Jahre älter als Miss Arabella. Mit vierzehn wurde ich zweites Kindermädchen, und weil wir fast gleich alt waren, waren wir viel zusammen ... ja, das waren wir.«
»Sie sind dann also Lizzie.«
Sie nickte. »Ich war immer bei ihr ... die ganze Zeit. Und jetzt ist sie tot, und wir haben eine neue Lady Cardew.«
Es war irgendwie unheimlich in diesem Zimmer, das nur von dem bleichen Mondlicht schwach erleuchtet wurde, die seltsamen Umrisse der wie vermummte Gestalten aussehenden Möbel schienen jeden Augenblick zum Leben erwachen zu können. Ich fühlte intuitiv, daß diese Frau ihn gekannt und geliebt hatte. *Keine* Frau war unempfindlich für seine magnetische Anziehungskraft gewesen. Sie erinnerte mich an Jessica.
»Sie sind aus Australien gekommen ... und da ist auch er hingegangen ... dieser Mann, der früher einmal hier war. Ich weiß, daß Sie seine Frau waren, aber er war vorher schon mal verheiratet. Und das ist sein Sohn. Er sieht ihm ähnlich, aber er ist nicht der Mann, der sein Vater war. Es liegt etwas in der Luft. Ich fühle es. Es ist, als wäre er zurückgekommen.«
»Er ist tot«, sagte ich scharf. »Also kann er gar nicht zurückkommen.«
»O doch, er könnte es, wenn er wollte. *Er* könnte *alles!* Machen Sie sich da nur nichts vor. Irgend etwas wird passieren. Wo er ist, da passiert immer was, und er ist jetzt hier. Ich fühle es genau. Ich kannte ihn sehr gut.«
Mich überlief ein Schaudern. Sie war wirklich wie Jessica, und

ich hatte das Gefühl, mich in einem Netz verfangen zu haben, dessen kompliziertes Muster sich ständig wiederholte.
»Die anderen werden sich wundern, wo ich bleibe«, sagte ich.
Sie fuhr unbeirrt fort: »Lady Cardew starb ganz plötzlich. Wir waren überhaupt nicht vorbereitet. Es war sehr merkwürdig. Manchmal glaube ich ...«
Glücklicherweise hörte ich in diesem Moment Minta nach mir rufen.
»Hier!« rief ich zurück.
Und schon stand sie mit Stirling in der Tür, der die Laterne über ihrem Kopf in die Höhe hielt.
»Ach du, Lizzie!« sagte sie recht vorwurfsvoll.
»Ich habe mich mit Mrs. Herrick unterhalten«, erwiderte Lizzie fast trotzig.
»Na, nachdem wir Sie jetzt gefunden haben, setzen wir unseren Rundgang lieber fort«, meinte Minta und fügte gütig zu Lizzie gewandt hinzu:
»Lizzie, ich würde an deiner Stelle zurück in dein Zimmer gehen. Es ist zu kalt, um hier herumzulaufen.«
»Ja, Miss Minta«, sagte Lizzie gefügig.
Minta ging hinaus, und wir folgten ihr. Lizzie verschwand auf dem nächsten Treppenabsatz in die Dunkelheit, und Minta zeigte uns das kostbar geschnitzte Geländer der Treppe, die zu der Musik-Galerie hinaufführte.
»Hoffentlich hat Lizzie Sie nicht erschreckt«, sagte Minta. »Sie ist seit dem Tod meiner Mutter recht sonderbar geworden.«
»Genau wie Jessica«, bemerkte Stirling und fügte erklärend zu Minta gewandt hinzu: »Das ist eine Cousine meiner Mutter, die etwas komisch wurde, als meine Mutter starb. Die beiden waren zusammen aufgewachsen und immer zusammen gewesen.«
»Ja, ganz wie Jessica«, pflichtete ich ihm bei.
»Ich muß mit ihr reden«, fuhr Minta fort. »Sie soll nicht durch diese jetzt unbenutzten Räume geistern. Diese Musik-Galerie wurde im achtzehnten Jahrhundert gleichzeitig mit diesem Flügel gebaut. Sie haben sie vorhin unten in der Halle nicht sehen können, da die Portieren zugezogen waren.«
Wir schauten sie uns eingehend an und ich heuchelte großes Interesse, doch die Begegnung mit Lizzie hatte so viele Erinnerungen aufgerührt, daß ich mit den Gedanken weit fort war. Ich sah im Geiste Lynx hier, in diesem Haus, als jungen Mann – sah in imaginären Bildern, wie er das Herz der jungen Tochter des

Hauses, der er Zeichenunterricht geben sollte, gewann – und das der Zofe zur gleichen Zeit.
Als wir wieder zu den anderen stießen, war der Doktor gerade im Aufbruch. Er müsse noch nach einigen Patienten sehen, sagte er, und er wolle gleichzeitig Maud nach Hause bringen. Ich erklärte, wir müßten ebenfalls gehen, und Franklyn erbot sich sofort, uns nach Hause zu fahren. Wir verabschiedeten uns und rollten bald darauf die kurze Strecke nach *Mercer's House* zurück.
»Was für ein Besitz!« erklärte Stirling bewundernd. »Ich habe noch nie so ein Haus gesehen.«
»Das kann ich mir denken«, entgegnete ich. »Es ist ja auch einmalig.«
»Es gibt da noch einige andere Landhäuser, die auf den Fundamenten alter Klöster gebaut wurden ... und zum Teil noch mit den alten Steinen«, sagte Franklyn. »Mir fällt da vor allem *Fountain Abbey* in Yorkshire ein.«
»Es ist ein Jammer«, bedauerte Stirling, »daß sie kein Geld für die notwendigen Reparaturen haben.«
»Ja, ein großer Jammer«, stimmte Franklyn zu.
»Vielleicht sind sie klug und verkaufen es an jemanden, der es wieder so herrichten kann, wie es das verdient.«
»O nein!« rief Franklyn aus. »Das werden sie niemals tun. *Whiteladies* ist doch eine Frage der Familientradition!«
»Aber so ein Haus gehört auch der Nachwelt«, sagte Stirling ziemlich pathetisch. »Wenn jemand nicht die nötigen Mittel für die Unterhaltungskosten hat, sollte er sich davon trennen.«
»Ich würde es nicht tun, wenn es mir gehörte«, widersprach ich ihm.
»Und Sie können sicher sein«, setzte Franklyn hinzu, »daß die Cardews das ebenfalls niemals tun werden.«
Die Lichter von *Mercer's* kamen in Sicht, und wir legten das restliche Stück, jeder in seine Gedanken versunken, schweigend zurück.

Wir waren viel zu aufgeregt, um an Schlaf denken zu können. Wir gingen in den Salon, wo Stirling sich auf das Sofa fallen ließ. Ich setzte mich ihm gegenüber in den Sessel und sah ihn an.
»Das war der erste Zug!« erklärte er.
»Also, wenn du denkst, du hättest den ersten Zug getan, so bin ich anderer Ansicht.«
»Wir sind dort gewesen! Haben das Haus angesehen. Mein Gott,

da muß so viel Geld hineingesteckt werden! Und sie haben keinen roten Heller auf der Naht.«

»Du übertreibst! Wer will außerdem einen roten Heller auf der Naht haben? Den sie übrigens durchaus haben könnten, wenn es ihnen darum ginge.«

»Dieser Mr. Franklyn Wakefield fängt an, auf dich abzufärben! So und nicht anders hätte ich geantwortet.«

»Demnach wäre er dann ja ein ganz vernünftiger Mensch.«

»Spaß beiseite, Nora! War es nicht ein fabelhafter Abend?«

»War es das? Ich schied mit dem Eindruck, daß sie nie auch nur einen Moment erwägen würden, *Whiteladies* zu verkaufen.«

»Aber was wollen sie machen? Es über ihren Köpfen einstürzen lassen?«

»Es besteht durchaus noch keine Einsturzgefahr.«

»Es wird aber wertlos, wenn sie es weiter herunterkommen lassen.«

»Es wird immer ihr Familienbesitz bleiben. Laß es ihnen. Ich mag zufälligerweise unser *Mercer's House* hier. Es ist wirklich viel gemütlicher!«

»Es erfüllt seinen Zweck, bis wir nach *Whiteladies* umziehen.«

»Und wann wird das sein?«

»In der nicht sehr fernen Zukunft. Ich fühle es in meinem kleinen Zeh.«

»Ich würde mich an deiner Stelle nicht auf den verlassen!«

»Ach, du hast dir vorgenommen, pessimistisch zu sein.«

»Nein, keineswegs, ich finde nur, ich sehe die Dinge nüchterner und realistischer als du.«

»Laß uns praktisch sein!«

»Ja, laß uns das. Aber die Cardews sind nicht das, was du praktische Leute nennen würdest. Sie werden *Whiteladies* niemals verkaufen. Das ist ja nun wohl klar. Franklyn sagte es ja ganz unumwunden. Und er kennt sie und ist im Bilde.«

»Ach was! Keine blaße Ahnung hat der! Er ist total borniert! Er weiß nur, wie man Bücklinge macht und Handküsse austeilt und das sagt, was die Leute gern hören. Das ist aber auch absolut alles, was er vorzuweisen hat. Und seit wann nennst du ihn beim Vornamen?«

»Das tue ich gar nicht! Nur, wenn ich mit dir von ihm spreche. Und mir scheint, du unterschätzt ihn.«

»Hör mal zu, Nora! Diese Leute sind nicht wie wir. Sie sind in lauter Luxus aufgewachsen. Sie haben nicht unsere Kraft und Vitalität. Wir sind aus einem ganz anderen Holz! Denk doch nur an unsere Väter! Sie waren ehrgeizig und wußten, was sie wollten, und sie hatten den Schneid, es sich vom Leben zu holen. Wir haben das von ihnen geerbt. Denen hier fehlt das alles. Sie haben immer nur behütet in ihren schönen Landhäusern gehockt. Sie verlassen sich darauf, daß sie ja Papa beerben werden, und geben sich damit zufrieden. Wenn es aber nun eines Tages nichts für sie zu erben gibt, was dann? Ich mache eine Wette mit dir, Nora. Nächstes Jahr um diese Zeit werden wir in *Whiteladies* sein!«

»Das glaube ich nicht.«

»Du hast die falsche Einstellung. Du ziehst den Mißerfolg ja geradezu an, wenn du so von ihm überzeugt bist.«

»Vielleicht halte ich es gar nicht für einen solchen Mißerfolg, nicht in *Whiteladies* einzuziehen.«

»Es ist aber das, was mein Vater wünschte«, sagte er eigensinnig. »Und es ist das, was er von mir erwartet.« Und es war, als sähe Lynx mich aus Stirlings Augen an, und ich hatte das Gefühl ein Verräter zu sein und schwieg beschämt.

Stirling schaute mich zärtlich lächelnd an und sagte: »Du wirst ja sehen!«

Wir wurden nicht nur nach *Whiteladies* und *Wakefield Park* eingeladen, sondern auch in das Pfarrhaus und einige andere Landhäuser. Maud Mathers sorgte dafür, daß wir ein fester Bestandteil des gesellschaftlichen Lebens der Umgebung wurden. Ich freute mich, für irgend etwas nützlich zu sein, denn ich empfand eine ausgesprochene Zuneigung für sie. Sie schien einen so klaren, gesunden Menschenverstand zu haben. Außerdem hatte ich Achtung vor ihr. Meine Meinung über Minta und Franklyn wurde in gewisser Weise durch Stirlings Einstellung ihnen gegenüber beeinflußt. Er schien sie insgeheim zu verachten. Dauernd betonte er, daß sie nicht aus dem gleichen Holz wie wir seien und in einem gänzlich anderen Geiste erzogen und aufgewachsen wären. Sowie er von ihnen sprach, schlich sich ein mitleidig abfälliger Klang in seine Stimme. Ich lachte ihn deswegen aus, doch blieb es nicht ohne Wirkung auf mich.

Lucie war ihm ein Dorn im Auge, und ich wußte auch weshalb. Sie war mehr von unserem Schlag. Sie war nicht für ein untätiges Luxusleben erzogen worden. Sie war praktisch und realistisch und tat offenkundig alles in ihren Kräften stehende, um mit den ihnen zur Verfügung stehenden Mitteln auszukommen. Stirling war sich dessen wohl bewußt. Es betrübte mich irgendwie zu sehen, wie er sich über die finanziellen Schwierigkeiten der Cardews freute. Er war von seinem Plan so besessen. Und doch konnte ich ihn nicht verurteilen, denn alles, was Stirling tat, war ausschließlich motiviert durch die tiefe Liebe zu seinem Vater.

An dem Sonnabend vor dem Erntedankfest fuhr ich zum Pfarrhaus, um Maud beim Schmücken der Kirche zu helfen. Es war eine ziemlich schwierige Arbeit, den Altar mit den Chrysanthemen, Astern, Dahlien und Chrysanthemenastern zu schmükken. Außer den Blumen hatten wir auch riesige Kürbisse, Tomaten, Kohlköpfe und alles mögliche sonstige Gemüse und Obst sowie Ährengarben, die mit einem roten Band zusammengehalten neben großen, köstlich knusprigen Brotlaiben aufgestellt wurden. Das Brot sollte im Anschluß an den Gottesdienst an die Armen verteilt werden.

»Es ist eine gute Ernte gewesen«, sagte Maud und sah von der Leiter herab, auf deren oberster Sprosse sie stand und leuchtend dunkelrote Ahornblätter an einer Messingstange über dem Altar befestigte.

»Seien Sie vorsichtig, damit Sie nicht herunterfallen!« warnte ich sie.

»Ich habe diese Ecke hier oben in den letzten fünf Jahren immer so dekoriert. Ich werde nicht schwindlig.«

Ich ging trotzdem zur Leiter und hielt sie fest.

»Was würde bloß um alles in der Welt geschehen, wenn Sie sich mal nicht mehr um alles hier kümmern würden?«

»Mein Vater hätte genügend Hilfskräfte, die das alles genau so gut machen würden.«

»Das glaube ich nicht. Und wenn man allein daran denkt, wie Sie dem armen Dr. Hunter helfen. Er ist ja schon ganz überarbeitet.«

»Ja, das ist er«, sagte sie ernst.

Als sie dann von ihrer Leiter herunterkam, wunderte ich mich, wie rosig ihre Wangen waren. »Ich habe ihm schon oft gesagt, er soll sich einen Assistenten nehmen. Manchmal mache ich mir direkt Sorgen um ihn.« Sie biß sich auf die Lippen und schien leicht verlegen. »Er scheint so ... bedrückt. Er hat einfach zu viel um die Ohren.«

Ich sei überzeugt, daß sie recht hätte, antwortete ich. Mir wäre das ebenfalls aufgefallen.

»Finden Sie, diese goldbraunen Chrysanthemen würden schön mit den Blättern aussehen?« fragte ich sie.

»Hinreißend! Ich wünschte so, man könnte etwas für Dr. Hunter tun!« Und dann begann sie mir von ihm zu erzählen – wie er sich völlig selbstlos für seine Patienten aufopferte und wie er diesem und jenem geholfen hatte.

Und während ich die Blumen zwischen die roten Herbstblätter steckte, und ihr zuhörte, sagte ich mir: Sie liebt ihn ja!

Ich ritt sehr viel in jenem Herbst. Die Jahre in Australien hatten eine gute Reiterin aus mir gemacht. Reiten schien mir die einfachste und bequemste Fortbewegungsart überhaupt zu sein. Stirling begleitete mich manchmal auf meinen Ausritten. Er begann allmählich ungeduldig zu werden und machte alle möglichen Pläne. Er wollte Land kaufen und ein Großgrundbesitzer werden, was, wie ich ihm entgegenhielt, jedoch ein Übergriff auf Franklyn Wakefields angestammte Position und Rechte wäre.

»Es gibt keinen Grund, warum es hier nicht *zwei* geben sollte«, pflegte er mir darauf zu antworten. Als erstes mußte er jedoch *Whiteladies* in seinen Besitz bringen, und diesem seinem Ziel war er seit unserer Ankunft noch keinen einzigen Schritt nähergekommen.

Er wollte schon einfach zu Sir Hilary gehen und ihm ein Angebot machen. Ich redete es ihm aus, weil ich überzeugt war, daß dieses Gespräch eine Enttäuschung würde, und er hörte auf meinen Rat, als ich ihm sagte, er könnte sich womöglich die Sympathien der Cardews verscherzen, wenn sie das Motiv erraten würden, aus dem er die Freundschaft mit ihnen pflegte.

Häufig ritt auch Franklyn Wakefield aus. Er hatte es sich zur Gewohnheit gemacht, bei uns vorbeizukommen und mir vorzuschlagen, mir einen Teil der Gegend zu zeigen, den ich noch nicht kannte. Ich genoß diese Ritte. Oft banden wir unsere Pferde vor igendeinem alten Gasthaus an – in denen er übrigens immer wohl bekannt war – und aßen dort einen Mittagsimbiß bestehend aus würzigem Brot, Käse und Apfelwein. Es schmeckte immer ganz ungewöhnlich gut, und es machte mir Spaß, die Leute kennenzulernen, die er mir vorstellte. Ich merkte, wie angesehen er und seine Familie überall waren, und auch das gefiel mir.

Ich liebte den unverwechselbaren ländlichen Herbstgeruch –

liebte den nebligen Dunst, der oft die Konturen sanft verwischte, liebte den Geruch in den Gärten, von den Feuern, in denen die welken Blätter verbrannt wurden, und jene frische Kühle in der Luft, die meine Haut prickeln ließ. Ich verfolgte von Tag zu Tag, wie die Bäume sich allmählich ihrer Blätter entblößten und schließlich ihr fein gezeichnetes Filigranmuster gegen den graublauen Himmel zeichnete. Und ich lernte viel über den Aufgabenkreis eines englischen Großgrundbesitzers, denn Franklyn Wakefield nahm diesen sehr ernst. Ich gewöhnte mich an seine recht pedantische Art sich auszudrücken und fing an, sie direkt gern zu haben. In seiner Gegenwart vergaß ich immer jene leicht herablassende Einstellung, die Stirling mir ihm gegenüber beigebracht hatte. Dieser Mann hatte etwas so Zuverlässiges, dem ich meine Achtung nicht versagen konnte. Ich erkannte außerdem, wie groß seine Liebe zu seinen Eltern war; er liebte sie zärtlich. Aber auch seinen Pächtern war er echt zugetan, und es erstaunte mich, wie gut er über ihre Angelegenheiten im Bilde war – und wie wichtig er sie nahm.

An einem milden Novembertag mit einer dunstverschleierten Sonne ritten wir wieder einmal zusammen aus. Die Hecken waren mit unzähligen Spinnweben überzogen. Er war recht schweigsam, und ich fragte ihn, ob etwas passiert sei.

»Es kommt nicht völlig unerwartet«, antwortete er. »Dr. Hunter glaubt, daß meinem Vater nur noch sechs Monate bleiben.«

»Oh ... Wie schrecklich!«

»Nun, er ist alt, und sein Zustand verschlechtert sich ständig. Worüber ich mir wirklich Sorgen mache, das ist meine Mutter.«

»Ist sie auch krank?«

»Nein, aber sie haben sich ihr ganzes Leben lang so nahe gestanden. Ihre Eltern waren Nachbarn, und so kennen sie sich schon von klein auf an. Ich kann mir überhaupt nicht vorstellen, was aus ihr werden soll, falls mein Vater stirbt.«

»Sie wird *Sie* haben.«

»Ich glaube nicht, daß das genug ist. Es wird ihr das Herz brechen. Sie wird daran sterben.«

»Meinen Sie, man stirbt an gebrochenem Herzen?«

»Dies wäre ein zerbrochenes Leben.«

Ich dachte an mich selbst und Lynx. Er hatte mir so viel, wenn nicht alles bedeutet – und doch ... hier war ich nun, so lebendig wie eh und jeh.

Wir ritten schweigend weiter, und ich wußte, er spürte mein echtes Mitgefühl. An jenem Tag fanden wir auch die jungen Kätzchen. Als wir bei einem der Pächterhöfe anhielten, kam die Bäuerin aus der Küche gelaufen und wischte sich die weiß bemehlten Arme hastig an der Schürze ab, während Franklyn ihr sagte, daß ich die neue Bewohnerin von *Mercer's* sei.
»Ein schönes altes Haus«, bestätigte sie, »und Sie könnten keinen zweiten so guten Herrn wie unseren finden!«
Sie bestand darauf, daß wir abstiegen und ein Glas ihres selbstgebrauten Holunderweins tranken und eines der Brötchen probierten, die sie gerade aus dem Ofen geholt hatte. Wir setzten uns also zu ihr in die Küche, und sie erzählte Franklyn von dem Plan ihres Mannes, die Kiesgrubenkoppel nächstes Jahr brachliegen zu lassen. Eine große getigerte Katze kam herein und strich schnurrend um meine Beine. »Das ist unsere alte Tibby, die gern noch ein Schälchen Milch möchte«, sagte die Bäuerin. »Sie hat das Interesse an ihrem letzten Wurf verloren.«
»Wie viele Katzen habt ihr jetzt?« erkundigte sich Franklyn.
»Na, um die Wahrheit zu sagen, Mr. Wakefield, ich weiß es nicht mehr. Ich bring' es nicht über mich, die kleinen Dingerchen zu ersäufen, und im Nu sind sie groß und kriegen selbst Junge. Sie treiben sich in den Scheunen und Ställen herum und stören uns nicht und halten die Mäuse in Schach.«
Als dann der Bauer kam, nahm er uns mit, um uns die neue Scheune zu zeigen, die er gerade baute, und da sah ich die Kätzchen. Es waren in etwa ein Dutzend – die meisten von ihnen waren schon etwas größer. Eines fiel mir besonders auf, weil es nicht so hübsch war wie die übrigen und sogar ziemlich mager und verängstigt aussah. Als ich es mit lockenden Miau-Lauten zu mir zu rufen versuchte, kam es sofort angesprungen, und ich hätte ihm gern etwas zu fressen gegeben.
»Dies scheint ein kleiner Außenseiter zu sein«, sagte ich.
»Man hat sie ab und zu«, meinte der Bauer. »Sie sind nicht so kräftig wie die andern und können sich nicht robust genug durchsetzen.«
In meiner impulsiven Art sagte ich: »Wir haben keine Katze. Darf ich sie haben?«
»Wir würden uns freuen, wenn Sie sich die aussuchen, die Ihnen am besten gefällt«, lautete seine Antwort, und ich wußte, es würde mir Freude machen, diese kleine struppige mitzunehmen

und sie liebevoll aufzupäppeln, um sie die harte Zeit vergessen zu lassen, die sie zweifellos hinter sich hatte.
Als wir wieder aus der Scheune hinausgehen wollten, kam noch eine andere angesprungen. Sie war gelbbraun – fast genau so wie die, die ich mir ausgesucht hatte–, aber viel hübscher, obwohl sie genauso unterernährt und hungrig aussah. Sie miaute kläglich, und ich dachte: Sie will auch mit.
»Ich nehme beide!« erklärte ich. »So ist die andere nicht allein.«
Die Bäuerin brachte einen Korb zum Vorschein, und die beiden Kätzchen wurden hineingesetzt. Franklyn nahm dann den Korb und wir ritten weiter. Wir schauten kurz in *Whiteladies* herein, da Franklyn Sir Hilary sprechen wollte. Minta kam zu mir heraus, während ich unten wartete, und wollte die Kätzchen unbedingt sehen. Wir nahmen sie also aus dem Korb und gaben ihnen in einer Untertasse etwas Milch zu trinken.
»Wie sind sie süß!« begeisterte sich Minta. »Und sie scheinen so dankbar für die Milch zu sein, was bei Katzen ganz ungewöhnlich ist.«
»Ich fürchte, sie haben eine harte Zeit hinter sich. Sie hatten nie eine Chance, wenn es etwas zu fressen gab. Diese beiden werden ganz anders sein als jene Katzen, die ihr Leben als verhätschelte Schoßtiere beginnen.«
Ich sah ihr an, daß sie gern eine gehabt hätte, und so bot ich ihr eine an. Sie strahlte.
»Suchen Sie sich eine aus! Wir denken uns dann einen Namen für die beiden aus.«
Nachdem die Kätzchen ihre Tellerchen blitzblank geleckt hatten, saßen sie jetzt zufrieden da und putzten ihr Fell.
»Diese ist hübscher«, erklärte Minta.
»Die andere hat dafür mehr Würde.«
Wir erwogen mehrere Namen, und ich schlug schließlich Bella und Donna vor – Bella für die Schönheit (Was für ein bedeutungsvoller Name war es in Lynx' Leben gewesen!) und Donna für die Würde.
Minta wählte Bella, die ich also in *Whiteladies* zurückließ.

Wenige Wochen später hörten wir dann von der Sache mit dem Wald. Stirling kam eines Tages ganz aufgeregt nach Hause. Die Cardews hatten den kleinen Wald, der sich am Rande ihres Parks erstreckte, zum Verkauf angeboten.

»Sie brauchen offensichtlich dringend Bargeld«, sagte Stirling, nachdem er mir die Neuigkeit erzählt hatte.
Franklyn berichtete mir ebenfalls davon, und als er erwähnte, daß er den Wald kaufen würde, fragte ich ihn, ob er beabsichtigte, ihn abzuholzen und als Bauland zu benutzen. Er schüttelte verneinend den Kopf.
»Nein. Ich lasse ihn so wie er ist.«
Wahrscheinlich tat er es aus der Überlegung heraus, daß, war er erst mit Minta verheiratet, es genau so sein würde, als hätte der Wald nie den Besitzer gewechselt.
Ich war daher sehr erstaunt, als ich ihn das nächste Mal sah und von ihm erfuhr, daß er den Wald nicht gekauft hatte. Jemand anders hatte ein weitaus höheres Angebot gemacht. Ich bekam ein ungutes Gefühl, als ich das hörte, und konnte es nicht erwarten, Stirling zu sprechen.
Ich wußte es, bevor er noch ein Wort gesagt hatte. Es war das, was er »einen Schachzug machen« nannte.
»Du hast also den Wald von *Whiteladies* gekauft!« sagte ich ihm auf den Kopf zu.
»Woher weißt du das?«
»Und du hast«, fuhr ich fort, »den doppelten Preis dafür bezahlt, den er wert ist.«
»Was macht das schon!«
»Unserem goldschweren Millionär natürlich nicht das geringste! Aber weshalb hast du es mir nicht erzählt?«
»Du bist in letzter Zeit so komisch geworden, Nora. Du wirst immer mehr wie DIE und immer weniger wie WIR.«
»Wenn du damit meinst, daß ich versuche, taktvoll vorzugehen ...«
»Na hör mal! Was ist denn schon so taktlos daran, für etwas einen hohen Preis zu zahlen, um Leuten zu helfen!«
»Wenn sie es erfahren, daß du der Käufer bist, wird es ihnen sehr peinlich sein.«
»Es war ihnen aber nicht peinlich, meinen Scheck anzunehmen und doppelt so viel Geld für den Wald zu bekommen, wie er wert ist.«
»Sir Hilary ...«
»Hat keinen blassen Schimmer von Geschäften.«
»Nun ja, aber Minta ...«
»Versteht davon noch viel weniger. Lady Cardew ist der denkende Kopf in der Familie.«

»Du hast es also mit ihr besprochen.«
»Nein, mit meinem geschäftlichen Berater.«
»Ich finde, du hättest das nicht tun sollen, Stirling.«
»Warum nicht?«
»Weil Franklyn Wakefield den Wald kaufen wollte, und wenn er es getan hätte, wäre er in der Familie geblieben.«
»Ich kann deinem Gedankengang nicht ganz folgen.«
»Na, dann mußt du blind sein. Franklyn wird doch Minta heiraten und kann sich dann um *Whiteladies* kümmern.«
»Um das Haus wieder richtig instand zu setzen, ist mehr Geld nötig, als das bißchen, was er hat.«
»Woher weißt du das?«
»Ich habe mich erkundigt. Man muß da ein ganzes Vermögen an Reparaturen hineinstecken. Den Wakefields geht es nicht schlecht, aber er ist kein ...«
»Millionär«, ergänzte ich.
Stirling nickte lächelnd. Er war wahrhaftig ganz besessen von *Whiteladies*! Einige Tage später sprach Minta dann mir gegenüber von dem Wald. »Ich weiß jetzt, daß es Mr. Herrick war, der ihn kaufte. Er hat weitaus mehr dafür bezahlt, als er wert war.«
»Er kann es sich leisten«, entgegnete ich ziemlich kurz angebunden.
»Es war sehr nett von ihm!« erklärte sie, und ihre Augen hatten einen warmen Glanz.
»Ich glaube eher, er wollte ihn wirklich sehr gern haben!«
»Ach nein, er kann ihn nicht gewollt haben, denn es gibt hier in der Umgebung genügend Land zu kaufen, das wertvoller und dabei viel billiger ist.«
Aber kein Land, das zu *Whiteladies* gehört! dachte ich. Und ich merkte es Stirling an, daß er dachte, den Fuß schon in der Tür zu haben.
Aber du täuschst dich, mein lieber Stirling! sagte ich im stillen zu ihm. Es wird nicht so klappen, wie du es möchtest und dir vorstellst. Du wirst dich mit *Mercer's* zufrieden geben müssen, oder aber wir gehen nach Australien zurück. Und ich wußte, es war mir egal, was von beiden wir nun taten – solange wir nur zusammen waren.
Weihnachten stand wieder einmal vor der Tür. In der letzten Adventswoche hatten wir – Stirling und ich, Maud, Minta und Franklyn – den Kirchenchor durch das Dorf begleitet, der vor

jedem Haus Weihnachtslieder sang, um Geld für die Kirche zu sammeln. Als Abschluß fuhren wir nach *Wakefield Park*, wo man uns eine heiße Suppe servierte. Dies war, wie ich hörte, ein alter Brauch, dessen Mittelpunkt früher *Whiteladies* war. Franklyn schien die Verpflichtungen von *Whiteladies* in zunehmendem Maße zu übernehmen, und nach seiner Heirat, so überlegte ich mir, wird er dorthin ziehen und dort leben, und die alten Bräuche werden wieder so wie früher fortgesetzt werden.

Als ich seinen Vater in dem Rollstuhl mit dem Schottenplaid über den Knien sah, und seine immer dicht in dessen Nähe bleibende Mutter, begriff ich, daß er um ihretwillen Minta noch keinen Heiratsantrag gemacht hatte. Denn einmal verheiratet, würde er ja in *Whiteladies* wohnen müssen. Er wollte jedoch für die Zeit, die seinem Vater noch vergönnt war, bei ihm bleiben.

Am ersten Weihnachtstag trafen wir uns dann alle morgens in der Kirche und fuhren am Spätnachmittag nach *Wakefield Park*, wo wir zum Abendessen eingeladen waren. Das Haus sah sehr festlich aus in seinem Ilex- und Mistelschmuck, und ich mußte wieder an Adelaides Bemühungen denken, in unserem Heim auf der anderen Seite der Erdkugel eine englische Weihnachtsatmosphäre zu schaffen.

Es war das traditionelle englische Weihnachtsessen – Truthahn und flambierter Plumpudding. Und unter dem Tannenbaum in der Mitte des Salons lagen für jeden Geschenke. Bei Tisch wurden Toasts auf die Gastgeber, auf die Gäste und im besonderen auf die Neuankömmlinge, also uns, ausgebracht. Es war eine größere Gesellschaft, und nach dem Essen erschienen noch mehr Gäste. Wir tanzten dann in einem herrlich großen Ballsaal die alten ländlichen Volkstänze nach der Musik von zwei Geigern – *Jenny Pluck Pears* und *Sir Roger de Coverly* – und dann auch Walzer, und einige von uns versuchten sogar ein Menuett zustandezubringen. Ich genoß alles sehr und versuchte, nicht an die Weihnachtsfeste in Australien zu denken.

Franklyns Eltern blieben bis zuletzt auf, und ich sah, wie der alte Herr im Takt der Musik mit dem Kopf nickte und wie er und seine Frau immer nur Blicke für ihren Sohn hatten.

»Es war ein wunderschönes Weihnachten!« versicherte ich Franklyn, und er sagte in seiner steifen Art, wie sehr es ihn freue, daß mich die alten Bräuche nicht gelangweilt hätten.

Sogar Stirling gab auf der Heimfahrt zu, daß es ein schöner Tag gewesen sei und erzählte mir, daß er sie alle für den Altjahresabend zu uns eingeladen hatte.
»Wir müssen unsere Köpfe zusammenstecken«, sagte er, »und uns etwas ausdenken, was dem heutigen Abend bei Franklyn Wakefield in nichts nachsteht!«

Ich schämte mich etwas für diese Sylvesterparty. Stirling hatte einen Londoner Caterer mit der Ausrichtung der gesamten Einladung beauftragt und verteilte mit großzügiger Hand die Einladungen. Ein besonderes Geschirr kam aus London sowie die besten Köche. Stirling hatte sogar entschieden, daß wir Lakaien in blauer Samtlivree mit weiß gepuderten Perücken haben sollten.
Ich mußte laut lachen. »Das ist doch einfach lächerlich in einem kleinen Landhaus wie diesem – und schauderhaft schlechter Geschmack!« erklärte ich.
»Ich wünschte auch, wir könnten die Gesellschaft in *Whiteladies* geben«, antwortete er nachdenklich. »Stell dir nur jene Halle vor ...«
»Aber dies ist nicht *Whiteladies*! Und was werden die Leute denken, wenn sie deine gemieteten Lakaien sehen!«
Es gelang mir jedoch nicht, es ihm auszureden.
Mrs. Glee war gekränkt. »Ich hätt' das doch sehr gut allein geschafft, Mrs. Herrick, mit ein oder zwei Aushilfsmädchen! Und ich hätte gewußt, wo ich die herbekomme«, erklärte sie vorwurfsvoll. »Ich hoff' nur, Mr. Herrick ist mit meinem Kochen nicht unzufrieden.«
Ich versicherte ihr, daß das keineswegs der Fall sei und daß Mr. Herrick es alles ohne mein Wissen bestellt hätte. Ich hätte die Gesellschaft ganz anders geplant – und selbstverständlich mit Mrs. Glees Hilfe. Dies besänftigte sie, und als sie das geschmückte Speisezimmer sah und die Salons und all die Vorbereitungen, schwoll sie förmlich vor Stolz. Wir würden *Whiteladies* noch übertreffen, sagte sie, und das war ihr eine ganz persönliche Genugtuung. Sie wurde dann sogar ganz aufgeregt, weil sie bei allen diesen Vorbereitungen ja eine höchst gewichtige Rolle zu spielen hatte.
Ich weiß nicht, ob ich jene Gesellschaft einen Erfolg nennen kann. Es war zumindest ein spektakulärer Abend, den man nicht vergaß. Entlang der Auffahrt waren elegante Laternen aufge-

stellt worden, und ein roter Teppich bedeckte die Eingangsstufen. Stirling hatte eine Kapelle gemietet, die in dem kleinen Raum zwischen dem Speisezimmer und den Salons saß; die Musikanten trugen rote Kniehosen und weiße, bestickte ungarische Blusen. Die nur aus Rosen bestehende Tischdekoration war ein wahres Kunstwerk; und Rosen waren um diese Jahreszeit obendrein sehr teuer. Unsere Gäste waren gebührend beeindruckt und leicht gehemmt inmitten all dieser Pracht; infolgedessen herrschte nicht so eine fröhliche Stimmung wie am Abend des ersten Weihnachtstages in *Wakefield Park.* Stirling hatte auch für einen Klavierspieler gesorgt, der uns während des Essens mit dezenter Musik unterhielt. Anschließend wurde dann in dem Salon getanzt, der dafür ausgeräumt worden war. Es war zwar kein Ballsaal wie jener in *Wakefield Park,* doch lockerte sich die Stimmung, als wir zu tanzen begannen. Wir tanzten alte Volkstänze, die Maud anführte, da sie eine Volkstanzgruppe hatte, und alle wurden ungezwungener und natürlicher. Um viertel vor Zwölf setzten wir uns dann hin und warteten, daß die Uhr Mitternacht schlug. Und als es dann soweit war, faßten wir uns alle an der Hand und sangen das alte Lied *Auld Lang Syne.* Ich stand zwischen Franklyn und Minta und war glücklich, das neue Jahr zwischen zwei Menschen zu beginnen, die ich kannte.

Als die letzten Gäste sich verabschiedet hatten, setzten Stirling und ich uns in den Salon und besprachen den Abend.

»Du hast dein Ziel in bewundernswerter Weise erreicht«, sagte ich.

»Unsere Freunde und Nachbarn werden nicht länger bezweifeln, daß sie einen Millionär in der Mitte haben.«

»Es ist recht angenehm, einer zu sein.«

»Wenn man dadurch das bekommt, was man haben will! Aber denk daran, daß man nicht *alles* mit Geld kaufen kann!«

»Zum Beispiel?«

»All jene Dinge, die nicht verkäuflich sind.«

»Na, wart es nur ab! Ich habe mich entschlossen, zu Sir Hilary zu gehen und mit ihm zu reden.«

»Wann?«

»In einigen Tagen.«

»Du wartest also noch einige Tage! Wie taktvoll von dir, doch ich wundere mich, daß du es nicht eiliger hast. Weshalb gehst du nicht gleich morgen zu ihm und sagst: ›Sir Hilary, ich habe ihnen bewiesen, daß ich ein Millionär bin und ein Prahlhans, der Wert darauflegt, daß jeder das weiß. Ich bin bereit, jeden Preis zu zahlen, den Sie verlangen‹.«

»Du hast dich verändert, Nora. Manchmal frage ich mich, ob du überhaupt noch auf meiner Seite bist.«

»Das bin ich immer gewesen, Stirling, und werde ich immer sein!« antwortete ich plötzlich ganz ernst. Er sah mich liebevoll lächelnd an und verstand, was ich damit sagen wollte. Wir liebten uns, hatten uns von Anfang an geliebt. Es war eine unerschütterliche schicksalhafte Liebe. Ich mochte ihn kritisieren, und er mochte sich über mich lustig machen – es änderte nicht das Geringste an unserer Liebe. Wir waren für einander bestimmt, und daran würde sich niemals etwas ändern. Zugegeben, ich hatte Lynx geheiratet, oder besser: Er hatte *mich* geheiratet! Es war sein alleiniger Entschluß gewesen, und ich hatte keine andere Wahl gehabt. Ich hatte Stirling auch damals so geliebt, daß ich seine an blinde Anbetung grenzende Bewunderung für jenen Menschen von ihm übernahm, der sein Vater war. Stirling war – genau wie mir – nichts anderes übrig geblieben, als zurückzutreten und mich Lynx zu überlassen, so wie ich mich jetzt seinen Plänen mit *Whiteladies* fügen mußte, die auch nur wieder Lynx' Willen entsprachen. Aber wir waren eine Einheit – Stirling und ich. Wenn mein Trauerjahr zu Ende war, würden wir heiraten. Als er mich in jener Neujahrsnacht so liebevoll lächelnd ansah, erfüllte mich wieder die gleiche Gewißheit unserer Liebe wie damals in der Höhle, als wir dort, uns an der Hand haltend, nebeneinander gelegen hatten, während über unseren Köpfen jene Feuerhölle tobte und wir nicht glaubten, jemals lebend aus ihr hinauszukommen. Es bestand jetzt wieder das gleiche wortlose, liebende Verstehen zwischen uns, das mich unsagbar glücklich machte.

Stirling wartete heldenhaft bis Ende Januar. Dann war seine Geduld endgültig erschöpft, und er ging tatsächlich zu Sir Hilary.

Ich war in der Bibliothek, als er zurückkam. Er war ganz weiß im Gesicht. Seine Lippen waren zusammengepreßt, und die nackte Verzweiflung stand in seinen Augen.

»Was ist passiert?« schrie ich erschreckt auf.

»Ich komme gerade von *Whiteladies*.«

»Und was ist da so Schlimmes passiert?«
Er nickte langsam. »Etwas *sehr* Schlimmes! Ich habe Sir Hilary ein Angebot gemacht ...«
»Und er hat es abgelehnt. Wenn das alles ist! Das hätte ich dir voraussagen können.«
Er ließ sich schwer in einen Sessel fallen und starrte auf seine Schuhspitzen hinunter.
»Er kann nicht verkaufen ... niemals! Ganz egal, was er für ein Angebot bekommt. ›Ich bin mit dem Haus geschlagen, und so auch die ganze Familie‹ sagte er. Das waren seine Worte. Mit ihm *geschlagen!* Es gibt da eine Testamentsklausel, die ihnen nicht erlaubt zu verkaufen. Sie wurde von einem Vorfahren eingetragen, dessen Sohn ein Spieler war. Das Haus bleibt in der Familie ... egal, was auch immer geschieht.«
Mir war, als fiele mir eine Last von der Seele. »Na, damit sehen wir ja nun klar! Du hast jedenfalls alles getan, was du konntest, und mehr kann man nicht machen.«
»Ja«, sagte er leise, »das könnte man meinen.«
»Du hast es versucht. Niemand, nicht einmal Lynx, hätte mehr tun können.«
»Ich war hierauf nicht vorbereitet.«
»Ich weiß, Stirling. Aber ich sagte dir doch, es gibt einige Dinge, die nicht verkäuflich sind. Jetzt kannst du die ganze Angelegenheit vergessen und kannst anfangen, für die Zukunft zu planen!«
»Ich glaube, du freust dich fast.«
»Du weißt, ich fand es immer unrecht zu versuchen, Leuten etwas wegzunehmen, was ihnen gehört.«
»Er sprach so viel davon ... all die Jahre. Er war eisern entschlossen, daß *Whiteladies* eines Tages uns gehören sollte ...«
»Aber er wußte ja nichts von dieser Klausel! Und ich war immer dagegen. Auch er konnte sich irren und Fehler machen ... manchmal. Sein Ziel war es, sich zu rächen, und Rache ist immer negativ. Es liegt kein Segen auf ihr.«
Er antwortete nicht, und ich wußte, er hörte mir gar nicht zu und war mit seinen Gedanken bei all den nun gescheiterten Bemühungen der vergangenen Monate. Ich ging zu ihm und legte ihm die Hand auf die Schulter. »Was sollen wir jetzt machen, Stirling? Gehen wir nach Australien zurück?«
Er stand auf und nahm mich stumm in die Arme.
»Nora!« sagte er leise. »Nora! ...« Und dann küßte er mich, wie

er mich noch nie geküßt hatte, mit der ganzen Leidenschaft eines liebenden Mannes. Und ich war unendlich glücklich.

Ich hatte gedacht, wir würden nun miteinander offen über unsere Zukunft sprechen, wo wir uns, wenn auch wortlos, zu unserer Liebe bekannt hatten, doch Stirling war ganz im Gegenteil noch verschlossener als vorher. Er war schweigsam, ja fast schroff und ritt allein ohne mich aus. Einmal sah ich ihn auf seinem klitschnassen Pferd zurückkommen.

»Du hast das arme Tier ja total zuschanden geritten!« sagte ich vorwurfsvoll und hoffte, er würde mir sagen, was ihn bedrückte. Ich glaubte es zu wissen. Er liebte mich, doch Lynx stand zwischen uns. Lynx, sein Vater, war mein Mann gewesen, und das gab unserer Beziehung wirklich etwas Eigenartiges.

Es wird vorübergehen! tröstete ich mich. Lynx würde nichts so sehr wollen, als daß Stirling und ich heirateten. Wir waren die beiden Menschen gewesen, die er am meisten auf der Welt geliebt hatte. Er würde wollen, daß wir zusammen durchs Leben gingen. Wir werden unseren ersten Sohn nach ihm Charles nennen. Und nie werden wir ihn vergessen!

So war ich auf das, was dann passierte, in keiner Weise vorbereitet. Stirling kam eines Tages nach Einbruch der Dunkelheit nach Hause. Ellen hatte gerade die Lampen hereingebracht und die Vorhänge zugezogen, und ich war allein im Salon. Sein Gesicht hatte einen merkwürdig starren, abwesenden Ausdruck – er sah wie ein Schlafwandler aus.

»Ich sag' es dir lieber gleich ... Ich habe mich verlobt und werde heiraten.«

Ich hatte seine Worte zwar akustisch gehört, vermochte aber nicht, sie zu begreifen. Der Schock war zu groß.

»Ich habe Minta gebeten, mich zu heiraten«, fuhr er mit monotoner, leiser Stimme fort.

»Oh ... ich verstehe ...«, hörte ich mich mit einer ganz kalten, gläsernen und fast gleichgültigen Stimme sagen.

»Du verstehst es wirklich, nicht wahr?« sagte er fast bettelnd.

»Natürlich. Es ist die einzige Art und Weise, *Whiteladies* zu kaufen!«

»Es *war* die einzige ... wo es doch in der Familie bleiben muß.«

»Ich gratuliere!« stieß ich mit vor Erregung rauher Stimme hervor. Ich mußte fort! Fort aus diesem Raum! Fort von ihm! Sonst würde ich anfangen zu rasen und zu toben und ihm meine

Liebe und meine Sehnsucht und all meine betrogenen Hoffnungen ins Gesicht schreien. Es überstieg meine Kraft, jetzt bei ihm in diesem Raum zu bleiben und äußerlich gelassen mit ihm darüber zu sprechen. Ich sprang auf, stieß ihn beiseite und stürzte zur Tür. Wie gejagt rannte ich zu meinem Zimmer hinauf und schloß mich ein.
Dort lag ich dann auf meinem Bett und sah mit starrem Blick zu dem Wappen des Seidenhändlers an der Decke hinauf und wünschte, ich wäre tot.

Wie ich jene darauffolgenden Wochen überlebte, weiß ich nicht. Und ich mußte auch noch Mintas Glückseligkeit mit ansehen! Wie verliebt sie in ihn war! Ich konnte es verstehen. Sie war zweifellos einmal durchaus zufrieden gewesen, Franklyn Wakefield zu heiraten und dann kam er – dieser von Leben sprühende, so männliche Stirling, dem kein Hindernis zu hoch war, wenn er sich etwas in den Kopf gesetzt hatte. Arme Minta! Ahnte sie auch nur, weshalb er sie heiratete? Oft trieb es mich geradezu, es ihr zu sagen. Ich mußte mich eisern zusammennehmen, es nicht zu tun, und empfand doch nur Mitleid mit ihr. Arme, ahnungslose kleine Törin! Sie wurde das Opfer des Racheschwures, den ein Mann, den sie gar nicht kannte, vor ihrer Geburt getan hatte – und durch diesen Racheschwur nun auch das Opfer dessen Sohnes, der in blinder Halsstarrigkeit davon überzeugt war, seine Sohnespflicht tun zu müssen. Arme, naive Minta, die glaubte, geliebt zu werden! Denn *sie* heiratete ihn nicht um *Whiteladies* willen, obwohl es jetzt vollständig renoviert werden und wieder im alten Glanz erstrahlen würde. Nichts würde für es zu gut oder teuer sein. Stirling würde sich sehr schnell einen gründlichen Überblick über die notwendigen Reparaturen verschaffen. Und keine Ausgaben scheuen. Hier kam ja der goldschwere Millionär! Wie konnte aus so einer Heirat jemals ein Glück entstehen! Ich war zornig und eifersüchtig und verbittert und fühlte mich zutiefst gedemütigt. *Ich* liebte Stirling und hatte geglaubt, daß er mich ebenfalls liebte. Und das tat er auch! Und nichts würde mich von dem Gegenteil überzeugen! Aber seine Sohnespflichten – oder das was er für diese hielt! – waren ihm wichtiger als seine Liebe zu mir. Eine innere Stimme erinnerte mich erbarmungslos: ›So wie deine Vernarrtheit in Lynx dir wichtiger war als deine Liebe zu Stirling.‹
Lynx weilte tatsächlich immer noch unter uns und beherrschte

weiter unser Leben. Wie todunglücklich ich auch sein mochte, war ich doch entschlossen, es mir auf keinen Fall anmerken zu lassen. Und das gelang mir auch, glaube ich, recht gut. Stirling sorgte dafür, daß wir kaum mehr allein zusammen waren. Er war jetzt sehr viel in *Whiteladies.* Vermutlich stellte er eine Liste der notwendigen Reparaturarbeiten auf und stürzte sich mit der ganzen Leidenschaft in diese Aufgabe, die ein normaler Mann für seine Braut empfunden hätte.

Eines Tages besuchte Minta mich sogar und saß mit Donna auf dem Schoß bei mir im Salon. Sie sei ja so-o-o glücklich, erklärte sie. Und sie wollte mir ein Geheimnis verraten: Sie hätte sich gleich zu Anfang, als wir in *Mercer's House* eingezogen seien, in Stirling verliebt. Nein, eigentlich noch früher. Ob ich mich an jene erste Begegnung erinnere? Als mein Schal über die Mauer geweht sei? Und als Stirling dann zurückkam, sei ihr das wie eine gütige Vorsehung erschienen.

Von wegen gütiger Vorsehung! dachte ich höhnisch und verbittert. Einzig und allein Lynx!

»Stirling *liebt Whiteladies.* Und er wird dort sehr glücklich sein!«

Das ist auch der einzige Grund, weshalb er dich heiratet! dachte ich zornig.

»Durch ihn sehe ich es jetzt mit ganz anderen Augen ... mehr so wie Lucie.«

»Und Lucie? Freut Lucie sich?«

Sie kräuselte die zarte Stirn, und ich empfand eine spontane Sympathie für Lucie, die mit ihrem praktischen, klaren Verstand weiter sah als Minta und ihr Vater.

»Lucie macht sich um mich Sorgen. Sie meint, glaube ich, ich sei noch ein Kind. Sie war früher im Internat einmal meine Lehrerin und sieht mich deshalb wahrscheinlich immer nur als eine ihrer weniger begabten Schülerinnen.«

Lucie war also nicht ganz einverstanden!

»Und was ich noch sagen wollte, Nora. Falls du gern zu uns nach *Whiteladies* ziehen möchtest, wirst du dort immer ein Zuhause haben.«

»Ich? In *Whiteladies?!* Oh ... aber du willst doch dort nicht deine Stiefschwiegermutter ...«

Ich hörte mich alarmierend hektisch auflachen.

»Ach, dieser absurde Titel paßt doch gar nicht zu dir! Ich weiß, Stirling möchte, daß du zu uns ziehst.«

»Hat er das gesagt?«
»Aber ja, natürlich.«
Nein! dachte ich. Niemals! Wie sollte ich unter demselben Dach mit ihnen leben können! Ich würde doch die ganze Zeit nur daran denken, wie anders es für mich hätte sein sollen! Und Stirling liebte mich! Und wir beide, er und ich, wußten das. Arme, ahnungslose kleine Minta, die nicht begriff, von wie unaufrichtigen Menschen sie umgeben war!
»Ich habe dieses *Mercer's House* sehr lieb gewonnen.«
»Was? Du willst hier ganz allein in diesem großen Haus bleiben? Hab' keine Angst, daß wir zu eng beieinander leben würden. *Whiteladies* ist so groß! Du könntest deinen eigenen Flügel ganz für dich haben. Zum Beispiel die Suite, die meine Mutter bewohnte.«
»Es ist so lieb von dir, Minta, aber ich denke, ich bleibe lieber fürs erste hier. Vielleicht gehe ich dann sowieso nach Australien zurück.«
»Bitte, sag so etwas nicht! Wir fänden das schrecklich ... Stirling und ich.«
Und wie schrecklich fand ich es erst, sie in so besitzanzeigender Weise von ihm sprechen zu hören. Meine Gefühle waren ein einziges wildes Chaos, und ich war unbeschreiblich unglücklich. Aber mit Minta hatte ich nur Mitleid.

Sie heirateten im April – an einem jener Frühlingstage, an denen die Knospen an den Bäumen sich runden und der frühe Morgenchoral der Vögel fröhlicher denn je klingt.
Maud hatte die Kirche geschmückt, und ich hatte ihr wieder geholfen, was wirklich eine kaum zu ertragende, bittere Ironie des Schicksals war! Und wie sie munter drauflos plapperte! Sie freute sich so für Minta.
»Wenn jemals ein Mädchen verliebt war, dann ist es Minta«, erklärte sie. Und ich wußte, Maud sah sich selbst im Geist als Braut am Arm von Dr. Hunter durch das Kirchenschiff schreiten. Ich hatte großes Mitgefühl mit Maud, aber sie brauchte wenigstens nicht mit anzusehen, wie der Mann, den sie liebte, eine andere heiratete!
Bis zum Anbruch des Hochzeitstages klammerte ich mich an die Hoffnung, daß etwas passieren würde, das diese Heirat verhinderte; doch der Tag brach an, und Sir Hilary führte seine Tochter zum Altar, und der Pfarrer John Mathers vollzog die Trauung.

Ich saß zwischen den andern und sah wie im Traum Stirling vor dem Altar knien und hörte sein Treuegelübde für Minta sprechen. Lucie saß rechts von mir, Franklyn links. Lucie machte ein ziemlich ernstes Gesicht, als gäbe sie der Ehe keine unbedingte Chance. Und Franklyn! Was empfand er? Er ließ durch nichts erkennen, wie er darunter litt, mitansehen zu müssen, wie das Mädchen, das eindeutig für ihn bestimmt gewesen war, einen anderen heiratete. Aber das war ja typisch für ihn.

Die Traugelübde waren gesprochen, und sie schrieben sich in der Sakristei in das Kirchenbuch ein. Gleich würde der Hochzeitsmarsch erklingen, und sie würden durch das Mittelschiff kommen. Es war wirklich wie ein böser Traum!

Und da waren sie! ... Minta ... eine strahlende Braut ... Stirling mit unergründlichem starren Gesicht ... und die Orgel spielte die bekannte Weise aus dem Lohengrin.

Wir verließen die Kirche, und ich trat mit Franklyn in den launischen Aprilsonnenschein hinaus.

MINTA

1

Wann mir zum erstenmal der Verdacht kam, daß jemand mir nach dem Leben trachtete, weiß ich nicht. Es war am Anfang nur so ein dunkles Gefühl, das ich als absurd abtat – doch dann verdichtete es sich zur Gewißheit. Ich wurde dadurch eine unglückliche und von Angst verfolgte Frau.

An dem Tag, als ich Stirling heiratete, war ich jedoch, wie ich überzeugt bin, die glücklichste Braut der ganzen Welt. Ich vermochte einfach nicht zu glauben, daß mir dieses unfaßbare Glück zuteil wurde. Als Stirling mir eines Tages einen Heiratsantrag machte, war ich, um die Wahrheit zu sagen, vollkommen sprachlos vor Überraschung. Stirling war anders als alle anderen Menschen, die ich bisher gekannt hatte. Er hatte irgend etwas Besonderes. Nora ebenfalls. Sie waren beide jene Sorte Menschen, deren Leben so viel aufregender und bunter schien als meines, und das machte das Zusammensein mit ihnen so interessant und anregend. Nora war keineswegs schön, aber sie besaß mehr Charme als jede andere Frau, die ich kannte; sie war so damenhaft, und ihr Auftreten war von einer seltenen natürlichen Anmut und Würde. Ich spürte, daß man Nora nur anzuschauen brauchte, um sich zu ihr hingezogen zu fühlen. Ihr bisheriges Leben war ja auch so ungewöhnlich! Jene Ehe mit Stirlings Vater, von der sie nur sehr wenig sprach; aber mir war aufgefallen, daß, wann immer der Name ihres verstorbenen Mannes fiel, eine Art atemlose Pause eintrat – sowohl bei Nora wie bei Stirling. Die Tatsache, daß sie seine Frau gewesen war, schien irgendwie eine besondere Auszeichnung zu sein und sie über gewöhnliche Menschen emporzuheben. Stirling war als sein Sohn sozusagen von dem gleichen Glorienschein umgeben. Man hatte nie das Gefühl, sie wirklich zu kennen; sie waren nicht überschaubar und in jeder Hinsicht so vollkommen anders als die Menschen, die ich mein Leben lang gekannt hatte – Menschen wie Maud Mathers und Franklyn zum Beispiel und sogar Lucie, die ich verstand und so gut kannte. Ich hatte nie zu hoffen gewagt, daß Stirling sich etwas aus mir machen würde.

Ich dachte immer, Nora und er würden eigentlich sehr gut zueinander passen und daß sie, wäre sie nicht seine Stiefmutter, womöglich geheiratet hätten. Und dann kam jener Tag, und er sagte ohne jede Vorwarnung zu mir: »Minta, ich möchte dich heiraten.« Ich riß die Augen auf und stotterte: »Was haben Sie gesagt?« da ich überzeugt war, nicht richtig gehört zu haben.
Er nahm meine Hände und küßte sie und wiederholte, daß er mich heiraten wolle. Ich sagte ihm darauf, daß ich ihn liebe und ihn vom ersten Augenblick an geliebt hätte, aber nicht im Traum daran zu glauben gewagt hätte, daß er das gleiche für mich empfände.
Wir sagten es auf der Stelle meinem Vater. Er war hocherfreut, wußte er doch, daß Stirling reich war und daß ich, wenn ich ihn heiratete, nicht wie er vom Gespenst der Armut verfolgt sein würde. Er rief alle zusammen – auch unsere paar Dienstboten – und teilte ihnen die frohe Neuigkeit mit, und dann schickte er in den Weinkeller hinunter und ließ die letzten Flaschen Champagner heraufholen, damit alle auf unser Wohl trinken konnten. Die Dienstboten taten das nur zu bereitwillig. Zweifellos freuten sie sich bei dem Gedanken daran, daß sie ihre Löhne von jetzt ab pünktlich und regelmäßig erhalten würden.
Aber es gab zwei Menschen im Haus, die sich nicht freuten.
Die erste war Lucie. Die gute Lucie, die mich immer behandelte, als wäre ich gerade mit der Schule fertig und müßte noch bemuttert werden. Nachdem Stirling fort war, kam sie zu mir in mein Zimmer und setzte sich auf mein Bett, so wie sie es früher tat, als sie ihre Ferien in *Whiteladies* verbrachte. »Minta«, sagte sie, »bist du dir ganz sicher?«
»So sicher, wie noch nie in meinem Leben! Es ist so wundervoll, weil ich nie dachte, er könnte sich für mich interessieren.«
»Warum nicht?« fragte sie. »Du bist ein schönes junges Mädchen, und ich war immer davon überzeugt, daß du eines Tages eine gute Partie machst.«
»Trotzdem siehst du besorgt aus.«
»Ich bin es auch ... ein bißchen.«
»Aber weshalb denn?«
»Ich weiß es nicht. Ich habe so ein ungutes Gefühl.«
»Aber Lucie! Alle freuen sich doch so! Und auch wenn ich ihn nicht lieben würde, wäre es in jeder Hinsicht eine gute Partie, wie du es nennst, oder etwa nicht? Er wird all unseren Geldsorgen ein Ende bereiten, und du weißt doch, was du dir immer für Sorgen

machst, daß das Haus eines Tages zu einer Ruine wird.«
»Ja, ich weiß. Ich liebe dieses Haus, und es braucht dringend Reparaturen, aber das bedeutet nicht, daß ich der Ansicht bin, du solltest heiraten.«
»Du bist jetzt nur eine ängstliche, alte Glucke, Lucie!«
»Seit ich deinen Vater geheiratet habe, betrachte ich dich als meine Tochter, Minta. Und auch vorher hatte ich dich, wie du weißt, sehr gern. Ich möchte, daß du glücklich wirst.«
»Aber ich bin es! Noch nie bin ich so glücklich gewesen wie jetzt.«
»Ich wünschte, du würdest noch etwas warten und die Dinge nicht überstürzen.«
»Du bist eine alte Unke geworden, Lucie! Was hast du an Stirling auszusetzen!«
»Ich hoffe, nichts. Aber es ist alles zu überstürzt. Ich hatte keine Ahnung, daß er dich liebt. Und er hat mir auch nie den Eindruck gemacht.«
»Mir auch nicht«, stimmte ich ihr zu und mußte wie ein dummes Schulmädchen kichern.
»Aber er ist eben anders, Lucie. Er hat ein ganz anderes Leben als wir gelebt. Du kannst nicht erwarten, daß er sich so wie normale Menschen benimmt. Er würde seine Gefühle nie zeigen.«
»Das ist es ja gerade! Er zeigt sie nicht. Und er hat mir wahrhaftig durch nichts zu erkennen gegeben, daß er in dich verliebt war.«
»Aber warum sollte er mich sonst heiraten wollen? Ich bringe kein Vermögen mit in die Ehe.«
»Er interessiert sich sehr für das Haus. Vielleicht strebt er eine Heirat in eine gute Familie wie unsere an, um gesellschaftsfähig zu werden. Wer ist er schließlich schon? Jener ziemlich vulgäre Protz am Altjahrsabend bewies doch einen gewissen Mangel an Kinderstube.«
»Wie kannst du es wagen, so etwas zu sagen, Lucie!«
»Verzeih.« Sie war sofort ganz zerknirscht. »Ich lasse mich von meiner Sorge um dich mitreißen. Verzeih mir, Minta.«
»Ich bin es, liebste Lucie, die dich um Verzeihung bitten sollte. Ich weiß, du machst dir meinetwegen Sorgen. Aber es besteht wirklich kein Grund dafür. Ich bin rundherum glücklich.«
»Nun, aber versprich mir, es alles nicht zu sehr zu überstürzen, ja?«
»Nicht zu sehr«, versprach ich. Aber ich wußte, Stirling wollte,

daß wir bald heirateten, und von jetzt an würde alles so sein, wie Stirling wollte.

Die zweite, die sich nicht freute, war Lizzie. Wie war sie theatralisch – und mühsam – seit Mamas Tod geworden! Lizzie mußte warten, bis ich im Bett war, um zu mir in mein Zimmer zu kommen – besser: hineinzugleiten – denn sie sah mit ihrer hoch erhobenen Kerze wie ein Gespenst aus. Sie trug ein langes, weißes Flanellnachthemd, das diesen Eindruck noch unterstrich. Ich wußte, ich war zu aufgeregt, um schlafen zu können, und erlebte im Geiste immer wieder jenen wunderbaren Augenblick, als Stirling mir sagte, er wolle mich heiraten.
Lizzie stand plötzlich in der Tür, und ich fuhr sie recht ungehalten an: »Was soll das, Lizzie, daß du so nachts hier durch das Haus geisterst?! Dein Nachthemd kann durch deine Kerze Feuer fangen!«
»Ich mußte einfach zu Ihnen kommen, Miss Minta, um mit Ihnen zu reden.«
»Um diese nachtschlafende Zeit?«
»Die Zeit spielt da keine Rolle.«
»Nun, ich finde doch, Lizzie, denn ich bin müde, und auch du gehörst ins Bett.«
Sie kümmerte sich nicht um meine Worte und setzte sich auf mein Bett.
»Sie werden also heiraten ... und ausgerechnet *den!*«
»Ich werde Mr. Stirling Herrick heiraten, falls du ihn meinst.«
»O ja, ihn. Die Ähnlichkeit ist unverkennbar. Man würde sofort wissen, wer er ist.«
»Bitte, sprich nicht so respektlos von meinem zukünftigen Mann, Lizzie!«
»Das Ganze hat was Unnatürliches. Es scheint mir irgendwie sonderbar. Sein Vater wollte deine Mutter heiraten, und jetzt ist er hier und will dich heiraten!« Lizzie duzte mich wieder wie früher, als ich klein war.
»Was redest du da eigentlich, Lizzie?«
»Es war sein Vater, der hier vor all diesen Jahren war.«
»Sein Vater? Das war Mrs. Herricks Mann!«
»Ein ziemliches Durcheinander«, bemerkte Lizzie. »Und das finde ich eben so komisch an dem Ganzen. Deine Mutter war verrückt nach ihm, und sie war nicht die einzige.«

»Geh zu Bett, Lizzie! Du redest wirres Zeug.«
»Nein, das tue ich nicht. Was ich sage, ist die reine Wahrheit. Es ist, als wäre *er* zurückgekommen. Irgendwie dachte ich immer, er würde es tun.«
Die einzelnen Steine des Mosaiks begannen sich in meinem Kopf zum Bild zu formen. »Lizzie, willst du etwa sagen, jener Zeichenlehrer meiner Mutter sei ...«
»Genau das! Mr. Charles Herrick gewesen! Du kannst seinen Namen auf den Zeichnungen oben im Wandschrank des Studios sehen. Er kam her, um ihr Zeichenunterricht zu geben, und dann ging er fort ... wurde wegen Diebstahls nach Australien verschifft, und deine Mutter sah ihn nie wieder. Sie war danach nie mehr die alte, und nun heißt es, er sei tot; aber da ist dieser andere, junge, und den willst du heiraten. Ist das nicht alles irgendwie ein schicksalhaftes Verhängnis?«
»Ich verstehe es nicht, und ich glaube, du kannst dich irren.«
»O nein, ich irre mich nicht! Es gibt welche, die bleiben nicht in ihrem Grab, wenn sie tot sind, und er ist einer von diesen.«
»Du dramatisierst eine völlig normale Situation, scheint mir.«
»Ich hoffe es, Miss Minta! Ich hoffe es wirklich. Aber wieso ist er hier? Wieso gerade *hier?* Er hat Sie behext, genau so, wie sein Vater Ihre Mutter behexte ... und noch andere!«
»Ich werde Mr. Herrick fragen, wenn er nächstes Mal kommt.«
»Ja, fragen Sie ihn, und passen Sie genau auf, was er antwortet!«
»Aber jetzt bin ich wirklich müde, Lizzie.«
»Ja, ja, ich geh schon. Aber ich habe Sie gewarnt! Mehr kann ich nicht tun.« Und damit ergriff sie ihre Kerze und verschwand.
Ich konnte nicht einschlafen; ich war viel zu erregt. War es möglich, daß Stirlings Vater jener Zeichenlehrer meiner Mutter war? Und was für ein eigenartiger Zufall, daß Noras Schal ausgerechnet über *unsere* Mauer geweht war! Was hatte es zu bedeuten? Aber hatte es überhaupt etwas zu bedeuten? Wichtig war doch einzig und allein, daß Stirling mich gebeten hatte, ihn zu heiraten. War es das Haus, das er haben wollte, wie Lucie anzudeuten schien? Gab es irgendeinen dunklen, schicksalhaften Zusammenhang, wie Lizzie ihn zu sehen glaubte? Und wenn schon! Was machte es denn? Ich würde Stirling heiraten!

Stirling erklärte, es bestände kein Anlaß zu warten. Er hatte es eilig, mein Mann zu werden.
Ich erwähnte, was Lizzie mir erzählt hatte.
»Es stimmt«, gab er zu. »Mein Vater war Zeichenlehrer hier in *Whiteladies* und wurde dann zu Unrecht angeklagt und verurteilt und nach Australien verschifft. Dort brachte er es dann sehr schnell zu Reichtum und Ansehen. Es war ein himmelschreiendes Unrecht, gegen einen so großen Mann eine derartige Anklage zu erheben! Als ich dann nach England kam, um Nora abzuholen, wollte ich selbstverständlich das Haus sehen, in dem mein Vater gearbeitet hatte und in dem es passiert war. Noras Schal wehte über die Mauer, und so kamen wir herein, um ihn wiederzuholen.«
Es schien nichts Ungewöhnliches an dem, was er sagte. Es war alles ganz selbstverständlich – ausgenommen allerdings die Tatsache, daß Stirling bisher mit keiner Silbe erwähnt hatte, daß sein Vater hier in *Whiteladies* war.
»Das mit deinem Vater tut mir so leid!« sagte ich.
»Er brauchte nie Mitleid.«
»Aber ungerecht angeklagt und verurteilt zu werden!«
»Das passierte damals oft.«
»Du mußt ihn sehr gern gehabt haben, Stirling.«
»Er war mein Vater.«
»Du scheinst eine gewisse Verehrung für ihn zu empfinden. Nora übrigens auch.«
»Wenn du ihn gekannt hättest, würdest du das verstehen.«
»Die arme Nora! Wie muß sie gelitten haben, als er starb!«
Er antwortete nicht und wandte sein Gesicht ab. Ich befürchtete, taktlos gewesen zu sein. Er sprach nur höchst ungern über Nora. Ich vermutete, daß es deswegen war, weil er sich Sorgen um ihre Zukunft machte, und so sagte ich, sie wäre uns herzlich willkommen, sollte sie jemals den Wunsch haben, nach *Whiteladies* zu ziehen.
»Sie ist schließlich wie deine Schwester. Ich weiß, dem Buchstaben nach ist sie deine Stiefmutter, aber das ist doch lächerlich. Sie ist so anziehend! Ich komme mir immer ganz unbedeutend und dumm neben ihr vor. Ich wünschte, ich wäre mehr wie sie!«
Stirling antwortete auch jetzt nichts. Er starrte blicklos vor sich hin, als wäre ich gar nicht da. Er denkt an seinen Vater, sagte ich mir, und ich freute mich, daß er eines so tiefen, starken Gefühls fähig war.

Es gab so viel für die Hochzeit vorzubereiten! Maud Mathers war schon ganz aufgeregt und beneidete mich auf die netteste Art. Sie begann sofort damit, sich zu überlegen, wie sie die Kirche schmücken würde. »Ich wünschte, es wäre im Mai und nicht im April!« sagte sie. »Man hätte dann viel mehr Auswahl an Blumen.«
Lucie beaufsichtigte die Anfertigung meines Hochzeitskleides. Jenny Callow und ihre Tochter kamen jeden Tag und nähten es; sie machten auch einige andere Kleider und Sachen für mich. Es war wieder wie in alten Zeiten, denn als ich klein war, also bevor wir verarmten, arbeitete Jenny nur für uns. Flora war damals ein kleines Mädchen gewesen, lernte aber schon ihr Handwerk von ihrer Mutter. Ich weiß noch, wie sie beim Anprobieren immer daneben stand und die Stecknadeldose hielt. Dann wurde Jenny entlassen, und alle möglichen Leute ließen sich ihre Sachen von ihr nähen, damit sie ihr Auskommen hatte.
Der einzige Mensch, mit dem ich in jener Zeit vor meiner Hochzeit richtig ratschen konnte, war Maud. Mit Lucie wäre es noch schöner gewesen, aber ich konnte ihre stumme Kritik an Stirling und unserer Hochzeit nicht ertragen. Ich hätte gern mit Nora über alles geredet, aber sie ging mir aus dem Weg. Ich war enttäuscht darüber, denn sie hatte gedacht, sie würde mir wie eine Schwester werden. Maud wollte wissen, wohin wir unsere Hochzeitsreise machten, und als ich ihr sagte, daß wir noch nicht darüber gesprochen hätten, war sie leicht enttäuscht.
»Venedig!« schwärmte sie. »In einer Gondel den Canal Grande entlanggleiten! Oder vielleicht Florenz! Über die Brücke schlendern, auf der Dante seiner Beatrice begegnete! Oder Rom und das Forum! Auf der Stelle stehen, auf der Julius Cäsar niedergestochen wurde. Ich finde nun mal, Italien ist das schönste Land für Flitterwochen.«
Ich war überrascht, denn ich hatte Maud nicht für so romantisch gehalten. Als ich Stirling gegenüber das Thema unserer Hochzeitsreise anschnitt, sagte er: »Warum sollten wir verreisen? Was könnte schöner und faszinierender sein als *Whiteladies?*«
»Du meinst, wir sollten zu *Hause* bleiben?!«
»Es ist doch gerade erst mein Zuhause geworden«, entgegnete Stirling. »Es gibt *nichts,* was ich so gern täte, als es mir richtig und in Ruhe anzuschauen und es zu erforschen. Aber wenn du lieber verreisen willst ...«

Ich wollte nur das, was er wollte. »Wir werden jetzt noch keine Hochzeitsreise machen, sondern erst später«, sagte ich daher zu Maud.

Die Kleider wurden also genäht und der Hochzeitskuchen gebacken, und Vater erklärte, es sei nun nicht mehr notwendig, über die Ausgaben für die Hochzeit nachzudenken. Ich bekäme in *Whiteladies* eine ansehnliche Mitgift und durch meine Heirat würde dieses allmählich restauriert werden und in all seiner alten Pracht wiedererstehen.

Eine Woche vor der Hochzeit kam Lucie eines Abends zu mir, um mit mir zu reden.

»Ich wollte dir nur eines sagen, Minta. Falls du es dir noch anders überlegen solltest, mußt du nicht denken, daß es dafür zu spät ist.«

»Es mir anders überlegen? Weshalb sollte ich das um alles in der Welt?«

»Es ist alles ziemlich überstürzt, und es ist so viel darüber geredet worden, wie gut es für *Whiteladies* ist. Aber wir kommen schon zurecht, auch wenn du dich entschließt, ihn nicht zu heiraten. Wir haben es ja auch bisher geschafft. Ich will nicht, daß du das Gefühl hast, um *Whiteladies* willen ihn heiraten zu müssen.«

»Das Gefühl habe ich auch nicht eine Sekunde lang gehabt, Lucie. Ich liebe *Whiteladies* und fände es schrecklich, wenn es verfällt, aber ich würde niemals deswegen jemand heiraten. Es ist einfach nur ein zusätzliches riesiges Glück, daß Stirling zufällig reich ist und *Whiteladies* liebt. Er wird es deshalb wieder herrichten lassen. Du wirst dich darüber freuen. Ich weiß es ganz genau. Du hast dir doch immer solche Sorgen deswegen gemacht.«

»Natürlich werde ich mich freuen, aber wenn du den falschen Mann heiratest, könnte nichts mich darüber hinwegtrösten.«

»Du kannst da wirklich ganz beruhigt sein. Ich heirate Stirling einzig und allein, weil ich ihn liebe!«

Damit gab sie sich zufrieden. Sie begann dann über die Hochzeit zu sprechen und sagte, sie hoffe, Maud würde in der kirschroten Seide, die sie sich ausgesucht hatte, hübsch aussehen.

Maud sollte meine Brautjungfer sein. Ich hatte gehofft, Nora würde es, aber sie hatte erklärt, daß wäre für eine Witwe nun wirklich lächerlich und hatte so deutlich gezeigt, daß sie es nicht wollte, daß ich nicht weiter versuchte, sie zu überreden. Lucie meinte, es sei ein Jammer, daß Druscilla noch nicht alt genug sei, um Brautjungfer zu sein. Auch da wäre Franklyn natürlich der näherliegende gewesen, aber irgendwie schien es taktlos, ihn zu fragen, da ich wußte, daß viele Leute gedacht hatten, er würde bei meiner Hochzeit der Bräutigam sein. Aber, wie ich schon sagte, was macht das alles! Nur eines zählte: Daß Stirling mich heiratete!

Und so brach schließlich unser Hochzeitstag an – der glücklichste Tag meines Lebens. Nachdem Pfarrer Mathers die Trauung vollzogen hatte, fuhren wir nach *Whiteladies* zurück, wo der Empfang in der großen Halle stattfand, in der die Bräute unserer Familie seit Jahrhunderten ihre Hochzeiten gefeiert hatten. Stirling hatte an jenem Tag einen fast verklärten Gesichtsausdruck. Er liebt mich! sagte ich mir. Er könnte nicht so aussehen, wenn es anders wäre.

Er stand neben mir in der Halle vor dem riesigen Kuchen und führte meine Hand, als ich ihn anschnitt, und sein ganzes Verhalten hatte etwas, was ich nur als Triumph bezeichnen kann.

Es wurden die üblichen Reden gehalten – Vaters war langatmig und gefühlvoll, Dr. Hunters kurz und geistreich, Franklyns steif und konventionell – Reden, wie sie seit eh und je bei Hochzeiten gehalten werden. Stirling erwiderte dann dankend die Reden. Er faßte sich kurz. Es sei ein glücklicher Tag für ihn, erklärte er und er habe das Gefühl, nach Hause gekommen zu sein. Einige der Gäste blieben zum Essen. Anschließend tanzten wir dann in der Halle, die einen wundervollen Ballsaal abgab. Stirling und ich tanzten unseren ersten Walzer. Er war kein sehr guter Tänzer, aber ich liebte ihn dafür umso mehr.

»Du wirst feststellen, daß mir vieles vom feinen Benimm abgeht«, sagte er.

»Ich weiß nur, daß ich das, was ich feststellen werde, schon jetzt liebe!« entgegnete ich.

Und dann verabschiedeten sich unsere Gäste, und wir blieben allein. Ich hatte etwas Angst, er könnte mich in meiner völligen Unerfahrenheit langweilig und unzureichend finden, aber Stirling war voller Güte. Es war fast, als täte ich ihm leid, und ich war bezaubert und tief gerührt über seine unerwartete Zartheit.

Ja, das war der glücklichste Tag meines Lebens!

2

Es waren eigenartige Flitterwochen. Gleich am Tag nach unserer Hochzeit wollte Stirling, daß ich einen Rundgang durch das ganze Haus mit ihm machte. »Nur wir beide!« sagte er.
Ich war entzückt, und wir marschierten los. Er war entsetzt über den Zustand des Hauses und machte sich eine Menge Notizen. In einem der Räume stocherte er in den Deckenbalken aus Eichen herum und bemerkte: »Holzwürmer! Die können jetzt jeden Moment herunterkommen. Wir müssen sofort mit den Reparaturarbeiten anfangen.«
»Du bist eigentlich viel mehr wie ein Schadenabschätzer als wie ein frischgebackener Ehemann!« erklärte ich.
»Dies ist dein Haus«, entgegnete er. »Wir haben die Verpflichtung, es für unsere Kinder zu erhalten und müssen alles Notwendige dafür tun.«
Ich hatte nicht gewußt, wie sehr das Haus vernachlässigt worden war. »Aber das wird ein Vermögen kosten, Stirling! Es ist doch nicht notwendig, alles auf ein Mal machen zu lassen.«
»Ich *habe* ein Vermögen«, war alles, was er antwortete. Ich lachte, denn seine Prahlerei, wie Lucie es nannte, amüsierte mich. Er war reich und stolz darauf, weil sein Vater dieses Vermögen aufgebaut hatte, und alles, was sein Vater getan hatte, war in seinen Augen wundervoll. »Und nichts«, fuhr er nach einer kurzen Pause fort, »wird übergangen. Ich werde dafür sorgen, daß dein Haus wieder in perfektem Zustand ist.«
»Ich wünschte, du würdest nicht ›dein‹ Haus sagen, Stirling. Alles, was meins ist, ist auch deins. Das weißt du doch.«
Er lächelte in einer Weise, die mich tief rührte, gab mir einen Kuß auf die Stirn und sagte: »Du bist ein liebes Mädchen, Minta. Es tut mir leid, daß ich so bin, wie ich nun mal bin.«
Ich lachte ihn aus. »Aber nur deshalb liebe ich dich doch!« Er legte die Arme um mich und hielt mich behutsam an sich gezogen. »Wir werden sehr glücklich werden!« versicherte ich ihm, denn es schien, als sei er derjenige von uns beiden, der diese Versicherung brauchte.
»Unsere Kinder werden auf dem Rasen von *Whiteladies* spielen!« erklärte er feierlich.
»Ja, auf dem Rasen eines restaurierten und schönen *Whiteladies,* an dem nicht mehr die Holzwürmer nagen und dessen

Erkertürmchen noch weiteren tausend Jahren standhalten werden!«
Stirling konzentrierte sich mit seiner gesamten Energie auf das Haus. Nach drei Monaten waren Schwamm und Holzwürmer gebannt, und *Whiteladies* begann wieder schön und gepflegt zu werden. Stirling war jedoch keineswegs zufrieden. Es blieb noch eine Menge zu tun. Ich nannte jene Monate den *Whiteladies*-Sommer.
Anfang September traf ein schwerer Schicksalsschlag *Wakefield Park*. Sir Everard erlitt einen erneuten Schlaganfall und starb. Es kam nicht völlig unerwartet, denn wir hatten alle gewußt, daß er nicht mehr lange leben würde, aber es war trotzdem ein Schock. Ganz besonders selbstverständlich für Lady Wakefield. Sie war ohne ihren Mann ganz verloren. Franklyn war ständig bei ihr; doch sie verzehrte sich vor Kummer und Gram, und eine Woche nach der Beerdigung legte sie sich ins Bett und blieb wochenlang so liegen, ohne den Willen zu haben, je wieder aufzustehen.
Mitte Oktober starb sie dann, und alle sagten, es sei eine »gnädige Erlösung« gewesen.
Der arme Franklyn war sehr unglücklich, aber er ist ja nicht der Mann, der das gezeigt hätte. Dr. Hunter erzählte uns, er habe Franklyn auf den Tod seines Vaters rechtzeitig vorbereitet, und daß Lady Wakefield so kurz danach gestorben sei, wäre genau das gewesen, was sie sich gewünscht hätte. Dr. Hunter war nach *Whiteladies* gekommen, um nach Druscilla zu sehen. Lucie ließ ihn dauernd holen. Sie war wirklich lächerlich ängstlich mit diesem Kind! Wenn es um Druscilla ging, verlor sie, um die Wahrheit zu sagen, den sonst so nüchternen und praktischen Kopf.
»Sie hatte einfach keinen Lebenswillen mehr«, sagte Dr. Hunter. »Ich habe so etwas schon oft erlebt. Zwei Menschen sind ihr ganzes Leben lang zusammen gewesen. Wenn dann der eine stirbt, folgt der andere ihm unmittelbar nach.«
Vater nahm es sehr mit, diese guten alten Freunde zu verlieren. Er bestand darauf, zur Beerdigung zu fahren. Lucie war ziemlich verärgert darüber, weil ein kalter Ostwind wehte. Sie erklärte, sie würde nicht zulassen, daß er das Haus verließ. O ja, sie war rührend um uns besorgt. Das kam, weil sie vorher nie eine eigene Familie gehabt hatte; wir waren ihr daher doppelt kostbar. Vater gab meistens nach, doch dieses Mal blieb er hart. Er erklärte, er lasse sich von niemandem und nichts davon abhalten, »seiner

guten alten Freundin«, das letzte Geleit zu geben. Er ließ sich zur Kirche fahren und folgte dem Trauerzug auf den Friedhof und stand dort barhäuptig mit dem Hut in der Hand am Grab in dem kalten Wind.
Franklyn tat mir sehr leid, wußte ich doch, wie er seine Eltern geliebt hatte, und ich war froh, daß Nora da war, denn ich fühlte, daß ihre Gegenwart ein Trost für ihn war. Ich wußte schon seit einiger Zeit, daß er sie verehrte. Sie dagegen behandelte ihn mit einer gewissen freundlichen Reserviertheit. Ich äußerte mich einmal Stirling darüber, daß es doch eine gute Lösung für Nora wäre, wenn sie Franklyn heiraten würde, da sie ständig so tue, als wolle sie wieder nach Australien zurück.
»Sie passen überhaupt nicht zueinander?« erklärte Stirling kalt. »Franklyn!« fügte er fast verächtlich hinzu, als käme Franklyn als Ehemann für Nora gar nicht in Frage.
»Du kennst ihn nicht!« verteidigte ich meinen alten Freund. »Er ist einer der gütigsten Menschen auf der ganzen Welt.«
Er ging ziemlich abrupt und verärgert weg. Nora war mit seinem Vater verheiratet gewesen, natürlich! Und deshalb war ihm der Gedanke, daß jemand an dessen Stelle treten könnte, verhaßt.
Ich ließ mich jedoch von dem Gedanken nicht abbringen, wie angenehm es wäre, wenn Franklyn und Nora heiraten würden. Und ich fragte mich, ob Franklyn das wohl im Sinn hatte. Nora bestimmt nicht, dessen war ich sicher.
Am dritten Tag nach Lady Wakefields Beerdigung bekam Vater eine Erkältung. Lucie regte sich entsetzlich darüber auf, wie immer, wenn er krank war, und bestand darauf, daß er im Bett blieb. Er hätte eben nicht zu der Beerdigung fahren sollen! klagte sie.
Sie ließ Dr. Hunter holen und hatte eine lange Unterredung mit ihm. Als der Doktor dann endlich aus dem Krankenzimmer kam, bat ich ihn, einen Augenblick in die Bibliothek zu kommen, und fragte ihn, ob mein Vater tatsächlich krank sei oder ob Lucie sich wieder einmal anstellte.
»Es ist eine Grippe«, sagte er, »aber er war kurz vor einer Bronchitis. Ich hoffe, wir haben es noch rechtzeitig gestoppt. Vielleicht muß er einige Tage im Bett bleiben.«
Der arme Dr. Hunter! Er sah selbst sehr müde und erschöpft aus, und er tat mir leid, als ich daran dachte, daß er nun in jenes recht trostlose kleine Haus zurückkehrte und seine Haushälterin

vielleicht in volltrunkenem Zustand vorfand. Weshalb heiratete er nicht Maud? Sie wäre eine wundervolle Frau für ihn!
Ich bestand darauf, daß er einen Sherry trank, bevor er zu seinem Brougham hinausging. Er bekam davon etwas Farbe und schien weniger bedrückt.
»Ich schaue heute abend noch mal herein«, versprach er. »Nur um mich davon zu überzeugen, daß es mit Ihrem Vater wunschgemäß weitergeht.«
Als er aber dann abends kam, hatte Vater die Bronchitis und hohes Fieber. Und nach einigen Tagen wurde eine Lungenentzündung daraus. Ich hatte Lucie noch nie so aufgeregt gesehen und überlegte mir, was für ein Glück mein Vater doch hatte, von seiner Frau derartig geliebt zu werden, denn ich hatte bisher geglaubt, daß es für Lucie eine Vernunftehe gewesen war. Ich wußte, sie hatte sich brennend gewünscht, für immer in *Whiteladies* bleiben zu können und hatte es zweifellos genossen, Lady Cardew zu werden, doch als ich sah, wie sie sich jetzt über die Krankheit meines Vaters aufregte, erkannte ich, wie groß ihre Liebe zu ihm war. Sie verließ das Zimmer überhaupt nicht mehr und blieb Tag und Nacht bei ihm; sie schlief nur gelegentlich mal ein Stündchen in dem angrenzenden Zimmer, wenn ich sie an seinem Bett ablöste.
»Ich habe kein Vertrauen zu den Dienstmädchen«, gestand sie mir. »Vielleicht möchte er dann gerade etwas haben.«
»Wenn du so weiter machst und so gut wie gar nicht schläfst, wirst du selber krank werden?« schalt ich.
Ich blieb also bei ihm, doch sowie er zu husten anfing, war sie auch schon an seinem Bett.
Wir warteten besorgt auf die Krise, doch ich wußte, Dr. Hunter hatte nicht viel Hoffnungen. Vater war alt und schon seit längerer Zeit recht gebrechlich. Eine Lungenentzündung war eine ernste Sache – sogar für junge Menschen. Vater wollte sie ständig an seinem Bett haben und wurde sofort unruhig, wenn sie auch nur einen Augenblick hinausging. Es rührte mich sehr zu sehen, wie sie aneinander hingen, und ich mußte wieder daran denken, wie häßlich meine Mutter stets zu ihm gewesen war. Ich freute mich, daß meinem Vater am Ende seines Lebens noch dieses Glück mit einer Frau wie Lucie vergönnt gewesen war.
Wir waren beide bei ihm, als er starb, doch Lucie und nicht ich hielt seine Hand. Nie werde ich den Ausdruck in ihrem Gesicht

vergessen, als sie mich dann ansah. Es war, als hätte sie alles verloren, an dem ihr Herz auf dieser Welt hing.
»Liebste Lucie!« sagte ich leise. »Du hast doch immer noch Cilla!«
Und ich führte sie zu Druscillas Zimmer. Es war neun Uhr abends, und die Kleine schlief fest. Ich nahm sie trotzdem aus ihrem Bettchen und legte sie Lucie in die Arme. »Mama!« mauzte Druscilla schläfrig und leicht beleidigt über diese Störung. Lucie stand wie eine Gestalt aus einer antiken Tragödie mit dem Kinde in den Armen da, bis ich es ihr wieder abnahm und zurück ins Bett legte. Es war vielleicht eine ziemlich sentimentale und pathetische Geste von mir, aber sie verfehlte nicht ihre Wirkung. Lucie riß sich zusammen, und ich wußte, sie begriff, daß sie immer noch Druscilla hatte, um die ihr Leben von jetzt ab kreisen würde.

Weihnachten rückte näher. Letztes Jahr waren wir in *Wakefield Park* gewesen; dieses Jahr sollte es bei uns in *Whiteladies* gefeiert werden. Wir würden es nicht so groß feiern wie im kommenden Jahr, erklärte Stirling, wegen dem Tod meines Vaters, aber es sollte trotzdem des Hauses würdig sein. Es müßte allen klargemacht werden, daß *Whiteladies* und nicht *Wakefield Park* das eindeutige Zentrum des gesellschaftlichen Lebens unserer Gegend sei.
Lucie war wie ein Gespenst in ihrer Trauerkleidung durch das Haus gewandelt. Schwarz stand ihr übrigens recht gut. Druscilla war jetzt fast zwei Jahre alt; sie war ein verzogener kleiner Tyrann und der Liebling des gesamten Hauses. Lucie liebte sie abgöttisch, weigerte sich aber, sie zu verwöhnen, wie wir anderen es wohl taten. Ich liebte sie zärtlich und wünschte mir sehnlichst, ein Kind zu bekommen. Stirling auch. Er sprach dauernd davon, daß unsere Kinder auf dem Rasen von *Whiteladies* spielen würden.
Einmal dachte ich, es wäre so weit, doch dann war es wieder eine Enttäuschung. Ich war sehr unglücklich darüber und beschloß, beim nächsten Mal niemandem etwas zu sagen, bevor es nicht ganz sicher war. Lucie versuchte immer, auf den Busch zu klopfen. »Wenn du erst ein eigenes Kind hast ...«, pflegte sie zu sagen oder »Vielleicht wünscht du dir zu sehr ein Kind. Ich habe schon gehört, daß eine Frau nicht empfängt, wenn sie es sich zu brennend wünscht. Das ist so eine Perversität der Natur.«

Als ich von Stirlings Plan erzählte, die alten Weihnachtsbräuche von früher wiederaufzunehmen, hielt sie das für eine gute Idee.
»*Whiteladies* ist hier der alte Besitz mit Tradition«, sagte sie, »*Wakefield Park* ist nur ein Emporkömmling. Ich finde, dein Mann hat da ganz recht.«
Ich freute mich darüber, daß sie begann, Stirling zu mögen und ihre Meinung über ihn und die Gründe, die ihn zu dieser Heirat bewogen hatten, zu ändern schien.
»Wenn du erst Kinder und damit deine eigene Familie hast, wirst du mich sicherlich nicht mehr hier haben wollen«, meinte sie eines Tages.
»Aber Lucie! Was für ein Unsinn!« rief ich völlig überrascht aus. »Dies ist doch dein Zuhause! Was sollen wir außerdem ohne dich machen?!«
»Das wird sich ändern. Ich bin ja nur deine Stiefmutter – und ihr braucht mich nicht wirklich.«
»Wann hätte ich dich jemals nicht gebraucht?«
»Ich werde wissen, wann der Augenblick kommt, fortzugehen.«
»Ich wünschte wirklich, du würdest so etwas nicht sagen, Lucie!«
»Na gut. Vergessen wir es. Aber ich bleibe nur, wenn du es willst.«
Das genüge mir völlig, versicherte ich ihr, denn ich würde es nie *anders* wollen.
Was für Spaß machten Stirling die Weihnachtsvorbereitungen! Ein großer Teil der wichtigsten Renovierungsarbeiten war getan, und er war ganz persönlich stolz darauf, doch es blieb immer noch viel übrig. Er hatte auch schon das Personal erhöht. Wir beschäftigten jetzt wieder sechs Gärtner, und die Gärten und der Park begannen wunderschön gepflegt auszusehen. Ich hatte mich inzwischen daran gewöhnt, daß dauernd Handwerker im Haus zu Gange waren und einige Räume nicht benutzt werden konnten, weil der Fußboden aufgerissen war oder die Wandtäfelung ausgebessert wurde.
Zwei Wochen vor Weihnachten war ich so gut wie sicher, daß ich ein Kind erwartete. Ich brannte darauf, es jemandem zu erzählen, beschloß jedoch, es nicht zu tun. Ich wollte Stirling nicht möglicherweise falsche Hoffnungen machen. Lizzie erriet es eigenartigerweise. Sie wischte gerade in Druscillas Zimmer

Staub, als ich hereinkam, um die Kleine zu besuchen, die auf dem Fußboden mit ihren Bauklötzen spielte; ich kniete mich neben sie, und wir bauten zusammen ein Haus. Ich konnte den Blick nicht von dem kleinen Gesichtchen mit dem winzigen Stupsnäschen und dem feinen Haarflaum an den Augenbrauen lösen. Ich dachte an mein eigenes Kind, als Lizzie in ihrer direkten Art sagte: »Es ist also bei Ihnen soweit, nicht?«
»Was soll soweit sein?«
Lizzie verschränkte die Arme vor der Brust und bewegte sie in einer wiegenden Gebärde. Ich errötete, und Druscilla krähte: »Was hast du da, Lizzie?«
Lizzie erwiderte: »Du wärest erstaunt, kleine Miss, wenn ich dir sagte, ein zweites Baby. Das würde unserer Miss Cilla bestimmt nicht passen, was?« Ich gab ihr einen Kuß und sagte: »Lizzie macht doch nur Spaß.«
»Mir können Sie nichts vormachen«, fuhr Lizzie fort. »Man sieht es einer Frau immer an.« Druscilla forderte ungeduldig meine Aufmerksamkeit für ihre Bauklötze zurück, und ich fragte mich: Stimmt das? Sieht man es einer Frau immer an?

Weihnachten kam und ging. Der Weihnachtsbazar war in der frisch renovierten Halle von *Whiteladies* abgehalten worden. Stirling hatte für eine äußerst großzügige Bewirtung für alle gesorgt, was es bisher noch nie gegeben hatte. Der Bazar war ein großer Erfolg, und alle waren begeistert von unserem neuen Überfluß. Wir bewirteten den Kirchenchor, der wieder im Dorf Weihnachtslieder gesungen hatte, mit einer Suppe, einem köstlichen Plumpudding und Wein. Ich hörte, wie eines der älteren Mitglieder sagte, es sei wieder ganz wie in alten Zeiten, und sogar damals hätten sie nicht so guten Wein bekommen.
Wir gaben am ersten Weihnachtstag nur ein kleines Abendessen, weil wir ja noch in Trauer waren – nur die Familie und Nora und Franklyn. Und am Altjahresabend fuhren wir dann nach *Wakefield Park* hinüber.
Und dann ereignete sich Anfang des neuen Jahres der erste jener beunruhigenden Vorfälle.
Stirling sprach am Morgen jenes Tages beim Frühstück – wie so oft – über die gerade stattfindenden Renovierungsarbeiten.
»Sie haben jetzt oben mit dem Erkertürmchen begonnen«, sagte er. »Da oben ist mehr zu tun, als wir anfangs dachten.«

»Ach, wird das herrlich, wenn es alles einmal fertig ist!« rief ich aus.
»Dann können wir endlich ungestört unser Leben in einem Haus genießen, in dem es nicht ständig von Handwerkern wimmelt!«
»Alles, was bisher gemacht wurde, war dringend notwendig«, erwiderte Stirling.
»Wenn meine Vorfahren vom Himmel herabsehen könnten, was in *Whiteladies* geschieht, würden sie dich bestimmt segnen.«
Er aß eine Weile schweigend weiter und meinte dann: »Ein so großes Haus sollte das Heim vieler Menschen sein.« Und an Lucie gewandt fragte er: »Findest du das nicht auch?«
»Aber ja«, stimmte sie ihm zu.
»Und du redest davon, uns verlassen zu wollen!« erinnerte ich sie vorwurfsvoll. »Das werden wir dir nie erlauben, nicht wahr, Stirling?«
»Minta käme ohne dich niemals zurecht«, sagte Stirling und Lucie machte ein erfreutes Gesicht, worüber wiederum ich glücklich war.
»Und was ist mit Nora?« setzte ich seinen Gedankengang fort. »Ich wünschte so sehr, sie zöge zu uns! Es ist doch absurd, daß sie ganz allein in dem großen *Mercer's House* lebt!«
»Sie erwägt, uns ganz zu verlassen«, bemerkte Stirling.
»Das dürfen wir nie und nimmer zulassen!«
»Wie können wir es verhindern, wenn sie nach Australien zurück will?« fragte er mit merkwürdiger Kälte.
»Sie sagt das schon lange und bleibt doch hier. Ich glaube, sie hat einen ganz bestimmten Grund dafür.«
»Was für einen Grund?« Er sah mich so kalt an, als wäre ich eine Fremde für ihn; ich dachte, es sei der Gedanke daran, daß Nora fortgehen könnte, der ihn so wütend machte. Ich zuckte die Achseln, und er sagte: »Geh irgendwann mal hinauf und schau dir an, was sie oben am Erkertürmchen gemacht haben. Wir dürfen nicht zulassen, daß bei den Arbeiten Altes draufgeht. Sie müssen bei der Arbeit sehr vorsichtig sein.«
Er hatte es gern, wenn ich mich für die Arbeiten interessierte, und so versprach ich, am Nachmittag, bevor es dunkel würde – was um diese Jahreszeit bereits gegen vier Uhr geschah –, hinaufzusteigen. Am Vormittag hätte ich keine Zeit, da Maud mich gebeten hätte, auf einen Kaffee zu ihr herüberzukommen

und zum Mittagessen zu bleiben. Sie hätte schon wieder einen Bazar und wollte mit mir über die Bewirtung sprechen. Stirling schien nicht zuzuhören. Ich betrachtete ihn nachdenklich. Er war wahrhaftig kein sehr zärtlicher Ehemann! Wenn er mich in den Armen hielt, hatte ich manchmal das Gefühl, daß es eher eine Pflicht für ihn war – eine Pflicht, die getan werden mußte. Natürlich hatte ich immer gewußt, daß er ein ungewöhnlicher Mensch war. Er hatte selbst von Anfang an betont, daß er keine feinen Manieren habe, da er nicht in einem englischen Landhaus aufgewachsen sei wie gewisse Leute, womit er natürlich Franklyn meinte. Manchmal schien es mir, als hätte er ausgesprochen etwas gegen Franklyn, und ich fragte mich, ob es deshalb war, weil er wußte, daß dieser Nora bewunderte und verehrte, und er der Meinung war, daß kein Mensch seinen Vater ersetzen konnte.

Ich war überzeugt, daß er sich da ganz unnötige Sorgen machte. Falls Franklyn in Nora verliebt war, so war sie es ganz bestimmt nicht in ihn. Sie war gegen ihn genauso kühl und verschlossen wie Stirling es manchmal gegen mich war. Aber ich liebte Stirling von ganzem Herzen und würde ihn immer weiter lieben, welcher Art seine Gefühle auch für mich sein mochten. Ich wachte nachts einige Male schrecklich bedrückt auf und sagte mir: Er hat dich um *Whiteladies* willen geheiratet! Und seine fast fanatische Liebe zu dem Haus hätte wahrhaftig der Beweis dafür sein können, daß es stimmte. Aber tief im Inneren meines Herzens glaubte ich es nicht. Er war eben nur kein Mann, der seine Gefühle zeigte.

Um halb vier kam ich vom Pfarrhaus zurück. Es war ein bewölkter Tag, und so schien es fast schon dämmrig zu werden. Mir fiel wieder das Erkertürmchen ein, und da Stirling mich höchstwahrscheinlich abends fragen würde, ob ich oben gewesen war und es mir angesehen hatte, beschloß ich, es lieber gleich zu tun, denn jeder Mangel an Interesse meinerseits an den Reparaturarbeiten schien ihn ausgesprochen zu ärgern.

Der Turm, an dem das Erkertürmchen wie ein luftiges Schwalbennest klebte, befand sich in dem ältesten Teil des Hauses, dem Überrest des alten Klosters. Wir benutzten ihn nicht, doch Stirling hatte alle möglichen Pläne damit. Eine Wendeltreppe mit einem Seil als Handlauf führte zu dem Turm hinauf. Früher waren wir nur sehr selten hierher gekommen, und so war dieser Teil, als ich jenen ersten gründlichen Rundgang mit Stirling

machte, für mich fast ebenso neu wie für ihn. Jetzt waren Flecke von weißer Tünche auf den Stufen und jene anderen Anzeichen, die die Anwesenheit von Handwerkern verraten.
Es war ein langer Aufstieg, und ich blieb auf halber Höhe stehen, um mich zu verpusten. Tiefe Stille herrschte ringsum. Was für ein düsterer Teil des Hauses war dies doch! Die Wendeltreppe machte hier einen Absatz, von dem ein breiter Gang abging, zu dessen beiden Seiten die alten Klosterzellen lagen. Wie ich dort auf dem Absatz stand und mich ausruhte, fiel mir eine alte Legende ein, die ich als Kind gehört hatte. Eine Nonne hatte sich von dem Erkertürmchen gestürzt, so erzählte die Geschichte. Sie war eine Sünderin geworden, weil sie ihr Gelübde gebrochen hatte, und hatte sich umgebracht, um aus dieser Welt zu scheiden. Wie alle alten Landhäuser, so mußte natürlich auch *Whiteladies* sein Gespenst haben, und was wäre passender gewesen als eine jener weißen Damen? Von Zeit zu Zeit wurde angeblich eine weiße Gestalt auf dem Turm oder im Erkertürmchen gesehen. Keiner der Dienstboten ging nach Einbruch der Dunkelheit in die Nähe des Turms oder auch nur unten auf dem Weg daran vorbei. Wir hatten dieser Legende nie viel Beachtung geschenkt, doch als ich jetzt so allein im Turm stand, wurde ich wieder an sie erinnert. Es war im übrigen einer jener Nachmittage, die einen an so etwas denken lassen – grau und trübe mit einer Andeutung von Nebelschleiern in der Luft. Vielleicht hatte ich auch im Unterbewußtsein das leise Geräusch unter mir auf der Treppe gehört oder fühlte instinktiv eine andere Präsenz in meiner Nähe. Ich weiß es nicht. Mir war jedoch plötzlich ganz kalt, so als ob eine unbekannte grauenvolle Gefahr von unten auf mich zugekrochen kam.
Ich wandte mich um und begann hastig die Treppe weiter hinaufzulaufen. Ich würde nur rasch einen Blick in das Erkertürmchen werfen und dann sofort wieder herunterkommen, nahm ich mir vor. Stirling dürfte nicht denken, ich hätte kein Interesse daran. Ich geriet völlig außer Atem, denn die Treppe war sehr steil. Aber warum rannte ich auch so? Es bestand doch gar keine Veranlassung dafür, ausgenommen mein Wunsch, möglichst schnell wieder hinunterzukommen. Ich wollte auf einmal so rasch wie möglich von diesem Turm weg, in dem es angeblich spukte.
Ich blieb stehen. Und da hörte ich es! Das Geräusch von Schritten ..., leisen, verstohlenen Schritten unter mir auf der Treppe! Ich

lauschte. Stille. Also alles nur Einbildung! Oder vielleicht einer der Handwerker. Oder Stirling, der mir zeigen wollte, wie sie vorankamen.
»Ist da jemand?« rief ich.
Stille. Eine beängstigende Stille! Mein Herz begann wie rasend zu klopfen, und ich sagte mir: Ich bin nicht allein in diesem Turm! Ich fühlte es! Da ist jemand ... ganz dicht unter mir! Jemand, der nicht antwortet, wenn ich rufe.
Manchmal glaube ich, man hat einen Schutzengel, der unsere Schritte lenkt und uns vor Gefahren warnt. Mir war plötzlich, als riefe mir eine Stimme warnend zu, mich zu beeilen und aufzupassen, weil die Gefahr ganz nah sei. Ich raste zur Plattform des Turmes hinauf und lehnte mich über die Brüstung, die Hände um den rauhen Stein geklammert. Ich blickte hinunter, tief hinunter, und überlegte entsetzt: Jemand kommt hinter mir her, die Treppe herauf! Und ich werde hier ganz allein mit diesem jemand sein! ... Ganz allein auf dem Turm!
Ja, sie kamen immer näher ... die leisen, verstohlenen Schritte! Und dann knarrte die Tür, die zu den letzten Stufen führte. Noch drei Stufen ... und dann ... Ich stand wie erstarrt vor Grauen an die Brüstung geklammert da, und mein Herz raste, während ich ein Wunder erflehte.
Und dann geschah dieses Wunder. Tief unter mir sah ich plötzlich Maud Mathers mit ihrem schnellen, recht unweiblichen Schritt auftauchen.
»Maud! Maud!« schrie ich.
Sie blieb stehen und schaute sich nach allen Seiten um.
O mein Gott, hilf mir! betete ich. Gleich ist es da! Maud blickte zum Turm herauf. »Minta! Was machst du denn da oben!« Und der Herrgott hatte sie mit einer Stimme gesegnet, die man mühelos in der hintersten Reihe vom Saal hören konnte, wenn das Dorf sein Mirakelspiel aufführte.
»Ich schaue mir nur die Reparaturarbeiten hier oben an«, rief ich wie erlöst zu ihr hinunter.
»Ich wollte dir deine Handschuhe bringen, die du bei mir vergessen hattest. Ich dachte, du brauchst sie vielleicht.«
Meine innere Spannung löste sich in einem ziemlich hysterischen Gelächter. Dann sah ich mich um. Nichts! Einfach nichts! Also war es alles nur Einbildung gewesen, und Maud hatte mich mit ihrem gesunden Menschenverstand wieder in die Wirklichkeit zurückgeholt.

»Ich komme herunter«, rief ich ihr zu. »Warte auf mich, Maud! Ich bin gleich unten.« Ich rannte die Treppe hinunter. Nichts wies mehr darauf hin, daß hier oben noch jemand gewesen war. Ich hatte es mir nur eingebildet! versicherte ich mir, so wie Frauen das oft tun, wenn sie ein Kind erwarten.
Und dann vergaß ich jenen Vorfall.

Ende Januar war ich ganz sicher, daß ich ein Kind erwartete. Stirling war hocherfreut – oder vielleicht sollte ich sagen, er tat, als wäre es ein Triumph für ihn –, und das machte mich sehr glücklich. Mir wurde bei der Gelegenheit bewußt, daß er verschlossener denn je war. Ich sah zusehends weniger von ihm. Er hielt sich ständig bei den Handwerkern auf und war außerdem mit dem Aufkauf von Land in der Nachbarschaft beschäftigt. Ich hatte das Gefühl, er wollte Franklyn auf eine Art und Weise übertrumpfen, die wirklich lächerlich war, denn die Wakefields saßen seit hundert Jahren auf ihrem Besitz, und wie viel Land Stirling auch kaufen mochte, es würde nie auch nur zu den Voraussetzungen einer möglichen Rivalität kommen. Lucie verwöhnte und verhätschelte mich rührend und freute sich schon auf das Baby. Sie hätte am liebsten die ganze Zeit nur davon gesprochen. »Es wird Druscillas Nichte oder Neffe. Was sind wir doch für eine komplizierte Familie!«
Es amüsierte mich sehr, als ich entdeckte, daß Bella, die kleine Katze, die Nora mir geschenkt hatte, Junge erwartete. Ich hatte Bella sehr gern gewonnen. Sie war eine höchst ungewöhnliche Katze, und Nora versicherte mir, daß Donna das ebenfalls war. Sie liefen uns wie Hunde nach und waren rührend anhänglich; sie liebten nichts mehr, als auf unserem Schoß zu liegen und gestreichelt zu werden. Sie schnurrten dann voller Behagen, und ich mußte immer lächeln, wenn ich Nora besuchte und sah, daß Donna sich genau so benahm wie Bella. Als ich daher merkte, daß Bella Junge bekam, konnte ich der Versuchung nicht widerstehen, zu Nora hinüberzufahren und es ihr zu erzählen.
Ich wußte bei Nora seit einiger Zeit nicht mehr so recht, woran ich bei ihr dran war. Vor unserer Hochzeit war unser Verhältnis so nett und ungezwungen gewesen, doch jetzt schien eine gewisse Schranke zwischen uns zu stehen, die sie vielleicht errichtet haben mochte, denn ich ganz gewiß nicht.
Sie war im Gewächshaus, in dem sie Orchideen zu züchten

versuchte. Donna saß neben ihr auf einer Bank und schaute ihr bei der Arbeit zu.
»Stell dir vor, Nora!« rief ich. »Bella bekommt Junge!«
Sie drehte sich lächelnd zu mir um und war so, wie ich sie mochte – vergnügt und freundschaftlich.
»Was für ein Zufall!« erklärte sie.
»Du meinst ... alle beide?«
Nora nickte. »Die arme Donna wird gekränkt sein, wenn sie es feststellt.« Als sie ihren Namen hörte, miaute Donna zufrieden und rieb ihren Kopf an Noras Arm.
»Sie hat dir also die Schau gestohlen, was?« sagte Nora zu der Katze und dann zu mir:
»Was wirst du mit ihnen machen?«
»Eines behalten und ein Heim für die übrigen finden. Ich glaube, sie hätten im Pfarrhaus gern eine.«
Wir gingen dann ins Haus, und Mrs. Glee servierte in ihrer recht gezierten Art Kaffee, mit der sie zu verstehen geben wollte, wie viel feiner es doch in *Mercer's House* als in *Whiteladies* zuging.
»Ich geb nächste Woche eine Gesellschaft«, sagte Nora. »Ich hoffe, Ihr kommt, Minta.«
»Aber natürlich! Mit dem größten Vergnügen!«
»Ich gebe sie aus einem bestimmten Anlaß.« Aus welchem, sagte sie nicht, und ich bohrte auch nicht. Ich war überzeugt, daß es sowieso sinnlos war. Nora gehörte zu jenen Menschen, die man durch nichts dazu bewegen kann, etwas zu sagen, was sie nicht sagen wollen.
Während wir über dieses und jenes redeten und unseren Kaffee tranken, erklang draußen der Hufschlag eines Pferdes auf dem Kopfsteinpflaster vor dem Pferdestall.
»Das ist Franklyn«, bemerkte Nora nach einem Blick aus dem Fenster.
»Er kommt oft vorbei. Wir spielen gern eine Partie Schach zusammen. Ich fürchte, er fühlt sich recht einsam nach dem Tode seiner Eltern.«
Franklyn kam herein und sah, wie ich fand, sehr distinguiert aus. Ob Nora diese Gesellschaft wohl gab, um ihre Verlobung bekanntzugeben! Es war jedoch unmöglich, das von einem der beiden zu erraten. Aber Franklyns häufige Besuche schienen mir doch recht bedeutungsvoll. Ich kannte ihn schließlich sehr genau und spürte, er liebte Nora. Ich freute mich daher echt auf diesen

Abend. Es schien mir so eine angenehme Abrundung des Ganzen, wenn Nora Franklyn heiratete und wir alle sozusagen dann herrlich und in Freuden immerdar leben würden.
Als es dann soweit war, bekam ich jedoch einen richtigen Schock. Es war von keiner Verlobung die Rede. Statt dessen eröffnete Nora uns, daß dieses die letzte Gesellschaft sei, die sie in *Mercer's House* gäbe, da sie sich endgültig entschlossen habe, nach Australien zurückzukehren.

Bella war verschwunden. Wir vermuteten selbstverständlich, sie hätte sich versteckt, um ungestört ihre Jungen zur Welt zu bringen, wußten aber nicht, wo das sein konnte. Lucie sagte, Katzen hätten diese Angewohnheit. Ich machte mir ziemliche Sorgen, weil sie in ihrem Versteck ja nichts zu fressen bekam, doch Lucie meinte, das wäre überflüssig, denn Bella würde wissen, wo sie sich etwas holen könnte, wenn sie hungrig sei.
Sie tauchte nach vierundzwanzig Stunden wieder auf und ließ keinen Zweifel darüber bestehen, daß sie ihre Jungen bekommen hatte.
»Wir gehen ihr einfach nach«, schlug Lucie vor. »Dann wissen wir, wo die Kleinen sind.« Wir taten es, und zu unserem Erstaunen führte uns Bella zum Turm. Man hatte die Arbeiten dort oben unterbrechen müssen, weil ein bestimmtes Holz benötigt wurde, das schwierig zu bekommen war. Stirling hatte erklärt, ein Notbehelf käme nicht in Frage, und so mußten jene Arbeiten verschoben werden. Jemand mußte die zur Plattform des Turmes führende Tür offen gelassen haben, so daß Bella hinaufkonnte. Auf einem alten Sack, den die Handwerker wohl dort liegengelassen hatten, fanden wir vier der allerliebsten kleinen Kätzchen, die ich jemals gesehen hatte. Sie waren genauso gelb-braun wie Bella, und ich war hingerissen von den kleinen, blinden Dingerchen und ganz gerührt von Bellas eifersüchtiger Mutterliebe. Sie schnurrte stolz und zufrieden, solange man sie nur betrachtete, wurde aber sehr nervös, wenn man sie anfassen wollte.
»Wir lassen sie besser hier oben«, schlug Lucie vor. »Bella wäre es gar nicht recht, wenn wir sie woanders hinbrächten. Sie würde sie dann vielleicht sogar wieder verstecken. Katzen sind dafür bekannt, daß sie sowas tun.«
»Na gut«, antwortete ich, »aber ich werde mich um sie kümmern und Bella selbst ihr Fressen hier heraufbringen.«

Ich fuhr dann sogleich zu Nora, um ihr von den Kätzchen und Bellas eigenartigem Versteck zu erzählen. Sie versprach, in den nächsten Tagen herüberzukommen und sie sich anzuschauen.
Von da an stieg ich jeden Tag die Wendeltreppe hinauf und mußte manchmal an jenen Nachmittag denken, an dem ich solche Angst ausgestanden hatte. Jetzt empfand ich keine Spur von Unbehagen mehr. Der Umstand, daß Bella sich den Turm für ihr Kindbett aussuchte, ließ ihn herrlich normal erscheinen und raubte ihm jeden unheimlichen Nimbus. Ich machte es mir zur Gewohnheit, jeden Vormittag gegen elf Uhr mit einem kleinen Krug Sahne und ihrem Futterschüsselchen zu Bella hinaufzusteigen. Sie erwartete mich immer schon und schien sich jedes Mal zu freuen, wenn ich die Kleinen eingehend betrachtete, um zu sehen, was für Fortschritte sie gemacht hatten.
Ich wollte eines Morgens gerade wieder zum Turm gehen, als Nora kam. »Willst du dir die Kätzchen ansehen?« fragte ich sie.
»Ja gern.« Sie war seit jenem Tag, als ich zu ihr gefahren war, um ihr zu erzählen, daß Bella Junge erwartete, freundlicher zu mir.
»Ich wollte Bella gerade ihr Fressen bringen«, sagte ich. »Komm also mit.«
Ich hatte anscheinend wirklich einen Schutzengel, denn ich glaube, es wäre ohne Nora wohl mein Ende geworden. Ich stellte das Schüsselchen immer auf die Brüstung, während ich die Sahne hineingoß; das ersparte mir das im Moment recht mühsame Bücken. Nora stand dicht hinter mir, als ich das Schüsselchen auf die Brüstung stellte und anfing, die Sahne hineinzugießen. Da ertönte plötzlich ein merkwürdiges Rumpeln. Nora hatte blitzartig in meine Röcke gefaßt. Die Steinbrüstung vor mir, auf die ich das Schüsselchen gestellt hatte, schien in sich zusammenzusinken, und dann hörte ich das krachende Poltern herunterstürzenden Mauerwerks. Ich wußte nicht, was eigentlich passierte, denn Nora hatte mich mit solcher Gewalt an meinen Röcken nach hinten gerissen, daß wir beide hinfielen.
Nora war als erste wieder auf den Füßen. Ihr Gesicht war aschfahl. »Minta! Bist du in Ordnung?«
Ich wußte es nicht. Ich war vollkommen benommen. Ich vermochte nur an jenes plötzliche Zusammensinken der Mauer-

brüstung vor mir zu denken und daran, wie es mich um ein Haar mitgerissen hätte ... und Nora ebenfalls ... mit in die Tiefe und das von dem höchsten Punkt von *Whiteladies*! ... Wie jene Nonne vor langer Zeit.
»Diese hirnverbrannten Idioten!« schrie Nora außer sich. »Sie hätten uns zumindest warnen müssen! Diese Brüstung war ja lebensgefährlich!« Und dann kniete sie neben mir. »Minta ...?« Und ich wußte, sie dachte besorgt an mein Baby. Ich konnte fühlen, wie es sich bewegte, und war wie erlöst vor Erleichterung, daß es noch lebte.
»Ich hole schnell Hilfe!« versprach sie. »Bleib lieben! Beweg dich nicht!«
Ich setzte mich trotzdem halb auf, als sie gegangen war. Bella leckte ihre Jungen und schien von der Tragödie, zu der es um ein Haar eben gekommen wäre, nichts gemerkt zu haben. Ich zitterte am ganzen Körper und wartete von neuem darauf, daß mein Kind mich wissen ließ, daß es noch lebte. Ich hatte Angst aufzustehen, weil ich auf keinen Fall eine falsche Bewegung machen wollte. Eine lange Zeit schien zu vergehen, bis Nora mit Lucie zurückkam. Lucie sah unnatürlich blaß und besorgt aus.
»Minta!« sagte sie und kniete sich neben mich. »Dies ist ja furchtbar! Diese Männer sollten erschossen werden!«
»Wie bekommen wir sie nur die Treppen hinunter?« fragte Nora sie.
»Wir werden sie hier lassen«, sagte Lucie, »bis Dr. Hunter sie untersucht hat.«
»Dieser Turm hat etwas, was mir entschieden nicht gefällt!« erklärte ich.
»Was denn?« fragte Lucie.
»Etwas ... Unheimliches, Böses!«
»Du redest ja wie die Dienstmädchen!« entgegnete Lucie scharf. Sie haßte diese »albernen Einbildungen«, wie sie sie nannte. Praktisch wie sie war, hatte sie gleich Wolldecken und Kissen mitgebracht.
Nora und Lucie blieben bei mir, bis Dr. Hunter kam. Er ließ mich aufstehen. »Keine Knochen gebrochen«, sagte er und betrachtete dann kopfschüttelnd das gähnende Loch in der Mauerbrüstung. »Wie konnte so etwas nur zugelassen werden!«
»Sie hämmern hier schon seit Wochen herum«, erzählte Lucie ihm. »Wir hätten uns denken sollen, daß etwas Ähnliches passieren könnte. Wenn man bedenkt, daß ein so altes Haus

plötzlich von allen Seiten umgekrempelt wird ... Die Kätzchen kommen auf jeden Fall hinunter. Bella mag das nicht gefallen, aber sie wird sich damit abfinden müssen. Ich werde Evans heraufschicken, um sie hinunterzubringen und irgendwo im Pferdestall ein ruhiges Eckchen für sie zu finden.«

»Sie können hinuntergehen«, sagte Dr. Hunter zu mir. »Aber gleich in Ihr Zimmer. Und einige Tage Ruhe würden Ihnen gut tun, nur vorsichtshalber. Und Beine hoch, ja?«

»Dafür werde ich sorgen?« erklärte Lucie energisch.

Es war also weder mir noch dem Kind etwas geschehen, doch Lucie bestand darauf, daß ich einige Tage im Bett blieb. Das war ganz überflüssig, denn ich war entschlossen, mich um des Kindes willen genau an die Vorschriften des Doktors zu halten.

In der zweiten Nacht hatte ich einen Traum. Ich war wieder im Turm, und plötzlich überkam mich das gleiche Gefühl grauenvoller Gefahr, das mich beim ersten Mal dort gepackt hatte. Ich sah mich nach allen Seiten um, konnte aber nichts und niemand sehen. Und doch war da etwas – ein gesichtsloses Etwas, das mit Macht versuchte, mich über die Brüstung zu stoßen.

Ich fuhr entsetzt aus dem Schlaf auf und dachte im ersten Augenblick, ich sei tatsächlich auf dem Turm. Doch dann wurde mir bewußt, daß ich in meinem warmen, gemütlichen Bett lag; allerdings allein, denn Stirling schlief jetzt in einem anderen Zimmer. Er hatte etwas gemurmelt wie ›es sei besser für das Baby‹.

Ich lag lange wach und dachte an jenen Nachmittag, als ich auf den Turm gestiegen war und plötzlich das Gefühl hatte, daß jemand hinter mir herschlich, und die Furcht, die ich damals empfunden hatte, glich genau der in meinem Traum. Maud war im schlimmsten Moment aufgetaucht. Aber angenommen, sie wäre nicht gekommen? Ich sah im Geiste, wie ich dort stand und mich an die Brüstung klammerte, während dieses unheimliche Böse immer näher von hinten kam ... und keine Maud unten! Aber dies war ein geradezu klassisches Beispiel für die törichten Hirngespinste einer Schwangeren, die so von dem instinktiven Bedürfnis erfüllt ist, ihr Ungeborenes zu beschützen, daß sie sich einbildet, man trachte ihr nach dem Leben. Weshalb sollte jemand das tun? Und wer sollte dieser Jemand sein?

Ich schüttelte den Traum von mir ab und war nun ganz hellwach und lachte mich selbst aus. Das erste Mal war es reine Einbildung gewesen, das zweite Mal ein Unfall, der jedem hätte passieren können. Es gab einfach keinen Grund, weshalb jemand versuchen sollte, mich umzubringen Bald sollte ich erfahren, daß es sehr wohl einen Grund gab.

Stirling wollte, daß wir eine Gesellschaft geben – eine recht elegante. Er fand, wir hätten nun keine Trauer mehr; Weihnachten hätten wir nicht so feiern können, wie er das gern gewollt hätte, und so wolle er das jetzt nachholen.

Ich wußte, Noras Plan, uns zu verlassen, regte ihn auf, und so hatte ich mehr denn je den Wunsch, ihm eine Freude zu machen. Er beabsichtigte, die Musik-Galerie für die Kapelle zu benutzen, und da dies seit Jahren nicht geschehen war, ging ich mit zwei unserer Mädchen hinauf, um mich zu vergewissern, daß alles in Ordnung war.

Etwas später merkte ich, daß ich einen Stein aus meiner perlenbesetzten Granatbrosche verloren hatte, die meiner Mutter gehört hatte, und mir kam der Gedanke, daß er vielleicht oben auf der Galerie aus der Fassung gefallen war. Ich ging also noch einmal hinauf, um ihn zu suchen, und so kam es, daß ich von dort jene sich zwischen Nora und Stirling abspielende Szene mitanhörte. Das Geländer der Galerie hatte eine rote Samtdrapierung, und die schweren Portieren aus dem gleichen Material wurden nur zurückgezogen, wenn hier oben eine Kapelle saß und spielte. Ich kroch gerade auf den Knien herum und suchte nach dem Stein, und war durch die rote Samtdrapierung vollkommen unsichtbar für jeden in der Halle unten, als ich jemanden hereinkommen hörte. Ich wollte mich gerade aufrichten, als ich Stirling mit einer Stimme »Nora!« hören sagte, wie ich sie noch nie an ihm gehört hatte.

»Ich bin gekommen, um Minta zu besuchen«, erwiderte Nora.

Ich stand auf, doch sie sah mich nicht, und bevor ich mich noch bemerkbar machen konnte, sagte Stirling: »Ich muß dich sprechen, Nora! Ich kann so einfach nicht weiterleben!«

Zornig erwiderte sie: »Hättest du daran nicht denken sollen, *bevor* du *Whiteladies* heiratetest?!«

Ich hätte mich spätestens jetzt bemerkbar machen müssen, aber ich wußte, nur wenn ich es nicht tat, konnte ich etwas von dem erfahren, was vielleicht von allergrößter Bedeutung für mich war. Und so folgte ich diesem Impuls und wurde vor Scham

errötend der Lauscher an der Wand, indem ich mich wieder hinkniete, um mich vor ihren Blicken zu verbergen.
»O Gott!« stöhnte er verzweifelt auf, und ich erkannte kaum seine Stimme, so anders klang sie als wenn er mit mir sprach. »Könnte ich die Zeit doch zurückdrehen!«
»Und dann? Was würdest du dann tun?« höhnte sie. »Würdest du etwa auf mich hören? Würdest du etwa einsehen, was für ein Wahnsinn es ist, jemanden zu heiraten, nur um eine alte Rechnung zu begleichen?«
Ich preßte die Hand auf mein Herz. Ich fürchtete, sie könnten es unten hören, so laut schien mir sein Hämmern. Wenn ich jetzt nicht aufstand und ihnen sagte, daß ich hier oben war, würde ich etwas Furchtbares erfahren. Ich konnte es nicht. Ich *mußte* es wissen!
»Nora!« flehte er wieder. »Ach Nora! Ich kann so nicht weiterleben! Und du drohst fortzugehen! Wie könntest du das? Es wäre herzlos!«
»Herzlos!« Sie lachte grausam auf. »Herzlos ... Und was warst du, als du heiratetest? Wie glaubst du, war *mir* da zumute?«
»Du wußtest, es mußte sein.«
»Mußte sein!« Ihre Stimme bebte vor verhaltenem Zorn. »Du redest, als hättest du tatsächlich unter einem Zwang gestanden!«
»Das tat ich auch, und du kennst die Gründe ...«
»Lynx ist tot! Und die Gründe starben mit ihm. Ich *werde* nach Australien zurückgehen! Es ist die einzige Möglichkeit. Du hast dich für diese Ehe entschieden. Jetzt mußt du deinen Verpflichtungen nachkommen.«
»Bleib bei mir, Nora! Ich ertrage es nicht, wenn du mich verläßt!« beschwor er sie.
»Und was ist, *wenn* ich bleibe?«
»Es wird sich schon ein Weg finden. Ich schwöre dir, ich werde einen Weg finden!«
»Vergiß nicht, daß deine Kinder doch auf dem Rasen von *Whiteladies* spielen müssen! Wie willst du das erreichen? Ja! Du dachtest, es wäre so einfach! Alles, was der Gold-Millionär tun brauchte, war, die Familie in den finanziellen Ruin zu treiben!«
»Das geschah vorher und nicht durch mich.«
»Und wir ahnen wie. Es ist nichts, worauf man stolz sein könnte. Aber es klappte nicht so, wie du dachtest. *Whiteladies* muß in der

Familie bleiben – also mußtest du in die Familie einheiraten.« Wieder lachte sie verbittert auf. »Und all das für diese leblosen alten Steine und Mauern! Wenn sie lachen könnten, würden sie jetzt über uns lachen. Nein, Stirling! Ich gehe nach Australien zurück! Ich habe Adelaide schon geschrieben. *Du* hast es so gewollt! ... Nun sieh auch zu, wie du damit fertig wirst! Wie man sich bettet, so liegt man!«

»Aber ich liebe dich, Nora! Das weißt du doch! Willst du etwa bestreiten, daß auch du mich liebst?«

Sie schwieg, und er rief erregt aus: »Du kannst es nicht! Du hast es immer gewußt! In jener Höhle, als das Feuer ...«

»Du ließest zu, daß Lynx mich heiratete.«

»Aber was sollte ich machen? Er war doch ... Lynx!«

»O ja«, entgegnete sie fast gehässig, »dein Abgott!«

»Und auch deiner, Nora!«

»Wenn du mich geliebt hättest ...«

»Ihr beiden wart mir das Liebste auf der Welt. Natürlich liebte ich dich! Und wenn du mich genug geliebt hättest ...«

»Ich weiß«, unterbrach sie ihn ungeduldig. »Aber damals war es Lynx! Und heute ist es Lynx! Immer nur Lynx! Wir können ihm nicht entfliehen. Er ist tot, lebt aber weiter. Aber du hattest die Wahl. Als du herausfandest, daß du dieses Haus nicht kaufen konntest, hättest du mit mir nach Australien zurückgehen können. Oder wir hätten hierbleiben können – ich schlug dir beides vor. Mir wäre es egal gewesen, solange ...«

»Solange wir nur zusammen waren!« vollendete er triumphierend.

»Ja, aber jetzt ist es zu spät! Du *bist* verheiratet! Und du bleibst auch verheiratet!«

Wieder klang ihre Stimme erschreckend grausam. »Du mußt doch dafür sorgen, daß deine Kinderchen auf diesem Rasen spielen! Oder?«

Es war, als haßte sie ihn, und ich begriff, wie tief er sie verletzt hatte. So vieles begriff ich jetzt. In den letzten Minuten hatten sich all die einzelnen bisher unverständlichen Mosaiksteine zum Bild zusammengefügt. Sein Vater war es, der unser aller Leben beherrschte, er, der einmal hier gelebt hatte und dem bitterstes Unrecht geschehen war – ein großer, mächtiger Mann, dessen Persönlichkeit seinen Tod überdauerte.

»Zu spät! Es ist für alles zu spät! Und du kannst niemand anders als dir selbst dafür Vorwürfe machen. Als du es mir sagtest ...

wollte ich sterben. Ich haßte dich, Stirling, weil ...«
»Weil du mich liebst, Nora!«
»Es ist zu spät! Du hast gewählt! Jetzt mußt du das Leben leben, für das du dich entschieden hast.«
»Es kann nicht zu spät sein!« beharrte Stirling beschwörend. »Es gibt immer einen Weg! Und ich werde ihn finden, Nora! Ich schwöre es dir! Versprich mir, noch Geduld zu haben.«
»Geduld? Worüber redest du eigentlich? Du bist verheiratet! Verheiratet mit *Whiteladies.* Dieser großartige, herrliche, einzigartige Kasten, das ist deine Braut! Du kannst da nicht einfach weggehen!«
»Nora!«
»Ich kehre nach Australien zurück. Und je eher ich dort bin, um so besser.«
»Und du meinst, du könntest dort glücklich sein ... ohne ihn, ... ohne mich?«
»Glücklich? Darum geht es nicht. Ich muß nur einfach weg von hier.«
»Ich lasse dich aber nicht weg! Es gibt einen Weg! Ich verspreche dir, ich werde ihn finden! Geh nicht fort, Nora! Geh nicht fort!«
Und wieder lachte sie jenes bittere, höhnische Lachen. Wie grausam sie sein konnte!
»Du schreist ja! Willst du, daß das ganze Haus erfährt, was du getan hast?«
Und dann fiel die Haustür ins Schloß. Ich spähte durch die Samtportieren und sah, daß Stirling allein war. Er hatte sein Gesicht mit den Händen bedeckt, als wolle er sich vor dem Anblick der Halle mit ihrem Podest, den Tapisserien und der gewölbten Decke schützen – vor all jenen Dingen, die es zu dem wundervollen alten Haus gemacht hatten, das das größte Opfer wert gewesen war – das Opfer, mich zu heiraten, um es in seinen Besitz zu bringen.
Ich blieb auf der Galerie, nachdem Stirling die Halle verlassen hatte. Meine Knie waren völlig verkrampft, und ich dachte nicht mehr an meinen verlorenen Granat. Ich verstand jetzt alles. Ich hätte es schon eher erkennen müssen – sein plötzlicher Heiratsantrag, als er sah, daß es keine andere Möglichkeit gab, *Whiteladies* zu bekommen; seine freudlosen Umarmungen, seine Gereiztheit, als Nora verkündete, sie kehre nach Australien zurück. Alles fügte sich jetzt nahtlos zusammen.

Ich wünschte mir brennend, so erfahren und lebensklug wie Nora zu sein. Dann hätte ich gewußt, was ich tun sollte. Ich hatte das dringende Bedürfnis, mit jemandem über das alles zu sprechen. Wäre Nora nicht mit hineinverwickelt, hätte ich sie zu meiner Vertrauten gemacht. Lucie? Ich zögerte. Nein. Lucie war von Anfang an mißtrauisch gewesen, weil sie klug war und mich liebte. Wie betäubt ging ich in mein Zimmer. Ich hätte nicht lauschen sollen! Nicht umsonst gibt es jenes Sprichwort vom Lauscher an der Wand! Wie oft hatte ich es gehört! Bella kam zu mir und strich um meine Beine. Das Junge, das ich behalten hatte, spielte mit der Kordel der Jalousie. Ich mußte an jenen Morgen im Turm denken und wie die Brüstung hinuntergestürzt war ... und dann fiel mir wieder jener Nachmittag ein, als ich das Gefühl hatte, daß jemand hinter mir die Treppe heraufschlich, und eine Stimme dröhnte mir in den Ohren, Stirlings Stimme: »Ich werde einen Weg finden!«

Nein! wehrte ich mich gegen diesen Gedanken. Das ist doch lächerlich! Das hat er nicht gemeint! Aber woher wollte ich wissen, was er meinte? Was wußte ich schon von ihm? Oder besser: Was hatte ich bis vor wenigen Minuten von ihm gewußt? Zumindest wußte ich jetzt, daß er mich wegen *Whiteladies* und irgend so einem Schwur geheiratet hatte. Ich wußte außerdem, daß er sich verstellen konnte und nur so getan hatte, als liebte er mich, wo es ihm doch nur um *Whiteladies* ging. Ich wußte ferner, daß er eine andere Frau liebte und deshalb vorhatte, diese Ehe mit mir irgendwie zu beenden, um jene andere zu heiraten.

Aber wie? fragte ich mich, und eine grauenvolle innere Stimme sagte: »Fast wäre es neulich auf dem Turm geschehen ... jene Brüstung ... und dann jenes andere Mal.«

Ich versuchte krampfhaft, das Bild von ihm zu verscheuchen, wie er heimlich hinter mir die Treppe heraufschlich, mich dann von hinten packte und über die Brüstung stieß. Das war ja alles nur meine überreizte Einbildung! Einbildung? Hatte ich nicht gehört, wie die Tür zu den letzten Stufen knarrte? Hatte ich nicht überdeutlich die drohende Gefahr gespürt? Nora hatte mich beim zweiten Mal gerettet. Sie steckte also wenigstens nicht mit ihm unter einer Decke, falls er wirklich diesen Plan haben sollte. Aber ich *konnte* das nicht von Stirling glauben! Es pochte schmerzhaft in meinem Kopf, und ich war nicht in der Lage, klar

zu denken. Warum ich dann zu Lizzie ging, weiß ich nicht, aber ich tat es.
»Fühlen Sie sich nicht gut, Miss Minta?« fragte sie.
»Ich, ich habe Kopfschmerzen.«
»Manche Frauen bekommen das in Ihrem Zustand.«
»Lizzie, erzähl mir von dem Künstler, der herkam, um meiner Mutter Zeichnen beizubringen.«
»Mr. Charles Herrick«, sagte sie langsam. »Und jetzt sind Sie Mrs. Herrick, und da ist noch eine Mrs. Herrick in *Mercer's,* und bald wird ein weiterer kleiner Herrick zur Welt kommen.«
»Wie war er?«
»Wie Ihr Mr. Herrick, nur anders. Ich hab' nie wieder einen Mann wie ihn gesehen. Er war anders als alle anderen und überragte sie alle. Man hätte denken können, er sei der Eigentümer von *Whiteladies* gewesen. Deine Mutter betete ihn an.«
»Und du auch, Lizzie, nicht wahr?«
»Ja«, gab sie zu. »Und er war dem auch gar nicht abgeneigt, wie ich Ihnen sagen muß.«
»Er liebte meine Mutter.«
»Er liebte sie für das, wofür sie stand. Er war stolz und arm und sah sich hier schon als Herr des Hauses.«
»Und dann?«
»Dann kam es zu einem Krach. ›Hinaus mit Ihnen!‹ hieß es, und er ging, aber er kam zurück, um Ihre Mutter zu holen. Sie wollten zusammen durchbrennen.« Lizzie begann eigenartig zu lachen. »Er kam auf einer Leiter zu ihr herauf. Sie wartete schon auf ihn und war fix und fertig. Sie gab ihm ihren Schmuck. Sie besaß einige wertvolle Stücke. Er steckte ihn in seine Taschen und dann ... dann stürzten sie in das Zimmer und ergriffen ihn ... und das war das Letzte, was wir jemals von ihm sahen.«
»Jemand verriet sie.«
»Ja«, meinte sie verschlagen.
»Du warst es, Lizzie, nicht wahr?«
Ihr Gesicht verzog sich in jäher Erregung. »Sie wissen es!« rief sie aus. »Ihre Mutter wußte es. Ich sagte es ihr an dem Abend, bevor sie starb. Der Schock brachte sie um. Sie hätte mir nie verziehen, wenn sie weitergelebt hätte. Sie tobte vor Zorn. Sie schrie, ihr ganzes Leben wäre anders geworden, wenn ich sie nicht verraten hätte. Sie wäre mit ihm fortgegangen, und er wäre nie nach Australien verschleppt worden.«

»Aber er wurde es, und er tat einen Schwur, und deshalb, Lizzie, wegen dir ...«

Ich ging aus dem Zimmer, während sie weiter blicklos vor sich hinstarrte.

Ich war zutiefst verwirrt und aufgewühlt von allem, was ich innerhalb so kurzer Zeit erfahren hatte, und wußte nicht, was ich tun sollte.

Ich ging nicht zum Mittagessen hinunter, da ich einfach nicht in der Lage war, jetzt jemanden zu sehen.

Lucie kam jedoch zu mir herauf.

»Was ist los, Minta?«

»Mir geht es nicht gut, Lucie.«

»Aber du zitterst ja! Ich hole dir eine Wärmflasche.«

»Nein, Lucie. Setz dich einfach zu mir. Ich möchte mit dir über etwas reden.«

Sie tat es, und ich begann, ihr von dem Ganzen zu erzählen. Zu wem konnte ich mehr Vertrauen haben als zu Lucie? Und wer würde mitfühlender sein als sie, die mir seit so vielen Jahren näher als meine eigene Mutter gestanden hatte? So erzählte ich ihr von dem, was ich von der Musik-Galerie mitangehört hatte.

»Du siehst, Lucie, er liebt Nora. Er hat mich nur wegen *Whiteladies* geheiratet.«

Lucie dachte einen Augenblick lang nach und sagte dann: »Nora geht nach Australien zurück. Du und Stirling, ihr werdet euch euer eigenes Leben aufbauen. Es wird kein himmelstürmendes Glück sein, aber das ist eine Ehe sowieso nur in den seltensten Fällen.«

»Nein«, erwiderte ich. »Er liebt sie und wird sie nie vergessen können. Es besteht eine tiefe Bindung zwischen ihnen – eine Art Haßliebe, oder so schien es mir wenigstens, denn Nora klang, als hasse und liebe sie ihn zugleich. Sie haßt ihn, weil er sie, indem er mich heiratete, furchtbar verletzt hat. Und nun liege ich hier und versuche darüber nachzudenken, was ich tun kann.«

»Minta! Mein liebes Kind! Das Beste, was du tun kannst, ist *gar* nichts! So etwas hat es schon oft gegeben. Stirling ist mit dir verheiratet ... ist dein Mann. Du erwartest sein Kind. Nora geht nach Australien zurück. Du wirst dich wundern! Nach einigen Jahren hat er sie vollkommen vergessen – und du ebenfalls.«

»Aber er läßt sie nicht fort«, beharrte ich. »Er hat es gesagt.«

»Nun ja, das hat er so gesagt. Aber er kann sie gar nicht daran hindern, und Nora ist eine kluge, erfahrene Frau. Sie weiß, daß

es aussichtslos ist. Du bist seine Frau. Wenn sie fortgeht, wird er vielleicht eine Weile unglücklich sein, doch die Zeit heilt alle Wunden. Er wird sich trösten. Du hast ihm eine ganze Menge zu bieten, Minta.«
»Ach nein, das habe ich nicht. Ich versuche mir nur zu überlegen, was ich tun soll. Ich habe schon daran gedacht fortzugehen.«
»Fortzugehen? Wohin denn?«
»Ich weiß es nicht.«
»Du bist nicht sehr realistisch. Du bleibst hier. Ich werde dir schon bei allem helfen.«
»Aber ich habe wirklich daran gedacht, fortzugehen ... irgendwohin. Ich habe sorgar schon einen Brief angefangen.«
Lucie ging zu meinem Schreibtisch und nahm ein Blatt Papier in die Hand. Ich hatte darauf geschrieben:

Lieber Stirling, ich war auf der Musik-Galerie, als du mit Nora sprachst, und deshalb weiß ich jetzt, daß du sie liebst, und mir scheint, es gibt für mich nur eines zu tun: Ich muß zurücktreten ...

Weiter war ich nicht gekommen, da ich mich gefragt hatte, was ich denn tun könnte. Lucie warf den Brief ärgerlich in den Papierkorb und kam zu mir ans Bett zurück. »Du bist überreizt, Minta«, erklärte sie. »Ich werde mich von jetzt ab noch mehr um dich kümmern, und ich garantiere dir, daß dir das alles nach einiger Zeit ganz unwichtig erscheint. Er kann Nora gar nicht so sehr geliebt haben, oder aber er hätte dich niemals geheiratet.«
»Du bist mir wirklich ein großer Trost, aber ...«
»Halt dich nur an mich, Minta. Heute wirst du als erstes im Bett bleiben, dann brauchst du niemanden zu sehen. Ich werde zu Dr. Hunter fahren und ihn bitten, herüberzukommen und einen Blick auf dich zu werfen. Soll ich das tun?«
»Dr. Hunter kann mir hierbei nicht helfen.«
»O doch, das kann er. Er kann dir etwas geben, damit du gut schläfst, denn was du wirklich brauchst, das ist Schlaf. Ich werde allen sagen, daß du dich heute ein wenig ausruhst. Seit jenem Sturz oben auf dem Turm gefällst du mir nämlich gar nicht.«
Mich überlief ein Schauder. Sogar Lucie konnte ich nicht von dem grauenvollen Verdacht erzählen, der mir gekommen war. Aber ich fühlte mich jetzt, nachdem ich mit ihr geredet hatte,

schon etwas besser. Sie verließ mich, und ich lag still da und versuchte an das zu glauben, was sie gesagt hatte – aber es gelang mir nicht.

Ich blieb den Rest des Tages also im Bett. Lucie brachte mir auf einem Tablett das Abendbrot, doch ich rührte weder das Brathähnchen noch den Käse und das Obst an. Sie wäre bei Dr. Hunter gewesen, den man gerade zu einem Patienten geholt hatte, berichtete sie, und diese gräßliche Mrs. Denver wäre anscheinend wieder mal betrunken gewesen. Sie hätte ihm eine Nachricht dagelassen und ihn gebeten, morgen früh nach mir zu schauen. Ich könnte aber jetzt eine Pille nehmen, die er mir nach meinem Sturz gegeben hätte. Sie würde mir etwas warme Milch heraufbringen lassen, die ich mit der Pille trinken könnte.

»Möchtest du denn gar nichts essen?« fragte sie. »Gib dir doch etwas Mühe!«

»Ich kann nicht, Lucie.«

Gegen neun Uhr schickte sie dann Lizzie mit einem Glas heißer Milch und Keksen herauf. Lizzie sah ganz kleinlaut aus, was zweifellos mit dem zusammenhing, was sie mir erzählt hatte. Ich konnte Lizzie nicht mehr die gleiche Zuneigung wie vorher entgegenbringen. Ihr Verrat hatte so tiefgreifende tragische Auswirkungen auf unser aller Leben gehabt. Angewidert betrachtete ich die Milch und drehte das Gesicht zur Wand. Schweigend stellte Lizzie die Milch auf meinen Nachttisch.

Ich schloß die Augen und muß etwas eingenickt sein, denn als ich aufwachte, begann mein Herz wie wahnsinnig zu klopfen – jemand stand an meinem Bett! Stirling! Ich konnte ihm nicht in die Augen sehen und stellte mich daher schlafend. Er stand da und betrachtete mich, und ich fragte mich, was er wohl vorhatte. Überlegte er, ob er mir ein Kissen auf das Gesicht drücken und mich ersticken sollte? Mir wäre es egal, falls er es tun sollte. Wer hätte gedacht, daß es möglich war, einen Mann zu lieben, den man im Verdacht hatte, einen ermorden zu wollen! Nora liebte und haßte ihn gleichzeitig, und ich liebte ihn, obgleich ich ihn im Verdacht hatte, daß er mich umzubringen versuchte! Wie komplex war doch die menschliche Seele!

Nach einigen Minuten ging er wieder hinaus. Ich lag bewegungslos da, und dieselben Gedanken drehten sich wie ein schwindelerregender Kreisel unablässig in meinem Kopf. Plötzlich schreckte ich von einem Geräusch am Fenster auf und warf dabei das Glas mit der Milch um. Das junge Kätzchen kam gefolgt von Bella vom Fenster angesprungen, und ich begriff, daß es wieder einmal mit der Jalousienkordel gespielt und dabei jenes Geräusch gemacht hatte. Es entdeckte die verschüttete Milch und begann sie ganz genüßlich aufzulecken. Ich stellte daher das Tablett auf den Fußboden, und sie schleckte auch das fein säuberlich leer. Bella sprang dann zu mir aufs Bett und schnurrte zufrieden, und ich streichelte sie. Nach einer Weile wollte sie wieder hinunter, und ich versuchte einzuschlafen. Es gelang mir natürlich nicht. Ich lag Stunde um Stunde da und dachte immer von neuem über alles nach und war schließlich so erschöpft, daß ich doch einschlief.

Lizzie kam am nächsten Morgen zu mir. Es war halb neun. Gewöhnlich war ich um diese Zeit immer schon auf.
»Ihre Ladyschaft schickt mich, um zu fragen, wie Sie sich heute morgen fühlen.«
»Müde«, entgegnete ich. »Laß mich allein! Und zieh die Jalousien nicht hoch.«
»Sie bleiben also noch etwas im Bett?«
Ja, das täte ich. Sie verschwand, und wenig später erschien Lucie.
»Ich will nur sehen, wie es dir geht«, sagte sie.
Ich schlief halb, und so fuhr sie fort: »Ich gehe wieder, um dich nicht zu stören. Etwas Ruhe wird dir gut tun.«
Gegen halb elf ertönte ein leises Klopfen an der Tür. Es war Mary, eines der Mädchen.
»Mrs. Herrick ist da«, meldete sie. »Sie möchte Sie besuchen.«
Nora! Mein Herz tat einen unangenehmen Sprung. Ich hatte den Wunsch, sie zu sehen, mit ihr zu sprechen und überlegte, ob ich ihr erzählen konnte, was ich gehört hatte. Es hatte mich immer gedrängt, mich ihr anzuvertrauen. Aber wie konnte ich das jetzt? Ich hörte mich mit unsicherer Stimme sagen: »Bitte sie herauf!«
»Soll ich die Jalousien hochziehen, Miss Minta?«
Ich zögerte. »N-nein, noch nicht.« Ich wollte erst sehen, ob ich mich so, wie ich war, Nora zeigen konnte. Mein Haar war ungekämmt. Ich hätte mich waschen und zurechtmachen sollen, bevor ich sie heraufbat, überlegte ich. Aber jetzt war es dafür zu spät. Mary war schon wieder fort und nach wenigen Augenblikken mit Nora zurück.

Nora trug ein hellgrünes Reitkostüm und sah elegant und sehr damenhaft aus. Ich bemerkte einen neuen gütigen Ausdruck in ihrem Gesicht, und ich wußte, es tat ihr zutiefst leid, daß ich mit Stirling verheiratet war – nicht nur, weil er dadurch nicht frei für sie war, sondern weil sie glaubte, ich würde sehr unglücklich werden.
»Oh, du hast gerade geschlafen«, sagte sie. »Ich hörte, daß es dir nicht gut ginge.«
»Ich fühlte mich gestern nicht besonders, und seit jenem Sturz will Dr. Hunter, daß ich viel liege.«
»Damit hat er sicherlich recht.« Ein gedämpftes Licht drang durch die Schlitze der Jalousie. Nora zog sich einen Stuhl ans Bett. »Ich dachte, ich müßte mal nach dir sehen. Ich werde bald nicht mehr viel Gelegenheit dazu haben.«
»Du willst uns also wirklich verlassen?«
»Ja, ich habe mich endgültig dazu entschlossen.«
»Du wirst mir fehlen. Und Stirling ...« Meine Stimme zitterte.
Rasch sagte sie: »Ich hatte immer vor, eines Tages wieder zurückzugehen.«
»Du mußt dort sehr glücklich gewesen sein.«
Sie zog die Augenbrauen zusammen. »Ja, ich wette, du sehnst den Moment herbei, wenn das Kind da ist.«
»Ja, das tue ich.«
»Und Stirling auch.«
Spielende Kinder auf dem Rasen von *Whiteladies* dachte ich.
»Die Wartezeit kann recht mühsam sein«, meinte ich. »Franklyn wird dich sehr vermissen.«
»Nach einem Jahr oder so werdet ihr mich alle vergessen haben.«
Ich schüttelte den Kopf. Ich hatte auf einmal den heftigen Wunsch, ihr Gesicht richtig zu sehen. Sie verbarg meisterhaft ihre Gefühle, aber ich sagte mir: Sie muß ebenso unglücklich sein wie ich! »Es ist so dunkel hier«, bemerkte ich aus dieser Überlegung heraus.
»Soll ich die Jalousie hochziehen?« fragte sie, stand auf und ging zum Fenster. Und dann hörte ich sie einen kleinen Aufschrei unterdrücken. Sie starrte auf den Fußboden hinunter, und zog dann hastig die Jalousie hoch und blickte wieder auf dieselbe Stelle.
»Was ist los?« rief ich und setzte mich auf.

»Bella und das Kleine ...«
Ich sprang aus dem Bett und hielt vor Entsetzen den Atem an. Ihre Körper sahen sonderbar verkrampft aus. Sie waren beide tot! Ich kniete neben ihnen nieder, konnte es aber nicht über mich bringen, jene einst so lebenswarmen kleinen Körper, die ich so geliebt hatte, anzufassen.
»Tot!« stellte Nora fest. »Was kann das sein, Minta?« Ich kannte die Antwort! Mir fiel die auf den Boden verschüttete Milch ein und wie Stirling vorher an meinem Bett gestanden hatte.
»Die Milch war vergiftet«, sagte ich ganz ruhig. »Das Gift war selbstverständlich für mich bestimmt.« Und dann mußte ich lachen und konnte einfach nicht wieder aufhören. »Ich habe wirklich einen besonders tüchtigen Schutzengel! Erst rettet mich Maud ... dann du ... und nun die Katzen!« Nora packte mich an den Schultern und schüttelte mich. »Was willst du damit sagen?« herrschte sie mich an. »Was *willst* du damit sagen? Reiß dich um Himmelswillen zusammen! Und faß die Katzen nicht an! Du kannst ja gar nicht wissen, was es ist. Komm wieder zurück ins Bett! Laß mich dir helfen! Denk an das Kind!«
Sie zog mich zum Bett zurück. Ich sagte: »Es ist alles ganz einfach, Nora. Jemand versucht mich umzubringen. Schon mehrere Male. Aber ich habe eben einen zuverlässigen Schutzengel ...«
Sie war sehr blaß. »Das kann ich nicht glauben«, widersprach sie energisch. »Ich kann es nicht glauben!« Und es klang, als versuche sie es sich selbst zu suggerieren.
Und ich wußte, was sie dachte. Er hatte es ja zu ihr gesagt. »Ich werde schon einen Weg finden!« Das hatte er gesagt. Und fast unhörbar, aber ich hörte es doch, flüsterte sie vor sich hin: »Nein! ... Nein! ... Es ist nicht wahr!«
»Nora«, sagte ich, »es kann nicht immer gut gehen, nicht wahr? ... Nicht jedes Mal?«
»Du mußt aus diesem Haus fort! ... Fort von hier! Wir müssen darüber in Ruhe nachdenken. Ich kann dich auf jeden Fall jetzt nicht hier lassen. Du mußt mit zu mir kommen. Dort können wir dann darüber sprechen und können uns überlegen ...«
Mit zu *ihr* gehen? überlegte ich. *Sie* ist doch der Grund, warum er mich lossein will. Er will eben Nora *und Whiteladies*! Wie kann ich da mit zu ihr gehen? Aber sie hatte mich ja schon einmal gerettet.

»Was werden sie sagen, wenn ich mit zu dir gehe?« fragte ich. »Was wird Stirling sagen?«
»Wir müssen ihn retten ... und dich!« sagte sie wie zu sich selbst. Nun wußte ich, daß sie das gleiche dachte wie ich. Es klopfte an die Tür. Nora sah mich bestürzt an. Es war aber nur Mary.
»Dr. Hunter ist da, Miss Minta. Ich habe ihn gleich mit heraufgebracht.«
Und er kam auch schon ins Zimmer.
»Lady Cardew meinte, ich sollte vorbeikommen und mal nach Ihnen sehen«, sagte er und sah uns dann überrascht an. »Ist etwas passiert?«
Ich überließ es Nora, es ihm zu erklären. Sie sagte: »Wir sind recht alarmiert, Dr. Hunter. Kommen Sie bitte hierher, und schauen Sie sich die Katzen an.«
Sie führte ihn ans Fenster, und er kniete sich nieder, um Bella und ihr Junges zu untersuchen. Als er sich wieder aufrichtete, war sein Gesicht aschfahl.
»Was ist geschehen?«
»Sie tranken die Milch, die für Minta bestimmt war!« sagte Nora. »Sind sie durch Gift gestorben?«
»Es könnte sein.«
»Was sollen wir tun?«
»Ich schaffe die Katzen fort.«
»Ich schlug Minta vor, sie mit zu mir nach *Mercer's House* zu nehmen.«
»Das ist eine ausgezeichnete Idee!« stimmte er zu und befahl mir dann: »Stehen Sie auf, und ziehen Sie rasch irgend etwas an. Verlassen Sie dann *sofort* das Haus ganz so, als sei nichts geschehen. Begeben Sie sich unverzüglich mit Mrs. Herrick nach *Mercer's House*, und bleiben Sie dort, bis ich komme!«
Er packte die toten Katzen in seine Tasche und verließ uns schnell. Ich zog mich mit zitternden Händen in aller Eile an, schlüpfte in meinen Mantel und verließ mit Nora das Haus.

NORA

1

Nie werde ich jenen Weg zurück nach *Mercer's House* und die Gedanken vergessen, die sich in meinem Kopf überstürzten. Stirling versuchte, seine Frau zu ermorden! Das also hatte er gemeint, als er sagte, er würde schon einen Weg finden! Weshalb war ich nicht schon vor Monaten nach Australien zurückgekehrt! Ich hätte es gleich nach der Hochzeit tun sollen.

Der eine Teil meines Inneren weigerte sich, es zu glauben, doch dann mußte ich an jenen furchtbaren Tag denken, als Jagger mir nachgeritten war und versucht hatte, mich zu vergewaltigen, und wie Lynx plötzlich erschienen war und ihn erschoß. Er tötete einen Menschen, weil dieser es gewagt hatte, die Grenzen seines Hoheitsgebietes zu verletzen – nicht wegen versuchter Vergewaltigung. Niemals würde ich jene arme kleine Mary vergessen, an der Jagger sich vergangen hatte. *Das* war mit einem gleichgültigen Achselzucken als unwichtig abgetan worden. Stirling war Lynx' Sohn. Sie waren skrupellos – einer wie der andere. Sie hatten keine große Achtung vor dem Leben – das heißt, vor dem Leben anderer Menschen. Stirling hatte sich aus Liebe zu seinem toten Vater in den Kopf gesetzt, *Whiteladies* in seinen Besitz zu bringen, und jetzt, wo ihn das große persönliche Opfer reute, das er dafür gebracht hatte, wollte er das Rad zurückdrehen. Das konnte er jedoch nur, wenn er sich von Minta befreite. Nein, Stirling! dachte ich. Und Lynx! So weit hat euer blinder Rachedurst uns also gebracht!

Ich hatte Minta auf mein Pferd gesetzt und führte es am Zügel. Das arme Mädchen sah aus, als würde es jeden Augenblick ohnmächtig werden. Es war, weiß Gott, verständlich! Sie war wie durch ein Wunder dem Tod entronnen ... und das nicht nur ein Mal, denn ich war überzeugt, daß die niederstürzende Turmbrüstung als Falle für sie gedacht gewesen war.

Als wir endlich bei mir anlangten, rief ich einen der Stalljungen, überließ ihm das Pferd und führte Minta ins Haus. Wir gingen in den Salon mit den Rosenholzmöbeln und der gestreiften Regency-Tapete und saßen da und schauten uns ratlos an.

»Was hältst du von dem Ganzen, Nora?« fragte sie mich schließlich.
Es war mir unmöglich, meinen Verdacht auszusprechen, und so sagte ich, die Katzen wären vielleicht an irgendeiner merkwürdigen Krankheit gestorben. Es gäbe bei Tieren eine ganze Reihe geheimnisvoller Krankheiten, von denen man noch sehr wenig wüßte.
Sie begann darauf von Tieren zu erzählen, die sie als Kind gehabt hatte, wie auch von einigen Dingen, die mit ihnen passiert waren. Wir waren aber beide nicht mit unseren Gedanken bei dem, was wir sagten. Ich erklärte dann, ich würde uns einen Tee machen, und sie sagte, sie würde mir dabei helfen. Es gab uns etwas zu tun, während wir weiter versuchten, einen Plan zu fassen. Sie müßte vorerst bei mir bleiben, sagte ich. Ich könnte sie einfach nicht fortlassen, denn die Vorstellung dessen, was ihr möglicherweise widerfahren mochte, erfüllte mich mit Grauen.
Sie war von einer erstaunlichen gelassenen Gleichgültigkeit. Vielleicht war es die Nachwirkung des Schocks, den sie bekommen hatte. Sie tat mir aus tiefster Seele leid. Sie würde Stirlings Kind bekommen, und ich war glühend eifersüchtig auf sie gewesen, doch jetzt war ich nur erfüllt von einem Wunsch, sie zu beschützen.
Wir tranken unseren Tee. Es war nun schon nach zwölf, und man würde sich in *Whiteladies* wundern, wo wir waren, obwohl eines der Mädchen uns hatte fortgehen sehen; ich hatte etwas in dem Sinne gemurmelt, daß Mrs. Herrick mit mir nach *Mercer's House* käme.
Um ein Uhr erschien dann Lucie. Ihr Haar war windzerzaust; sie war offensichtlich in aller Eile herübergekommen, als sie entdeckte, daß Minta nicht mehr in ihrem Zimmer war und von dem Mädchen erfuhr, wohin sie gegangen war.
Als sie in den Salon kam und Minta erblickte, war ihr ihre Erleichterung anzusehen. »O Minta, mein Herz! Ich wußte ja gar nicht, was los war!«
Sie umarmten sich, und Lucie sagte: »Warum hast du mir nur nicht gesagt, daß du fortgingst? Ich dachte die ganze Zeit, du wärest noch in deinem Zimmer.«
»Nora kam mich besuchen, und ich kam dann mit hierher.«
»Aber du hattest ja nicht mal gefrühstückt! Du hast ...«
»Wir bekamen einen ziemlichen Schreck«, erzählte ich ihr.

»Wir fanden die Katzen tot in Mintas Zimmer.«
»Die Katzen? ... Welche Katzen?«
»Bella und ihr Junges«, sagte Minta. »Sie lagen auf dem Boden dicht beim Fenster ... Ihre Körper waren ganz steif und seltsam verkrampft.« Ihre Lippen bebten. »Es war grauenvoll!«
»Die Katzen!« wiederholte Lucie verständnislos.
»Dr. Hunter nahm sie mit«, fuhr ich fort.
»Nun erzählt mir bitte, was das soll.«
Ich wollte nicht, daß sie es erfuhr. Ich sagte mir: Es wird zu einer gerichtlichen Untersuchung kommen, und es wird alles herauskommen. O Stirling! Wie konntest du das nur tun! Als ob ich dich danach noch hätte lieben können!
Minta sagte ganz ruhig: »Ich glaube, der Doktor will nicht, daß wir jetzt schon darüber reden.« Und dann an mich gewandt: »Aber Lucie dürfen wir es doch bestimmt sagen. Lucie, die Milch, die bei mir auf dem Nachttisch stand ... und die ich nicht trank ...«
»Welche Milch!«
»Die mir heraufgeschickt wurde. Du sagtest Lizzie doch, sie solle sie mir bringen, nicht wahr?«
»Ach ja, ich erinnere mich.«
»Ich habe sie nicht getrunken. Ich stieß das Glas aus Versehen um, und so tranken die Katzen sie. Und jetzt sind sie tot.«
»Aber was hat das mit der Milch zu tun?«
Sie sagte das in einem so nüchternen, sachlichen Ton, daß meine Befürchtungen schwanden und mich eine unsagbare Erleichterung überkam. Ich dachte: Wir bilden uns das alles nur ein, alle beide! Natürlich hat der Tod der Katzen gar nichts mit der Milch zu tun!
»Also die Katzen sind tot«, wiederholte Lucie, »und das hat euch so aufgeregt. Wie ich hörte, haben einige Bauern Gift gegen einen Fuchs gestreut, der ihre Hühnerhäuser plündert. Bella streifte ja dauernd draußen herum.«
Ich schaute Minta an und sah auch ihr eine Erleichterung an.
Lucie ließ nicht locker. »Was meintet ihr denn, hatte die *Milch* damit zu tun?«
»Wir dachten, daß etwas mit der Milch nicht stimmte«, gestand ich, »und daß die Katzen, weil sie sie aufgeleckt hatten ...«
Lucie machte ein verblüfftes Gesicht. »Ihr dachtet, die Milch sei *vergiftet* gewesen? Aber wer um alles in der Welt ... Also wirklich, was ist bloß in euch gefahren?!«

»Das ist natürlich des Rätsels Lösung«, sagte ich. »Die Katzen starben durch etwas, was sie draußen gefressen hatten. Das ist eine logische Erklärung!«

»Habt ihr noch etwas Tee in der Kanne!« erkundigte sich Lucie. »Ich könnte eine Tasse gebrauchen.«

»Ja, aber er ist kalt. Ich lasse dir frischen bringen.«

»Vielen Dank. Und dann sollten wir auch wieder nach Hause fahren, Minta. Ich möchte, daß du dich etwas mehr in acht nimmst. Auf was für merkwürdige Ideen du nur kommst!«

Ich klingelte nach Tee, und als er gebracht wurde und ich ihn einschenkte, hörten wir draußen eine Kutsche vorfahren, und Mabel erschien, um mir zu melden, daß Dr. Hunter da sei.

»Dr. Hunter!« wunderte sich Lucie. »Was will der denn hier!«

Ich sagte Mabel, sie möge ihn hereinführen. Zu meiner Überraschung kam er nicht allein; Stirling war bei ihm. Lucie setzte sich in ihrem Sessel auf und fragte: »Was soll das?«

»Ich muß mit Ihnen sprechen«, sagte Dr. Hunter, »und was ich zu sagen habe, sollen alle hören, denn ich brauche Zeugen. Ich hätte das alles längst sagen sollen, bevor es jetzt so weit kam.«

»Geht es um diese Katzen!« herrschte Lucie ihn an.

Ich sah Stirling an, konnte jedoch seinen Gesichtsausdruck nicht deuten.

»Die Katzen waren vergiftet!« erklärte Dr. Hunter.

»Von einem Fuchsgift, das sie draußen auf den Feldern gefressen haben?« fragte ich mit peinigender Furcht im Herzen.

»Ich glaube, ich fange besser von vorne an«, sagte Dr. Hunter. »Dies hat nämlich eine lange Vorgeschichte.« Er holte tief Atem. »Und ich bin zum Teil mit daran schuld.«

»Meinen Sie nicht, Sie sollten sich sehr genau überlegen, was Sie sagen?« fragte Lucie mit samtweicher Stimme.

»Ich *habe* es mir sehr genau und lange überlegt. Der heutige Vorfall macht es nun notwendig. Ich werde die Wahrheit erzählen. Ich werde das erzählen, was ich längst hätte erzählen sollen. Es fing alles mit dem Tod von Lady Cardew an.«

»Ich finde, Sie sollten das nicht erzählen, Doktor«, sagte Lucie mit einer unnatürlich leisen Stimme. »Ich fürchte, Sie könnten es bereuen.«

»Ich bereue nur, es nicht eher gesagt zu haben!« Er vermied es, Lucie anzusehen.

»Lady Cardew war nicht im klinischen Sinne krank. Sie hatte eine große Enttäuschung im Leben erlebt und kam darüber nicht hinweg. Sie arrangierte sich mit ihrem Leben, indem sie eine Art Invalidendasein führte. Es ist nichts Ungewöhnliches bei gewissen Menschen. Ich gab ihr von Zeit zu Zeit Placebos. Sie nahm ihre Medizin und glaubte, daß sie ihr half. Diese Medizin war in Wahrheit nichts als gefärbtes Wasser. Dann starb sie. Ich hätte damals die Wahrheit sagen müssen. Sie starb an einer Überdosis eines starken Schlafmittels. Und genau dieses Mittel fehlte in meinem Arzneischrank. Ich glaubte, ich hätte es ihr aus Versehen statt des Placebos gegeben. Ich hätte mich dazu bekennen müssen, aber statt dessen schrieb ich auf den Todesschein, sie sei an einem Herzschlag gestorben. Sie hatte immer geglaubt, ein schwaches Herz zu haben, hatte aber in Wirklichkeit ein ganz gesundes Herz. Was ich tat, ist unverzeihlich! Ich war ehrgeizig und träumte davon, meinen Facharzt zu machen. Es hätte das Ende meiner ärztlichen Karriere bedeutet, wenn ich zugegeben hätte, daß ich ihr irrtümlicherweise anstatt des Placebos ein gefährliches Schlafmittel gegeben hätte. Ja, ich hätte vielleicht nie wieder praktizieren können.«

»Sie sind ein Narr!« sagte Lucie traurig.

»Ich *war* es!« antwortete er und sah sie kummervoll an.

»Ich würde Ihnen raten, mit dieser törichten Tirade aufzuhören, die Sie nur ins Unglück bringen wird!« fuhr sie fort.

»Sie wird mir aber meinen Seelenfrieden wiedergeben. Denn nicht ich gab Lady Cardew jenes falsche Medikament! Jemand anders gab es ihr ... jemand, der zu mir in mein Haus kam, als ich nicht da war, und meiner Haushälterin Wein mitbrachte und mit ihr trank, bis sie volltrunken war, und der dann zu meinem Arzneischrank ging und jenes Schlafmittel herausnahm.«

»Mir scheint, unser guter Doktor hat den Verstand verloren!« erklärte Lucie.

»Jawohl, das *hatte* ich!« entgegnete er. »Aber jetzt habe ich ihn wieder.«

»Seht ihr denn nicht, daß er wahnsinnig geworden ist?« herrschte sie Stirling an.

»Er macht mir ganz und gar nicht den Eindruck?« widersprach Stirling.

»Nun, *ich* lehne es jedenfalls ab, mir das noch weiter anzuhören!« erklärte Lucie. »Das heißt, falls Sie die Absicht haben, so weiterzufaseln, Dr. Hunter!«

»Oh ja, die habe ich! Und ich werde *alles* erzählen! Bis zum

bitteren Ende! Bis zu der heutigen Stunde, als ich entdeckte, daß die zwei Katzen an demselben Schlafmittel starben, durch das Lady Cardew starb.«
Lucie sprang auf. »Sie sind *tatsächlich* wahnsinnig geworden!«
»Und ich weiß auch, wie das Schlafmittel beschafft wurde«, fuhr Dr. Hunter unbeirrt fort. »Und zwar auf genau die gleiche Weise. Mrs. Denver hat gestanden, daß Sie dieses Mal mit Whisky kamen. Nur ein kleines Geschenk für Sie! Wie wär's? Wollen wir nicht ein kleines Gläschen zusammen trinken? Und sie setzte sich hin und trank, bis sie eindöste. Und Sie nahmen dann die Schlüssel und gingen zum Arzneischrank – genau wie beim ersten Mal! Sie hat mir gesagt, daß sie sich daran erinnert.«
»Ich bleibe keine Minute länger und höre mir *derartigen* Unsinn an!« empörte sich Lucie. »Ich werde jetzt sofort einen anderen Arzt holen und ihm sagen, daß er eine Zwangsjacke mitbringt!«
Und schon war sie an der Tür. Sie blieb einen Augenblick stehen und sah uns an. Minta starrte sie völlig fassungslos an. Dr. Hunters Gesicht war eine undurchdringliche Maske. Ich vermute, daß sich eine gewisse schmerzliche Zärtlichkeit für Lucie dahinter verbarg.
»Lucie!« sagte er. »Du brauchst Hilfe!«
Doch schon war sie fort. Wir hörten, wie sie die Treppe hinunterlief und die Haustür zuschlug.
»Es ist keine schöne Geschichte«, setzte Dr. Hunter sein Geständnis fort. »Aber ich muß sie erzählen! Es bedeutet das Ende für uns beide ... doch zumindest wird dadurch ein weiterer Mord verhindert.« Er sah Minta an. »Gott sei Dank, daß es dieses Mal nicht so weit kam! Sie müssen wissen, daß ich mich sehr zu Lucie hingezogen fühlte und sie bat, mich zu heiraten. Wenn sie es getan hätte, wäre das alles, glaube ich, nicht passiert. Sie war jedoch von ihrem Ehrgeiz wie besessen. *Whiteladies* ... der Adelstitel ... Sie stammte aus sehr kleinen Verhältnissen und hatte als Kind größte Armut kennengelernt. Sie hatte deshalb panische Angst vor Armut und sehnte sich nach materieller Sicherheit. Sie wuchs bei einer sehr strengen Tante auf, die ihr keinerlei Liebe und Zärtlichkeit erwies, und wurde dann Lehrerin. Es war keine sehr sichere Lebensgrundlage, und sie hatte immer berechtigte Angst, ihren Posten zu verlieren und wegen der großen Nachfrage keinen neuen wiederzufinden. Die Groß-

artigkeit von *Whiteladies* überwältigte sie und beeindruckte sie zutiefst.
Ich sah Stirling an und wußte, er dachte genau wie ich an Lynx.
»Ich glaube, sie hatte mich am Anfang gern. Sie hätte mich wahrscheinlich auch geheiratet. Aber dann half sie Sir Hilary so viel bei seinem Buch und erkannte, wie sehr er von ihr abhängig geworden war. Sie erfaßte die sich bietenden Möglichkeiten, die alle ihre Träume noch übertrafen, und so entwickelte sich bei ihr diese fanatische Besessenheit. Lucie ist eine Frau von ungeheurer Willenskraft, doch das glühende Verlangen, Herrin von *Whiteladies* zu werden, setzte sich wie ein Gift in ihrem Denken fest und ließ ihr keine Ruhe mehr. Und als sie dann jenen verhängnisvollen Schritt getan hatte, war ihr Weg dadurch unwiderruflich festgelegt. Durch den Mord an Lady Cardew war sie eine Verbrecherin geworden, und es gab danach nichts mehr, wovor sie zurückgescheut wäre.«
»Sie ermordete meine Mutter ...« flüsterte Minta. »Und sie hätte auch mich ermordet ... Aber weshalb?«
»Sie war zwar Lady Cardew geworden, aber das genügte ihr nicht. Minta würde eines Tages *Whiteladies* erben. Wenn Sir Hilary starb, würde sie nur noch seine Witwe sein und jegliche Machtposition verlieren. Den Gedanken konnte sie nicht ertragen. Falls sie einen Sohn bekam, wäre das anders. Aber Sir Hilary war alt. Ich liebte Lucie und wußte nicht, daß sie eine Mörderin war. Druscilla ist meine Tochter.«
Nach einem kurzen Schweigen setzte er seinen inhaltschweren Bericht fort: »Sie wünschte sich sehnlichst einen Sohn und war außer sich vor Wut, als Druscilla geboren wurde. Aber sie wollte nicht aufgeben. Sie war entschlossen, einen Sohn zu bekommen, der *Whiteladies* erben und somit verhindern würde, daß es Minta zufiel. Aber dann heiratete Minta, und Sir Hilary starb. Ihre einzige Hoffnung war nun Druscilla, von der man annahm, daß sie Sir Hilarys Tochter war. Wenn Minta nicht gewesen wäre ...« Er hob mit hilflosem Achselzucken die gespreizten Hände. »Sie sehen jetzt die Zusammenhänge ... die ganze böse Geschichte. Ich schwöre, ich wußte nicht, daß sie *so* böse war, bevor ich heute die Katzen sah. Ich wußte, sie wollte unbedingt einen Sohn, um sich durch ihn die Herrschaft über *Whiteladies* zu sichern. Aber daß sie einen Mord begangen hatte ... und einen zweiten plante, das wußte ich nicht! Erst heute morgen fiel

es mir dann wie Schuppen von den Augen, und ich erkannte die Zusammenhänge. Mrs. Denver hat gestanden, daß Lucie gestern da war und ihr Whisky mitbrachte, und daß sie, Mrs. Denver, zu viel trank. Sie schlief den gesamten Nachmittag, und als ich an meinen Arzneischrank ging, sah ich, daß dieses Schlafmittel fehlte ... wie damals beim ersten Mal. Das ist alles, was ich zu sagen hatte.«

Mich erfüllte eine unaussprechliche Erleichterung.

Stirling sah Minta voller Entsetzen und Grauen an, und ich sagte mir: Er hat sie schließlich doch gern! Wer könnte auch anders, als sie gernhaben!

»Was sollen wir jetzt machen?« fragte ich.

Keiner der drei antwortete, doch wurde uns diese Entscheidung abgenommen. Mintas Gesicht verzerrte sich in jähem heftigen Schmerz, und sie stammelte: »Ich glaube, meine Wehen beginnen.«

Es war, als ob das reale Leben alle Chimären der Phantasie vertreiben wollte, denn die Schilderung dessen, was die Geschehnisse der jüngsten und weiter zurückliegenden Vergangenheit in Wahrheit gewesen waren, erschien uns allen wie die Ausgeburt einer krankhaften Phantasie. Es ist ein äußerst bestürzendes Erlebnis zu entdecken, daß jemand, der einem nahesteht und den man für eine echte Freundin und einen Menschen wie jeden anderen, nur etwas besser, hält, eine Mörderin ist.

Und doch hatte ich genau das Stirling zugetraut! Aber, so versuchte ich mich vor mir selbst zu entschuldigen, ich hatte schließlich miterlebt, wie sein Vater einen Menschen kaltblütig über den Haufen schoß.

Es blieb uns keine Zeit, etwas anderes zu tun als an Minta zu denken, und wir konzentrierten uns daher alle auf die nächstliegenden, praktischen Fragen.

Was für ein Glück, daß Dr. Hunter gerade bei uns war! Ich sagte: »Ich finde, Minta sollte nicht nach *Whiteladies* zurückfahren, sondern hier bleiben. Ich kann mich nach der Geburt um sie kümmern.«

Dr. Hunter, dessen Gewissen nicht länger von einem schrecklichen Geheimnis belastet war, wurde sofort der umsichtige, tüchtige Arzt. Ich wies die Mädchen an, das Bett in dem Gästezimmer neben meinem Schlafzimmer mit Wärmeflaschen anzuwärmen, in das wir dann Minta legten. Wir waren alle sehr

besorgt, denn das Baby sollte erst in vier Wochen geboren werden.
Es kam noch am gleichen Tag zur Welt – ein gesundes Kind, nur zu früh. Es würde besondere Pflege brauchen, und Dr. Hunter hatte bereits eine Säuglingsschwester benachrichtigt, die das Baby bei mir in *Mercer's House* umsorgen sollte. Er selbst wollte sich ständig um das Kind kümmern. Minta war sehr geschwächt. Die Schocks der letzten Wochen plus dem letzten allerschlimmsten seien dafür verantwortlich, sagte Dr. Hunter. Wir müßten Minta mit allergrößter Sorgfalt pflegen und sehr liebevoll umsorgen.
Ich versprach das zu tun und war auch fest dazu entschlossen. Ich hatte das Gefühl, daß, wenn ich mithalf, Minta wieder gesundzupflegen, ich in gewisser Weise die Tatsache, daß ich ihren Mann liebte – und die ich als Schuld empfand – wieder gutmachte.
Nie werde ich Stirlings Gesicht vergessen, als Dr. Hunter ihm sagte, daß er einen Sohn bekommen habe. Ich wußte, daß er ihn Charles nach seinem Großvater taufen lassen würde und daß er leben mußte, damit Lynx' Traum wahr wurde – damit eines Tages ein kleiner Herrick auf dem Rasen von *Whiteladies* spielte! Was für ein eigenartiger, fast unwirklicher Tag! Wenn ich ihn mir jetzt rückblickend ins Gedächtnis rufe, erscheint er mir wie ein Traum und zu phantastisch, um Wirklichkeit zu sein – aber es hatte schon andere derartige Tage in meinem Leben gegeben, und es würde vielleicht nicht der letzte sein.
Lucie war nirgends zu finden. Wir dachten, sie sei weggelaufen, um nie wiederzukommen. Sie hatte sich jedoch in den Turm geflüchtet, wie wir dann wußten, als sie ihren zerschmetterten Körper unten auf den Steinplatten unter dem Erkertürmchen fanden. Die Brüstung, die seit jenem Tag, als Minta und ich dort oben durch sie in Lebensgefahr gerieten, wieder ausgebessert worden war, war erneut weggebrochen.
»Ein schrecklicher Unfall!« sagten die Dienstboten. »Die Brüstung stürzte herab und riß Lady Cardew mit in die Tiefe.«

2

Ich war stolz auf Stirling. Er fand sich in die Rolle des Landedelmannes, als wäre er schon immer einer gewesen. Lady Cardew war tot. Es sei ein Unfall gewesen, lautete das abschließende Urteil der gerichtlichen Untersuchung. Und begründet wurde es durch die umfassenden Bauarbeiten in *Whiteladies*, durch die das alte Haus bis auf seine Grundmauern erschüttert worden sei.

Es sei die beste Erklärung, sagte Stirling.

Er bat mich, mit Dr. Hunter zu sprechen und ihn zur Vernunft zu bringen. Stirling wollte nichts mehr von der ganzen Geschichte hören und hielt es für das Beste, sie überhaupt ganz zu vergessen. Es bestände kein Grund, weshalb jemand die Wahrheit erführe – der sie noch nicht wisse. Die Gefahr sei ja nun beseitigt. Lucie sei tot und könnte niemanden mehr etwas zuleide tun. Dr. Hunter bestand jedoch darauf, daß er sich eines schweren ärztlichen Vergehens schuldig gemacht habe und eine Schande für seinen Beruf sei. Er war der Ansicht, man könne die Dinge nicht einfach auf sich beruhen lassen.

Also sprachen Stirling und ich am Tage nach der Geburt des kleinen Charles noch einmal gemeinsam mit ihm.

»Sie sind ein tüchtiger, fähiger Arzt!« sagte ich. »Sie haben diesem Kind auf die Welt geholfen, und Sie wissen am besten, wie schwierig das war. Wenn Sie nicht gerade hier gewesen wären, wäre Minta gestorben und das Kind ebenfalls. Wollen Sie diese Gabe, Gutes zu tun und Menschen zu helfen, einfach wegwerfen?«

»Es gibt andere gute Ärzte.«

»Aber Sie gehören hier zu uns!«

»Ein anderer Arzt würde meine Praxis übernehmen und niemand würde mich entbehren.«

»Und was ist mit Maud?« fragte ich. »Sie haben Sie gern, und sie liebt Sie!«

»Es geht nicht«, beharrte er.

»Und ob es geht!« rief ich aufgebracht aus. »Hören Sie auf, alles so zu dramatisieren und sich zu bemitleiden! Denken Sie statt dessen lieber an Maud! Wollen Sie sie denn unbedingt unglücklich machen?«

Er beharrte weiter, daß es unmöglich sei, aber ich fühlte, ich hatte ihn überzeugt.

Die Tage vergingen, und bald war das Baby zwei Wochen alt. Es war immer noch sehr zart und der alleinigen Pflege der Schwester anvertraut. Dr. Hunter wachte ständig über sein Wohlergehen. Es waren zwei eigenartige Wochen. Ich pflegte und umsorgte Minta. Die Mutterschaft hatte sie verändert. Sie schien jetzt älter, erwachsener und noch schöner – ihre Gesichtszüge waren feiner geworden, doch jetzt war eine grübelnde Traurigkeit in ihren Augen. Franklyn kam oft vorbei. Er saß dann bei Minta und erzählte ihr von den Gutsangelegenheiten und den alten Zeiten und ließ sich von ihr und von dem Baby berichten. Wie viel besser als Stirling hätte er doch zu Minta als Ehemann gepaßt! Sie waren von dem gleichen Schlag – genau so, wie Stirling und ich es waren.
Stirling kam ebenfalls. Er saß genau wie Franklyn in Mintas Zimmer, aber es herrschte eine verkrampfte Atmosphäre zwischen ihnen. Ob er wohl wußte, daß sie geglaubt hatte, er versuche sie umzubringen?
Einmal kamen er und Franklyn gleichzeitig, und so führte ich Stirling zu Minta und nahm Franklyn mit in den Salon zu einer Partie Schach.
Während des Spieles sah ich plötzlich im Geiste Lynx' ausgestreckte Hand mit dem Siegelring vor mir, wie sie die Figuren setzte. Ich hütete diesen Ring wie ein kostbares Vermächtnis. Er stand für so viele unvergeßliche Erinnerungen! Und dann, bevor noch die Partie zu Ende war, fragte Franklyn unvermittelt: »Willst du mich heiraten, Nora?«
Ich fuhr unwillkürlich zurück. »Nein, Franklyn!« sagte ich mit fester Stimme.
»Ich wünschte, du würdest es tun«, sagte er ruhig.
Ich mußte lächeln, und er fragte mich nach dem Grund.
»Das scheint mir eine merkwürdige Art, einer Frau einen Heiratsantrag zu machen! Es ist fast, als würdest du mich zu einem Glas Sherry auffordern.«
»Es tut mir leid.«
»Oh, ich hätte das natürlich nicht sagen sollen!«
»Du solltest mir immer das sagen, was du denkst! Ich weiß, ich bin ziemlich unbegabt, meine Gefühle auszudrücken.«
»Ich mag das bei dir.«

»Das freut mich! Ich habe dich jedenfalls sehr gern, und ich hoffte, du hättest mich auch ein klein wenig gern.«
»Nicht nur ein klein wenig, aber ...«
»Aber nicht genug, um mich zu heiraten?«
»Wir sind so grundverschieden, Franklyn!«
»Macht das eine Heirat zwischen uns beiden unmöglich?«
»Wir kämen beide nicht auf unsere Kosten. Du, Franklyn, bist ein so guter Mensch! Bist so präzise! Und dein Leben ist bis in die kleinste Kleinigkeit so wohl geordnet ...«
»Meine liebe Nora! Du überschätzt mich.«
»Ich bin überzeugt, du würdest niemals etwas Unvernünftiges oder Unkonventionelles tun. Du hast dein Leben so fest in der Hand und bestimmst jede Einzelheit darin.«
»Ist das denn verkehrt?«
»Aber nein! Es ist ganz im Gegenteil höchst bewundernswert, nur ist es schwer, damit Schritt zu halten. Ich kann dir lediglich sagen, daß wir grundverschieden sind und daß ich dich nicht heiraten kann.«
Ich sah ihn an, doch ohne ihn richtig zu sehen. Ein anderes Gesicht tauchte vor mir auf – ein unvergeßliches Gesicht, das sowohl von kalter Grausamkeit wie von heißer Leidenschaft geprägt war, das Gesicht eines Mannes, der mich fasziniert und mein ganzes Sein und Leben in einem Maße beherrscht hatte, wie dies Franklyn niemals möglich wäre. Sogar jetzt war es mir unmöglich, meine Gefühle für Lynx zu analysieren. Ich hatte gar nicht anders gekonnt, als ihn heiraten, und doch wußte ich jetzt, daß ich mich damals nach *Stirling* und *seiner* Liebe gesehnt hatte, denn ich hatte von Anfang an gefühlt, daß wir füreinander bestimmt waren. Aber wie ließ sich das mit der Tatsache, daß ich Lynx geheiratet hatte, vereinbaren? Und nun Franklyn und ich! Minta und Stirling! Unsere Schicksalsfäden hatten sich tragisch überkreuzt verknotet. Lynx hatte uns wie ein grausamer Gott zu seiner Musik tanzen lassen, und als sie abbrach standen wir da – jeder mit dem falschen Partner.
»Nein, Franklyn!« wiederholte ich fest, »ich kann nicht heiraten.«

Der Kleine wuchs und gedieh, doch Minta ging es noch gar nicht gut. Jeden Tag schien sie etwas durchsichtiger und noch zerbrechlicher.
»Sie erholt sich gar nicht«, stellte Dr. Hunter bekümmert fest.

»Es ist ihr alles gleichgültig, und das ist nicht gut.«
Keine von Mrs. Glees mit besonderer Liebe gekochten Gerichte konnten sie bewegen, etwas davon zu probieren. Mrs. Glee brach fast in Tränen aus, als sie Tag für Tag unberührt wieder in die Küche zurückgebracht wurden. Maud kam Minta besuchen und brachte von ihrem eigenen Honig und schwarzen Johannisbeergelee mit. Maud strahlte über das ganze Gesicht und war kaum wiederzuerkennen. Sie erzählte mir, daß Dr. Hunter sie gebeten hatte, seine Frau zu werden.
»Und natürlich von Ihnen erhört worden ist!« sagte ich. Sie nickte. »Er hat mir alles erzählt. Wir werden Druscilla adoptieren. Ist das nicht wundervoll? Und es ist nur richtig. Mr. Herrick ist auch damit einverstanden.«
Ich erzählte es Minta.
»Du siehst, alles wird gut«, sagte ich abschließend. »Jetzt mußt du nur essen, was man dir bringt, und versuchen, dich wieder für das Leben zu interessieren. Und was ist mit deinem Sohn, eh?«
»Du kannst ihn zu dir nehmen.«
»Ich? Wenn es dir wieder gut geht, entschwinde ich nach Australien!«
»Willst du das immer noch?«
Aber natürlich, versicherte ich ihr. Sie sah sehr traurig aus, und ich sagte ihr, daß ich in einigen Jahren vielleicht zurückkäme, und dann hätte unser kleiner Charles vielleicht schon ein Brüderchen oder Schwesterchen. Sie schüttelte den Kopf.
Ich begann mir Sorgen zu machen, und plötzlich wurde mir klar, daß sie nicht gesund werden wollte.

Mein schuldbewußtes Gewissen ließ mir keine Ruhe. Ich dachte pausenlos an Minta.
Eines Nachts wurde ich beim Gedanken an sie so unruhig, daß ich nicht schlafen konnte. Ich stand auf und ging zu ihr. Wir ließen ihre Nachttischlampe immer nachts an. Als ich in ihr Zimmer kam, war ich als erstes entsetzt, wie kalt es war. Und dann sah ich das weit offene Fenster, durch das die eisige Nachtluft hereinströmte. Minta hatte alle Decken von sich geworfen und lag nur von ihrem dünnen Nachthemd bekleidet da.
Rasch trat ich an ihr Bett. Als ich das Bettlaken anfaßte, merkte

ich, daß es ganz feucht war und sah dann den leeren Wasserkrug neben dem Nachttisch stehen.
Als erstes machte ich das Fenster zu. Dann ging ich zurück an ihr Bett.
»Wer hat das getan?« verlangte ich zu wissen. Sie antwortete nicht, und ich hob sie aus dem Bett, wickelte sie in eine Decke und setzte sie in einen Sessel, während ich das Bett abzog und schnell ein frisches Laken holte. Dann machte ich auf dem Spirituskocher heißes Wasser und goß es in die Wärmflaschen. Als ich sie schließlich wieder ins Bett legte, zitterte sie immer noch am ganzen Körper. Sie war ganz abwesend, und hatte zweifellos hohes Fieber. Sie phantasierte, und ich hätte anders wohl nie erfahren, was sie vorgehabt hatte.
Ich saß an ihrem Bett und hörte ihren wirren Reden zu – über Stirling, über sie selbst und über *mich.* Sie wußte es also! Sie redete auch von den Kindern, die auf dem Rasen von *Whiteladies* spielen sollten. Dieser Satz, der mich schon so lange bis in den Traum verfolgte! *Ich* würde dort sein ...denn sie, sie würde tot sein. Es sei die einzige Möglichkeit, Stirling glücklich zu machen.
»Es ist so schwer, zu sterben ...« murmelte sie. »Aber ich muß es! ... Es ist die einzige Möglichkeit ...«
Ich fügte jedes ihrer Worte zusammen, und in jener Stunde, in der sie im Fieber phantasierte, ließ sie mich einen Blick in ihr Inneres tun, wie sie das niemals bei klarem Bewußtsein zugelassen hätte. Und das Ausmaß ihrer Liebe zu Stirling entsetzte und beschämte mich gleichermaßen, denn sie war tatsächlich bereit und entschlossen, um seinetwillen zu sterben.
Eine wilde Entschlossenheit überkam mich. Ich würde sie wieder gesund pflegen! schwor ich mir. Und ich würde dafür sorgen, daß sie lebte! Stirling würde gar nicht anders können, als sie eines Tages zu lieben ... wenn ich nicht mehr da war. Wenn es uns gelang, diese törichte fixe Idee zu überwinden, daß wir füreinander bestimmt waren – denn wäre es wirklich so, hätten wir dann zugelassen, daß irgend etwas zwischen uns trat? – dann würde er lernen, mit Minta glücklich zu sein. Vielleicht würde es nicht die ganz große, überwältigende Leidenschaft sein, die ich jene kurze Zeit mit Lynx erlebt hatte, aber es konnte auch ohne sie ein gutes Leben werden, und Stirling hätte die innere Genugtuung, daß er den Lebenswunsch seines Vaters dadurch erfüllt hatte.

Nach einer Woche begann es Minta besser zu gehen. Ich hatte ein ernstes Gespräch mit ihr und sagte ihr, daß ich wüßte, was sie vorgehabt hätte. Sie dürfe so etwas nie wieder tun! Es sei feige und keine Lösung, sich einfach das Leben zu nehmen!
»Aber wenn es für andere ist?« fragte sie.
»Ganz egal, wofür und aus welchem Grund!« erwiderte ich energisch. »Das Leben wird uns geschenkt, damit wir es leben!«
Und dann erzählte sie mir, wie sie erfahren hatte, daß Stirling und ich uns liebten.
Ich versuchte, mich zu erinnern, was genau wir bei jenem qualvollen Gespräch in der Halle in unserer Erregung gesagt hatten, und ich wußte, es mußte in jedem Fall furchtbar für sie gewesen sein.
»Und du liebst Stirling«, sagte sie. »Ihr seid beide wie füreinander bestimmt. Ihr seid euch in so vieler Hinsicht so ähnlich! Ihr seid starke, mutige und kühne Menschen.«
»Wer könnte behaupten, zu wissen, was Liebe ist?« entgegnete ich. »Man braucht wohl ein ganzes Leben, um das herauszufinden. Ich glaube, die tiefste Liebe ist nicht jene spontane, leidenschaftliche Verliebtheit. Sie ist vielmehr etwas, was man in jahrelangem, liebevollem Bemühen umeinander gemeinsam aufbaut. Du kannst es dir mit Stirling aufbauen!«
»Aber Stirling liebt *dich!* Er sagt dir Dinge, die er nie zu mir gesagt hat!«
»Das wird er aber eines Tages! Und dann hat er sogar vergessen, wie ich aussehe.«
»Das wird er niemals tun, Nora! Und das weißt du!«
»Aber du kannst erreichen, daß er es tut!«
Halb war es mir gelungen, sie zu überzeugen. Es ging ihr jetzt täglich besser, und auch der kleine Charles wurde kräftiger. Nie werde ich jenen Tag vergessen, als sie ihn zum ersten Mal im Arm halten durfte. Da wußte ich, daß sie jetzt etwas hatte, für das sie leben wollte und würde – und das wußte sie auch.
Und ich wußte auch, daß jetzt der Moment gekommen war, abzureisen.

In drei Wochen wollte ich England verlassen. Ich hatte Stirling gesagt, daß mich nichts dazu bewegen könnte, zu bleiben. Er habe einen Sohn, eine Frau, und es sei seine Pflicht, all das wieder gutzumachen, was er Minta an Kummer und Aufregung zugefügt habe.

Er gab mir innerlich recht. Er wußte, daß Minta geglaubt hatte, er versuche sie umzubringen. Das hatte ihn doch sehr erschüttert. Nun war er von einem schuldbewußten, zärtlichen Beschützerinstinkt für sie erfüllt. Es war ein Anfang, und ich sagte ihm, daß er vielleicht eines Tages ihrer wert sein würde.

Franklyn kam ein letztes Mal zu einer Partie Schach.

»Ich habe mich entschlossen, nach Australien zu gehen«, bemerkte er.

»Du?! Nach Australien? Aber du fändest es dort gräßlich?«

»Weshalb?«

»Weil es nicht wie ... wie England ist! Es ist ein neues, junges, Land ... voller Kraft und Dynamik und viel härter. Man lebt dort ganz anders als hier.«

»Warum sollte ich nicht auch einmal zur Abwechslung anders leben?«

»Weshalb willst du das, Franklyn?«

Er sah mich an. »Du weißt, weshalb!«

»O nein«, protestierte ich. »Das brächtest *du* nie fertig! Nicht wegen ... mir!«

»Du bist fest entschlossen, nach Australien zurückzugehen. Und so scheint das einzige, was mir zu tun übrig bleibt, zu sein, daß ich mitkomme. Ich kann dich nicht verlieren, weißt du!«

»Aber dein Gut? Was ist mit *Wakefield Park*?«

»Ich kann einen Verwalter einsetzen. Das ist nicht weiter schwierig. Dieses kleine Detail habe ich übrigens schon geregelt.«

»Aber du *liebst Wakefield Park!*«

»Es gibt etwas, was ich noch mehr liebe.«

Ich konnte ihm nicht in die Augen blicken, da ich mich von ihm beschämt fühlte.

»Mich etwa?« fragte ich leise.

»Ja, natürlich. Dich!«

Ich stand an Deck der *Brandon Star* und verfolgte, wie die englische Küste immer weiter am Horizont verschwand. Ich kehrte nun tatsächlich nach Australien zurück! Ich hatte schon ein Mal an Deck eines Schiffes mit dem gleichen Reiseziel gestanden – doch damals hatte Stirling neben mir gestanden. Jetzt war Stirling in England und ich hatte von ihm Abschied nehmen müssen, ... von ihm, von Minta, dem kleinen Charles und von *Whiteladies*, und ein anderer Mann stand neben mir. Stirling und ich waren aus dem gleichen Holz – wie wir so oft gesagt hatten. Aber jetzt war Franklyn bei mir und Minta bei Stirling. Wir hatten sie verachtet und uns über sie lustig gemacht, weil sie nicht wie wir waren.

O nein! dachte ich. Sie sind wirklich nicht wie wir! Sie haben eine Kraft, zu lieben, die uns fehlt. Minta hatte für Stirling sterben wollen, und Franklyn hatte seinen geliebten Familienbesitz verlassen, um mit mir in einen fernen Erdteil zu kommen. Was war Liebe? Hatten Stirling und ich *das* unter Liebe verstanden?

»Bald wirst du das letzte Zipfelchen von England sehen«, sagte Franklyn. »Macht dich das traurig?«

Ich wandte mich zu ihm um und sah ihn mit ganz neuen Augen.

»Nicht so, wie ich dachte! – Wir sind auf dem Weg in ein großes, herrliches Land, einem Land unbegrenzter Möglichkeiten.«

Lächelnd sahen wir uns an, und die Liebe, die aus seinen Augen leuchtete, war wie eine warme Glut, die mich wärmte. Und ich erkannte, daß ich mehr über seine – und Mintas – Art von Liebe wissen wollte, von jener Liebe, die nicht nach schwindelnden Gefühlshöhen oder dauernder erregender Spannung sucht, jener Liebe, die nicht auf dem Treibsand stürmischer Leidenschaft gebaut ist, sondern auf dem zuverlässigen Fels einer beständigen, tiefen Zuneigung.

Als die englische Küste dann unter dem Horizont versank, hatte ich das beglückende Gefühl, daß diese Liebe auf mich wartete.

Victoria Holt

Die Braut von Pendorric
Roman. 400 S. Geb.

Die geheime Frau
Roman. 368 S. Leinen

Die Königin gibt Rechenschaft
Roman. 520 S. Leinen

Die siebente Jungfrau
Roman. 416 S. Geb.

Herrin auf Mellyn
Roman. 272 S. Geb.
auch als Fischer Taschenbuch Band 2469 lieferbar

Königsthron und Guillotine
Das Schicksal der Marie Antoinette
Roman. Fischer Taschenbuch Band 8221

Im Schatten des Luchses
Roman. Fischer Taschenbuch Band 2423

Treibsand
Roman. 392 S. Leinen
auch als Fischer Taschenbuch Band 1671 lieferbar

Harriet – sanfte Siegerin
Roman. Fischer Taschenbuch Band 2403

Wolfgang Krüger Verlag

fi 252/5